Das Buch

Seit achtzehn Jahren rackert Hedi sich nun schon ab. Beruflich als Krankenschwester, privat für den Polizisten-Ehemann Klaus und ihre meist unausstehlichen Kinder. Als sich eines Tages eine alte Schulfreundin bei ihr meldet, die ein gänzlich anderes Leben führt, beschließt Hedi, es der smarten Vivienne nachzumachen. Und als sie dann noch die wunderschöne alte Wassermühle ihrer Tante erbt, verläßt Hedi kurz entschlossen ihre Familie und zieht mit Vivienne dort ein. Klaus muß nun nach dem stressigen Dienst auch noch den Haushalt schmeißen. Natürlich will er seine Frau zurückerobern, denn einerseits fehlt Hedi ihm und andererseits kommt Vivienne ihm nicht gerade koscher vor. Also betätigt sich der Streifenpolizist nach Feierabend als Privatdetektiv ...
Eine Geschichte voller Herz, Witz und Wahrheit. Ein Buch für all die Frauen, die es satt haben, sich ständig an irgendwelchen Superfrauen messen zu müssen.

Die Autorin

Nikola Hahn feierte mit ihrem Romandebüt *Die Detektivin* einen Bestsellererfolg. Sie ist im »bürgerlichen« Beruf Kriminalhauptkommissarin und lebt im Kreis Offenbach.

Von Nikola Hahn ist in unserem Hause bereits erschienen:

Die Detektivin

Nikola Hahn

Die Wassermühle

Roman

Ullstein

Die Handlung ist erfunden,
die handelnden Personen sind fiktiv.
Die Details werden dem einen oder
anderen bekannt vorkommen.

Ullstein Taschenbuchverlag 2000
Der Ullstein Taschenbuchverlag ist ein Unternehmen
der Econ Ullstein List Verlag GmbH & Co. KG, München
Originalausgabe
2. Auflage 2000
© 2000 by Econ Ullstein List Verlag GmbH & Co. KG, München
Lektorat: Heike Peppel & lüra/Petra R. Stremer
Umschlagkonzept: Lohmüller Werbeagentur GmbH & Co. KG, Berlin
Umschlaggestaltung: DYADEsign, Düsseldorf
Titelabbildung: Mauritius
Gesetzt aus der Sabon, Linotype
Satz: Josefine Urban – KompetenzCenter, Düsseldorf
Druck und Bindearbeiten: Elsnerdruck, Berlin
Printed in Germany
ISBN 3-548-24819-5

Für Thomas,
weil Du mir im größten Streß geholfen hast,
nach draußen zu schauen.

*Wenn dich die Frauen hassen,
mußt du ohne Abendessen schlafen gehen.*
(Sprichwort aus Tunesien)

*Als Künstler male ich nicht, um ein Heilmittel
zu finden, sondern um meinen eigenen
Wahnsinn zu verstehen.*
(Reginald Herard, Wahl-Offenbacher)

*Denn das Naturell der Frauen ist so nah
mit Kunst verwandt.*
(Goethe, Faust)

1

»Das Ei ist hart.«

Es gab Dinge, auf die Hedi Winterfeldt allergisch reagierte. Der Satz *Das Ei ist hart* stand auf dieser Liste oben. Vor allem Montag morgens kurz vor halb sieben. Sie verteilte Honig auf ihrem Toast. »Koch dir's demnächst selber!«

Klaus Winterfeldt grinste. »Das wäre wahrscheinlich das beste. Es kann nicht allzu schwer sein, den Meßbecher bis zum richtigen Strich zu füllen, oder?«

»Es kann auch nicht allzu schwer sein, die schmutzige Wäsche in den Wäschekorb zu werfen, statt sie nach dem Zufallsprinzip im Schlafzimmer zu verteilen!« sagte Hedi. Sie war beim Aufstehen auf die Gürtelschnalle getreten, die Klaus samt Hose hatte fallen lassen, wo er sie ausgezogen hatte: gestern abend vor ihrem Bett. Sie hatte Kopfschmerzen vorgetäuscht und sich geärgert, weil er ohne ein Wort auf die andere Seite wechselte.

Klaus fuhr sich durch sein dunkles Haar und schlug die *Offenbach-Post* auf. »Ich denke, es ist ungefähr so schwer, wie die Geschirrspülmaschine richtig einzuräumen.«

»Womit wir beim Thema wären.« Die Spülmaschine kam gleich nach dem Ei.

Klaus ließ die Zeitung sinken und zwinkerte Hedi zu. »An

irgendwas muß es liegen, daß bei dir immer nur die Hälfte sauber wird, Schatz.«

Hedi zählte stumm bis drei und biß in ihren Toast. Eigentlich war Klaus ein unkomplizierter Mann mit Hang zu häuslichem Chaos. Wenn es jedoch um weichgekochte Eier, perfekt eingeräumte Spülmaschinen oder um das sachgerechte Zusammenfalten leerer Milchtüten ging, konnte er pedantisch werden.

»Mojn. Wo sind die Brötchen?«

Ungekämmt und mit offenen Schuhen schlurfte der sechzehnjährige Sascha ins Eßzimmer. Er ließ sich auf einen der beiden noch freien Stühle fallen, schob seine langen Beine unter den Tisch und gähnte. Ein Blick in die Gesichter seiner Eltern sagte ihm, daß es heute besser wäre, sich mit Toastbrot zufriedenzugeben.

»Hast du deinem Vater die Mathearbeit gezeigt?« fragte Hedi.

Klaus blätterte zum Sportteil. Sascha schüttelte den Kopf. Er fuhr durch sein verstrubbeltes Haar und griff nach dem Glas mit Nuß-Nougat-Creme. Nicht zum ersten Mal fiel Hedi auf, wie sehr sich Vater und Sohn in Gestik und Aussehen ähnelten. Leider öfter auch im Benehmen.

»Er hat eine Fünf geschrieben«, sagte sie.

»Mhm. Das muß besser werden, mein Sohn. So ein Mist! Die Kickers haben schon wieder verloren!«

Sascha grinste. Hedi stellte ihre Tasse scheppernd auf den Unterteller zurück. »Also, das ist ja . . . !«

Klaus faltete die Zeitung zusammen und stand auf. »Ich muß los.«

Die vierzehnjährige Dominique tappte herein. Sie ging an Klaus vorbei und lümmelte sich auf den Stuhl neben ihren Bruder. Sie sagte nicht guten Morgen, denn sie war der Meinung, daß an einem Morgen um diese Uhrzeit nichts Gutes sein konnte.

»Du wirst dir in dem Fetzen den Tod holen!« sagte Hedi mit Blick auf das bauchnabelfreie T-Shirt ihrer Tochter.

»Besonders hübsch sieht es auch nicht aus«, sagte Klaus.

Lässig warf Dominique ihre kastanienbraune Mähne über die Schultern. »Paps, du hast keine Ahnung.« Sie zupfte an dem neongrünen Shirt. »Das Teil ist mega-in!«

»Zieh eine gescheite Jacke drüber, ja?« sagte Klaus.

Hedi stellte ihren und Klaus' Frühstücksteller zusammen. Klaus küßte sie auf die Wange. »Tschüs, Schatz. Ich liebe dich auch mit Backstein im Magen.«

»Sehr witzig!«

Hedi brachte das Geschirr in die Küche. Sie hörte, wie die Wohnungstür ins Schloß fiel, und schaute zur Uhr. Viertel vor sieben. Klaus war spät dran. Zum Glück lag seine Dienststelle, das Vierte Polizeirevier, nur fünf Gehminuten entfernt. Das war einer der Gründe gewesen, warum sie vor fünfzehn Jahren in eine Wohnung mitten in der Stadt gezogen waren, die nicht einmal einen Balkon hatte. Hedi nahm das fertige Toastbrot aus dem Röster und ging ins Eßzimmer zurück. Dominique schraubte am Nuß-Nougat-Glas. »Scheiße! Leer! Mama, hast du zufällig...«

»Dir bleibt die Wahl zwischen Kirschkonfitüre und Johannisbeergelee.«

Angewidert betrachtete Dominique die beiden mit Cellophan verschlossenen, handbeschrifteten Gläser neben dem Brotkorb. »Ich hab' aber keinen Bock auf Juliette Klammbiels Zuckerpampe!«

»Dann iß den Toast trocken, verdammt noch mal!« Hedi warf das Brot in den Korb und lief hinaus.

Dominique schüttelte den Kopf. »Hab' ich zufällig irgendwas verpaßt heute morgen?«

»Du hättest dich etwas diplomatischer ausdrücken können«, nuschelte Sascha mit vollem Mund.

»Ach ja?«

»Du solltest langsam wissen, daß sie in bezug auf Tante Juliette keinen Spaß versteht.«

»Ich auch nicht!« erwiderte Dominique trotzig.

Tante Juliette war Hedis letzte lebende Verwandte; sie wohnte in einer alten Wassermühle und versorgte die Winterfeldts regelmäßig mit eingekochtem Obst und Gemüse aus ihrem großen Garten. Zu Weihnachten strickte sie bunte Socken und verschenkte Kisten voller wurmstichiger Äpfel, die Klaus und die Kinder bis zum Frühjahr in diversen Offenbacher Abfallkörben entsorgten.

Sascha schob sich den Rest seines dick bestrichenen Toasts in den Mund. Dominique sah ihn böse an. »Das nächste Mal läßt du mir gefälligst was übrig!«

»Wer zu spät kommt, den bestraft das Leben eben, Schwesterherz.«

»Doofbacke!« sagte Dominique und streckte ihm die Zunge heraus.

Es gab Tage, an denen Hedi beim morgendlichen Blick in den Badspiegel lächeln konnte. An solchen Tagen stieg sie pfeifend über die Gürtelschnalle vor ihrem Bett, kochte weiche Frühstückseier und nahm Dominiques Nörgeleien als Ausdruck der seelischen Not einer pubertierenden Vierzehnjährigen hin. Es waren Tage, an denen sie den Teppichboden im Wohnzimmer eigentlich noch ganz gut in Schuß, die darauf stehenden Möbel irgendwie gemütlich und die verblaßten Spülmittelbildchen auf den Badezimmerfliesen rührend fand. Heute war kein solcher Tag. Sie stopfte ihre Baumwollbluse in die Jeans, verteilte einen Klecks Creme in ihrem Gesicht und ärgerte sich über die offene

Zahnpastatube und den Kamm, der sich in ihrem Haar verhakte.

Ihr letzter Friseurbesuch war lange her. Sie hatte sich zu einer garantiert haarschonenden Dauerwelle überreden lassen und seitdem das Gefühl, daß sich auf ihrem Kopf ein verfilzter Handfeger breitmachte. Sie warf den Kamm in die unterste Schublade des Badezimmerschranks, kramte nach Haarnadeln und steckte ihre störrischen Locken zusammen. Sie zupfte den Pony ins Gesicht und entdeckte zwei silberne Fäden zwischen den dunklen Strähnen, die sie mit einem energischen Ruck herausriß.

Es klopfte kurz, und Dominique kam herein. »Ich muß aufs Klo!«

Hedi warf einen letzten Blick in den Spiegel und ging hinaus. Dominique verriegelte die Tür. Aus dem Wohnzimmer drangen Schreie; Schüsse fielen, und es wurde still. Sascha saß auf der Couch und sah zu, wie Arnold Schwarzenegger über zwei Leichen stieg.

»Herrgott! Kannst du die Kiste nicht wenigstens morgens auslassen!« sagte Hedi gereizt.

»Sorry, aber Axel will seinen Film zurück.«

»Axel?«

»Einer aus meiner Klasse.«

Hedi griff nach der Videohülle und schüttelte den Kopf. Unglaublich, was heutzutage für Sechzehnjährige freigegeben wurde. »Räumt den Tisch ab, bevor ihr geht.«

»Mhm«, sagte Sascha mit verklärtem Blick auf Schwarzeneggers Bizeps.

Die abgetretenen Holzstufen in dem alten Mietshaus knarrten, als Hedi vom dritten Stock nach unten ging. In der zweiten Etage war alles ruhig, in der ersten schrie das Baby der türkischen Familie. Im Erdgeschoß war wieder einmal die Beleuchtung defekt. Manchmal kam Hedi der Gedanke, daß neue Fenster, einige Eimer Farbe für Fassade und Treppenhaus und eine Fuhre Erde und Pflanzen genügen würden, um aus dem unansehnlichen Jahrhundertwendebau mit seinem trostlosen Hinterhof ein hübsches Haus zu machen, in dem es sich passabel wohnen ließ.

Als sie durch die Hofeinfahrt auf die Straße trat, wehte ihr nieselnder Oktoberregen ins Gesicht. Das fahle Licht der Straßenlaternen färbte die Bäume grau, auf den Autodächern klebte welkes Laub. Der Gehweg war mit Mülltonnen zugestellt. Über den Häusern blinkten die Positionslichter einer Boeing im Landeanflug auf den Rhein-Main-Flughafen.

Hedi kämpfte mit ihrem störrischen Regenschirm, der sich nicht öffnen ließ. Zu Fuß schaffte sie den Weg von ihrer Wohnung bis zum Schwesternzimmer in der Chirurgischen Klinik III des Stadtkrankenhauses in zwölfeinhalb Minuten, wenn sie sich nicht um rote Fußgängerampeln scherte. Mit dem Rad war sie sieben Minuten schneller, vorausgesetzt, es war noch da, wenn sie es brauchte. Und das kam in einem Achtfamilienhaus ohne abschließbaren Fahrradkeller einem Vabanquespiel gleich. Sie hatte es nacheinander mit einem teuren und einem billigen Modell versucht. Das billige hatte sie zwei Tage länger gehabt als das teure und sich dann fürs Laufen entschieden.

Seit Jahren nahm sie denselben Weg über die Luisenstraße und die Hohe Straße in den Starkenburgring zu den Städtischen Kliniken. Sie begann keinen Arbeitstag, ohne dem *Pfauenhaus* und der *Lächelnden Frau* im Vorbeigehen einen guten Tag gewünscht zu haben. Hedi hatte nur wenige Marotten. Das *Pfauenhaus* und die *Lächelnde Frau* waren zwei davon.

Ein Blick auf die Uhr sagte ihr, daß nicht nur Klaus heute spät dran war. Sie beschleunigte ihre Schritte, lief die Luisenstraße entlang am Amtsgericht vorbei und passierte kurz darauf die Nummer fünf: An Sommertagen leuchtete das Haus golden, der frühmorgendliche Oktoberregen machte es grau; die beiden Pfauen kümmerte das nicht. *Warum hat man sie wohl radschlagend auf zwei Bäume gemeißelt? Wetten, daß ich es schneller herausbekomme als du?* Klaus und sie waren sehr verliebt gewesen, als sie die filigran gearbeitete Jugendstilfassade zum ersten Mal betrachtet hatten. Das Geheimnis der steinernen Pfauen hatten sie nie gelöst.

Hedi nickte kurz in Richtung des Hauses, ging am Bahnhof vorbei durch die Unterführung und bog in die von Bäumen gesäumte Hohe Straße ein. Regenschwarz lag die Skulptur auf ihrem Steinsockel und strich sich das Haar aus dem Gesicht. Hedi glaubte fest daran, daß es Tage gab, an denen sie ihr zulächelte. Heute war es zu dunkel dazu.

Eine Minute nach Dienstbeginn erreichte sie den Haupteingang des Krankenhauses. Das Gebäude, in dem ihre Station lag, befand sich im hinteren Bereich des Geländes: ein mit Waschbetonplatten verkleidetes Hochhaus, das seine Farbe selbst in der grellsten Sommersonne nicht wechselte; es war und blieb grau.

Die verschwenderische Blütenfülle, die den Fahrweg zum Haus am vergangenen Freitag noch in ein buntes Band gefaßt hatte, war zu bräunlichem Matsch zerfroren. Im Eingang standen zwei junge Frauen und rauchten. Vor der Patientenaufnahme im Erdgeschoß saß ein Mann mit einem weinenden Kind. Zusammen mit den ersten Besuchern wartete Hedi auf den Aufzug. Nach zwei Minuten entschied sie sich für die Treppe.

Die Nachtschwester stand schon auf dem Gang. Sie trug einen schwarzen Mantel über ihrem weißen Kittel und sah müde aus.

»Gott, Hedi! Wo bleibst du so lange?«

»Tut mir leid, Inge. Ich ...«

»Schon gut. Ich will nur raus aus diesem Irrenhaus!«

»Wieso? Was war denn?«

»Der übliche Streß halt.« Inge deutete aufs Schwesternzimmer. »Ich habe euch frischen Kaffee aufgesetzt.«

»Ist Brigitte noch nicht da?«

»Belinda auch nicht.« Inge lächelte. »Du solltest deine Kolleginnen zu etwas mehr Pünktlichkeit erziehen, statt ihnen nachzueifern, Hedwig Ernestine.« Sie drehte sich um und ging in Richtung Aufzug davon.

Hedi warf ihr einen wütenden Blick hinterher. Sie haßte es, mit ihrem vollen Namen angesprochen zu werden, selbst wenn es im Scherz geschah. Als ob es nicht gereicht hätte, eine geborene Klammbiel zu sein, hatte ihre Mutter sie mit zwei Vornamen einer altmodischen Kitschromanschriftstellerin gestraft! Eine Woche nach Marianne Klammbiels Tod hatte Hedi einhundertfünfundneunzig Courths-Mahler-Romane in Kisten verpackt und in die Müllverbrennung gefahren. Danach hatte sie sich besser gefühlt.

Sie ging ins Schwesternzimmer. Der frisch aufgebrühte Kaffee konnte die schalen Gerüche einer durchwachten Nacht nicht überdecken. Hedi leerte den überquellenden Aschenbecher aus, der auf dem schmucklosen Tisch in der Mitte des Raums stand, und öffnete das Fenster. Im Nebenzimmer tauschte sie ihre Boots und die Jeans gegen Birkenstock-Sandalen und eine weiße Hose; über ihre Bluse zog sie einen weißen Kittel.

Sie hatte sich gerade eine Tasse Kaffee eingeschenkt, als Brigitte hereinkam. Sie warf ihre nasse Jacke auf den erstbesten Stuhl und zupfte ihre rostrote Igelfrisur in Form. »Tut mir leid, aber ...«

Hedi grinste. »Die Kindergärtnerin ist schuld. Ich weiß.«

»Nö. Diesmal war's die Müllabfuhr.«

Seit ihr Mann mit einer Jüngeren durchgebrannt war, versuchte sich Brigitte in der Rolle der berufstätigen Frau mit Kleinkind. Ihre Depressionen versteckte sie hinter Galgenhumor. Sie holte eine Tasse aus dem Schrank, kippte aufs Geratewohl Zucker hinein und füllte sie bis zum Rand mit Kaffee. »Und der Schlaumeier hinter mir machte den Motor aus, schlug eine Zeitung auf und meinte, ich solle mich wegen der paar Minuten nicht so anstellen. Es gibt Tage, da sollte man im Bett bleiben. Wo ist eigentlich Belinda?«

Hedi strich sich eine Ponysträhne aus dem Gesicht. »Vermutlich ebenda.«

Belinda war die Jüngste im Team und dafür bekannt, daß sie in regelmäßigen Abständen von mysteriösen Leiden heimgesucht wurde, die sie mindestens eine Woche lang ans Krankenlager fesselten.

»Ich denke...«

Die Tür ging auf, und eine etwa siebzigjährige Frau humpelte herein. Ihr struppiges Haar stand nach allen Seiten ab, ihr von Runzeln durchzogenes Gesicht war rot angelaufen. »Die halten mich hier fest! Das ist Freiheitsberaubung!«

»Könnten Sie bitte etwas leiser sein? Sie wecken das ganze Haus auf«, sagte Hedi.

»Hilfe, Hilfe! So helfen Sie mir doch!«

»Verdammt noch mal! Ruhe jetzt!«

Die Frau hörte auf zu schreien. Sie sah Hedi an und fing an zu weinen. Gemeinsam mit Brigitte brachte Hedi sie zurück in ihr Bett.

Zehn Minuten später rief Belinda an. Sie hustete Hedi ins Ohr. »Ich fühle mich furchtbar!«

Hedi warf Brigitte einen vielsagenden Blick zu. »Wie lange, Belinda?«

»Der Arzt sagt, ich hätte mir da eine ganz hartnäckige

Sache eingefangen. Acht Tage bin ich auf jeden Fall krank geschrieben. Es tut mir ja so leid!«

»Ich bin gerührt, Belinda. Gute Besserung.« Verächtlich ließ Hedi den Hörer auf den Apparat fallen.

»Sie fängt dieses Jahr mit den Weihnachtsvorbereitungen früher an als sonst«, sagte Brigitte.

»Wir haben Ende Oktober!«

»Vielleicht hat sie ein paar Kalenderblätter zuviel abgerissen?«

»Kaum juckt unserer Belinda der kleine Zeh, feiert sie drei Tage krank, und wir können sehen, wo wir bleiben!«

»Ihre Abwesenheit fällt doch sowieso nur dadurch auf, daß der Kaffee länger reicht.«

Hedi rang sich ein Lächeln ab. »Entschuldige. Aber ich mußte mich heute schon beim Frühstück ärgern.«

»Laß dich scheiden, und du bist alle Sorgen los«, schlug Brigitte vor.

Hedi trank ihren Kaffee aus. »Manchmal träume ich davon, auf eine Südseeinsel auszuwandern.«

Die Klingel von Zimmer fünfhundertvier schrillte. Hedi stellte die leere Tasse in die Spüle und ging hinaus. Die alte Dame hatte ihr Haar gekämmt und lächelte. »Hätten Sie vielleicht eine Tasse Tee für mich, Schwester? Haben Sie schlecht geschlafen? Sie sehen müde aus.«

Als Hedi nachmittags mit mehreren Einkaufstüten bepackt nach Hause kam, dröhnte ihr im Treppenaufgang ein dumpfes *Bumm-Bumm* entgegen. Die Türkin aus dem ersten Stock putzte die Treppe; sie lächelte unsicher, als Hedi ihr im Vorbeigehen einen guten Tag wünschte.

Im zweiten Stock wartete Rosa Ecklig. Sie stemmte ihre dürren Arme in die Hüfte. »Sorgen Sie auf der Stelle dafür, daß dieser Krach aufhört! Sonst rufe ich die Polizei!«

»Ich wäre Ihnen sehr verbunden, wenn Sie sich damit noch ein wenig gedulden würden, Fräulein Ecklig«, sagte Hedi freundlich.

Rosa Ecklig straffte ihre mageren Schultern. »Sie sollten sich mehr um Ihre Kinder kümmern, Frau Winterfeldt! Ich werde Jochen morgen sagen...«

»Einen schönen Tag noch.« Hedi schluckte ihren Zorn hinunter und ging an ihr vorbei nach oben. Warum mußten sie auch ausgerechnet über der Schwippschwägerin von Klaus' Vorgesetztem wohnen! Und wann kapierte Dominique endlich, daß von eins bis drei Mittagsruhe zu herrschen hatte! Sie stellte die Tüten ab und kramte nach dem Wohnungsschlüssel. Ein Glück, daß wenigstens die Brancatellis von nebenan lärmfest waren. Jedenfalls hatten sie sich noch nie beschwert. Hedi schloß auf, schleppte die Tüten in den Flur und ging in Dominiques Zimmer.

Ihre Tochter lag auf dem Bett und blätterte in der *Bravo*. Von der Wand hinter ihr lächelte Leonardo DiCaprio in Lebensgröße. Hedi fand, der Kerl sah aus wie weichgespült. Sie zog den Stecker der Stereoanlage heraus. Dominique fuhr hoch. »Mama! Du kannst doch nicht...«

»Das nächste Mal verscherbele ich das Ding auf dem Flohmarkt! Ist das klar?«

»Techno muß man laut hören. Sonst törnt's echt null an.«

»Paß auf, daß mich nicht gleich was echt null antörnt!« Dominique schlug die Zeitschrift zu und rollte sich schmollend zur Wand.

In der Küche sah es zum Fürchten aus. Auf der Anrichte lag eine angeknabberte Tiefkühlpizza in einer fettigen Pappschachtel; daneben eine zerknüllte Chipstüte, hartgewordene Toastbrotscheiben und der nasse Kaffeefilter. Der Tisch im Eßzimmer war nicht abgeräumt. An Tante Juliettes Kirschkonfitüre klebte Eidotter. Sascha hockte mit Kopfhörern auf dem Sofa und sah zu, wie Jean-Claude van Damme über eine Leiche stieg.

Hedi nahm die Fernbedienung und schaltete den Fernseher aus. »Könnt ihr nicht *einmal* den Saustall hier aufräumen?«

Sascha setzte die Kopfhörer ab. »Dominique hat in der Küche rumgefuhrwerkt. Soll sie auch saubermachen.« Er griff nach seiner Jacke, die neben dem Sofa lag, und stand auf. »Ich hab' ein Date mit Corinna. Tschüs.«

»Wer ist Corinna?«

Statt einer Antwort knallte die Wohnungstür.

Hedi ließ sich auf die Couch fallen und fragte sich, wann sie den entscheidenden Fehler gemacht hatte. Und warum sie es nicht fertigbrachte, ordentlich auf den Tisch zu hauen. Oder einfach ohne Ankündigung für vier Wochen in Urlaub zu fahren. Sie drückte auf die Fernbedienung.

»Du Arschloch! Du hast 'n doch so lang angebaggert, bisser mit dir in die Koje gesprungen is!« schrie eine grell geschminkte Frau in zu kurzem Rock.

»Das mußt du grad sagen, du Schlampe!« schrie eine noch greller geschminkte Frau zurück. In ihrer oberen Zahnreihe klaffte eine Lücke. »Du hast's doch bloß nur auf dem seine Knete abgesehn!«

»Weißt du, was du bist? Du bist doch die allerletzte...«

Es folgte ein Piepton. »Genau das biste, und sonst nix!«

»Aber Frau Schäfer«, sagte die Moderatorin lächelnd. »Wollen wir nicht lieber versuchen, eine Lösung für Ihr Problem zu finden, anstatt uns gegenseitig zu beschimpfen?«

Hedi schüttelte den Kopf und schaltete um.

»Du bist doch viel zu schade für diesen Typen! Guck dir den doch mal an! Macht den Dicken und hat noch nix geschafft in seinem ganzen Leben!«

Hedi schaltete um.

»Wann kapierst du's endlich? Du bist häßlich! Du bist fett! Du ödest mich an!«

»Aber wir haben doch... Ich dachte doch...« Der Rest ging in Tränen unter.

Hedi schaltete den Fernseher aus und wünschte sich, für mindestens ein Jahr mit der *Lächelnden Frau* zu tauschen.

2

Das Vierte Polizeirevier der Stadt Offenbach war ein schmuckloser Nachkriegsbau, von dem blaßgrüne Farbe abblätterte. In der Toilette neben dem Spindraum im Obergeschoß zeugten schwarze Flecken von den vergeblichen Bemühungen, dem undichten Flachdach mit einem Eimer Teer beizukommen.

Weil sich Landesregierung und Kommunalpolitiker nicht einigen konnten, ob eine Stadt mit knapp einhundertsiebzehntausend Einwohnern drei oder vier Polizeireviere benötigte, wurde die Aufnahme des Vierten Reviers in das Modernisierungsprogramm *Wache 2000* von Jahr zu Jahr verschoben. Immerhin hatte es mit der Einführung der EDV ein paar neue Schreibtische gegeben.

Dienstgruppenleiter Michael Stamm saß hinter dem Wachtisch und sah Fernschreiben durch, als Klaus um fünf vor sieben in Uniform hereinkam.

»Kissel will dich sprechen«, sagte Michael. »Scheint dringend zu sein. Er war schon zweimal hier und hat gefragt, wo du bist.«

Klaus verdrehte die Augen. »Was Erbaulicheres hast du mir um diese Uhrzeit nicht anzubieten, Chef?«

Michael grinste. »Um acht tritt unsere neue Kollegin ihren Dienst an.«

»Wenn sie es mit dem Kinderkriegen so eilig hat wie ihre Vorgängerin, haben wir nicht lange Freude an ihr.« Klaus verließ den Wachraum. Er ging durch den schummrigen Flur zum Büro des Dienststellenleiters und klopfte.

»Herein!« rief eine herrische Stimme.

Der Erste Polizeihauptkommissar Jochen Kissel saß aufgerichtet hinter seinem fast leeren Schreibtisch. Sein Büro war das größte im Haus und das einzige, das während der vergangenen Jahre frische Farbe gesehen hatte. Die Neonröhren an der Decke verbreiteten ein ungemütliches Licht. Kissel war seit sechzehn Jahren Leiter des Vierten Reviers, seit neunundreißig Jahren bei der Polizei und seit seinem zwanzigjährigen Dienstjubiläum figürlich außer Form geraten. Er galt als Choleriker. Unter den Schichtdienstbeamten kursierte die Wette, daß eher die Polkappen abschmelzen würden, bevor Kissel mit einem freundlichen Morgengruß die Wache betrat. Er warf Klaus einen strengen Blick zu.

»In Ihrem Bericht vom Donnerstag sind Rechtschreibfehler, Winterfeldt!«

»Mhm«, sagte Klaus. Es war zwecklos, seinem Vorgesetzten zu erklären, daß das nachts um halb vier schon einmal vorkommen konnte.

Kissel zog die oberste Schublade seines Schreibtischs auf und holte drei Blätter heraus. »Ich dulde keine Schlampereien! Sie schreiben das noch mal! Verstanden?«

Klaus nickte, nahm den Bericht entgegen und verließ das Büro. Er überflog die einzelnen Seiten, zerriß sie und warf die Schnipsel in den Altpapiersack, der neben der Ladekiste im Flur stand.

»Na? Was war es diesmal?« fragte Michael grinsend, als Klaus in die Wache zurückkam.

»Zweimal *Denn* ohne Doppel-n.«

»Was?«

»Unser Dienststellenleiter hält meinen Festnahmebericht vom Donnerstag für verbesserungsbedürftig.«

»Das darf doch nicht wahr sein! Ich habe den Kollegen vom Einbruch vor einer halben Minute Stein und Bein geschworen, daß das Ding seit Freitag morgen in der Post ist!«

Klaus zuckte mit den Schultern. »Demnächst unterschreibe ich mit Müller.«

»Das tust du doch ohnehin schon«, sagte Michael. Es war allgemein bekannt, daß Klaus seinem Streifenpartner Uli Müller gelegentlich schriftliche Arbeiten abnahm, die Kissels Schreibtisch anstandslos passierten.

Daß Polizeihauptmeister Klaus Winterfeldt bei seinem Vorgesetzten einen so schweren Stand hatte, lag nicht nur an der wöchentlichen Berichterstattung von Kissels Schwippschwägerin Rosa Ecklig, sondern auch an einer fünfzehn Jahre zurückliegenden Begegnung im Spindraum. Klaus war jung und sein Glaube an die Vorbildfunktion von Vorgesetzten unerschüttert gewesen. Niemand hatte ihn über hausinterne Gepflogenheiten aufgeklärt.

Über Notruf wurde eine Schlägerei gemeldet. Klaus rannte die Treppe hinauf, stieß die Tür zum Spindraum auf und knipste das Licht an. Auf dem Bett, das den Beamten nachts zum Ruhen diente, waren Dienststellenleiter Kissel und eine junge Blondine zugange.

»Was suchen Sie hier?« schrie Kissel.

»Ich wollte meinen Knüppel runterholen, Herr Hauptkommissar«, antwortete Klaus.

»Wollen Sie mich verarschen?«

Die Frau hielt sich die Ohren zu.

»Wenn Sie bitte entschuldigen wollen, Herr Hauptkommissar. Es wurde eine Schlägerei gemeldet, und ich habe meinen ... äh, Polizeistock vergessen.«

Kissel bedeckte seine Blöße mit dem Uniformhemd. »Raus, Winterfeldt! Auf der Stelle!«

Zwei Wochen lang begegneten alle Angehörigen des Vierten Polizeireviers ihrem Chef mit einem Lächeln. Die dienstlichen Beurteilungen des Streifenpolizisten Winterfeldt hatten seitdem selten für eine Beförderung ausgereicht.

Wenn Klaus von Kissel absah, fand er seinen beruflichen Alltag im großen und ganzen in Ordnung. Es gab Höhen und Tiefen, und mit den Jahren fiel ihm der Wechseldienst schwerer, aber er war gern auf der Straße. Die Vorstellung, in einem der stickigen Büros im Polizeipräsidium tagaus, tagein über Akten zu brüten, jagte ihm einen Schauer über den Rücken.

Trotzdem hatte er sich vor neun Jahren breitschlagen lassen, eine Bewerbung zur Kriminalpolizei abzugeben. Er durchlief mehrere Tests, mußte imaginäre Würfel falten, ein bißchen rechnen und rechtschreiben und schlecht kopierten Politikerfotos die richtigen Namen zuordnen: Kohl, Che Guevara, Honecker. Was das mit Kriminalistik zu tun hatte, begriff er bis heute nicht. Zuletzt wurde sein Denkvermögen geprüft.

Kreuzen Sie an, ob eine Schlußfolgerung logisch ist, die aus zwei vorausgegangenen Sätzen gezogen wird. Die ersten Sätze lauteten: *Alle Affen sind Äpfel. Alle Äpfel haben Flügel, und alle Vögel haben Schwänze und können fliegen. Also haben alle Affen Schwänze.*

Klaus zog die Schlußfolgerung, auf eine Karriere bei der Kripo zu verzichten. Er nahm einen Nebenjob bei der Firma Tachnon an und ging nach Dienstende Heizungsröhrchen ablesen. Das machten andere aus seiner Schicht auch. Es brachte ein Zusatzeinkommen, das er sparte, um seiner Familie eines Tages ein Haus kaufen zu können. Diesen Traum träumte er, seit er verheiratet war.

Um Viertel nach acht beorderte Dienststellenleiter Kissel die Beamten der D-Schicht in den Sozialraum. Zwei Minuten später kam er mit einer sehr schlanken, schwarzhaarigen jungen Frau herein. Sofort hefteten sich alle Blicke auf sie. Sie zupfte verlegen an ihrer Uniform und sah an den Beamten vorbei zur Wand.

Kissel wartete, bis alle Geräusche im Raum verstummt waren. »Meine Herren! Ich darf Ihnen die erfreuliche Mitteilung machen, daß Frau Polizeikommissarin zur Anstellung Dagmar Streibel ab heute in Ihrer Dienstgruppe Dienst versehen wird. Ganz besonders freut es mich, daß es mir gelungen ist, die seit längerem vakante Stelle von Kollegin Schmidt wieder mit einer jungen Dame besetzen zu können.«

»Blablabla«, raunte Klaus seinem Streifenpartner Uli ins Ohr.

»Wie Ihnen sicherlich bekannt ist, meine Herren, geht mein Bestreben dahin, in allen Dienstgruppen mindestens eine weibliche Beamtin zu haben. Im Gegensatz zu so manchem Gestrigen in unseren Reihen bin ich nämlich durchaus der Meinung, daß Frauen für die Polizei eine Bereicherung darstellen. In diesem Zusammenhang darf ich Ihnen verraten, daß unsere junge Kollegin die Polizeifachhochschule als Jahrgangsbeste abgeschlossen hat. Der eine oder andere unter Ihnen wird also einiges von ihr lernen können, was rechtstheoretische Fragen angeht.«

Kommissarin z. A. Streibel bekam einen roten Kopf.

Klaus fand, daß sie höchstens zwei Jahre älter aussah als Dominique. Da sie mit ihrer Ausbildung fertig war, mußte sie jedoch mindestens einundzwanzig sein. Die Ärmel ihres Uniformhemds waren zu lang, die Manschetten über ihre schmalen Handgelenke gerutscht. Die flotte Kurzhaarfrisur paßte nicht zu ihrem unsicheren Auftreten. Klaus fragte sich, welcher Teufel sie geritten hatte, zur Polizei zu gehen.

Jochen Kissel reichte ihr die Hand. »Ich darf mich vorerst von Ihnen verabschieden?« Er wies auf Michael. »Der Dienstgruppenleiter der Dienstgruppe Dora, Herr Stamm, wird sich um Sie kümmern und Ihnen einen kompetenten Beamten zur Seite stellen, der Sie in die Dienstgeschäfte einweisen wird. Sollten Sie darüber hinaus irgendwelche Fragen haben, scheuen Sie sich nicht, zu mir zu kommen. Ich werde stets ein offenes Ohr für Ihre Sorgen und Nöte haben.« Er lächelte ihr zu und verließ den Raum.

Michael Stamm stand auf. »Am besten kommst du erst mal mit mir nach vorn auf die Wache, und wir erledigen den ganzen Papierkram.«

Dagmar Streibel nickte erleichtert. Sie gingen hinaus.

»*Ich werde stets ein offenes Ohr für Ihre Sorgen und Nöte haben*«, äffte ein junger Polizist Kissel nach. »Ich möchte wissen, warum die Sesselfurzer um die Weiber immer so ein Geschiß machen! Zu mir hat er vor einem Jahr gesagt: Da ist die Wache! Den Rest erklärt Ihnen der Dienstgruppenleiter.«

»Vielleicht hättest du dich sorgfältiger schminken sollen, Stampe!« sagte ein solariumgebräunter Beamter in Klaus' Alter.

Alle lachten.

»Du mußt gerade dein Maul aufreißen, Hans-Jürgen!« sagte Stampe gereizt. »Wo du im Umkreis von zehn Kilometern keinem Rock widerstehen kannst!«

»Die Kleine ist ein bißchen zu dünn für meinen Geschmack«, sagte Hans-Jürgen süffisant. »Aber einen knackigen Hintern hat sie.«

»Ganz im Gegensatz zu dir«, sagte Stampe und hatte die Lacher auf seiner Seite.

»Zeit für eine Streife, oder?« sagte Klaus zu Uli.

»Seid ihr nicht neugierig, wem Michael unsere *weibliche Beamtin* zuteilt?« fragte Stampe.

»Da unser Herr Kissel etwas von einem kompetenten Beamten erzählt hat, wird es Kollege Winterfeldt kaum treffen«, sagte Hans-Jürgen grinsend.

Klaus zog es vor zu schweigen.

»Ich bin tatsächlich gespannt, mit wem sie fährt«, sagte Uli im Flur.

Klaus zuckte mit den Schultern. »Das ist mir so egal wie der berühmte Sack Reis in China, solange Michael nicht auf die Idee kommt, dich als Bärenführer zu reaktivieren.«

Uli lachte. Viele Jahre lang hatte er junge Beamte ausgebildet, die in die Dienstgruppe D versetzt wurden. Mit ihm zusammen hatte Klaus seinen ersten Unfall aufgenommen, seine erste Verfolgungsjagd absolviert und seinen ersten Wohnungseinbrecher festgenommen; nur das Berichteschreiben hatte er von anderen abgeschaut. Seit Michael Stamm Dienstgruppenleiter war, gab es keine festen Ausbilder mehr. Klaus war nicht böse darum. Er und Uli bildeten ein eingeschworenes Team. Wenn es sich einrichten ließ, nahmen sie sogar zur gleichen Zeit Urlaub.

»Ich gehe davon aus, daß sie erst einmal irgendwo als Dritte mitfährt«, sagte Uli.

»Hoffentlich nicht bei uns«, erwiderte Klaus.

»Hast du Kollegin Schmidt immer noch nicht verziehen?«

»Meine Arbeitsfreude leidet beträchtlich, wenn ich nicht mal mehr ungestraft einen harmlosen Witz erzählen darf!«

»Ich kann mich nicht erinnern, daß deine Witze jemals harmlos gewesen wären, Kollege Winterfeldt«, sagte Uli grinsend. »Außerdem hat's schon der alte Goethe gewußt: Mit Frauen soll man sich nie unterstehen zu scherzen.«

»Apropos... Kennst du den Unterschied zwischen einer Blondine und einem Hohlblock?«

»Wieso? Gibt's da einen?«

Lachend betraten sie die Wache. Michael Stamm war dabei, Dagmar Streibel den Funktisch zu erklären. Uli ging zu seinem Aktenfach und zog einen Stapel Papier heraus. Klaus trug eine Präventivstreife in die Statistik ein.

Dienststellenleiter Kissel kam herein. Sein Gesicht war rot. Er baute sich vor dem Wachtisch auf. »Wer hat zuletzt den Hundewagen gefahren?«

Michael Stamm sah zu ihm auf. »Warum?«

Kissel warf ihm den Zündschlüssel zu. »Das Blaulicht ist defekt! Ich will, daß das heute noch repariert wird! Klar?«

Michael betrachtete interessiert den Schlüssel in seiner Hand. »Das Blaulicht ist defekt? Wo gibt's denn so was?«

Klaus griff zu einem x-beliebigen Fahrtenbuch und studierte angestrengt die vormonatliche Benzinabrechnung.

»Jedesmal, wenn ich die Bremse betätige, blinkt es!« rief Kissel. »Und das Martinshorn heult los!«

Michael schüttelte den Kopf. »Müller wird den Wagen in die Werkstatt fahren, Herr Kissel.« Er sah Uli an, der in einer Akte las. »Hast du gehört? Der Hundewagen muß in die Werkstatt.«

Uli schaute auf. »Wird sofort erledigt, Chef!«

»Das will ich hoffen!« sagte Kissel und verschwand.

»Warum war Herr Kissel denn so wütend?« fragte Dagmar. »Es kann doch niemand etwas dafür, wenn...«

Michael sah Uli an. »Was hast du mit dem Streifenwagen angestellt, Müller?«

»Nichts, Chef. Ehrenwort!«

»Und warum grinst du dann so blöd?«

»Die Vorstellung, daß Kissel bei seiner Ordnungsstreife Schweißausbrüche bekommen hat, gefällt mir.«

»Was denn für eine Ordnungsstreife?« fragte Dagmar.

»Unser Dienststellenleiter lebt in einer Landesbediensteten‑ wohnung zum Sozialmiettarif an der Offenbacher Peripherie und leistet seinen Beitrag zur Verbesserung der Sicherheitslage, indem er falsch geparkten Fahrzeugen seiner Nachbarn Strafzettel verpaßt«, sagte Uli.

»Übertreib's nicht! Irgendwann merkt auch ein Jochen Kissel, daß die Anzahl seiner Mißgeschicke mit den Dienstzeiten der D-Schicht korreliert«, sagte Michael.

Ein Notruf ging ein. Michael meldete sich.

»Herr Wachtmeister, nu hawwe se mir scho fünfmol des Audo uffgebroche! Unn stelle Sie sich vor, heut moje komm ich runner, unn es is scho widder uffgebroche! Wos kann ich do mache?« fragte eine alkoholisierte männliche Stimme.

»Sie können Anzeige erstatten. Im übrigen blockieren Sie den Notruf.«

»Awwer ich hab doch scho fünfmol Aazeich erstattet, unn des hatt nix genützt!«

Michael hatte den Notrufhörer kaum aufgelegt, als der zweite nebenan losklingelte.

»Mein Nachbar lackiert sein Auto im Vorgarten!« sagte eine weibliche Stimme.

»Na und?«

»Ich fühle mich belästigt!«

»Dann gehen Sie hin und sagen ihm, daß er aufhören soll.«

»Ich bin doch gar nicht zuständig für so was!«

»Entschuldigen Sie bitte, aber ...«

»Wofür zahlen wir eigentlich Steuern?« rief die Frau und knallte den Hörer auf.

Uli nahm den Schlüssel des Hundewagens vom Wachtisch. »Was dagegen, wenn ich mit Klaus Präventivstreife fahre?«

»Vorher müßtet ihr in der Groß-Hasenbach-Straße vorbeischauen. Frau Westhoff hat Besuch.«

»O Gott«, sagte Klaus. »Nicht schon wieder.«

Michael grinste. »Ich habe ihr versprochen, die Special Agents vorbeizuschicken, sobald sie abkömmlich sind. Los, los, die Dame wartet!« Er sah Dagmar an. »Wenn du willst, kannst du mitfahren.«

»Gern«, sagte Dagmar. »Ich muß nur schnell meine Waffe aus dem Schließfach holen.«

Genauso hatte Klaus sich das vorgestellt!

»Ich bin Uli, und der mürrische Kollege zu meiner Rechten heißt Klaus«, sagte Uli, als sie in den Garagenhof gingen.

»Dagmar«, sagte Dagmar. Sie sah Uli an. »Sag mal, warst du das wirklich?«

»Was denn?«

»Na, das mit dem Hundewagen! Wie hast du das hingekriegt?«

Uli zuckte mit den Schultern. »Das Schicksal schlägt eben manchmal auch die richtigen.«

»Hast du keinen Schiß, daß Herr Kissel dich erwischt?«

»Ich bin EdeKa-Beamter.«

»Wie bitte?«

»Ende der Karriere«, sagte Klaus.

Uli fuhr den Streifenwagen aus der Garage, öffnete die Motorhaube und machte sich an diversen Kabeln zu schaffen. Dagmar stieg auf der Beifahrerseite ein. Klaus nahm wohl oder übel auf dem Rücksitz Platz.

»Was ist denn das für ein Besuch, den diese Frau Westhoff hat?« fragte Dagmar, als sie aus dem Hoftor fuhren.

»Ziemlich unangenehme Sache«, sagte Uli.

»Gefährlich?«

»Mhm.«

»Könntest du bitte etwas konkreter werden?«

»Angst brauchst du keine zu haben«, sagte Klaus.

»Ich habe keine Angst! Ich möchte lediglich über den Sachverhalt informiert werden, damit ich eine Lagebeurteilung vornehmen und mögliche Einsatzvarianten prüfen kann!«

»Soso«, sagte Uli. Im Innenspiegel sah Klaus sein Grinsen. Er bog in die Geleitsstraße, dann in die Groß-Hasenbach-Straße ein.

»Macht ihr euch etwa lustig über mich?« fragte Dagmar pikiert.

Uli zog die Augenbrauen hoch. »Nichts liegt mir ferner, Kollegin.« Vor einem heruntergekommenen Mehrfamilienhaus hielt er an. »Für den Besuch von Frau Westhoff gibt es nur eine Einsatzvariante.«

»Und die wäre?«

»Augen zu und durch«, sagte Klaus, nahm das Handfunkgerät und stieg aus.

Maria Westhoff wohnte in einer Zweizimmerwohnung unterm Dach. Sie war eine grauhaarige Dame und trug ein elegantes Kostüm. Ihr faltiges Gesicht war dezent geschminkt; ihre geschwollenen Füße steckten in Filzpantoffeln. »Bin ich froh, daß Sie endlich da sind«, flüsterte sie. »Sie sind zurückgekommen.«

»Alle?« fragte Uli.

»Alle!« Sie sah Dagmar an. »Wer sind Sie, bitte?«

»Kommissarin Streibel wird die Sache überwachen«, sagte Uli.

»Sie sind eine richtige Kommissarin? Wie die Frau Elsner im Fernsehen? Aber warum haben Sie dann eine Uniform an?«

»Weil ich keine Kriminalkommissarin, sondern eine Polizeikommissarin bin«, sagte Dagmar.

Maria Westhoff wandte sich an Uli. »Heißt das etwa, daß die Frau Elsner gar nicht von der Polizei ist?«

»Doch, doch«, beruhigte er sie. »Aber sollten wir uns nicht um Ihre Gäste kümmern?«

Maria Westhoff sah ängstlich zu der geschlossenen Wohnzimmertür.

»Diesmal sind sie durchs Dach gekommen.«

»Mhm«, sagte Uli. »Haben Sie das Werkzeug parat?«

Maria Westhoff nickte und verschwand in der Küche.

»Könnt ihr mir verraten, was das hier werden soll?« fragte Dagmar ungehalten.

Uli legte einen Zeigefinger auf den Mund.

Maria Westhoff kam mit einer Blechschüssel und einem Kochlöffel zurück. »Geht es auch damit?« fragte sie leise. »Die Töpfe sind nicht gespült.«

Uli nahm die Schüssel und den Löffel und betrachtete beides eingehend von allen Seiten. Er sah Klaus an. »Was meinst du, Kollege? Geht's damit?«

»Mhm«, sagte Klaus.

»Also gut. Wenn ich sie zusammengetrieben habe, gibst du den Eliminationsbefehl!«

Klaus zog das Handfunkgerät aus seiner Uniformjacke. Uli schlich zur Wohnzimmertür, öffnete sie und fing an, mit dem Löffel im Dreivierteltakt auf die Schüssel zu schlagen. Maria Westhoff hielt sich jammernd die Ohren zu.

»Jetzt!«

Klaus schaltete die Rauschsperre an seinem Handfunkgerät aus. Er zählte bis zehn und schaltete sie wieder ein.

Maria Westhoff war begeistert. »Sie sind weg! Alle weg!«

Uli gab ihr die Schüssel und den Kochlöffel zurück. Klaus steckte sein Funkgerät ein.

»Ihre Männer sind wirklich unschlagbar, Frau Kommissarin!« sagte sie zu Dagmar.

Dagmar bekam einen roten Kopf. Klaus hatte Mühe, sich das Lachen zu verbeißen. Maria Westhoff begleitete sie zur Tür und verabschiedete sie mit einem überschwenglichen Dankeschön.

»Wenn ihr es lustig findet, alte Menschen auf den Arm zu nehmen, ist das eure Sache! Ich mache da jedenfalls nicht mit!« sagte Dagmar, als sie die Treppe hinuntergingen.

»Wie hättest du den Fall gelöst?« fragte Uli.

»Wir müssen die zuständigen Stellen informieren. Die Frau ist krank! Sie braucht Hilfe.«

»Die zuständigen Stellen haben festgestellt, daß weder Fremd- noch Eigengefährdung vorliegt«, sagte Klaus.

»Abgesehen davon, daß sie ein- bis zweimal im Monat strahlenverseuchte Geister durch Wände kommen sieht, ist sie völlig normal«, sagte Uli. »Also einer unserer harmlosen Fälle.« Er ging vor und schloß den Streifenwagen auf.

»Es ist trotzdem nicht richtig, sie derart an der Nase herumzuführen!« beharrte Dagmar, als sie weiterfuhren.

»Du darfst ihr beim nächsten Mal gerne erläutern, daß in ihrem Wohnzimmer keine verstrahlten Gespenster herumsitzen«, sagte Klaus amüsiert.

Dagmar drehte sich zu ihm um. Alle Unsicherheit war aus ihrem Gesicht verschwunden. »Genau das werde ich tun, Kollege! Außerdem möchte ich klarstellen, daß ich mir meinen Dienstgrad nicht ausgesucht habe. Und daß ich Herrn Kissels Ansprache genauso daneben fand wie ihr. Es wäre deshalb nett, wenn ihr euch eure diesbezüglichen Anspielungen ab sofort sparen könntet.«

»Zwei zu eins für dich«, sagte Uli lachend.

Die Frisur steht ihr, dachte Klaus.

3

Als Klaus nach Hause kam, hatte Hedi die Wohnung wieder in einen menschenwürdigen Zustand gebracht. Sie stand im Wohnzimmer und bügelte Wäsche. Im Fernsehen lief die Wiederholung der *Lindenstraße*.

Klaus griff nach der Zeitung, die auf dem Sideboard lag. »Hallo, Schatz! Ich war noch bei Ralf.«

Ralf wohnte im ersten Stock, war arbeitslos und schimpfte täglich über seine türkischen Nachbarn und über die bosnischen Sozialhilfeempfänger aus dem Erdgeschoß.

Hedi legte ein T-Shirt zusammen. »Du hattest um Viertel vor eins Dienstschluß! Jetzt ist es halb sechs!«

Klaus setzte sich aufs Sofa. »Entschuldige. Wir haben nicht auf die Uhr gesehen.«

»Das tut ihr nie, bevor das Bier alle ist.«

»Ist noch was zu essen da?«

Hedi zog ein Uniformhemd aus dem Korb. Sie haßte Bügeln. Es kam gleich nach Bettenbeziehen und Badputzen. Sie hatte es zu delegieren versucht, aber der Monatstip aus der *Annabella* war gescheitert. Ihre Familie konnte über Körbe voller zerknitterter Kleidungsstücke steigen und in zahnpastaverklebte Waschbecken schauen, ohne negative Empfindungen zu haben.

»Sag mal, hörst du mir zu?«

Hedi ließ beinahe das Bügeleisen fallen. »Wie?«

»Ich wüßte gern, ob ich etwas zu essen bekomme.«

»Deine Kinder haben es vorgezogen, sich von Chips und Tiefkühlpizza zu ernähren. Der Rest steht im Kühlschrank.«

»Von den Chips?«

»Von der Pizza!«

Klaus legte die Zeitung zur Seite. »Warum bist du denn so gereizt, hm?«

Hedi knallte das Bügeleisen auf die Ablage. »Das fragst du noch?«

Klaus stand auf und nahm ihr das Uniformhemd ab, das sie gerade zusammenlegen wollte. Er hielt ihre Hände fest und küßte sie auf die Stirn. »Ich habe eine ganze Stunde Zeit.«

Hedi machte sich los. »Ich nicht!«

Er küßte sie auf die Nase. »Es gibt Dinge, die wichtiger sind als Bügeln, hm?«

»Ach ja? Wer beschwert sich denn ständig, daß er keine frischen Hemden mehr im Schrank hat!«

Klaus sah sie zerknirscht an. »Ich geb's ja zu, daß ich für diese Art von hausfraulicher Tätigkeit hoffnungslos unbegabt bin. Aber dafür trage ich immerhin ab und zu den Müll runter und kümmere mich um den Wagen.«

»Du liebe Zeit! Das bißchen Tanken und Ölwechseln könnte ich auch noch übernehmen!«

Klaus grinste. »Sofort, wenn du willst. Zur Belohnung darfst du eine Woche lang harte Frühstückseier kochen.«

Früher hätte Hedi ihm lachend in die Seite geboxt. Nach einer kleinen Verfolgungsjagd durchs Wohnzimmer hätte er sie ins Schlafzimmer getragen und später die Wäsche zusammengelegt, daß es ein Graus war. Sie griff nach dem Bügeleisen. Klaus ging zum Sofa zurück. »Dann halt nicht.«

»Was erwartest du von mir? Daß ich vor Freude in die Luft

springe, weil du es nach viereinhalb Stunden endlich schaffst, nach Hause zu kommen?«

»Es tut mir wirklich leid, aber...«

Im Flur klingelte das Telefon. Hedi stellte das Bügeleisen beiseite und verließ das Zimmer.

»Hallo, Hedwig! Vivienne hier. Stell dir vor, ich bin quasi deine Nachbarin. Ich wohne in Frankfurt mit Blick auf den Main. Ist das nicht phantastisch?«

»Mit wem spreche ich, bitte?« fragte Hedi verwirrt.

»Hedwig Ernestine, verheiratete Winterfeldt!« kam es empört aus dem Hörer. »Hast du vergessen, daß wir sieben Jahre lang im selben Klassenzimmer gehockt haben?«

»Vivienne Chantal Belrot?«

Vivienne lachte. »Ich bin gerade beim Aufräumen und fand den Zettel, den du mir auf unserem Jahrgangstreffen gegeben hast. Na ja, und da dachte ich, ruf doch einfach mal an.«

»Mhm«, sagte Hedi. Auf dem Klassenfest vor fünf Jahren hatte sie mit Vivienne Chantal kaum zehn Sätze gewechselt, die Verabschiedung mit eingerechnet. Ihr goldunterlegtes Visitenkärtchen hatte sie noch auf dem Weg zum Parkplatz weggeworfen. Warum hatte Vivienne es mit ihrem Zettel nicht genauso gemacht? Drei Minuten später wußte sie, daß ihre ehemalige Klassenkameradin eine berühmte Künstlerin geworden war, interessante und wichtige Leute kannte und demnächst eine bedeutende Ausstellung haben würde.

»Und da hast du Zeit zum Telefonieren?«

»Ich möchte meine alte Freundin Hedwig an meinem Glück teilhaben lassen!«

Hedi konnte sich nicht erinnern, daß sie und Vivienne irgendwann Freundinnen gewesen waren. Das Klassentreffen war ihr dafür um so besser im Gedächtnis. In ein gelbes Seidenkleid gehüllt, schwebte Vivienne in den Saal. Erste Falten, graue Haare, leicht aus der Fasson geratene Formen? Sie hatte damit keine Probleme und wußte es zu demonstrieren. Hedi fühlte sich häßlich neben ihr. Auf einmal war die Saalbeleuchtung zu hell, das Buffet zu üppig, das Benehmen der männlichen Anwesenden kindisch und der ganze Abend ein Reinfall.

»Übermorgen nachmittag habe ich einen Termin frei«, sagte Vivienne. »Was hältst du von einem Meeting bei *Georgies*?«

»Und wo wohnt der?«

»Sag bloß, du kennst das *Georgies* nicht?«

»Ich habe trotzdem überlebt.«

»*Bei Georgies* ist *der* Szene-Treff in Frankfurt.«

»Ich lebe in Offenbach.«

Vivienne lachte. »Dann komm halt zum Dom. Ich nehme an, den kennen auch Offenbacher. Um vier am Haupteingang?«

»Weißt du, ich...«

»Ich bin gespannt, was du mir alles zu erzählen hast!«

»Mhm.«

»Also dann bis Mittwoch.«

»Ja. Tschüs.« Hedi legte auf. Warum sagte sie immer ja, wenn sie nein meinte! Sie ging ins Wohnzimmer zurück. Klaus hatte sich den Pizzarest aus dem Kühlschrank geholt, und sie ärgerte sich, daß sie ein schlechtes Gewissen bekam, weil sie ihm nichts gekocht hatte.

»Wer war's denn?« fragte er kauend.

»Eine Schulfreundin.«

»Du siehst nicht so aus, als hättest du dich über ihren Anruf gefreut.«

»Es gibt noch mehr Dinge, über die ich mich heute nicht gefreut habe!« Hedi zog ein Hemd aus dem Korb und bügelte weiter.

»Was wollte sie?«

»Sich mit mir treffen.«

»Warum?«

»Herrgott! Was weiß denn ich?«

»Es zwingt dich niemand, die Einladung anzunehmen, oder?«

»Genausowenig, wie dich jemand zwingt, im ersten Stock ständig nach links abzubiegen!«

»Ich habe mich entschuldigt. Könnten wir es dabei belassen?«

»Du machst es dir verdammt einfach!«

Klaus klappte die leere Pizzaschachtel zu und stand auf. »Ich muß zum Dienst. Mach's gut.« Er ging ohne Abschiedskuß. Hedi haßte es, wenn er vor Auseinandersetzungen davonlief. Genauso, wie sie es haßte, in einem schäbigen Miethaus zu wohnen, nur weil er jeden Pfennig für ein Eigenheim sparte, das sie sich doch nie würden leisten können. Und ganz besonders haßte sie es, daß er es nicht merkte, wenn sie einen schlechten Tag hatte!

Zwei Stunden später – der Mörder in *Derrick* war gerade dabei, sein Opfer umzubringen – klingelte das Telefon. Hedi hatte es sich mit einer Dose Erdnüsse und einer flauschigen Decke auf der Couch bequem gemacht und ließ es klingeln. Dominique kam herein. Sie grinste. »Oma Resi wünscht dich zu sprechen, Mama.«

Hedi verzog das Gesicht. »Ich bin nicht da.«

»Tja, das hättest du mir mal vorher sagen sollen.«

Mit einem unterdrückten Fluch schälte sich Hedi aus der Decke und ging in den Flur.

Hedis Schwiegermutter hieß eigentlich Therese Augusta. Sie vertrat die Ansicht, daß eine Frau für den Haushalt und der Mann fürs Geldverdienen zuständig sei. Ihrer war vor vier Jahren an einem Herzinfarkt gestorben. Oma Resi lebte seitdem allein in ihrer Wiesbadener Fünfzimmerwohnung, ging montags zum Seniorenschwimmen, mittwochs zum Friseur und alle vierzehn Tage zur Kosmetikerin. Mindestens einmal pro Woche rief sie in Offenbach an, um ihren jüngsten Sohn zu fragen, warum ihm nichts Besseres eingefallen sei, als Polizist zu werden und eine Krankenschwester zu heiraten. Hedi nahm den Hörer. »Guten Abend, Schwiegermama.«

»Ist Klaus da?«

»Er hat Nachtdienst.«

»Heute morgen sagte mir dein Sohn, daß er im Frühdienst ist!«

»Ich habe dir vorige Woche erklärt, daß die Polizei Frühdienst und Nachtdienst am selben Tag hat, Schwiegermama.«

»Willst du damit andeuten, daß ich vergeßlich werde?«

»Soll ich ihm etwas ausrichten?«

»Ich werde wohl selbst mit meinem Sohn sprechen dürfen!«

»Er ruft dich morgen zurück.«

»Morgen habe ich Gymnastikstunde.«

»Den ganzen Tag?«

»Nachmittags kommen meine Freundinnen zum Rommé-spielen.«

»Ich sage ihm, er soll abends anrufen.«

»Vormittags paßt es besser.«

»Da schläft er.«

»Du läßt zu, daß dein Mann bis in die Puppen im Bett herumliegt?«

»Er hat Nachtdienst, Schwiegermama.«

»Ich melde mich morgen. Auf Wiederhören.« Es klang wie eine Drohung.

Hedi ging ins Wohnzimmer zurück. Sie ließ sich aufs Sofa

fallen und wickelte die Decke um ihre Beine. Derrick stieg zu Harry ins Auto. Sie fuhren zum Tatort. Bevor sie ankamen, klingelte das Telefon.

Es gab Tage, an denen Hedi ernsthaft darüber nachdachte, einen Koffer zu packen und sang- und klanglos zu verschwinden.

»Guten Abend, Hedwig«, meldete sich Hedis Schwägerin Anette. Sie lehnte es ab, *Hedi* zu sagen. *Hedi* fand sie albern. »Bitte entschuldige, daß ich dich so spät noch störe, aber ich bin in der Bredouille.«

Soviel Freundlichkeit konnte nur eins bedeuten. »Willst du mal wieder deinen Sohn loswerden?«

»Ich bitte dich, Hedwig! Christoph-Sebastian ist mein ein und alles!«

»Aber?«

»Ich fliege übers Wochenende zum Shopping nach New York. Kann ich Christoph-Sebastian auf dem Weg zum Flughafen bei euch vorbeibringen?«

»Ich muß arbeiten.«

»Und Klaus?«

»Was ist mit Bernd?«

»Er ist auf einer wichtigen Tagung in Wien.«

Daß Klaus sich von seinem Bruder zur Patenschaft für Christoph-Sebastian hatte überreden lassen, nahm Hedi ihm bis heute übel. Sie mochte weder Bernd noch Anette. Und Christoph-Sebastian war das ungezogenste Kind, das ihr je begegnet war.

»Christoph-Sebastian freut sich so sehr auf einen Besuch bei euch«, sagte Anette.

»Sicher. Es macht ja auch Spaß, den Kassettenschacht des Videorecorders bis zum Anschlag mit Butterkeksen zu füllen und unsere Wohnzimmermöbel mit froschgrüner Farbe anzumalen.«

»Er hat es nicht böse gemeint, Hedwig. Außerdem hat Bernd alles bezahlt.«

»Beim letzten Mal wolltest du mich wegen Kindesmißhandlung anzeigen.«

»Wie konnte ich ahnen, daß Christoph-Sebastian sich mit einem blauen Textmarker im Gesicht herummalt?«

»Wie konnte ich ahnen, daß dein Sohn, statt im Bad Zähne zu putzen, im Wohnzimmer meine Kakteensammlung rasiert? Du mußt dein Shopping verschieben. Klaus hat Nachtdienst. Tschüs.«

»Nein, nein, es gibt nichts Neues«, sagte Derrick zu Harry, als Hedi ins Wohnzimmer zurückkam. »Wir drehen uns eigentlich nur im Kreis.«

»Warum soll es euch besser gehen als mir?« murmelte Hedi, schaltete den Fernseher aus und ging ins Bett.

4

Als Hedi am nächsten Morgen aus dem Haus ging, war Klaus noch nicht von der Nachtschicht zurück. Früher hatte er angerufen, wenn es später wurde. Und in ihrer gemeinsamen Nachtdienstwoche war er regelmäßig mit Uli auf einen Kaffee im Krankenhaus vorbeigekommen. Jahrelang hatte Hedi sich Sorgen gemacht, wenn er nicht pünktlich heimkam. Längst hatte sie damit aufgehört.

Durch den Dunst über den Häusern schien der Mond. Sein Licht reichte nicht aus, um Einzelheiten im Gesicht der *Lächelnden Frau* zu erkennen. Es war kalt. Aber der Tag versprach, sonnig zu werden.

Nach der Morgenvisite wurde die alte Frau Beck von Zimmer fünfhundertvier entlassen. Tagelang hatte sie darauf gedrängt. Als anstelle ihrer Tochter ein Taxifahrer kam, um sie abzuholen, fing sie an zu weinen. Hedi versuchte vergeblich, sie zu trösten. Sie gab dem Taxifahrer einen Wink, mit der Tasche vorzugehen.

»Ihre Tochter ist berufstätig, Frau Beck, oder?« fragte sie, als er das Zimmer verlassen hatte.

»Aber sie hat mir versprochen, mich heimzufahren! Und jetzt...«

»Bestimmt hat sie so schnell nicht freibekommen. Eigentlich wären Sie ja auch erst übermorgen dran gewesen, hm?«

»Sie hat versprochen zu kommen!« beharrte die alte Frau.

Hedi hatte die Angst vor der Einsamkeit zu oft in den Gesichtern ihrer Patienten gesehen, um sie nicht auf Anhieb zu erkennen. »Haben Sie eine Telefonnummer, unter der ich Ihre Tochter erreichen kann?«

Frau Beck kramte in ihrer Manteltasche und gab Hedi einen verknitterten Zettel.

Der Taxifahrer wartete auf dem Flur. Hedi bat ihn um zwei Minuten Geduld. Als sie kurz darauf Frau Beck sagte, daß ihre Tochter mit den Kindern ganz bestimmt am frühen Nachmittag vorbeikomme, brach sie erneut in Tränen aus. Diesmal vor Freude. Hedi wunderte sich, wie einfach es war, einen Menschen glücklich zu machen. In solchen Momenten liebte sie ihren Beruf.

Das Bett in Zimmer fünfhundertvier blieb nicht lange unbelegt. Noch vor dem Schichtwechsel wurde eine achtzigjährige Patientin mit einem Oberschenkelhalsbruch eingeliefert. Ihr zwei Jahre älterer Ehemann wich nicht von ihrer Seite.

In der Wohnung war es still, als Hedi mittags nach Hause kam. Sascha und Dominique waren noch in der Schule, Klaus schlief. Das Frühstücksgeschirr hatte er in die Spülmaschine geräumt, den Brotkorb und die leere Kaffeekanne auf dem Eßtisch stehengelassen. Hedi brachte beides in die Küche und wischte die Krümel vom Tisch. Sie öffnete das Wohnzimmerfenster.

In dem Ahornbaum vor dem Haus sang eine Amsel. Ein buntbelaubter Zweig reichte bis zur Fensterbrüstung herauf. Hedi riß ein Blatt ab; andere lösten sich und trudelten nach unten. Das Blatt in ihrer Hand roch nach Vergänglichkeit. Sie ließ es fallen. Schon als Kind hatte sie Sentimentalitäten verabscheut. Nur zu Weihnachten machte sie eine Ausnahme. Und in der alten Mühle bei Tante Juliette. Sie sah in den wolkenlosen Oktoberhimmel hinauf und bekam Sehnsucht. Hedi schloß das Fenster. Der Tag war zu schön, um in der Wohnung zu versauern.

Sie setzte Kaffee auf, ging ins Schlafzimmer, knipste das Licht an und mußte lächeln. Klaus hatte das Kissen unter seinem Kopf zusammengeknüllt und das Federbett bis zum Kinn gezogen. Unten schauten seine nackten Füße heraus. Genauso hatte er dagelegen, als sie ihm nach der ersten gemeinsamen Nacht das Frühstück ans Bett brachte. Zwölf Monate später waren sie verheiratet und hatten das erste Kind.

Behutsam strich sie über sein dunkles, glattes Haar. Über der Stirn fing es an, sich zu lichten; an den Schläfen schimmerte es grau. Er sah blaß aus. Sie küßte ihn wach. Er schlang die Arme um sie und zog sie aufs Bett.

»Hilfe!« rief sie prustend. »Du erwürgst mich!«

»Ich liebe diese Art von Wecker.«

Hedi befreite sich lachend. »Ich habe Kaffee gekocht. Damit du fit wirst!«

»Das bin ich bereits«, sagte er fröhlich und griff nach ihrem Arm.

Hedi sprang auf, lief zum Fenster und zog den Rolladen hoch. »Sieh zu, daß du unter die Dusche kommst, du Bettratte! Draußen scheint die Sonne.«

Klaus ließ sich seufzend ins Kissen zurückfallen. »Von wegen Bettratte! Wir hatten die ganze Nacht Streß. Außerdem habe ich eine viel bessere Idee: Du läßt den Rolladen wieder runter, und wir trinken den Kaffee im Bett.« Er grinste. »Danach.«

Hedi öffnete das Fenster. Es ging in den Hof hinaus. Der Anblick des Hinterhauses war deprimierend. Die einzigen Farbflecke in der grauen Fassade waren blaue Plastiksäcke hinter den verwitterten Fenstern im oberen Stock. Aus der verbeulten Dachrinne hing ein Büschel vertrocknetes Gras.

Von den Bewohnern des Hinterhauses wußte Hedi nur, daß sie jung waren und öfter wechselten. Den Hausbesitzer störte das nicht, solange sie die Miete pünktlich bezahlten.

Sie drehte sich zu Klaus um, der immer noch keine Anstalten machte aufzustehen. »Tante Juliette hat angerufen. Wir sind um vier Uhr zum Kaffee eingeladen.« Sobald Klaus unter der Dusche war, würde sie mit ihr telefonieren. Sie war sicher, daß sie sich freuen würde.

»Das ist nicht dein Ernst!« Klaus fuhr mit der gleichen Begeisterung zu Tante Juliette wie Hedi zu Bernd und Anette.

Hedi zog ihm die Decke weg. »Los! Raus aus den Federn! So ein Wetter muß man ausnutzen!«

»Gut. Laß uns Kaffee trinken und anschließend ein bißchen spazierengehen. Aber bitte nicht im Odenwald, ja?«

»Juliette hat ...«

»Ruf sie an und sag ihr, wir besuchen sie ein anderes Mal.«

»Wenn du nicht mitkommst, fahre ich allein.«

»Hedi, bitte. Nach dem chaotischen Dienst heute nacht verspüre ich nicht das geringste Verlangen, achtzig Kilometer durch die Weltgeschichte zu gurken.«

»Ich habe Juliette seit Juli nicht mehr gesehen!«

Klaus stand auf. »Ich bin nicht in der Stimmung, mit dir zu streiten.«

»Und ich bin nicht in der Stimmung, ständig deine faulen Ausreden anzuhören, sobald ich meine Tante besuchen will! Also, was ist?«

»Laß es uns auf nächste Woche verschieben.«

»Ich fahre heute.«

»Hedi ...«

»Nein!«

Hedi drehte sich um und ging aus dem Zimmer. Sie nahm ihre Jacke von der Garderobe, steckte ihr Portemonnaie und die Autoschlüssel ein und verließ die Wohnung.

Als sie den Opel aus der Parklücke manövriert hatte, schaute sie zum dritten Stock hinauf. Die Wohnzimmergardine bewegte sich. Von Klaus war nichts zu sehen. »Damit hast du nicht gerechnet, was?« brummte sie trotzig. »Daß ich tatsächlich nein sagen kann.« Glücklich fühlte sie sich nicht.

Auf der kurvenreichen Landstraße nach Hassbach kehrte Hedis gute Laune zurück. Sie kurbelte das Seitenfenster herunter; der kühle Fahrtwind zerzauste ihr Haar. Es herrschte kaum Verkehr. Im Gegensatz zur Stadt machte ihr das Autofahren auf dem Land Spaß. Stoppelfelder wechselten mit gepflügten Äckern, auf denen Wintergetreide wuchs, dann führte die Straße durch einen Buchenwald. Buntes Laub verdeckte den Chausseerand.

Als Hedi aus dem Wald herauskam, sah sie auf einem Hügel die ersten Häuser von Hassbach: modern, großzügig, mit Gauben, Erkern und roten Dächern. Der alte Ortskern verbarg sich in der Senke dahinter: etwa zwei Dutzend Fachwerkhäuser, die sich um eine kleine Kirche drängten. Sie bog nach rechts ab und folgte der Straße bis zu dem Holzschild mit der verwitterten Aufschrift *Zur Eichmühle*. Der Weg dahinter war ungepflastert und voller Schlaglöcher; Steine knallten gegen das Wagenblech. Selbst wenn Klaus ohne Murren in den Odenwald fuhr: Spätestens hier fing er an zu fluchen. Im Gegensatz zu ihm war Hedi der Meinung, daß es bei einem Auto, das knapp zweihundertfünfzigtausend Kilometer und zwei Auffahrunfälle auf dem Buckel hatte, auf einen Kratzer mehr oder weniger nicht mehr ankam.

Der Weg durchschnitt ein Eichenwäldchen; zwischen den Bäumen floß der Mühlbach talwärts. Es roch nach feuchter Erde. Hedi lächelte. Fast dreißig Jahre war es her, seit sie unter den hohen Bäumen ihre ersten Steinpilze gefunden hatte. Bis zu ihrem sechzehnten Geburtstag war sie in den Ferien immer in der Eichmühle gewesen und hatte sich nichts Schöneres vorstellen können, als Bachkiesel zu sammeln, Kirschen aus Juliettes Garten zu naschen oder ihr Frühstücksei nestwarm aus dem Stall zu holen. Wenn sie zur Eichmühle fuhr, kehrte sie in den glücklichen Teil ihrer Kindheit zurück.

An das Wäldchen schlossen sich hügelige Wiesen an, und in ihrem Grund, von Obstbäumen umgeben, lag Juliettes Zuhause: zwei schindelgedeckte, im rechten Winkel zueinander stehende Fachwerkhäuser. Über dem größeren breitete sich die Krone einer alten Eiche aus, die der Mühle ihren Namen gegeben hatte.

Das Mühlhaus stammte aus dem siebzehnten Jahrhundert und war mehrfach umgebaut worden. Im rechten Teil wohnte Juliette, der linke war seit Jahrzehnten ungenutzt. Mahlwerk und Wasserrad standen schon still, als Hedi ihren ersten Sommer im Odenwald verlebte; auf dem verstaubten Balkenboden hatte sie Verstecken gespielt.

Zweihundert Meter vor der Mühle kreuzten sich Bach und Straße. Zwischen Schlehensträuchern und Birken sah Hedi den Mühlteich. Sie schaltete zurück, und der Opel rumpelte über die verwitterte Holzbrücke. An Juliettes Garten vorbei fuhr sie in den Hof und parkte neben dem Hühnerstall vor dem kleineren der beiden Fachwerkgebäude. Die Scheune war hundertfünfzig Jahre später erbaut worden als das Mühlhaus und hatte früher als Heuschober, Stallung und Geräteraum gedient. Hedi erinnerte sich an gescheckte Kühe, schwarze und weiße Kaninchen, schmutzige Schweine und an die Ziege Rosemarie. Geblieben waren die Kaninchen. Den Geräteraum nutzte Juliette seit Jahren als Garage für ihren altersschwachen Käfer.

Hedi schloß den Wagen ab und ging zum Mühlhaus. Efeu und wilder Wein wuchsen bis aufs Dach hinauf. Der rechte Klappladen vor Juliettes Schlafzimmerfenster hing schief. Die

Bourbonrosen vor dem Haus waren gestutzt; in zwei Steintrögen blühte Erika. Der Wein färbte die Fassade rot. Wo die Blätter gefallen waren, zeigten sich graurissige Balken und Gefache, aus denen Lehm bröckelte. *Ein Mühlstein und ein Menschenkind/Wird stets herumgetrieben./Wo beides nichts zu reiben hat,/Wird beides selbst zerrieben.* Der Hausspruch über der Tür war verblaßt, aber Hedi kannte ihn auswendig. Sie hatte den rostigen Türklopfer schon in der Hand, als sie das Hollandrad sah. Es stand gegen den efeubewachsenen Stamm der Eiche gelehnt. Das *Prinzeßchen* war da! Am liebsten wäre sie auf der Stelle umgekehrt, aber dazu war es zu spät. Die Haustür ging auf.

»Hedi! Was für eine Überraschung!« Juliettes von unzähligen Fältchen durchzogenes Gesicht zeigte überschwengliche Freude. Sie schloß Hedi in ihre Arme und küßte sie auf beide Wangen.

»Hallo, Tante Juliette. Ich hatte heute überraschend Zeit, und da dachte ich...«

»Gut gedacht, Kind! Komm rein.« Sie ließ Hedi los, zog eine Nadel aus ihrem Dutt und steckte eine Locke fest. Juliettes Haar war grau, solange Hedi denken konnte. Wenn sie es nach dem Waschen offen trug, reichte es bis zur Taille. *Silbernes Wolkenhaar* hatte Hedi als Kind gesagt und gewettet, daß ihre eigenen, dünnen Zöpfchen eines Tages bis zu den Zehenspitzen wachsen würden. Die Courths-Mahler war schuld, daß sie die Wette verloren hatte.

»Wir haben Apfelstrudel gemacht«, sagte Juliette. »Du kommst also genau richtig.«

»Du hast Besuch?« fragte Hedi gespielt überrascht.

»Ja. Elli ist da.« Juliette ging durch den dunklen Flur voraus ins Wohnzimmer.

Hedi folgte ihr lustlos. Das letzte, was sie sich wünschte, war, einen Nachmittag in Gesellschaft von Elli zu verbringen, die eigentlich Elisabeth Stöcker hieß und im Dorf früher *Prinzeßchen* genannt worden war. Sie saß auf Juliettes zerschlissenem Sofa am Kamin und lächelte. Der Tisch war für zwei Personen gedeckt. Neben dem Apfelstrudel stand eine Schüssel mit Vanillesoße. Es duftete nach Äpfeln und Zimt. Hedi wünschte Elisabeth einen guten Tag und setzte sich ans andere Ende des Sofas. Juliette ging in die Küche, um einen dritten Teller und Besteck zu holen.

»Sie haben Glück«, sagte Elisabeth. »Eine halbe Stunde später, und wir hätten alles ratzeputz weggegessen.« Sie nahm ein Messer und schnitt den Strudel auf. Hedi betrachtete ihre kräftigen, schwieligen Hände, das rotwangige Gesicht, die altmodische Dauerwellfrisur. Elisabeth Stöcker war keine schöne Frau, aber auch nicht häßlich. Sie wirkte dick, aber sie war es nicht. Hedi kannte sie fast nur im Kittel. Heute hatte sie ein dunkles, schlichtes Kleid an. Sie war das Urbild einer Odenwälder Bäuerin. Nur die grünen Augen paßten nicht. Aber selbst die rechtfertigten es in keiner Weise, sie *Prinzeßchen* zu nennen. Schon vor dreißig Jahren nicht, als Hedi den Spitznamen zum ersten Mal gehört und beschlossen hatte, die dazugehörige Person nicht zu mögen. Juliette kam mit dem Teller zurück. Elisabeth legte Strudel darauf.

»Wir haben eine prächtige Tomatenernte gehabt dieses Jahr«, sagte Juliette. »Du kannst dir nachher welche mitnehmen. Große gelbe, kleine gelbe, rotgelb gestreifte, orangefarbene, braune, violette, flaschenförmige ... Was du willst.«

Hedi sah Juliette an, als zweifle sie an ihrem Verstand. Elisabeth fing an zu lachen. »Wir haben alte Sorten ausprobiert. Das ist ein kleines Hobby von mir. Und dieses Jahr konnte ich Ihre Tante endlich dazu überreden mitzumachen. Wär' ja schade, wenn die schönen alten Sorten auf Nimmerwiedersehen verschwänden, nur weil die Saatgutkonzerne den Markt beherrschen.«

Juliette kicherte. »Lila Kartoffeln baut sie auch an. Und du glaubst nicht, wie gut die Dinger schmecken!«

»Schön«, sagte Hedi. Wenn sie etwas garantiert nicht interessierte, waren es bunte Tomaten und lila Kartoffeln.

»Wir haben vielleicht eine Idee, was wir mit der alten Gärtnerei anfangen können«, sagte Juliette.

Hedi goß Vanillesoße über ihren Strudel und probierte. Er schmeckte noch köstlicher, als er roch. Aber nicht einmal das konnte ihre Laune heben. Das so selbstverständlich dahingesagte *Wir* ärgerte sie. Und die Zukunft der verfallenen Gewächshäuser hinter der Streuobstwiese interessierte sie noch weniger als bunte Tomaten und lila Kartoffeln. »So? Was denn?«

»Ellis Sohn hat Interesse, sie wiederzueröffnen«, sagte Juliette.

»Na ja, erst einmal muß er seine Lehre beenden«, sagte Elisabeth verlegen. »Und sich nach einem geeigneten Partner umsehen.«

»Ich würde mich freuen, wenn es klappt«, sagte Juliette. »Dann käme wieder ein bißchen Leben in die alte Mühle.«

Hedi sah sie erstaunt an. »Aber dir hat es doch nie etwas ausgemacht, allein zu leben.«

Juliette lächelte. »Hedilein, ich werde alt. Und alte Leute fangen an, weiße Mäuse zu sehen.«

»Wir haben auch schon daran gedacht, einen Teil der Mühle zu vermieten«, sagte Elisabeth. »Nur: Wer zieht freiwillig hier heraus?«

Hedi war es, als habe ihr jemand einen Faustschlag versetzt. Tante Juliette war stark. Sie war fröhlich und klagte nie. Sie las keine Romane von Hedwig Courths-Mahler und war auch sonst das Gegenteil von Marianne Klammbiel. Deshalb liebte Hedi sie. Und hatte vergessen, daß sie siebenundachtzig war: siebzehn Jahre älter als Frau Beck, die sie am Morgen getröstet hatte, weil ihre Tochter nicht kam. »Warum hast du denn nicht angerufen, wenn es dir schlechtging, Tante?«

Juliette lachte. »Nun mach nicht so ein Gesicht, Hedilein! Elli und ich haben bloß überlegt, wie man einer alten Schachtel ein bißchen Trubel ins Haus bringt, damit sie nicht ständig den *Musikantenstadl* anschauen muß.«

»Juliette, du solltest ehrlich zu ihr sein.« Elisabeth sah Hedi an. »Anfang August ist sie beim Hühnerfüttern gestürzt, und wenn ich nicht zufällig vorbeigekommen wäre...«

Hedi wurde blaß. »Warum weiß ich nichts davon?«

»Der Fuß ist wieder heil, und basta. Außerdem kommt die liebe Elli jeden Tag *zufällig* vorbei.«

»Ich brauche Abwechslung vom Dorftratsch«, sagte Elisabeth.

Juliette zwinkerte Hedi zu. »Der Dorftratsch ist so schlimm, daß sie mich kein Gras mehr für die Kaninchen mähen läßt, mir verbietet, den Hühnerstall auszumisten und den Hof zu kehren.«

Elisabeth grinste. »In Wahrheit komme ich nur, um deine Räucherkammer zu benutzen und ein paar Eier abzustauben.«

»Und um die Anbaufläche für vom Aussterben bedrohte Tomaten zu vergrößern«, fügte Juliette hinzu.

Hedi war nicht nach Scherzen zumute. »Vielleicht solltest du darüber nachdenken, ob es nicht besser wäre...«

»...in ein Altersheim zu gehen?«

»Ich denke...«

Juliettes Augen funkelten. »Bevor ich freiwillig einen Fuß in eine dieser ärztlich überwachten Rentner-Entsorgungsstätten setze, springe ich in den Mühlteich!«

Hedi und Elisabeth wechselten einen schnellen Blick. Juliette lachte. »Keine Sorge. Zur Zeit denke ich weder über das eine noch über das andere nach. Und jetzt sollten wir endlich den Apfelstrudel essen, bevor er kalt wird.«

Hedi blieb, bis es dunkel wurde. Doch nicht einmal, als Elisabeth gegangen war, wollte sich das alte Gefühl der Vertrautheit zwischen ihr und Juliette einstellen.

Kurz vor acht war sie zurück in Offenbach. Dominique lag auf der Couch im Wohnzimmer und studierte einen Katalog mit der neuesten Teenie-Mode. Sascha war unterwegs. Von Klaus lag ein Zettel im Flur. *Deine Freundin hat angerufen. Muß das Meeting leider auf Donnerstag verschieben. Gleicher Ort, gleiche Zeit.*

Wenigstens ihre Telefonnummer hätte er aufschreiben können. Hedi blätterte im Telefonbuch, dann rief sie die Auskunft an. Aber eine Vivienne Chantal Belrot gab es in Frankfurt nicht. Zumindest nicht im offiziellen Telefonverzeichnis. Sie zerknüllte den Zettel und warf ihn in den Müll. Vivienne war nicht ihre Freundin! Und sie hatte weder mittwochs noch donnerstags Lust, sich mit ihr zu treffen!

Als Klaus nach Hause kam, war es fast Mitternacht. Die Schlafzimmertür quietschte, und er fluchte unterdrückt. Hedi hörte, wie er sich im Dunkeln auszog. Sie knipste die Nachttischlampe an.

»Entschuldige, Schatz. Ich wollte dich nicht wecken.«
»Du bist betrunken!«
Er lächelte. »Nur ein bißchen. Und ziemlich müde.«
»Wo warst du?«
»Im *Vincenzo*. Uli hat angerufen und...«
»Ach ja? In die Kneipe gehen und bis in die Nacht mit deinem Kollegen saufen, das kannst du! Aber mit mir nachmittags in den Odenwald zu fahren, ist dir zu anstrengend!«
»Hedi, bitte...«
»Gute Nacht.«

Sie drehte sich um und machte das Licht aus. Wenn sie weniger wütend gewesen wäre, hätte sie seinem Gesicht angesehen, daß Uli nichts Gutes erzählt hatte.

5

Hedi stand vor dem Schlafzimmerspiegel und ärgerte sich, daß sie darüber nachdachte, was sie zum *Meeting* mit Vivienne anziehen sollte. Sie verabscheute Modeschnickschnack. Seit sie mit zwölf ihre Kleider zerschnitten hatte, trug sie am liebsten Hosen, meistens Jeans, nach Anlaß und Jahreszeit mit Bluse, T-Shirt oder Wollpullover kombiniert. Nicht einmal zu ihrer Hochzeit hatte sie eine Ausnahme gemacht. Warum also zerbrach sie sich bei einem unwichtigen Treffen den Kopf?

Sie nahm eine rote Seidenbluse vom Bügel. Im Spiegel sah sie einen bräunlichen Fleck auf der rechten Brusttasche. Es war zum Verrücktwerden! Jedesmal hatten ihre besten Sachen Flecken, wenn sie sie anziehen wollte. Sie mußte es beim Bügeln übersehen haben. Wahrscheinlich hatte *Derrick* gerade den Mörder überführt. Hedi warf die Bluse in den Wäschekorb und zog den rotweißen Strickpullover an, den ihr Tante Juliette zu ihrem siebenunddreißigsten Geburtstag geschickt hatte. Sie öffnete den Schuhschrank, schob ihre geliebten Boots beiseite und holte die schwarzen Slipper heraus, die sie für ihren nächsten Pflichtbesuch bei Bernd und Anette gekauft hatte. Ihr Haar bändigte sie mit einer Spange, über den Pullover drapierte sie ein schwarzes Tuch. Der eingetrocknete Rest in der Make-up-Tube entband sie von der Entscheidung, ob sie sich schminken sollte oder nicht.

Vivienne stand vor dem Domportal und winkte. Ihr gelber Seidenmantel sprang auf; darunter trug sie ein grünes, hautenges Kleid. »Hedwig! Schön, daß du kommen konntest.«

Hedi streckte ihr die Hand hin. »Hallo, Vivienne.«

»Was hast du schöne, warme Hände.« Vivienne seufzte. »Ich hasse diese kalte Jahreszeit.«

»So kalt ist es gar nicht«, sagte Hedi mit Blick auf Viviennes unbestrumpfte Füße, die in grünen Schnürsandaletten steckten.

Vivienne raffte ihren Mantel zusammen. »Du hast recht: Es ist meine verflixte Eitelkeit, die mich frieren läßt. Aber bevor ich zu einem gelbgrünen Gletscher erstarre, sollten wir ins *Georgies* gehen. Es ist nicht weit von hier. Was machst du für ein Gesicht?«

»Deine ... äh, Einsicht überrascht mich.«

Vivienne wechselte ihre gelbe Nylonnetztasche von der linken auf die rechte Schulter und prüfte den Sitz ihres tizianroten Haares, das sie zu einem eleganten Knoten geschlungen trug. Lächelnd hakte sie sich bei Hedi unter. »Liebste Hedwig! Du solltest wissen, daß Überraschungen aller Art seit jeher meine größte Spezialität sind. Im Leben wie in der Kunst.«

»Dann bin ich ja beruhigt«, ging Hedi auf ihren lockeren Tonfall ein. Wider Erwarten genoß sie die Blicke der Passanten, als sie mit Vivienne den Domvorplatz überquerte.

Das *Georgies* lag in einer ruhigen Seitenstraße und war eines jener In-Bistros, die Hedi von sich aus nie betreten würde: weißgekachelter Boden, kahle Wände, chromglänzendes Mobiliar und Gäste, die aussahen, als kämen sie geradewegs von einer Mailänder Modenschau. Die Bedienung, ein gelgestylter junger Mann, näherte sich lächelnd und nahm Vivienne den Mantel ab.

»Ich hoffe für dich, daß mein Lieblingstisch noch frei ist, János«, sagte sie mit einem Augenzwinkern.

János verbeugte sich. »Aber sicher, Frau Belrot!«

Bevor er sich Hedi zuwenden konnte, hatte sie ihre Jeansjacke an die Garderobe gehängt. Er zuckte entschuldigend mit den Schultern und führte sie zu einem der Tische, die an den gardinenlosen Fenstern standen. Hedi zwängte sich in ein bar jeder Kenntnis der menschlichen Anatomie konstruiertes Sitzmöbel. Auf der Straße standen zwei Jugendliche auf Inlinern und grinsten. Hedi kam sich vor, als habe sie in einem Schaufenster Platz genommen.

»Das gleiche wie immer, Frau Belrot?« fragte János.

»Bring mir erst mal einen Espresso.«

»Auch einen Espresso«, sagte Hedi, obwohl sie lieber eine Limonade getrunken hätte.

»Zwei Espresso – sofort!« János verschwand lächelnd.

»Selbstgestrickt?« fragte Vivienne mit Blick auf Hedis Pullover.

»Nein. Das Hobby meiner farbenblinden Tante.«

»Hübsch.«

»Lügen konntest du schon immer gut.«

»Und du warst für rigorose Ehrlichkeit bekannt.«

»Hast du eine Ahnung!«

»Nett hier, oder?«

»Es hat was von einem desinfizierten Schlachthaus.«

Vivienne lachte. »Habe ich es nicht gesagt?« Sie deutete dezent auf János, der hinter der Theke am Espressoautomaten hantierte. »Wie findest du ihn?«

»Na ja...«

»Was stört dich?«

»Ich mag diese geschniegelten Typen nicht.«

»Im Bett ist er klasse.«

Hedi sah sie fassungslos an. »Willst du damit sagen, daß du mit ihm...«

»Einmal ist keinmal. Im übrigen bin ich unverheiratet.«

»Aber er ist mindestens fünfzehn Jahre jünger als du!«
»Na und?«

Hedi fand es angebracht, das Thema zu wechseln. »Was hast du nach der Schule gemacht? Studiert?« Sie sah Viviennes Gesicht an, daß sie sich amüsierte, und haßte sich dafür, daß sie überhaupt in die S-Bahn gestiegen war.

»Ich habe nach dem Sinn meines Lebens gesucht.«

»Und? Hast du ihn gefunden?«

János brachte den Espresso. »Noch einen Wunsch, die Damen?«

Sie schüttelten den Kopf.

Vivienne nippte an ihrem Täßchen. »Du weißt, daß meine Eltern bei einem Verkehrsunfall ums Leben kamen?«

»Nein! Ich hatte keine Ahnung.«

»Ein Jahr nach dem Abitur. Es warf mich ziemlich aus der Bahn. Ich brach mein Studium ab, zog ziellos von einer Stadt zur nächsten und lebte fünf Jahre in Südfrankreich.«

»Das tut mir leid.«

»Ich bin darüber hinweg. Im nachhinein hatte es sogar etwas Gutes. In Frankreich entdeckte ich nämlich meine Liebe zur Malerei: die bunten Märkte und die Lavendelfelder der Provence, die roten Felsen von Le Dramont, Horizonte aus Himmel und Meer. Du kannst dir nicht vorstellen, welche Intensität und Reinheit Farben unter der südlichen Sonne haben.«

»Doch. Bis vor einigen Jahren haben wir jeden Sommer an der Côte d'Azur gezeltet. Das Meer war tatsächlich postkartenblau.«

Vivienne lächelte. »Ich meinte das eher im Sinne von Kandinsky: Die Farbe ist eine Kraft, die die Seele beeinflußt. Oder, um es frei nach Clemenceau zu sagen: Sie ist glückerfülltes Beben, in dem unser verzweifeltes Auge durch die Magie des Malers den Schock des Universums erfährt; eine Welt, die nicht in Worte zu fassen ist, erhabenes Feuer des Sonnentriumphes, das uns in den Strudel irisierender Transparenz und flüssiger Helligkeit zieht, in dem Beherrschung und Unterwerfung das ewige Textbuch füllen: Ekstase der Welt, ein Konzert für die Augen in den Akkorden einer universellen Symphonie!«

»Ich nehme nicht an, daß du davon ausgehst, daß ich das jetzt verstanden habe.«

Vivienne lachte. »Ich bewarb mich bei einer der renommiertesten Kunsthochschulen in Europa und wurde aufgenommen. Leider mußte ich meine Studien wegen Meinungsverschiedenheiten mit einem meiner Lehrer vorzeitig beenden.«

»Ah ja.«

»Inzwischen habe ich mich als Künstlerin etabliert. Die Leute sind verrückt nach meinen Bildern. Im vergangenen Jahr hatte ich sogar eine Ausstellung in New York! Und was hast du nach dem Abitur gemacht? Auf dem Klassentreffen hatten wir leider wenig Gelegenheit zum Plaudern.«

Hedi schüttete Zucker in ihr Täßchen und rührte um. »Ich bin seit siebzehneinhalb Jahren mit einem Polizisten verheiratet, habe zwei halbwüchsige Kinder und arbeite als Krankenschwester im Offenbacher Stadtkrankenhaus.«

»Diese magere Story hast du mir vor fünf Jahren schon aufgetischt, liebe Hedwig. Zwischen Tür und Angel sozusagen. Das ist doch wohl nicht alles, was du zu berichten hast?«

Hedi verzog das Gesicht. »Tu mir einen Gefallen und sag Hedi.«

»Was hast du gegen den Namen Hedwig?«

»Das weißt du doch genau!«

»Nein. Woher?«

Hatte Vivienne tatsächlich die Wette vergessen? Oder tat sie nur so? Hedi trank einen Schluck. »In der siebten Klasse war ich kurz davor, dich zu ermorden.«

Vivienne lächelte. »Weil ich dem Mathelehrer schöne Augen gemacht habe, in den du heimlich verschossen warst?«

»Das mit dem Mathelehrer war zwei Jahre später. Du hast mir meine erste Liebe ausgespannt.«

»Ich habe dich vor einem Finanzbuchhalter mit Bierbauch und Doppelkinn bewahrt.« Vivienne trank ihren Espresso aus. »Es sollte ein Scherz sein, Hedi. Und einen Mann hast du ja trotzdem abbekommen. Wie habt ihr euch kennengelernt?«

Hedi dachte an das Mädchen mit den Sommersprossen, den Pickeln und dem Namen, der sich auf Rammstiel reimte. Wegen Viviennes Wette war sie zum Gespött der ganzen Klasse geworden. Ihr Vater hatte das Drama als *reichlich dämlichen Scheiß* abgetan, ihre Mutter weinend bei Hedwig Courths-Mahler Trost gesucht.

»He! Träumst du?«

Hedi erschrak. »Nein. Wo waren wir gerade?«

»Beim ersten Date mit deinem Traummann.«

»Ich traf Klaus auf einer Faschingsparty, auf die ich gar nicht gehen wollte. Ich war neunzehn, er einundzwanzig.«

»Gott! Geht's etwas romantischer?«

»Ich verliebte mich auf der Stelle, und wir heirateten im Wonnemonat Mai.«

»Sah er wenigstens gut aus?«

»Umwerfend.«

»Und? Hat er sich gehalten?«

»Soll ich mich scheiden lassen, weil ihm langsam die Haare ausfallen?«

»Wieso? Männer mit Glatze sind erotisch! Was tust du noch, außer einen Ehegatten, zwei Kinder und ein paar Kranke zu versorgen?«

»Vor der Nachtschicht in die Oper gehen und beim Bügeln Goethe und Schiller lesen!«

»Sag ehrlich: Bist du glücklich?«

»Warum hast du mich angerufen?«

»Dein Polizist ist ein interessanter Mensch.«

»Was soll das heißen?«

Vivienne lehnte sich zurück. »Ich kenne keinen Mann, der Krawatten so sehr verabscheut, daß er nicht einmal zu seiner Hochzeit eine trägt, aber andererseits einen Beruf ergreift, der ihn zwingt, die Dinger jeden Tag umzubinden.«

»Woher weißt du das?« fragte Hedi scharf.

»Seine Mutter ist vor Wut fast in Ohnmacht gefallen, als er ihr sagte, daß er auf ein Jawort in der Kirche verzichtet. Und deine hat einen Weinkrampf bekommen, stimmt's?«

»Vivienne! Ich will sofort wissen, woher du...«

»Sein älterer Bruder hat es immerhin zum Bankdirektor gebracht und mit allem Pomp geheiratet, obwohl die Braut jung, aber nicht mehr jungfräulich war.«

Hedi kramte in ihrer Hosentasche und legte einen Zehnmarkschein auf den Tisch. »Es war nett, dich zu sehen. Der Rest ist Trinkgeld.« Bevor János zur Garderobe eilen konnte, hatte Hedi ihre Jacke heruntergerissen und das Café verlassen.

Am Ende der Straße holte Vivienne sie ein. »Bitte entschuldige«, sagte sie außer Atem.

Hedi sah sie wütend an. »Du rufst mich aus heiterem Himmel an, willst dich unbedingt mit mir treffen und tischst mir Anekdoten aus meinem Leben auf, die ich nicht mal meiner besten Freundin erzählen würde! Welchen verdammten Schluß soll ich daraus ziehen? Daß Klaus klasse im Bett ist?«

»Ich wollte nur...«

»Woher kennst du meinen Mann?«

»Ich kenne ihn gar nicht! Ich hatte vergangene Woche lediglich das Vergnügen, ein bißchen mit deinem Schwager zu plaudern.«

»Wie bitte?«

»Na ja, der Empfang war öde, Jean-Paul anderweitig beschäftigt und Bernd Winterfeldt sektbeseelt. Als er herausbekam, daß ich mit dir jahrelang die Schulbank gedrückt habe, wurde er redselig.«

»Und was hat er in seiner Sektseligkeit noch alles von sich gegeben?«

»Daß seine Frau zickig ist und sich für moderne Kunst interessiert. Leider wurde unser Gespräch abrupt durch eine junge Blondine beendet.«

»Um mir das zu sagen, bist du...«

Vivienne sah zu Boden. »Er hat mir erzählt, was mit deiner Mutter geschehen ist. Und irgendwie...«

»...geht dich das überhaupt nichts an!«

»Ich habe gedacht, nach den vielen Jahren wäre es an der Zeit, das Kriegsbeil zu begraben. Wenn du auf der Klassenfeier nicht so schnell verschwunden wärst, hätte ich das Thema längst zur Sprache gebracht.«

Hedi ging wortlos weiter.

»Kannst du den alten Mist nicht einfach vergessen? Wir waren Kinder!« rief Vivienne ihr nach.

Hedi blieb stehen. »Was schlägst du vor?«

Vivienne schloß zu ihr auf. »Wir nehmen bei mir zu Hause einen Versöhnungstrunk, und ich erzähle dir von *meinem* Mann.«

»Ich denke, du bist nicht verheiratet?«

»Wir sind nur Lags, aber wir harmonieren hervorragend miteinander.«

Gemeinsam gingen sie in Richtung Main.

»Was, bitte, sind *Lags?*« fragte Hedi, als sie den Eisernen Steg überquerten.

»Lebensabschnittsgefährten«, sagte Vivienne lächelnd. »Ich lernte Jean-Paul vor vier Monaten bei einer Vernissage kennen. Um es mit deinen Worten zu sagen: Ich verliebte mich auf der Stelle! Er sieht umwerfend aus und trägt mich auf Händen. Auf die Hochzeit im Wonnemonat werden wir allerdings frohen Herzens verzichten.«

»Was macht er?«

»Jean-Paul ist Kunstmakler. Durch ihn habe ich Zugang zu den besten Kreisen der Stadt. Er organisiert meine nächste Ausstellung.« Sie blieb vor einer aufwendig restaurierten Stadtvilla stehen. »Mein Zuhause.«

»Alles?« fragte Hedi ungläubig.

Vivienne schloß das schmiedeeiserne Tor auf. »Nur die Wohnung ab dem ersten Stock.«

Die Wohnung ab dem ersten Stock dehnte sich bis in den zweiten aus und umfaßte ein Atelier, drei Schlafzimmer, zwei Bäder, ein Ankleidezimmer, Küche, Eßzimmer und einen Salon, der größer war als die Winterfeldtsche Fünfzimmerwohnung. Vivienne sammelte Antiquitäten und erzählte die Geschichte jedes Möbelstücks, während sie Hedi durch die einzelnen Räume führte. Hedi nickte interessiert. Die deckenhohen Fenster im Atelier gefielen ihr besonders gut. Sie ließen viel Licht herein.

Auf mehreren Staffeleien standen fertige oder halbfertige Ölgemälde. Es roch nach Firnis und Farbe. Hedis Blick fiel auf ein Bild mit grauen Rechtecken und schwarzgrünen Kreisen. Die Farben waren flächig aufgetragen, die Konturen hart.

»*Der Untergang*«, sagte Vivienne. »Gefällt es dir?«

Hedi zuckte mit den Schultern. »Es ist irgendwie unheimlich.«

Vivienne lächelte. »Ich habe bis vor einigen Jahren gegenständlich gemalt. Aber im Abstrakten kann man mehr ausdrücken. Ich versuche, Gefühle zu abstrahieren, Licht und Energie auf die Leinwand zu zwingen, verstehst du?«

»Mhm.«

Hedi ging zum nächsten Bild. Schwarze Linien schlängelten sich über eine rote Fläche und verschwanden in einem Klecks, der wie ein ausgelaufenes Tintenfaß aussah. Vivienne trat neben sie. »Ich halte es mit Paul Klee: Die Kunst gibt nicht das Sichtbare wieder, sondern macht sichtbar. Meine Bilder sind Landschaften der Seele.«

Hedi deutete auf den Klecks. »Das da auch?«

»Das ganz besonders.«

»Warum?«

Vivienne sah zum Fenster. »Die Musik über alles lieben heißt, unglücklich zu sein. Behauptet auch Paul Klee. Und was sind Bilder anderes als Lieder für die Augen?«

Hedi sagte nichts.

»Du überlegst, wer Paul Klee ist, stimmt's?«

»Ich habe vorhin schon überlegt, wer Clemendingsbums ist.«

Vivienne lachte. »Georges Clemenceau, geboren 1841, gestorben 1929; Arzt, Essayist, Premierminister, Freund und Förderer von Claude Monet, den ich sehr verehre.«

»Der mit den Sonnenblumen?«

Vivienne nickte. »Paul Klee war ein Schweizer Maler und Graphiker. Während einer Tunis-Reise 1914 fand er zu einem abstrahierenden Bildaufbau, in dem die Farbe dem linearen Gerüst gleichwertig wurde. Seine Kunst wurde von den Nazis als entartet abgelehnt. Er starb 1940.«

»Du bist schlimmer als der alte Junker.«

Vivienne zuckte mit den Schultern. »Ich weiß bis heute nicht, wann der Dreißigjährige Krieg zu Ende war.«

»1648. Aber mehr als ein Ausreichend hat mir das auch nicht eingebracht.«

Lachend verließen sie das Atelier.

Vivienne führte Hedi durch alle Zimmer bis auf eins, das direkt neben dem Atelier lag und keinen Zugang vom Flur aus hatte. Hedi nahm an, daß es sich um die Abstellkammer handelte.

Im Salon bewunderte sie ein Sofa, das von zwei Kentia-Palmen flankiert wurde. Sie standen in blauen Terrakottakübeln und verbreiteten einen Hauch von Urwald. So etwas hatte sich Hedi immer gewünscht, aber in ihrer Wohnung überlebten nur Kakteen. Bis Christoph-Sebastian zu Besuch kam.

Vivienne zeigte auf das Kanapee. »Ein Josef-Danhauser-Sofa, Biedermeier, aus der Zeit zwischen 1820 und 1830. Eins meiner Lieblingsmöbel.«

Hedi setzte sich. »Es unterscheidet sich wohltuend von dem Decostahlrohr bei *Georgies*, das die Bezeichnung *Stuhl* trägt.«

»Banause«, sagte Vivienne lächelnd.

»Warum suchst du dir auch die künstlerisch unbegabteste Mitschülerin deines Jahrganges als Gesprächspartnerin aus?«

»Weil ich ab und zu den Wunsch verspüre, mich mit jemandem zu unterhalten, der normal ist. Außerdem kann ich mich daran erinnern, daß unsere Kunstlehrerin von deinen Keramikvasen ganz hingerissen war. Möchtest du einen Tee?«

»Ja. Und ich kann mich erinnern, daß das einzige Lob, das die gute Frau Wohlfahrth mir je zollte, in eine Massenproduktion windschiefer Gefäße ausartete, die mein Vater genervt in die Mülltonne warf.«

»Grün oder schwarz?«

»Bonbonfarben!«

Vivienne lachte. »Ich meinte den Tee. Ich war ganz neidisch auf deine Vasen, auch wenn ich es nie zugegeben hätte.«

»Den Tee bitte schwarz.«

Hedi setzte sich auf das Danhauser-Sofa und schaute in das

Grün der Palmen hinauf. Durch die Wedel schimmerte die weiße Stuckdecke. War es nicht schön, daß eine Frau wie Vivienne Wert auf ihre Freundschaft legte?

Als Hedi später in Offenbach aus der S-Bahn stieg, wurde es schon dunkel. Der kleine Blumenladen in der Frankfurter Straße hatte noch offen. Die Palmen waren zu groß und viel zu teuer, aber die Bubiköpfe sahen hübsch aus. Wie eine Trophäe trug sie eine der grünen Kugeln nach Hause. Sie gab ihr einen Ehrenplatz am Küchenfenster und nahm sich vor, ab sofort einige Dinge in ihrem Leben zu ändern.

Am nächsten Tag meldete sie sich bei der Volkshochschule für einen Töpferkurs an.

6

Als Dagmar und Klaus am Freitag von der Frühstreife zurückkamen, saß Michael Stamm am Wachtisch und lachte.

»Was ist denn los?« fragte Dagmar.

Michael reichte ihr einen Zettel. »Das hat eine Mitbürgerin eben hier abgegeben.«

»*Dibschdalmeldug*«, las Dagmar vor. »*1 Herren Maundenbeig, Werd 1 000 DM, 1 Frauen Maundenbeig, 1 000 DM, 2 Kihnder Fareter zu je 298,90 DM.*« Sie gab den Zettel zurück. »Ja, und?«

»*2-türigerkleiderschrag, Antigwiteht, Wert: 3 000 DM MINDESTENZ! Gesammtwerd 7 000 DM ZIRGA!*« las Michael grinsend zu Ende.

Klaus stellte eine Papiertüte auf den Wachtresen. »Den Taschenrechner haben die Einbrecher anscheinend auch mitgenommen.«

Michael nahm die Tüte. »Ein Beispiel konsequenter Anwendung der Eindeutschung von Fremdwörtern gemäß der Rechtschreibreform.«

Dagmar schüttelte den Kopf. »Würdet ihr nur halb so gut türkisch oder marokkanisch sprechen, wie die Dame deutsch schreibt!«

Michael packte ein üppig mit Fleischkäse belegtes Brötchen

aus. »Die Dame wohnt seit fünfzig Jahren in Offenbach, Kollegin.«

Dagmar lief rot an. »Egal! Über so etwas macht man sich nicht lustig.«

Klaus hängte die Autoschlüssel an das dafür vorgesehene Bord. »Wir sollten eine Fahndung rausgeben. Nach einem Dieb mit Rückenleiden. Wenn der die zweitürige Antiquität durch die Stadt geschleppt hat, sind die Bandscheiben hin.«

Kauend trug Michael die Rückkehrzeit der Streife ins Wachbuch ein. »Mir wollte letzte Woche einer weismachen, daß ihm Einbrecher eine Werkbank samt Kreissäge aus einer Einzimmerwohnung im siebten Stock geklaut hätten.«

Klaus füllte das Fahrtenbuch aus. »Das ist so verrückt, daß es schon wieder glaubwürdig ist.« Er klappte das Buch zu. »Falls mich jemand sucht: Ich bin im Vernehmungsraum. Muß dringend was schreiben.«

Michael zwinkerte ihm zu. »Mach nicht wieder so viele Rechtschreibfehler.«

»Sehr witzig!« Klaus nahm seine Kladde und ging.

Dienststellenleiter Kissel kam in die Wache. Als er Dagmar sah, lächelte er. »Und, Frau Streibel? Gefällt es Ihnen in der *Dora*?«

»Ja«, sagte Dagmar.

»Freut mich zu hören.« Er wandte sich an Michael. »Was war das für eine Vernehmung vorhin? Ich habe niemanden in die Dienststelle kommen sehen.«

»Welche Vernehmung denn?« fragte Michael verwundert.

Klaus hatte die Hälfte seines Berichts geschrieben, als im Textfeld ein weißer Kasten auftauchte. *Beenden Sie bitte alle Anwendungen. Das System wird in fünf Minuten abgeschaltet.*

»Irgendwann schmeiss' ich das Ding aus dem Fenster!«

Michael kam herein. »Wo brennt's, Kollege?«

»Jedesmal, wenn ich an dem verdammten Computer arbeite, schalten sie ihn ab!«

Michael deutete auf einen Stapel Laufmappen. »Du solltest die Umläufe lesen. Da steht's drin.«

»Was?«

»Wir bekommen eine neue Software aufgespielt.«

»Ach ja? Und was ist mit der alten?«

Michael grinste. »Futsch!«

»Sind die wahnsinnig? Ich hab' meine ganzen Berichte da drin!«

»Du kannst dich beruhigen. Es betrifft nur den Formularschrank und die Textbausteine. Draußen wartet eine Mitbürgerin. Sie möchte Strafanzeige erstatten.«

Klaus nahm die oberste Laufmappe und blätterte sie durch. Er zog ein Fernschreiben heraus und begann zu lesen. »Das darf doch nicht wahr sein! Meine Formulare sind weg? Weißt du, wie lange ich gebraucht habe, um den Mist zusammenzubasteln?«

»Du hättest das Ganze bloß in deinem Basisordner abzuspeichern brauchen. Nimmst du jetzt die Anzeige auf oder nicht?«

Klaus hämmerte auf die Tastatur ein. Der weiße Kasten verschwand. Der Bildschirm wurde dunkel. »Scheißgerät! Was ist mit Hans-Jürgen? Der könnte auch mal wieder was tun.«

Michael zuckte mit den Schultern. »Er ist rausgefahren.«

»Laß mich raten: Drei Sekunden nach Erscheinen der Mitbürgerin da draußen, stimmt's?«

Hans-Jürgen war die polizeiliche Entsprechung zu Krankenschwester Belinda. Er lebte nach dem Motto: Kameradschaft ist, wenn der Kamerad schafft. Am liebsten hielt er sich im Sozialraum auf, gefolgt von der Toilette.

»Wenn du mit der Anzeige fertig bist, komm bitte nach vorn zur Wache«, sagte Michael und ging.

Klaus holte seine alte Olympiaschreibmaschine vom Schrank und bat die sichtlich nervöse Anzeigenerstatterin ins Vernehmungszimmer. Sie trug ein aufdringlich gemustertes Kleid, hatte knallrot geschminkte Lippen und war ihm auf Anhieb unsympathisch. Er schloß die Tür und zeigte auf den Stuhl neben seinem Schreibtisch. »Sie wollen Strafanzeige erstatten, Frau ...?«

»Weber. Es klingt völlig verrückt, ich weiß. Aber als ich gestern dabei war, das Treppenhaus zu putzen, ich war schon fast fertig, also, da kommt doch so eine Dame vorbei, ganz vornehm gekleidet, wissen Sie, graues Kostüm, weiße Bluse und ...«

»Wollen Sie sich nicht erst mal setzen, Frau Weber?«

»Ja, sicher. Danke. Wissen Sie, ich bin so schrecklich aufgeregt. Ich konnte die ganze Nacht nicht schlafen wegen dieser furchtbaren Sache. Und heute abend kommt doch mein Mann von seiner Dienstreise aus Dingolfing zurück! Er arbeitet nämlich bei einer Privatbank in Frankfurt. Und hat eine wichtige Schulung. In Dingolfing.«

Klaus blies den Staub von der Olympia und spannte ein Anzeigenformular ein.

»Warum nehmen Sie denn nicht Ihren Computer, Herr Polizist?«

»Er kann mich nicht leiden.«

»Was? Na ja, ist ja auch egal, also diese elegante Dame in dem grauen Kostüm, die vorbeikam, als ich gestern gerade dabei war, das Treppenhaus zu putzen, die sprach mich an, ganz freundlich hat sie mich gefragt, was ich so mache und so, und dann hat sie mir erzählt, daß sie eine Wahrsagerin ist. Aber nicht, daß Sie jetzt denken, ich falle auf irgend so eine schmuddelige Zigeunerin in bunten Röcken rein. Die Dame war wirklich eine außerordentlich vornehme Dame, und sie hatte...«

»...ein graues Kostüm an.«

»Wieso? Kennen Sie sie denn?«

»Die außerordentlich vornehm gekleidete Dame sagte Ihnen wahr und behauptete, daß Ihnen ein großes Unglück bevorsteht«, sagte Klaus.

»Ja, genauso war's! Und ich könnte es abwenden, wenn ich einen Test machen würde.«

»Sie haben sie in Ihre Wohnung gelassen. Sie knüpften sieben Knoten in einen Faden. Der Faden verschwand aus der Hand der vornehmen Wahrsagerin.«

»Nur die Knoten«, sagte Frau Weber. »Der Faden war noch da.«

»Wieviel haben Sie in die Zeitung gewickelt?«

»Aber woher wissen Sie denn das alles?«

»Mehr als tausend Mark?«

Frau Weber fing an zu schluchzen. »Zweitausenddreihundertfünfzig. Wenn das mein Mann erfährt! Aber die Dame hat die Zeitung doch überhaupt nicht angefaßt! Ich hab's genau gesehen. Wir sind nämlich aus dem Zimmer gegangen. Und als wir wieder reinkamen, war ein Loch drin.«

»In der Zeitung.«

»Ein großes, rundes, ausgefranstes.«

»Und das Geld hatte der Teufel geholt.«

»Ja! Genau!«

»Sie sind die fünfte seit gestern.«

Nachdem Frau Weber ihre Aussage unterschrieben hatte, brachte Klaus sie zur Tür. Danach ging er in die Wache. Michael sortierte Fernschreiben. Dagmar stand am Fenster und las in der *Polizeirundschau*.

»Noch eine von der Sorte, und ich kündige!« sagte Klaus.

Michael grinste. »Du sollst zu Kissel kommen.«

»Warum? Hat meine Tochter der ollen Ecklig wieder die Ohren vollgedudelt? Langsam müßte sie von dem Krach schwerhörig sein, den sie dauernd anzeigt.«

»Unser Dienststellenleiter hat Bekanntschaft mit Herrn Jacobs gemacht.«

»Und mit den Lekäbrös«, fügte Dagmar kleinlaut hinzu.

»Und ich bin's mal wieder gewesen«, knurrte Klaus mißmutig.

»Er fragte nach dem aktuellen Aufenthalt von Herrn Jacobs und lobte die Funkdisziplin der D-Schicht«, sagte Michael. »Vorschriftsmäßige Verschlüsselung von Durchsagen und so. Leider war er gezwungen, sein Lob umgehend zu revidieren.«

»Meine Schuld«, sagte Dagmar. »Ich mußte laut lachen.«

»Kann man in diesem Saftladen nicht mal ungestraft Leberkäsbrötchen und Kaffee bestellen? Ich glaube, es wird Zeit, daß ich mich versetzen lasse!«

»Er hat nicht die beste Laune heute«, bemerkte Dagmar, als Klaus gegangen war.

Michael zuckte mit den Schultern. »Sein langjähriger Streifenpartner will sich in die Ermittlungsgruppe nach Rodgau verkrümeln. Das schlägt ihm aufs Gemüt.«

»Ist Uli deshalb allein rausgefahren?«

»Ja. Er möchte sich den Laden ansehen, bevor er seine Bewerbung abgibt. Ich kann ihn verstehen. Immerhin schiebt er seit mehr als dreißig Jahren Schichtdienst.«

»Na? Was hat dir der gute Kissel erzählt?« fragte Michael amüsiert, als Klaus zurückkam.

»Morgen bewerbe ich mich bei der Kripo.«

»Es tut mir wirklich leid, Klaus«, sagte Dagmar verlegen.

»Du könntest auf die Schule gehen und Kommissar werden,

Kollege«, sagte Michael belustigt. »Obwohl... Fällst du nicht demnächst unter die Altlastenregelung?«

»Sehr aufbauend. Danke.«

»Sei froh. So bleiben dir wenigstens die Hirschhornkäferweibchen erspart.«

»Was für'n Zeug?«

»Sag bloß, du kennst keine Hirschhornkäferweibchen?«

»Die stehen selten im Parkverbot.«

»Wir haben während unserer Projektwoche Brutkästen für sie gebaut.«

»Willst du mich auf den Arm nehmen?«

»Zusammen mit dem Förster. Und in der Zeitung stand es auch: *Polizeibeamte helfen Hirschhornkäferweibchen.*«

»Kein Wunder, daß aus unseren Führungskräften nichts Gescheites mehr wird.«

Michael lachte. Er gab Klaus eine Akte. »Das hier muß rüber ins Präsidium. Kannst Dagmar mitnehmen. Und deine Bewerbung für die Kripo.«

»Was hat Herr Kissel denn nun gesagt?« fragte Dagmar, als sie aus dem Hof fuhren.

»Nichts Besonderes.«

»Also, ich...«

»Vergiß es. Der hätte mir so oder so einen reingewürgt.«

Dagmar warf Klaus einen scheuen Blick zu. »Was hat Michael mit *Altlastenregelung* gemeint?«

»In zehn Monaten werde ich vierzig und, unserer abgewählten Regierung sei Dank, vom popeligen Hauptmeister zum Herrn Kommissar umgebettet.«

»Warum sagst du das so sarkastisch?«

»Hans-Jürgen setzt seit seinem Vierzigsten die Uniformmütze mit dem Silberbändchen nicht mal ab, wenn er aufs Klo geht.«

»Du veräppelst mich!«

»In der A-Schicht wurde ein dienstunfähiger Kollege kurz vor seinem vierzigsten Geburtstag auf wundersame Weise von allen seinen Leiden geheilt. Ob unseren Politikern bewußt war, was sie mit der Zweigeteilten Laufbahn bei der Polizei alles bewirken?«

»Ich sehe das gar nicht so negativ.«

»Es wird schwer werden, den ganzen Häuptlingen klarzumachen, daß sie bloß Indianer sind.«

»Ich gehöre nicht zu denen, die glauben...«

»Habe ich das denn behauptet?« Klaus parkte auf dem Hof vor dem Polizeipräsidium. »Mir persönlich ist es piepegal, ob ich mich Hauptmeister oder Kommissar schimpfe. Ich mache die gleiche Arbeit wie vorher, und mehr Gehalt gibt es auch nicht.«

»Ich müßte schnell wohin, Herr Hauptmeister«, sagte Dagmar.

»Im Erdgeschoß links, Frau Kommissarin.«

»Danke, ich kenne den Weg. Ich hatte während meines Praktikums schon das Vergnügen.«

Klaus wartete im Flur. Verächtlich musterte er sechs Reihen krummer, farbiger Striche an der linken Wand und eine Reihe krummer, farbiger Striche an der rechten Wand.

»Kunst am Bau«, sagte Dagmar, als sie von der Toilette kam.

»Dämlicher Scheiß. Sieht aus wie Christoph-Sebastians erster Malversuch.«

»Wer ist Christoph-Sebastian?«

Klaus ging zum Fahrstuhl. »Das widerlichste Kind der Welt. Ich habe die Ehre, sein Patenonkel zu sein.«

Dagmar lächelte. »Du solltest dir deinen Christoph-Sebastian warmhalten. Ich habe gehört, daß die Wandverschönerung die Steuerzahler mehr als zwanzigtausend Mark gekostet hat.«

Der Fahrstuhl kam. Sie fuhren in den dritten Stock.

»Bis auf zweitausend hat Christoph-Sebastian es auch schon gebracht«, sagte Klaus.

»Wirklich?«

»Das hat sein Papi für unsere neuen Wohnzimmermöbel hinlegen müssen.«

Dagmar lachte. »Du bist unmöglich!«

Sie verließen den Fahrstuhl. Klaus zeigte auf die Neonröhren im Flur, die sich unterhalb der Decke entlangzogen und genauso schief waren wie der knallblaue Pfeiler im Treppenhaus. »Noch mehr Kunst am Bau. Und obendrein ein Beitrag zum Erhalt von Arbeitsplätzen: Die Lampen muß der Hausmeister öfter mal auswechseln, weil sie dem Gesetz der Schwerkraft folgen.« Er klopfte an ein Büro des Einbruchskommissariats.

»Herein!«

Hinter Bergen von Akten saß ein etwa dreißigjähriger Mann mit Vollbart und tippte etwas in seinen Computer.

»Tag, Dieter«, sagte Klaus. »Ich bringe dir Arbeit.«

»Wirf's auf den Haufen da.«

Klaus legte die Akte auf den kleinsten der Stapel und zeigte auf den leeren Stuhl daneben. »Wo ist denn Stefan?«

»Der läßt sich zum Moderator ausbilden.«

»Was? Während der Dienstzeit? Und was sagt euer Chef dazu?«

Dieter sah von seinem Computer auf. »Wohl noch nie was vom Leitbild der Hessischen Polizei gehört, Kollege!«

Klaus schloß die Tür. »Doch. Mit *d* in der Mitte. Bei *Moderator* fällt mir allerdings nur Hans Meiser ein.«

»Die Moderatoren sollen als Multiplikatoren dienen und die Umsetzung und Internalisierung des Leitbildes bei den einzelnen Organisationseinheiten fördern helfen«, sagte Dagmar. »Zum Beispiel durch Workshops.«

»Vor der Rechtschreibreform nannte man das Arbeitsgruppe.«

Dagmar setzte sich auf Stefans Stuhl. »Das Leitbild macht Werte und Tugenden bewußt, stärkt das Selbstverständnis der Polizei und hilft, Ziele nach innen und außen deutlicher und verständlicher zu machen. Sogar Herr Kissel hat sich an der Leitbilddiskussion beteiligt.«

»Ich wußte, warum ich das Ding durch den Schredder gejagt habe.«

Dieter lachte. Dagmar war fassungslos. »Das kannst du doch nicht machen, Klaus!«

»Du hast recht. Der Schredder war hinterher kaputt.« Er zeigte auf die Aktenstapel. »Und wer bearbeitet das jetzt, wenn Stefan Talkshows moderiert?«

Dieter griff nach der Akte, die Klaus mitgebracht hatte. »*Sie haben doch sicherlich Verständnis dafür, daß bei der derzeitigen knappen Personalsituation bis auf weiteres kein Ersatz gestellt werden kann.* Zitatende.«

»Und sonst?«

Dieter blätterte in der Akte. »Heute fangen wir die Täter ein, morgen laufen sie wieder draußen herum. Sehr motivierend.«

»Was treibt dein Chef?«

»Bietet Einbrechern Tee an.«

»Und? Gestehen sie fleißig?«

»Ich mußte schon drei Anzeigen wegen Körperverletzung aufnehmen.«

»Worüber redet ihr da eigentlich?« fragte Dagmar.

»Praxisorientierte Kriminaltaktik im Kommissariat 28, zuständig für Einbrüche in Gewerberäume und Wohnungen«, sagte Dieter.

»Die Teekanne von Kriminalhauptkommissar Kunze wird demnächst ins Guinness-Buch der Rekorde aufgenommen«, sagte Klaus. »Als das am längsten ungespülte Gefäß der Welt.«

»Igitt!« rief Dagmar.

»Seine Akten erkennt man an den Eselsohren rechts oben und an den Teetassenabdrücken rechts unten«, sagte Dieter.

»Alle Kugelschreiber, die er in die Finger bekommt, beenden ihr dienstliches Dasein als faserig zerkaute Wracks, die die Geschäftszimmerangestellte wöchentlich in die gelbe Tonne entsorgt«, ergänzte Klaus.

»Bäh, wie eklig!«

Die Tür ging auf. Kommissar Kunze kam herein. »Sind die Kollegen immer noch nicht zurück?«

»Soweit ich weiß, nicht«, sagte Dieter.

Kunze knallte die Tür zu. Vom Gang drang Geschrei herein. Die Tür wurde wieder aufgerissen. Kunze schob einen hageren Mann herein; seine Hände steckten in Handschellen.

»Ich bin unschuldig«, sagte der Festgenommene mit weinerlicher Stimme.

»Setzen!« befahl Kunze.

»Wohin denn, Herr Kommissar?«

Dagmar stand von Stefans Stuhl auf.

»Was soll ich jetzt mit dem machen?« fragte Dieter.

»Vernehmen!«

»Und weswegen?«

»Einbruch! Penny Markt! Vorletzte Woche!«

»In Offenbach oder im Landkreis?«

»Was fragen Sie mich? Der da weiß es besser!«

»Ich bin unschuldig«, wimmerte der Mann.

Kunze knallte die Tür zu. Dieter seufzte. »So geht das den ganzen Tag.«

»Wie tröstlich«, sagte Klaus.

Er wollte sich gerade verabschieden, als Kunze zurückkam.

»Wir haben Ihre Wohnung durchsucht«, sagte er zu dem Festgenommenen.

»Ich bin unschuldig, Herr Kommissar. Wirklich!«

»Warum haben Sie den Revisionsschacht in Ihrem Bad mit Paketband zugeklebt?«

Der Mann wurde blaß. »Sie haben das doch nicht etwa abgemacht?«

»Natürlich haben wir! Wir suchen Beweise!«

»O nein«, jammerte der Mann. »Jetzt kommen da wieder die ganzen Kakerlaken rein.«

»Tschüs, Dieter«, sagte Klaus.

»Ich werde auf eine Bewerbung bei der Kripo verzichten«, sagte er zu Dagmar, als sie wieder im Streifenwagen saßen.

»Daß du das Leitbild in den Schredder getan hast, finde ich nicht richtig«, sagte Dagmar.

»Ich hab's vorher gelesen. Stand allerdings nichts Neues drin. Wir sind ein Team. Aus Fehlern lernen wir.«

»Was?«

»Du hast es also nicht gelesen.«

»Die Idee ist gut.«

»Es nicht zu lesen?«

»Du bist schrecklich!«

»Ich weiß. Wenn du nichts dagegen hast, zeige ich dir ein paar Bonbons in unserem Dienstbezirk.«

»Bitte?«

»Polizeiliche Brennpunkte und billige Dönerbuden.«

»Und wo setzt du die Priorität?«

»Was denkst du denn?«

Dagmar lächelte. »Bei den Dönerbuden?«

»Hat der gute Herr Kissel dich etwa vor mir gewarnt?«

»Hätte er es tun sollen?«

»Wahrscheinlich schon«, sagte Klaus und gab Gas.

Als sie eine Stunde später zum Revier zurückkehrten, saß Uli im Sozialraum und las Zeitung.

»Na? Erfolgreich gewesen?« fragte Klaus.

Uli schlug die Zeitung zu. »Die Stelle ist zum ersten Januar ausgeschrieben. Bis dahin bleibe ich dir auf jeden Fall erhalten.«

»Mhm«, sagte Klaus. Während der Streife hatte er kein einziges Mal an Uli gedacht.

7

An einem regnerischen Novemberdienstag fand Hedi im Briefkasten außer einem Stapel von Sonderangeboten und der Telefonrechnung einen Brief ihrer Schwägerin Anette.

»Warum laden die uns zu Bernds Geburtstag schriftlich ein?« knurrte Klaus, nachdem sie ihm den Inhalt vorgelesen hatte. »Reine Papierverschwendung.«

»*PS: Lieber Klaus, liebe Hedwig! Die Feier findet in exklusivem Rahmen statt. Ich bitte darum, in angemessener Kleidung zu erscheinen.*« Hedi klappte die Karte zu und steckte sie in den Umschlag aus handgeschöpftem Büttenpapier zurück.

Klaus holte sich ein Bier aus dem Kühlschrank. »Wir könnten zwei Tage vorher Grippe kriegen.«

»Verrate mir lieber, was wir deinem Bruder zum Fünfzigsten schenken.«

Klaus öffnete die Flasche mit dem Feuerzeug und griff nach der *Offenbach-Post*. »Ruf Anette an.«

»Ich müßte mir etwas zum Anziehen kaufen.«

»Tu das.«

»Du solltest vielleicht auch ...«

Er blätterte zum Sportteil. »Ich denke nicht daran.«

Hedi legte die Karte in die leere Obstschale auf dem Sideboard. Ihren letzten Besuch in der Winterfeldt-Villa hatte sie in schlechter Erinnerung: Dreckkrümel lösten sich aus ihren Boots und markierten den Weg von der Vorhalle über den champagnerfarbenen Teppich im Salon bis zu dem Chippendale-Stuhl, auf dem sie Platz genommen hatte. Als Anette lächelnd ihr Dienstmädchen herbeizitierte, wäre Hedi am liebsten im Erdboden versunken. Sie würde es nie zugeben, aber im Haus ihres Schwagers bekam sie jedesmal Minderwertigkeitskomplexe.

»Vielleicht sollte ich vorher zum Friseur gehen. Was meinst du?«

Klaus sah von der Zeitung auf. »Mir gefällt dein Haar, wie es ist.«

»Mir aber nicht.«

»Dann geh halt in Gottes Namen zum Friseur.«

»Du würdest es nicht einmal merken, wenn ich nackt herumliefe«, sagte Hedi gereizt.

Klaus schlug die Zeitung zu. »Hast du eine Ahnung!«

Als er Anstalten machte aufzustehen, verschwand Hedi in der Küche; vor dem Fenster blieb sie stehen. Regen schlug gegen die Scheibe, in der Ablaufrinne auf der Fensterbank sammelte sich Wasser. Schon zweimal hatte sie dem Vermieter gesagt, daß das verflixte Küchenfenster undicht war! Sie rollte ein Handtuch zusammen, legte es aufs Fensterbrett und zupfte ein paar welke Blättchen von ihrem Bubikopf. Der himmelblaue Übertopf, den sie in ihrer ersten Kursstunde getöpfert hatte, paßte gut zu dem zarten Grün der Pflanze. Hedi war froh, daß sie sich entschieden hatte, das Hobby aus ihrer Schulzeit wiederzubeleben. Die Arbeit mit dem geschmeidigen, kühlen Material machte ihr Spaß und ließ sie für kurze Zeit den Alltagsstreß vergessen. Schade nur, daß sie in der Nachtdienstwoche den Kurs nicht besuchen konnte.

Sag ehrlich: Bist du glücklich? Ihr Treffen mit Vivienne lag fast drei Wochen zurück; seitdem hatten sie nur einmal miteinander telefoniert. Hedi reagierte einsilbig, als Vivienne versuchte, sie über Bernd und Anette auszufragen. Sollte sie für die renommierte Künstlerin Belrot etwa den Vermittlungsmohren spielen? Vivienne wiegelte lachend ab. Ihre Telefonnummer wußte Hedi immer noch nicht. Sie warf das abgezupfte Grün in den Müll und sah nach draußen. Die Regenrinne am Hinterhaus leckte. Die Säcke hinter den Fenstern wirkten grau.

Viviennes Frage ließ Hedi keine Ruhe. Sie hatte einen Beruf, der sie ausfüllte. Sie war gesund. Ihre Kinder waren weder sitzengeblieben noch kriminell. Ihr Mann ging nicht fremd; zumindest nahm sie das an. Sie konnte also zufrieden sein. Aber glücklich? Glücklich war sie als Kind gewesen, wenn sie zu Tante Juliette in die alte Wassermühle fahren durfte, oder an dem Tag, als Klaus ihr seine Liebe gestand. Und als sie sich mit ihm lachend darum gestritten hatte, ob das erste *Wawa* aus Saschas breiverschmiertem Mund *Papa* oder *Mama* heißen sollte. Konnte denn Glück nach fast zwei Jahrzehnten Ehealltag überhaupt etwas anderes sein als Zufriedenheit?

Hedi dachte an die alte Frau Hartmann mit dem Oberschenkelhalsbruch von Zimmer fünfhundertvier: Wie ihre Augen leuchteten, wenn ihr Mann frühmorgens an ihr Bett kam. Die Fürsorglichkeit, mit der er ihre Hand hielt. Sein beharrliches: *Das wird wieder, Erna!* Die zärtlichen Blicke, die selbst die unsensible Belinda berührten. *Wir sind seit einundsechzig Jahren verheiratet. Ich bin nichts ohne sie,* hatte er Hedi anvertraut.

»Na? Schaust du dir den Regen an?«

Hedi fuhr herum. »Gott! Hast du mich erschreckt!«

Klaus deutete auf das Handtuch auf der Fensterbank. »Wir sollten ab sofort die Miete kürzen.«

»Davon wird der bröselige Kitt auch nicht wasserdicht.«

»Aber wir kommen ein bißchen schneller zu unserem Haus.«

»Warum können wir nicht einfach in eine schönere Wohnung ziehen?«

Klaus legte die Hände auf ihre Schultern. »Was ist los mit dir, hm?«

»Ich will nicht länger in dieser Bruchbude leben! Das ist los«, sagte sie schärfer als beabsichtigt.

»Noch zwei, drei Jährchen Geduld, und wir...«

»Wenn die Kinder erwachsen sind, brauchen wir kein Haus mehr.«

Klaus ließ sie los. »Entschuldige, daß ich dir nicht mit einem dicken Bankkonto dienen kann.«

Ohne es zu wollen, hatte sie seinen wunden Punkt getroffen.

»Klaus, ich...«

Das Telefon klingelte. Klaus ging in den Flur. Er rief nach Hedi und gab ihr den Hörer. »Deine Freundin.«

Sie hielt die Muschel zu. »Es tut mir leid.«

Er zuckte mit den Schultern und verschwand im Bad.

Vivienne war bester Laune und erzählte Hedi, daß sie gerade eine besonders kreative Phase habe. »Hast du nicht Lust, mich mal wieder zu besuchen?«

»Mhm.«

»Das hört sich nicht gerade begeistert an, meine Liebe!«

»Doch, doch!«

»Wie wär's mit heute in einer Woche?«

Klaus kam aus dem Bad und nahm seine Jacke von der Garderobe. »Ich muß zum Dienst. Tschüs.«

Hedi nickte. Vivienne hatte wirklich das Talent, zur unpassendsten Zeit anzurufen!

Bei ihrem zweiten Besuch in Frankfurt war Hedi eine Viertelstunde zu früh und lernte Viviennes Freund kennen. Er sah nicht so aus, wie sie sich einen einflußreichen Kunstmakler vorstellte. Bevor sie ihn in ein längeres Gespräch verwickeln konnte, komplimentierte Vivienne ihn hinaus.

»Warum wohnt ihr nicht zusammen?« fragte Hedi, als Vivienne in den Salon zurückkam.

»Ich kann die räumliche Nähe zu einem Mann auf Dauer nicht ertragen. Es schadet meiner Inspiration. Magst du Tee oder Kaffee?«

»Kaffee. Er sieht jung aus.«

Vivienne füllte Kekse in eine silberne Schale und stellte sie auf den Tisch. »Soll das heißen, *ich* sehe alt aus?«

Hedi nahm einen Keks. »Entschuldige. Es ist nur wegen deiner Ausstellung.«

»Welche Ausstellung?«

»Du hast gesagt, daß er dich fördert und ...«

»Das hast du falsch verstanden. Claude ist talentiert. Ich bringe ihn mit den richtigen Leuten zusammen.«

»Hieß er neulich nicht Jean-Paul?«

Vivienne lachte. »Jean-Paul war ein Reinfall. Den habe ich in die Wüste geschickt.« Sie ging in die Küche.

Hedi lehnte sich auf dem Biedermeiersofa zurück. Die Palmen waren größer, als sie sie in Erinnerung hatte; genau über ihrem Kopf wuchsen zwei der breiten Wedel ineinander. Gegensätzlicher als sie und Vivienne konnten zwei Frauen nicht sein. Was versprach sie sich von einer Freundschaft mit ihr? Verständnis wohl kaum. Genugtuung? Sie war keine verletzliche Zwölfjährige mehr, und das Thema Marianne Klammbiel war abgeschlossen. Was war es dann?

»So sitze ich auch oft und träume.« Vivienne stellte ihr lächelnd ein kobaltblaues Kaffeetäßchen hin. »Du siehst aus, als hätte ich dich bei etwas Verbotenem erwischt.«

Hedi betrachtete die Tasse. Anette besaß ähnliches Geschirr. »Ich bin mir nicht ganz im klaren darüber, warum ich hier bin.«

Vivienne schenkte ihr Kaffee ein. »Im Zweifelsfall, weil ich dich eingeladen habe, oder?«

»Und weshalb hast du mich eingeladen?«

Vivienne strich ihren blauen Seidenanzug glatt, bevor sie sich setzte. »Weil ich Lust habe, mich mit dir zu unterhalten.«

Hedi goß Milch in ihren Kaffee und rührte um. »Tust du immer das, wozu du gerade Lust hast?«

»Du etwa nicht?«

»Ich habe einen Beruf und eine Familie.«

»Na und? Sag mal, ziehst du auch mal was anderes an als Jeans?«

»Wie kommst du denn jetzt darauf?«

»Ist mir eben aufgefallen.«

Hedi trank einen Schluck Kaffee. »Ich bin seit jeher ein Modemuffel. Für Silvester muß ich mir allerdings etwas einfallen lassen. Mein Schwager feiert seinen fünfzigsten Geburtstag und ließ sich dazu herab, Klaus und mich einzuladen. Man bat ausdrücklich um *angemessene* Kleidung.«

»Du magst deinen Schwager nicht besonders, stimmt's?«

»Er mag mich auch nicht besonders. Aber da ich neuerdings eine berühmte Künstlerin kenne, werde ich in dem erlauchten Kreise vielleicht ernster genommen.«

Vivienne nahm sich einen Keks. »Ich hoffe, du hast meine Fragen neulich nicht in den falschen Hals gekriegt. Sie waren rein beruflicher Natur. Antoinette ist der Name Winterfeldt nämlich kein Begriff.«

»Wer, bitte, ist Antoinette?«

»Ach je, entschuldige. Antoinette von Eschenberg ist meine Agentin. Sie makelt meine Bilder weltweit an solvente Kunstsammler. Und da dein Schwager erwähnte, daß seine Frau moderne Kunst sammelt, dachte ich...«

»Sagtest du nicht, daß Jean-Paul sich um den Verkauf deiner Bilder kümmert?«

»Jetzt nicht mehr.« Vivienne trank ihren Kaffee aus. »Wir sollten zur Zeil fahren und ein schickes Kleid für dich aussuchen, das deine hochnäsige Verwandtschaft vor Neid erblassen läßt.«

»Ich hasse Kleider.«

Vivienne lachte. »Ich brauche auch noch etwas Nettes. Ich gebe an Heiligabend einen Empfang. Du bist übrigens herzlich eingeladen.«

»Also, ich weiß nicht...«

Zwanzig Minuten später schlenderten sie unter weihnachtlich beleuchteten Platanen durch die Fußgängerzone. Vor dem Schaufenster einer kleinen Boutique blieb Vivienne stehen und bewunderte ein dottergelbes Seidentop. Hedi fand die Farbe furchtbar und den Preis unverschämt.

»Vielleicht haben sie einen hübschen Rock dazu«, sagte Vivienne.

»Also, ich weiß nicht...«

»Fällt dir nicht mal ein anderer Spruch ein, du Modemuffel?« Sie gingen hinein, und Vivienne steuerte einen Rundständer mit Kleidern an. »Soll ich dir verraten, was ich angestellt habe, als ich mir noch keine teuren Klamotten leisten konnte?«

Hedi überlegte, ob Viviennes Eltern vielleicht doch nicht so reich gewesen waren, wie sie bislang angenommen hatte.

Übermütig drehte Vivienne den Ständer im Kreis. »Ich bin in die exklusivsten Boutiquen spaziert, habe mir Haute Couture im Dutzend bringen lassen, ein halbes Dutzend anprobiert und bedauernd festgestellt, daß nichts dabei sei, was meinen besonderen Ansprüchen genüge.«

»Die Verkäuferin schaut zu uns herüber.«

»Ich habe Qualität und Herkunft der Ware in ernsthaften

Zweifel gezogen. Die Preise erschienen mir etwas niedrig. Hinterher habe ich mich krankgelacht.«

Hedi nahm ein Kleid vom Ständer und warf einen verstohlenen Blick aufs Preisschild. »Was ist lustig daran, Sachen anzuprobieren, die man nicht bezahlen kann?«

Die Verkäuferin näherte sich. Sie war höchstens zwanzig und sah aus wie eine zum Leben erweckte Schaufensterpuppe. »Kann ich Ihnen behilflich sein?«

Hedi hängte das Kleid zurück und schüttelte den Kopf.

»Ich suche ein Abend-Styling«, sagte Vivienne. »Es darf ruhig etwas Ausgefallenes sein.«

»Da kann ich Ihnen interessante High-class Fashion anbieten. Ganz neu hereingekommen: Röcke in Häkeloptik mit Glitzer-Effekt, kombiniert mit einem Silbertop: *der* Megatrend diesen Herbst und ein absolutes Highlight für fast alle Evening events! Wenn Sie mir bitte folgen wollen?«

»Ich warte draußen«, sagte Hedi.

Zwei Stunden später verabschiedeten sie sich an der S-Bahn-Station. Vivienne hielt in jeder Hand zwei Tüten. »Mit dir Klamotten kaufen zu gehen, ist anstrengender als mit Jean-Paul!«

»Hast du ihn deshalb in die Wüste geschickt?«

Sie lachte. »So leicht entkommst du mir nicht.«

»Ich weiß nicht mal deine Telefonnummer.«

Vivienne stellte die Tüten ab, kramte in ihrer Handtasche und gab Hedi ein schwarzes Visitenkärtchen. *Vivienne C. Belrot, Künstlerin,* stand in geschwungener Goldschrift darauf, *Fax & Fon* und eine Nummer; sonst nichts.

Hedi steckte das Kärtchen ein. »*Fon* hat Sascha gesagt, als er zweieinhalb war.«

Die S-Bahn nach Offenbach fuhr ein. Vivienne küßte Hedi

auf beide Wangen. »Ich glaube, wir werden noch viel Spaß zusammen haben. Ruf mich an, wenn du Zeit hast.«

»Mhm«, sagte Hedi.

Den darauffolgenden Vormittag verbrachte sie in der Fußgängerzone in Offenbach. In *Edda Schmielings Second-Hand-Shop* entschied sie sich für ein rotes Leinenkostüm, das nach Aussage der Verkäuferin hervorragend mit ihrem dunklen Haar harmonierte. Passende Pumps fand sie zwei Straßen weiter. Anschließend fuhr sie in den Vordertaunus, um einen Regenschirm zu kaufen.

Anette hatte behauptet, daß der *Brigg,* den Bernd sich wünschte, nur von ausgesuchten Läden vertrieben werde. Hedi schalt sich eine Närrin, daß sie überhaupt angerufen hatte, und das um so mehr, als sie am Frankfurter Kreuz eine Stunde lang im Stau stand.

Der ausgesuchte Laden sah so unscheinbar aus, daß sie zweimal daran vorbeifuhr. Außer Regenschirmen führte er Lederwaren aller Art. Der Verkäufer trug einen dunklen Anzug und lächelte. Welches Modell gnädige Frau bevorzuge?

Hedi mußte sich das Grinsen verkneifen. »Ach? Gibt es mehrere davon?«

»Sie haben die Wahl zwischen dem *Brigg*-Gästeschirm, dem *Brigg*-Sitzschirm und dem *Brigg*-Stockschirm, gnädige Frau«, zählte der Verkäufer mit melodischer Stimme auf.

»Der Herr ist Bankdirektor.«

»In diesem Fall würde ich Ihnen das klassische Modell empfehlen. Wenn Sie sich bitte einen Moment gedulden würden?« Der Verkäufer verschwand im hinteren Teil des Ladens und kam mit einem schwarzen Herrenstockschirm zurück. »*Brigg* fertigt im Prinzip nur auf Bestellung, aber wir haben ein halbes Dutzend auf Lager genommen. Selbstverständlich werden die Schirme bei Bedarf repariert und gegebenenfalls neu bespannt.«

»Man hat mir ausdrücklich versichert, die würden eine Weile halten.«

»Aber selbstverständlich, gnädige Frau! Mit *Brigg* haben Sie sich für ein Qualitätsprodukt entschieden.« Er strich über den Holzknauf und die Bespannung. »Echte Schirmseide, dreifach gewebt und absolut wasserdicht.«

»Soso.« Hedi begann, am Verstand von Anette zu zweifeln. Ein Schirm, bei dem man erwähnen mußte, daß er wasserdicht war, konnte nicht allzuviel taugen.

»26-Inch-Gestänge aus geöltem Stahlrohr, Durchmesser des geöffneten Daches einhundertacht Zentimeter, Stock massiv Kirsche, handgeschmirgelt.«

»Gibt's dazu eine Verpackung?«

»Selbstverständlich, gnädige Frau.« Er reichte ihr eine angeknitterte Schirmhülle. »Echte Seide. Beste Qualität. Wie alles von *Brigg*.«

»Kostet die extra?«

»Fünfundfünfzig Mark.«

Hedi wünschte Anette den Teufel an den Hals. »Ich nehme den Schirm *ohne* Hülle. Könnten Sie das Ding als Geschenk einpacken?«

»Weihnachtlich oder neutral?«

»Neutral.«

Der Verkäufer wickelte den *Brigg* in blaues Papier und verzierte ihn mit einer Schleife. »Eine Tüte, gnädige Frau?«

»Ja.«

Er gab ihr den Kassenbon. »Fühlen Sie sich nicht wohl?«

»Siebenhundertachtundneunzig Mark...?«

»Siebenhundertachtundneunzig Mark und fünfzig Pfennige«, korrigierte der Verkäufer sanft. »Zahlen Sie mit Karte oder in bar?«

Hedi kramte in ihrem Portemonnaie. »Du meine Güte! Ich habe meine Diners Club im Wagen liegenlassen. Bin gleich wieder da.«

Als Klaus vom Spätdienst nach Hause kam, arrangierte Hedi Fichtenzweige in einer Keramikschale. Er stieg über mehrere nach Keller riechende Kartons. »Schon zweimal haben die uns das Fahrrad geklaut, aber das Zeug nehmen nicht mal Offenbacher Verzweiflungseinbrecher mit.«

Hedi sah ihn mißmutig an. »Wenn ich gewußt hätte, daß du heute pünktlich kommst, hättest du mir beim Tragen helfen können.«

Er küßte sie auf die Wange. »Von mir aus kann Weihnachten ausfallen. Und Advent gleich mit.«

Hedi packte eine Schachtel mit Glaskugeln aus. »Du hast überhaupt keinen Sinn für Romantik.«

Er grinste. »Wir sollten Christoph-Sebastian für nächste Woche einladen.«

»Aber sicher. Ich erlaube dem kleinen Hosenscheißer gern, mit dem Hochzeitspräsent deiner Mami Fußball zu spielen.«

Klaus lehnte sich gegen den Wohnzimmerschrank und sah zu, wie Hedi die Kugeln an den Zweigen befestigte. »Mutters chinesische Bodenvase ist, objektiv betrachtet, kaum häßlicher als goldfarbene Christbaumkugeln. Dafür aber erheblich robuster.«

Hedi warf die leere Schachtel auf den Boden. »Deine Mami hat ja auch einen erlesenen Geschmack! Einfach strukturierte Krankenschwestern sind dagegen allenfalls für Kitsch zu begeistern.«

»Was bist du denn schon wieder so gereizt, hm?«

»Das Geschenk für deinen Bruder darfst du selber besorgen.«

»Es kann nicht allzu schwer sein, einen Regenschirm zu kaufen, oder?«

»Wenn du mal eben einen Tausender erübrigen kannst: kein Problem!«

Klaus fing an zu lachen. »Hat Anette dich etwa in einen dieser Schickimicki-Läden geschickt, in denen schon das Luftholen Geld kostet?«

»Ich finde das nicht komisch, verdammt noch mal!«

»Warum läßt du dir eigentlich von ihr so den Schneid abkaufen?«

Hedi wandte ihm abrupt den Rücken zu und hängte Lametta in die Zweige. »*Du* hast gesagt, daß ich sie anrufen soll.«

»Das meine ich nicht.«

Sie zuckte zusammen, als sie seine Hände spürte. Er streichelte ihr Haar und küßte sie sanft auf den Hals. »Anette ist nicht viel mehr als ein hübscher Kleiderständer und Bernd ein Opportunist, solange ich ihn kenne. Daran ändert auch die protzigste Villa nichts.«

Hedi drehte sich zu ihm um. »Tante Juliette hat uns für den ersten Weihnachtsfeiertag zum Essen eingeladen.«

»Oh. Schön. Wissen es die Kinder schon?«

»Ich denke nicht daran, sie um Erlaubnis zu fragen.«

Er spielte mit ihrem Haar. »Und wenn ich Dienst habe?«

»Hast du nicht.«

»Nur für den Fall, daß jemand aus der B-Schicht krank wird.«

»Du willst bloß nicht zu Tante Juliette.«

»Ich will vermeiden, daß sie sich unnötige Umstände macht. Sie ist nicht mehr die Jüngste.«

Hedi legte das restliche Lametta beiseite, ging in den Flur und zog ihre Jacke an.

Klaus kam ihr nach. »Was ist los? Wo willst du hin?«

»Bin ich dir über alles Rechenschaft schuldig?«

»Welche Laus ist dir über die Leber gelaufen, hm?«

»Als wenn dich das interessieren würde, so selten, wie du zu Hause bist.«

Er nahm ihre Hände. »Was soll das, Hedi? Ich arbeite für Tachnon, damit wir irgendwann aus dieser Kaschemme hier rauskommen, und du machst mir Vorwürfe.«

»Hast du mit deiner Mami telefoniert? Hat sie dich endlich davon überzeugt, daß du was Besseres verdienst?«

Er ließ sie los. »*Du* warst es, die gesagt hat, daß sie keine Lust hat, länger hier zu wohnen.«

»Wundert dich das? Die Fenster sind vergammelt, von der Decke rieselt der Putz, und von den Türrahmen blättert die Farbe.«

»Du übertreibst.«

»Und du drehst mir jedes Wort im Mund herum.«

»Mach dich nicht lächerlich.«

»In diesem Haushalt gibt es nichts zu lachen.«

»Die Freundschaft mit deiner vornehmen Künstlerin bekommt dir wohl nicht.«

»Du kannst mich mal!« Hedi drehte sich um und ging. Daß sie heute ihren Töpferkurs hatte, hatte ihr Mann natürlich vergessen.

Auf dem Weg zur Volkshochschule dachte sie darüber nach, ob es nicht besser gewesen wäre, ledig zu bleiben.

8

Im Dezember wurden besonders viele Leute krank. Tage- und nächtelang lief Hedi auf ihrer Station von Zimmer zu Zimmer, gab Spritzen, wechselte Verbände, brachte Frühstück, Tee, Mittag- und Abendessen, verteilte Pillen, Tropfen und Pulver. Der Oberarzt hatte schlechte Laune, Brigitte die Grippe und Belinda keine Lust. Das Wetter war kalt und grau. An der kleinen Fichte hinter der *Lächelnden Frau* hatte jemand eine blinkende Lichterkette angebracht.

»Die schmeißen mich raus, wenn ich nicht bald wieder fit bin«, jammerte eine junge Chefsekretärin zwei Stunden nach der Operation.

»Verdammt noch mal! Ich muß trainieren!« schrie ein muskelbepackter Mann, der nach einem Autounfall eingeliefert worden war.

»Friedrich und ich freuen uns über jeden Tag, den der liebe Gott uns noch läßt«, sagte die alte Frau Hartmann von Zimmer fünfhundertvier.

»Den Oberschenkelhalsbruch können wir übermorgen entlassen«, sagte Dr. Bechstein nach der Visite.

»Der Oberschenkelhalsbruch heißt Erna Hartmann«, erwiderte Hedi gereizt.

Nach Feierabend hetzte sie von Geschäft zu Geschäft, bestellte Lammbraten für Heiligabend und eine frische Gans für den zweiten Feiertag. Tagelang ertrug sie inmitten von aufdringlichem Glanz und Glitter *Ihr Kinderlein kommet* und *Stille Nacht,* während sie im hektischen Weihnachtsrummel nach passenden Geschenken für ihre Kinder, für Klaus und Tante Juliette, Oma Resi und Christoph-Sebastian suchte. Für Bernd ließ sie sich in einer Parfümerie ein modrig riechendes, nach Aussage der Verkäuferin top-trendiges Aftershave für den erfolgsverwöhnten Manager als Präsent verpacken.

Zu Hause kämpfte sie mit den wechselnden Launen ihrer pubertierenden Tochter und gegen die zunehmende Schweigsamkeit ihres Sohnes. Sie stritt sich mit Klaus, der der Meinung war, bis Heiligabend sei noch Zeit genug, einen Baum zu besorgen, und plagte sich mit ihrem schlechten Gewissen, weil sie weder dazu kam, Vivienne anzurufen noch Juliette zu besuchen. Es war wie jedes Jahr: Sie freute sich auf Weihnachten, und wenn es soweit war, begann sie, es zu hassen.

Neben der Parfümerie, in der sie das Aftershave für Bernd gekauft hatte, hatte ein neuer Friseursalon namens *Young Miss Hairstyle* eröffnet. Der Inhaber hieß *Pierre,* nannte sich *Coiffeur* und bot eine Lösung für jedes Haarproblem an. Es war schwierig, vor den Feiertagen noch einen Termin zu bekommen; offenbar war Hedi nicht die einzige, die mit dem alten Jahr auch die alte Frisur loswerden wollte.

Pierre war um einiges jünger als sie und trug sein Haar zu einem Zopf gebunden. Gekonnt griff er in Hedis Schopf und betrachtete die kaputten Spitzen. »Haben Sie eine bestimmte Vorstellung, oder soll ich Ihnen erst einmal ein paar Zeitschriften mit Frisurvorschlägen bringen?«

Hedi lehnte dankend ab. Der frustrierende Anblick trendy gestylter Schönheitsköniginnen in der *Annabella* alle vierzehn Tage reichte ihr. »Ich hätte sie gern ein wenig in Form geschnitten, und ...«

»Wenn ich Ihnen einen Vorschlag machen dürfte?« unterbrach Pierre lächelnd.

»Ja. Gern«, sagte Hedi.

Eine Stunde später fragte sie sich, wer die fremde Frau mit den freigelegten Ohren war, die sie aus dem Spiegel anstarrte. *Wir hellen Ihren Naturton etwas auf. Das gibt schönen Glanz. Und an den Seiten nehme ich ein bißchen was weg; das wirkt gleich viel fescher.* Herausgekommen war eine franselige Kurzhaarfrisur in Aschblond mit Rotstich. Hedi sah sich schon als Zielscheibe sämtlicher Blondinenwitze, die Klaus aus dem Dienst nach Hause brachte.

»Die Farbe paßt wunderbar zu Ihrem Typ«, schwärmte Pierre.

»Aber nicht zu meinem Chanel-Kostüm«, sagte Hedi säuerlich.

Er wuselte mit einem Handspiegel um sie herum. »Sie sehen mindestens zehn Jahre jünger aus, Madame!«

»Was denken Sie eigentlich, wie alt ich bin?«

Pierre legte den Spiegel weg und nahm ihr den Frisierumhang ab. »So jung wie ein junges Mädchen, Madame.«

Hedi stand auf. »Oh, vielen Dank. Wahrscheinlich lädt mich der katholische Kindergarten demnächst zur Bastelstunde ein.«

Pierre begleitete sie zur Kasse, malte undefinierbare Kringel in ein Buch und addierte einige Zahlen. »Inklusive der Kurpackung macht das genau einhundertdreiundzwanzig Mark zwanzig«, sagte er lächelnd.

Hedi zählte wortlos einhundertdreiundzwanzig Mark und zwanzig Pfennige auf den Tresen, drehte sich um und ging.

»Na? Haste *Haarakiri* gemacht?« fragte Dominique, als sie nach Hause kam.

»Oder war zufällig Christoph-Sebastian zu Besuch?« setzte Sascha grinsend hinzu.

Hedi flüchtete ins Bad.

»Kennste den schon?« fragte Dominique ihren Bruder. »Werden drei Frauen in einer Quizsendung gefragt, wie viele D in dem Wort Bonanza vorkommen. Sagt die Schwarzhaarige: keins. Sagt die Brünette: keins. Die Blondine überlegt und meint dann: So zwischen vier und zwölf. Der Talkmaster guckt sie ungläubig an, fragt noch mal nach. Gleiche Antwort. Versteh' ich nicht, sagt der Talkmaster, und die Blondine fängt an zu singen: Dadada-damm-da-dadadamm, Bo-nan-za...«

Dominique und Sascha lachten.

Hedi nahm die Schere und schnitt wütend ihren schiefen Pony gerade. Sie drehte den Wasserhahn auf, hielt den Kopf darunter und griff nach der dunkelbraunen Schaumtönung, die sie auf dem Rückweg für neun Mark fünfundneunzig im Supermarkt gekauft hatte.

»Gar nicht so übel, deine neue Frisur«, sagte Klaus am nächsten Morgen, als er aus dem Nachtdienst kam.

Drei Tage vor Heiligabend brachte Dominique ein Kätzchen mit nach Hause, das angeblich einsam und verloren durch Offenbach geirrt sei. Hedi fand, daß das Kätzchen eher wie ein fettgefressener Kater aussah. Sie versuchte, die Angelegenheit vernünftig zu lösen. Das Tier habe vermutlich nur den Häuserblock verwechselt. Der Besitzer suche bestimmt schon nach ihm. Man könne nicht einfach anderer Leute Katzen behalten.

»Du hast kein Herz, Mama!« sagte Dominique.

»Ich kann in meiner Wohnung keinen Kater gebrauchen.«

»Das arme Tierchen hat bestimmt Hunger.« Dominiques Stimme wurde weinerlich. »Wer weiß, ob es nicht von einem sadistischen Menschen gequält wurde. Oder ausgesetzt. Wie Alfred.«

»Wie oft soll ich dir noch sagen, daß ich deinen Hamster nicht im Büsing-Park freigelassen habe!«

»Du konntest ihn von Anfang an nicht leiden.«

Hedi dachte an die Überreste von Alfred, die sie beim Frühjahrsputz hinter dem Elektroherd gefunden hatte, verzichtete aber auf ihre Rehabilitation. »Du bringst diesen Kater auf der Stelle ins Tierheim! Hast du mich verstanden?«

Eine halbe Stunde später kam Dominique mit dem Kater zurück. Das Tierheim sei leider voll. Man habe sie gebeten, ihren Fund bis nach den Feiertagen zu behalten. »Leonardo wird dich nicht das kleinste bißchen stören, Mama. Bitte, laß mich ihn behalten.«

»Leonardo?«

»Er braucht einen Namen. Und du hast gesagt, daß er ein Kater ist.« Leonardo strich schnurrend um Hedis Beine. »Sieh mal! Er ist ganz lieb.«

Gegen das Versprechen, die Stereoanlage ab sofort nur noch auf Zimmerlautstärke zu drehen, gewährte Hedi Kater Leonardo vorübergehend Asyl. Dominique drückte ihr einen feuchten Kuß auf die Backe. »Danke, Mama. Hast du ein bißchen Geld?«

»Wofür?«

»Er braucht ein Klo und was zu essen, oder?«

Eine Stunde später verspeiste Leonardo eineinhalb Dosen feinstes Menü mit Meeresfrüchten. Danach schleckte er einen Viertelliter Katzenmilch und pinkelte auf den Teppichboden.

Zwei Tage vor Heiligabend begann Hedi mit der Grundreinigung der Wohnung. Sie saugte die Teppichböden, warf sämtliche Zeitungen in den Müll, staubte Möbel und Bilder ab, brachte das Bad auf Hochglanz und stopfte den Inhalt des Wäschekorbs in die Maschine. Als sie das Pulver einfüllte, klingelte das Telefon.

Vivienne war bester Laune. »Hallo, Hedi! Wie geht's? Ich habe lange nichts von dir gehört.«

»Hallo, Vivienne. Entschuldige, aber ich bin gerade auf dem Sprung.«

»Drei Minütchen wirst du doch wohl Zeit haben, oder?« Sie fing an, die Menüfolge und Gästeliste ihrer Weihnachtsparty aufzuzählen.

»Ich rufe dich später zurück, ja?« sagte Hedi.

»Ich würde mich wirklich freuen, wenn du kommen könntest.«

»Ich habe Familie.«

»Na und?«

»In einer halben Stunde fängt mein Dienst an.«

»Überleg's dir.«

»Ja. Tschüs.« Hedi lief ins Bad, schloß die Trommel der Waschmaschine und stellte sie an.

Im Wohnzimmer kroch Dominique über den Teppichboden. »Hast du zufällig Leonardo gesehen, Mama?«

»Nein.«

Hedi war gerade mit dem Umziehen fertig, als sie einen Schrei hörte. Erschrocken lief sie in den Flur und stieß um ein Haar mit dem pitschnassen Leonardo zusammen, der an ihr vorbei ins Wohnzimmer schoß. Er fegte den Adventskranz vom Tisch und verkroch sich hinter der Couch.

»Er war in der Waschmaschine! Du hättest ihn beinahe umgebracht!« rief Dominique außer sich.

»Ich habe dir schon x-mal gesagt, daß du das verflixte Vieh nicht unbeaufsichtigt herumlaufen lassen sollst.«

Dominique fing an zu weinen. »Du bist ja so was von oberfies!«

Hedi zeigte ins Wohnzimmer. »Wenn das bis heute abend nicht wieder in Ordnung ist, setze ich das Biest eigenhändig vor die Tür. Kapiert?«

Sie war so spät dran, daß sie nicht einmal Zeit hatte, der *Lächelnden Frau* guten Tag zu sagen.

In den Vormittagsstunden des 24. Dezember lud Klaus eine nadelnde Fichte im Wohnzimmer ab. »Einmaliger Sonderpreis«, sagte er stolz und wischte sich den Schweiß von der Stirn.

»Der hat das Waldsterben schon hinter sich«, sagte Sascha.

»Hol lieber den Schmuck und die Krippenfiguren aus dem Keller«, sagte Hedi.

Sascha verschwand murrend. Klaus plagte sich mit dem Baum, Hedi holte den Staubsauger und saugte die Nadeln vom Teppich. Sie fragte sich, wie ihr Mann es jedes Jahr schaffte, den häßlichsten Weihnachtsbaum von ganz Offenbach aufzutreiben.

Sascha schleppte schimpfend eine Kiste herein und stellte sie mitten ins Zimmer. Er holte seine Jacke. »Ich mach' die Fliege. Hab' ein Date mit Corinna.«

»Am Heiligen Abend?« rief Hedi. »Ich fände es an der Zeit, daß du uns deine Corinna mal vorstellst.«

»Sie gefällt dir sowieso nicht.«

Hedi sah Klaus an. »Sag du doch auch mal was!«

Klaus bemühte sich, die krumme Fichte geradezubiegen. Sascha zog seine Jacke an. »Tschüs denn.«

»Tschüs«, sagte Klaus.

Die Wohnungstür knallte zu. Hedi rollte das Staubsaugerkabel auf. »Danke für deine wertvolle Erziehungsarbeit.«

Klaus kramte die Lichterkette aus der Kiste. »Du hast mich auch nicht nach dem ersten Kuß deiner Mutter präsentiert.«

Hedi stellte den Staubsauger weg. »In Saschas Alter habe ich nicht mal ans andere Geschlecht *gedacht*.«

Klaus lachte. Im Flur klingelte das Telefon. »Ich geh' schon.«

»Wer war es denn?« fragte Hedi, als er zurückkam.

»Es tut mir leid. Ich muß über Weihnachten arbeiten. Aus der B-Schicht haben sich zwei Kollegen krank gemeldet.«

»Das darf doch nicht wahr sein!«

»Heute abend um sieben bin ich ja zurück.« Er sah zur Uhr. »Und Zeit zum Baumschmücken habe ich auch noch. Ach ja... Vergiß nicht, Juliette anzurufen, daß wir nicht kommen können.«

»Wie bitte?«

»Du glaubst doch nicht im Ernst, daß ich vor dem Nachtdienst in den Odenwald fahre, oder?«

Hedi lief rot an. »Das ist doch ein abgekartetes Spiel!«

»Aber nein! Wie...« Sie hörten ein lautes Scheppern.

»Ich drehe dem verdammten Kater den Hals um!«

Hedi rannte in die Küche. Leonardo saß auf der Anrichte und putzte seinen Schnurrbart. Der eingelegte Lammbraten verteilte sich in einem See aus Marinade und Scherben auf dem Fliesenboden.

»Du lieber Gott!« sagte Klaus.

Hedi wurde plötzlich ganz ruhig. Sie ging an Klaus vorbei ins Schlafzimmer und schloß die Tür.

Klaus scheuchte Leonardo aus der Küche und fing an, die Scherben aufzusammeln. Zehn Minuten später kam Hedi zurück. Sie hatte eine saubere Jeans und einen von Juliettes Wollpullovern an. In der Hand hielt sie eine Reisetasche. »Ich werde Heiligabend dieses Jahr auswärts verbringen.«

Klaus starrte sie an. »Das ist nicht dein Ernst.«

»Doch.«

»Aber... Wo willst du hin? Was soll ich den Kindern erzählen?«

»Denk dir was aus. Schließlich warst du es, der behauptet hat, Weihnachten könnte dieses Jahr ruhig ausfallen.«

Ohne eine Antwort abzuwarten, verließ Hedi die Wohnung.

Es hatte angefangen zu schneien; an den Bordsteinkanten sammelte sich grauer Matsch. Hedi schloß den Opel auf und stellte die Tasche auf den Rücksitz. Als sie losfuhr, hatte sie Mühe, die Tränen zurückzuhalten. *Der Christbaum in der Eichmühle war mit Kristalltropfen, Eisglaskugeln und Zinnsternen geschmückt. Die gläserne Spitze reichte bis zur Zimmerdecke, und die Kerzen in den alten Pendelhaltern waren echt. Das ganze Haus roch nach Bratäpfeln und Plätzchen, und Hedi drückte mit ihren warmen Fingern Phantasiefiguren auf das zugefrorene Küchenfenster, während sie ungeduldig auf die Bescherung wartete. Und wenn das Christkind nun nicht kommt, Tante Juliette? Der Weg hier heraus ist so schrecklich finster. Ach was! Es muß doch nur dem Mond und den Sternen nach.*

Als Kind war der Heilige Abend in der alten Mühle für Hedi der schönste Tag im ganzen Jahr gewesen; selbst Marianne Klammbiel hatte sich immer darauf gefreut. Bis sie von Vivienne Belrots Wette erfahren hatte.

In der dünnen Schneeschicht auf dem Schotterweg zur Mühle zeichneten sich Reifenspuren ab. Hedi ärgerte sich, daß sie nicht vorher angerufen hatte. Am Ende hockte das *Prinzeßchen* bei Juliette, und das wäre das letzte, was sie jetzt gebrauchen konnte. Als sie in den Hof fuhr, sah sie weder Elisabeths Fahrrad noch ihr Auto und atmete auf. Fünfundzwanzig Jahre war es her, daß sie zum letzten Mal am Heiligen Abend in der Eichmühle gewesen war, und sie freute sich auf Juliettes Gesicht.

Im Haus blieb es ruhig, als sie klopfte. Auch auf ihre Rufe

bekam sie keine Antwort. Ratlos ging sie zur Scheune. Die Luke des Hühnerstalls war geschlossen, Juliettes Käfer stand mit geöffneter Motorhaube im Geräteraum. Die Kaninchen saßen in ihren Ställen und mümmelten Heu. Der Haustürschlüssel steckte hinter demselben Balken wie früher.

Hedi lief zum Mühlhaus zurück und schloß auf. Sie rief nach Juliette, sah in jedem Zimmer, im Keller und sogar auf dem Dachboden nach, aber ihre Tante war nirgends zu finden. Im ganzen Haus war es kalt. Und im Wohnzimmer stand kein Weihnachtsbaum. Traurig brachte Hedi den Schlüssel zurück.

In einer Telefonzelle im Nachbarort suchte sie die Nummer von Elisabeth Stöcker heraus. Das *Prinzeßchen* war selbst am Apparat. »Ja, Ihre Tante ist hier. Einen Moment, bitte.«

»Hallo, Hedilein!« meldete sich Juliette fröhlich. »Stell dir vor, Elli war so lieb, mich einzuladen.«

»Wenn ich geahnt hätte, daß du dich einsam fühlst, hättest du zu uns kommen können.«

»Nun sei nicht gleich beleidigt, wenn deine verrückte Tante mal nach Hassbach ausbüxt. Schneit's bei euch in Offenbach auch?«

»Ein bißchen.«

»Ich gebe dir Elli noch mal, ja?«

»Nein. Ich ...«

»Juliette sagte mir, daß sie Sie und Ihre Familie morgen zum Essen eingeladen hat«, sagte Elisabeth.

»Mhm.« Was gingen das *Prinzeßchen* Juliettes Einladungen an!

»Ich hoffe, Sie haben nichts dagegen, statt in die Eichmühle nach Hassbach zu kommen?«

»Könnten Sie mir bitte verraten, was los ist, Frau Stöcker?«

Elisabeths Stimme wurde so leise, daß Hedi Mühe hatte, sie zu verstehen. »Juliette hat eine schlimme Grippe hinter sich und ist noch ein bißchen wacklig auf den Beinen. Aber Sie wissen ja, daß sie das niemals zugeben würde.«

»Ich habe das Gefühl, daß ich langsam gar nichts mehr weiß.«

»Ich wollte Sie ja anrufen, aber Ihre Tante hat es mir verboten. Sie will nicht, daß Sie sich ihretwegen Sorgen machen.«

»Die mache ich mir aber!«

»Ich denke, in ein paar Tagen ist sie wieder ganz die alte. Trotzdem sollten wir uns morgen vielleicht mal unterhalten.«

Hedi schluckte. »Deswegen rufe ich an. Ich wollte die Einladung absagen. Mein Mann muß arbeiten, und mein Sohn ist krank.«

»Das tut mir leid.«

»Schöne Weihnachten.«

»Ihnen auch.«

»Danke.«

Hedi verließ die Telefonzelle und ging zu ihrem Wagen. Der Kloß in ihrem Hals tat weh. Ein einziges Mal hatte sie Juliette zu Heiligabend nach Offenbach geholt. Es war keine gute Idee gewesen. Genausowenig, wie es eine gute Idee war, jedes Jahr aufs neue sentimentale Kindheitserinnerungen heraufzubeschwören, die nichts mehr mit ihrem Leben zu tun hatten! Sie schüttelte den Schnee aus ihrem Haar und fuhr nach Offenbach zurück.

Ausnahmsweise fand sie einen Parkplatz direkt vor dem Haus. Die Bosnier im Erdgeschoß hatten die Rolläden nicht heruntergelassen. In dem karg eingerichteten Wohnzimmer stand ein mit Nippes und bunten Lichtern behängter Baum. Aus Rosa Eckligs Wohnung drang weihnachtliche Orgelmusik.

Im dritten Stock war es still und dunkel. Von dem Malheur in der Küche war nichts mehr zu sehen, die krumme Fichte stand fertig geschmückt auf einem Tischchen neben der Couch. Leonardo hatte sich auf Dominiques Bett zusammengerollt und schlief. Im Eßzimmer lag ein Zettel von Sascha. *Bin um halb sieben zurück. Ich auch,* hatte Dominique dazugekritzelt.

Hedi holte die Geschenke aus dem Wäscheschrank, stellte sie unter den Baum und schaltete die elektrische Beleuchtung ein. *Mami, wann kommt denn das Christkind? Wenn du das Glöckchen hörst, Schatz. Macht es vorher die Baumlichter an? Du bist ja doof, Dominique! Das Licht schaltet Papa ein, und Mama bimmelt mit der Glocke. Du lügst! Gell, Mami, der Sascha lügt!*

Hedi zog den Stecker heraus, und der Baum wurde dunkel. Sie dachte an den ruinierten Braten, den Streit mit Klaus und daran, daß Juliette dieses Jahr mit dem *Prinzeßchen* feierte. Sie ging ins Schlafzimmer und holte ihr rotes Leinenkostüm aus dem Schrank. Eine Viertelstunde später war sie auf dem Weg nach Frankfurt.

»Ich habe es mir überlegt«, sagte sie, als Vivienne die Tür öffnete.

Vivienne trug den Häkelrock mit Glitzer-Effekt, darüber ein pinkfarbenes Seidentop und sah umwerfend aus. Sie lachte. »Komm rein. Dein Mann hat schon zweimal angerufen.«

9

»Guten Morgen, du Nachteule!«

Viviennes Stimme drang nur undeutlich bis zu Hedi vor. Stöhnend öffnete sie die Augen und rappelte sich hoch. »Gott! Wo bin ich?«

»Auf einem Josef-Danhauser-Sofa, datiert aus der Zeit zwischen 1820 und 1830«, sagte Vivienne lachend. »Und das, obwohl ich dir diverse Gästebetten zur Benutzung angeboten habe!« Sie band ihren sonnengelben Bademantel zu und inspizierte die Reste des Weihnachtsbuffets.

Hedi preßte die Hände gegen ihre Schläfen. Ihr Kopf war ein schmerzender Klumpen. Schuld daran war einer von Viviennes aufdringlichen Bekannten, der ihr einen Vortrag über Expressionismus gehalten und dabei ständig Rotwein nachgeschenkt hatte. Sie versuchte vergeblich, sich an den Namen des Mannes zu erinnern.

Vivienne naschte von den übriggebliebenen Kaviarkanapees. »Deine Tochter hat vorhin angerufen.«

Hedi betrachtete ihr ruiniertes Kostüm. »Wie spät ist es?«

»Fünf nach zehn.«

»Ach du je!« Als sie aufstand, wurde ihr schwindelig. Sie hielt sich an der Sofalehne fest und fixierte Viviennes Weihnachtsbaum: eine ebenmäßig gewachsene Nordmanntanne, mit schwarzen Glaskugeln, schwarzen Schleifen und schwarzem Lametta geschmückt. Viviennes Gäste hatten Entzückungsschreie ausgestoßen. Hedi fand, der Baum sah aus, als stammte er vom Friedhof. Wenigstens nadelte er nicht.

Vivienne drückte sie sanft aufs Sofa zurück. »Ich habe ihr gesagt, daß du rechtzeitig zum Mittagessen zurück bist.«

»Das Mittagessen liegt im Gefrierschrank. Wir waren nämlich eigentlich eingeladen.«

»Ich weiß. Bei deiner Tante Juliette im Odenwald. Aber sie hat wegen Grippe abgesagt, und du bist ihr gram, weil sie statt dessen die Feiertage mit einer doofen Bäuerin in einem öden Kuhkaff verbringt. *Hassbach! Der Name bürgt für Qualität!*«

Hedi lief rot an. »Woher ...?«

»Du warst ziemlich redselig heute nacht.«

Hedi hielt sich den Kopf. »Was?«

Ohne eine Antwort verschwand Vivienne in der Küche. Die Nordmanntanne fing an, sich zu drehen. Hedi schloß die Augen. Vivienne kam mit einem Glas Wasser und zwei Aspirin zurück. »Runter damit, und in einer halben Stunde bist du wieder fit.«

Hedi lächelte gequält. Sie nahm die Tabletten und trank einen Schluck. »Was habe ich sonst noch gesagt?«

»Daß deine geliebte Tante vor Urzeiten Deutschlehrerin an einem Gymnasium in Darmstadt war, daß sie auf ihre Karriere verzichtete, um sich nach dem Tod deiner Großmutter um deine Mutter und deinen Großvater zu kümmern, und daß ihre Mühle für dich der schönste Platz auf der Welt ist.«

»War.«

Vivienne setzte sich neben sie. »Und daß dir Klaus fürchterlich auf die Nerven geht.«

Hedi zupfte verlegen an ihrem Kostüm; auf dem Rock war ein Weinfleck.

»Männer sind eben anstrengend«, sagte Vivienne.

»Ich habe dummes Zeug geredet.«

»Du hast deine Familie zu sehr verwöhnt.«

»Wann hat Dominique angerufen?«

»Es wird Zeit, daß sich dein Ehemann daran erinnert, daß du Bedürfnisse hast, die über Bügeln und Bettenmachen hinausgehen.«

»Ich muß nach Hause.«

»Du bist zu gutmütig. Du läßt dich ausnutzen.«

»Darf ich dein Bad benutzen?«

»Warum weichst du mir aus?«

Hedi griff nach dem Wasserglas. »Bitte entschuldige, aber ich bin nicht in Form für tiefschürfende Diskussionen.«

»Laß den Haushaltskram liegen. Dann merken sie, was sie an dir haben.«

»Meine Familie ist gegen Chaos immun.«

»Wenn die Schränke leer sind, müssen sie waschen.«

»Da gehen sie lieber einkaufen.«

Vivienne lächelte. »Ich hoffe, dein Klaus ist im Bett aktiver als bei der Hausarbeit.«

Hedi schoß das Blut in den Kopf.

»Nicht?«

»Vivienne, bitte!«

»Mein Gott. Sei nicht so spießig.«

»Bin ich nicht.«

»Soll ich dir ein paar Tricks verraten, wie du ihn wild machst?«

»Also eigentlich...«

»...ist bei euch alles in Ordnung.«

»Ja.« Hedi stand auf. »Ich muß wirklich los.«

»Hast du schon einmal darüber nachgedacht, dich scheiden zu lassen?«

»Ich wüßte nicht, warum!«

Vivienne zuckte mit den Schultern. »Früher warst du ehrlicher.«

Hedis Magen fing an zu rebellieren. Sie hielt sich den Bauch. »Es ist nicht seine Schuld.«

Vivienne zog sie aufs Sofa zurück. »Was ist nicht seine Schuld, hm?«

»Ich bin es, die nicht mehr ... na ja.«

»Mit ihm schlafen will«, vervollständigte Vivienne ungerührt. »Das wundert mich nicht.«

»Aber ...«

»Lüsternheit ist ein Spiel mit dem zu Genießenden und mit dem Genossenen.«

»Ich bitte dich! Das ist ...«

»... ein Zitat von Johann Wolfgang von Goethe. Du siehst, das Thema wird schon länger diskutiert.«

»Ich muß aufs Klo. Und duschen.«

»Du weißt, wo das Bad ist, oder?« Vivienne deutete auf Hedis ruiniertes Kostüm. »Du darfst dir gern eins von meinen Kleidern ausleihen.«

Als Hedi in den Salon zurückkam, lief Vivienne immer noch im Bademantel herum. »Gefallen dir meine Kleider nicht?« fragte sie irritiert.

Hedi zupfte an ihrem verknitterten Rock. »Entweder bist du zu dünn oder ich zu dick. Soll ich dir beim Aufräumen helfen?«

»Laß mal. Nachher kommt ja meine Haushaltshilfe vorbei.«

Hedi wünschte sich, bei ihr zu Hause käme auch mal eine Haushaltshilfe vorbei. Das Telefon klingelte. Vivienne meldete sich. »Ja, sie ist jetzt wach. Einen Moment bitte.« Sie hielt Hedi den Hörer hin.

»Hallo, Mama«, sagte Dominique. »Ich wollte fragen, ob du zum Mittagessen heimkommst.«

»Wie bitte?«

»Geht's dir gut, Mama?«

»Ja, ja. Ich bin nur ein bißchen spät ins Bett gegangen.«

»Wenn du so gegen zwölf Uhr hiersein könntest? Bis dahin bin ich soweit.«

»*Womit* bist du um zwölf soweit?«

»Die Gans schmurgelt schon.«

»Seit wann kannst du kochen?«

»Wofür haben wir Kochbücher?«

»Ich komme. Tschüs.«

Vivienne nahm Hedi das Telefon ab. »Siehst du! Es funktioniert. Du machst dich rar, und sie rollen den roten Teppich aus.«

Hedi griff nach ihrer Jacke. Vivienne schüttelte den Kopf. »Bis zwölf ist noch eine gute Stunde Zeit.«

»Ich muß aber...«

»Wenn du jetzt klein beigibst, war alles umsonst!«

Zögernd legte Hedi die Jacke beiseite und setzte sich. In ihrem Kopf kreisten Bilder von qualmenden Backöfen und verrußten Einbauküchen. Sie deutete auf den leeren Platz neben dem Weihnachtsbaum. »Wo hast du die hübsche Biedermeiervitrine hingeräumt, die neulich dort stand?«

»Ich habe vor, mich neu einzurichten.«

»Du steigst doch nicht etwa auf Stahlrohrmöbel um?«

Vivienne lachte. »Ich dachte eher an Jugendstil. Ab und zu brauche ich etwas Neues fürs Auge. Der Inspiration wegen. Ich habe Tee gekocht. Magst du eine Tasse?«

Hedi nickte. »Hast du irgendwann auch mal schlechte Laune?«

Vivienne holte eine Thermoskanne, Zucker und Teegläser aus der Küche. »Wünsch dir lieber nicht, daß ich welche kriege.«

Hedi goß Tee ein und probierte einen Schluck; ihr Magen

meldete sich nicht. »Warum hast du eigentlich nicht geheiratet?«

»Das fragst du noch?«

»Auch wenn ich mich ab und zu über meine Familie ärgere: Ich könnte mir nicht vorstellen, ohne sie zu sein.«

Vivienne setzte sich. »Soso.«

»Ich meine das ernst! Selbst wenn ich heute nacht das Gegenteil behauptet haben sollte.«

»Betrunkene und Kinder sagen die Wahrheit, oder?«

»Du kennst meinen Neffen nicht«, versuchte Hedi zu scherzen.

Vivienne lächelte. »Viele, von denen man glaubt, sie seien gestorben, sind bloß verheiratet. Sagt Françoise Sagan.«

»Und was sagst du?«

»Die Liebe ist ein Stoff, den die Natur gewebt und die Phantasie bestickt hat. Ihn täglich zu tragen, würde bedeuten, ihn zu verschleißen. Liebe ist eine Tat der Seele. Nur, wo wir lieben, gedeiht auch unser Talent.«

»Aber...«

»Verliebte gehen aufeinander zu, sie treffen einander; Verheiratete gehen nebeneinander her. Sie begegnen einander erst wieder bei Scheidung und Tod.«

»Eine Familie zu haben heißt, Verantwortung zu übernehmen. Da kann ich nicht einfach tun und lassen, wonach mir gerade ist!«

»Und warum hast du es dann gestern abend gemacht?«

Hedi schwieg.

»Ich geb's ja zu: Einen Schuß Wüste braucht der Mensch – um des Glücks der Oase willen.« Vivienne stupste Hedi freundschaftlich in die Seite. »He! Ich versuche, dich aufzumuntern!«

»Sag mir, was das ist: *Glück*.«

Vivienne lehnte sich auf dem Sofa zurück. »Daß ich fröhlich

bin, die Sachen leichtnehme, rasch lebe? Der Scharfblick für Gelegenheiten und die Fähigkeit, sie zu nutzen? Alles, was die Seele durcheinanderrüttelt? Eine Nacht zwischen einem schönen Mann und einem schönen Himmel?« Sie seufzte. »Wie könnte *ich* eine Frage beantworten, über die sich Philosophen und Gelehrte seit Jahrhunderten die Köpfe zerbrechen?«

»Dann stelle ich sie anders: *Bist* du glücklich?«

»Nur eins beglückt zu jeder Frist: Schaffen, wofür man geschaffen ist.«

»Und wofür bist du geschaffen?«

»Für die Malerei.«

»Aber... hast du neulich nicht gesagt, daß dich die Liebe zur Malerei unglücklich macht?«

»Ich habe nur ein bißchen Paul Klee interpretiert. Glück ist letztlich das Abfallprodukt des Strebens nach Vollendung. Und Vollendung zu erreichen heißt zu leiden. Glück und Leid sind eins, verstehst du?«

»Nein.«

»Genauso, wie sich der scheinbare Widerspruch zwischen kausaler Determination und Freiheit auf höherer kategorialer Stufe auflöst, wird auch...«

»Entschuldige, das ist mir jetzt zu kompliziert.«

»Also gut: Glück besteht aus einem soliden Bankkonto, einer guten Köchin und einer tadellosen Verdauung.«

»Was?«

»Das hat Jean-Jacques Rousseau behauptet. Und der war Philosoph.«

»Und hat ein ziemliches Lotterleben geführt, wenn ich mich recht erinnere.«

»Obwohl ich mit seinem *Discours sur les sciences et les arts* in wesentlichen Punkten nicht übereinstimme, meine ich doch...«

Hedi trank ihren Tee aus. »Ich muß wirklich los.«

Vivienne stand auf. »Einen Moment noch. Ich habe was Schönes für dich.« Sie verschwand und kam mit einem bunt bedruckten Taschenbuch zurück.

»Der neue Roman von Verena Kind. Frech, witzig und mitten aus dem Leben gegriffen.« Sie zwinkerte Hedi zu. »Die Männer bekommen so richtig ihr Fett weg.«

Hedi massierte ihre Schläfen. »Ich habe keine Zeit zum Lesen.«

Vivienne drückte ihr das Buch in die Hand. »Keine Angst: Im Gegensatz zu Goethe und Schiller kannst du *Das Wahnsinnsweib* getrost vor der Nachtschicht und beim Bügeln durchschmökern. Ich hätte dich gerne zu meiner Silvesterparty eingeladen. Schade, daß du anderweitige Verpflichtungen hast.«

»*Daran* mußt du mich nun wirklich nicht erinnern.«

»Sehen wir uns vorher noch?«

Hedi kramte nach ihrem Autoschlüssel. »Ich glaube nicht. Ich muß zwischen den Jahren arbeiten.«

Die Küche sah nur halb so schlimm aus, wie sie befürchtet hatte. Dominique trug eine Schürze über einem knallroten Minirock und versuchte, die Gans aus dem Backofen zu manövrieren. »Hallo, Mama«, sagte sie mit unbewegter Miene.

»Soll ich dir helfen?«

»Ich schaff's schon allein.«

»Was gibt es denn dazu?«

»Sascha holt Pommes.« Dominique gab Hedi ein Messer. »Du könntest schon mal den Vogel aufschneiden.«

Hedi mühte sich vergeblich. »Kann es sein, daß du sie nicht lange genug im Ofen gelassen hast?«

»Ich habe sie genauso lange drin gelassen, wie es im Kochbuch steht.«

Hedi verfrachtete die Gans wieder in den Bräter und schob sie in die Röhre zurück. Ihr Blick fiel auf das Glas mit der Sauerbratenmischung; es war leer. Sie wurde blaß. »Hast du etwa *damit* die Gans gewürzt?«

Dominique zog ein beleidigtes Gesicht. »Ich versuche, dir eine Freude zu machen, und du meckerst bloß rum!« rief sie. Als Hedi ihr übers Haar streichen wollte, drehte sie sich weg.

Sascha und Klaus kamen gleichzeitig nach Hause. Sascha kippte vier Tüten Pommes frites in eine Salatschüssel und trug sie ins Eßzimmer. Klaus gab Hedi einen Kuß und klopfte Dominique anerkennend auf die Schulter. »Was sagst du zu unserer Tochter!«

»Unsere Tochter hat die Gans in Sauerbratengewürz gewälzt.«

»Da stand nirgends was davon, daß man das nicht auch für Gänse nehmen kann!« verteidigte sich Dominique.

Klaus lächelte. »Warten wir halt ab, wie's schmeckt.«

Sie warteten, bis die Pommes frites kalt waren. Klaus zerlegte die Gans. »Igitt! Was ist das denn?« Er zog eine geschmolzene Frischhaltetüte mit klumpigem Inhalt aus dem Braten.

»Sag bloß, du hast die Innereien nicht rausgenommen!« rief Hedi.

»Woher soll ich bitte wissen, daß das Vieh seine Eingeweide im Plastikbeutel mit sich rumschleppt?«

Klaus legte das Messer beiseite. »Wißt ihr was? Ich opfere meine Dezembergroschen von Tachnon und lade euch in ein piekfeines Restaurant zum Essen ein.«

»Wo?« fragte Dominique.

Klaus streifte ihren Rock mit einem mißbilligenden Blick. »Das entscheidet eure Mutter, während du dich umziehst.«

»Wenn du glaubst, daß ich im spießigen Konfirmandenkleidchen ...«

»Sagt uns Bescheid, wenn ihr soweit seid«, sagte Sascha und schob Dominique vor sich her in den Flur. »Du kapierst auch gar nichts.«

Dominique riß sich los. »Auch wenn ihr jetzt auf eitel Sonnenschein macht: Ich finde Mamas Verhalten oberscheiße!«

»Ach ja? Und warum hast du dann den halben Vormittag mit der glibberigen Gans gekämpft und alle fünf Minuten in Frankfurt angerufen?«

»Du bist ein Idiot!« Dominique verschwand in ihrem Zimmer und knallte die Tür zu. Unmittelbar darauf hämmerten Technorhythmen durch die Wohnung.

»Hattest *du* wenigstens einen schönen Abend?« fragte Klaus.

Hedi lehnte sich gegen die Anrichte. »Mir ist schlecht. Könnten wir das Essengehen auf morgen verschieben?«

»Die Kinder werden enttäuscht sein.«

»Sie werden dir um den Hals fallen, wenn du ihnen das Edelrestaurant ersparst und statt dessen ein Menü bei *McDonalds* spendierst. Aber vorher wirf bitte die Stereoanlage in den Müll.«

»Du hast eine Fahne«, sagte Klaus lächelnd.

Hedi rieb sich die Schläfen. »Und einen Kater dazu.«

Klaus küßte sie. »Apropos Kater: Wir hatten gestern abend Besuch von einer fülligen Dame, die überglücklich war, ihr *Schatzibussi* wiederzuhaben.«

»Soll das heißen, wir sind den fetten Kater los?«

»Der fette Kater heißt Maria Magdalena, und ihr ebenso gebautes Frauchen vertritt die Meinung, daß mehrstöckige Häuser ohne Fahrstuhl abgerissen gehören.«

»Was hat Dominique gesagt?«

»Sich heulend in ihrem Zimmer eingeschlossen.«

»O Gott. Und ich habe...«

»Vergiß es.«

Hedi deutete auf die ruinierte Gans. »Was machen wir denn jetzt damit?«

»Vielleicht hätten wir die gefräßige Maria Magdalena noch ein Weilchen behalten sollen.« Bevor Hedi etwas erwidern konnte, hob Klaus sie hoch und trug sie ins Schlafzimmer. Er legte sie aufs Bett und zog ihr die Schuhe aus. »Schlaf ein bißchen, hm?«

»Es tut mir leid.«

Er zuckte mit den Schultern. »Du bist wieder da, oder?«

»Wir sollten versuchen, mehr Zeit füreinander zu haben.«

»Mhm.«

Sie lächelte. »So wie früher. Als wir noch *Lustiges Offenbacher Steineraten* gespielt haben.«

»Den Einstein verzeihe ich dir nie!«

»Ich hatte recht, oder? Albert Einstein war Offenbacher.«

»Gelinkt hast du mich«, sagte Klaus entrüstet.

Hedi dachte an das efeubewachsene Grab, das sie zufällig auf dem Alten Friedhof entdeckt hatte. »Ich habe nie behauptet, daß dem armen Kerl irgendwann die Relativitätstheorie eingefallen wäre.«

Klaus küßte sie auf die Nasenspitze. »Drei verschiedene Lexika hab' ich angeschleppt! Albert Einstein: 1879 in Ulm geboren, 1955 in Princeton, New Jersey, gestorben. Hier steht's. Schwarz auf weiß!«

»Schwarz auf weiß gelogen. Albert Einstein wurde 1880 in Offenbach geboren und starb am... Mist! Ich hab's vergessen.«

Sie lachten. Hedi küßte seine Hände. »Ich hatte erwartet, daß du stocksauer auf mich bist.«

»Das war ich auch. Immerhin bin ich wegen dem Scheiß dreimal in die Stadtbibliothek gerannt.«

»Ich meinte wegen gestern.«

»Ich habe zigmal versucht, dich im Odenwald zu erreichen.«

»Und danach bei Vivienne.«

Er nickte. »Es war ein ziemliches Ekelwetter. Und die Reifen an unserem Wagen sind nicht mehr die neuesten.«

»Der ganze Wagen ist nicht mehr der neueste.«

»Du hättest im Graben landen können.«

Sie zog ihn aufs Bett. »Ich wußte gar nicht, daß du dich so sehr um mich sorgst.«

»Ach woher. Es geht mir nur um unser Auto. Ich habe vor, noch ein Weilchen damit zu fahren.«

Sie küßte ihn. »Weißt du, was Goethe über die Liebe gesagt hat?«

»Mit Frauen soll man sich nie unterstehen zu scherzen.«

»Tatsächlich?«

Er knöpfte ihre Bluse auf. »Behauptet jedenfalls Uli.«

»Wer jetzt: Goethe oder Uli?«

»Ist doch egal, oder?«

»Wolltest du die Kinder nicht bei *McDonalds* vorbeischikken?«

10

Zu Silvester hatten Hedi und Klaus Frühdienst. Um halb acht fuhr Klaus zum letzten Mal mit Uli Streife. Seit drei Wochen wußte er, daß sein Partner am zweiten Januar in die Ermittlungsgruppe nach Rodgau wechseln würde, aber sie hatten es beide vermieden, das Thema anzusprechen.

»Nichts los heute«, sagte Klaus, als sie eine Weile schweigsam durch die Stadt gefahren waren.

»Die Ruhe vor dem Sturm«, sagte Uli. »Heute nacht geht's wahrscheinlich rund. Aber das kann uns ja egal sein.«

»Wenn ich gewußt hätte, was mich zum Jahreswechsel erwartet, hätte ich aufs Dienstfrei verzichtet.«

»Warum? Wo feiert ihr denn?«

»In der Kronberger Bankervilla meines beruflich erfolgreichen Bruders. Hedi hat sich extra ein neues Outfit zugelegt.«

»Du auch?«

»Seh' ich so aus?« Klaus hielt an einer roten Ampel. »Mein großer Bruder und ich hatten schon im Sandkasten konträre Lebensansichten.«

»Warum gehst du dann hin?«

»Als ich in die Schule kam, hat er mich angestiftet, im Supermarkt eine Tüte Gummibärchen zu klauen. Zur Belohnung bezogen wir beide eine Tracht Prügel und durften eine Stunde lang in der Ecke stehen. Das verbindet.«

»Es ist nicht zu fassen«, sagte Uli lachend. »Ich bin jahrelang mit einem Kriminellen Streife gefahren und wußte nichts davon?«

Klaus grinste. »Die Kollegen waren damals entschieden netter zu mir als meine Mutter. Und so beschloß ich, Polizist zu werden.« Die Ampel sprang auf Grün.

Uli räusperte sich. »Mit wem wirst du jetzt fahren?«

»Keine Ahnung.«

»Hat Michael nichts gesagt?«

»Nein.«

»Die Neue ist nett, oder?«

»Mhm.«

»Na ja, noch ein bißchen grün hinter den Ohren. Aber wenn sie erst mal ein Weilchen dabei ist...«

Klaus bog in die Kaiserstraße ein. »Ich denke, ich versuch's mit Stampe.«

»Die Entscheidung, in den Tagdienst zu gehen, ist mir wirklich nicht leichtgefallen. Aber...«

»Schon gut.« Klaus deutete auf einen rostigen Kastenwagen mit polnischem Kennzeichen, der vor ihnen herzockelte. »Was hältst du davon, Fahrer und Ladung etwas näher zu betrachten?«

»Viel, Kollege.«

Klaus gab dem Wagen das Signal zum Halten. Der Laderaum war leer und der Fahrer eine Fahrerin, die kein Deutsch verstand und gestenreich zu verstehen gab, daß sie sich gerade auf dem Weg von Offenbach nach Polen befand. Ihre Papiere waren in Ordnung, und sie ließen sie weiterfahren.

Als Klaus in den Garagenhof des Vierten Reviers einbog, erhielten sie über Funk den Auftrag, einen Verkehrsunfall in der Bettinastraße aufzunehmen. Klaus fluchte. Er haßte Unfallaufnahmen. Es gab nichts Nervenaufreibenderes als Debatten mit den Insassen verbeulter Kraftfahrzeuge.

Der Unfallfahrer, ein schmächtiger, ungepflegter Mann in den Vierzigern, hatte seinen altersschwachen Peugeot regelrecht um eine Straßenlaterne gewickelt. Die Alkoholfahne roch Klaus schon, als er noch zwei Meter entfernt war.

Uli verscheuchte die Schaulustigen und untersuchte die demolierte Straßenleuchte. »Na, das dürfte Sie wohl eine Kleinigkeit kosten.«

Der Mann riß seinen Blick von Auto und Laterne los und richtete ihn auf Klaus und Uli. »Des Ding, wo ich vorletzte Woch umgefahrn hab, des hatt genau achthunnertfünfunzwanzich Makk gekost.«

Klaus holte das Alcotestgerät und forderte den Unfallfahrer auf hineinzublasen. Der sah Klaus mit glasigen Augen an und nuckelte an dem Mundstück herum, bis ihm der Speichel das Kinn herunterlief.

»Mein Gott! Hören Sie sofort auf!« Klaus nahm ihm das Gerät wieder weg und legte es angewidert in die hinterste Ecke des Streifenwagens. Uli machte Fotos von dem Peugeot und der Laterne und bestellte einen Abschleppdienst. Klaus verfrachtete den Mann auf den Rücksitz des Streifenwagens, gab Uli die Autoschlüssel und setzte sich ebenfalls nach hinten. Uli stieg ein und fuhr los.

»Schaukel net so«, rief der Betrunkene. »Mir werd schlecht.«

»Unterstehen Sie sich, in den Streifenwagen zu reihern«, sagte Klaus.

»Unn alles wejen der Alten«, schimpfte der Mann, als ihm der Arzt im Vierten Revier eine Blutprobe abnahm. »Ich könnt des Weib umbringe!«

Eine halbe Stunde später erschien eine etwa vierzigjährige

Frau auf der Wache. Sie wog mindestens hundert Kilo und hatte pinkfarbene Leggings an. »Wo isser?« schrie sie, noch bevor sich die Tür hinter ihr geschlossen hatte.

Klaus holte den Unglücksfahrer in den Wachraum. Er setzte zu einer Erklärung an, doch sie ging in einem Schwall übelster Schimpfwörter unter.

»Seien Sie lieber froh, daß Ihrem Mann nichts passiert ist«, sagte Klaus.

Die Frau warf ihm einen giftigen Blick zu. »Ihr fangtemol lieber Terroriste, statt Verkehrssünder zu jage unn in euerm Streifewage dumm in der Gejend rumzugondle.«

»Madda«, sagte der Unfallfahrer. »Des kannste net...«

»Du sei besser ganz still!« Marthas Augen wanderten von ihrem Mann zu Klaus und dann zu Michael Stamm, der am Wachtisch saß und telefonierte. »Ich fahr' scho seit zwanzich Johr Taxi in Frankfort, ich kenn' euch Brüder. Ihr seid faul wie was unn freßt nur Hamburger.«

»Raus«, sagte Klaus. »Und zwar *subito!*« Er sah die Dicke mit einem Blick an, der sie ihren zu einer weiteren Schimpfkanonade geöffneten Mund auf der Stelle wieder schließen ließ. Sie packte ihren betrunkenen Ehemann am Schlafittchen und zerrte ihn zum Ausgang.

Uli kam herein. »Na? Bist du unseren Rallyefahrer losgeworden?«

Michael beendete sein Telefonat und machte eine Notiz ins Wachbuch. »Ihr müßtet mal ins Stadtkrankenhaus fahren. Da gibt's Ärger mit dem fahrenden Volk.«

Uli warf einen Blick zur Uhr. »Hast du vergessen, daß ich um elf abtrete, Chef?«

»Ist noch jemand hinten?«

»Nur Dagmar«, sagte Uli.

Michael sah Klaus an. »Nimm sie mit. Vielleicht wirkt's ja deeskalierend.«

Klaus sagte nichts. Uli gab ihm die Hand. »Mach's gut.«
»Du auch. Laß dich mal blicken.«
»Werd' ich.«
Klaus sah Michael an. »Auf welcher Station?«
»Am Haupteingang. Wenn's geht, beeilt euch ein bißchen. Das war schon der zweite Anruf.«

Um kurz nach elf saß Hedi im Schwesternzimmer, aß ihr Frühstücksbrot und las in der *Offenbach-Post*.
Brigitte kam herein. »Unten gab's mal wieder Trouble. Denen gehört allesamt Hausverbot auf Lebenszeit erteilt!«
»Was war denn los?« fragte Hedi gleichgültig, ohne aufzublicken.
»Jedesmal, wenn hier irgendwo ein Zigeuner eingeliefert wird, steht eine Viertelstunde später die ganze Sippschaft auf der Matte und pöbelt die Leute an.«
»Sinti und Roma«, sagte Hedi.
»Dummgesülz. Wenn sie freundlich sind, bin ich's auch. Und wenn sie Stunk machen, gehören sie rausgeworfen.« Sie lächelte. »Dein Mann hat jedenfalls nicht lange gefackelt und die größte Krakeelerin mit aufs Revier genommen.«
Hedi sah von der Zeitung auf. »Klaus war da?«
Brigitte goß sich einen Kaffee ein. »Zusammen mit einer äußerst attraktiven, jungen Begleiterin.«
»Ach ja?« sagte Hedi spitz.
»Sorry, aber ich dachte, du weißt, mit wem dein Göttergatte Streife fährt.«
Hedi widmete sich wieder der Zeitung.
»Hedi?«
»Mhm?«
»Ich muß dir was sagen.«
»Das mit der attraktiven Begleiterin war gelogen.«
»Nein. Ich habe zum ersten Februar gekündigt.«

Hedi starrte sie an. »Das ist nicht dein Ernst.«

Brigitte schloß die Tür. »Thorsten hat mir eine Stelle an einem Klinikum in München verschafft.«

»Thorsten?«

»Na ja, Dr. Bechstein. Aber verrat's keinem, ja?«

»Soll das etwa heißen, daß Dr. Bechstein und du ...?«

»Wir sind seit vier Monaten zusammen.«

»Er ist verheiratet und hat zwei kleine Kinder!«

»Willst du jetzt den Moralapostel spielen?«

»Er läßt sich also scheiden und geht mit dir nach München?«

Brigitte kippte Zucker in ihren Kaffee. »Äh ... nein.«

»Was nein?«

»Er hat seiner Familie in München ein Haus gekauft. Mit der Scheidung will er warten, bis die Kinder etwas älter sind.«

»Das glaubst du doch selber nicht.«

»Wir lieben uns!« sagte Brigitte trotzig.

»Warum hast du mir nichts davon gesagt?«

»Ich nahm an, du würdest es nicht verstehen.«

»Und ich nahm an, daß wir ein bißchen mehr als nur Kolleginnen wären.«

»Es tut mir ja leid, aber ...«

»Ich hoffe, er ist es wert.«

»Bitte, versprich mir, daß du ...«

»Ich werde schweigen wie das berühmte Grab.«

»Danke.«

»Wofür?«

Brigittes Piepser meldete sich. Sie nickte Hedi lächelnd zu und ging hinaus.

Das Interesse an den Tagesnachrichten war Hedi vergangen. Lustlos blätterte sie die restlichen Zeitungsseiten durch. Friedrich Hartmanns Anzeige reichte über die halbe Seite.

Ich nehme Abschied von meiner lieben Frau Erna Hartmann, geborene Wilhelmi. Habe keine Angst davor, daß Dein Leben eines Tages endet. Fürchte lieber, daß Du versäumst, es richtig zu beginnen. Kardinal Newman.

Die übrigen Zeilen verschwammen vor Hedis Augen. Sie lief auf die Toilette und schloß sich ein.

Dagmar bestand darauf, die Vernehmung der Festgenommenen selbst durchzuführen. »Wie soll ich jemals etwas Vernünftiges lernen, wenn hier jeder versucht, mir die unangenehmen Sachen vom Hals zu halten?« fragte sie empört.

»Nur zu«, erwiderte Klaus grinsend. »Wenn du mit der Vernehmung fertig bist, darfst du gleich noch die Anzeige schreiben.«

Eine halbe Stunde vor Dienstschluß gab Dagmar Michael einen sauber gehefteten Stapel Papier. »Die Vernehmung der Beschuldigten, eine Strafanzeige wegen Nötigung, Beleidigung und Hausfriedensbruchs und ein Kurzbericht zum Sachverhalt. Alles zweifach. Ich hoffe, ich habe nichts vergessen.«

Michael fing an zu lesen.

Klaus kam herein. »Bist du schon fertig?«

»Klar!« sagte Dagmar.

»Also, das hier wird dir unser Dienststellenleiter sicherlich nicht durchgehen lassen«, sagte Michael.

»Was denn?« fragte Dagmar mit rotem Kopf.

Er deutete auf eine Stelle in dem Bericht. »Das darf man nicht mal sagen. Und schreiben schon gar nicht.«

»Herrje! Ich habe dreimal nachgefragt. Nix Sinti. Nix Roma. *Zigan!* Was soll ich machen, wenn die sich selber Zigeuner nennt?«

»*Mem* schreiben«, sagte Klaus.

»Wie bitte?«

»Mobile ethnische Minderheit«, sagte Michael.

»Das ist doch lächerlich!«

Michael grinste. »Aber *politically very correct*.«

»Wenn dir *Mem* nicht gefällt, kannst du auch was anderes kreieren«, sagte Klaus.

»Zum Beispiel?«

»Wie wär's mit: Angehörige einer Gruppe von Personen, von denen das Volkslied behauptet, ihr Leben sei lustig? Das stand jedenfalls vorige Woche im Pressebericht.«

»Veräppeln kann ich mich selbst!« Dagmar nahm ihren Bericht und verließ die Wache.

»Was schriftliche Arbeiten angeht, steckt sie Uli jetzt schon in die Tasche«, sagte Michael. »Ich würde sie dir gern als Streifenpartnerin zuteilen.«

»Ab Montag habe ich Urlaub. Und anschließend einen zweiwöchigen Lehrgang an der Polizeischule.«

»Ich weiß. Aber im Februar bist du wieder da, oder?«

Klaus kam erst kurz vor der geplanten Abfahrt nach Kronberg heim. Hedi stand vor dem Garderobenspiegel und knöpfte ihre Kostümjacke zu. Obwohl sie den Rock zweimal in die Reinigung gegeben hatte, war der Weinfleck immer noch zu sehen. Sie würde die Jacke anlassen müssen.

»Na? Schon umgezogen?« fragte Klaus lächelnd.

Hedi sah ihn wütend an. »Kannst du mir sagen, wo du jetzt erst herkommst?«

»Entschuldige. Ich war noch bei Ralf.«

»Wir sollten uns scheiden lassen. Dann kannst du bei ihm einziehen.«

»Was bist du denn so grantig? Früher haben wir Tage und Nächte mit unseren Nachbarn verbracht.«

»Das waren auch andere Nachbarn.«

»Ralf ist immer allein. Er freut sich, wenn mal jemand vorbeischaut.«

Hedi schlüpfte aus ihren Hausschuhen und bückte sich nach den Pumps. »Hätte er sich mehr um seine Sibylle gekümmert, hätte sie ihn nicht verlassen.«

»Wenn statt Ralf Sibylle hier wohnen geblieben wäre, hätte ich nichts dagegen, wenn du sie ab und zu besuchen würdest.«

»Gott bewahre!«

Klaus ging an Hedi vorbei zum Bad. »Erinnere dich nur, wieviel Spaß wir in unserem gemeinsamen Urlaub hatten.«

»Spaß?« rief Hedi ihm hinterher. »Horrortrip wäre wohl die passendere Beschreibung.« Camping an der Côte d'Azur mit Ralf und Sibylle. Sie bekam einen Anfall, wenn sie nur daran dachte.

»Wir haben das Benzin für ein zweites Auto gespart und konnten uns beim Fahren abwechseln«, tönte es durch die angelehnte Badezimmertür. Hedi stieß sie auf. Klaus stand vor dem Spiegel und rasierte sich.

»Sibylle konnte nicht mal den Gaskocher anzünden, geschweige denn Auto fahren. Beeil dich. Wir müssen los.«

Klaus schaltete den Rasierapparat aus. »Warum siehst du immer alles so negativ?«

»Negativ? Ach woher! Ralf und Sibylle haben bloß so geschnarcht, daß die Eichhörnchen vor Schreck von den Pinien fielen.«

»Du übertreibst.«

»Du hast mitgeschnarcht.«

Klaus klopfte den Rasierer aus. »Insgesamt gesehen war es doch recht nett.«

»Es war der netteste Urlaub meines Lebens. Wandern fiel aus, weil Sibylle nach vier Metern Blasen an den Füßen bekam. Besichtigungen fielen aus, weil Sibylle in der Hitze Kreislaufprobleme bekam. Baden fiel aus, weil Sibylle einen Sonnenbrand bekam.«

»Wir hatten trotzdem jede Menge Spaß.«

»Beim abendlichen Biersaufen vor dem Zelt.«

»Okay, ich geb's ja zu: Ich bin ein bißchen spät dran. Aber wir haben...«

»...nicht auf die Uhr gesehen.«

»Mhm.«

»Oder warst du gar nicht im ersten Stock?«

Er küßte sie auf die Nase. »Wo hätte ich denn sonst sein sollen, hm?«

»Du stinkst nach Bier.«

»Ich hab' nur ein einziges kleines Fläschchen getrunken. Ehrenwort.«

»Und mit wem?«

Er lächelte. »Mit wem wohl?«

»Mit deiner hübschen, jungen Kollegin vielleicht?«

»Wie kommst du denn darauf?«

»Es stimmt also!«

»Was stimmt also?«

»Seit wann fährst du mit ihr Streife?«

»Heute zum dritten Mal.«

»Ach ja? Und wie lange ist sie schon in deiner Schicht?«

»Zwei Monate.«

»Interessant.«

»Du bist nicht zufällig eifersüchtig?« fragte Klaus amüsiert.

»Warum hast du mir nichts von ihr erzählt?«

»Weil ich es unwichtig fand.« Er zog seinen Pullover aus. »Ich will noch schnell duschen, ja?«

Hedi drehte sich wütend um und verließ das Bad. Sie holte den Korb mit den Geschenken aus dem Wohnzimmer und ermahnte Sascha und Dominique, die bei Freunden feiern wollten, sich anständig zu benehmen. »Spätestens um eins seid ihr zurück.«

»Da kann ich auch gleich dableiben«, maulte Dominique.

»Bist du fertig?« fragte Klaus, als er aus dem Bad kam.

»Das ist ja wohl der Gipfel! Ich warte seit einer halben Stunde auf dich, und du fragst, ob ich fertig bin?« Hedi zog ihren Mantel an und nahm den Korb vom Garderobenschrank. »*Ich* fahre«, sagte sie, als Klaus nach dem Autoschlüssel griff.

»Guten Abend, Hedwig! Guten Abend, Klaus! Ihr seid die ersten«, begrüßte Anette sie am Portal ihrer Villa, das von einer Buchsgirlande umrahmt wurde. In dem dunklen Grün blinkte eine aufdringlich bunte Lichterkette.

Anette trug ein enganliegendes Silberlamé-Kleid, das knapp über ihren Knien endete. Ihre langen Haare hatte sie mit Straßkämmen hochgesteckt. In ihrem großzügig bemessenen Dekolleté funkelte ein protziges Brillantkollier. Ihre Augen wanderten von Klaus' Jeans zu Hedis Korb. »Zum Umziehen gehst du am besten nach oben, Klaus. Gerlinde zeigt dir das Ankleidezimmer.«

»Danke«, sagte Klaus. »Ich bin bereits umgezogen.«

»Aber wir erwarten First-Class-People und Prominenz!«

»Na und?«

Anettes Miene wurde eisig. Hedi holte eine verpackte Schachtel aus ihrem Korb. »Für Christoph-Sebastian. Nachträglich zu Weihnachten.«

»Am besten gibst du es ihm selber. Kommt rein.«

Gerlinde nahm ihnen Jacke und Mantel ab, und sie folgten Anette in die von Kronleuchtern erhellte Empfangshalle. Neben der Treppe stand eine bis zu der Balustrade im ersten Stock reichende, mit riesigen Gold- und Silberkugeln behängte Tanne; in einem Erker war eine rußbeschmutzte Holzsäule plaziert; an den Wänden hingen Bilder in grellen Farben. Ein junger Mann in Livree stand mit unbewegter Miene neben einem leeren, weißen Tisch.

»Christoph-Sebastian!« rief Anette die Treppe hinauf. »Komm runter und bedanke dich für dein Geschenk!«

Hedi und Klaus begrüßten Bernd und gratulierten ihm zum Geburtstag. Hedi gab ihm das Päckchen mit dem Aftershave.

»Vielen Dank, Schwägerin«, sagte er. Sein Gesicht war rot; auf seiner Glatze glänzte Schweiß. Man sah ihm an, daß er sich in seinem Smoking unwohl fühlte.

Klaus tippte ihm grinsend gegen die straff sitzende, silbern glänzende Weste. »Na, Bruderherz? Hast du ein bißchen zugelegt?«

Bernd lachte polternd. »Es kann ja nicht jeder so ein dürrer Rettich sein wie du! Außerdem verdiene ich genug, um mir anständiges Futter zu leisten.«

Anette verzog das Gesicht. Christoph-Sebastian kam die Treppe herunter. Er trug einen dunkelblauen Seidenanzug, ein weißes Hemd mit Fliege und schwarze Lackslipper. Sein helles Haar war gescheitelt und aus der Stirn gekämmt. Artig gab er Hedi und Klaus die Hand. »Guten Abend, Tante Hedwig. Guten Abend, Onkel Klaus.« Hedi reichte ihm die Schachtel. »Danke schön, Tante Hedwig. Danke schön, Onkel Klaus.«

»Habt ihr den irgendwo umgetauscht?« fragte Klaus.

Bernd lachte.

»Christoph-Sebastian weiß eben, was sich gehört«, sagte Anette.

»Hast du aber ein wohlerzogenes Kind«, spottete Klaus.

Christoph-Sebastian wickelte sein Geschenk aus. »Oh, prima! Ein Polizeiauto! Darf ich damit spielen, Mama?«

Anette verdrehte die Augen. »Untersteh dich, mit diesem Ding über den Marmorfußboden im Salon zu fahren! Das gibt Kratzer.«

»Ja, Mama«, sagte Christoph-Sebastian und verschwand.

Hedi wünschte sich, sie hätte die Einladung mit den Werbeprospekten zusammen in den Müll geworfen.

»Sobald alle da sind, geben wir einen kleinen Sektempfang«, verriet Anette.

»Was Handfestes zu beißen wäre mir lieber«, sagte Klaus. Sein Magen fing an, Kapriolen zu schlagen. Er hatte seit dem Frühstück nichts mehr gegessen.

»Ein paar Minuten wirst du dich wohl noch beherrschen können!«

»Schwerlich, liebste Schwägerin.«

Die Hausglocke ging, und weitere Gäste trafen ein. Anette begrüßte sie.

Bernd klopfte Klaus auf die Schulter. »Du hast vollkommen recht, Brüderchen. Im Notfall schmeckt der Sekt auch ohne Empfang.« Er winkte den Livrierten herbei. »Besorgen Sie uns mal was Ordentliches zu trinken und einen Happen zu essen, ja?«

Anette kam zurück. »Der Bürgermeister ist da«, sagte sie zu Bernd. »Du mußt ihn begrüßen.«

»Warum?« fragte Klaus.

Anette warf ihm einen wütenden Blick zu und faßte Bernd am Ärmel. »Los! Komm.« Bernd zuckte bedauernd mit den Schultern und folgte ihr.

»Hör bitte auf, sie zu provozieren«, sagte Hedi.

»Sie ist selbst schuld, wenn sie uns einlädt, oder?«

»Das ist kein Grund, sich wie ein Bauer zu benehmen!«

»Beim nächsten Mal habe ich Dienst. Verlaß dich drauf.«

Es dauerte eineinhalb Stunden, bis die Festgesellschaft vollzählig war. Mit den letzten Gästen traf auch Therese Augusta Winterfeldt ein. Über ihrem froschgrünen Paillettenkleid trug sie eine Pelzstola. Ihr blondgefärbtes Haar war auftoupiert. Sie drückte Gerlinde die Stola in die Hand und ging lächelnd auf Bernd und Anette zu. Hausmädchen und Diener begannen, den Gästen Schnittchen und Sekt zu reichen.

»Pünktlichkeit ist anscheinend das Privileg der unteren Schichten«, sagte Klaus zu Hedi.

Eine Dame in einem bodenlangen Wickelkleid schaute ihn pikiert an. Sie flüsterte Anette etwas zu.

Klaus grinste. »Unsere Schwägerin rechtfertigt sich gerade dafür, daß sie das Personal am Sektglas nuckeln läßt.«

»Deine Mutter kommt zu uns herüber«, sagte Hedi. »Sie sieht nicht sehr friedlich aus.«

Therese Winterfeldt musterte die Hose ihres Jüngsten mit einem empörten Blick. »Guten Abend«, sagte Klaus lächelnd.

»Kannst du deinem Mann nicht beibringen, daß er sich vernünftig anziehen soll?« sagte sie zu Hedi.

Hedi schoß das Blut in den Kopf. »Wenn dir an deinem Sohn etwas mißfällt, sage es ihm bitte selbst. Er steht neben dir.«

Klaus zuckte die Schultern. »Ich trage das gleiche wie bei meiner Hochzeit, Mutter.«

»Du bist ein Botokude!« Therese drückte ihm ihr halbvolles Sektglas in die Hand. »Bring das weg!« Sie drehte sich um und ging.

»War das jetzt ein Lob oder ein Tadel?«

»Ich werde mein Lebtag nicht begreifen, wie du Spaß daran haben kannst, dich in Grund und Boden zu blamieren!« sagte Hedi gereizt.

Klaus stellte das Glas hinter sich auf die Fensterbank. »Die sind alle nackt zur Welt gekommen, oder? Ich bin kurz vor dem Verhungern.«

Bernd kam mit zwei gut gefüllten Whiskygläsern auf sie zu. »Laß uns auf unsere glückliche Kindheit anstoßen, kleiner Bruder«, nuschelte er.

Klaus nahm ihm eins der Gläser ab. »Da mußt du aber ordentlich was verdrängt haben.«

»Mutter ist wütend auf dich.«

»Sie findet mein Outfit shocking. Aber das ist ja nichts Neues. Prost!«

»Prost!« Bernd leerte sein Glas in einem Zug, winkte einen Diener herbei und ließ sich nachschenken. »Verflixt heiß hier, oder?« Er zog sein Einstecktuch heraus, fuhr sich damit über die schweißglänzende Stirn und ließ es in seiner Hosentasche verschwinden.

»Das ist aber auch nicht nach der Etikette, oder?« fragte Klaus amüsiert.

»Scheiß doch auf die Etikette.«

»Deine Ansichten sind nicht karrierefördernd, Bruderherz.«

»Scheiß doch auf die Karriere.« Bernd legte Hedi seinen Arm um die Schultern. Seine Fahne wehte ihr ins Gesicht. »Dein Frauchen sieht heute richtig schnuckelig aus.«

»Ich bin kein *Frauchen!*« sagte Hedi und befreite sich.

Bernd grinste. »Aber, aber. Warum bist du denn so kratzbürstig zu mir, schöne Schwägerin?«

»Du bist betrunken.«

»Ein guter Whisky schärft den Sinn für Ästhetik, Schätzchen.«

Hedi fragte sich, was Anette wohl dazu sagen würde. Aber die war mit ihren wichtigen Gästen und den Anweisungen für das Personal beschäftigt.

»Gerlinde! Ist im Salon gedeckt?«

»Ja, Frau Winterfeldt.«

»Darf ich Ihnen noch etwas Sekt einschenken lassen, Herr Professor Schult-Prieslett?«

»Aber gern, Frau Winterfeldt.«

Aus dem Salon war plötzlich ein Klirren zu hören. Einige der Gäste verstummten. Anette wurde blaß. »Bitte entschuldigen Sie mich einen Augenblick, Herr Professor Schult-Prieslett.«

Sie verschwand im Salon. Die Gäste hörten einen unterdrückten Schrei, dem unverständliche Worte folgten. Die Tür flog auf, und Anette zerrte den jammernden Christoph-Sebastian in die Halle. Sie übergab ihn Gerlinde. »Bringen Sie ihn sofort nach oben!«

»Jawohl, Frau Winterfeldt.«

»Du hast gesagt, ich soll mit dem Auto nicht auf dem Fußboden fahren, und ich bin nicht auf dem Fußboden gefahren«, heulte Christoph-Sebastian. Gerlinde faßte den Jungen am Arm und führte ihn zur Treppe. »Laß mich los, du Zimtzikke!«

»So etwas sagt man nicht«, wies ihn Gerlinde zurecht.

»Wieso? Papa sagt das auch immer zu Mama!« brüllte Christoph-Sebastian. Anette wahrte nur mit Mühe ihre Fassung. Die Gäste schauten peinlich berührt in eine andere Richtung.

»Ihr habt ihn also doch nicht umgetauscht«, sagte Klaus.

»Den nimmt ja keiner«, sagte Bernd.

Gerlinde mußte die Tafel im Salon mit dem Ersatzgeschirr decken. Noch bevor das Silvesterdinner eröffnet wurde, hatten Klaus und Bernd ihren Hunger mit Whisky gestillt. Sie verstanden sich prächtig. Klaus gab seine Blondinenwitze zum besten; Bernd lachte grölend.

Anette sah ihn mit einem eisigen Blick an. »Reiß dich gefälligst zusammen!«

»Was hasdu?« lallte Bernd. Er trank sein Glas leer und drückte es ihr in die Hand. »Ich disgudiere Brobleme.«

»Trink nicht so viel. Du mußt vor dem Essen eine Rede halten!«

Anette winkte einen Diener herbei. Lächelnd hielt der Mann ihr sein Tablett hin. Sie knallte das leere Whiskyglas darauf. Bernd nahm sich ein Glas Sekt. »Ob ich 'ne Rede halte, enscheide immer noch ich.«

Klaus bediente sich ebenfalls. »Dein Sekt kann sich sehen lassen, Schwägerin.«

Hedi zuckte entschuldigend mit den Schultern. Anette setzte ein Lächeln auf und wandte sich wieder den Gästen zu. »Was sagen Sie zu meinem neuesten Objekt, Herr Professor Schult-Prieslett? Ich habe es vergangene Woche auf einer Vernissage in Paris erworben.«

»Interessant«, sagte Professor Schult-Prieslett.

Bernd zeigte auf die Holzsäule im Erker. »Sie meint den angekokelten Katzenkletterbaum da drüben.«

»Das ist eine Stele!« wies Anette ihn zurecht.

»Und wozu braucht man die?« fragte Klaus.

»Das ist Kunst.«

»Ein sauteurer Katzenkletterbaum ist das«, beharrte Bernd. »Und potthäßlich dazu.«

Einige der umstehenden Frauen kicherten. Hedi bekam Mitleid mit Anette. »Du sammelst Kunstobjekte?«

Anette nickte. »Ich habe Ausstellungen junger Bildhauer in Wien und New York besucht und war zu einer Weihnachtsvernissage in Paris eingeladen.« Sie warf Bernd einen verächtlichen Blick zu. »Ich finde, daß moderne Kunst eine hervorragende Geldanlage ist.«

»Gefallen muß sie aber auch«, sagte Hedi.

»Interessierst du dich etwa für bildende Kunst?« fragte Anette in einem Tonfall, als liege alles, für das sich Hedi interessierte, ohnehin unter ihrem Niveau.

»Ich bin mit einer arrivierten Malerin befreundet«, sagte Hedi und kam sich auf einmal wichtig vor.

»Wirklich? Wie heißt sie?«

Hedi erzählte von Vivienne und ihren Bildern.

»Oh! Da muß ich dir unbedingt eine Bekannte von mir vorstellen. Sie ist in der Branche tätig.«

Anette bugsierte Hedi zu einem Grüppchen teuer gekleideter, sorgfältig geschminkter Damen mittleren Alters. Hedi verwünschte ihr Mitgefühl, als die Damen unisono erklärten, den Namen Belrot noch nie gehört zu haben. Eine von ihnen musterte Hedis Kostüm.

»Schick. Wo haben Sie das her?«

»Das habe ich in Offenbach gekauft.«

Die Frau lächelte. »Das gute Stück steht Ihnen erheblich besser als mir. Weil es mir nicht gefiel, habe ich es in Edda Schmielings Secondhandladen gegeben. Sie ist eine Bekannte meiner Putzfrau.«

Hedi setzte das liebreizendste Lächeln auf, zu dem sie fähig war. »Wenn ich gewußt hätte, daß das Kleid, das *Sie* tragen, wieder in Mode kommt, hätte ich es bestimmt nicht in die Altkleidersammlung geworfen.« Damit war die Unterhaltung über moderne Kunst beendet.

Gerlinde kam aus dem Salon und nickte. Anette schlug an ihr Sektglas; die Gespräche verstummten. »Guten Abend, meine sehr verehrten Damen und Herren! Ich darf Sie auch im Namen meines Mannes in unserem Hause aufs herzlichste willkommen heißen.« Sie sah Bernd an, der sich gerade über einen besonders gelungenen Blondinenwitz amüsierte. »Bevor ich Sie bitte, Ihre Plätze im Salon einzunehmen, möchte mein Mann noch ein paar Worte an Sie richten. Bernd!«

»Was is?« Er war inzwischen vollständig betrunken.

»Deine Rede!«

»Ich hab' jets keinlust, eine Rede su halten.« Er rülpste. »Brüderchen«, sagte er zu Klaus. »Du kanns dir nicht vorstelln, wie satt ich das alles hab'.«

Die Gäste fingen an zu tuscheln.

»Ihr beide solltet ein wenig an die frische Luft gehen«, sagte Hedi.

Arm in Arm wankten die Männer auf die Terrasse. Hedi

ging zusammen mit den anderen Gästen in den Salon. Anette lief die Treppe hinauf und verschwand im Bad.

Vor einer Mauer beim Swimmingpool hatte das Personal das Silvesterfeuerwerk arrangiert, damit der Hausherr es pünktlich um Mitternacht anzünden konnte. Bernd zückte sein Feuerzeug und fing an zu singen. »Stille Nacht, heilige Nacht, alles pennt, bis es kracht.«

Eine Rakete nach der anderen stieg in die Luft. »Heuer war ich schneller als die Gongurrens!«

Klaus hielt sich den Bauch vor Lachen. Die vornehmen Gäste standen in der Terrassentür und reckten die Köpfe.

Bernd stieß Klaus in die Seite. »Hör auf zu lachen, Brüderchen. Das Leben is Kacke.« Er stolperte zum Pool, in dem noch ein Rest Wasser stand. »Meinsdu, das reicht zum Sterben?«

Bevor Klaus reagieren konnte, ging Bernd die Stufen in das Becken hinunter. Auf der vorletzten rutschte er aus und klatschte brüllend in das knietiefe, eiskalte Wasser. Klaus und Professor Schult-Prieslett halfen ihm wieder heraus. Therese Winterfeld kämpfte sich zum Beckenrand vor. Sie sah aus, als wolle sie ihren Lieblingssohn eigenhändig erwürgen. »Am besten gehst du jetzt zu Bett!«

Bernd schüttelte den Kopf; ein schmutziges Blatt fiel von seiner Glatze. Aus der Smokingjacke tropfte Wasser. »Ich muß jetzt eine Rede halten.« Er wankte in die Halle zurück und baute sich vor dem Weihnachtsbaum auf. Zu seinen Füßen bildete sich eine bräunliche Pfütze. Er wartete, bis alle hereingekommen waren und das letzte Raunen verstummte.

»Einen schönen guten Abend, ihr Lieben!« Nach dem unfreiwilligen Bad klang seine Stimme fast wieder normal, aber jeder konnte sehen, was mit ihm los war. »Wie hübsch, daß ihr alle da seid. Obwohl... Wenn ich die Einladungen hätte schreiben dürfen, wären einige von euch bestimmt *nicht* da. Aber meine Gattin regelt solche Sachen ja immer bestens.« Er schaute sich suchend um. »Wo ist mein Schatzebobbelchen?«

»Bernd! Hör sofort auf!« rief Anette von der Empore.

Bernd warf ihr eine Kußhand zu. »Es wird Zeit, dir danke schön zu sagen, Zuckerbonbon.«

Anette schaute hilflos zu den Gästen hinunter.

»Tu doch irgendwas!« sagte Hedi zu Klaus.

»Warum? So lustig war's hier noch nie.«

»Ich habe ein Gedicht für dich gemacht«, rief Bernd.

Anette rang sich ein Lächeln ab.

Bernd breitete die Arme aus. »O du! Mein welkes Blümelein./Möchtest gern eine Dame sein./Selbst mit teuren Kleiderlein/wird es dir mißlingen./Und auch ohne Kleiderlein/ist dein Aussehn nicht mehr fein./Deshalb muß ich hier besingen...«

Therese Winterfeldt beendete den Vortrag ihres Sohnes mit einer Ohrfeige. Anette stürzte weinend davon. Gerlinde faßte Bernd am Arm und half ihm die Treppe hinauf. Die Silvesterfeier endete eine halbe Stunde vor Mitternacht.

»Mir ist kalt«, sagte Klaus, als er mit Hedi zum Wagen ging. Hedi schloß den Opel auf. »Selbst schuld.«

Klaus ließ sich auf den Beifahrersitz fallen. Als Hedi losfahren wollte, zog er sie zu sich herüber und küßte sie. »Hab' ich dir heute schon gesagt, daß ich dich...«

»Ich mag es nicht, wenn du dich betrinkst!«

»Und was hast du an Heiligabend gemacht, hm?«

»Dein Hemd ist klitschnaß.«

»Ich hab' ja auch gerade meinem Bruder das Leben gerettet.« Er ließ sie los und lehnte sich zurück. »Nicht mal gescheit das Wasser aus dem Pool lassen können diese Banker.« Bevor Hedi die Autobahn erreicht hatte, war er eingeschlafen.

Als sie dreißig Minuten später vom Parkplatz zu ihrer Wohnung gingen, begrüßten die Offenbacher das neue Jahr. Überall stiegen Leuchtkugeln und Raketen in den Himmel, Böller krachten; zwischen den Häusern sammelte sich dichter Qualm, und es roch nach Schwefel.

»Frohes Neues«, riefen die Leute.

»Frohes Neues«, rief Klaus zurück.

Hedi blieb erschrocken stehen. »Da ist jemand in unserer Wohnung!«

Klaus zuckte mit den Schultern. »Vielleicht ist Sascha früher heimgekommen.«

»Aus unserem Wohnzimmerfenster fliegen Raketen!«

»Das sind bestimmt die Brancatellis von nebenan.«

»Ich werde ja wohl noch wissen, wo unser Wohnzimmerfenster ist!«

»Mhm.«

Seine Gleichgültigkeit brachte Hedi manchmal auf die Palme. Sie kramte schimpfend nach dem Haustürschlüssel, als sie durch die unbeleuchtete Einfahrt in den Hof gingen.

Klaus hielt ihr seinen Schlüsselbund hin. »Immer mit der Ruhe, hm?«

»Dich würde es nicht mal kümmern, wenn die Welt unterginge!«

»Ich könnte nichts daran ändern, oder?«

Im zweiten Stock wartete Rosa Ecklig. Sie hatte ein blaues Blümchennachthemd an und Lockenwickler im Haar. »Jetzt habe ich die Nase voll. Seit Stunden wackeln die Wände von dem Krach! Es ist eine Unverschämtheit, was Sie und Ihre Brut sich erlauben!«

»Wir können nichts dafür, daß Sie Silvester im Bett verbringen müssen, weil niemand Sie einlädt«, sagte Klaus.

»Das lasse ich mir von Ihnen nicht bieten, Herr Winterfeldt! Das wird Konsequenzen haben!«

Klaus grinste. »Schreien Sie nicht so, sonst muß ich Sie wegen Ruhestörung anzeigen.«

»Gute Nacht, Fräulein Ecklig.« Hedi zog Klaus hinter sich her die Treppe hinauf. Der Lärm war wirklich unerträglich. Als sie ihre Wohnungstür aufschließen wollte, wurde sie von innen aufgerissen.

»Oh, hallo! Immer hereinspaziert, die Dame«, begrüßte sie ein beschwipstes Mädchen in Dominiques Alter. »Wir haben massig Platz, Bier und gute Laune übrig.«

»Hallo«, sagte Klaus. »Macht mal die Musik ein bißchen leiser, ja?« Er ging an dem Mädchen vorbei ins Schlafzimmer und schloß die Tür.

Hedi lief ins Wohnzimmer. Auf dem Teppich lümmelten sich etwa ein Dutzend junger Leute herum; auf dem Sofa knutschte ein verliebtes Pärchen. Auf dem Schrank und dem Sideboard flackerten Teelichter. Zwei Halbwüchsige schossen von der Fensterbank aus grölend Raketen nach draußen. Die Zahl der Bier- und Coladosen war nur zu schätzen. Dominique stand zur Salzsäule erstarrt neben der Stereoanlage.

»Wo kommst du denn jetzt schon her, Mama?«

»Dreh sofort die Musik ab!« Der Technosound verstummte. Hedi schaltete die Deckenbeleuchtung ein. »Kannst du mir, verdammt noch mal, verraten, was hier los ist?«

»Dominique hat behauptet, daß sie sturmfreie Bude hat«, meldete sich ein pickliger Junge zu Wort. »Da ham wir halt beschlossen, 'nen ordentlichen Silvester-Rave abzufeiern.« Er sah Hedi treuherzig an. »Wir hätten natürlich alles wieder aufgeräumt, Frau Winterfeldt.«

Das Mädchen, das Hedi die Tür geöffnet hatte, bückte sich nach seiner Jacke. »Ich putz' dann mal die Platte. Bye.«

»Und danach den Teppich«, sagte Hedi. »Und zwar dalli, dalli!«

Murrend räumten die Kids den herumliegenden Unrat auf

einen Haufen. Dominique sammelte die Teelichter ein. Der picklige Junge grinste. »Eins a Lob an Sie, Frau Winterfeldt. Ihre Kresse schmeckt echt grell.«

»Bei mir gibt es keine Kresse.«

»Claro! Die Brote ham für die ganze Mannschaft gereicht.«

Hedi lief in die Küche. Von ihrem geliebten Bubikopf war nicht mehr geblieben als ein bißchen braunes Gekrissel.

11

Hedi wälzte sich unruhig von einer Seite auf die andere. Der Radiowecker zeigte halb drei, und Sascha war immer noch nicht zu Hause! Oder hatte sie ihn bloß nicht gehört? Klaus schnarchte, als sei er dabei, einen Wald abzuholzen. Sie stand auf und schlich sich zu Saschas Zimmer. Leise öffnete sie die Tür. Das Bett war leer. Sie knipste das Licht an und ging zum Schreibtisch. Vielleicht hatte Sascha eine Nachricht hinterlassen? Sie fand nichts. Doch dann stutzte sie: Unter mehreren Schulheften lag ein dickes Buch. Seit wann interessierte sich ihr videobegeisterter Sohn für Literatur? Lächelnd hob Hedi die Hefte hoch – und wurde blaß.

Kursbuch Schwangerschaft hieß das bebilderte Werk, das Antworten auf alle Fragen werdender Mütter und Väter versprach. Das durfte doch nicht wahr sein! Sascha war sechzehn! Sie dachte daran, Klaus zu wecken, aber sie sah ein, daß er in seinem Zustand keine große Hilfe sein würde. Sie legte die Hefte zurück und wartete im Wohnzimmer auf ihren Sohn.

Die Toilettenspülung der Brancatellis weckte sie auf. Die mondhelle Nacht war in einen grautrüben Morgen übergegangen. Die Uhr zeigte kurz vor halb acht. Hedi rieb sich ihren schmerzenden Rücken. Wie kam sie dazu, auf der Couch zu übernachten? Die Erinnerung vertrieb den Schmerz. Sie sprang auf und klopfte bei Sascha. Als keine Antwort kam, riß sie die Tür auf.

Vor dem Bett lagen Turnschuhe und ein lila Reiserucksack, den Hedi noch nie gesehen hatte. Sascha hatte die Bettdecke bis zum Kinn gezogen; unten schauten seine nackten Füße heraus.

»Sascha!«

Er blinzelte und fuhr hoch. »Mama? Was...?«

»Wann bist du nach Hause gekommen?«

Die Bettdecke bewegte sich, und ein braungelocktes, barbusiges Mädchen tauchte hinter Saschas Rücken auf. »Was is'n los?« fragte es verschlafen.

Hedi verschlug es die Sprache.

»Äh... das ist Corinna«, sagte Sascha.

»Du kommst sofort ins Wohnzimmer!« Hedi drehte sich um und ging hinaus.

Corinna schlug die Decke zurück. »Ich glaube, ich verkrümel mich besser.«

»Nix da. Du bleibst hier.« Sascha küßte sie und stand auf. »Ich regele das. Wär' ja gelacht.«

»Aber...«

»Du bleibst.« Er zog seinen Bademantel an. »Das ist *mein* Zimmer. Und *ich* bestimme, wer hier übernachtet. Klar?«

Hedi lief im Wohnzimmer auf und ab. Sascha blieb sicherheitshalber in der offenen Tür stehen. »Äh, Mama... Reg dich nicht auf.«

»Du liest Bücher über Schwangerschaft. Du kommst nicht nach Hause. In deinem Bett liegt ein nacktes Mädchen! In unserer Wohnung! Und ich soll mich nicht aufregen?«

Sascha versuchte ein Grinsen. »Wär's weniger schlimm, wenn's nicht in unserer Wohnung wäre?«

Hedi blieb stehen und warf ihrem Sohn einen vernichtenden Blick zu. »Ich will auf der Stelle wissen, was das alles zu bedeuten hat!«

Klaus kam herein, unrasiert und ebenfalls im Bademantel. Er sah Hedi an. »Hast du 'n Alka Seltzer für mich?«

»Warte nur, bis dir dein Sohn sein neuestes Steckenpferd vorgestellt hat, dann wirst du noch ganz andere Mittel brauchen.«

Klaus fuhr sich durch sein verstrubbeltes Haar. »Bitte, Schatz. Ich bin nicht in Form für Ratespielchen.«

Hedi sah Sascha an. »Na, los! Berichte Opa Klausi die Neuigkeit des Tages.«

»Was soll das?« Klaus stutzte. »Opa? Wieso nennst du mich Opa? Du willst doch nicht etwa andeuten...«

»Doch. Will ich.«

»Nun laßt euch erklären...«

Hedi sah Klaus an. »Dein Sohn studiert seit neuestem Ratgeber für angehende Väter. Er hat mir allerdings noch nicht verraten, ob er Prävention betreibt oder schon Nachbereitung.«

»Er ist auch dein Sohn«, sagte Klaus.

»Corinna ist schwanger, ja«, gestand Sascha. »Aber...«

Hedi schlug die Hände über dem Kopf zusammen. »Ich glaub's einfach nicht. Bist du nicht aufgeklärt worden? Habe ich all die Jahre gegen die Wand geredet?«

»Ich hätte dich allerdings auch für klüger gehalten«, sagte Klaus.

»Mehr fällt dir dazu nicht ein?« rief Hedi wütend.

Klaus zuckte mit den Schultern. »Das Kind ist ja schon in den Brunnen gefallen. Sozusagen.«

»Wo willst du hin?«

»Ins Bad. Alka Seltzer holen.«

»Der Mann macht mich wahnsinnig!«

Corinna tauchte neben Sascha in der Wohnzimmertür auf.

Sie hatte sich angezogen und ihr Haar zu einem Pferdeschwanz gebunden. In ihrer rechten Hand hielt sie den lila Rucksack. »Vielleicht kann ich die Sache aufklären?«

Klaus sah sie ungläubig an. »Wer bist du denn?«

»Die werdende Mutter«, sagte Hedi. »Und zwar mindestens im siebten Monat, wenn ich das richtig deute.«

»Neunundzwanzigste Woche«, sagte Corinna.

»Wie? Was?« Klaus rieb sich die Stirn. Er brauchte dringend ein Alka Seltzer. Besser zwei.

»Sascha ist nicht der Vater von meinem Baby.«

Hedi musterte sie zweifelnd. »Und wer dann?«

»Einer aus meiner Klasse.« Corinna schniefte. »Er hat Schluß gemacht, als ich es ihm sagte.«

»Ich kümmere mich um dich«, sagte Sascha. »Und das Baby.« Er streichelte ihre Wange. »*Ich* werde euch nicht im Stich lassen.«

Hedi traute ihren Ohren nicht. »Was sagen deine Eltern dazu?«

Corinna stellte den Rucksack ab und kramte nach einem Taschentuch. »Ich soll nicht so viel Schokolade essen.« Sie schneuzte sich. »Gestern habe ich ihnen die Wahrheit gesagt. Auf der Silvesterparty.«

»Prima Zeitpunkt«, sagte Klaus.

»Und?« fragte Hedi.

»Sie haben mich rausgeworfen.«

»Wie alt bist du?«

»Achtzehn. Wenn Sascha nicht gewesen wäre, hätte ich unter 'ner Mainbrücke pennen müssen.«

Hedi ließ sich auf die Couch fallen. »Und ich dachte schon...«

»Danke für euer Vertrauen«, sagte Sascha beleidigt.

Corinna steckte das Taschentuch weg. »Ich hab' keinen Schimmer, was ich jetzt machen soll.«

»Wie wär's mit Frühstücken?« Klaus sah Hedi an. »Ich springe vorher noch schnell unter die Dusche. Bitte denk dran, die Eier...« Ihr Blick ließ ihn den Rest des Satzes hinunterschlucken.

In der ersten Januarwoche verschwand das Gesicht der *Lächelnden Frau* unter Schnee und Eis, aber Hedi registrierte es nicht einmal. Als sie am dritten Januar ihre Nachtdienstwoche begann, war die ganze Station über die Liaison des scheidenden Oberarztes Dr. Bechstein informiert. Hedi schwor Brigitte, niemandem etwas verraten zu haben, doch die hatte nur verächtlich gelacht. »Ach ja? Und wer war's dann, bitte?« Seitdem herrschte Schweigen zwischen ihnen.

Belinda begann das neue Jahr mit einer Krankmeldung und Vivienne mit reichlich schlechter Laune. Hedi hatte gehofft, mit ihr über ihre Probleme reden zu können, aber Vivienne hörte nicht richtig zu, wirkte fahrig und gereizt. Hedi ärgerte sich, daß sie sie überhaupt angerufen hatte. Genauso ärgerte sie sich darüber, daß Juliette am Telefon fröhlich über ihre Kaninchen und Hühner plauderte, die überstandene Grippe jedoch mit keinem Wort erwähnte. Als sie versprach, bald vorbeizukommen, lachte ihre Tante.

»Willst du mit deiner Karosse im Eichenwäldchen Schlitten fahren? Wir sind bis zu den Ohren eingeschneit. Elli hat sogar mit dem Geländewagen Probleme.«

Hedi konnte den Namen nicht mehr hören. »Dann gib mir wenigstens Bescheid, wenn der Schnee wieder weg ist.«

»Mach dir mal keine Sorgen um mich alten Zausel. Ich habe schon härtere Winter in der Eichmühle überlebt.«

»Tante Juliette, du mußt mir nichts vormachen.«

»Tu' ich nicht, Hedilein. Und wenn's ganz dicke kommt, habe ich ja immer noch Elli.«

Im Gegensatz zu Hedi war Klaus ohne Wenn und Aber dafür, Corinna in Saschas Zimmer wohnen zu lassen. Er opferte sogar einen halben Urlaubstag, um ein Gästebett zu kaufen, in dem jetzt Sascha schlief. Hedi fand, daß ihre beiden Männer es mit der Schwangerenbetreuung entschieden übertrieben. Sascha ließ seine Corinna nicht einmal eine Zeitung aufheben. Hedis Bemerkung, daß Kinderkriegen keine tödliche Krankheit sei, ignorierte er ebenso wie ihre dezenten Versuche, ihm klarzumachen, daß Corinna seine Gefühle und Erwartungen nicht teilen müsse, nur weil sie vorläufig bei ihm Unterschlupf gefunden habe.

»Corinna wohnt bei mir, weil wir uns lieben! Ich werde sie heiraten.«

»Du bist sechzehn!«

»Demnächst siebzehn. Und nächstes Jahr achtzehn.«

»Du bist zu jung, um dir eine Frau mit Kind aufzuhalsen.«

»Wer predigt denn immer, daß es nie zu früh ist, Verantwortung zu übernehmen?«

»Ich habe Verantwortung für *dich,* solange du noch nicht volljährig bist.«

»Siehste! Da ist es doch praktisch, wenn wir in deiner Nähe bleiben, damit du deine Pflicht auch erfüllen kannst, Mama.«

Corinna vertraute Hedi an, daß ihre Eltern es nach wie vor kategorisch ablehnten, sie oder das Baby zu sehen. »Ich bin Ihnen wirklich sehr dankbar, daß ich hier wohnen darf, Frau Winterfeldt.«

Hedi beschlich das Gefühl, daß ihr Saschas Fürsorglichkeit langsam auf die Nerven ging. »Ich wette, daß deine Familie am Wochenbett Schlange steht.«

Corinna schüttelte traurig den Kopf. »Bestimmt nicht. Die sind alle total konservativ und verbohrt. Nicht so verständnisvoll wie Sie.«

»Meine verständnisvolle Mutter würde mich teeren und

federn, wenn ich geschwängert nach Hause käme!« sagte Dominique. Sie reagierte zunehmend aggressiv, sobald die Sprache auf Corinna und ihr Baby kam.

»Na ja, erfreut wäre ich sicherlich nicht«, gab Hedi lächelnd zu.

Dominique sah sie verächtlich an. »Schon klar! Eltern sind echt voll die Nullchecker, wenn's um ihre eigenen Kinder geht.«

»Ich glaube, Dominique ist auf Corinna eifersüchtig«, sagte Hedi zu Klaus, aber der lachte nur. Hedi stritt sich mit ihm, weil er den unangenehmen Teil der Erziehungsarbeit wieder einmal ihr überließ, weil er nicht für Ruhe sorgte, wenn sie gestreßt aus dem Nachtdienst kam, und weil er Urlaub genommen hatte, ohne es ihr vorher zu sagen.

»Während du deine Tage vor der Glotze verplemperst, weiß ich nicht, wo mir der Kopf steht.«

»Ich habe Termine für Tachnon.«

»Ach ja? Morgens von acht bis neun, und danach läßt du den Tag gemütlich im *Vincenzo* ausklingen, was?«

»Ich habe die Türen gestrichen und den Keller aufgeräumt.«

»Das sind wahrlich keine Heldentaten, mein Lieber.«

»Egal, was ich tue: Es ist dir doch sowieso nicht recht.«

»Meine Keramiken sind keine Behälter für verrostete Nägel und Schrauben!«

»Ich habe dir schon zehnmal gesagt, daß es mir leid tut.«

»Und ich habe dir schon zehnmal gesagt, daß das Wohnzimmer renoviert werden muß.«

»Im Sommer, Schatz.«

»Das sagst du seit drei Jahren!«

»Soll ich vielleicht bei zehn Grad minus die Fensterrahmen streichen?«

»Beim Tapezieren kannst du die Fenster zulassen.«

»Entweder renoviere ich richtig oder gar nicht.«

»Also gar nicht.«

»Ich glaube nicht, daß es Sinn hat, weiter darüber zu diskutieren«, sagte er und ging.

Hedi war froh, als in der zweiten Januarwoche die Weihnachtsferien zu Ende waren und Klaus in der dritten zu seinem Lehrgang nach Wiesbaden fuhr. Sie hatte frei und wollte eigentlich die Zeit nutzen, um die Wohnung gründlich sauberzumachen, doch sie war lustlos und fühlte sich matt und zerschlagen. Daß Brigitte gekündigt hatte, war schlimm genug, aber daß sie nach zehn gemeinsamen Arbeitsjahren im Streit auseinandergehen würden, bereitete ihr schlaflose Nächte. Und was war mit Vivienne? Sie konnte sich keinen Reim auf ihr Verhalten machen. Ob sie sie auf dem falschen Fuß erwischt oder beim Malen gestört hatte? Klaus hatte sich auch nur einmal gemeldet. Wahrscheinlich zog er jeden Abend mit seinen Lehrgangskollegen durch die Wiesbadener Kneipenwelt und amüsierte sich prächtig. Nicht einmal Tante Juliette legte mehr Wert auf ihre Gesellschaft. Und aufs Töpfern konnte sie sich auch nicht länger freuen: Der Kurs war zu Ende, und der neue begann erst wieder im Herbst.

Am Donnerstag versuchte Hedi, ihre Depression mit Verena Kinds Roman *Das Wahnsinnsweib* zu kurieren. Auf Seite dreiundsechzig gab sie auf. Am späten Freitagvormittag konnte sie sich endlich dazu durchringen, ein bißchen sauberzumachen. Sie hatte gerade mit dem Staubsaugen angefangen, als es an der Wohnungstür klingelte. Seufzend schaltete sie den Staubsauger wieder aus und öffnete.

Vivienne trug einen cremefarbenen Bouclémantel und Stilettostiefel. »Hallo! Ich dachte, ich schau' mal auf einen Sprung vorbei.«

»Äh... Vivienne. Was für eine Überraschung!«

Sie lachte. »Deinem Gesicht nach zu urteilen, ist die Überraschung gelungen. Willst du mich nicht hereinbitten?«

Hedi trat zur Seite. »Äh... entschuldige, aber ich bin beim Putzen.«

Vivienne ging an ihr vorbei in den Flur. »Solange ich dir nicht dabei helfen muß, stört mich das nicht im geringsten.« Sie zog den Mantel aus, hängte ihn an die überladene Garderobe und strich über ihr gelbes Wollflauschkleid. »Wie findest du mein neuestes Stück?«

Hedi betrachtete Viviennes nackte Arme. »Ein bißchen luftig für die Jahreszeit, oder?«

»Stell dir vor, René hat mich vorgestern zum Shopping nach Paris entführt. Es war superb. Und sooo romantisch.«

»Wer ist René?«

»Ich erzähl's dir bei einer Tasse Kaffee, ja?« Vivienne ging ins Wohnzimmer und schaute sich neugierig um. Wenn sie über die einfachen Verhältnisse, in denen Hedi lebte, entsetzt war, wußte sie es gut zu verbergen.

Hedi schob den Staubsauger beiseite und sammelte hektisch herumliegende Zeitungen ein. Am liebsten wäre sie im Erdboden versunken. »Willst du dich nicht setzen?«

Vivienne starrte auf die beiden Ölgemälde, die über der Couch hingen. Sie zeigten historische Ansichten von Offenbach und Frankfurt; Hedi hatte sie vor Monaten als Sonderangebot in irgendeinem Kaufhaus gekauft. »Wo hast du die her?«

Hedi legte die Zeitungen auf das Sideboard. »Nun... Meine Kinder haben sie mir zu Weihnachten geschenkt. Und sie bestanden darauf, daß ich sie sofort aufhänge.«

»Du hängst irgendwelche Bilder in deiner Wohnung auf, nur weil deine Kinder das so wollen?«

»Na ja, du verstehst das vielleicht nicht, weil du keine Kinder hast.«

»Gefallen sie dir?«

»Meine Kinder?«

»Die Bilder!«

»Warum?«

»Es interessiert mich.«

»Sie sind ein bißchen kitschig, zugegeben. Aber doch irgendwie recht hübsch, oder?«

Vivienne setzte sich. »Gefallen sie dir besser als meine Bilder?«

Hedi zuckte mit den Schultern. »Deine Bilder sind, nun ja... anders, nicht wahr? Anspruchsvoller, meine ich. Tiefgründiger eben.«

»Tiefgründiger?«

»Du weißt schon. Die Gefühle im Abstrakten und so.«

»Würdest du eins von meinen Bildern in deinem Wohnzimmer aufhängen?«

»Ich setze schnell Kaffee auf, ja?«

»Würdest du?« fragte Vivienne, als Hedi zurückkam.

»Würdest du Schokoladenmousse mit Pellkartoffeln kombinieren?«

Vivienne deutete lächelnd auf die Stadtansichten. »So schlecht sind die gar nicht. Wie war deine Silvesterparty?«

»Da ist jedes Wort zuviel.«

»Na los! Ich bin neugierig.«

»Wolltest du nicht von René erzählen?«

»Erst bist du dran.«

Hedi holte ihr gutes Geschirr aus dem Schrank und räumte den Couchtisch frei. »Klaus zog sich den Zorn seiner Mutter zu, weil er in Jeans erschien. Mein Neffe fuhr mit dem batteriebetriebenen Streifenwagen, den ich ihm zu Weihnachten schenkte, über das Meißner Porzellan, und mein Schwager fiel eine halbe Stunde vor Mitternacht besoffen in den Pool.«

»Das hört sich vielversprechend an. Und weiter?«

»Danach hat er seine Frau und sämtliche Gäste beleidigt.«

»Und dann?«

»War die Feier vorbei.«

»Schade. Da blieb dir ja gar keine Zeit, mit mir anzugeben.«

»Leider doch.« Hedi erzählte von ihrem Gespräch mit dem teuer gekleideten Damengrüppchen.

»Und wie hieß diese Möchtegern-Kunstmaklerin, die behauptete, mich nicht zu kennen?«

»Weiß ich nicht mehr. Aber sie erwähnte, daß sie mit Frankfurter Künstlern zusammenarbeitet.«

»Wahrscheinlich hat sie eine Hinterhofgalerie, in der Hobbymaler ausstellen.«

Hedi schüttete eine Tüte Schokoladenkekse in eine Glasschale und stellte sie auf den Tisch. »Reg dich nicht auf. Sie war eine unsympathische Schnepfe. Anette hatte sie ohnehin nur eingeladen, weil sie sich jetzt für moderne Kunst interessiert. Meine Schwägerin ist nämlich der Meinung, daß Kunstobjekte eine prima Geldanlage sind. Ihr neuestes Objekt stammt von einer Weihnachtsvernissage in Paris.«

»Interessant.«

Hedi holte den Kaffee und schenkte ein. »Das stört dich nicht?«

Vivienne griff nach der Zuckerdose. »Was soll mich denn stören?«

»Daß jemand Kunst nur als Kommerz begreift.«

»Was ist das für ein Objekt, das deine Schwägerin gekauft hat?«

»Sie nannte es Stele. Frag mich bloß nicht, was das ist. Aussehen tut's jedenfalls wie ein Katzenkletterbaum.«

Vivienne lächelte. »Stele ist griechisch und bedeutet Säule.

In der antiken Kunst wurden Stelen als Grabmal oder Weihegeschenk verwendet. Sie sollten die Aufmerksamkeit der Lebenden auf die Verdienste der Verstorbenen lenken.«

»Heißt das, Anette hat sich einen Grabstein ins Haus gestellt?«

Vivienne trank einen Schluck Kaffee. »In Äthiopien hat man mit Ornamenten geschmückte Steinstelen ausgegraben, die zweifellos einen Phallus darstellen. Der abgeschnittene Penis des Feindes galt nämlich in prähistorischer Zeit als höchste Trophäe eines heldenhaften Kriegers.«

Hedi grinste. »Aus Äthiopien stammt das Ding schon mal nicht. Außerdem ist es aus Holz und nicht aus Stein.«

Vivienne nahm sich einen Keks. »Ich wollte dir lediglich den historischen Kontext erläutern. Weißt du, was deine Schwägerin für das Objekt bezahlt hat?«

»Nein.«

»Sammelt sie auch Bilder?«

»Es hingen ein paar undefinierbare Sachen herum, aber... Warum fragst du?«

»Meine Agentin ist immer auf der Suche nach potentiellen Käufern für meine Arbeiten. Ohne zahlungskräftige Sammler könnten wir Künstler gar nicht überleben.«

»Das Schlimmste, was einem Kunstwerk passieren kann, ist es, Anette in die Hände zu fallen.«

Vivienne lächelte. »Im Prinzip ist es mir egal, wer meine Bilder kauft und warum. Wichtig ist, daß ich zum Zeitpunkt des Verkaufs mit meinem Sujet im reinen bin. Oder, um es mit Goethe zu sagen: Wer bei seinen Arbeiten nicht schon ganz seinen Lohn dahin hat, ehe das Werk öffentlich erscheint, der ist übel dran. Meine Bilder müssen die Reife haben, zu ihren jeweiligen Betrachtern zu sprechen. Wo sie das letztlich tun, interessiert mich nur am Rande.« Sie trank ihren Kaffee aus. »Wo ist eigentlich der Rest deiner Familie?«

»In der Schule und in Wiesbaden.«

»Wiesbaden?«

»Klaus hat einen Lehrgang an der Polizeischule. Aber ich denke, er kommt am Wochenende nach Hause.«

»Du denkst es?«

»Du wolltest von René erzählen.«

Vivienne lehnte sich auf der Couch zurück. »Er ist ein absoluter Traumtyp: Gutaussehend, sensibel, kunstinteressiert, vermögend... Ich bin total verliebt! Daß ich neulich so mies drauf war, tut mir wirklich leid. Ich hatte ziemlichen Streß mit Claude und...«

»Schon gut.«

»Ich bin ja so froh, daß wir Freundinnen sind.«

»Sind wir das?«

»Von meiner Seite aus schon.«

Ein Schlüssel drehte sich in der Wohnungstür. Kurz darauf kam Klaus herein. »Oh! Ich wußte gar nicht, daß du Besuch hast.«

Vivienne setzte das Lächeln auf, für das Hedi sie in der siebten Klasse am liebsten erwürgt hätte, und streckte Klaus ihre manikürte Rechte hin. »Ciao, Klaus. Ich bin Vivienne.«

»Tag, Vivienne.«

Vivienne versuchte, ihn in ein Gespräch zu verwickeln, doch er dachte nicht daran, mit ihr Smalltalk zu machen. Er nahm die Tageszeitung vom Sideboard. »Laßt euch nicht stören. Ich gehe rüber in die Küche.«

Hedi sah, daß Vivienne irritiert war. Insgeheim freute sie sich, daß ihre attraktive Freundin gegen die *Offenbach-Post* keine Chance hatte. »Er hat eine stressige Woche hinter sich«, sagte sie.

Vivienne sah zur Uhr. »Ich muß ohnehin los. Sehen wir uns nächsten Freitag bei mir?«

»Ich muß arbeiten. Ich rufe dich an, ja?«

»Gut.« Vivienne ging in den Flur und zog ihren Mantel an. »Ein Grandseigneur ist dein Klaus zwar nicht gerade, aber er sieht nicht übel aus. Bis dann.«

»Tschüs, Vivienne.« Hedi schloß die Tür, lief pfeifend in die Küche, nahm Klaus die Zeitung weg und küßte ihn.

»Na? Womit habe ich mir denn soviel Ehre verdient?« sagte er lächelnd.

»Wie findest du sie?«

»Sie erinnert mich an Anette.«

»Was?«

Er zog sie auf seinen Schoß. »Ein hübscher Kleiderständer, hm?«

»Also, das kannst du so nicht sagen!«

Er grinste. »Wäre es dir lieber, wenn ich sie unwiderstehlich fände?«

»Ist sie es denn nicht?«

Er küßte sie. »Laß dir bloß nichts einreden.«

»Was sollte ich mir denn einreden lassen?«

»Die Woche war verdammt lang ohne dich.«

Hedi verzog das Gesicht. »So oft, wie du angerufen hast, mußt du mich wirklich sehr vermißt haben.«

Er lachte. »Sorry. Entweder war's zu spät oder besetzt.«

»Dominique führt neuerdings Dauergespräche mit irgendeinem Axel.«

»Was?«

»Unsere Kinder werden langsam erwachsen.«

»Aber Hedi! Dominique ist...«

»...eine verflixt gut aussehende Göre, die sich ihrer Wirkung auf die Männerwelt durchaus bewußt ist. Die Zeiten, in denen du ihr Gutenachtgeschichten vorgelesen hast, sind nun mal vorbei, mein Lieber.« Sie küßte ihn. »Die Woche war verdammt lang ohne dich!«

12

»Du bist geizig«, sagte Michael Stamm, als Klaus im Februar zu seinem zweiten Spätdienst kam. Er hielt ein engzeilig beschriebenes Blatt hoch. »Oder warst du nach vier Wochen Abstinenz noch nicht wieder aufnahmefähig für die Nöte unserer verunfallten Mitbürger?«

»Worum geht es denn?« fragte Dagmar. Sie stand neben dem Wachtisch und blätterte eine Laufmappe durch.

Michael grinste. »Du hättest dem armen Menschen hier zwei Anhörbögen geben sollen, Kollege.«

Klaus verzog das Gesicht. »Ist das der Dummbeutel von Ford-Fahrer, der am Montagmorgen dem Käfer die Tür abgefahren hat?«

»*Seitlich neben den bereits belegten Pkw-Parkplätzen, deren linke Fahrzeuglängsseiten zur Fahrbahn zeigten, hielt verkehrswidrig stehend ein goldfarbener Pkw Käfer mit erheblichen Rostflecken am Heck, ohne ersichtlichen Grund zu haben und ohne Anzeichen für einen Notstand*«, zitierte Michael.

»Der Saftsack verlangte ernsthaft von mir, eine Videoaufzeichnung über die Tatortuntersuchungen anzufertigen.«

»Der Saftsack war eindeutig unschuldig an dem Unfall«, sagte Dagmar.

»*Ich schere mit meinem Ford-Taunus linksblinkend in die*

Straße Französisches Gäßchen ein. In dem Moment, als ich dann den goldfarbenen VW-Käfer mit den Roststellen am Heck sah, verlangsamte ich meine Fahrgeschwindigkeit herabbremsend, um äußerste Vorsicht bemüht, auf zirka ungefähr 15 bis 20 km/h. Plötzlich sah ich auf einmal einen grauhaarigen Automobilisten im Auto, alleine ohne Beifahrer, auf der Fahrerseite sitzend, der plötzlich und unerwartet seine breite Tür des Pkw öffnete, ohne sich zu vergewissern, ob ein Verlassen seines Pkws für ihn und andere Verkehrsteilnehmer schädigend sein könnte.«

»Der grauhaarige Automobilist ist bei der Unfallaufnahme ausgerastet«, sagte Klaus.

»Der Ford-Fahrer hat sich nämlich ein bißchen blumig ausgedrückt«, sagte Dagmar.

»Er erwischte mit seiner zirka ungefähr im Winkel von vierzig Grad geöffneten Tür, plötzlich und für mich völlig unerwartet, da ich ihn bereits auf gleicher Höhe schon überholte, rechtsseitig meinen rechten hinteren Kotflügel und die Seitenwand samt rechter hinterer Radkappe, in die sich die vom unfallverursachenden Pkw linke untere Türspitze hineinbohrte.«

»Es reicht.« Klaus griff nach dem Anhörbogen.

Michael zog das Blatt weg. *»Wäre ich schneller gefahren, und hätte ich mich nicht langsam und vorsichtig in die Straße hineinfahrend verhalten, hätte es zu einem schweren Unglück für mich und andere, nebst dem Pkw-Fahrer kommen können, der da so völlig unmotiviert seine Fahrer-Seitentür öffnete.«*

»Steck den Wisch meinetwegen in den Schredder. Ich habe noch was anderes zu tun«, knurrte Klaus und ging.

»Du kannst nicht alles, was dir nicht paßt, in den Schredder stecken«, rief Dagmar hinter ihm her.

»Die ungeheuren kybernetischen Kräfte, wahrscheinlich durch den unglücklichen Türöffnungswinkel verursacht, aber

glücklicherweise abgeprallt an meinem Ford-Taunus, haben dem Käfer-Automobilisten den linken Arm und das linke Bein gerettet«, las Michael zu Ende. »Man sollte den Typen für das Bundesverdienstkreuz vorschlagen.«

»Ein bißchen merkwürdig war er ja schon«, sagte Dagmar.

»Irgendwann fange ich an, die Dinger zu sammeln und als Buch zu veröffentlichen.«

»Meinst du, das glaubt dir einer?«

»Wahrscheinlich nicht.« Michael gab ihr den Anhörbogen und eine maßstabgerechte Skizze mit eingezeichneten Türöffnungswinkeln. »Bring das deinem mißlaunigen Streifenpartner und versuch, ihn etwas aufzumuntern. Seit Uli sich nach Rodgau versetzen ließ, ist es mit ihm kaum noch auszuhalten.«

Klaus saß vor dem Computer im Vernehmungsraum und fluchte. Dagmar legte den Anhörbogen und die Zeichnung auf den Tisch. »Wo ist das Problem?«

»Das Scheißding druckt mir ständig zwei Seiten auf ein Blatt, und ich weiß nicht, warum!«

»Laß mich mal.«

»Ich hab' die Hotline angerufen. Die wissen es auch nicht.«

Dagmar deutete auf den Anhörbogen und die Skizze. »Hefte du deinen Unfall zusammen, und ich kümmere mich um den Computer, o.k.?«

Klaus stand auf. »Du wirst dir sämtliche Zähne an dem Ding ausbeißen.«

Als er zehn Minuten später wiederkam, reichte Dagmar ihm lächelnd zwei säuberlich bedruckte DIN-A4-Blätter. Er nahm sie kommentarlos entgegen.

»Wir sind zur Streife eingeteilt«, sagte sie.

»Mhm.«

»Ich hole den Wagen aus der Garage und warte im Hof auf dich, ja?«

Dagmar fuhr ein paar Schutzobjekte in der Innenstadt ab, die stündlich kontrolliert werden mußten. Klaus schaute aus dem Fenster. Es regnete. Für Anfang Februar war es viel zu warm.

»Verkehrsunfallaufnahmen zählen nicht zu deinen Lieblingsbeschäftigungen, oder?« fragte Dagmar lächelnd.

»Nein.« Klaus notierte das Nummernschild des vor ihm fahrenden Lkw. Er drückte zwei Tasten am Statusgeber. »Hier Orpheus 18/5 mit einem Kennzeichen.«

»Orpheus 18/5 kommen.« Klaus gab Buchstaben und Ziffern durch.

»Kennzeichen negativ.«

»Verstanden.« Klaus lehnte sich im Sitz zurück und sah dem Regen zu, der die Seitenscheibe hinunterlief. Das einzige Geräusch im Wagen waren die quäkenden Stimmen aus dem Funkgerät.

Dagmar räusperte sich. »Bist du eigentlich immer so gesprächig?«

»Kommt drauf an.«

Sie bog in eine Seitenstraße ein. »Es gefällt dir nicht, daß du mit mir Streife fahren mußt, stimmt's?«

»Ziemliches Ekelwetter heute.«

»Ich habe dich etwas gefragt.«

»Du verläßt soeben unseren Dienstbezirk.«

»Ich weiß.« Dagmar fuhr aus der Stadt hinaus und bog in einen Waldweg ein. Sie stoppte und schaltete den Motor aus.

Klaus sah sie erstaunt an. »Fahren wir heute Karnickelstreife?«

»Ich muß dich jetzt mal was fragen.«

»Im Wald?«

»Ich will eine ehrliche Antwort, Klaus!«

»Kommt auf die Frage an.«

»Was hältst du von Frauen bei der Polizei?«

Im Wagen war es stickig. Klaus kurbelte das Fenster einen Spalt hinunter. Regentropfen spritzten herein. »Wirst du mich erschießen und unterm Laub verscharren, wenn ich was Falsches sage?«

»Ich meine es ernst.«

»Die Kollegin vor dir war zweimal neun Monate schwanger.«

»Frauen können nichts dafür, daß sie die Kinder kriegen.«

»Und dazwischen sieben Monate krank. Mit geringfügigen Unterbrechungen. Nach drei Jahren Erziehungsurlaub kam sie wieder.«

»Na also.«

»Halbtags. Um zwölf Uhr nachts ging sie heim. Die AKG hat ihre Dienstzeitregelung begrüßt.«

»AKG?«

»Autoknackergewerkschaft.«

»Das finde ich überhaupt nicht lustig!«

»Ich auch nicht. Überstunden durfte sie keine mehr machen. Bei Sondereinsätzen mußten wir grundsätzlich auf sie verzichten.«

»Alles nur eine Frage der Organisation. Wenn sich zwei Kolleginnen eine Stelle teilen, könnten sie ...«

»Ich bekam monatelang kein Dienstfrei, weil die D-Schicht die Mindeststärke nicht erreichte.«

»Der Personalnotstand bei der Polizei wäre noch viel größer, wenn es keine Frauen gäbe.«

»Sie wurde ein Jahr vor mir zum Hauptmeister befördert.«

»Zur Hauptmeisterin, wenn schon.«

»Zwecks Einhaltung der Frauenquote gemäß dem Frauenförderplan gemäß dem Hessischen Frauengleichberechtigungsgesetz oder so ähnlich.«

»Wir Frauen sind doch nicht schuld an dem, was unsere Politiker verbocken, oder?«

»Sie hat mich einen widerlichen Macho genannt, weil ich ihr die Tür zur Wache nicht aufgehalten habe.«

»Na ja, etwas freundlicher könntest du ab und zu schon sein.«

»Ich hatte eine Kiste mit Asservaten in der Hand.«

Dagmar mußte lachen. Zwei Spaziergänger in gelben Regenjacken gingen vorbei. Neugierig schauten sie in den Streifenwagen. Klaus drehte den Funk leiser. »Außerdem hat sie mir die Frauenbeauftragte auf den Hals gehetzt, weil ich Uli einen harmlosen Witz erzählt habe.«

»Ich vermute, die Ärmste war blond.«

»Dem Benehmen nach schon.«

»Für diese Bemerkung könnte *ich* dir die Frauenbeauftragte auf den Hals hetzen.«

Klaus zuckte mit den Schultern. »Nur zu.«

»Ich weiß gar nicht, wo die Frauenbeauftragte ihr Büro hat.«

»Im Polizeipräsidium. Zweiter Stock links, achte Tür rechts. Und was deine Vorgängerin angeht: Wenn es regnete oder schneite, verzichtete sie grundsätzlich darauf, bei Verkehrsunfallaufnahmen aus dem Streifenwagen zu steigen. Wegen der Frisur.«

»Du kannst doch nicht von einer auf alle schließen!«

»Mit Hans-Jürgen ist sie ab und zu in den Wald gefahren.«

»Ach ja?«

»Zum Bumsen.«

Dagmar startete den Streifenwagen und fuhr zurück in die

Stadt. »Ich frage Michael, ob er mich jemand anderem zuteilt, o.k.?«

»Entschuldigung. War nicht so gemeint.«

»Das sagst du doch nur, weil du nicht mit Hans-Jürgen fahren willst!«

»Das spricht *für* dich, oder?«

»Das kleinere von zwei großen Übeln bedankt sich für die Ehre.«

Sie zuckte zusammen, als er sie am Arm berührte. »Ich hab's wirklich nicht als Beleidigung gemeint.«

»Wie dann?«

»Mir geht es wie dem kleinen Flaschengeist.«

»Wie wem?«

»Du kennst den kleinen Flaschengeist nicht?«

»Wetten, daß das was Frauenfeindliches ist?«

Klaus kurbelte das Fenster hoch und stellte den Funk lauter.

»Na los! Erzähl schon.«

»Ein Mann geht am Strand spazieren und findet eine verkorkte Flasche. Als er sie öffnet, kommt Nebel heraus. Der Nebel formt sich zu einer Gestalt, und die Gestalt spricht: Ich bin der kleine Flaschengeist. Ich kann dir einen Wunsch erfüllen. Prima, sagt der Mann. Bau mir eine Autobahn von Offenbach nach New York.«

Dagmar stoppte an einer roten Ampel. »Ein ziemlich dämlicher Wunsch.«

»Du machst die ganze Pointe kaputt.«

»Sorry.«

»Der Flaschengeist zuckt mit den Schultern und sagt: Bedenke, lieber Mensch: Ich bin nur ein *kleiner* Flaschengeist. Ich kann nicht jeden Wunsch erfüllen.«

Die Ampel sprang auf Grün. Dagmar fuhr los.

»Gut, sagt der Mann. Ich überlege mir einen anderen

Wunsch. Er überlegt eine Weile. Ich hab's! ruft er. Mach, daß ich die Frauen verstehe. Der kleine Geist wird blaß. Dann fragt er: Willst du die Autobahn sechsspurig oder achtspurig?«

Dagmar lachte. Sie bog in den Hof des Vierten Reviers ein. »Jetzt weiß ich endlich, warum die hier eine Straße nach der anderen bauen.«

Klaus angelte seine Uniformmütze vom Rücksitz. »Ich bin fünfzehn Jahre lang mit Uli zusammen Streife gefahren. Man gewöhnt sich verdammt dran.« Er meldete sich am Funk ab und stieg aus.

Dagmar fuhr den Streifenwagen in die Garage. Klaus wartete vor dem Hintereingang zum Revier auf sie. »Deine Vorgängerin wäre im Leben nicht auf die Idee gekommen, auf der Fahrerseite in einen Streifenwagen einzusteigen.«

»Heißt das, du könntest dich eventuell an mich gewöhnen?«

»Wenn du mir die Frauenbeauftragte vom Hals hältst.«

Dagmar hielt ihm die Tür auf. »Bitte sehr! Notfalls kann ich dich auch allein im Wald verscharren.«

Klaus grinste. »Daran hege ich nicht den geringsten Zweifel.«

13

Als Hedi Vivienne Mitte Februar besuchte, war das Wohnzimmer ihrer Freundin bis auf das Josef-Danhauser-Sofa, den Couchtisch und die beiden Palmen leer.

»Wo sind deine Möbel?« Hedis Stimme hallte an den Wänden wider.

»Verkauft. Setz dich. Ich koche Tee. Oder willst du lieber Kaffee?«

»Stört dich diese schreckliche Leere denn nicht?«

Vivienne zuckte mit den Schultern. »Es macht den Raum erhaben und lenkt die Blicke der Besucher unmittelbar zur kunstvoll gestalteten Decke. Im Ernst: Ich warte täglich auf die Anlieferung der bestellten Jugendstilmöbel.«

»Du bist dünn geworden.«

Vivienne strich über ihren mit Kristallsteinchen besetzten Stretchrock. »Ich mache gerade die ultimative Eierdiät mit Abnehm-Garantie. Empfohlen von Professor Dr. Dr. Schramm.«

»Aber du bist gertenschlank!«

»Das ist Definitionssache, meine Liebe. Möchtest du nun einen Tee oder...?«

»Ja.«

Vivienne verschwand in der Küche. Hedi stellte ihre Korbtasche neben das Sofa, zog ihre Jacke aus und setzte sich. Auf dem Tisch lag die neueste *Annabella*. Hedi blätterte darin herum. Auf den Seiten mit den *Shopping News* blieb ihr Blick an einem grellroten Plastikband hängen. Es lag in einer mit Samt ausgeschlagenen schwarzen Schachtel.

Vivienne brachte ein Tablett mit Teegeschirr herein. »Na? Studierst du etwa Modetrends?«

»Ich glaub's nicht: Die bieten tatsächlich Designer-Hundehalsbänder an! *Auf Wunsch mit farblich abgestimmtem Kauknochen de Luxe. Damit auch bei Ihrem geliebten Vierbeiner das Lifestyle-Feeling stimmt.* Das ist doch pervers, oder?«

Vivienne stellte Hedi ein roséfarbenes Teeschälchen hin. »Nö. Lifestyle auf den Hund gekommen.«

»Ich habe mal einen Grünkern-Gemüseauflauf nachgekocht, der in der *Annabella* als Rezept des Monats angepriesen wurde«, sagte Hedi. »Meine Familie trat geschlossen in den Hungerstreik.«

»Deine Lieben wissen eben nicht, was gut ist.«

»Ich mußte anschließend drei Tage lang mikrowellengewärmte Körnerpampe runterwürgen. Ein kulinarischer Hochgenuß war das nicht.«

Vivienne goß Tee ein. »Warum hast du das Zeug nicht in den Müll geworfen?«

»Weil man das mit Lebensmitteln nicht tut!«

»Du redest wie eine Trümmermutti in der Nachkriegszeit. Außerdem gibt's viel bessere Tips in der *Annabella* als dösige Aufläufe.«

Hedi seufzte. »Alles, was *ich* bislang ausprobiert habe, ging daneben.«

»Du solltest statt der Koch- und Häkelseiten lieber die Mode- und Kreativtips lesen.«

»Die funktionieren auch nicht.«

Vivienne betrachtete schmunzelnd Hedis verwaschene Jeans und ihren schlabbrigen Wollpullover. »Du willst mir doch nicht weismachen, daß du jemals etwas anderes angezogen hast.«

»Drunter schon. Zur Bereicherung des ehelichen Sexuallebens. So stand es jedenfalls in der Rubrik *Highlife*.«

»Und?«

»Klaus hat gelacht.«

»Gott, was hast du für einen phantasielosen Mann.«

»Der ist schon in Ordnung.«

»Er geht dir nur tierisch auf den Geist. Genau wie deine Kinder, die Leute im Krankenhaus und deine Tante Juliette.«

»Tante Juliette nicht!«

»Verstehe. Also nur dein Mann, die Kinder und die Leute im Krankenhaus.« Vivienne nahm ihr die Zeitschrift aus der Hand und schlug die Heftmitte auf. »Das hier ist viel interessanter als irgendwelche Knochen oder Aufläufe.«

»*Ultimative Flirt-Spots*«, las Hedi. »*Wo Sie garantiert Ihren Traummann treffen.* Wozu brauchst du das? Ich dachte, du hast René?«

»René ist passé.«

»Aber wie...«

»Vergiß ihn.«

»Ich kannte ihn gar nicht.«

»Um so besser.« Vivienne lächelte. »*Gourmettempel. Bestes Timing: Freitagabends, samstags. Einstiegstalk: Welche Beilagen würden Sie zu Sushi empfehlen? Inlandsflüge. Hohe Männerdichte! Businessmänner starten relaxed ins Weekend. Ich versteh' einfach nicht, wie ich mit meinem Handy SMS-Meldungen verschicke. Skilift. Bis zum Gletscher Flirttime ohne Entkommen.* Genial, oder?«

»Tut mir leid, aber Männer, die auf so was reinfallen, halte ich für ziemlich blöd.«

Vivienne zuckte mit den Schultern. »Wer zwingt mich, sie länger als eine Nacht zu ertragen?«

Hedi nahm ihr die Zeitschrift weg und legte sie auf den Tisch. »Mal ehrlich: Hast *du* René verlassen oder er dich?«

»Was tut das jetzt zur Sache?«

»Es ist keine drei Wochen her, da hast du behauptet, daß du ihn liebst. Du bist rappeldürr und siehst aus wie ein Gespenst. Und da soll ich dir glauben, daß ...«

»Liebe ist Verzicht auf Widerstand, und Widerstand ist das Grundprinzip des Geistes. Deshalb vertragen sich Liebe und Geist so schlecht. Im übrigen gibt es nur wenige Männer, für die die Liebe das Höchste in der Welt ist, und die wenigen sind bestimmt nicht die interessantesten.«

»Neulich hast du das aber anders formuliert.«

»Wie denn?«

»Daß du die Liebe für die Entfaltung deines Talents brauchst oder so ähnlich.«

»Um jede Nuance meines Talents gleichermaßen zu entfalten, muß ich mich hin und wieder in einen anderen verlieben.«

»Wenn du meinst.«

Vivienne schenkte Hedi Tee nach. »Du solltest *Das Wahnsinnsweib* lesen. Dann gingen dir endlich die Augen auf, wieviel Spaß frau heutzutage mit den Männern haben kann.«

Hedi kramte in ihrer Tasche. »Die Augen sind mir nicht aufgegangen, sondern zugefallen. Und zwar exakt auf Seite dreiundsechzig.« Sie legte Verena Kinds Roman neben die *Annabella* auf den Tisch. »Ich kapiere bei Gott nicht, was an Sebastiane Schnöttenknöder emanzipiert sein soll. Allein der Name ist eine Disqualifizierung.«

»Sie läßt die Männer nach ihrer Pfeife tanzen, sie nimmt sich, was sie will, und sie schert sich nicht im geringsten um Anstand und Konventionen.«

»Sie hat einen derart aufregenden Beruf, daß die Autorin kaum vier Sätze darüber verliert, was sie den Tag über Wichtiges tut, außer perfekt gestylt durch diverse Büros zu rennen und in der alles entscheidenden, nicht näher bezeichneten Konferenz ein bahnbrechendes Konzept zu präsentieren, das so geheim ist, daß sein Inhalt selbst interessierten Lesern verschwiegen werden muß. Gleichzeitig ist es so brisant, daß sich sofort eine Horde hinterhältiger, dickbäuchiger und karrieregeiler Kerle darüber hermacht, die es nicht verknusen können, daß eine Frau schlauer ist als sie. Doch Sebastiane Schnöttenknöder wäre nicht Sebastiane Schnöttenknöder, wenn sie nicht wüßte, wie man es den aufgeblasenen Typen heimzahlt: Zur Strafe vögelt sie einen nach dem anderen auf ihrem Designer-Schreibtisch durch und serviert sie anschließend eiskalt ab. Immerhin gilt es, sich für jahrhundertelanges Patriarchat zu rächen.«

Vivienne prustete los. »Du hättest Rezensentin werden sollen.«

»Selbstverständlich sieht unsere emanzipierte Heldin mit Mitte Dreißig aus wie eine pfirsichhäutige Circe und bewohnt einen stilsicher eingerichteten Zweihundert-Quadratmeter-Loft, in dem sie tage- und nächtelang darüber grübelt, wie sie den einen und wahren findet, der sich am Ende als der dickbäuchigste unter den karrieregeilen Kerlen entpuppt. Während Sebastiane Schnöttenknöder nach dem ganzen Streß auf einer Südseeinsel relaxt, sieht er ein, daß er ein frauenhassender Oberfiesling ist, schwitzt sich morgens im Fitness-Center ruck zuck den Bauch weg und abends in der Selbsthilfegruppe reuevoll die schlechten Manieren. Als das Wahnsinnsweib endlich sonnengebräunt heimkehrt, empfängt der muskelgestählte, einfühlsame Traumprinz sie mit einem Arm voller Rosen und dem Versprechen, nicht mal mehr schlecht über Frauen zu *denken*. Dafür schenkt sie ihm neun Monate später ein pfirsichhäutiges Wunschkind, und selbst wenn sie gestorben sind, leben sie im nächsten Roman weiter.«

»Du hast die Geschichte also doch zu Ende gelesen«, sagte Vivienne schmunzelnd.

»Wäre Verena Kind hundert Jahre früher geboren, hätte sie Hedwig Courths-Mahler geheißen.«

»Also, das geht jetzt doch zu weit!«

Hedi lehnte sich auf dem Sofa zurück. »Entschuldige, das mußte einfach mal raus. Auch wenn ich damit deine Lieblingsautorin tödlich beleidigt haben sollte.«

»Verena Kind ist nicht meine Lieblingsautorin, aber sie hat eine witzige Schreibe. Ich habe mich beim Lesen jedenfalls königlich amüsiert. Und ein paar kleine Rachegelüste gegenüber dem starken Geschlecht tun manchmal ganz gut, oder?«

Hedi deutete auf die Titelschönheit der *Annabella*. »Ich kann diese toughen Superweiber langsam nicht mehr sehen, die uns von den Medien und der Werbeindustrie auf Schritt und Tritt präsentiert werden. Kinder und Karriere? Klar! Mutter und Model? *No problem!* Alles nur eine Frage der Organisation! Zehn Minütchen für die tägliche Po- und Busengymnastik, ein Viertelstündchen für die Haarpflege, ein bißchen Joggen und Kalorienzählen, abends zwei Überstündchen zwecks Karriereplanung, anschließend schnell die frischesten Lebensmittel eingekauft, um den Lieben daheim ein gesundes Mahl zu bereiten. Zwischendurch ein Pläuschchen mit der besten Freundin und ein pädagogisch wertvolles Gespräch mit dem Nachwuchs. Nach dem Abendessen übt frau sich in der neuesten, wissenschaftlich geprüften Streittechnik mit ihrem Ehemann respektive Lebensabschnittsgefährten, bevor sie sich in ein aufregendes Nachtleben stürzt, um sich andertags frisch und ausgeruht in ihrem verantwortungsvollen Job sechs Beine auszureißen.«

Vivienne hielt sich den Bauch vor Lachen. »Ich wußte gar nicht, daß du so leidenschaftliche Plädoyers halten kannst.«

»Ich habe diese verdammten Heucheleien satt, Herrgott noch mal!«

Vivienne wischte sich die Tränen aus den Augen. »Weißt du was? Ich auch.« Sie stand auf und warf die *Annabella* in den Müll. »Zufrieden, Hedwig Courths-Winterfeldt?«

»Nenn mich nicht so!«

»Wer austeilt, muß auch einstecken können, oder?«

»Tut mir leid. Ich wollte dich nicht kränken.«

»Sehe ich etwa aus, als sei ich gekränkt?«

Hedi zeigte auf den Papierkorb. »Na ja, irgendwo ist das schon deine Welt, oder?«

Vivienne schüttelte energisch den Kopf. »Die Farben auf der Leinwand: *Die* sind meine Welt. Die Malerei nötigt mich auf die beste Weise, das Maß zu erkennen, nach dem und zu dem mein Innerstes gebildet ist. Alles andere ist bloß Beiwerk.« Sie lächelte. »Das heißt aber nicht, daß man das Beiwerk nicht appetitlich gestalten könnte. Noch etwas Tee?«

Anfang März nahm Hedi sich einen Tag frei und fuhr zu ihrer Tante in den Odenwald. Vom Schnee waren nur noch harschige Reste geblieben, und das reißende Wasser des Mühlbachs spritzte bis auf die alte Brücke hinauf. Auf der Wiese vor der Eichmühle blühten Hunderte von blauen und gelben Krokussen.

Juliette war im Garten zugange. Sie hatte eine bunte Kittelschürze an und winkte Hedi zu sich. Ihr runzeliges Gesicht war grau, und in ihren Augen fehlte das vergnügte Funkeln. Hedi erschrak, als sie sie sah. Sie streckte ihr beide Hände entgegen. »Hallo, Tante Juliette.«

»Hedilein! Wie ich mich freue, daß du mich besuchst.«

»Ich freue mich auch, Tante.« Hedi schämte sich, daß sie es nicht geschafft hatte, früher hinauszufahren. Und daß sie immer noch nicht mit dem *Prinzeßchen* über Juliettes

Zukunft gesprochen hatte. Alle Schönfärberei nutzte nichts: Juliette wurde bald achtundachtzig, und es war unverantwortlich, sie länger allein hier draußen wohnen zu lassen. Aber was sollte sie tun? Freiwillig würde ihre Tante niemals aus der Eichmühle weggehen.

»Was schaust du denn so?« fragte Juliette lächelnd.

Hedi küßte sie auf die Stirn. »Du siehst müde aus.«

»Du auch, Kind.«

»Im Krankenhaus haben sie immer noch keinen Ersatz für die Kollegin gefunden, die letzten Monat gekündigt hat. Es war schwierig für mich, überhaupt einen Tag freizubekommen.«

Juliette griff nach ihrem Stock, der am Gartenzaun lehnte. »Wohnt die schwangere Freundin deines Sohns noch bei euch?«

Hedi nickte. »Ende des Monats ist es soweit. Ich habe keine Ahnung, wo ich in unserer Wohnung ein Baby unterbringen soll. Die Kinder müssen morgens ausgeruht in die Schule und Klaus und ich nach dem Nachtdienst auch irgendwann schlafen.«

»Das wird schon. Wirst sehen.« Juliette deutete mit dem Stock auf die verwitterte Bank neben dem Hauseingang. »Wollen wir uns ein bißchen in die Sonne setzen?«

»Wenn es dir nicht zu kalt ist.«

»Ach, woher.« Juliette hakte sich bei Hedi unter. Langsam gingen sie vom Garten zum Haus. Mit einem Seufzer ließ sich Juliette auf der Bank nieder. »Deine alte Tante spürt das Wetter in den Knien, Hedilein.«

Hedi setzte sich neben sie. Auf dem bemoosten Schindeldach über ihnen sang eine Amsel. In den Steintrögen neben der Haustür blühten Primeln und Vergißmeinnicht. »Es ist herrlich hier draußen.«

»Wenn die Sonne scheint«, sagte Juliette.

Hedi nahm ihre Hände. »Als Kind war es das Allerschönste

für mich, bei dir in der Eichmühle die Sommerferien verbringen zu dürfen.«

Juliette lächelte. »Du hast es gehaßt, Johannisbeeren zu pflücken.«

»Man bekam schwarze Hände davon. Außerdem wurde der Topf nie voll.«

»Das Gelee hast du pur gegessen.«

»Da war ja auch genügend Zucker dran.«

»Ich glaube, ich werde den Sommer nicht mehr erleben.«

Hedi ließ ihre Hände los. »Du redest Unsinn.«

Juliette schüttelte den Kopf. »Alte Leute spüren so was, Hedilein. Was wirst du mit meiner Mühle machen? Abreißen?«

»Tante Juliette!« Hedi spürte, wie ihr Hals eng wurde.

»Oder verkaufen?«

»Weder noch.«

»Sondern?«

»Ich bin davon überzeugt, daß ich noch jahrelang Zeit habe, mir darüber den Kopf zu zerbrechen.«

»Versprichst du mir etwas?«

»Was denn?«

»Bevor sie den Sarg zunageln, leg mir bitte das Bild rein, das im Wohnzimmer über dem Kamin hängt. Als kleine Erinnerung.«

Hedi sah angestrengt zur Scheune hinüber. Zwei Hühner scharrten gackernd in der Erde.

»Und mein Haar würde ich gern offen tragen. Die Nadeln drücken immer so.«

»Ach, Tante. Ich...«

Juliette erhob sich mühsam von der Bank. »Ich habe mit Elli zusammen Forellen geräuchert. Magst du welche?«

»Gern.«

»Äpfel habe ich auch noch für dich. Und eingeweckte Kirschen und Socken für deinen Mann und die Kinder.«

»Das ist lieb von dir. Danke.«

Juliette hielt sich am Rosengitter neben dem Eingang fest. »Zum Pulloverstricken hatte ich diesen Winter leider keine Zeit.«

Hedi nahm Juliettes Arm. »Der nächste Winter kommt bestimmt.« Es fiel ihr schwer, dabei zu lächeln.

Juliette schloß die Haustür auf. »Hoffentlich nicht allzubald. Meine Kartoffeln und Möhren will ich vorher noch ernten.« Sie zwinkerte Hedi zu. »Ich habe einen Napfkuchen gebacken. Den hast du als Kind doch immer so gemocht.«

Als sie später am Kamin im Wohnzimmer saßen, war Juliette wieder ganz die alte. Sie erzählte voller Begeisterung von den Plänen, die Ellis Sohn Uwe mit der alten Gärtnerei hatte, und daß sie dieses Jahr ein Beet mit rotgelb gestreiften Tomaten anlegen würde. Vom Sterben war keine Rede mehr.

Zwei Obststiegen vor sich her balancierend, schloß Hedi abends die Wohnungstür auf. Sie tastete nach dem Lichtschalter und stolperte über ein Paar Schuhe, das mitten im Flur lag. Eine ganze Lage Äpfel polterte zu Boden und rollte unter den Garderobenschrank.

»Dominique! Sascha! Könnt ihr, verdammt noch mal, eure Schuhe wegstellen?« Hedi setzte die Stiegen ab und suchte die Äpfel zusammen. Es war merkwürdig still in der Wohnung. Sie schaute in allen Zimmern nach; es war niemand zu Hause. Aus den herumliegenden Essensresten in der Küche schloß sie, daß sich ihre Familie von Hamburgern und Pommes frites ernährt hatte. Anscheinend war auch Ralf zu Besuch gewesen. Zumindest legten leere Bierflaschen und ein voller Aschenbecher die Vermutung nahe.

Hedi klappte eine aufgeschäumte Plastikschale auseinander und betrachtete nachdenklich einen zusammengefallenen

BigMac. Sie konnte sich an kein Ereignis erinnern, das ihre Tochter oder ihren Sohn jemals dazu gebracht hätte, einen BigMac kalt werden zu lassen. Corinnas Baby! Sie ließ die Schachtel fallen, rannte in den Flur und rief auf der Entbindungsstation des Stadtkrankenhauses an.

Der Arzt gratulierte ihr zu einer strammen Enkelin. »Ein bißchen holterdiepolter ging's ja schon, aber Mutter und Kind sind wohlauf. Ich wußte gar nicht, daß Sie schon Oma werden, Schwester Hedi!«

»Werde ich auch nicht.« Hedi legte auf, bevor er etwas erwidern konnte. Sie stieg über Juliettes Obstkisten, zog den Schlüssel ab und warf die Wohnungstür hinter sich zu.

Corinna war erschöpft, aber glücklich. Dominique saß mit unbeteiligter Miene in einer Zimmerecke, Sascha hatte vor Aufregung rote Ohren. »Natascha ist das schönste Kind, das ich je gesehen habe!«

»Und gut zwei Wochen zu früh dran«, sagte Klaus. Er sah aus, als habe er das Baby höchstpersönlich zur Welt gebracht. »Der Taxifahrer hatte an jeder roten Ampel Angst, daß es losgehen könnte.«

»Du auch, Paps«, sagte Dominique.

Hedi deutete grinsend auf Klaus' Füße, die in ausgelatschten Filzpantoffeln steckten. »Es muß ja arg pressiert haben, wenn du nicht mal Zeit hattest, andere Schuhe anzuziehen.«

»Es gab Wichtigeres zu tun!« sagte Klaus beleidigt. Alle lachten.

Die Tür ging auf, und eine etwa vierzigjährige Frau kam herein. Sie hatte rotes Haar und erinnerte Hedi ein bißchen an Brigitte.

»Mama!« rief Corinna überrascht. »Was...«

»Ach, mein Mädchen! Es tut mir ja alles so leid.« Weinend schloß sie Corinna in die Arme. Hedi gab ihrer Familie ein

Zeichen. Klaus und Dominique standen auf; Sascha schüttelte trotzig den Kopf.

»Wir kommen dich morgen wieder besuchen«, sagte Hedi.

Corinna befreite sich aus der mütterlichen Umarmung. »Danke für alles, Frau Winterfeldt. Und Ihnen auch, Herr Winterfeldt.«

»Schon gut«, murmelte Klaus verlegen.

Sascha küßte Corinna zärtlich auf die Stirn. »Ich komme nachher noch mal vorbei, ja?«

Corinnas Mutter gab Hedi und Klaus die Hand. »Ich hoffe, meine Tochter hat Ihnen nicht zu viele Umstände gemacht. Ich hätte sie längst heimgeholt, aber mein Mann... Na ja, Sie wissen schon.«

Am nächsten Tag verbrachte Hedi einen Großteil ihrer Arbeitszeit mit dem Beantworten neugieriger Fragen. Sascha stritt sich mit Corinna, weil sie das Baby nicht Natascha, sondern Iris-Angelika nennen wollte. Nachmittags kamen der stolze Großvater, Tanten, Onkel, Nichten und Neffen zu Besuch, abends fand sich Corinnas Exfreund mit einem Strauß gelber Rosen und einem rosa Teddybären am Wochenbett ein.

Einen Tag nach ihrer Entlassung aus dem Krankenhaus holte Corinna ihre Sachen aus Saschas Zimmer ab, und Hedi sah ihren Sohn seit dem Ende seiner Grundschulzeit zum ersten Mal weinen.

14

Der fünfte April war ein warmer, sonniger Frühlingstag. Hedi hatte Frühdienst, und als sie mittags nach Hause ging, nickte sie der *Lächelnden Frau* gutgelaunt zu.

Am Morgen hatte Brigitte angerufen und sich für ihre falsche Verdächtigung entschuldigt. Eine der Putzfrauen hatte am Silvestermorgen ein Gespräch zwischen ihr und Dr. Bechstein belauscht und sich den Rest offenbar zusammen gereimt, als er auf ihre versteckten Andeutungen gereizt reagierte.

»Ich verstehe wirklich nicht, warum Thorsten mir das nicht früher gesagt hat. Er wußte doch, daß ich dir die Schuld gab.«

»Vergiß es«, sagte Hedi. Sie redeten übers Wetter, über ihre Kinder und Brigittes neuen Arbeitsplatz, aber das Gefühl früherer Vertrautheit wollte sich nicht mehr einstellen. Trotzdem versprach Hedi, Brigitte auf jeden Fall zu besuchen, wenn sie irgendwann einmal in München sein sollte. Sie hatte den Eindruck, daß ihre ehemalige Kollegin nicht sehr glücklich war, aber da sie von sich aus nichts sagte, fragte sie auch nicht nach.

Als Hedi nach Hause kam, war Klaus schon zum Spätdienst gegangen. Die Kinder waren unterwegs, die Wohnung geputzt, die Wäsche gewaschen und bis auf Klaus' Uniformhemden gebügelt. Sie hatte das Bedürfnis, mit jemandem zu reden, und beschloß spontan, Vivienne zu besuchen.

Es dauerte eine ganze Weile, bis die Tür geöffnet wurde. Vivienne trug einen farbverschmierten Malerkittel und hatte ihr Haar mit Clipsen zusammengesteckt. »Du?« fragte sie entgeistert.

Hedi wurde rot. »Hast du jemand anderen erwartet?«

»Ich habe niemanden erwartet.«

»Entschuldige. Wenn ich ungelegen komme...«

»Ach was.«

»Du siehst aus, als stecktest du mitten in der Arbeit.«

Vivienne zwinkerte ihr zu. »Alles nur Tarnung, meine Liebe.« Sie lupfte ihren Kittel. Darunter trug sie ein gelbes Seidennachthemd.

Lachend folgte Hedi ihr in den Salon. Die neuen Möbel waren immer noch nicht eingetroffen. Vivienne ging in die Küche. Hedi sah aus dem Fenster. Jenseits der Straße schimmerte der Main zwischen den kahlen Bäumen hindurch. Vivienne kam mit einer Kanne Tee, einer Zuckerdose und zwei angeschlagenen, weißen Kaffeetassen herein. »Stell dir vor: Ich muß aus der Wohnung raus. Mein Vermieter hat Eigenbedarf angemeldet.«

Hedi setzte sich. »Hast du denn keinen Kündigungsschutz?«

»Mein Zeitmietvertrag endet am 15. Mai. Ich war sicher, daß er verlängert werden würde.«

»Aber bis dahin hast du doch bestimmt was Neues gefunden. Wohnraum der gehobenen Klasse für eine alleinstehende, kinderlose und noch dazu vermögende Künstlerin: Du bist der Traum eines jeden Vermieters!«

»Na ja...«

»Was ist mit deinem neuen Freund?«

»Was soll mit ihm sein?«

»Kannst du nicht bei ihm unterkommen, bis du eine passende Bleibe gefunden hast?«

»Nein.«

»Und warum nicht?«

»Weil ich beim Malen keinen Mann gebrauchen kann! Außerdem hat er nicht genug Platz für meine Möbel.«

Hedi sah sich verblüfft in dem fast leeren Raum um. »Aber es sind doch kaum noch welche da.«

Vivienne goß Tee ein. »Mein Antiquitätenhändler ist ein Depp.«

Hedi griff nach der Zuckerdose. »Du solltest ihm dankbar sein. Wenn du wirklich hier rausmußt, kann er gleich an deine neue Anschrift liefern.« Sie deutete lächelnd auf die Kaffeetassen. »Stilbruch, oder?«

Vivienne seufzte.

Hedis Blick wanderte von den Tassen zu Viviennes bekleckertem Kittel. »Langsam fange ich an, mich bei dir heimisch zu fühlen.«

Als Klaus zum Spätdienst kam, hatte er nicht einmal Zeit, einen Blick in die Zeitung zu werfen.

»Ihr müßt mal in die Bahnhofstraße fahren«, sagte Michael und gab ihm einen Zettel. »Die Dame hier hat soeben mitgeteilt, daß sie ihren Nachbarn seit Wochen nicht mehr gesehen hat. Und daß es im Treppenhaus merkwürdig riecht.«

Klaus studierte den Zettel. »Hartmut Möbius, siebzehn geboren, mhm. Vielleicht wäre es besser, wenn ich mit Stampe...«

»Nein. Da muß sie durch.«

Dagmar kam herein. »Wer muß wo durch?«

Klaus deutete lächelnd auf die umgekrempelten Manschetten ihres Uniformhemds. »Du solltest die Dinger das nächste Mal eine Nummer kleiner bestellen.«

»Entweder passen die Ärmel oder der Rest. Haben wir schon einen Auftrag?«

Klaus nickte. »Und wenn meine Ahnung mich nicht trügt, keinen besonders angenehmen.«

Dagmar nahm die Autoschlüssel vom Bord. »Das heißt?«

»Dein Streifenkollege befürchtet, du könntest angesichts einer modrigen Leiche aus den Latschen fallen«, sagte Michael grinsend.

»Blödmann!« sagte Klaus.

»Wohin?« fragte Dagmar, als sie aus dem Hof fuhr.

»Bahnhofstraße. Also, nicht daß du jetzt denkst...«

»Was?«

»Wenn der tatsächlich seit Wochen tot in seiner Wohnung liegt, ist es kein besonders schöner Anblick. Und der Geruch... nun ja.«

»Das wolltest du mir ersparen.«

»Mhm.«

Sie warf ihm einen wütenden Blick zu. »Du traust mir gar nichts zu, oder?«

»Äh... Zur Bahnhofstraße geht's links.«

»Ich weiß, wo der Bahnhof ist!«

»Aber...«

Dagmar gab Gas und fuhr geradeaus. »Hast du nicht behauptet, daß du für unbedingte Gleichberechtigung bist?«

»Bitte entschuldige, aber...«

»Ein für allemal: Ich bin nicht Kollegin Schmidt! Ich will keine Extrawürste gebraten haben, verdammt noch mal!«

»Ich wußte gar nicht, daß du fluchen kannst.«

»Du wirst dich wundern, was ich noch alles kann! Da vorn ist der Bahnhof. Welche Hausnummer war's gleich?«

Klaus grinste. »Ich versuche, dir seit fünf Minuten mitzuteilen, daß sich der Bahnhof in der Bismarckstraße befindet.«

»Das ist doch...!«

»Offenbach, wie es leibt und lebt: Wir haben eine Bahnhofstraße ohne Bahnhof und eine Domstraße ohne Dom. Die nächste links, bitte.«

Dagmar bog mit quietschenden Reifen ab. »Ich weiß, warum ich in Frankfurt wohne.«

Klaus hielt sich am Türgriff fest. »He! Der Möbius ist vermutlich schon seit Wochen tot. Du kannst also ruhig langsam fahren.«

Die Nachbarin von Hartmut Möbius hieß Johanna Schäffler. Die 79jährige war so durcheinander, daß Klaus erst einmal ausgiebig ihre Kakteensammlung bewunderte, bevor er die Sprache auf Möbius brachte.

Sie deutete auf ein mit gehäkelten Schonbezügen behängtes Sofa. »Aber nehmen Sie doch bitte Platz. Wollen Sie etwas trinken?«

»Nein. Vielen Dank«, sagte Klaus. Dagmar schüttelte stumm den Kopf.

Johanna Schäffler setzte sich in einen abgewetzten grünen Ohrensessel. Nervös rieb sie ihre Hände an den Polstern. »Als ich gestern von einem Besuch bei meinen Kindern zurückkam, da war der Rolladen im Schlafzimmer von Herrn Möbius heruntergelassen. Und das ist er sonst um diese Uhrzeit nie!«

Sie erzählte, daß sie ihren Nachbarn zuletzt vor ihrer Abreise im Treppenhaus gesehen habe. »Das war vor zwei Wochen, und er sah sehr blaß und krank aus. Wissen Sie, seit dem Tod seiner Frau läßt er keinen Menschen mehr in die Wohnung. Er spricht kaum noch und lebt sehr zurückgezogen. Aber er hat seine festen Gewohnheiten: Den Rolladen im Schlafzimmer läßt er nie vor sieben Uhr abends herunter. Nie! Und ich kam gestern gegen halb fünf zurück, und er war unten. Und heute den ganzen Tag über auch. Da stimmt was nicht! Wenn ich mir vorstelle, so allein in der Wohnung... Vielleicht ist er hingefallen. Lieber Gott! Ich bin doch auch bald achtzig.«

»Sie erwähnten einen Geruch im Treppenhaus«, sagte Klaus.

»O ja! Herr Möbius ist... Wie soll ich sagen? Nun, seit dem Tod seiner Frau... Er hat die Wohnung mit irgendwelchen Sachen vollgestopft, und er lüftet nicht, wenn Sie verstehen, was ich meine. Sobald er aus der Tür geht, riecht man es im Treppenhaus. Und gestern und heute... Also, da war nichts.«

Klaus stand auf. »Wir werden sofort nach dem Rechten sehen, ja?«

»Geben Sie mir Bescheid, wenn...?« In ihren Augen standen Tränen.

Klaus gab ihr die Hand. »Aber sicher, Frau Schäffler.«

Er ging mit Dagmar einen Stock tiefer. Sie klingelten und klopften gegen Hartmut Möbius' Wohnungstür, aber es rührte sich nichts.

»Herr Möbius!« rief Dagmar. »Hier ist die Polizei! Bitte öffnen Sie!«

»Sonst müssen wir die Tür aufbrechen!« fügte Klaus hinzu.

Sie hörten schlurfende Schritte, dann drehte sich ein Schlüssel im Schloß. Die Tür ging einen Spaltbreit auf. Klaus sah in ein faltiges Gesicht und argwöhnische graue Augen. Ein Schwall übelriechender Luft wehte ihm ins Gesicht. »Herr Möbius?«

»Wer sonst!«

Durch den Türspalt konnte Dagmar sehen, daß er einen hellblauen, fleckigen Pyjama trug. »Entschuldigen Sie die Störung, aber man hat sich Sorgen um Sie gemacht.«

»Ach?« sagte er sarkastisch. »Hat man?«

»Ihr Rolladen war den ganzen Tag heruntergelassen und...«

»Muß ich mich jetzt etwa dafür rechtfertigen, daß der verdammte Gurt gerissen ist?«

»Nein. Aber Ihre Nachbarin dachte ...«

»Die bekloppte Schäffler soll mich in Ruhe lassen! Ich will ihre verdammten Hefeklöße nicht essen, und ich hasse frische Brötchen morgens vor meiner Wohnungstür. Und zum Putzen kommt die neugierige Ziege hier schon gar nicht rein. Sagen Sie ihr das!«

Ohne ein weiteres Wort knallte er die Tür zu.

Klaus hatte Mühe, sich das Lachen zu verkneifen. »Ans Sterben denkt der jedenfalls nicht. Wenn du willst, kannst du Frau Schäffler seine Nachricht übermitteln. Sag's ihr aber so, daß sie sich ein bißchen darüber freuen kann. Ich gebe Michael derweil Entwarnung.«

Dagmar nickte und verschwand nach oben. Als sie zum Streifenwagen zurückkam, nahm Klaus gerade eine Meldung entgegen. »Heute ist der Wurm drin. Verkehrsunfall mit Personenschaden in der Buchhügelallee.« Dagmar fuhr los. Klaus schaltete Blaulicht und Martinshorn ein. »Jetzt darfst du mal so richtig drauftreten, Kollegin!«

Es war spät, als sie zur Dienststelle zurückkamen. Klaus fischte seine Mütze vom Rücksitz und roch genüßlich an der Tüte mit den Döner Kebaps, die sie auf dem Rückweg besorgt hatten. »Ich habe Hunger wie ein Bär.«

Dagmar lachte. »Ich auch.«

Als sie über den Hof gingen, gab er ihr die Tüte. »Du darfst schon mal auspacken. Ich sage Michael Bescheid, daß wir da sind.«

Gemeinsam mit Klaus betrat ein bebrillter Mittfünfziger die Wache. Er hatte eine Halbglatze und hielt einen Aktenkoffer in der Hand. »Guten Tag. Dr. Türmann mein Name. Ich möchte Strafanzeige erstatten.«

Michael sah Klaus an. Der seufzte leise und bat Dr. Türmann, ihm ins Vernehmungszimmer zu folgen.

»Sieh an: Die Polizei hat schon Computer«, sagte Dr. Türmann und setzte sich.

Klaus gab sein Paßwort ein, um den Bildschirmschoner auszuschalten. *Sorry*, erschien auf dem Monitor. *Sie haben keine Berechtigung.* Er griff zum Telefon und wählte die Nummer der Wache. »Wer war zuletzt im Vernehmungsraum? Hans-Jürgen? Sag ihm, er soll herkommen und den dämlichen... Wie? Rausgefahren? Verd...!« Klaus knallte den Hörer auf.

»Komplizierte Technik, was?« sagte Dr. Türmann.

Der Mensch ging Klaus auf die Nerven. »Wen wollen Sie anzeigen?«

»Sollten Sie nicht lieber erst einmal Ihren Computer in Ordnung bringen, ehe ich Ihnen meinen Anzeigentext diktiere, Herr Wachtmeister?«

»Das überlassen Sie bitte mir, Herr Türmann. Also? Um was geht's?«

Dr. Türmann öffnete seinen Aktenkoffer und zog ein Bündel Papiere heraus. »Da muß ich etwas weiter ausholen, weil... Die Sache ist kompliziert.«

Klaus dachte an Dagmar und den Döner Kebap. Sein Magen knurrte.

Dr. Türmann blätterte in den Papieren. »Ja, also, es war so, daß ich meine Gattin vorgestern beauftragte, für mich im Postamt am Aliceplatz eine Büchersendung aufzugeben. Da die diensttuende Schalterbeamtin meiner Gattin einzureden versuchte, das Porto betrage zwei Mark fünfzig, obwohl ich ihr ausdrücklich erklärt hatte, daß nicht mehr als eine Mark fünfzig zu zahlen sei, kehrte meine Gattin unverrichteter Dinge wieder nach Hause zurück.«

»Könnten Sie mir kurz sagen, wen Sie aus welchem Grund anzeigen wollen?« fragte Klaus in bemüht sachlichem Ton.

»Nun seien Sie nicht so ungeduldig!« entgegnete Dr. Türmann. Es klang, als redete er mit einem Kind, das das Ende der Gutenachtgeschichte nicht abwarten konnte.

Klaus drückte auf die *Return*-Taste. *Sorry. Sie haben keine Berechtigung.* »Wie ging's also weiter?«

Dr. Türmann erklärte, daß er am Vortag persönlich mit besagter Büchersendung zur Post gegangen und auf dieselbe Postbeamtin getroffen sei, die nach wie vor stur und unbelehrbar die unzutreffende Ansicht vertreten habe, die einzuliefernde Sendung sei auf zwei Mark fünfzig zu veranschlagen. Er holte ein Postgebührenheft aus seinem Aktenkoffer und las Klaus eine Passage vor, die seine Auffassung von der Frankierung einer 353 mal 250 mal 20 Millimeter großen Büchersendung untermauerte. »Und die beschuldigte Person, also diese Postbeamtin, deren Namen Sie im Rahmen Ihrer Ermittlungen feststellen werden, verweigerte die Anerkenntnis der vorgelesenen Gebühreninformation und behauptete in einem vermeidbaren Verbotsirrtum, daß die zusätzliche Gebühr von einer Deutschen Mark von mir zu zahlen sei. Was ich selbstredend ablehnte.«

»Sie wollen mir doch jetzt nicht erklären, daß Sie wegen einer Mark Anzeige erstatten wollen, die Sie gar nicht bezahlt haben?« fragte Klaus.

»Sie sind verpflichtet, Strafanzeigen entgegenzunehmen. Die Schadenshöhe spielt keine Rolle«, belehrte ihn Dr. Türmann.

»Ich muß nur dann eine Anzeige aufnehmen, wenn ein Straftatbestand erfüllt ist, und hier sehe ich keinen.«

»Ich bitte Sie! Die Beschuldigte ist verdächtig, sich selbst oder einem Dritten, nämlich der Deutschen Post AG, einen rechtswidrigen Vermögensvorteil zu verschaffen gewollt zu haben, indem sie mein Vermögen durch Entstellung und Unterdrückung wahrer Tatsachen zu beschädigen suchte. Das ist Betrug, § 263 Strafgesetzbuch.«

Das Telefon klingelte. Klaus nahm ab. »Scheiße sieben? Groß und mit Doppel-s? Willst du mich... Ja. Gut.« Er tippte »SCHEISSE7« in den Computer und drückte die *Return*-Taste. Der Bildschirmschoner verschwand. »Wenn Sie rechtlich so bewandert sind, warum haben Sie Ihre Anzeige dann nicht schriftlich eingegeben, Herr Türmann?«

»Genauso habe ich mir das gedacht. Daß Sie den Sachverhalt nämlich nicht verstehen werden!« Dr. Türmann zog drei maschinenbeschriebene DIN-A4-Bögen aus seinem Papierstapel und reichte sie Klaus. »Sie können sicher sein, daß ich gleich morgen an meinen Bekannten im Innenministerium schreiben und ihm mitteilen werde, in welch erbärmlicher Verfassung sich die strafrechtskundlichen Kenntnisse seiner untergeordneten Beamten befinden.«

»Grüßen Sie ihn von mir. Polizeihauptmeister Winterfeldt, Viertes Polizeirevier in Offenbach, Dienstgruppe D wie Dora.«

Dr. Türmann verstaute die übrigen Blätter und das Postgebührenheft wieder in seinem Aktenkoffer und stand auf. »Ich werde mich über Sie beschweren!«

»Tun Sie das. Ich darf Sie nach draußen begleiten?«

»Ich verlange, daß die Angelegenheit ex officio verfolgt wird und ich über den Verlauf und das Ergebnis der Ermittlungen unverzüglich informiert werde!«

»Sicher. Unverzüglich und ex officio.«

Als Dr. Türmann die Wache verlassen hatte, setzte Klaus Michael über die kriminellen Machenschaften der Offenbacher Hauptpost in Kenntnis. »Am liebsten würde ich den Mist ungelesen in den Müll werfen.«

Michael kramte in einer der Laufmappen, die sich auf dem Wachtisch stapelten. »Wenn der gute Doktor tatsächlich Bekannte im Innenministerium hat, könnte das übel für dich enden. *Bürgerinnen und Bürger stehen im Mittel-*

punkt unserer Arbeit. Sagt das Leitbild der Hessischen Polizei.«

»Insbesondere, wenn die Bürgerinnen und Bürger Brieffreundschaften mit dem Ministerium pflegen, oder was? Ich meine mich zu entsinnen, in der netten kleinen Broschüre irgendwas von der Unverzichtbarkeit des gesunden Menschenverstands gelesen zu haben. War vermutlich ein Druckfehler.«

Lachend legte Michael die Laufmappe beiseite. »Kannst du dich noch an den Marokkaner erinnern, den du zusammen mit Uli letztes Jahr in der Bernardstraße festgenommen hast?«

»Meinst du den, der das Dope weggeschmissen hat? In der Sache war ich doch Anfang März als Zeuge vor Gericht.«

»Genau. Und weißt du, was dabei rausgekommen ist? Der Gute wurde freigesprochen, weil ihm das Haschisch nicht gehörte.«

»Wie bitte?«

»Ich hab's auch nicht glauben wollen. Wo ist bloß dieses verflixte... Ah ja, hier.« Michael nahm zwei Blätter aus der untersten Mappe. »Ich habe mir die Urteilsbegründung schicken lassen. Ich zitiere: *Der Angeklagte konnte anläßlich einer polizeilichen Kontrolle beim Einsteigen in seinen Pkw angetroffen werden.* Blablabla. *Der Angeklagte habe das Päckchen mit 54,6 Gramm Haschisch mit solchem Schwung unter den Wagen geworfen, daß es auf der anderen Seite wieder zum Vorschein kam.*«

Klaus nickte. »Ja. Genauso war's.«

»*Dieser Augenblick vom Antreffen des Angeklagten an dem Kraftfahrzeug bis zum Werfen des Haschischs unter das Kraftfahrzeug erfüllt die angegebenen Merkmale des Besitzbegriffs mangels Dauer und Intensität der Innehabung der Sache nicht.*«

»Danke, Chef. Das war genau die Art von Aufmunterung, die ich jetzt gebraucht habe.«

Michael sah zur Tür. »Dein nächster Fall.«

Ein etwa vierzigjähriger Mann in grauen Cordhosen und Parka kam in die Wache und baute sich vor Klaus auf. »Die wollen mich vergiften.«

»Wer will Sie vergiften?«

»Na, *die!* Die wollen mich vergiften. Ich war schon bei zweihundertfünfzig Ärzten, aber sie konnten nichts feststellen.«

»Sie haben keine Beweise«, sagte Michael.

»Natürlich habe ich Beweise.« Der Mann zog ein schmutziges Taschentuch aus seiner Hosentasche und schneuzte geräuschvoll hinein. Dann hielt er es Klaus unter die Nase. »So hat das noch nie ausgesehen.«

Klaus schob den Mann samt Taschentuch zur Tür. »Sie verschwinden auf der Stelle.«

»Ja, aber... Die wollen mich vergiften«, jammerte er und bückte sich. »Ich hab' noch mehr Beweise. Ich muß sofort meine Schuhe ausziehen.«

»Raus!« sagte Klaus.

Laut zeternd verließ der Mann die Wache und schlug den Weg zum nächsten Wasserhäuschen ein.

Michael grinste. »Du solltest dich wirklich ein bißchen mehr in Bürgerfreundlichkeit üben. Sonst wird das nie was mit deiner Beförderung.«

»Ich bin doch nicht der Idiotensachbearbeiter vom Vierten Revier. Wenn du mich suchst: Ich bin im Sozialraum.«

Der Döner Kebap lag verpackt auf dem Tisch. Er war kalt.

»Das war vielleicht ein schrecklicher Tag heute«, sagte Klaus, als er abends nach Hause kam. Hedi bügelte Uniformhemden. Klaus küßte sie auf die Wange, setzte sich aufs Sofa, schaltete den Fernseher ein und schlug die Zeitung auf.

»Sascha hat die Schule geschwänzt«, sagte Hedi.

»Mhm.«

»Hörst du mir zu?«

»Ja doch.«

»Statt dessen war er bei Corinna und hat ihren Freund verprügelt.«

»Geschieht dem Kerl ganz recht.«

»Klaus!«

Das Telefon klingelte.

»Gehst du?« fragte Hedi.

Klaus reagierte nicht. Wütend stellte Hedi das Bügeleisen beiseite, ging in den Flur und nahm ab. »Winterfeldt.«

»Guten Abend, Frau Winterfeldt«, meldete sich das *Prinzeßchen*. Ihre Stimme klang tiefer als gewöhnlich, und das Gespräch dauerte keine Minute.

Als Hedi ins Wohnzimmer zurückkam, war sie blaß. »Tante Juliette...«

Klaus schaute nicht von der Zeitung auf. Nach diesem Tag hatte er keinen Bedarf an Odenwälder Geschichten. »Hat sie ein Zipperlein? Schick 'ne Besserungskarte. Ich unterschreib' auch.«

Hedi fing an zu weinen. »Tante Juliette ist tot.«

15

Während der ersten Tage nach Juliettes Tod dämpfte Dominique die Technorhythmen auf Zimmerlautstärke und räumte freiwillig den Tisch ab. Klaus aß kritiklos sein Frühstücksei, unterließ die üblichen Bemerkungen zum Inhalt der Spülmaschine und ignorierte Ralfs Einladungen. Abends verzichtete er auf zwei von drei Nachrichtensendungen. Sascha klopfte Hedi tröstend auf die Schulter und meinte, daß auch die tiefste Trauer irgendwann vorübergehe.

Von Anette und Bernd kam eine Beileidskarte, ebenso von Vivienne, Hedis Kolleginnen und der Dienstgruppe von Klaus. Nur Oma Resi ließ nichts von sich hören. Sie war immer noch beleidigt wegen der verpatzten Silvesterfeier und gab ihrem jüngsten Sohn und der angeheirateten Krankenschwester die Schuld daran.

Klaus begleitete Hedi zu Juliettes Beerdigung. Es war ein Montag, und die Sonne schien. Der kleine Friedhof von Hassbach war schwarz von Leuten. »Ich glaube, das ganze Dorf ist gekommen«, flüsterte Klaus Hedi ins Ohr.

Sie nickte stumm. Die teilnahmsvollen Blicke der vielen fremden Menschen waren kaum zu ertragen. Sie erinnerten sie daran, wie selten sie hiergewesen war, wie wenig sie sich um ihre Tante gekümmert hatte. *Sie ist ganz friedlich gestorben. So, wie sie es sich immer gewünscht hat, Frau Winter-*

feldt. Morgens haben wir noch miteinander telefoniert, und als ich sie nachmittags besuchen wollte, fand ich sie tot auf dem Sofa. Und sie hatte nichts Besseres zu tun gehabt, als mit Vivienne ein Plauderstündchen abzuhalten. Vielleicht hatten sie sich gerade über die häßlichen Kaffeetassen amüsiert, während Juliette einsam in der alten Mühle starb. Warum war sie bloß nicht zu ihr gefahren? Sie hätte doch Zeit gehabt!

Der Pfarrer sprach ein Gebet. Hedi hörte seine Stimme, aber die Worte drangen nicht zu ihr vor. Sie verabscheute die grüne Plane in der Grube vor ihren Augen, diesen vergeblichen Versuch, die lehmige Erde zu verdecken, unter der Juliette für immer verschwinden würde.

»... denn du bist Erde und sollst zu Erde werden. Amen.«

Ein Knopfdruck, und langsam senkte sich der mit Narzissen geschmückte Sarg in den grünen Schlund.

Elisabeth hatte Juliette zugehört, war ihr nicht mit kindischen Ausflüchten gekommen, nur weil sie es nicht ertrug, einen geliebten Menschen alt und schwach werden zu sehen. Ausgerechnet das *Prinzeßchen*! Die Frau, die Hedi schon als Kind gehaßt hatte, weil ihr Name sie an Marianne Klammbiels Lieblingsbuch erinnerte. *Ach, was werden sie nur alle sagen, mein liebes Großmütterchen, wenn sie hören, was mit der armen Bettelprinzeß geschehen ist.*

Der Pfarrer nickte Hedi zu. Ihre Hände zitterten. Sie wußte, daß sie es nicht tun konnte. Jetzt genausowenig wie vor fünfzehn Jahren. Klaus sah sie an, aber sie schüttelte den Kopf.

Marianne Klammbiel trug ein langes, weißes Kleid und eine rosa Schleife im Haar. Ihr rechter Schuh war vom Fuß gerutscht, die Nägel waren blau angelaufen. Es waren nur wenige Zentimeter von ihren Füßen bis zum Boden, aber Hedi mußte auf den Stuhl steigen, um das Seil durchzuschnei-

den. Dann hatte sie dagesessen und sie angeschaut. Und das Kind in ihrem Bauch gespürt.

Klaus trat vor und leerte das erste Schäufelchen Erde auf den Sarg. *Ein Körper, der auf Holzdielen klatscht. Steif und kalt. Und Augen, die ins Leere starren. Warum hast du mich allein gelassen?* Hedi schlug die Hände vors Gesicht und lief davon.

»Lassen Sie sie«, sagte Elisabeth Stöcker leise, als Klaus ihr folgen wollte.

Auf der Streuobstwiese hinter der Scheune blühten wilde Tulpen und Osterglocken. Die alten Gewächshäuser glänzten im Sonnenlicht, und in Juliettes Garten war schon das Grün der Möhren zu sehen, die sie so gern geerntet hätte. Spatzen zwitscherten in den kahlen Ästen der Eiche, und auf dem Hof gakkerten die Hühner. Alles war wie immer, und doch war nichts mehr, wie es war. *Ein Mühlstein und ein Menschenkind/Wird stets herumgetrieben./Wo beides nichts zu reiben hat/Wird beides selbst zerrieben.*

Weinend schloß Hedi die verwitterte Haustür auf. Im Flur war es still und kalt. Auf dem Sofa im Wohnzimmer lag Juliettes rote Wolldecke und auf dem Teppich unter dem Tisch eine ihrer silbernen Haarnadeln. Hedi hob sie auf, und ihr Blick fiel auf den hellen Fleck über dem Kamin, wo das Bild gehangen hatte. *Sitz still, Hedilein! Sonst wird das Foto verwackelt. Warum gehst du denn rückwärts, Tante Juliette? Meine hübsche Mühle wollen wir doch mit aufs Bild nehmen, oder? Ja, die ist viel hübscher als ich! Mami sagt, wenn ich recht demütig und bescheiden bin, kommt ein reicher, schöner Prinz und heiratet mich. Und wenn ich den reichen, schönen Prinzen gar nicht heiraten will, Tante Juliette? Deine Mutter redet Unsinn, Kind. Und jetzt sitz still!*

Drei Wochen nach Juliettes Tod wurde Hedi im Treppenhaus wieder von stampfenden Technorhythmen begrüßt. Im Flur telefonierte ihre Tochter, im Wohnzimmer sah ihr Sohn fern und aß dabei Chips, und natürlich hatten die beiden vergessen, den Frühstückstisch abzuräumen. Klaus holte die versäumten Besuche bei Ralf nach, war im Dienst oder für Tachnon unterwegs. Vivienne flog mit ihrem neuen Freund zu einer Modenschau nach Mailand und anschließend für zwei Wochen in Urlaub.

An einem Dienstagnachmittag Anfang Mai fuhr Hedi zur Testamentseröffnung nach Darmstadt. Sie hatte gehofft, daß Klaus mitkommen würde, aber er bekam kein Dienstfrei. Zumindest behauptete er das.

Vor dem Amtszimmer des Notars standen drei altmodische Holzstühle. Auf einem davon saß das *Prinzeßchen*. Sie trug ein schlichtes, schwarzes Kleid und stand auf, als Hedi kam.
»Guten Tag, Frau Winterfeldt.«

Hedi gab ihr die Hand. »Guten Tag, Frau Stöcker.«

Sie setzten sich.

»Ich weiß nicht recht, warum ich überhaupt hier bin«, sagte Elisabeth verlegen.

»Sie haben viel für meine Tante getan.«

»Ja, aber... Nicht, daß Sie jetzt denken...« Elisabeth knetete ihre Hände. »Darf ich Sie etwas fragen, Frau Winterfeldt?«

Hedi nickte.

»Werden Sie die Mühle verkaufen?«

»Noch gehört sie mir nicht.«

Elisabeth Stöckers Wangen färbten sich rot. »Entschuldigen Sie bitte. Ich meinte, nur für den Fall...«

»Ich bin Ihnen wirklich dankbar, daß Sie sich um das Haus und die Tiere kümmern.«

»Das tue ich doch gern. Schließlich war Ihre Tante...« Sie stockte. »Wir hatten viele Gemeinsamkeiten.«

»Es tut mir leid, daß ich Sie an Juliettes Beerdigung mit der ganzen Arbeit allein gelassen habe.«

»Ich hatte ihr versprochen, mich um die Beisetzungsmodalitäten und den Nachkaffee zu kümmern. Übelgenommen hat Ihnen Ihre Flucht jedenfalls niemand, falls Sie das befürchten.«

»Ich hätte mir mehr Zeit für sie nehmen müssen.«

Elisabeth legte ihre Hand auf Hedis Arm. »Juliette war sehr stolz auf Sie. Wissen Sie, was sie gesagt hat? Hedi ist wie eine Tochter für mich. Und Töchter muß man zu eigenständigen Menschen erziehen, damit man sie irgendwann guten Gewissens in die Welt hinauslassen kann. Sie litt sehr darunter, daß sie ihrer Schwester nicht hatte helfen können.«

»Sie haben über meine Mutter gesprochen?« fragte Hedi überrascht.

»Wir haben über vieles gesprochen«, sagte Elisabeth leise. »Ihre Tante war ein wunderbarer Mensch. Sie fehlt mir sehr.«

Hedi schämte sich. Es war albern, jemanden abzulehnen, nur weil er einen Spitznamen hatte, der in einem Kitschroman vorkam. »Ich möchte mich bei Ihnen entschuldigen, Frau Stöcker. Ich war nicht immer sehr freundlich zu Ihnen und...«

»Vergessen wir's, ja?«

»Warum wollten Sie wissen, ob ich die Mühle verkaufe? Würden *Sie* sie denn kaufen?«

Elisabeth schüttelte den Kopf. »Ich glaube, wir sprachen bei einem Ihrer Besuche kurz davon: Mein Sohn Uwe hat Interesse daran, die alte Gärtnerei wiederaufzubauen.«

Hedi lächelte. »Juliette war sehr daran gelegen, ja. Ich bin sicher, wir werden eine Lösung finden, die...«

Die Tür des Notariatsbüros öffnete sich.

»Darf ich Sie zu mir hereinbitten, meine Damen?« sagte der Testamentsvollstrecker, ein hagerer Mann unbestimmbaren

Alters. Er reichte Hedi und Elisabeth eine schweißfeuchte Hand, sprach ihnen sein Beileid aus und deutete auf zwei Stühle vor seinem penibel aufgeräumten Schreibtisch. »Wenn Sie bitte Platz nehmen wollen.« Er setzte sich ebenfalls und strich über sein spärliches Haar, das er mit Pomade akkurat über seinen kantigen Schädel gelegt hatte. »Ich muß Sie zunächst bitten, sich zu legitimieren.«

Hedi holte ihren Personalausweis aus dem Portemonnaie. Elisabeth zeigte ihren Reisepaß vor.

»Frau Hedwig Ernestine Winterfeldt, geborene Klammbiel, die Nichte der Verstorbenen, ja.« Er gab Hedi den Ausweis zurück. »Und Frau Elisabeth Charlotta Carmina Stöcker, geborene von Rosen.«

Hedi warf Elisabeth einen ungläubigen Blick zu.

Der Notar schlug eine schweinslederne Mappe auf und entnahm ihr einen zusammengefalteten Briefbogen. Er sah Hedi an. »Ihre Tante hat verfügt, daß zwischen ihrem Tod und der Testamentseröffnung dreißig Tage liegen sollen. Ich muß Sie fragen, ob Sie die Erbschaft annehmen.«

»Ja.«

Seine Augen wanderten zu Elisabeth. »Und Sie?«

»Also, ich weiß nicht recht. Ich bin doch gar nicht verwandt mit der Toten.«

»Sie sind in dem von mir am 25. Februar dieses Jahres notariell beglaubigten Testament der am fünften April dieses Jahres verstorbenen, ledig gewesenen Juliette Viktoria Klammbiel neben der hier anwesenden Nichte der Verstorbenen als Erbberechtigte bestimmt, und ich frage Sie, ob Sie das Ihnen zugedachte Erbe annehmen wollen.«

Elisabeth nickte.

Der Notar faltete den Briefbogen auseinander. Hedi erkannte Juliettes Handschrift. »*Mein liebes Hedilein, liebe Elli*«, las der Mann mit monotoner Stimme vor. Es klang, als zitiere er aus einer Gebrauchsanweisung für Küchengeräte. »*Wenn Ihr diese Zeilen hört, bin ich schon ein Weilchen unter der Erde, und ich hoffe, daß Ihr inzwischen nicht mehr allzu traurig darüber seid. Alte Leute sterben nun mal, und ich möchte mich dabei an Voltaire halten: Vom Leben muß man wie vom Mahle fortspazieren, dem Wirte danken und sein Bündel schnüren.*«

Elisabeth Stöckers Augen füllten sich mit Tränen. Hedi kämpfte gegen den Kloß in ihrem Hals.

Der Notar strich sich über seine spärlichen Haare. »*Liebste Elli, Du warst meine beste Freundin, auch wenn ich fast deine Großmutter hätte sein können. Als kleines Dankeschön für Deine aufrichtige Freundschaft und Hilfe sollst Du fünfzigtausend Mark von meinem Sparguthaben bekommen. Kauf Dir endlich den GRIMM davon!*«

Elisabeth zog ein Taschentuch aus ihrem Kleid und wischte sich die Augen.

»*Und nun zu Dir, Hedilein. Als letztem lebenden Mitglied der Familie vermache ich Dir die Eichmühle und alles, was dazugehört. Ich würde mich freuen, wenn Du das Haus, in dem Generationen von Klammbiels gelebt haben und gestorben sind, im Familienbesitz halten könntest. Vielleicht helfen Dir meine restlichen Ersparnisse dabei, die ich Dir ebenfalls zu treuen Händen überlasse. Aber wie immer Du Dich entscheiden wirst: Meinen Segen hast du, Kind. Alles Liebe wünscht Dir Deine Tante Juliette.*«

Hedi sprang auf und lief aus dem Zimmer.

»Wollen Sie denn nicht wissen, wie hoch die restlichen Ersparnisse Ihrer verstorbenen Tante sind?« rief ihr der Notar nach.

»Na? Bist du glückliche Mühlenbesitzerin geworden? Oder hat Juliette ihr Anwesen dem örtlichen Tierschutzverein vermacht?« fragte Klaus beim Abendessen.

»Ja«, sagte Hedi.

»Du oder der Tierschutzverein?«

»Ich.«

»Is ja irre!« rief Dominique. »Uns gehört 'ne echte Wassermühle im Odenwald!«

»Seit wann interessierst du dich fürs Landleben?« fragte Klaus.

»In dem Schuppen kann man bestimmt geile Feten abfeiern!«

»Mit nach oben offener Dezibelskala«, sagte Sascha.

»Ich kann mich erinnern, daß du und dein Bruder jedesmal ein Mordstheater aufgeführt habt, wenn ich euch bat, Tante Juliette zu besuchen«, sagte Hedi.

Dominique verzog das Gesicht. »Ich hatte eben null Bock auf Schrumpfobst und Wollsocken.«

»Und auf Heino und die Wildecker Herzbuben«, ergänzte Sascha.

»Und auf Vorträge über die verwöhnte Jugend heutzutage.«

»Fast so schlimm wie bei Oma Resi.«

»Die schiebt wenigstens ab und zu Kohle rüber statt Räucherfisch.«

Hedi suchte nach einem Taschentuch.

»Ihr seid geschmacklos«, sagte Klaus.

»Mensch, Mama! War nicht so gemeint«, entschuldigte sich Sascha.

»Doch«, sagte Dominique.

Hedi schneuzte sich. »Ich habe noch etwas geerbt.«

Dominique grinste. »Fünf Kleiderschränke voll mit Wolle? Farblich unsortiert?«

»Juliettes Sparbuch.«

»Was ist mehr wert: Das Papier oder das, was draufsteht?« fragte Klaus lächelnd.

»Das, was draufsteht.«

»Und was steht drauf?« fragte Dominique.

Hedi knüllte das Taschentuch zusammen und steckte es in ihre Jeans. Sie nahm das schmutzige Besteck und stapelte die leeren Teller aufeinander. Drei Augenpaare sahen sie erwartungsvoll an. »Einhundertfünfundfünfzigtausend Mark und dreiundzwanzig Pfennige«, sagte sie und trug das Geschirr in die Küche.

Am folgenden Tag begann Klaus die Immobilienanzeigen sämtlicher Zeitungen aus dem Rhein-Main-Gebiet auszuwerten. Dominique brauchte neue Möbel, eine Stereoanlage mit Fernbedienung und CDs mit den Tophits der Technoszene. Die Erneuerung ihrer Sommergarderobe und eine Verdoppelung ihres Taschengelds fand sie angemessen. Sascha fragte höflich, wann genau das Geld von Juliettes Sparbuch überwiesen werde, damit er sich rechtzeitig für den Führerschein anmelden könne. Er erwähnte beiläufig, daß seine Klasse beabsichtige, im Sommer nach Rom zu fahren.

Klaus las Hedi Verkaufsanzeigen vor: *Hübsches Einfamilienhaus mit Garten, zentral gelegen, leicht renovierungsbedürftig, nur 480 000 DM,* oder telefonierte mit Maklern, die bezugsfertige Doppelhaushälften ohne Garage schon für 510 000 Mark anboten. Zwischen Frühdienst und Nachtdienst addierte er Zahlenkolonnen in einem eigens angelegten Ringordner mit der Aufschrift *Unser Eigenheim* und rief Hedi nachts im Krankenhaus an, um ihr vorzurechnen, daß das Geld von Juliette plus seine Ersparnisse plus der wahrscheinlich nicht allzu üppige Erlös aus dem Verkauf der alten Mühle für eins der anvisierten Objekte reichen müßte, um die finanzielle monatliche Belastung in einem erträglichen Rahmen halten zu können.

Statt nach dem Nachtdienst zu schlafen, plante er Hausbesichtigungstermine ein, und ein gutgekleideter Makler kutschierte ihn und Hedi in seinem Sportcoupé durch den halben Landkreis, um ihnen lächelnd wahre Schnäppchen mit klitzekleinen Schönheitsfehlern zu offerieren.

»Sie können sicher sein, daß nur tagsüber vor der Haustür Verkehr herrscht. Abends sind die Leute daheim, und Sie haben die herrlichste Ruhe.«

»Na ja, ein paar Kleinigkeiten sind schon zu machen, aber die Substanz ist erste Sahne. Meine Hand drauf: Die Hochspannungsleitung hinter der Garage wird nächstes Jahr unter die Erde verlegt.«

»Dieses Objekt ist ein wirklich außerordentlich gelungener Architektenentwurf. Der sechseckige Grundriß ist extravagant, gnädige Frau.«

»Daß Möbel im allgemeinen vier Ecken haben, ist dem Architekten wohl entgangen«, erwiderte Hedi säuerlich.

Als der Geschäftsführer einer Gebrauchtimmobilien GmbH sie zwei Tage später abends beim Staubsaugen störte und fragte, ob man aus der alten Mühle baurechtlich ein Ferienzentrum machen dürfe, hatte sie genug. Sie stellte den Staubsauger weg und zitierte ihre Familie ins Wohnzimmer.

»Was ist denn los, Mama?« fragte Sascha erstaunt.

»Ich bin mit Axel verabredet«, maulte Dominique.

Sascha grinste. »Sag ihm, daß er seine Videos am Montag zurückkriegt.«

Hedi zeigte aufs Sofa. »Setzt euch.«

»Willst du eine Rede halten, Schatz?« fragte Klaus lächelnd.

»Es wird höchste Zeit, daß ich hier einige Dinge klarstelle!« sagte Hedi gereizt. »Erstens: Ich finde die Selbstverständlichkeit, mit der ihr das Geld einer Frau verplant, die euch zu ihren Lebzeiten nicht die Bohne interessiert hat, zum Kotzen.

Zweitens: Ich denke nicht daran, den Stammsitz meiner Familie dem erstbesten Immobilienfuzzi in den Rachen zu werfen. Drittens: Mein Bedarf an Hausbesichtigungen ist gedeckt.«

»Du willst doch nicht etwa andeuten, daß du die Mühle behalten möchtest?« sagte Klaus fassungslos.

»Es würde die Sache erleichtern, wenn ihr endlich zur Kenntnis nehmen würdet, daß *ich* Juliette beerbt habe und nicht ihr!«

»Aber Mama...«, begann Sascha.

»Je schneller wir die Bruchbude los sind, desto besser«, sagte Klaus. »Ich dachte, das sei in deinem Sinne.«

»Interessant. Juliettes Haus nennst du also eine Bruchbude. Gleichzeitig schleppst du mich mit ernsten Kaufabsichten durch sämtliche Ruinen im Rhein-Main-Gebiet, die sich von der Eichmühle nur dadurch unterscheiden, daß man auf den Renovierungsetat noch eine halbe Million als Kaufpreis draufschlagen muß.«

»Wir haben jahrelang für ein eigenes Haus gespart. Jetzt hätten wir die Chance, und du stellst dich quer. Ich verstehe dich nicht.«

»Vielleicht wäre es an der Zeit, daß du nach siebzehn Jahren und dreihundertfünfundsechzig Tagen Ehe langsam damit anfängst.«

Dominique und Sascha grinsten. Klaus bekam einen roten Kopf. »Oh! Ich hab' doch tatsächlich...«

»Unseren Hochzeitstag vergessen. Wie jedes Jahr.«

»Tut mir leid.«

»Mir auch!«

Hedi ging in den Flur. Klaus folgte ihr. »Hedi, bitte...«

»Ich habe kein Interesse an großzügig bemessenen Anwesen mit uneinsehbaren Traumgärten, die man mit einem Zahnstocher umgraben kann.«

»Aber wir könnten...«

»Ich muß zum Dienst. Tschüs.«

Vom Krankenhaus aus rief sie Vivienne an.

»Ich finde auch, daß du deinen Familienbesitz nicht einfach Hals über Kopf verkaufen solltest«, stimmte sie ihr zu.

»Schön, daß wenigstens ein Mensch auf dieser Erde meine Meinung teilt.«

»Was hast du denn jetzt vor?«

»Wenn ich das wüßte.« Hedi seufzte. »Eigentlich hat Klaus ja recht. Juliettes Erbschaft ist wie ein Lottogewinn für uns.«

»Gibst du schon wieder nach?«

»Was soll ich mit einer Wassermühle im Odenwald anfangen? Achtzig Kilometer von Offenbach entfernt?«

»Wenn du nichts dagegen hast, würde ich mir die Wassermühle gern mal ansehen. Morgen mittag hätte ich Zeit.«

Hedi zögerte. Sie hatte nach Juliettes Beerdigung sämtliche Schlüssel Elisabeth gegeben und ihr schlechtes Gewissen beruhigt, indem sie sich einredete, nicht über ein Haus verfügen zu können, das ihr nicht gehörte. Jetzt aber war sie die Eigentümerin, und es wäre unfair, die Gutmütigkeit des *Prinzeßchens* länger auszunutzen. Es wurde Zeit, eine Entscheidung zu treffen. »Ich hole dich um eins an deiner Wohnung ab.«

»Ich freue mich«, sagte Vivienne. »Bei der Gelegenheit kann ich dir auch erzählen, wie mein Urlaub war. Bis morgen.«

»Tschüs.« Die Vorstellung, Juliettes Zuhause an wildfremde Menschen verkaufen zu müssen, machte Hedi krank. Andererseits konnte sie das Haus unmöglich behalten! Wann und wie sollte sie sich darum kümmern? Ob sie noch mal mit Elisabeth Stöcker reden sollte? Sie dachte an die rote Decke auf dem Sofa und den hellen Fleck an der Wand, und Tränen stiegen ihr in die Augen. *Was wirst du mit meiner Mühle machen, Hedilein?*

Sie fuhr zusammen, als ihr Piepser ging; es war der Beginn einer langen und anstrengenden Nacht, die ihr keine Zeit für weitere Gedanken ließ. Als sie am nächsten Morgen kurz vor acht nach Hause kam, waren Klaus und die Kinder schon fort. Müde räumte sie den Frühstückstisch ab und ging ins Bett.

Eine Horde heulender Indianer tanzte um den Marterpfahl, an dem sie festgebunden war. Keinen Finger konnte sie rühren. Die Trommeln machten sie wahnsinnig, und die Sonne brannte auf ihrem Gesicht. Ein blutrünstig aussehender, halbnackter Sioux kam mit einem Tomahawk auf sie zu. Schweißgebadet schreckte sie hoch. Die Sonne schien direkt auf ihr Kopfkissen; die Trommeln schlugen weiter. Hedi sah zur Uhr: erst Viertel nach zehn. Wütend sprang sie aus dem Bett und lief nach nebenan.

»Himmelherrgott! Wie oft soll ich dir noch sagen, daß du diesen Krach abstellen sollst? Ich hatte Nachtdienst!«

Dominique fummelte am Lautstärkeregler ihrer Stereoanlage. »'tschuldigung, Mama. Hatte ich ganz vergessen.«

»Wo kommst du eigentlich jetzt schon her?«

Sie zuckte mit den Schultern. »Reli und Mathe sind ausgefallen.«

Hedi verließ kopfschüttelnd das Zimmer und ging ins Bad. Nach dem Duschen fühlte sie sich besser. Sie räumte Küche und Wohnzimmer auf und aß Dominiques mitgebrachtes Schulbrot. Dann fuhr sie nach Frankfurt.

Der Tag hätte nicht schöner sein können. Die Sonne schien vom wolkenlos blauen Himmel, und in dem kleinen Garten vor dem Haus, in dem Vivienne wohnte, übertönte das Vogelgezwitscher fast den Verkehrslärm.

Vivienne duftete nach Chanel No. 5 und trug ein figurbetonendes, gelbes Top zu einem kniefreien, gelben Rock und hellgrüne Schnürsandaletten. »Du solltest wirklich ein bißchen mehr für deine Garderobe ausgeben«, sagte sie kopfschüttelnd, als sie zu Hedi in den Wagen stieg.

Hedi fädelte sich in den Verkehr ein. »Du hast keine Ahnung, was eine gute Jeans kostet.«

»Ein Grund weniger, sich gleich zwanzig davon in den Kleiderschrank zu hängen, oder?«

»Es sind nur neunzehn«, sagte Hedi lächelnd und strich sich ihren Pony aus der Stirn. Von Coiffeur Pierres vorweihnachtlichem Meisterwerk war nicht viel geblieben. Hedi war froh darüber, daß ihr Haar wieder lang genug war, um es zusammenstecken zu können, wenn es nicht in Form war.

Als sie auf der Autobahn waren, begann Vivienne von ihrem Urlaub zu schwärmen. »Zwei Wochen auf den Seychellen, stell dir vor! Herrlich einsam und doch mit allem Komfort.«

»Dann kann's so einsam nicht gewesen sein.«

Vivienne lachte. »Reine Definitionssache.« Sie schilderte Hedi in allen Einzelheiten, was sie mit ihrem Liebsten in den vierzehn Tagen angestellt hatte, und Hedi ließ sich von ihrer guten Laune anstecken. Als sie die kurvenreiche Landstraße nach Hassbach entlangfuhr, kurbelte sie das Seitenfenster herunter und trällerte ein Lied.

»Muß das sein?« fragte Vivienne.

Hedi kurbelte das Fenster wieder hoch.

»Ich meinte deinen Gesang.«

»Nicht schön, aber laut, pflegte mein Vater zu sagen.« Hedi schaltete das Radio ein.

Kurz vor dem Ortsschild von Hassbach kam ihnen das *Prinzeßchen* auf dem Fahrrad entgegen.

»Da hatten wir wohl den gleichen Gedanken, was?« sagte sie lächelnd, als Hedi neben ihr anhielt. Sie nahm den Haustürschlüssel der Eichmühle aus ihrer Kitteltasche und gab ihn ihr. »Wenn Sie vielleicht so nett wären, die Hühner und

Kaninchen zu füttern? Dann brauche ich nachher nicht mehr rauszufahren.«

»Selbstverständlich, Frau Stöcker. Ich bringe den Schlüssel spätestens gegen Abend zurück.«

»War das die doofe Bäuerin aus dem öden Kuhkaff, mit der deine Tante Weihnachten gefeiert hat?« fragte Vivienne, als sie weiterfuhren.

Hedi wurde rot. »Äh... ja. Eigentlich ist sie ganz in Ordnung.«

Der Schotterweg zur Eichmühle war trocken und staubig. Vivienne hielt sich jammernd am Haltegriff über der Tür fest, als Hedi von einem Schlagloch ins nächste fuhr. Im Eichenwäldchen fing der Opel an zu röhren. Hedi sah in den Rückspiegel. »Ach, du je.«

»Was ist?« fragte Vivienne.

»Ich glaube, wir haben gerade den Auspuff verloren.«

»Solange es nicht der Motor ist.«

»Klaus wird wütend sein.«

Vivienne verzog das Gesicht. »Kannst du nicht *einmal* an etwas anderes denken?«

Sie verließen das Wäldchen. Hedi zeigte nach vorn. »Das ist sie.«

Die Obstbäume hinter der Scheune waren ein weißrosa Blütenmeer. Der Mühlteich schimmerte durch hellgrüne Birken und lila Fliederbüsche. An der Brücke blühten Sumpfdotterblumen, und die Wiese vor der Auffahrt war mit Gänseblümchen übersät.

»Das ist ja phantastisch!« rief Vivienne. Lächelnd fuhr Hedi in den Hof. Sie stiegen aus, und Vivienne schaute sich um.

An den Außenwänden der alten Mühle trieben wilder Wein und Blauregen aus, und in den Steintrögen neben der Haustür blühten rote Darwintulpen. Die Krone der Eiche verdeckte das moosbewachsene Dach; zwischen Haus und Baum wucherten armdicke Efeustränge.

»Die Eiche ist über dreihundert Jahre alt«, sagte Hedi. »Irgendein Ur-Ur-Klammbiel soll sie einst als Blitzschutz gepflanzt haben.«

»*Götter und Menschen, Technik und Natur haben sich verbündet, die Fron der Arbeit fällt ab; das Wasser treibt spielerisch an, was den Menschen von existentieller Misere befreit*«, sagte Vivienne versonnen.

»Na ja, ganz so spielerisch war's wohl nicht«, sagte Hedi. »Das Leben eines Müllers war hart. Tante Juliette mußte in ihrer Kindheit ...«

»Korn, Mühle, Mehl, Brot ... eine magische Vier. *Lasset die Hände nun ruh'n, ihr mahlenden Mädchen, und schlafet/ lange, der Morgenhahn störe den Schlummer euch nicht.*«

»Was?«

Vivienne lachte. »Aus einem Epigramm des römischen Architekten Pollio Marius Vitruvius. Wollen wir nicht hineingehen?«

Hedi spürte einen Kloß in ihrem Hals. Sie zwang sich zu einem Lächeln und gab Vivienne den Schlüssel. »Du zuerst.«

Vivienne schloß auf. Nacheinander betraten sie den düsteren Flur. Als sie ins Wohnzimmer kamen, atmete Hedi auf. Die rote Wolldecke war verschwunden, und über dem Kamin hing ein gerahmtes Foto von Juliette.

»Ist das deine Tante?« fragte Vivienne.

»Ja.«

»Ein ausdrucksvolles Porträt. Wer hat es fotografiert?«

»Keine Ahnung.« Es war tatsächlich ein schönes Bild, und Juliette sah so lebendig aus, daß Hedi einen Moment lang glaubte, sie sehe ihr in die Augen. *Wie immer Du Dich entscheiden wirst: Meinen Segen hast Du, Kind.*

»Es ist wunderschön hier«, sagte Vivienne, als sie ihren Rundgang beendet hatten. »Ich würde mir das mit dem Verkauf noch mal überlegen.«

Hedi zuckte mit den Schultern. »Vielleicht finde ich ja einen netten Mieter.«

»Das eine oder andere müßte instand gesetzt werden.«

»Für Klaus wäre jede Mark, die ich hier reinstecke, rausgeschmissenes Geld.«

»Kannst du nicht ausnahmsweise mal an dich denken?«

»Schon. Aber...«

»*Du* hast die Mühle und das Geld geerbt und nicht Klaus Winterfeldt.«

»Ja, sicher, aber...«

»Vergiß doch endlich mal deine ständigen Wenns und Abers! Das blockiert bloß Phantasie und Kreativität.«

»Als Künstlerin hast du leicht reden.«

»Papperlapapp. Jeder Mensch sollte sich ein Minimum an Phantasie bewahren. Stell dir vor, was für ein herrliches Atelier aus der Scheune da drüben werden könnte.«

»Man müßte Juliettes Karnickel in den Hühnerstall umquartieren.«

»In das Fachwerk könnte man Glas einsetzen.«

»Wenn das Denkmalschutzamt einverstanden ist.«

»Ich sehe einen lichtdurchfluteten Raum; Exorbitanz und Zeitlosigkeit, Chiffre für das Unbegreifliche – Grauen mitten im Grünen.«

»Was erzählst du da?«

»Die Mühle ist ein Urbild unserer Existenz, in dem uns das Leben in seiner organischen Verbindung faßbar entgegentritt; sie ist Sehnsucht nach Heimat, Gleichnis des Doppelten, Topos der Antinomie.«

Hedi schloß die Haustür ab. »Könntest du mir das bitte auf deutsch erklären?«

»Das Schönste unter der Sonne ist, unter der Sonne zu sein, aber dann kommt die Nacht.«

»Aha. Fahren wir zurück?«

»Du nimmst mich nicht ernst.«

»Doch. Ich versuch's.«

»Der Mühlengrund ist ein magischer Ort, Hedi. Glück wohnt neben Verhängnis, Heiterkeit inmitten von Vergänglichkeit, Zeitlosigkeit in der Zeit, die der Zeit zum Opfer fällt.«

»Ich muß noch schnell die Viecher füttern.«

»Viel Spaß. Ich bleibe hier.«

»Ich frage mich, was der Katzennapf neben den Karnickelställen zu bedeuten hat«, sagte Hedi, als sie zurückkam.

Vivienne wartete neben dem Auto auf sie. Sie lächelte. »Außer einem Atelier hätte in der Scheune auch eine Töpferwerkstatt Platz.«

Hedi schloß das Auto auf. »Der nächste Kurs beginnt leider erst wieder im Herbst.«

»Und du darbst vor dich hin, bis du graue Haare bekommst.«

»Die habe ich schon.«

»Du hast was Besseres verdient!«

»Du redest wie meine Schwiegermutter.« Hedi stieg ein und öffnete Vivienne die Tür. »So einfach, wie du glaubst, ist das Leben leider nicht.«

»Das Leben ist wie ein geschicktes Zahnausziehen. Man denkt immer, das Eigentliche solle erst kommen, bis man plötzlich sieht, daß alles vorbei ist. Hat der Eiserne Kanzler behauptet.«

»Wer?«

»Onkel Bismarck.«

»Sag mal: Wie viele Bücher lernst du pro Tag auswendig?«

»Lebenskunst besteht darin, die eigene Natur mit der eigenen Arbeit in Einklang zu bringen. Luis Ponce de Leon.«

Hedi verzichtete darauf zu fragen, wer Luis Ponce de Leon war. Sie startete und fuhr los.

»Manche Dinge muß man einfach tun, ohne vorher groß darüber nachzudenken«, sagte Vivienne.

Der Opel fing plötzlich an zu ruckeln und blieb mitten auf der Brücke stehen.

»Scheiße! Das hat mir noch gefehlt.« Hedi stieg aus, öffnete die Motorhaube und betrachtete die ölverschmierten Kabel rings um die Batterie.

»Kennst du dich denn mit so was aus?« fragte Vivienne.

»Ein bißchen.« Hedi prüfte den Ölstand, zog an einem grünen Kabel, drehte an einem schwarzen und warf die Motorhaube mit Schwung wieder zu. Soweit sie sich erinnerte, hatte Klaus das beim letzten Mal genauso gemacht. Der Wagen rührte sich nicht von der Stelle. Sie zuckte mit den Schultern. »Bis Hassbach sind's zum Glück nur drei Kilometer.«

»Ich habe nicht die richtigen Schuhe an.«

»Schaun wir halt in Juliettes Schrank nach.«

»Die Sonne geht unter. Es wird kalt.«

»Du bist bloß zu faul zum Laufen.«

»Wir könnten eine Werkstatt anrufen.«

»Das Telefon ist abgemeldet.«

Vivienne stieg aus. »Dann bleiben wir eben hier, bis deine Bäuerin das nächste Mal zum Hühnerfüttern kommt.«

»Heute kommt sie nicht mehr.«

»Wo liegt das Problem?«

»Das kann ich nicht machen, Vivienne! Klaus und die Kinder...«

»Verdammt noch mal! Sie werden eine Nacht ohne dich auskommen!«

»Ich wußte gar nicht, daß du fluchen kannst.«

»Ich kann noch mehr. Verlaß dich drauf.«

Lachend gingen sie zum Haus zurück. Im Wohnzimmer war

es kühl und feucht. Da der Strom abgestellt war, funktionierte auch die Heizung nicht, aber Hedi hatte ohnehin keine Ahnung, wie sie das altmodische Ungetüm hätte in Gang bringen sollen.

»Laß uns nachsehen, ob noch Brennholz in der Scheune liegt«, sagte sie. Sie hatten Glück. Hedi machte Feuer im Kamin, während Vivienne im Schrank nach Kerzen suchte.

»Na also!« sagte sie zufrieden und hielt Hedi einen Kasten mit rosa Stumpenkerzen hin. »Und was gibt's zum Dinner?«

Hedi holte Juliettes Einkaufskorb aus der Küche und zündete eine der Kerzen an. »Vielleicht ist noch was im Vorratskeller. Außerdem wohnen draußen ein paar freundliche Hühner.«

Vivienne wurde blaß. »Du willst doch nicht etwa ein Huhn köpfen?«

Hedi grinste. »Ich dachte eher an frische Eier.«

Im Keller fanden sie zwei Regale voll mit eingeweckten Kirschen, vier Flaschen 96er Spätburgunder und zwei Gläser Stachelbeermarmelade von 1993. Im Hühnerstall sammelten sie ein halbes Dutzend Eier aus den Nestern und konnten gerade noch rechtzeitig die Tür verriegeln, bevor der wütende Hahn zum Angriff überging.

Hedi zündete Juliettes alten Gasherd an, und Vivienne brutzelte pfeifend *Omelette aux confitures,* die sie mit allem würzte, was im Küchenschrank stand. Zum Hauptgang tranken sie Burgunder, als Nachspeise aßen sie zwei Gläser Kirschen, und zur besseren Verdauung leerten sie die letzte Flasche Wein. Danach stolperten sie kichernd die knarrende Treppe ins Obergeschoß hinauf und machten Modenschau mit Juliettes Nachthemden, bis ihnen vor Lachen der Bauch weh tat.

Erschöpft ließ sich Hedi auf Juliettes Bett fallen. »Ich hätte nicht gedacht, daß ich in der Eichmühle jemals wieder Spaß haben könnte.«

Vivienne setzte sich neben sie. »Warum ziehst du eigentlich nicht selbst hier ein?«

Hedi rappelte sich hoch. »Aber Vivienne! Das ist...«

»...ein schöner Gedanke, oder? Stell dir vor, wie sich deine Tante darüber freuen würde.«

»Aber Klaus und die Kinder...«

Vivienne verzog das Gesicht. »Wenn man dich reden hört, sollte man kaum glauben, daß irgendwann so was wie Emanzipation stattgefunden hat.«

»Das hat doch damit gar nichts zu tun! Die Kinder gehen in Offenbach zur Schule, und Klaus und ich arbeiten dort.«

»Wie weit ist es von hier bis nach Darmstadt? Eine halbe Stunde? Da gibt es Schulen, Krankenhäuser und Polizeireviere zuhauf, oder?«

»So leicht, wie du denkst, geht das alles nicht.«

»Du willst gar nicht, daß es geht.«

»Doch! Aber...«

»Du hast Angst, daß dein Klaus nein sagen könnte und du am Ende allein hier hockst, stimmt's?«

»Er hat schon nein gesagt.«

Vivienne nahm Hedis Hände. »Ich weiß, es geht mich nichts an. Und wenn du nicht darüber reden willst, dann akzeptiere ich das. Aber du machst mir nicht den Eindruck, als wenn du in deiner Ehe besonders glücklich wärst.«

Hedi schwieg.

Vivienne sah sie ernst an. »Wenn sich dein Mann weigert mitzukommen, betrachte es als Wink des Schicksals. Trennt euch für ein Weilchen, und genieße das Leben. Und dann entscheide in Ruhe, was du wirklich willst.«

Hedi zog ihre Hände weg und preßte sie vor ihren Mund. »Ich glaube, der Rotwein war schlecht.«

Um acht Uhr morgens klopfte es an der Schlafzimmertür.

Hedi befreite sich stöhnend aus Viviennes Umarmung und rieb sich den Kopf. »Ja?«

»Bitte entschuldigen Sie, Frau Winterfeldt. Ich wollte nicht stören, aber ich dachte mir, daß Sie in der Mühle übernachten, weil Sie den Schlüssel nicht zurückgebracht haben«, rief das *Prinzeßchen* durch die Tür. »Ich habe Frühstück mitgebracht. Mögen Sie Kaffee oder Tee?«

»Kaffee, wenn's recht ist.«

»Und Ihre Bekannte?«

»Für Frau Belrot auch.«

»Was für mich auch?« murmelte Vivienne verschlafen.

Hedi stand auf. »Frau Stöcker ist da. Raus aus den Federn!«

»Wie spät ist es?«

»Acht.«

»Mitten in der Nacht.« Vivienne drehte sich um und zog sich die Decke über den Kopf.

Hedi nahm sie ihr weg. »Los, du Schlafmütze! Ich muß heim.«

»Ich fühle mich wie unters Mühlrad gekommen.«

Hedi grinste gequält. »Ich auch. Seit ich mich mit dir abgebe, habe ich mehr Alkohol konsumiert als in meinem ganzen Leben vorher zusammengenommen.«

»Gott, muß dein Leben langweilig gewesen sein!« Vivienne angelte gähnend nach ihrem Rock, der zerknüllt vor dem Bett lag. »Meine Frage gestern abend war übrigens ernst gemeint.«

Hedi streifte Juliettes Nachthemd ab und zog Jeans und T-Shirt an. »Welche Frage?«

»Warum du nicht hier einziehst.«

In der Küche duftete es nach Kaffee und frisch gebackenen Brötchen. Elisabeth hatte Butter, Milch, Käse, Wurst und

Honig mitgebracht; sie schenkte Kaffee aus. »Ich wollte Eier kochen. Aber die Hühner haben keine gelegt.«

Vivienne nahm dankbar die volle Tasse entgegen. »Sie sind ein Engel, Frau Stöcker.«

Elisabeth zeigte nach draußen. »Was ist passiert?«

»Ich habe schon seit einiger Zeit damit gerechnet, daß die Kiste den Geist aufgibt«, sagte Hedi.

Nach dem Frühstück fuhren sie mit Elisabeth nach Hassbach. Sie setzte sie vor der Dorfwerkstatt ab. Matthias Mehret, der Inhaber, schleppte Hedis Auto ab und versprach, es in spätestens drei Stunden wieder flott zu haben. Elisabeth bestand darauf, daß sie vor der Abfahrt bei ihr zu Mittag aßen.

Hedi telefonierte mit Klaus und machte anschließend mit Vivienne einen Rundgang durchs Dorf. Sie besichtigten die kleine Kirche und das restaurierte Backhaus auf dem Marktplatz. Vivienne amüsierte sich über den altmodischen Tante-Emma-Laden und die winzige Metzgerei, in der es nicht einmal Lachsschinken zu kaufen gab. In der Ortsmitte blieben sie eine Weile vor einem großen, aufwendig renovierten Fachwerkgebäude stehen. Vivienne war fasziniert von den rot gestrichenen Balken und der schwarzblauen Begleitstrichmalerei. Hedi fand die Farben aufdringlich und kitschig.

Elisabeths Zuhause lag nur einen Steinwurf entfernt in einer engen Seitengasse: ein schmuckes Fachwerkhäuschen, eingezwängt zwischen einer alten Scheune und häßlich verputzten Nachbarhäusern. Vor den Fenstern blühten schon Geranien. Im Hof standen ein rostiger Traktor und Elisabeths Geländewagen.

»Fahren Sie den etwa?« fragte Vivienne mit Blick auf den Trecker, als Elisabeth ihnen öffnete.

»Sicher«, sagte sie amüsiert. »Ich habe zwei Kartoffeläcker und ein Getreidefeld zu bewirtschaften.«

»Und womit beschäftigt sich Ihr Mann derweil?«

»Er ist vor drei Jahren gestorben. Ich hoffe, Sie mögen Erbseneintopf?«

»Das tut mir leid... äh, ich meine das mit Ihrem Mann«, sagte Vivienne verlegen.

Sie folgten dem *Prinzeßchen* ins Eßzimmer, das mit wenigen, sorgfältig restaurierten Bauernmöbeln ausgestattet war.

»Haben *Sie* das Bild von Juliette in der Mühle aufgehängt?« fragte Hedi.

Elisabeth nickte. »Es sah so leer aus.«

»Wer hat das Foto gemacht?« fragte Vivienne.

»Mein Mann. Es war sein letztes.« Elisabeth ging in die Küche und holte den Eintopf.

»War Ihr Mann Fotograf?« fragte Vivienne, als sie zurückkam.

»Nein, Landwirt. Im Nebenberuf.«

»Und im Hauptberuf?«

»Müllmann.«

»Oh!«

»Eine unverzichtbare Tätigkeit, oder?« sagte Elisabeth lächelnd und schöpfte den Eintopf in die Teller.

»Das Bild von Juliette ist wunderschön«, sagte Hedi.

»Juliette selber war auch wunderschön.«

»Sie haben sie wohl sehr gemocht?« fragte Vivienne.

»Ja.« Elisabeth sah Hedi an. »Daß sie so gestorben ist, war das beste, was ihr passieren konnte. Sie hätte es nicht ertragen, aus der Eichmühle fortzumüssen.«

»Mußte sie das denn? Ich dachte, sie sei für ihr Alter noch recht rüstig gewesen«, sagte Vivienne.

»Mit fast achtundachtzig Jahren kann man ein Mühlhaus nicht mehr allein bewirtschaften. Auch wenn Juliette sich das niemals eingestanden hätte.«

»Warum haben Sie keinen Pflegedienst organisiert? Geld genug hatte sie doch.«

»Erstens wußte ich das nicht, und zweitens müssen Sie erst einmal jemanden finden, der täglich hier herauskommt. Und was die offizielle Seite angeht: Die Stelle der Gemeindeschwester ist seit über einem Jahr unbesetzt.«

Vivienne warf Hedi einen triumphierenden Blick zu. *Betrachte es als Wink des Schicksals!* Hedi sah verlegen zur Seite. Sie probierte den Eintopf; er schmeckte köstlich. Vivienne erkundigte sich nach dem rot gestrichenen Fachwerkhaus.

»Der alte Meierhof stand jahrelang leer, war völlig heruntergekommen und einsturzgefährdet«, sagte Elisabeth. »Aber die neuen Besitzer aus Frankfurt scheuten keine Kosten und Mühen, um alles originalgetreu wiederherzustellen.«

»Die kommen aus Frankfurt?« horchte Vivienne auf.

»Sie ist Innenarchitektin, er Anwalt. Vor der Neuausfachung haben sie sogar eine Partikeluntersuchung über die ursprünglich verwendeten Farben durchführen lassen.«

»Soll das heißen, das Haus war früher tatsächlich so bunt?« fragte Hedi ungläubig.

Elisabeth nickte. »Zwar waren Scheunen oder einfache Wohnhäuser, also solche wie das hier, selten farbig gefaßt, generell aber wurden Fachwerke viel häufiger rot, grau oder ocker bemalt, als das heute vermutet wird. Die farbigen Begleitstriche am Meierhof finde ich besonders gelungen. Sie heben die Trennung zwischen Gerüst und Ausfachung auf und lassen das Fachwerk leben.« Sie sah Vivienne an. »Werden Sie die Eichmühle kaufen, Frau Belrot?«

Hedi schüttelte den Kopf. »Aber nein! Sie wollte bloß...«

»Vielleicht«, sagte Vivienne lächelnd.

Nach dem Essen holten sie den Wagen in Matthias Mehrets Werkstatt ab; der Motor lief wie geschmiert, und ein neuer Auspuff war auch montiert.

»Ein gutaussehender Mann, dieser Mehret«, sagte Vivienne, als sie aus dem Dorf hinausfuhren.

»Wie hast du das mit der Mühle vorhin gemeint?« fragte Hedi.

»Was denkst du denn, wie ich es gemeint habe?«

»Du willst sie wirklich kaufen?«

Vivienne lächelte. »Ich hatte mir das öde Kuhkaff schlimmer vorgestellt. Und was Elisabeth Stöcker angeht: Für eine doofe Bäuerin redet sie mir ein bißchen zu klug.«

»Na ja, sie ist ja auch...«

»Egal, was sie ist. Sie hat Geschmack. Zumindest, was alte Möbel und alte Häuser angeht.«

16

Am zweiten Sonntag im Mai setzten Sascha, Dominique und Klaus alles daran, Hedi das Leben so angenehm wie möglich zu machen. Der Duft knusprig aufgebackener Brötchen durchzog die Wohnung. Im Flur stand kein einziges Paar Schuhe herum, und aus Dominiques Zimmer drang nur Flüstertechno.

In der Küche lief der Kaffee durch. Nirgends waren Pizzaverpackungen oder aufgerissene Chipstüten zu sehen. Auf dem sorgfältig gedeckten Eßzimmertisch stand eine Vase mit gelben Tulpen. Neben Hedis Teller lag eine in rotes Geschenkpapier eingewickelte Schachtel, vermutlich eine Pralinenmischung. Pünktlich um acht erschien die ganze Familie zum Frühstück.

»Alles Liebe zum Muttertag«, sagte Klaus und küßte sie. Er gab ihr eine in blaues Geschenkpapier eingewickelte Schachtel, vermutlich eine Pralinenmischung.

»Von uns auch alles Gute«, sagten Sascha und Dominique. Sie deuteten auf die rote Schachtel.

»Danke«, sagte Hedi gerührt. Sascha goß ihr Kaffee ein. Dominique reichte ihr den Korb mit den Brötchen; Klaus servierte weichgekochte Frühstückseier.

Nach dem Essen stellten die Kinder das Geschirr zusammen. Klaus stand auf, um es in die Küche zu bringen und in die Spülmaschine zu räumen.

»Ich werde die Mühle behalten«, sagte Hedi.

Klaus ließ um ein Haar die Teller fallen. »Das ist nicht dein Ernst!«

»Wenn es nicht mein Ernst wäre, hätte ich es nicht gesagt. Aber bevor ihr anfangt, euch aufzuregen, hört ihr euch vielleicht erst einmal an, was ich vorhabe.«

Vor lauter Schreck bemerkte niemand, daß Hedi *ich* statt des sonst üblichen *wir* gesagt hatte.

»Juliettes größter Wunsch war es, daß ich ihr Haus im Familienbesitz halte. Sie hätte es genausogut bestimmen können, aber sie überließ mir die Entscheidung. Die habe ich jetzt getroffen.«

»Gott, wie selbstlos«, knurrte Dominique.

»Und was wird mit uns?« fragte Sascha. Er hatte sich vor zwei Tagen für den Führerschein angemeldet.

»Das nächste Gymnasium ist nur achtzehn Kilometer entfernt. Von Hassbach aus fährt ein Bus.«

Klaus stellte die Teller scheppernd auf den Tisch zurück. »Soll das etwa heißen, du willst, daß wir da wohnen?«

»Wofür sollte ich wohl sonst renovieren?«

»Wie bitte?«

»Ich werde Juliettes Geld für die Instandsetzung der Eichmühle verwenden. Das ist nicht mehr als recht und billig.«

»Auf zum fröhlichen Schlaglochwettrennen morgens um halb sechs«, sagte Dominique.

»Es gibt eine Haltestelle, extra für den Schulbus.«

»Das kannst du nicht von mir verlangen«, sagte Klaus.

»Du darfst mit dem Auto fahren.«

»Mir ist nicht nach Scherzen zumute, Hedi!«

»Ich lass' mich doch nicht in diese gottverlassene Einöde verpflanzen!« rief Dominique.

»Ich hab' keinen Bock, zwei Jahre vor dem Abi die Schule zu wechseln«, maulte Sascha.

»Was soll ich in dem bescheuerten Schuppen den ganzen Tag anfangen?« meuterte Dominique. »Keine Freunde. Keine Abwechslung. Kein kulturelles Leben!«

»Meine Tochter und kulturelles Leben. Paß auf, daß ich mich nicht verschlucke vor Lachen.«

»Du hast null Ahnung, Mama, echt!«

»Deine auf CD gepreßte Lärmsammlung kannst du auch per Katalog vergrößern. Außerdem gibt's in Hassbach einen Laden.«

»In dem Kaff ist nicht nur der Hund begraben, da ist alles begraben, was man nur irgendwie beerdigen kann.«

»Hast du daran gedacht, daß wir wegen unserer unterschiedlichen Dienstzeiten ein zweites Auto brauchen würden?« fragte Klaus. »Abgesehen davon, verspüre ich nicht die geringste Lust, jeden Tag achtzig Kilometer hin und achtzig Kilometer zurück zu fahren, um zu meiner Dienststelle zu kommen.«

»Es sind höchstens vier Tage in der Woche, wenn ich deinen Schichtplan richtig im Kopf habe.«

»Das sind genau vier zuviel.«

»Außerhalb der Rush-hour geht das doch rucki, zucki, Schatz! Jedenfalls hast du das behauptet, als du mir die zum Reihenhaus mutierte Hundehütte in Gelnhausen schmackhaft machen wolltest.«

»Wir arbeiten in Offenbach, und wir wohnen in Offenbach.«

»*Du* arbeitest in Offenbach«, sagte Hedi.

»Was soll das heißen?«

»Ich habe zum Juni gekündigt. Am ersten September fange ich als Gemeindekrankenschwester in Hassbach an. Bis dahin ist die Mühle bezugsfertig.«

Klaus mußte sich setzen. »Du hast deine Stelle gekündigt, ohne mich vorher zu fragen?«

»Stell dir vor: Es gibt Dinge, die ich allein entscheiden kann.«

»Wie kannst du dich so rücksichtslos über unsere Interessen hinwegsetzen!«

»Ihr setzt euch seit Jahrzehnten rücksichtslos über meine Interessen hinweg.«

»So alt bin ich überhaupt nicht«, maulte Dominique.

»Du könntest dich auf ein Polizeirevier nach Darmstadt versetzen lassen. Von dort bist du in einer halben Stunde an der Mühle. Selbst während der Rush-hour.«

»Du weißt genau, daß ich mich nicht einfach so von heute auf morgen irgendwohin versetzen lassen kann!«

»Du versuchst es erst gar nicht.«

»Juliettes Geld reicht nie im Leben, um diese Bruchbude bewohnbar zu machen.«

»Ich habe nicht vor, das Bad mit Carraramarmor fliesen zu lassen.«

»Von irgendwas müssen wir ja demnächst unser Essen bezahlen, wenn du einfach aufhörst zu arbeiten.«

»Ich werde mich um die Innenrenovierung kümmern.«

»Die Hälfte meines Gehalts wird für Benzin draufgehen.«

»Wir müßten keine Miete mehr zahlen.«

»Aber zwei Autos.«

»Ich bekomme einen Dienstwagen gestellt.«

»Im September. Jetzt haben wir Mai.«

»Wir haben was gespart.«

»Bevor ich auch nur einen Pfennig von meinem sauer verdienten Geld in diese efeuumwucherte Ruine stecke, verbrenne ich es lieber.«

»Nicht nötig. Ich habe bereits einen Investor gefunden. Eine Investorin, um genau zu sein.«

Klaus wurde blaß. »Erzähl mir bitte nicht, daß du daran

denkst, deine Künstlerfreundin an dem Projekt zu beteiligen.«

»Vivienne steigt mit derselben Summe ein wie ich.«

»*Sie* hat dir also diesen Floh ins Ohr gesetzt. Das hätte ich mir denken können!«

»Scheune und Stall werden zu einem Atelier umgebaut«, fuhr Hedi unbeeindruckt fort. »Im ehemaligen Schweinekoben richte ich mir eine Töpferwerkstatt ein.«

»Dann kannst du ja so richtig rumferkeln«, bemerkte Dominique spitz.

»Die Mühle ist so groß, daß wir alle Platz darin haben werden.«

Klaus nahm die Teller und stand auf. »Mit dieser durchgeknallten Person ziehe ich nicht unter ein Dach.«

»Du kennst sie doch überhaupt nicht richtig.«

»Ich habe sie gesehen. Das reicht.«

»Klaus, bitte...«

»Nein.«

»Vivienne wird nicht in der Mühle wohnen, sondern über dem Atelier im Stall. Wenn alles fertig ist, natürlich.«

»Nicht mit mir.«

»Und wenn...«

»Ich sagte: Nein. Das ist mein letztes Wort in dieser verdammten Angelegenheit!«

»Meins auch«, sagte Sascha.

»Und meins erst recht«, knurrte Dominique.

Wenn Vivienne nicht gewesen wäre, hätte Hedi nach drei Tagen Grabenkampf die Flinte ins Korn geworfen. »Sobald die erst gemerkt haben, daß dir die Sache ernst ist, geben sie schon nach«, versuchte Vivienne sie am Telefon aufzumuntern.

»Hast du eine Ahnung! Die sind stur wie die Maulesel.«

»Spätestens, wenn die Wohnung ohne dich im Chaos versinkt, kommen sie angekrochen. Wart's ab.«

»Das Chaos, das meine Familie aus einer Wohnung vertreibt, muß erst noch erfunden werden.«

»Sie glauben, daß sie nur lange genug nein sagen müssen, um ihren Willen durchzusetzen.«

»Das glauben sie nicht, das wissen sie.«

»Ein Grund mehr, dir nicht länger von einem bequemen Ehemann und zwei ebensolchen Kindern auf der Nase herumtanzen zu lassen.«

»Aber...«

»Wenn du in die Mühle ziehen willst, tu es. Alles andere ergibt sich von selbst.«

»Es fragt sich nur, ob ich das dann will, was sich ergibt.«

»Wenn du selbst nicht einmal weißt, was gut für dich ist, kann ich dir auch nicht helfen, Hedwig Winterfeldt.«

Je näher der Juni rückte, desto schlechter fühlte Hedi sich. Nachts konnte sie nicht schlafen, tagsüber war sie müde und gereizt. Gespräche zwischen ihr und Klaus endeten im Streit, Dominique reagierte auf ihre Erklärungsversuche mit pampigen Sprüchen und Sascha mit trotzigem Schweigen.

Der Abschied im Krankenhaus war schwerer, als sie gedacht hatte. Von ihren Patienten bekam sie Schokolade und Pralinen und von ihren Kolleginnen einen knallrot angemalten Wetterhahn.

»Für dein neues Heim. Damit du immer weißt, in welcher Himmelsrichtung das Stadtkrankenhaus Offenbach liegt.« Selbst Belinda fiel ihr um den Hals, und Hedi hatte alle Mühe, die Tränen zurückzuhalten.

Der Nachfolger von Dr. Bechstein schenkte ihr einen Strauß bunter Freesien. »Ich lasse Sie nur ungern gehen, Frau Winterfeldt. In den wenigen Monaten, die ich hier bin, habe ich Sie nicht nur als fachlich qualifizierte und engagierte, sondern auch als einfühlsame und verständnisvolle Mitarbeiterin schätzengelernt. Und davon gibt es leider nicht allzu viele. Ich habe gehört, Sie wollen als Gemeindeschwester arbeiten?«

»Ich habe im Odenwald ein Haus geerbt, und zufällig war in der Nähe eine Stelle frei.«

»Das freut mich für Sie.« Er gab ihr die Hand. »Ich wünsche Ihnen alles erdenklich Gute.«

»Danke.« Hedi war froh, daß er keine großen Worte machte. Auf dem Nachhauseweg stand sie lange vor der *Lächelnden Frau*. Sie würde ihr fehlen, genauso wie das *Pfauenhaus* und all die anderen kleinen Dinge in dieser Stadt, die ihr so selbstverständlich geworden waren, daß sie keinen Gedanken daran verschwendet hatte, daß sie sie jemals vermissen könnte.

Vivienne bestand darauf, ihre Bilder selbst zur Mühle zu transportieren. Ein Auto besaß sie nicht; angeblich brauchte sie keins. Am Vormittag des dritten Juni kaufte Hedi auf dem Automarkt für tausend Mark einen alten VW-Bus. Sie hoffte, daß er bis zum September halten würde.

»Wieviel hat dir der Besitzer bezahlt, daß du ihn von dem Schrotthaufen erlöst?« fragte Klaus grinsend, als sie nach Hause kam.

»Für meine Zwecke reicht er«, sagte Hedi und ging ins Schlafzimmer.

Klaus kam ihr nach. »Und was sind deine Zwecke?«

»Ich glaube nicht, daß ich dir das noch erklären muß.« Sie holte einen Koffer vom Schlafzimmerschrank.

Klaus nahm ihn ihr ab. »Du meinst es nicht ernst, oder?«

Hedi öffnete den Schrank und zog einen Stapel Pullover heraus.

»Du kannst nicht einfach so gehen.«
»Gib mir den Koffer.«
»Hedi, bitte...«
»Gib mir den Koffer!«

Klaus sah sie mit einem seltsamen Blick an. »Unsere Ehe bedeutet dir gar nichts mehr?«

»Dasselbe könnte ich dich fragen.«

»Warum bist du nur so stur!«

»Und du?« Hedi nahm Klaus den Koffer ab und legte ihre Pullover hinein.

Schweigend sah er zu, wie sie T-Shirts, Jeans, Unterwäsche und Socken dazupackte. Sie holte eine Reisetasche vom Schrank und füllte sie ebenfalls. Sie brachte das Gepäck in den Flur und holte ihre Sachen aus dem Bad. Mit einem Karton ging sie von Zimmer zu Zimmer und sammelte Bücher und Nippes ein.

»Nett, daß du die Möbel daläßt«, sagte Klaus.

»Ruf mich an, wenn ihr kommt.«

»Ich habe dir schon hundertmal gesagt, daß ich nicht in diese verdammte Mühle ziehe. Und die Kinder auch nicht.«

»Hilfst du mir, das Gepäck runterzutragen?«

»Du kannst uns doch nicht einfach im Stich lassen!«

»Tu' ich gar nicht. Ich fahre bloß schon mal vor.«

Klaus nahm den Koffer und die Reisetasche und brachte sie zurück ins Schlafzimmer. Hedi lief ihm hinterher. »Was fällt dir ein!«

»Du bleibst hier.«

»Nein.«

»Doch.«

Hedi griff nach dem Koffer. Klaus hielt ihre Hände fest. »Und wenn ich dich *sehr* darum bitte?«

»Ich habe dich auch *sehr* darum gebeten mitzukommen.«

»Es geht nicht! Warum begreifst du das nicht?«

»Du willst nicht. Das ist alles. Und jetzt laß mich gefälligst los!«

Klaus sah sie stumm an. Er gab ihre Hände frei und verließ das Zimmer. Hedi schleppte das Gepäck wieder in den Flur. Als sie zum zweiten Mal in die Wohnung kam, um den Karton und die Autoschlüssel zu holen, studierte Klaus immer noch die erste Seite der *Offenbach-Post*.

»Grüß die Kinder von mir, wenn sie nachher aus der Schule kommen.«

»Ja.«

»Ich fahr' dann mal.«

»Mhm.«

»Tschüs, Klaus.«

»Tschüs, Hedi.«

In ihrem Hals wurde es sehr eng.

Vivienne erwartete sie ungeduldig im Salon. Um sie herum standen Dutzende von Ölgemälden. Das Biedermeiersofa war mit einem Laken abgedeckt, die Palmen waren zusammengebunden.

»Wo bleibst du denn so lange? Hat dich dein Klaus nicht gehen lassen?«

Hedi zeigte auf die Bilder. »Die Schinken da passen unmöglich alle in mein Auto.«

»Was fällt dir ein, meine Arbeiten *Schinken* zu nennen!«

»Sie passen nicht alle rein.«

»Dann fahren wir eben zweimal.«

»Weißt du, was nachmittags auf der Autobahn los ist?«

»Möbelpacker haben keinen Sinn für Kunst.«

»Ich bin beruhigt, daß du ihnen wenigstens deine Zimmerpflanzen anvertraust.«

»Nur die großen.«

Gemeinsam verstauten sie die Hälfte der Bilder, eine Kiste

mit Unterlagen, zwei Schwertfarne und drei Koffer in Hedis Bus. Der Himmel hatte sich zugezogen. Viviennes gelber Satinrock flatterte im Wind. Umständlich kletterte sie auf den Beifahrersitz. Im Innenraum des VW-Busses breitete sich eine Wolke Chanel No. 5 aus.

Beim dritten Startversuch sprang der Wagen an. Hedi schwitzte; sie wischte sich ihre Hände an den Jeans ab. Auf ihrem T-Shirt war ein brauner Fleck. Als sie aus der Stadt fuhren, wurde der Himmel so grau wie ihr Gemüt. Sie schafften es gerade noch rechtzeitig, das letzte Gemälde in die Mühle zu tragen, bevor es anfing zu regnen. Hedi hatte Kopfschmerzen und nicht die geringste Lust, wegen der übrigen Bilder den ganzen Weg noch einmal zu machen. Ihren Vorschlag, allein zu fahren, lehnte Vivienne kategorisch ab.

»Ich brauche dich zum Tragen.«

Seufzend gab Hedi nach. Der Wind wurde stärker; auf der Autobahn kämpften die rostigen Scheibenwischer gegen strömenden Regen an, aber kurz vor Frankfurt klarte es wieder auf. Die restlichen Bilder, Koffer und Pflanzen hatten sie rasch verladen. Aus der Stadt kamen sie schnell heraus. Auf der Autobahn in Richtung Darmstadt hatte sich inzwischen ein langer Stau gebildet. Hedi fluchte und stellte den Motor ab. Vivienne sah aus dem Fenster. Eine halbe Stunde später kreiste ein Polizeihubschrauber über ihnen. Er forderte sie über Lautsprecher auf, eine Gasse für die Rettungsfahrzeuge frei zu machen. Auf den Fahrspuren rechts und links brach Hektik aus. Der VW-Bus gab ein Knarzen von sich und blieb stehen. Hedi schlug auf das Lenkrad. »Scheiße!«

Ein Streifenwagen bahnte sich mühsam den Weg durch die entstandene Gasse. Hedis Bus blockierte die Weiterfahrt. Ein Polizist stieg aus. Er sah nicht sehr freundlich aus. Hedi kurbelte das Seitenfenster herunter. »Tut mir leid, aber er springt nicht mehr an.«

Der Beamte musterte das Auto, dann die Ladung. Viviennes Bilder stapelten sich bis unters Dach. Hinter Hedis Sitz breitete eine Yuccapalme ihre Blätter aus.

»Sie sollten das Ding in Ihren Vorgarten stellen und mit Geranien bepflanzen, anstatt damit die Autobahn zu verstopfen!«

Die Kolonne geriet in Bewegung. Der Polizist lief zurück zu seinem Streifenwagen.

»Ist dein Klaus auch so nett?« fragte Vivienne.

»Eine Unverschämtheit ist das!« schimpfte Hedi.

»Was machen wir denn jetzt?«

»Schieben.«

Von der nächstgelegenen Raststätte aus rief Hedi das *Prinzeßchen* an. Zwei Stunden später kam Matthias Mehret mit einem Abschleppwagen. Als sie die Eichmühle erreichten, war es mitten in der Nacht.

Vivienne schlief noch, als der Umzugstransporter am nächsten Morgen auf den Hof fuhr. Hedi zeigte den beiden Möbelpackern, wo sie das Biedermeiersofa und den Couchtisch hinstellen sollten. Als sie den Tisch ins Wohnzimmer trugen, kam Vivienne die Treppe herunter. Sie hatte einen knallgelben Morgenrock an und gähnte.

»Warum hast du mich nicht geweckt?«

Hedi zuckte mit den Schultern. »Entweder schreie ich zu leise, oder du schläfst zu laut.«

Vivienne ließ sich auf der Treppe nieder und rieb sich den Schlaf aus den Augen. »Das war ganz schön anstrengend gestern.«

Die Männer gingen hinaus und kamen mit einer Holztruhe zurück. Sie war mit Eisenbeschlägen versehen und mit einem Vorhängeschloß gesichert. Vivienne sprang auf. »Die bringen Sie bitte in die Dachkammer. Aber vorsichtig!«

Die Möbelpacker polterten mit der Truhe nach oben. »Ganz hoch und dann rechts«, rief ihnen Vivienne hinterher.

»Was ist da drin?« fragte Hedi.

»Meine Meditationsutensilien.«

»Du meditierst? Davon hast du mir ja gar nichts erzählt.«

»Ich konzentriere mich auf meine Aura und löse mich von Geräuschen, Gerüchen, Gefühlen und allem Gegenständlichen, verstehst du?«

»Mhm.«

»Nur so finde ich immer wieder die nötige Kraft für meine Arbeit.«

Die Möbelpacker kamen die Treppe herunter.

»War sauschwer, das Ding!«

»Sind wahrscheinlich Backsteine drin.«

Lachend verschwanden sie nach draußen.

Vivienne setzte sich wieder. Unter ihrem Morgenrock blitzte ein rosafarbenes Negligé hervor. »Mein Unterbewußtsein registriert alle energetischen Vorgänge in meinem Aurafeld und nimmt Dinge wahr, die meinen physischen Sinnen nicht zugänglich sind. Diese Interaktionen werden gespeichert und können durch Meditation abgerufen werden.«

»Was ist in der Kiste?«

»Ein altes okkultes Axiom besagt: Alle Energie folgt dem Denken.«

»Du hast meine Frage nicht beantwortet.«

»Meine Meditationsrequisiten sind für Fremde tabu. Genauso wie der Raum, in dem sie sich befinden.«

»Durfte ich deshalb nicht in deine Abstellkammer?«

»Die Psychometrie würde gestört.«

»Verstehe.«

»Versprich mir, daß du nicht hinaufgehst!«

Hedi hob grinsend ihre rechte Hand. »Ich schwöre, keinen Fuß in dein Heiligstes zu setzen. Zufrieden?«

Vivienne nickte. Außer der Holztruhe trugen die Männer noch eine große und eine kleine Kiste in das Dachzimmer.

»Psychometrie scheint was Kompliziertes zu sein«, sagte Hedi.

»Kann man da oben ein Faxgerät anschließen?« fragte Vivienne.

»Braucht man das zum Meditieren?«

»Ich meine es ernst!«

»Neben der Tür ist eine Steckdose.«

Die Möbelpacker brachten die Kentiapalmen herein. »Die kommen ins Wohnzimmer«, bestimmte Vivienne.

Die Männer trugen die Pflanzen und die Tontöpfe schimpfend durch den engen Flur und stellten sie vor dem Fensterchen im Wohnzimmer ab. Vivienne schnitt die Verschnürung durch. Das halbe Zimmer füllte sich mit Palmwedeln.

Der jüngere der Männer fuhr mit dem Handrücken über sein verschwitztes Gesicht. Der ältere kratzte nachdenklich sein Doppelkinn. »Sie ham nich vor, hier noch was reinzutun, oder?«

»Bringen Sie sie wieder hinaus!« befahl Vivienne.

»Aber mit Vergnügen, gnädige Frau. Sollen wir sie zur Probe vielleicht mal unters Dach schleppen?«

»Die Terrakotten nehmen Sie bitte auch mit!«

»Hä?«

»Die Übertöpfe«, sagte Hedi. Sie schlug vor, die Palmen während des Sommers im Hof stehenzulassen. Vivienne war einverstanden. Ihr antiker Schlafzimmerschrank paßte auch zerlegt nicht durch die Haustür. Mißmutig bauten die Männer ihn in der Scheune zusammen. Außer einem alten Bett und einem wurmstichigen Nachttisch besaß Vivienne keine weiteren Möbel mehr.

Gegen ein großzügiges Trinkgeld waren die Möbelpacker

bereit, einen Kleiderschrank aus dem Keller in den ersten Stock und Juliettes verblichenes Sofa vom Wohnzimmer auf den Dachboden zu tragen; dafür fand das Biedermeiersofa Platz vor dem Kamin. Hedi richtete sich in Juliettes Schlafzimmer ein, Vivienne in dem Raum gegenüber. Danach räumten sie die mit Krimskrams vollgestellte Kammer neben der Küche leer und richteten sie als Eßzimmer ein.

Abends waren sie so erschöpft, daß sie nicht einmal mehr Lust zum Reden hatten. Doch kaum lag Hedi im Bett, war ihre Müdigkeit verflogen. Eigentlich hätte sie jetzt Nachtschicht. Und Klaus mußte morgen zum Frühdienst. Ob er sie vermißte? Angerufen hatte er jedenfalls nicht. Und die Kinder auch nicht. Oder hatte sie das Telefon in dem ganzen Trubel nur nicht gehört? Was sie wohl heute zu Mittag gegessen hatten? Liebe Zeit, sie hatte vergessen, Klaus' Hemden zu waschen! Die *Lächelnde Frau* und Albert Einstein irrten in schmutzigen Uniformen durchs *Pfauenhaus,* als sie durch einen Schrei geweckt wurde. Er kam von gegenüber.

Vivienne hatte sich in die hinterste Ecke ihres Betts verkrochen und die Decke bis zum Kinn gezogen. Sie zeigte auf eine Stelle über ihrem Nachttisch. »Da-da ... *da!*«

Hedi sah hin und schüttelte den Kopf. Sie öffnete das Fenster und klappte die Holzläden auf. Unter dem Fenster rauschte der Bach. Im Mondlicht zeichneten sich die Umrisse des alten Mühlrads ab.

»Igittigitt«, rief Vivienne.

Hedi drehte sich zu ihr um. »Sei still! Du erschreckst sie ja zu Tode.« Sie nahm den seidenen Faden, der von der Decke baumelte, beförderte ihn samt Spinne nach draußen und schloß die Klappläden wieder. »Ich könnte mir ein schöneres Hobby vorstellen, als mitten in der Nacht die Insektenwelt in meinem Schlafzimmer zu observieren.«

Vivienne stiegen Tränen in die Augen. »Mach dich auch noch lustig über mich!«

»Schlaf gut.«

»Ich habe eine Spinnenphobie.«

»Die solltest du dir hier abgewöhnen.«

»Aber...«

Hedi lächelte. »In alten Wassermühlen denken Spinnen für gewöhnlich selten daran, abgasverseucht von den Wänden zu fallen. Sie leben ein lustiges Leben.«

»Aber doch nicht nachts um halb drei! In meinem Bett! Und noch dazu so eine widerlich fette!«

»Normalerweise schläft man um die Uhrzeit ja auch.«

»Ich konnte aber nicht schlafen. Diese gespenstische Stille ist zum Wahnsinnigwerden.«

»Ich lass' das Fenster auf. Du kannst dir einbilden, der rauschende Mühlbach sei eine Autobahn.«

Vivienne zog die Decke über den Kopf. »Auf den Arm nehmen kann ich mich selbst.«

»Na dann: Gute Nacht.« Hedi löschte das Licht und ging in ihr Zimmer zurück. Das fing ja gut an.

17

»Guten Morgen«, sagte Dagmar, als Klaus Viertel vor sieben in den Vernehmungsraum kam. »Du siehst unausgeschlafen aus.«

»Ich *bin* unausgeschlafen.« Klaus ließ sich auf den Holzstuhl fallen, der normalerweise Zeugen und Beschuldigten vorbehalten war. »Was schreibst du denn Schönes eine Viertelstunde vor Dienstbeginn?«

Dagmar legte Papier in den Drucker und gab den Druckbefehl. »Ich habe den Bericht fertiggemacht. Wegen unserer Festnahme gestern abend in Mühlheim.«

Klaus gähnte. »Wie du dem Kerl das Bein gestellt hast... alle Achtung!«

»Ich hatte einfach nicht das Bedürfnis, ihm zwei Kilometer hinterherzurennen.« Der Drucker fing an zu summen und gab das erste Blatt aus. Dagmar reichte es Klaus. »Sei so gut und lies noch mal drüber, ja?« Sie rümpfte die Nase. »Hast du im Bierzelt übernachtet?«

Klaus überflog murmelnd den Bericht. »Mein Nachbar Ralf hat sich in die Briefträgerin verliebt.«

Dagmar gab ihm die zweite Seite. »Du sprichst in Rätseln.«

»Ich mußte mir ein anderes warmes Plätzchen suchen, um meinen abendlichen Schoppen zu trinken.«

»Das tust du in letzter Zeit öfter, was?«

»Ein warmes Plätzchen suchen?«

»Schoppen trinken.«

Klaus fing an zu lachen. »Hast du Probleme mit der Orthographie?«

»Warum?«

»Du hast dich der Rechtschreibhilfe dieses genialen Computers bedient, stimmt's?«

»Ist der Bericht nun in Ordnung oder nicht?«

»Der Bericht schon. Die Schreibweise der *Polizeistation Mühlheim* würde ich noch mal überdenken.«

Dagmar nahm Klaus die Blätter ab. »Großer Gott! Und ich hab's nicht gemerkt.«

»Polizeistaat Mülleimer. So was kann nur einem Polizeicomputer einfallen.«

Michael Stamm kam herein. »Na? Kämpft ihr wieder gegen die dienstlich gelieferte EDV?«

Klaus zuckte mit den Schultern. »Du wirst es nicht glauben: Das Ding kann Witze erzählen.«

»Dieter Schneider vom K 28 hat angerufen. Ob ihr ihm netterweise den Spezi von gestern abend vom Gewahrsam ins Präsidium bringen könntet.«

Im Einbruchskommissariat ging es zu wie im Taubenschlag. Kommissar Kunze lief brüllend zwischen drei Büros hin und her. Auf dem Gang stapelten zwei Schutzpolizisten Säcke und Kisten mit Asservaten übereinander. Auf einem Stuhl saß ein Festgenommener, bewacht von zwei weiteren Schutzpolizisten. Kommissar Kunze forderte ihn auf, ihm zu folgen. Die Uniformierten verabschiedeten sich. Kunze schob den Festgenommenen in sein Büro und knallte die Tür zu. Beamte vom K 28 trugen die Säcke und Kisten weg. Klaus klopfte an Dieters Büro.

»Herein!«

Die Aktenstapel auf Dieters Schreibtisch hatten sich um etliche Zentimeter erhöht. Ihm gegenüber saßen ein bosnischer Einbrecher, ein serbokroatischer Dolmetscher und ein deutscher Rechtsanwalt.

Klaus rammte dem Rechtsanwalt die Tür in den Rücken. »Entschuldigung.« Er sah Dieter an. »Du wolltest...«

»Dieses Büro ist eine Zumutung!« sagte der Rechtsanwalt.

»Normalerweise sitzt auf Ihrem Stuhl ja auch mein Kollege, Herr Dr. Spieß«, sagte Dieter.

»Sie wollen mir doch nicht erzählen, daß in diesem Hasenkasten zwei Beamte arbeiten?«

»Es gibt Leute, die behaupten, Beamte arbeiten nicht.«

»Wollen Sie mich auf den Arm nehmen?«

»Fragen Sie das unsere Führung, Herr Dr. Spieß. Wenn Sie mich bitte einen Moment entschuldigen?« Dieter drückte sich an dem Rechtsanwalt, dem Dolmetscher und dem Einbrecher vorbei in den Flur. Er schaute sich suchend um. »Na? Hast du den guten Abdul unterwegs verloren?«

»Der Bürger aus Marokko war noch nicht erkennungsdienstlich behandelt. Dagmar kümmert sich darum«, sagte Klaus. »Ich nehme an, das war in deinem Sinne?«

»Ich weiß die Kooperation mit der Schutzpolizei zu schätzen. Zumal um diese Uhrzeit.«

»Noch mehr Süßholz, und ich rede dich mit *Derrick* an und koche Kaffee.«

Dieter grinste. »Wozu seid ihr Uniformierten denn sonst da, hm?«

»Wetten, daß ich an deinem Auto nachher irgendwas Bußgeldwürdiges finde? Seid ihr Starermittler heute aus den Betten gefallen, oder hat Bayern Hessen wieder mal Amtshilfe geleistet?«

»Du siehst die Früchte monatelanger Ermittlungstätigkeit vor dir, Kollege!«

»Im Moment sehe ich einen leeren Flur. Was hat unser Marokkaner mit der Sache zu tun?«

»Die Klamotten, die ihr in seiner Wohnung sichergestellt habt, stammen vermutlich aus dem gleichen Bruch wie ein Teil von dem Kram, den wir heute nacht bei den Bosniern gefunden haben.«

»Multikulturelle Zusammenarbeit«, sagte Klaus.

Dieter zeigte auf seine Bürotür. »Der Kerl da drin ist der Kopf der Bande. Er hat dreiundsiebzig Fälle wegen schweren Diebstahls im System. Er bekam eine freundliche richterliche Ermahnung und eine kleine Geldstrafe. Der Rest wurde eingestellt.«

Klaus grinste. »Das spricht gegen deine monatelange Ermittlungstätigkeit.«

»Um die Strafe zu bezahlen, hat er ein paar Brüche zusätzlich gemacht. Und jetzt schaff mir gefälligst diesen Abdul Sonstwas hierher!«

»Abdul Kaddouri aus Beni Sidel vom Erkennungsdienst in Ihr Büro verbringen: Wird sofort erledigt, Herr Derrick.«

Dieter verschwand in seinem Büro, und Klaus fuhr ins Erdgeschoß hinunter.

»Das darf doch nicht wahr sein!« Dagmars empörte Stimme drang aus den Räumen des Erkennungsdienstes bis in den Flur.

»Du bist nicht up to date«, sagte die Angestellte, die Abdul Kaddouri Fingerabdrücke abnahm.

Klaus kam herein. »Hallo, Ina. Gibt's Probleme?«

»Hallo, Klaus.« Ina forderte Abdul Kaddouri auf, sich die Finger zu waschen; er ging zum Waschbecken. »Deine junge Kollegin bewundert gerade unseren auf political correctness getrimmten KP 8.«

»Die spinnen.« Dagmar hielt den Erfassungsbogen für die Personenbeschreibung in der Hand. »Aussehen: afrikanisch. Geniale Idee, echt wahr.«

»Marokko liegt nun mal in Afrika, oder?« sagte Klaus.

»Der Kongo auch.«

»Und wie würdest du einen Herrn aus dem Kongo beschreiben wollen, hm?«

»Negroid zum Beispiel.«

»Rassistin.«

Dagmar lief rot an, Ina lachte. Klaus zuckte mit den Schultern.

»*Negroid* ist ein Ausdruck ausländerfeindlicher Gesinnung. Genauso diskriminierend wie *ostpreußisch* und die Beschreibung sonstiger Zungenschläge jenseits der Oder. Objektiv festgestellt von einer Arbeitsgruppe der Innenministerkonferenz im Jahre des Herrn 1997.«

»Die Saarländer dürfen nicht mal mehr *südländisch* sagen«, bemerkte Ina.

»In Bayern gibt's dagegen überhaupt keine Rassisten«, sagte Klaus.

Abdul Kaddouri drehte den Wasserhahn zu und schmierte die Reste der Fingerabdruckfarbe ins Handtuch. Er grinste.

»Gestern hat er behauptet, er spricht kein Deutsch«, sagte Klaus.

Abdul Kaddouri krempelte die Ärmel seines Hemds herunter und zog seine Jacke an. »Ich nix verstehn.«

»Ich merk's.« Klaus sah Dagmar an. »Ina ist seit 1997 nicht mehr polizeilich zu beschreiben.«

Ina lachte. »Vollbusig haben sie auch aus dem Bogen gestrichen.«

»Laß uns gehen«, sagte Dagmar.

Sie brachten Abdul Kaddouri bis vor Dieters Büro.

»Meine ganze Geschäft kaputt! Tor kaputt! Fenster kaputt!«

tönte es von drinnen. Klaus klopfte und steckte seinen Kopf durch die Tür.

Einbrecher, Dolmetscher und Rechtsanwalt waren verschwunden. Auf dem Stuhl von Dr. Spieß saß ein stämmiger Türke mittleren Alters und blätterte eine Lichtbildmappe durch. Er warf Dieter einen wütenden Blick zu. »Warum Polizei macht nix?«

»Dein Kunde wartet draußen«, sagte Klaus.

»Bitte schauen Sie sich die Fotos an, Herr Gündüz«, sagte Dieter. »Vielleicht ist ja...«

»Das alles Kanaken! Warum ihr schmeißen nicht raus?«

Dieter sah Klaus an. »Bring ihn zu Kunze. Ich bin beschäftigt.«

»Viel Erfolg.«

»Danke für eure Hilfe. Herr Gündüz, Sie sollten wirklich...«

»Deutsches Staat dummes Staat! Läßt sich bescheiße von die ganze Kanaken! Betrüge alle Sozialhilf. Ich weiß. Jeder weiß. Aber Polizei macht nix!«

»Nach *dem* Auftakt freue ich mich direkt auf unsere Präventivstreife«, sagte Dagmar lächelnd, als sie zum Parkplatz gingen. Klaus nickte.

Sie fuhren durch die Innenstadt. Am Funk blieb es ruhig. Die Sonne schien warm auf Straßen und Häuser. Klaus sah aus dem Fenster und gähnte verstohlen. Dagmar bog von der Berliner Straße in die Kaiserstraße ein und fuhr in Richtung Bahnhof. »Willst du mir nicht langsam mal sagen, was los ist?«

»Was soll los sein? Ich habe schlecht geschlafen. Das ist alles.«

»Du erzählst keine Witze mehr.«

»Die Frauenbeauftragte ist mir letztens im Traum erschienen.«

»Du siehst furchtbar aus.«

»Sie hat mich auch sehr erschreckt.«
»Ich versuche, mich ernsthaft mit dir zu unterhalten.«
»Warum?«
»Ich möchte nicht, daß mein Streifenpartner unter die Räder kommt.«
»Halt mal an! Da vorn steht einer im Parkverbot.«
Dagmar fuhr an den Bordstein. Klaus stieg aus. Er hatte das Knöllchen zur Hälfte ausgefüllt, als die Fahrerin des Wagens erschien. Sie war jung und hübsch. Klaus zerriß den Strafzettel und ging zum Streifenwagen zurück.
»Was hättest du gemacht, wenn's ein siebzigjähriger Opa gewesen wäre?« fragte Dagmar lächelnd.
»Das Auto sichergestellt, den Führerschein eingezogen und eine Blutprobe angeordnet. Du etwa nicht?« Er warf einen Blick auf die Uhr. »Wir haben gleich Schutzmaßnahme am jüdischen Kindergarten.«
»Ich bin schon auf dem Weg.« Sie fuhr zum vorgeschriebenen Beobachtungspunkt, stellte den Streifenwagen ab und kurbelte das Fenster herunter. Die Sonne brannte aufs Dach. Klaus kämpfte mit dem Schlaf.
Dagmar lehnte sich im Sitz zurück. »Alkohol löst dein Problem jedenfalls nicht.«
»Was soll das heißen?« fuhr Klaus auf.
»Konflikte in der Partnerschaft und Ärger im Beruf sind die häufigsten Gründe, warum Menschen zur Flasche greifen.«
»Ich bitte dich! Willst du mich bei den Anonymen Alkoholikern anmelden, weil ich abends mal ein Bier trinke?«
»Du hast Ärger mit deiner Frau, stimmt's?«
Klaus schwieg.
»Entschuldige. Es geht mich nichts an.«
»Sie ist vorgestern in eine Wassermühle hinterm Mond gezogen.«
»Wassermühle klingt romantisch.«

»Fang du nicht auch noch an.«

»Hat sie einen Freund?«

»Sie teilt ihr romantisches Anwesen mit Hühnern, Karnikkeln und einer verrückten Künstlerin.«

»Irgendwie ist sie mir sympathisch.«

»Und ich bin ein Monster, vor dem man flüchten muß, was?«

»Ich denke, im großen und ganzen bist du in Ordnung. So ein kleiner Hauspascha halt.«

»Danke.«

»Ich hab's nicht böse gemeint.«

»Wie dann?«

Sie lächelte. »Eine Frau geht am Strand spazieren und findet eine verkorkte Flasche. Als sie sie öffnet, kommt Nebel heraus. Der Nebel formt sich zu einer Gestalt, und die Gestalt spricht...«

»Orpheus 18/5 von 18/1 kommen!« tönte Michaels Stimme aus dem Funk.

Klaus drückte die Sprechtaste. »Hier Orpheus 18/5. Wir stehen Schutzmaßnahme Julius drei. Was liegt an?«

»Sie werden von 18/4 abgelöst. Einsatz in der Groß-Hasenbach-Straße. Wie gehabt.«

»Verstanden.« Klaus grinste. »Wolltest du nicht mit Frau Westhoffs Besuch ein ernstes Wörtchen reden?«

Die Wohnung war leer, als Klaus mittags heimkam. Er hatte Hunger und war hundemüde. Im Kühlschrank fand er vier Scheiben Salami und einen Käserest. Er trank eine Flasche Bier dazu und ging ins Bett.

Schlafen konnte er nicht. Die Sehnsucht nach Hedi tat weh. Eine Stunde vor dem Nachtdienst fiel ihm ein, daß er am Morgen das letzte Uniformhemd aus dem Schrank genommen hatte. Er ging ins Bad, wühlte im Wäschetrockner, zog ein ockerfarbenes Stoffknäuel heraus und klopfte bei Dominique. Sie lag bäuchlings auf ihrem Bett und las in der *Bravo*. Die Stereoanlage dröhnte.

»Kannst du mir sagen, wie ich das hier glatt bekomme?« Dominique reagierte nicht.

»Wie kriege ich die Falten aus dem Hemd, verflucht noch mal!«

Dominique hob den Kopf. »Oh, hallo Paps. Hab' dich gar nicht reinkommen hören. Was gibt's denn?«

Klaus deutete kopfschüttelnd auf die Stereoanlage und hielt Dominique das zerknitterte Uniformhemd hin. »Kannst du mir das schnell bügeln? Ich muß zum Dienst.«

»Hast du noch mehr davon, Paps?«

»Das ist nett. Ich schau' mal nach.«

»Ich brauche was zum Üben.«

Sascha saß auf der Wohnzimmercouch und zappte durchs Fernsehprogramm. Auf dem Tisch vor ihm lagen *McDonalds*-Verpackungen und eine halbleere Tüte Chips. Klaus baute das Bügelbrett auf. Er griff nach dem Bügeleisen. Das Brett krachte zusammen. »Verdammter Scheißkram!«

Sascha grinste. »Du solltest es mit dem Verriegelungsstift probieren, Papa.«

Das Telefon klingelte. Dominique steckte den Kopf zur Tür herein. »Für dich, Paps.«

Klaus ging in den Flur und nahm den Hörer.

»Ich wollte mich erkundigen, wie es dir geht, mein Junge«, sagte Therese Winterfeldt.

»In den zwölf Stunden seit deinem letzten Anruf hat sich nichts Grundlegendes geändert, Mutter.«

»Ich mache mir wirklich ernsthafte Sorgen!«

»Ich auch.«

»Um die Kinder, nicht wahr?«

»Um deine Telefonrechnung.«

»Sie brauchen eine ordnende Hand! Du glaubst nicht, wie wichtig das in dem Alter ist.«

»Ja, Mutter.«

»Du mußt darauf achten, daß sie morgens anständig frühstücken, hörst du?«

»Ja.«

»Und daß sie ihre Schulaufgaben ordentlich machen.«

»Sicher.«

»Hast du die Wäsche aus dem Trockner genommen?«

»Mhm.«

»Was habt ihr heute gegessen?«

»Onkel Donald hat gekocht.«

»Ist das ein Nachbar von euch?«

»Sozusagen.«

»Ich weiß ja, du willst das nicht hören: Aber eine Frau, die ihre Familie im Stich läßt, hat keinen Charakter.«

»Mutter, bitte.«

»Wo kommen wir denn hin, wenn jeder nur noch das tut, was ihm gerade einfällt? Aber die jungen Frauen heutzutage haben kein Pflichtgefühl und kein bißchen Anstand mehr!«

»Ich muß zum Dienst.«

»Hast du Dr. Maurer angerufen?«

»Ich brauche keinen Scheidungsanwalt, weil ich mich nicht scheiden lasse.«

»Ich meine es doch nur gut mit dir, Junge! Ich habe dir von Anfang an gesagt, daß diese Frau dich eines Tages ins Unglück stürzt. Und ich finde, es wäre besser...«

»...das Gespräch zu beenden. Tschüs.« Klaus knallte den Hörer auf. Warum hatte er auch ausgerechnet seine Mutter fragen müssen, wie der verdammte Trockner einzustellen war! Er holte das zerknautschte Hemd aus dem Wohnzimmer und ging in den ersten Stock hinunter. »Wie machst du das mit dem Bügeln?« fragte er, als Ralf ihm öffnete.

18

Hedi hätte nicht gewußt, wie sie die ersten Tage in der Eichmühle ohne Elisabeth Stöcker hätte überstehen sollen. Im Gegensatz zu Vivienne, die bis in die Puppen schlief, kam das *Prinzeßchen* schon frühmorgens auf ihrem Fahrrad herausgefahren, fütterte wie selbstverständlich die Tiere und kümmerte sich um den Garten.

»Sie regeln mit Ihrer Freundin die Dinge drinnen, und ich erledige die Arbeiten draußen«, sagte sie lächelnd, als Hedi Einwände erhob. »Ich löse nur ein Versprechen ein.«

»Wie bitte?«

»Ich habe Juliette gesagt, daß ich Ihnen etwas zur Hand gehe, bis Sie sich eingelebt haben.«

»Aber sie wußte doch gar nicht, daß ich die Mühle behalte!«

»Sie hoffte es.« Elisabeth lehnte ihr Fahrrad an die Hausmauer und sah zum Himmel. »Das gibt einen heißen Tag heute.«

Hedi nickte. Ihr Blick wanderte von Elisabeths schlichtem, schwarzen Kleid zu ihren eigenen, verschlissenen Jeans. Sie schämte sich, weil das *Prinzeßchen* Trauer trug und sie nicht. Die Freundschaft zwischen ihr und Juliette mußte sehr tief gewesen sein. Der Gedanke, daß eine Fremde ihrer Tante so viel näher gewesen war als sie selbst, tat weh.

»Soll ich Ihnen schnell den Garten zeigen?«

Hedi zuckte zusammen. »Bitte?«

»Ich würde gerne einen kleinen Rundgang durch den Gemüsegarten machen, um Ihnen zu zeigen, was demnächst zur Ernte ansteht. Im Frühjahr habe ich Salat und Kräuter ausgesät.«

»Mhm.« Juliettes Garten kam für Hedi gleich nach dem Fleck über dem Kamin. Am liebsten hätte sie nicht hingesehen.

»Wir können es auch morgen machen«, sagte Elisabeth.

Hedi schüttelte den Kopf. »Ich würde Sie gerne etwas fragen, Frau Stöcker.«

Elisabeth nahm einen dunkelblauen Kittel aus ihrem Fahrradkorb und zog ihn an. »Nur zu.«

»Was hat meine Tante damit gemeint: *Kauf dir endlich den GRIMM davon?*«

Elisabeth lachte. »Das war typisch Juliette. Führt unsere Diskussionen sogar in ihrem Testament weiter! Ich sagte, daß das Ding der reine Luxus sei, aber sie beharrte darauf, daß man sich *einen* unsinnigen Wunsch im Leben ruhig erfüllen dürfe.« Sie wurde ernst. »Wissen Sie, nach ihrer Pensionierung fehlte Ihrer Tante einfach die geistige Auseinandersetzung. Da es mir ähnlich ging, haben wir oft und gern über Sprache und Literatur philosophiert. Dabei erwähnte ich, daß es früher mein größter Wunsch war, den GRIMM zu besitzen: die umfassendste und größte Quelle für den deutschen Sprachschatz, ein Jahrhundertwerk. Leider für Normalbürger unerschwinglich.«

»Ich kenne nur Grimm's Märchen.«

»Da geht es Ihnen wie den meisten Menschen. Die eigentliche Leistung der Gebrüder Grimm war aber nicht ihre Märchensammlung, sondern ein Wörterbuch der deutschen Sprache, das sie 1838 begannen und das nach ihrem Tod

Generationen von Philologen fortführten, bis es 1961 im zweiunddreißigsten Band seinen Abschluß fand.«

»Mhm.«

»Sie fragen sich, wozu eine Odenwälder Bäuerin ein Jahrhundertwerk des deutschen Sprachschatzes braucht, stimmt's?«

Hedi wurde rot. »Nun ja, es ist zumindest ungewöhnlich, oder?«

»1963 versprach mein Vater, mir auf der Stelle den GRIMM zu schenken, wenn ich auf die Hochzeit mit Ludwig verzichte. Ich lehnte ab. Bereut habe ich es nicht.«

»Sie sind tatsächlich eine geborene *von Rosen?*«

Elisabeth nickte. »Aber im Dorf bin ich die Elli, und so soll es bleiben. Wenn Sie mögen, auch für Sie.«

Hedi zupfte ein Weinblatt von der Hauswand und drehte es in ihrer Hand. »Aber früher hat man Sie ...«

»... das *Prinzeßchen auf der Erbse* genannt, ja. Die Hassbacher trauten mir nicht zu, in Ludwigs Fachwerkhäuschen zu überleben. Wie Sie sehen, hab' ich's doch geschafft. Wenn auch nicht so, wie ich es mir erträumt hatte.«

»Ihre Herkunft war also der Grund, warum man Sie *Prinzeßchen* nannte?« fragte Hedi beschämt.

»Ja. Schuld daran war Ludwigs Mutter. Sie erzählte überall im Dorf herum, daß die durchtriebene, verwöhnte *von Rosen* ihrem grundanständigen Bub derart die Sinne vernebelt habe, daß er blindlings in sein Verderben renne. Unserer Ehe prophezeite sie ein frühes und übles Ende.«

Hedi mußte lachen. »Meine Schwiegermutter hegte die gleiche Befürchtung, wenn auch aus gegenteiligem Grund: Eine Hochwohlgeborene *von* wäre ihr für ihren zu Höherem berufenen Sohn gerade recht gewesen.«

Elisabeth zog ein buntes Tuch aus ihrer Kitteltasche und band es sich um den Kopf. »Ich nehme an, Ihr Mann hat sich davon ebensowenig beeindrucken lassen wie meiner. Er ist Polizist in Offenbach, oder? Zumindest hat mir das Juliette erzählt.«

Hedi nickte.

»Auf der Beerdigung hat er sich große Sorgen um Sie gemacht.«

»Davon habe ich aber nichts gemerkt!« Hedi bereute die Worte, kaum daß sie sie ausgesprochen hatte. Ihre Probleme mit Klaus gingen Elisabeth Stöcker nichts an.

»Daß er Ihnen nicht in die Eichmühle gefolgt ist, war meine Schuld«, sagte Elisabeth verlegen. »Ich dachte, Sie möchten ein bißchen Zeit für sich. Um in Ruhe Abschied zu nehmen.«

»Na ja, das war auch so. Woran ist Ihr Mann eigentlich gestorben?«

Elisabeth betrachtete das Unkraut zwischen den Pflastersteinen zu ihren Füßen. »Trotz Schmerzen ging er nicht zum Arzt. Als er sich endlich untersuchen ließ, war es zu spät. Magenkrebs im fortgeschrittenen Stadium. Nichts mehr zu machen.«

»Das muß schlimm für Sie gewesen sein.«

»Juliette hat mir sehr geholfen.«

»Und was ist mit Ihrer Familie?«

»Ich habe sie seit meiner Hochzeit nicht mehr gesehen.«

»Das tut mir leid.«

»Es ist gut so.«

Hedi sah Elisabeth aufmerksam an. »Der Name *Carmina von Rosen* kommt mir irgendwie bekannt vor.«

»Äh... ja. Es kann sein, daß Sie das verwechseln. Meine Schwester heißt Cornelia von Rosen und treibt sich regelmäßig auf Trendpartys herum. Sie steht öfter mal in irgendeinem Szenemagazin.«

»Ach so.« Hedi war sich sicher, daß sie den Namen Carmina von Rosen in letzter Zeit gehört oder gelesen hatte. Aber bestimmt nicht in einer Szenezeitschrift! Sie spürte, daß Elisabeth das Gespräch über ihre Familie unangenehm war.

»Könnten Sie mir vielleicht verraten, wie und womit ich die Hühner und Karnickel satt bekomme?«

»Und die Katzen«, fügte Elisabeth hinzu.

»Katzen? Meinen Sie etwa die beiden fetten Kater, die ab und zu ums Haus schleichen?«

»Der rotweiße heißt Tim, der graugetigerte Tom. Juliette hat sie kurz vor ihrem Tod aus dem Tierheim geholt. Wegen der vielen Mäuse im Stall.«

»Davon wußte ich gar nichts.«

»Die beiden sind wirklich brav.«

Hedi sah Elisabeth skeptisch an. »Ich habe da so meine eigenen Erfahrungen.«

»Wenn Sie einverstanden sind, würde ich Ihnen gern als erstes den Gemüsegarten zeigen.«

Es kostete Hedi Überwindung, durch die Pforte zu gehen. Juliette hatte ihren Garten geliebt, und die Erinnerung an sie war hier besonders schmerzlich. Die Möhren waren ins Kraut geschossen; dazwischen hatte Elisabeth Zwiebeln gesteckt.

»Mischkultur«, sagte sie lächelnd. Auf den Beeten rechts und links davon gediehen Kohl und Kopfsalat, Radieschen und Rettiche; an den Wegrändern blühten Levkojen, Türkischer Mohn und Ringelblumen. Juliettes rotgelb gestreifte Tomaten hatte Elisabeth am Gartenzaun entlang gepflanzt, und in einem mit Bruchsteinen gefaßten Rondell wuchsen außer Dill, Schnittlauch und Petersilie jede Menge Kräuter, deren Namen Hedi nicht kannte.

»Juliette wäre glücklich, wenn sie das sähe«, sagte sie bewegt.

»Am glücklichsten wäre sie, wenn sie wüßte, daß *Sie* glücklich sind.«

Hedi wurde rot. »Ist Ihr Sohn eigentlich noch an den Gewächshäusern interessiert?«

Elisabeth nickte.

»Er kann sie haben. Mitsamt den Wiesen dahinter. Vivienne und ich sind froh, wenn wir das nicht alles mähen müssen.«

»Ich danke Ihnen.«

»Ach was. Ich danke *Ihnen*.«

Als Hedi eine halbe Stunde später ins Haus kam, stand Vivienne auf einem Stuhl vor dem Kamin und hängte Juliettes Porträt ab.

»Was tust du da?«

»Gott! Mußt du mich so erschrecken?«

»Das Bild bleibt, wo es ist!«

»Die Symbolik meiner Arbeiten erfordert eine angemessene Präsentation.« Vivienne deutete auf das düstere Gemälde, das sie an das Sofa gelehnt hatte. »*Der Untergang* gehört ins unmittelbare, unverstellte Blickfeld des Betrachters.«

»Dann häng ihn meinetwegen in den Flur.«

»Du verstehst nicht, was ich meine. Mein Bild korrespondiert mit der Symbolik eines Feuers im Kamin: Leben und Zerstörung, Wärme und Kälte; in Asche erloschene Glut. *Heiß ist der Liebe trunkenes Rot./In Schwärze zerfallen zeigt es den Tod.*«

»Juliettes Foto bleibt hängen.«

»Aber ich finde...«

»Nein!« Hedi ging in die Küche. Als sie zurückkam, hing Juliettes Bild an der Wand neben der Tür.

Vivienne lächelte. »Sag doch selbst: So sieht es viel harmonischer aus.«

Wortlos lief Hedi aus dem Zimmer.

Am Vormittag des dritten Tages trafen die ersten Arbeiter und Handwerker in der Eichmühle ein. Sie parkten zwei

Transporter und einen Lkw vor der Scheune und verwandelten das gesamte Anwesen innerhalb kürzester Zeit in eine von Geschrei, Gehämmer und Gesäge durchzogene staubige Baustelle.

»Müssen die in aller Herrgottsfrühe so einen Krach veranstalten?« schimpfte Vivienne, als sie um halb zehn aus dem ersten Stock herunterkam. Unter ihrem gelben Morgenrock lugte die Spitze eines apricotfarbenen Nachthemds hervor.

Hedi war dabei, Juliettes Wohnzimmerschrank auszuräumen. »Du hast ihnen bei Verzug eine Konventionalstrafe angedroht.«

Vivienne verzog das Gesicht. »Das ist ja schlimmer als in Frankfurt zur Rush-hour.«

»Vorgestern war's dir noch zu ruhig. Dein Frühstück steht im Eßzimmer. Magst du dein Ei eigentlich weich oder hart?«

»Am liebsten steinhart.«

Hedi warf vergilbte Handarbeitszeitschriften in eine Kiste. »Du wirst mit mir zufrieden sein.«

Nach einem ausgiebigen Frühstück verschwand Vivienne im Bad. Als sie, geduscht, geföhnt und in eine Chanelwolke gehüllt, wieder auftauchte, trug sie eine blaßblaue Seidenbluse zu einem gelben Plisseerock. Lächelnd drehte sie sich im Kreis. »Meinst du, das steht mir?«

Hedi leerte gerade das letzte Schrankfach. *Die Wörtertruhe. Literaturmagazin* waren die schlicht aufgemachten Hefte betitelt, die Juliette offenkundig über Jahre hinweg gesammelt hatte. Warum hatte sie nie erwähnt, daß sie sich für solche Dinge interessierte? Andererseits mußte Hedi sich eingestehen, daß sie alles andere als begeistert gewesen wäre, wenn ihre Tante sie bei ihren Besuchen außer mit Hof- und Gartengeschichten auch noch mit Abhandlungen über Literatur bedacht hätte.

»Ich habe dich etwas gefragt«, sagte Vivienne beleidigt.

Hedi legte die Literaturhefte zu den anderen Zeitschriften in die Kiste und schloß die Schranktür. »Der Hühnerstall müßte ausgemistet werden.«

»Das ist keine Antwort.«

Hedi schob die Kiste in die Ecke neben den Schrank. »Also gut. Ich kümmere mich um den Hühnerstall, und du erledigst den Abwasch.«

Vivienne zupfte an ihrer Bluse. »Ich schaue lieber nach, was die da drüben in der Scheune treiben.«

»Ich glaube nicht, daß das nötig ist.«

»Wenn man denen nicht alles haarklein vorkaut, bauen sie die Fenster garantiert verkehrt herum ein.«

»Ich denke, du würdest es nicht merken. Außerdem müssen sie vorher erst die Ausfachungen entfernen.«

»Handwerkern muß man permanent auf die Finger klopfen! Sonst produzieren sie nur Murks oder machen Mittagspause.«

Hedi verzichtete darauf zu fragen, woher Vivienne ihre Kenntnisse über Handwerker hatte. Sie ging ins Eßzimmer – und schüttelte den Kopf: Der Tisch sah aus, als ob Klaus und die Kinder zu Besuch gewesen wären. Wütend räumte sie das Geschirr zusammen, stellte es in die Spüle zu den schmutzigen Töpfen vom Vortag und setzte Juliettes alten Wasserkessel auf. Es ärgerte sie, daß Vivienne ihre Bitten um Hilfe einfach ignorierte und daß sie es nicht fertigbrachte, dagegen anzugehen. Und daß Klaus sich nicht meldete! Hatte er sie etwa schon abgehakt? Trotzig wischte sie sich über die Augen. Wenn er meinte, auf stur schalten zu müssen, sollte er doch! Sie dachte nicht daran, zuerst anzurufen.

Als das Geschirr und die Töpfe gespült im Schrank standen, war Hedis schlechte Laune verflogen. Sie zog einen von Juliettes Kitteln an und ging nach draußen, um sich dem Hühnerstall zu widmen. Die Sonne brannte vom Himmel; es war windstill und drückend heiß. Vier Arbeiter schaufelten schwitzend Schutt und Gerümpel in einen Container. Vivienne gab Anweisungen, wie die Fenster eingebaut werden sollten.

Einer der Männer winkte Hedi zu sich. »Entfernen Sie doch mal diesen plappernden Papagei. Wir sind hier schließlich nicht im Zoo.«

Sie schlug Vivienne vor, Umzugskisten auszuräumen, aber sie lehnte ab. Als Hedi die letzte Fuhre Hühnermist auskippte, kam sie aus der Scheune zu ihr herüber. Ihre Wangen waren rot vor Zorn. »Die sind doof! Die kapieren gar nichts.«

Hedi stellte die Schubkarre ab. »Du hast gesagt, es sei eine renommierte Firma. Vielleicht solltest du sie einfach machen lassen.«

»Trau, schau, wem!«

Hedi drückte ihr die Mistgabel in die Hand. »Wenn du ohnehin wieder rübergehst, nimm die bitte mit in den Geräteraum.«

»Man sollte das Ding dem Vorarbeiter in den Arsch rammen.«

»Vulgäre Vokabeln für eine sensible Künstlerin, oder?«

»Ich bin lernfähig.« Sie stellte die schmutzige Gabel an den Zaun des Hühnergeheges. »Aber nicht unbegrenzt. Und jetzt muß ich meditieren.«

Wenige Minuten später kam ein gellender Schrei aus ihrem geöffneten Schlafzimmerfenster. Ein Handwerker verschluckte sich an seinem Bier und mußte husten. Die anderen hörten auf zu arbeiten und sahen zum Haus.

»Haben die heute Schlachttag?« fragte einer von den Männern am Container.

»Papageienschlachttag«, sagte ein zweiter. Die ganze Truppe grölte.

Hedi rannte ins Haus. Vivienne stand zitternd vor ihrem

Bett. »Ich wollte nur schnell die Kissen aufschütteln, und da-da...«

»Wo ist sie diesmal?«

»Keine Spinne! Eine Maus! In der Tagesdecke!«

»Das haben wir gleich.« Hedi nahm die Decke, hielt sie aus dem Fenster, schüttelte kräftig und warf sie Vivienne wieder zu. »Du kannst weitermachen.«

Als Vivienne die Decke auf dem Bett ausbreitete, huschte die Maus unters Kopfkissen.

»Donnerwetter! Hat die sich festgekrallt«, sagte Hedi.

Vivienne sah aus, als falle sie jeden Moment in Ohnmacht. »Was machen wir denn jetzt?«

»Eine Falle aufstellen.«

»Untersteh dich, in meinem teuren Seidenbett eine Mausefalle mit fettigem Speck aufzustellen.«

»Wir könnten Käse reintun.«

Vivienne verdrehte die Augen.

»Ich hab's.« Hedi ging aus dem Zimmer und kam mit dem graugetigerten Tom zurück.

»Um Gottes willen! Was hast du vor?«

Hedi setzte den Kater auf das cremefarbene Seidenkopfkissen. »Los, Tommilein: Freßchen! Im Bettchen. Such!«

»Spinnst du? Der hat bestimmt dreckige Pfoten!« schrie Vivienne.

Tom verschwand unter der Federdecke und tauchte am anderen Ende des Betts wieder auf. Die Maus war schneller. Ihre Flucht endete vor dem Nachttisch. Vivienne preßte die Hände vor den Mund. »Mir wird schlecht.«

Hedi zuckte mit den Schultern. »Du wolltest ja unbedingt aufs Land ziehen. Wenn du mich suchst: Ich bin in der Küche.«

Im Flur blieb sie vor Juliettes altertümlichem Telefon stehen. Warum, zum Donnerwetter, rief Klaus nicht an? Stimmte vielleicht mit dem Apparat etwas nicht? Sie nahm den Hörer ab und lauschte dem Freizeichen. *Null-sechs-neun*... Die Wählscheibe klackerte beim Zurücklaufen. Immerhin mußte sie sich ja mal nach den Kindern erkundigen. Auch wenn die Kinder ihre Mutter anscheinend nicht die Bohne vermißten. Ihr Herz fing an zu klopfen, als der Ruf durchging. Sie ließ es läuten, bis das Besetztzeichen kam. »Ich wünsche dir die Pest an den Hals, Klaus Winterfeldt!«

Eine knappe Stunde später stand er vor der Tür. Er sah blaß und übernächtigt aus. »Ich war zufällig in der Gegend und wollte mal nachfragen, wie es dir so geht«, sagte er mit einem verlegenen Grinsen.

Hedi bemühte sich, ein unbeteiligtes Gesicht zu machen. »Prima, wie du siehst.«

»Dann kann ich ja wieder fahren.«

»Sei nicht gleich beleidigt.«

»Bin ich nicht.«

»Wie geht's Sascha und Dominique?«

»Gut. Sascha hat bei Sabine übernachtet.«

»Wer ist Sabine?«

»Seine neue Freundin. Sie lernen Mathe zusammen.«

»Und warum sagt mir das keiner?«

»Ich hab's dir gerade gesagt, oder?«

»Ich bin beim Waffelbacken. Magst du einen Kaffee?«

Klaus sah zu dem VW-Bus neben dem Hühnerstall. »Dein Auto harmoniert mit dem Haus.«

»Es tut seine Dienste!«

»Wie hoch sind die Reparaturkosten pro Tag, hm?«

»Null Mark.«

»Erstaunlich. Nehmen die in Hassbach schon Euro?«

»Kommst du jetzt rein? Oder willst du erst ein Gutachten über Haus und Hof erstellen?«

»Das Dach müßte erneuert werden.«

»Das Dach ist völlig in Ordnung.«

»Wetten, daß es mir beim Waffelessen auf den Kopf fällt?«

»Die Küche ist im Erdgeschoß.«

Klaus ging an Hedi vorbei ins Wohnzimmer und schaute sich um. »Ihr hättet neu tapezieren sollen, bevor ihr Bilder aufhängt und Möbel reinstellt.«

»Du kannst gern damit anfangen!« sagte Hedi gereizt.

Er deutete grinsend auf Viviennes *Untergang* über dem Kamin. »Leidet deine Künstlerfreundin an epileptischen Anfällen?«

Hedi drehte sich wortlos um und ging in die Küche. Klaus ging ihr nach. Er setzte sich auf einen wackeligen Holzhocker neben dem Herd. »In der Ecke über dem Schrank sind Stockflecken.«

Hedi holte eine Tasse aus dem Schrank und schenkte ihm Kaffee ein. »Willst du Zucker?«

»An der Decke sind auch welche.«

»Na und?«

»Das ist ungesund.«

»Bestimmt nicht ungesünder als die Luft in Offenbach.«

»Die Fensterrahmen müßten gestrichen werden.«

»Ich fragte, ob du Zucker willst!«

»Ja. Die Haustür klemmt.«

Hedi gab Klaus die Zuckerdose und verteilte eine Portion Teig in Juliettes altersschwachem Waffeleisen.

»Hast du schon mal nach der Heizungsanlage geschaut?«

»Du nervst.«

»Was habt ihr seit eurem Einzug eigentlich gemacht? Blümchen gepflückt? Bildchen gemalt?«

»Es ist ja wohl kaum zu übersehen, daß die Scheune umgebaut wird.«

»Die Fenster vergammeln, die Tapeten schimmeln, die Heizung rostet. Und ihr baut die Scheune um?«

»Damit Vivienne arbeiten kann.«

»Kannst du mir erklären, warum sie eine ganze Scheune braucht, um eine Leinwand mit Farbe zu bekleckern?«

»Das verstehst du nicht.«

»Allerdings.«

Hedi holte die fertige Waffel aus dem Eisen und legte sie auf einen Teller. Sie füllte neuen Teig ein.

Klaus nahm die Waffel und biß hinein. »Und was ist mit der Mühle?«

»Was soll mit der Mühle sein?«

»Du sagtest, daß du die Bruchbude bis September bewohnbar machen willst.«

Hedi warf ihm einen wütenden Blick zu. »Wie du siehst, wird sie bereits bewohnt.«

»Im Ernst, Hedi: Mit ein bißchen Fassadenkosmetik ist es bei diesem Haus nicht getan. Meiner Meinung nach ist da eine Komplettsanierung fällig. Vor allem müßte mal das ganze Gestrüpp von den Mauern runter.«

Eine erste Objektbesichtigung hat leider einige grundlegende Mängel ergeben, Frau Winterfeldt.

»Vivienne und ich haben beschlossen, mit der Außenrenovierung noch zu warten.«

»Ach? Und worauf, bitte? Bis es im Winter reinschneit?«

»Spar dir deinen Zynismus.«

Feuchte Kellerumfassungswände durch fehlende Absperrung gegen aufsteigende Nässe, noch näher zu verifizierende Schäden in den Gefachen durch mangelhafte Pflege und zu starken Grünbewuchs sowie deutlich sichtbarer Coniophorenbefall im Bereich der unteren Ständerkonstruktion infolge andauernder Durchfeuchtung des Holzes.

»Juliettes Geld reicht nicht, stimmt's?«

Hedi nahm die Waffel aus dem Eisen und knallte sie auf den Teller. »Ich bin dir keine Rechenschaft schuldig!«

»Ich habe keine verlangt.«

Als Primärmaßnahmen wären vorzusehen: Trockenlegung der Grundmauern durch Anbringen von Sperren, Wiederherstellung des Fachwerks mittels Auskernung des gesamten Gefüges, Fungizidbehandlung gegen Moderfäule, Sanierung beziehungsweise Austausch zerstörter Konstruktionsbalken und Auflagerköpfe.

Klaus machte eine Kopfbewegung in Richtung Scheune. »Wieviel kostet euch der Spaß?«

»Das organisiert alles Vivienne. Der Entwurf ihres Architekten hat sogar den Denkmalschützer überzeugt.«

»Ich wette, es ist der teuerste Architekt von ganz Deutschland.«

»Das ist allein Viviennes Sache.«

»Bezahlt sie den Umbau etwa selbst?«

»Was dachtest du denn?«

»Wieviel hast du von ihrem Vermögen schon gesehen?«

Hedi gab wieder Teig in das Eisen. »Sie wird über ihr Geld verfügen können, sobald ihre Agentin aus dem Urlaub zurück ist.«

Klaus grinste. »Ach ja? Spioniert sie ein bißchen im ehemaligen Ostblock? Oder besucht sie Saddam Hussein?«

»Antoinette von Eschenberg makelt Viviennes Bilder an finanzkräftige Kunden und berät sie in Vermögensfragen.«

»Interessante Kombination.«

»Was willst du damit sagen?«

Klaus trank einen Schluck Kaffee und nahm sich eine zweite Waffel. »Nichts. Ich mache mir nur so meine Gedanken.«

»Weil du sie nicht magst, hast du noch lange kein Recht, ihr jede Schlechtigkeit zu unterstellen!«

»Welche Summe hat sie dir avisiert, hm?«

»Warum willst du das wissen?«

»Warum zieht eine arrivierte Künstlerin aus einer gediegenen Großstadtvilla in ein muffiges Provinzkabuff?«

»Mein Haus ist kein Provinzkabuff! Und schon gar kein muffiges.«

»Die Wände ziehen nur ein bißchen Wasser, gell?«

»Vivienne gefällt es hier. Im Gegensatz zu dir hat sie nämlich Sinn für Romantik.«

»Du bist naiv.«

»Du bist bloß sauer, weil wir es ohne dich schaffen.«

»Wie viele Rechnungen hat sie bezahlt?«

»Dein Kaffee wird kalt.«

»Deine Künstlerfreundin macht mir keinen besonders soliden Eindruck, wenn du mich fragst.«

»Ich frag' dich nicht.«

»Sie spinnt.«

»Du hast sie nur einen Nachmittag lang gesehen.«

»Bei manchen Leuten reicht schon ein kurzer Vormittag.«

»Die untrügliche Menschenkenntnis eines praxiserprobten Polizeibeamten, was?«

»Sag schon! Wie viele Rechnungen hat sie beglichen? Eine? Zwei? Drei?«

»Ich wüßte nicht, was dich das anginge!«

»Also keine. Das wundert mich nicht. Wo ist sie überhaupt?«

»Sie meditiert.«

»Wie bitte?«

Hedi holte einen Teller aus dem Schrank und zerteilte eine Waffel darauf. »Sie braucht das für ihre Kunst.«

»Ist ja höchst interessant, was du bei anderen so alles tolerierst.«

Hedi stellte den Teller auf den Tisch. »Wenn du nur gekommen bist, um zu stänkern, kannst du gleich wieder gehen!«

Er nahm ihre Hände und küßte sie. »Entschuldige. Ich...«

Vivienne kam herein. Sie trug ein hellgelbes, transparentes Kleid und rosafarbene Leinenballerinas. Ihr rotes Haar fiel in sanften Wellen über ihre Schultern. Sie blieb lächelnd vor Klaus' Hocker stehen. Chanel No. 5 verdrängte den Duft der Waffeln. »Ciao Klaus! Schön, dich zu sehen.« Sie streckte ihm ihre manikürte Rechte hin.

Klaus übersah sie. »Tag, Vivienne. Dein Kleid sieht scheußlich aus.«

Sie hatte Mühe, die Fassung zu wahren. »Liebe Zeit! Du bist ja ein richtiger Charmeur.«

»Ich möchte mich mit meiner Frau unterhalten.«

»Ich habe nichts dagegen.«

Er machte eine abfällige Handbewegung in Richtung Tür. »Allein, wenn ich bitten darf.«

Viviennes Augen füllten sich mit Tränen. »Was habe ich dir getan, daß du mich so behandelst?«

»Ich habe dich lediglich gebeten...«

Hedi schaltete das Waffeleisen aus und verließ die Küche. Klaus ging ihr nach. »Hedi, bitte...«

»Entweder entschuldigst du dich bei Vivienne, oder du gehst!«

»Ich wüßte nicht, warum ich mich dafür entschuldigen sollte, daß ich mit dir reden will.«

Hedi ging an ihm vorbei zur Treppe.

Er zuckte mit den Schultern. »Dann halt nicht.«

Vom Fenster ihres Schlafzimmers aus sah sie, wie er davonfuhr. Sie war wütend, weil er sich wie ein Rüpel benommen hatte, weil er stur war und gleichgültig und selbstgerecht; weil es ihn nicht kümmerte, daß sie litt. Weil er wieder einmal einfach abhaute. Und weil sie ihn nicht daran gehindert hatte. Weil sie den ganzen Tag und halbe Nächte lang an ihn dachte und weil sie sich einsam fühlte und verlassen und nutzlos ohne ihn und die Kinder. Sie war wütend, weil Tante Juliette einfach von einem Tag auf den anderen gestorben war und sie allein zurückgelassen hatte. Aber am meisten ärgerte sie sich darüber, daß sie sich von Vivienne Chantal Belrot hatte überreden lassen, in diese verdammte Mühle zu ziehen!

Am späten Nachmittag kam Elisabeth Stöcker mit ihrem Sohn Uwe, einem Gärtnermeister und einem Glaser, um die alten Gewächshäuser zu inspizieren. Uwe war ein hochaufgeschossener, ernster junger Mann und sah seiner Mutter bis auf die grünen Augen kein bißchen ähnlich. Hedi mochte ihn auf Anhieb. Als er sich dafür bedankte, daß er das Gärtnereigelände kostenlos nutzen dürfe, winkte sie ab. »Glauben Sie mir: Die Sache wird auch ohne Pacht teuer genug für Sie.«

»Da könnten Sie recht haben. Im übrigen dürfen Sie ruhig *du* sagen. So alt bin ich nämlich noch nicht.« Er sah Elisabeth an. »Kommst du mit, Mutter?«

Sie schüttelte den Kopf. Die drei Männer gingen über die Obstwiese davon. Nachdenklich sah Elisabeth ihnen nach. »Die Liebe zur Natur hat er von seinem Vater geerbt.« Sie lächelte. »Und den Dickkopf von mir.«

»Ihr einziges Kind?« fragte Hedi.

Elisabeth schüttelte den Kopf. »Ich habe noch zwei Töchter. Jutta, die ältere, ist vor vier Jahren mit ihrem Mann nach Amerika ausgewandert, und Elke arbeitet in einer Londoner Werbeagentur.«

»Meine beiden gehen noch zur Schule.«

»Ich weiß.«

»Gibt es irgend etwas aus meinem Leben, das Ihnen Juliette nicht erzählt hat?« fragte Hedi verstimmt.

»Ja: Dinge, die mich nichts angehen.«

»Entschuldigen Sie. Ich ...«

»Eigentlich bin ich gekommen, um Ihnen beim Hühnerstallausmisten zu helfen.«

»Schon erledigt. Als Alternative schlage ich vor, daß Sie zusammen mit mir und Vivienne Kaffee trinken. Ich habe jede Menge Waffeln gebacken, die Abnehmer suchen.«

»Das hört sich gut an.«

»Ich bin Ihnen für Ihre Unterstützung wirklich sehr dankbar, Frau Stöcker«, sagte Hedi, als sie zum Haus gingen.

»Hatten wir uns gestern nicht auf *Elli* geeinigt?«

Hedi streckte ihr die Hand hin. »Ich heiße Hedi.«

Elisabeth zwinkerte ihr zu. »Ich weiß.«

Hedi trat sich die Schuhe ab und schloß die Haustür auf.

Vivienne wandte sich rasch vom Küchenfenster ab, durch das sie die beiden Frauen beobachtet hatte. Als sie Elisabeth Stöcker kurz darauf im Wohnzimmer begrüßte, setzte sie ein Lächeln auf, aber Hedi spürte, daß es nicht ehrlich gemeint war.

In der darauffolgenden Nacht träumte sie von Klaus und den Kindern, und als sie morgens aufwachte, glaubte sie für einen glücklichen Augenblick, sie sei wieder in Offenbach. Zwei Tage lang schwieg das Telefon, dann hielt sie es nicht mehr aus. Das Gespräch mit Klaus endete nach wenigen Minuten im Streit, und danach war sie überzeugt, daß die Entscheidung, ohne ihn in die Eichmühle zu ziehen, die einzig richtige gewesen war. Auch wenn sie zu ihrem Leidwesen feststellen mußte, daß Vivienne in puncto Arbeitseifer und Bequemlichkeit ihrem Mann und den Kindern in nichts nachstand.

Sie konnte so gut bügeln und Betten beziehen wie Klaus; sie ließ Schuhe und Strümpfe an den gleichen Stellen fallen wie Dominique und warf statt Tageszeitungen Modejournale neben das Sofa. Sie spülte nicht, kochte nicht und machte nirgends sauber. Statt angekauter Pizzen standen klumpige Fit-for-fun-Drinks in der Küche herum, und auf dem Teppich im Wohnzimmer klebten statt fettiger Chips bräunliche Reste vegetarischer Diätkost.

Vivienne war unfähig, den Unterschied zwischen Petersilie und Möhrenkraut zu begreifen, Hühner zu füttern oder Unkraut zu jäten. Frühmorgens war für sie die Zeit zwischen halb zehn und elf; sie aß hartgekochte Eier, aber längst nicht alles, was auf den Tisch kam; sie besaß einen erlesenen, aber kostenintensiven Geschmack, nicht nur in kulinarischer, sondern auch in jeder anderen Hinsicht. Mit ihr zusammen ein Haus zu bewohnen, das lediglich über ein Bad und eine Toilette verfügte, grenzte an Masochismus.

Hedi hatte Rückenschmerzen vom Möbelrücken, Tapezieren und Deckenstreichen, Schwielen an den Händen vom Misthaufenaufsetzen und Muskelkater vom Wiesemähen. Nach zwei Wochen träumte sie nachts von Rosa Ecklig und dem Sportteil der *Offenbach-Post*. Nach drei Wochen machten Klaus und die Kinder immer noch keine Anstalten umzuziehen. Fünfzehn Packungen Hühnereier am Sonntagmorgen der vierten Woche gaben ihr den Rest. Sie rannte die Treppe hinauf und riß die Tür zu Viviennes Schlafzimmer auf. »Verdammt! Was soll der Quatsch?«

Vivienne rappelte sich schlaftrunken hoch. Sie warf einen Blick auf den Wecker. »Halb neun! Was fällt dir ein, mich um diese Unzeit aus dem Schlaf zu reißen?«

Hedi ging zum Fenster und riß die Läden auf. Der Himmel war grau, und es regnete. »Willst du eine Mayonnaisefabrik eröffnen?«

»Wie bitte?«

»Wozu brauchst du einhundertfünfzig Hühnereier?«

»Einhundertsiebenundvierzig. Drei habe ich gestern abend gegessen.«

»Die Wurst ist schmierig, die Butter zerlaufen, und der Käse stinkt!«

Vivienne gähnte. »Unser Kühlschrank ist eben zu klein. Ich wußte gar nicht, daß man für Mayonnaise Eier braucht.«

»Du weißt auch nicht, daß man Reis aus der Verpackung nimmt, bevor man ihn ins kochende Wasser kippt.«

»Also bitte! Die Tüte sah eindeutig aus wie ein Kochbeutel.«

»Und die Kürbisse im Garten sahen eindeutig aus wie Pampelmusen.«

Vivienne ließ sich in ihre Kissen fallen. »Wie konnte ich ahnen, daß die Dinger noch wachsen?«

»Entschuldige. Bei der ganzen Genmanipulation heutzutage ist es natürlich nicht auszuschließen, daß Elli aus Versehen Odenwälder Schlingblattpampelmusen ausgesät hat. Was hast du mit den Eiern vor?«

»Sagte ich doch: essen.«

»Wir haben draußen zwölf Hühner!«

»Und einen Hahn, der mich nicht leiden kann. Im übrigen haben Professor Dr. Dr. Schramms Untersuchungen ergeben, daß braune Eier nicht wirken.«

Hedi baute sich vor dem Bett auf. »Ist das etwa wieder eine von deinen bescheuerten Diäten?«

»Ich kann selbst entscheiden, was ich esse, oder? Du könntest ruhig auch mal was für deine Figur tun.«

»Meine Figur ist gut genug für mich. Und sie wird bestimmt nicht besser, wenn ich eine Kühlschrankladung Eier runterwürge. Deine übrigens auch nicht.«

Vivienne stiegen Tränen in die Augen. »Du bist gemein!«

»Du bist gertenschlank.«

»Meine Oberschenkel wabbeln.«

»Du spinnst.«

»Meine Hüften auch.«

»Dann kauf dir gefälligst einen eigenen Kühlschrank! Aber vorher bezahl bitte den Stapel Rechnungen, der unten liegt.«

»Ich kann nichts dafür, daß die Aktienkurse im Moment im Keller sind.«

»Dann warte demnächst, bis der DAX wieder steigt, bevor du ergonomisch geformte Whirlpoolbadewannen und rostfreie Edelstahlklosetts anliefern läßt.«

»Wir hatten zur Bedingung gemacht, daß das Bad nach *meinen* Vorstellungen renoviert wird.«

»Wir hatten zur Bedingung gemacht, daß *du* den Umbau der Scheune bezahlst.«

»Mit dir ist heute nicht zu reden.« Vivienne stand auf, warf ihre langen Haare über die Schultern und ging ins Bad. Eine Stunde später betrat sie das Wohnzimmer. Hedi stand am Fenster und sah in den Regen hinaus. Vivienne stellte sich neben sie. »Das mit dem Käse tut mir leid.«

Hedi schwieg.

»Na ja, und mit der Wurst und der Butter auch.«

Hedi sah sie an. »Hätte ich nur nicht auf dich gehört.«

»Bitte?«

»Es war eine Schnapsidee hierherzuziehen.«

»Aber du hast gesagt, daß du die Mühle als Kind geliebt hast.«

»Als Kind mußte ich mir auch keine Gedanken über die Haltbarkeit von Ständerkonstruktionen und über die Kosten für das Entfernen von warzenförmigen Pilzgeflechten machen.«

Vivienne legte den Arm um sie. »Nun sieh doch nicht alles gleich so schwarz. Der Gutachter hat bestimmt maßlos übertrieben.«

»Er hat gesagt, daß das Haus baufällig wird, wenn wir nichts unternehmen.«

»Das Haus hat mehr als dreihundert Jahre auf dem Buckel. Warum sollte es ausgerechnet jetzt zusammenfallen? Außerdem könnten wir notfalls in die Scheune ziehen.«

Hedi wand sich aus Viviennes Arm. »Mir ist nicht nach Scherzen zumute.«

Vivienne setzte sich. »In Wahrheit geht es dir gar nicht um die Mühle. Du bist verstimmt, weil dein Mann nicht hier einzieht, stimmt's?«

Hedi fuhr herum. »Und worum geht es *dir* in Wahrheit?«

»Ich weiß nicht, was du meinst.«

»Warum bitte zieht eine arrivierte Künstlerin aus einer gediegenen Großstadtvilla in ein muffiges Provinzkabuff?«

Vivienne lächelte. »Weil das muffige Provinzkabuff ein wunderbarer Ort zum Träumen, zum Malen und zum Leben ist.«

»Verstehe. Und die Arbeit macht die Winterfeldt. Sie ist ja von Haus aus nichts anderes gewöhnt.«

»Ich finde es übertrieben, täglich mit dem Staubwedel durchs Wohnzimmer zu rennen.«

»Wenn ich nicht ab und zu spülen würde, müßten wir unser Mittagessen aus der Hand schlürfen.«

»Ab morgen helfe ich beim Abwasch. Zufrieden?«

»Du hast vor zwei Wochen versprochen, dich um die Überweisung deines Geldes zu kümmern.«

»Ich habe gestern abend mit Antoinette telefoniert. Sie sagt, daß es mehr als töricht wäre, die Papiere jetzt abzustoßen. Aber versprochen ist versprochen: Morgen weise ich sie an, alles zu verkaufen.«

»Wieviel würdest du denn verlieren?«

Vivienne zuckte mit den Schultern. »Antoinette behauptet, bis zu einem Drittel. Ich denke, sie übertreibt.«

»Also, wenn das so ist...«

»Mach dir keine Gedanken. Es bleibt genug übrig.«

Hedi kam zum Sofa. »Entschuldige. Ich glaube, heute ist nicht mein Tag.«

Vivienne stand auf.« Ich koche uns einen Tee, ja?«

»Du hattest recht. Ich bin sauer wegen Klaus.«

Vivienne klopfte ihr aufmunternd auf die Schulter. »Du hattest auch recht: Einer verwöhnten Künstlerin fällt es verflixt schwer, sich von einer gediegenen Villa und von ihrem Hauspersonal zu trennen.«

»Warum hast du es dann getan?«

»Aus dem gleichen Grund, aus dem ich mich damals auf diese vermaledeite Wette eingelassen habe: Ich wollte dich zur Freundin.«

Hedi starrte sie entgeistert an. »Du hast mich fertiggemacht, weil du mich zur *Freundin* wolltest?«

»Gut. Ich geb's zu: Insgeheim war ich bloß eifersüchtig.«

Hedi fing an zu lachen. »Das ist ja nicht zu fassen! Die attraktive, von sämtlichen Jungs umschwärmte Vivienne Chantal war eifersüchtig auf ein sommersprossiges, pickliges Ding wie mich?«

»In Wahrheit habe ich immer nur Ingo geliebt.«

»Den Finanzbuchhalter mit Bierbauch und Doppelkinn.«

»Ich hatte gerade erste zarte Bande zu ihm geknüpft, als du in unsere Klasse kamst.«

»Ich glaube eher, du konntest es nicht verkraften, daß ein einziger Junge gewagt hatte, dir nicht hinterherzuschauen, hm?«

»Ich habe mich richtig erschrocken, als ich ihn auf unserem ersten Klassentreffen wiedergesehen habe.«

»Du weichst mir aus, meine Liebe.«

»Na ja, wahrscheinlich war's so. Und jetzt koche ich den versprochenen Tee.«

Nach einigen Minuten kam sie mit einer Kanne und zwei Täßchen zurück. Hedi sah sie lächelnd an. »In der siebten Klasse war ich so eifersüchtig auf dich, daß ich beinahe geplatzt wäre. Ab der achten habe ich dich nur noch abgrundtief gehaßt.«

Vivienne goß grinsend Tee ein. »Weil ich dem Mathelehrer schöne Augen gemacht habe, in den du heimlich verschossen warst?«

»Das war in der neunten. Ich habe eine Idee, wie wir das mit deinen Aktien und den offenen Rechnungen regeln könnten.«

19

»Du solltest mit ihr reden«, sagte Dagmar.

»Mit wem?« fragte Klaus. Sie waren auf Frühstreife.

»Mit deiner Frau.«

»Die einzige, der das was bringt, ist die Telekom.«

»Du vermißt sie sehr, oder?«

»Ich fange an, ungemachte Betten zu lieben.«

»Was sagen denn deine Kinder dazu?«

»Montags: Das Spiegelei ist angebrannt, Papa. Dienstags: Das Rührei ist angebrannt, Papa. Mittwochs: Das Omelett schmeckt grauslig. Wir gehn zu *McDonalds*.«

»Was hält dich hier?«

Klaus gähnte. »Mein Chef.«

»Bitte?«

»Kissel wird in neun Monaten pensioniert. Du glaubst doch nicht, daß ich mir das entgehen lasse. Außerdem fährt mich meine nette Kollegin ab und zu im Wald spazieren.«

Dagmar lachte. »Bei aller Liebe: Mein Pensionsalter werde ich im Vierten Revier nicht erreichen.«

»Du willst Karriere machen, stimmt's?«

»Im Streifenwagen kannst du nichts verändern. Das geht erst ein paar Etagen höher.«

»Mir gefällt es ganz gut in meinem Streifenwagen. Wenn die höheren Etagen mir nur meine Ruhe lassen.«

»Vielleicht solltest du einfach hinfahren und sie mit einem Strauß Blumen überraschen.«

Klaus zuckte zusammen. »Was?«

»Ich empfehle dir, nach dem Frühdienst schnellstens dein Bett aufzusuchen. Sonst gibt das heute nacht ein Fiasko.«

»Ach was.«

»Ihr solltet euch bei einer Tasse Kaffee zusammensetzen und in Ruhe über alles reden. So oder so.«

»Was meinst du mit *So oder so?*«

»Meine Mutter hat sich aus dem Staub gemacht, als ich vier war.«

Er sah sie überrascht an. »Ich wußte gar nicht...«

Dagmar stoppte an einer roten Ampel. »Meinen Daddy hat es kalt erwischt. Er hatte keine Ahnung, was er mit einem Vorschulkind anfangen sollte. Aber er hat's ziemlich schnell gelernt.«

»Und deine Mutter?«

»Habe ich seitdem nicht mehr gesehen.«

»Das hätte Hedi nicht gemacht.«

»Ein Grund mehr, euch auszusprechen.«

»Ich könnte keine fünf Minuten mit ihrer durchgedrehten Freundin unter einem Dach leben.«

»Dann bitte sie, woanders hinzuziehen.«

»Ich habe keine Lust, jeden Tag bis in den Odenwald zu gurken.«

»Dann laß dich nach Darmstadt versetzen.«

»Du redest wie meine Frau.«

Die Ampel sprang auf Grün. Dagmar fuhr weiter. »Wenn sie recht hat, hat sie recht.«

»Schon klar. Der Hauspascha ist schuld.«

»Liebe Zeit, Klaus! Du kannst nachts nicht schlafen, du trinkst zuviel, und du hast eine Gesichtsfarbe wie ein Geist. Warum tust du so, als ob alles in bester Ordnung wäre?«

»Den BMW da vorn halten wir mal an.« Klaus schaltete das Blaulicht ein. Der BMW wurde langsamer und stoppte am Straßenrand. Dagmar hielt mit dem Streifenwagen direkt dahinter.

Klaus stieg aus. »Warum haben Sie am hellichten Tag die Nebelschlußleuchte eingeschaltet?« fragte er den Fahrzeuglenker.

Der Mann zog schuldbewußt den Kopf ein. »Ei, ich war heut' früh in Bayern, und da war halt Nebel.«

»Am Nordpol liegt Eis, und Sie laufen hier trotzdem nicht im Pelzmantel rum. Machen Sie das Ding aus!«

»Der kann nichts dafür, daß dich deine Frau verlassen hat«, sagte Dagmar, als sie weiterfuhren.

Klaus warf ihr einen gereizten Blick zu. »Könnten wir über etwas anderes reden?«

»Hättest du nicht Lust, mal mit zum Dienstsport zu kommen? So ein kleines Waldläufchen würde dir bestimmt guttun.«

»Na ja . . .«

»Hast du Angst, daß ich dir davonrenne?«

»Dich hänge ich doch allemal ab.«

»Ich freu' mich drauf.«

»Orpheus 18/5 von 18/1 kommen!«

»18/5 hört«, meldete sich Klaus.

»Status zweiundsechzig in der Senefelder, Höhe Liebigstraße.«

»Verstanden.« Klaus seufzte. »Ich hasse Verkehrsunfälle vor dem Frühstück.«

Dagmar lachte. »Du haßt Verkehrsunfälle auch *nach* dem Frühstück, oder?«

Sie hatten die Verkehrsunfallaufnahme gerade beendet, als ein Bankraub in der Innenstadt gemeldet wurde. Am Tatort wimmelte es von Polizisten. Dagmar und Klaus wurden zur

Nachbarschaftsbefragung eingeteilt. Sie gingen von Haus zu Haus, aber niemand hatte irgend etwas gehört oder gesehen. Im Treppenhaus eines mehrstöckigen Miethauses wurden sie von einer älteren Türkin angesprochen. Sie stand vor ihrer Wohnungstür und zeigte nach oben. »Sie wollen zu die Söngül? Schlechtes, ganz schlechtes Frau!«

»Können Sie von Ihrer Wohnung aus auf die Straße sehen?« fragte Klaus.

Die Türkin schüttelte den Kopf. »Ich nix sehn, gar nix. Verstehn?« Sie schloß die Tür.

Klaus ging die Treppe hinauf. »Dann fragen wir halt bei der schlechten Frau Söngül nach. Und damit lassen wir es bewenden, oder was meinst du?«

Dagmar nickte.

Ayse Söngül hatte kurzes schwarzes Haar und dunkelbraune Augen. Sie trug Bluejeans und einen roten Pullover. Klaus schätzte sie auf Anfang Zwanzig.

»Kommen Sie doch bitte herein«, sagte sie lächelnd.

»Wir haben nur eine kurze Frage«, sagte Klaus. »Haben Sie vor einer halben Stunde zufällig aus Ihrem Fenster geschaut?«

»Hat sich wieder jemand über mich beschwert?«

»Nein, es ist nur...«

Sie trat beiseite. »Könnten wir das drin besprechen? Hier haben die Wände Ohren.«

Klaus und Dagmar folgten ihr durch einen schmalen Flur ins Wohnzimmer. Der Raum war weiß gestrichen und mit hellen Holzmöbeln eingerichtet. Neben dem Fenster stand ein Gummibaum. Vor dem laufenden Fernseher war ein Bügelbrett aufgebaut. Auf dem Sofa lag ein Berg verknitterte Wäsche.

Klaus sah aus dem Fenster. Sein Blick fiel genau auf den Haupteingang der Bank. »Vor einer guten halben Stunde haben zwei maskierte Männer die Bank da unten überfallen. Haben Sie vielleicht irgendwas gesehen?«

Ayse Söngül zeigte auf den Fernseher und das Bügelbrett. »Leider nein. Ich war anderweitig beschäftigt.«

Klaus trat vom Fenster zurück. »Das war schon alles, was wir wissen wollten.«

»Ich habe Sie auf der Treppe mit meiner Nachbarin sprechen hören. Sie hat über mich hergezogen, oder?«

»Hat sie einen Grund dazu?«

»Das kommt ganz darauf an, was man unter einem Grund versteht«, sagte Ayse Söngül bitter. »Als ich siebzehn war, bin ich von zu Hause abgehauen, ich war drei Monate weg. Das war eine Jugenddummheit, die ich zutiefst bereue. Seitdem bin ich für meine Landsleute hier im Viertel die letzte Schlampe. Meine Lehre in einer Arztpraxis mußte ich abbrechen, weil ich die Schikanen der türkischen Patientinnen nicht mehr aushalten konnte.« Sie verzog das Gesicht. »Die Weiber sind die schlimmsten. Sie können sich nicht vorstellen, was die mir alles angedichtet haben: Ich sei in einem Bordell gewesen, schwanger geworden und hätte das Kind abgetrieben. Kein Wort davon ist wahr!«

»Und was sagen Ihre Eltern dazu?« fragte Dagmar.

»Die leiden schrecklich unter dem dummen Geschwätz. Deshalb tut mir das Ganze ja auch so leid. Daß ich trotzdem einen Ehemann gefunden habe, nehmen mir die Frauen besonders übel.«

»Ihr Mann ist Türke?«

Ayse Söngül nickte. »Er ist in Deutschland geboren und hat viele deutsche Freunde. Zum Glück ist er anders als die anderen hier. Wenn ich ihm sage, was im Haus wieder erzählt wird, lacht er bloß. Ich hoffe trotzdem, daß wir bald eine andere Wohnung finden. Na ja, was soll's.« Sie ging in den Flur voraus. »Sie haben bestimmt Wichtigeres zu tun, als sich meine Lebensgeschichte anzuhören.«

Zum Abschied lächelte Dagmar ihr aufmunternd zu. Als sie

die Treppe hinuntergingen, wurde im dritten Stock rasch eine Wohnungstür zugezogen.

Kurz vor zehn kamen sie aufs Revier zurück. Auf der Wache diskutierte Dienststellenleiter Kissel mit Michael Stamm die Höhe des Verwarnungsgeldes bei widerrechtlichem Begrüßungshupen. Klaus nahm die *Offenbach-Post* vom Wachtisch und ging in den Sozialraum; Dagmar folgte ihm. Sie holte ihre Brotbüchse aus dem Kühlschrank und setzte sich an den Tisch. Klaus schlug die Sportnachrichten auf.

Dagmar packte zwei Frühstücksbrote aus. »Wenn du willst, kannst du eins haben.«

»Ich esse zum Mittagessen lieber einen Döner.«

Sie zeigte auf die *Offenbach-Post*. »Gibst du mir ein bißchen was ab?«

Klaus nahm den Sportteil heraus und schob ihr den Rest hin. Dagmar biß in ihr Brot und blätterte in der Zeitung. Klaus vertiefte sich in einen Bericht über die zunehmende Kommerzialisierung des Profisports.

»Das glaube ich nicht!« rief Dagmar.

Er sah auf. »Was denn?«

»Hör dir das an: *Wegen seiner Intelligenz ist ein Bewerber für den Polizeidienst von der Stadt New London im US-Staat Connecticut abgelehnt worden. Die Begründung: Kandidaten, die zu intelligent sind, beginnen sich bald zu langweilen und quittieren dann trotz der kostspieligen Ausbildung den Dienst. Der mittlerweile 43jährige Bewerber, ein früherer Student der Literaturwissenschaft, war 1996 bei einem Intelligenztest der Polizei auf 33 Punkte gekommen, was einem Intelligenzquotienten von 125 entspricht. Zum Bewerbungsgespräch eingeladen wurden aber nur Bewerber mit 20 bis 27 Punkten. Eine Klage des abgelehnten Bewerbers gegen den Ablehnungsgrund wurde verworfen.* Das ist nicht zu fassen, oder?«

»Irgendwas wird schon dran sein.«

»Ich bitte dich!«

Klaus lachte. »Warum? Liegt dein IQ drüber?«

»Haha!«

Michael kam herein. «Ihr müßt mal ins Lauterborn fahren. Da beschwert sich eine Dame über zu viele Fliegen im Treppenhaus.«

Klaus schlug die Zeitung zu. »Na so was aber auch.«

»Seit wann sind wir für die Bekämpfung von Fliegen zuständig?« fragte Dagmar.

Michael zuckte mit den Schultern. »Früher oder später landet eben alles bei der Polizei. Fahrt ihr?«

Klaus nickte. Michael gab ihm den Zettel mit der Adresse und ging zurück in die Wache.

»Ist dir eigentlich schon mal aufgefallen, daß wir immer den ganzen Mist kriegen?« fragte Dagmar, als sie aus dem Hof fuhren.

»Irgendeiner muß es machen.«

»Und warum nicht Hans-Jürgen?«

»Außer uns war niemand mehr da, oder?«

»Es weiß doch jeder, daß Hans-Jürgen den halben Tag mit Schrotteln verbringt.«

Klaus lächelte. »Du solltest dich bei Michael beschweren, nicht bei mir.«

»Und du solltest dir nicht immer alles aufdrücken lassen!«

»Ob ich dumm auf der Wache rumsitze oder einen dummen Auftrag erledige: Wo ist der Unterschied?«

Vor einem grauen Hochhaus hielten sie an. Die Anruferin, eine etwa fünfzigjährige Frau namens Schenker, wartete in ihrer Wohnungstür im siebten Stock. »Es ist einfach unmöglich. Ich lebe seit zehn Jahren hier, aber so viel Ungeziefer hatten wir noch nie! Ich habe mich schon bei der Wohnungsbaugenossenschaft beschwert und beim Gesundheitsamt. Aber glauben Sie, da passiert was? Die schicken irgendeinen Büromenschen her, der zweimal gegen die Tür klopft und einfach wieder verschwindet, wenn niemand aufmacht.«

»Welche Tür wird nicht aufgemacht?« fragte Klaus.

Sie deutete nach oben. »Achter Stock, dritte Wohnung links. Wir vermuten, daß das daher kommt. Gut riechen tut's da oben auch nicht gerade.«

»Wer wohnt dort?« fragte Dagmar.

»Bertold Wichert. Das steht jedenfalls auf dem Klingelschild. Gesehen habe ich den noch nie. Aber es kann nur diese Wohnung sein. Die beiden daneben stehen leer.«

»Lebt Herr Wichert allein?« fragte Dagmar.

»Ich habe gerade gesagt, daß ich den Herrn nicht kenne! Tun Sie jetzt endlich was gegen dieses Ungeziefer, oder nicht?«

»Wir schauen nach, Frau Schenker«, sagte Klaus.

»Aber meinen Namen halten Sie bitte aus der Sache raus.« Bevor Klaus etwas erwidern konnte, knallte sie die Tür zu.

»Es ist schon erstaunlich, wie nett sich manche Leute um ihre Nachbarn kümmern«, sagte Dagmar sarkastisch, als sie nach oben gingen.

»In so einem Haus zieht doch ständig jemand ein oder aus. Wer soll da den Überblick behalten?«

»Sie sagt, daß sie seit zehn Jahren hier wohnt.«

Klaus zeigte auf die Fenster im Treppenaufgang, an denen grünschillernde Fliegen auf und ab liefen. »Mit dem Ungeziefer hat sie jedenfalls recht.« Als sie in den achten Stock kamen, rümpfte er die Nase. »Ich glaube, wir müssen die Kripo holen.«

»Denkst du etwa, daß er ...?«

Klaus ging zu der Wohnung, an deren Tür der Name Bertold Wichert stand, bückte sich und hielt seine Nase ans

Schlüsselloch. Er richtete sich auf, klopfte und klingelte, aber es rührte sich nichts.

»Soll ich einen Schlüsseldienst bestellen?« fragte Dagmar.

Klaus trat zwei Schritte zurück. »Diese läppische Tür schaffe ich auch ohne Schlüsseldienst.« Er nahm Anlauf und trat gegen das Schloß. Es passierte nichts. »Mist. Ist wohl doch ein Riegel davor.«

Dagmar lächelte. »Ich nehm' den Aufzug und fahr' schnell runter. Soll Michael die Kollegen von der Kripo benachrichtigen?«

»Nein. Wir schauen lieber erst mal selbst nach. Eine Blamage reicht mir für heute.«

Der Mann vom Schlüsseldienst brauchte zehn Minuten, bis das Schloß geknackt war. Als Klaus die Tür öffnete, kam ihm ein Schwarm Fliegen entgegen. Dagmar scheuchte sie weg. Im Flur war es eng und stockdunkel. Es roch nach Moder und faulig-süßlich. Klaus tastete nach dem Lichtschalter.

Die von Spinnweben überzogene Funzel an der Decke spendete kaum Licht; der Hausschlüssel steckte von innen. Der Flur war über die gesamte Länge mit Kartons, Zeitungen und Sperrmüll vollgestellt; lediglich in der Mitte war ein schmaler Gang freigelassen worden.

»Laß mich vorgehen«, sagte Klaus.

»Wozu?« Dagmar schlüpfte an ihm vorbei. Klaus sah, daß sie blaß war. Das erste Zimmer, in das sie kamen, war die Küche. Die Rolläden waren zur Hälfte heruntergelassen, die Fenster auf Kippe. Auf dem Tisch stapelten sich verschimmelte Lebensmittelreste und leere Bierdosen. Dazwischen standen eine halbleere Schnapsflasche und ein überquellender Aschenbecher. In der Spüle lagen aufgequollene Zeitschriften und ein Paar zerschlissene Schuhe. Der Linoleumboden war verdreckt und klebrig. Durch knöchelhohen Müll kämpften sie sich zum Wohnzimmer vor, das derart mit Gerümpel vollgestopft war, daß sie nicht hineinkonnten. Dagmar rief laut Bertold Wicherts Namen, aber sie erhielt keine Antwort. Im Bad roch es nach Fäkalien. In der Badewanne stapelte sich ungespültes Geschirr.

Sie fanden den Toten im Schlafzimmer zwischen schmutzigen Kleidern und Bergen von leeren Bierdosen auf einem Matratzenlager. Den Körper bedeckte ein fleckiges, blaues Federbett. Von Bertold Wicherts Gesicht war nicht mehr viel übrig. Dagmar stand da und starrte die Bierdosen an. Klaus hielt sich die Nase zu, ging zum Fenster und zog den Rolladen hoch. Die Fensterscheiben waren voller Fliegen.

Klaus wandte sich an Dagmar. »Sei so nett und sag Michael Bescheid, ja? Ich warte hier, bis die Kollegen vom K 11 kommen.«

Dagmar verschwand. Klaus nahm ein löchriges Handtuch und schlug nach den Insekten. Es war sinnlos. Fluchend öffnete er das Fenster.

Ich beneide die Kollegen nicht, die den jetzt auspacken und untersuchen müssen«, sagte Klaus, als sie eine halbe Stunde später zum Streifenwagen zurückgingen.

»Mhm.«

»Im Prinzip kann man noch froh sein, daß es im Sommer passiert ist. Bei kalter Witterung hätte er wahrscheinlich monatelang dort gelegen, ohne daß es jemandem aufgefallen wäre.«

»Wozu so ein paar grüne Schmeißfliegen doch gut sind.«

»Deine erste Leiche?«

»Im Dienst schon.«

»Laß mich fahren, hm?«

Sie schloß den Streifenwagen auf. »Warum?«

»Du brauchst mir nichts zu beweisen.«

»Was, bitte, sollte ich dir beweisen wollen?«

Klaus stieg auf der Beifahrerseite ein. Die Hitze im Wagen trieb ihm den Schweiß aus allen Poren. Er kurbelte das Fenster herunter. »Bei meiner ersten Leiche habe ich in die Rabatte vor der Haustür gekotzt«, sagte er lächelnd. »Und die sah um einiges hübscher aus als der da oben.«

Dagmar fuhr los. »Das ist es nicht.«

»Was dann, hm?«

»Warum müssen Menschen sich mutwillig so zugrunde richten?«

»Vielleicht, weil sie einsam sind und keinen anderen Ausweg mehr sehen?«

»Es gibt immer einen anderen Ausweg, als sich sinnlos zu besaufen, verdammt noch mal!«

Klaus wischte sich den Schweiß von der Stirn und sah aus dem Fenster. Die Sonne brachte den Asphalt zum Flimmern; zwei Jungen auf Inlinern fuhren lachend an ihnen vorbei. Er kämpfte gegen den aufkommenden Schwindel und das flaue Gefühl in seinem Magen, das er schon seit dem Aufstehen hatte. Es wurde Zeit, daß er etwas Vernünftiges aß.

Dagmar sah ihn an. »Und was war mit deiner zweiten Leiche? Gab's da auch die passende Rabatte?«

Er schüttelte den Kopf. »Meine zweite Leiche werde ich bis an mein Lebensende nicht vergessen.«

»Und warum nicht?« fragte sie neugierig.

»Sie hatte ihr Brautkleid an und hing an einem Dachbalken. Davon abgesehen war sie meine Schwiegermutter. Bitte sei so nett und halt da vorn bei der Dönerbude kurz an, ja?«

20

Fünf Tage nach dem Beginn der Sommerferien rief Dominique an. »Paps streßt so was von rum, das ist echt voll zum Abtörnen.«

»Ach ja?« sagte Hedi interessiert.

»Und dann diese oberbescheuerte Ecklig. Die hat null Dunst, was abgeht. Die ist kein Schatten ihrer selbst, die ist der Schatten ihres Schattens. So was von rabenschwarzer Seele!«

»Hat sie sich mal wieder über dich beschwert?«

»Mal? Schön wär's. Paps ist jedesmal stinkesauer, wenn er heimkommt, weil die bekloppte Krähe nonstop bei seinem Chef auf der Matte steht.«

»Dominique!«

»Is doch wahr. Aber der Obergipfel ist Ralf: Jeden zweiten Tag hängt der bei uns rum, säuft Bier und sülzt dummes Zeug.«

»Hört sich gemütlich an. Was macht Sascha?«

»Seine geliebte Sabine anbeten. Wie die zuckerklebrigen Turteltäubchen, die beiden. Echt oberätzend.«

»Was gibt's sonst Neues in Offenbach?«

»Paps sagt, Oma Resi ist bald pleite.«

»Wie bitte?«

»Sie hat 'ne Telefonstandleitung in unseren Flur und kontrolliert stündlich, ob Paps was Gescheites zu futtern auf den

Tisch bringt und daß er seine Hemden nicht in die Kochwäsche tut.«

Hedi lachte. »Und? Ist sie mit ihm zufrieden?«

»Gestern hat sie ihm eine Liste mit Scheidungsanwälten vorbeigebracht.«

Hedi hörte auf zu lachen.

»Mama? Bist du noch dran?«

»Äh ... ja. Was hat er damit gemacht?«

Jetzt lachte Dominique. »Was denkst du denn, was er damit gemacht hat? Hast du eigentlich 'ne Mikrowelle da draußen?«

»Warum?«

»Morgen fährt Peter mit seinen Eltern für vier Wochen an die Costa Brava.«

»Wer?«

»Kennst du nicht. Einer aus meiner Clique. Die anderen sind schon weg. Ist echt saulangweilig hier.«

»Willst du damit andeuten, daß du erwägst, deine Ferien bei mir zu verbringen?«

»Nur, wenn ich meine Stereoanlage mitbringen darf.«

»Darfst du. Und eine Mikrowelle wollte ich sowieso besorgen. Am besten erledige ich das gleich morgen früh. Soll ich dich anschließend in Offenbach abholen?«

»Aber bitte nicht mitten in der Nacht, wenn's geht.«

»Gegen Mittag?«

»Ja. Er hat sie in den Müll geworfen.«

»Wen?«

»Die Liste. Bis morgen, Mama.«

»Bis morgen, mein Schatz.«

Als Hedi tags darauf in ihre alte Wohnung kam, glaubte sie einen Moment lang, sie habe sich im Stockwerk geirrt. Es lagen keine Schuhe im Flur und keine Socken im Bad. Die

Betten waren frisch bezogen und die gebügelten Hemden ordentlich im Schrank gestapelt. Die Küche sah aus wie frisch renoviert. Klaus saß im Wohnzimmer und schaute fern. Auf dem Couchtisch lag eine sauber zusammengefaltete *Offenbach-Post;* daneben stand eine Vase mit roten Rosen.

»Was ist denn hier passiert?« rief Hedi.

Klaus schaltete den Fernseher aus und stand auf. »Hallo! Schön, dich zu sehen.«

Hedis Blick wanderte durchs Zimmer und blieb bei den Rosen stehen. »Ich glaube es einfach nicht.«

Klaus zuckte lächelnd die Schultern. »Wir sind halt lernfähig.«

»Soll das etwa heißen, daß du und die Kinder...?«

Er küßte sie auf die Nasenspitze. »Das bißchen Hausarbeit erledigen wir doch mit links.«

»Deine Mutter war zu Besuch, stimmt's? Mindestens drei Tage lang.«

Klaus schüttelte den Kopf. »Die ruft bloß ständig an und hält mich von der Arbeit ab.«

Hedi fühlte sich plötzlich elend. Wurde sie denn gar nicht mehr gebraucht? Klaus küßte sie auf die Stirn. »Was überlegst du so angestrengt, hm?«

»Was ich davon halten soll, daß du plötzlich in der Lage bist, diesen Haushalt in Ordnung zu halten.« Sie setzte sich und betrachtete die Blumen. »Wer ist sie?«

»Wer ist was?« fragte Klaus verständnislos.

»Irgendeiner muß dir die Leviten gelesen haben. Wenn es deine Mutter nicht war, wer dann?«

»Andere Frauen würden in die Luft springen, wenn ihnen ihre Männer eine solche Wohnung präsentieren würden.«

»Wer hat die Blumen mitgebracht?«

Er griff nach der Fernbedienung. »Ich wollte dir eine Freude machen.«

»Wo ist Dominique?« fragte Hedi.

»Einkaufen.«

»Das ist ja die Höhe! Erst bestellt sie mich um die Mittagszeit hierher, und dann ist sie nicht da.«

»Ich habe sie weggeschickt.«

»Glaubst du etwa, du kannst auf so billige Art und Weise verhindern, daß sie mit mir in den Odenwald fährt?«

»Ich dachte, wir hätten vielleicht das eine oder andere unter vier Augen zu besprechen.«

»Du bist in deinem ganzen Leben noch in keinem Blumenladen gewesen. Selbst zum Muttertag schickst du die Kinder.«

Klaus legte die Fernbedienung weg und lachte.

»Ich finde das nicht witzig! Wer ist sie?«

Er sah sie spöttisch an. »Warum interessiert dich das, hm?«

»Ich will wissen, was ich während der vergangenen achtzehn Jahre falsch gemacht habe. Könntest du vielleicht aufhören zu grinsen?«

»Du hast achtzehn Jahre lang alles goldrichtig gemacht.«

»Sicher. Ich habe euch von vorn bis hinten bedient; gekocht, gewaschen, gebügelt, geputzt – und alles zum Nulltarif. Kaum fange ich an, ein bißchen an mich zu denken, suchst du dir Ersatz.«

»Zum Kochen, Waschen, Bügeln, Putzen, ja.«

»Was?«

»Dummkopf.« Er faßte ihre Hände und zog sie aus dem Sessel. »Das Bett im Schlafzimmer ist, verdammt noch mal, zu groß für mich. Was hältst du davon, wenn du die Mühle verkaufst und wir uns ein hübsches Reihenhäuschen in der Nähe von Offenbach suchen, hm?«

»Nichts.«

»Du fehlst mir, Hedi.«

»Beim Kochen, Waschen, Bügeln, Putzen.«

»Beim Bettenbeziehen.«

»Ich kann die Mühle nicht verkaufen.«

Seine Lippen berührten ihre Stirn und ihre Wangen. Er begann, ihre Bluse aufzuknöpfen. »Und warum nicht?«

»Wir haben viel Geld investiert. Außerdem trage ich eine Mitverantwortung für Uwe.«

»Wer ist Uwe?«

»Elisabeth Stöckers Sohn. Er baut die alten Gewächshäuser hinter der Scheune zu einer Gärtnerei aus. Elisabeth hat ihm bis auf tausend Mark Juliettes gesamtes Erbe überlassen.«

Er strich ihr lächelnd eine Ponysträhne aus dem Gesicht. »Und was hat sie mit den tausend Mark gemacht?«

»Ein Wörterbuch gekauft.«

Er zog ihr die Bluse aus. Seine Hände waren warm und zärtlich. »Seltsame Leute, diese Hassbacher.«

»Mhm.«

Langsam wanderten seine Lippen ihren Hals hinunter. »Ich hoffe, du hast deine dieselbetriebene Rostbeule nicht im Halteverbot geparkt.«

Sie spielte mit seinem Haar. »Warum?«

»Es könnte länger dauern.«

Ihre Jeans glitt zu Boden. Hedi spürte seine Hände und schloß die Augen. Sie hatte ihn mehr vermißt, als sie es sich eingestanden hatte. »Bitte komm mit, ja?«

Er hob sie hoch und trug sie ins Schlafzimmer. »Aber sicher komme ich mit.«

»In den Odenwald?«

»Ins Bett.«

Sie sah ihn an. »Und danach?«

»Habe ich Dominique versprochen, die Stereoanlage abzubauen.«

»Klaus, ich...«

Er verschloß ihr den Mund mit einem Kuß. Und dann hatte sie erst einmal keine Lust mehr, Fragen zu stellen.

Acht Tage nach Ferienbeginn rief Anette an.

»Guten Tag, liebste Hedwig! Ich wollte mal hören, wie es dir auf dem Land so ergeht.«

»Tag, Anette. Ist in New York Sommerschlußverkauf?«

»Wie? Ich verstehe dich so schlecht. Hast du die Handwerker im Haus?«

»Nur meine Tochter.«

»Wie?«

»Sie mißt gerade die Leistungsfähigkeit der Elektroinstallation.«

»Was? Oh, jetzt ist es besser.«

»Wahrscheinlich ist die Hauptsicherung rausgeflogen.«

»Du, Hedwig, ich bin...«

»...in der Bredouille.«

»Würde es dir sehr viele Umstände bereiten, wenn Christoph-Sebastian einige Ferientage bei dir verbringt?«

»Ja.«

»Aber Hedwig! Wie kannst du nur so herzlos sein! Christoph-Sebastian hat doch jetzt sein erstes Schuljahr hinter sich, und...«

»...die Schule muß abgerissen werden.«

»Was redest du denn da?«

»Wie viele Lehrer hat er ins Grab gebracht?«

»Ein Kind braucht für eine gesunde Entwicklung ab und zu ein anderes Umfeld, und ich dachte...«

»Ruf Klaus an.«

»Das habe ich bereits. Er muß arbeiten. Sag mal: Wollt ihr euch scheiden lassen?«

»Ich habe nicht vor, unsere Ehe am Telefon zu diskutieren.«

»Es war nur eine harmlose Frage, Hedwig.«

»Solange er mich nicht mit Gedichten beglückt, gebe ich uns noch eine Chance.«

Anette schniefte. »Du bist gemein.«

»Entschuldige. Alles wieder im Lot bei euch?«

»Deshalb rufe ich ja an. Bernd und ich möchten gerne für ein paar Tage wegfahren, um ein bißchen auszuspannen.«

»Verstehe.«

»Du würdest mir helfen, meine Ehe zu retten.«

»Mhm.«

»Heißt das: Ja?«

»Wann fahrt ihr?«

»Übermorgen. Danke, Hedwig. Ach ja, noch was: Wie hieß gleich diese Künstlerin, von der du auf unserer äh... Silvesterparty erzählt hast?«

»Vivienne Chantal Belrot.«

»Dann ist sie es doch!«

»Wer ist was?«

»Vor einigen Tagen bekam ich Post von einer Frau von Eschenberg, Inhaberin einer renommierten Künstleragentur in Paris mit Dependance in Frankfurt. Sie empfiehlt mir, Bilder von Frau Belrot zu kaufen. Wegen der Wertsteigerung.«

»Antoinette von Eschenberg ist Viviennes Agentin.«

»Ihr duzt euch?«

»Ich kenne die Dame nicht mal. Wie soll ich sie dann duzen?«

»Ich meinte die Künstlerin Belrot.«

»Wir wohnen zusammen. Vivienne hat einen Teil der Scheune zu einem Atelier umbauen lassen. Und ich habe eine Töpferwerkstatt gleich nebenan. Hat Klaus dir nichts davon erzählt?«

»Oh! Das muß ich mir anschauen. Wir kommen gleich morgen früh.«

»Ich kann es kaum erwarten«, sagte Hedi. Aber ihre Schwägerin hatte schon aufgelegt.

Hedi verließ das Haus und ging zum Atelier hinüber, um Vivienne über den bevorstehenden Besuch zu informieren. Das neu eingedeckte Dach glänzte in der Sonne; in der Mitte thronte der rote Wetterhahn, den Hedi von ihren Kolleginnen zum Abschied geschenkt bekommen hatte. Sein Pfeil zeigte nach Nordwest auf die Hügel und Wälder, hinter denen Offenbach lag. Eine Stunde lang war sie glücklich gewesen. Dann hatte er einfach nein gesagt. *Ich kann dort nicht leben, bitte versteh mich doch.* Sie verstand ihn nicht. Und seine angeblich rationalen Argumente wollte sie genausowenig hören wie seine praktischen Überlegungen und finanziellen Erwägungen. Und seine abfälligen Äußerungen über Vivienne schon gar nicht. Daß ihre Diskussion nicht in einem lautstarken Streit endete, war nur der rechtzeitigen Rückkehr von Dominique zu verdanken. Auf der Fahrt zur Mühle hörte Hedi sich ihre Schimpftiraden über den miesen Axel und ihre Schwärmereien über den süßen Peter an, während sie gegen die Tränen kämpfte.

Sie trat sich die staubigen Schuhe ab und öffnete die Tür zum Atelier, die in das ehemalige Scheunentor eingelassen war. Sosehr sie sich seit ihrem Umzug auch über Vivienne geärgert hatte: Klaus hatte kein Recht, sie zu beleidigen. Gut, sie hatte ihre Macken und Eigenheiten, aber wer hatte die nicht? Hedi war sich sicher, daß sie ihre Freundschaftsbeteuerungen ernst meinte. Immerhin hatte sie ihretwegen nicht nur ein sorgenfreies Luxusleben, sondern sogar berufliche Kontakte und Verpflichtungen aufgegeben. Was machte es schon, daß sie so gut wie keine gemeinsamen Interessen und ziemlich konträre Lebensauffassungen hatten? *Wir beide sind der Dualismus der Welt, Hedi. Träumen und Wachen/Trauern und*

Lachen/Denker und Kind/Zeit, die verrinnt. Viviennes Lebenslust und die Unbekümmertheit, mit der sie sich den Dingen stellte, ließen es nicht zu, ihr auf Dauer böse zu sein. *Die wahren Optimisten sind nicht überzeugt, daß alles gutgehen wird, aber sie sind überzeugt, daß nicht alles schiefgehen wird. Außerdem wußte schon Carl Fürstenberg, daß der Optimist und der Pessimist einen gemeinsamen Nenner haben: den Mist. Und der liegt in der alten Mühle tagtäglich vor unseren Augen, oder? Also hör auf, dir Sorgen über häßliche Holzpilze zu machen, und sieh statt dessen den Vögeln zu: Sie säen nicht, sie ernten nicht, und der Herr ernährt sie doch.*

Daß Hedi zum ersten Mal in ihrer Ehe bewußt und gewollt eine Entscheidung gegen Klaus getroffen hatte, machte sie bei aller Traurigkeit und Wut auch stolz. Vivienne hatte recht: Wenn es nach ihm gegangen wäre, würde Juliettes Wassermühle jetzt einem profitsüchtigen, seelenlosen Spekulanten gehören, der sie entweder kaputtsanieren oder meistbietend verhökern würde. Und zumindest darin waren sie sich einig: Ein solches Schicksal hatte das schöne, alte Haus nicht verdient.

Als Hedi ins Atelier kam, stand Vivienne gedankenverloren vor einer großen, weißen Leinwand. Sie hatte ihren alten Malerkittel an und drehte Hedi den Rücken zu. Es roch nach Farbe und Firnis und nach dem Heu, das über der neu eingezogenen Zwischendecke lagerte. »Na? Wartest du auf deine kreativen Kräfte?«

Vivienne fuhr herum. »Hedi! Hast du mich erschreckt!«

»Tut mir leid. Das wollte ich nicht.«

Vivienne zeigte auf die leere Leinwand. »Ich habe eine großartige Idee, aber ich weiß nicht, wie ich sie umsetzen soll.«

Hedi setzte sich auf einen mit Farbspritzern verunzierten Hocker und ließ ihren Blick umherschweifen. Gläser mit runden und flachen, dicken und dünnen Pinseln, Fläschchen mit

Farben und Firnis, Paletten, Spachtel, Streichmesser und Schwämmchen bedeckten einen Tisch an der Stirnseite des Raums. Auf mehreren Staffeleien standen begonnene, an den Wänden lehnten fertige Gemälde. Neben dem Durchgang zu Hedis Töpferwerkstatt waren auf Keilrahmen gezogene Leinwände gestapelt; in einer Holzkiste davor lagen ausgedrückte Farbtuben. Die hohe Decke und die großzügige Verglasung zwischen den Fachwerkbalken gaben dem Raum Luft und Weite. Hedi sah Kater Tim und Kater Tom über den Hof laufen. Sie durfte nachher nicht vergessen, ihnen frisches Wasser hinzustellen.

Vivienne ging zum Tisch, nahm eine Palette und kramte in einem Schuhkarton mit Farbtuben.

»Meine Schwägerin kommt morgen früh zu Besuch«, sagte Hedi. »Sie hat Post von deiner Agentin bekommen und ist ganz erpicht darauf, die berühmte Künstlerin Belrot persönlich kennenzulernen. Ich nehme an, daß sie dich um das eine oder andere Objekt erleichtern wird.«

Vivienne drückte einen kleinen Klecks blaue und einen großen Klecks rote Ölfarbe auf die Palette. »Soso.«

»Außerdem beabsichtigt sie, ihren Sprößling für einige Tage bei uns unterzubringen.«

Vivienne lachte. »Gehe ich recht in der Annahme, daß du den Sprößling ebensogut leiden kannst wie den Rest der Familie?«

»Christoph-Sebastian ist das schrecklichste Kind, das ich kenne. Und ich kenne jede Menge.«

Vivienne vermischte die Farben mit einem Borstenpinsel und ging zu der Staffelei zurück. Sie fing an, die Leinwand mit schmutzig-lilafarbenen Punkten zu betupfen. »Warum hast du nicht einfach nein gesagt?«

Hedi zuckte die Schultern. »Was soll das werden, was du da machst?«

Vivienne hielt die Palette in Richtung Mühle. »Als ich gestern am Bach entlanggegangen bin, hatte ich eine faszinierende Impression. Ich will versuchen, sie in amorphe Felder zu transferieren.«

»Wenn's nicht mehr ist.«

»Wann wirst du deine Werkstatt einweihen?«

»Wenn ich Zeit dazu habe.«

»Zeit hat man nicht, Zeit nimmt man sich.«

»Und wer macht derweil die Hausarbeit?«

»*Ach, wenn die Tage je mir wiederkehrten,/die nutzlos mir entschwunden sind!/Du würdest, töricht' Menschenkind,/nur anders, doch kaum besser sie verwerten.*«

»Gibt es irgend etwas, für das du keinen schlauen Spruch auf Lager hast?«

»Am besten gehst du einfach rüber und fängst an.«

»Ich habe sowieso alles vergessen.«

»Wetten, daß nicht?« sagte Vivienne lächelnd und wandte sich wieder ihrer Leinwand zu.

Um kurz nach acht am nächsten Morgen traf Anette mit zwei großen Koffern und Christoph-Sebastian in der Eichmühle ein. Sie trug ein maßgeschneidertes, hellgrünes Kostüm und schwitzte. »Die Straße hierher ist eine einzige Katastrophe. Da muß man ja um seinen Wagen fürchten.«

Hedi kam gerade vom Hühnerfüttern. Sie wischte sich die Hände an der Schürze ab. »Guten Morgen. Ich dachte, daß Daimler solide Autos baut. Vor allem, wenn sie mehr als zwei Jahresgehälter kosten.« Sie deutete auf das Gepäck. »Willst du auch hier Ferien machen?«

»Ich bin ja so gespannt darauf, Frau Belrot kennenzulernen.«

»Warum benötigst du dafür zwei Reisekoffer?«

Anette stupste ihren Sohn an, der gelangweilt in der Nase

bohrte. »Sag deiner Tante Hedwig guten Tag, Christoph-Sebastian!«

»Tach. Darf ich mit den Hühnern spielen?«

Hedi schloß die Haustür auf. »Nein, die brauche ich noch.«

»Ist Frau Belrot in ihrem Atelier?« fragte Anette.

»Sie schläft.«

Anette stellte die Koffer und ihre Handtasche neben der Garderobe ab und ging ins Wohnzimmer. Christoph-Sebastian verschwand in der Küche.

Anette blieb vor dem Kamin stehen. »Ein Werk von Frau Belrot?«

»Ja«, sagte Hedi. »*Der Untergang.*«

»Was für ein spannender Titel!« Anette berührte die Leinwand. »Ein wirklich ungewöhnlich pastoser Auftrag.«

»Möchtest du einen Kaffee?«

Anette nahm auf dem Biedermeiersofa Platz. »Ja. Ohne Milch und Zucker, bitte. Wann und wo hast du Frau Belrot kennengelernt?«

»In der siebten Klasse«, kam es von der Tür. Vivienne trug einen raffiniert geschnittenen Hosenanzug aus gelber Rohseide; ihr Haar hatte sie zu einem eleganten Knoten geschlungen. Lächelnd gab sie Anette die Hand. »Ich freue mich, Ihre Bekanntschaft zu machen, Frau Winterfeldt.«

Hedi schaute ungläubig zur Uhr. »Hast du eine Maus im Bett oder ist im ersten Stock eine Bombe explodiert?«

Vivienne lachte. Anette sprang entsetzt auf. »Ihr habt Mäuse im Haus? Das ist ja ekelhaft!«

»Wissenschaftlichen Untersuchungen zufolge führen Mikropartikel aus getrocknetem Mäusekot bei Erstkläßlern zu akuten Atemproblemen«, sagte Hedi und ging in die Küche.

Anette setzte sich wieder. »Ich freue mich außerordentlich, Sie kennenlernen zu dürfen, Frau Belrot.« Sie zeigte auf den

Untergang. »Ein wirklich ungewöhnlich spannendes Exponat.«

Vivienne lächelte. »Eine kleine Spielerei mit Farbwertkontrasten. Wenn Sie möchten, kann ich Ihnen nachher im Atelier weitaus substantiellere Arbeiten zeigen.«

»Aber gern, Frau Belrot. Ich interessiere mich nämlich sehr für moderne Malerei.«

»Es gibt moderne Krawatten, moderne Schuhe, moderne Autos, aber Kunst unterliegt niemals den Ansprüchen auf Mode.«

Anette wurde rot. »Sie haben selbstverständlich recht, Frau Belrot. Bitte entschuldigen Sie.«

»Das habe ich mal irgendwo gelesen. Ich glaube, es war im *Spiegel.*«

Anette lachte gekünstelt. »Wirklich originell gesagt, ja.«

»Hedi erwähnte, daß Sie Kunstsammlerin sind.«

»Das ist richtig.«

»Welche Stilrichtung bevorzugen Sie?«

»Ich präferiere experimentatorische junge Kunst.«

»Sie meinen experimentelle Arbeiten junger Künstler?« fragte Vivienne.

»Ja, genau. Junge Künstler und ihre experimentellen Bilder.«

Hedi scheuchte Christoph-Sebastian vor sich her ins Wohnzimmer. Sie stellte Anette und Vivienne Tassen hin und schenkte Kaffee ein.

»Ich lege großen Wert darauf, daß meine Arbeiten etwas Eigenständiges darstellen, und bin bestrebt, sie der Einordnung in Schubladen zu entziehen«, sagte Vivienne.

»Aber Sie haben doch sicherlich Vorbilder?«

»Ja. Vasarély und die Groupe de Recherche d'Art Visuel, Picasso, Kandinsky... vor allem aber Claude Monet. Ich kenne keinen anderen Maler, der in seinen Arbeiten dem Flimmern von Luft und Licht und damit der Grenze zur Auflösung des Gegenständlichen so nahe kam wie er.«

Christoph-Sebastian inspizierte Hedis Nähkorb und verkroch sich damit hinters Sofa. Hedi setzte sich.

»Damit ein Gemälde mehr ist als bloße Dekoration, muß der Künstler nicht nur Impulse haben, sondern sie auch kontrollieren und gezielt und dosiert einsetzen können«, sagte Vivienne.

Anette nickte. »Genau das ist auch meine Meinung, Frau Belrot.«

Vivienne erklärte, daß sie der Leuchtkraft und Beständigkeit der Farben wegen ausschließlich in Öl male, und sprach vom Dualismus pikaresk evolvierter Sujets und in Licht und Schatten transformierter Apokatastasen transgredienter Energien. Anette nickte zustimmend und sagte abwechselnd: »Ah ja, verstehe« und »Das ist aber spannend, Frau Belrot.« Hedi schüttelte den Kopf. Christoph-Sebastian wickelte Garnrollen ab.

»Wenn Sie möchten, können wir ins Atelier hinübergehen, und ich demonstriere Ihnen an einigen meiner Arbeiten, was ich meine«, sagte Vivienne.

Anette stand auf. »Gern, Frau Belrot. Ich fühle mich geehrt, Frau Belrot.«

»Was ist mit Christoph-Sebastian?« fragte Hedi.

Ohne zu antworten, ging Anette mit Vivienne hinaus. Hedi räumte den Tisch ab. Sie trug das Geschirr in die Küche und setzte den Wasserkessel auf. Sie fragte sich, was Viviennes Agentin dazu trieb, einer Frau wie Anette Kunst anzubieten. Wahrscheinlich der DAX. Sie wartete, bis der Kessel anfing zu pfeifen, goß das heiße Wasser in eine Schüssel und ließ kaltes dazulaufen. Im Wohnzimmer war es merkwürdig still. Hedi sah nach. Christoph-Sebastian saß unter dem Fenster und lächelte. Er hatte Hedis Garnsortiment um Viviennes Yuccapalme gewickelt und war dabei, die Gardinen in Längsstreifen zu zerteilen.

»Bist du des Wahnsinns?« schrie Hedi.

Christoph-Sebastian sah sie erstaunt an. »Ich wollte bloß ein bißchen Theater spielen, Tante Hedwig.«

»Das kannst du haben.« Hedi nahm ihm die Schere weg und gab ihm eine Ohrfeige.

Christoph-Sebastian stand auf und rannte heulend aus dem Zimmer. »Das sag' ich meiner Mama, daß du mich gehauen hast. Die zeigt dich an. Das ist Kinderschändigung!«

Hedi ging zurück in die Küche. Auf dem Fliesenboden breitete sich eine Pfütze aus. Fluchend drehte sie den Wasserhahn zu.

Es dauerte fast zwei Stunden, bis Vivienne und Anette aus dem Atelier kamen. Sie trugen insgesamt zehn Bilder zu Anettes Mercedes und beschäftigten sich eine weitere halbe Stunde mit dem sachgerechten Verladen. Christoph-Sebastian nutzte die Zeit, um den Hofhahn in die Räucherkammer zu sperren und im Mühlteich baden zu gehen.

»Ich bin wirklich glücklich, Sie kennengelernt zu haben, Frau Belrot«, sagte Anette zum Abschied.

»Mein Gockel stinkt nach Pökelsalz«, sagte Hedi.

»Bezahlen Sie in bar oder mit Scheck?« fragte Vivienne.

»Du hast tatsächlich die ganzen Schinken gekauft?« rief Hedi.

»Also bitte!« sagte Vivienne.

Anette lächelte. »Du trägst ja schon deine Freizeitsachen, Christoph-Sebastian.«

»Ich mußte ihn aus dem Mühlteich retten«, sagte Hedi.

»Ja, ja, du machst das schon, Hedwig. Ich schreibe Ihnen einen Scheck aus, Frau Belrot.«

Hedi folgte Vivienne und Anette ins Haus.

Christoph-Sebastian machte sich auf den Weg zur Obstwiese. Anette nahm ihre Handtasche, holte ihr Scheckbuch heraus und zückte einen zierlichen, goldfarbenen Füllfederhalter. Auf Juliettes wurmstichigem Schuhschrank neben dem Kellerabgang schrieb sie einen Scheck über sechzigtausend Mark aus. Hedi bemühte sich, unbeeindruckt auszusehen.

Anette wedelte den Scheck ein paarmal hin und her, um die Tinte zu trocknen, und gab ihn an Vivienne weiter. Vivienne bedankte sich und verschwand.

»Was sagt denn Bernd dazu, wenn du so viel Geld für Kunst ausgibst?« fragte Hedi.

»Er läßt mir diesbezüglich völlig freie Hand.« Sie lächelte. »Es bleibt ihm ja auch nichts anderes übrig.«

»Warum?«

»Wer einer Mätresse eine Zwei-Zimmer-Eigentumswohnung und ein Sportcoupé finanziert, muß es verkraften können, wenn die Ehefrau ein paar Groschen für Bilder braucht.«

Hedi war fassungslos. »Bernd betrügt dich?«

»Seit drei Jahren.«

»Und das stört dich nicht?«

»Ende Januar rief ein freundlicher Autoverkäufer an. Er erkundigte sich, wie ich mit dem kürzlich erworbenen Wagen zufrieden sei. Pech nur, daß ich kürzlich gar keinen Wagen erworben hatte. Bernd hat es nicht mal abgestritten. Ich dachte ernsthaft daran, mich scheiden zu lassen.«

»Aber?«

»Rational betrachtet wäre das ziemlich dumm, oder? Nichts gegen dich, Hedwig. Aber ich finde es nicht besonders erstrebenswert, in einer billigen Mietwohnung oder baufälligen Hütte vor mich hin zu darben. Lieber lasse ich meinen Gatten ordentlich für seine Sünden bluten.«

»Du meinst mit baufälliger Hütte nicht zufällig dieses Anwesen hier?« sagte Hedi verstimmt.

»Also, wenn du ehrlich bist...« Anette warf einen Blick auf ihre Uhr. Statt Ziffern waren Brillanten eingesetzt. »Liebe Zeit. Ich muß heim.« Sie verstaute Scheckheft und Füllfederhalter in ihrer Handtasche und stöckelte in den Hof. Hedi ging hinter ihr her.

»Verdammt noch mal! Mach, daß du hier rauskommst!« schrie Uwe in einem der Gewächshäuser. Kurz darauf rannte Christoph-Sebastian über die Obstwiese davon.

»Christoph-Sebastian! Komm sofort hierher«, rief Anette. Der Junge blieb stehen, sah zu ihr hin und schlenderte gelangweilt auf sie zu.

»Was ist mit den Koffern im Flur?« fragte Hedi.

»Beeil dich gefälligst, Christoph-Sebastian!« Als der Junge herangekommen war, strich Anette ihm lächelnd über den Kopf. »Daß du dich ja ordentlich benimmst während der nächsten vier Wochen.«

»Ja, Mama«, sagte Christoph-Sebastian artig.

Hedi wurde blaß. »Vier Wochen? Bist du verrückt?«

Christoph-Sebastian rannte lachend zu den Gewächshäusern zurück. Anette stieg in ihren Mercedes. »Sei nicht so kleinlich, Hedwig. Bernd und ich fliegen morgen auf die Malediven. Das ist einfach nichts für ein Kind.« Sie warf ihre Handtasche auf den Beifahrersitz.

»Du fährst mit Bernd in Urlaub, obwohl er dich betrügt?« fragte Hedi fassungslos.

Anette lächelte ihr durch das offene Wagenfenster zu. »Warum nicht? Ehemänner gehen doch alle irgendwann fremd.«

»Meiner nicht!«

»Träum weiter, Schwägerin.« Anette startete den Motor und trat probeweise aufs Gas. »Bernd und ich haben seit Januar ein kleines Arrangement. Wenn er sich daran hält, sehe ich keinen Grund, warum ich mir nicht einen Urlaub mit ihm gönnen sollte. Ich denke, ich habe ein gutes Geschäft gemacht.«

»Mit Bernd?«

»Mit Frau Belrot. In einigen Jahren sind ihre Bilder bestimmt unbezahlbar.« Mit durchdrehenden Reifen brauste sie vom Hof und hüllte Hedi in eine Staubwolke.

»Du verdammter Bengel! Ich habe dir vor einer Minute gesagt, daß du deine Schmutzfinger von meinen Stiefmütterchen lassen sollst!« schallte Uwes Stimme aus der Gärtnerei herüber. Auf dem Dach der alten Mühle saß eine Amsel und sang. Kopfschüttelnd ging Hedi ins Haus.

21

Vivienne und Dominique verstanden sich ausgezeichnet. Sie frühstückten gemeinsam gegen elf und waren sich darin einig, daß Essen und Tischabräumen nichts miteinander zu tun hatten. Genausowenig wie Essen und Einkaufen, Essen und Kochen oder Essen und Geschirrspülen. Die Benutzung von Bad und Toilette regelten sie sportlich und fair: An geraden Tagen hatte Vivienne, an ungeraden Dominique den Vortritt.

Hedis Befürchtung, daß Dominiques Musikgeschmack bei einer sensiblen Künstlerin Migräneanfälle auslösen könnte, erwies sich als unbegründet. Sobald Dominique ihre Stereoanlage in Betrieb nahm, verschwand Vivienne in ihrem Meditierzimmer unterm Dach. Der Dorfschreiner baute zwei Fenster ein, Telefon- und Faxanschluß wurden gelegt. Hedis Fragen blieben unbeantwortet, die Tür zur Kammer verschlossen, das Schlüsselloch verhängt. Vivienne behauptete, sie schließe Risse und Löcher in ihrem Aurafeld.

Montags und donnerstags lieh sie sich Hedis Rostbus aus und fuhr mit einer Kiste voller Meditationsrequisiten ins Grüne. Vor Einbruch der Dämmerung kam sie selten zurück.

Hedi kaufte sich ein Fremdwörterlexikon, schlug *Psychometrie* und *aurische Emanation* nach und frischte ihre Englischkenntnisse mit *Studies of the Human Aura* auf, die sie beim Staubsaugen unter der *Annabella* neben dem Sofa fand. Dem Geheimnis von Viviennes Meditationskunst, die den ohrenbetäubenden Lärm von Kreissägen, Buschtrommeln und Preßlufthämmern ausblenden konnte, kam sie trotzdem nicht auf die Spur.

Dominique lernte den Unterschied zwischen Möhrenkraut und Petersilie innerhalb von Minuten. Es dauerte keine zwei Tage, bis sie Hedi statt Dill und Schnittlauch *Anethum graveolens* und *Allium schoenoprasum* aus dem Garten holte, und nach einer Woche stellte sie erschüttert fest, daß ihre Mutter nicht einmal wußte, daß man aus *Urtica dioica* Brennesselsuppe kochen konnte. Sie jätete Unkraut wie eine Bäuerin, siebte mit frisch lackierten Fingernägeln Anzuchterde durch und gebrauchte häufig Sätze mit dem Wort Uwe.

»Stellt euch vor, Uwe will Blumen recyceln«, sagte sie zu Beginn der dritten Woche am Mittagstisch.

Hedi trug Kartoffeln und Frikadellen auf. »Will er sie durch den Häcksler jagen und neue draus basteln?«

»Mama, bitte!«

»Dann erklär es mir, du Nachwuchsgärtnerin.«

»Uwe ärgert es, daß die Leute jedes Jahr ihre ganzen Fuchsia und Pelargonien wegschmeißen und...«

»Pellawas?« fragte Vivienne.

»Die botanisch korrekte Bezeichnung lautet Pelargonie. Dummbeutel sagen Geranie«, dozierte Dominique.

»Vorletzte Woche hättest du Pelargonie noch als lateinische Bezeichnung für Regenmantel durchgehen lassen.« Hedi stellte die Soße und eine Schüssel mit Salat auf den Tisch. »Mit extra viel *Allium schoenoprasum* für meine Tochter. Zufrieden?«

»Das ist echt null witzig!«

»Ich hoffe, du hast keinen Branntweinessig genommen«, sagte Vivienne.

»Nein. Leider war ich so leichtfertig, deinen Einkaufszettel ungeprüft Uwes Mutter mitzugeben. Die arme Elli mußte bis nach Darmstadt fahren, um dein handgepreßtes Extra-Vergine-Olivenöl und den garantiert zwanzig Jahre alten Balsamico-Essig aus Modena aufzutreiben.«

Vivienne verzog das Gesicht. »Du ruinierst mit deinem Billigkram das Aroma des Blattsalats.«

»Und das feinstoffliche Energiefeld, ich weiß.«

»Du solltest diese Dinge etwas ernster nehmen, Hedi.«

»Wollt ihr jetzt hören, was Uwe vorhat, oder nicht?« fragte Dominique.

»Für den Gegenwert von einem Liter Salatöl und zweihundertfünfzig Milliliter Essig haben Klaus und ich früher Zelturlaub am Mittelmeer gemacht.«

Vivienne legte eine halbe Kartoffel und drei Salatblätter auf ihren Teller. »Du übertreibst maßlos.«

»Du könntest mir etwas Haushaltsgeld geben. Und ein paar von unseren Rechnungen bezahlen.«

»Antoinette sagt, daß die Aktienkurse...«

»Du hast einen Scheck von Anette bekommen! Wo ist eigentlich Christoph-Sebastian?«

»Also, Uwe hat da echt 'ne geile Idee«, sagte Dominique.

Vom Flur drang Geschrei herein. Die Tür flog auf. Uwe zerrte Christoph-Sebastian ins Zimmer.

»Laß mich los, du Dumpfbacke!« schrie Christoph-Sebastian. Er rannte um den Tisch, kletterte auf den leeren Stuhl neben Vivienne und fing an, Kartoffeln und Frikadellen auf seinen Teller zu häufen.

»Halt!« rief Hedi. »Die anderen wollen auch noch was.«

Christoph-Sebastian langte nach dem Soßenlöffel. »Hab' aber Hunger!«

»Du bist vielleicht ein ungezogenes Kind«, sagte Vivienne.

Christoph-Sebastian streckte ihr die Zunge heraus. Er schaufelte Soße auf seinen Teller. Uwe hielt sich die rechte Hand. »Haben Sie vielleicht ein Pflaster für mich, Frau Winterfeldt?«

»Was ist denn passiert?« fragte Hedi erschrocken.

»Man sollte den Bengel als Hofhund verwenden: Er beißt, er schlägt an, und an die Kette gehört er auch.«

Dominique sprang auf. »Was? Du besemmelter Quarksack hast meinen Freund gebissen?« Sie holte aus und verpaßte Christoph-Sebastian eine Ohrfeige.

»Ich bin kein besemmelter Quarksack!« Christoph-Sebastian warf den Soßenlöffel nach Dominique, doch sie duckte sich. Der Löffel flog durch die offene Tür ins Wohnzimmer und knallte gegen den Schrank.

»Verdammt noch mal! Ruhe jetzt!« Hedi holte den Löffel zurück und drückte ihn Dominique in die Hand. »Abspülen!« Sie zeigte ins Wohnzimmer. »Und aufwischen. Und zwar sofort! Ich kümmere mich derweil um das Pflaster.«

»Ich wollte Ihnen wirklich keine Umstände machen, Frau Winterfeldt«, sagte Uwe verlegen, als Hedi zurückkam.

»Du machst hier die wenigsten Umstände.« Hedi verarztete seine Hand, und sie setzten sich zu Tisch.

Vivienne aß die Hälfte ihrer halben Kartoffel und besah sich die Frikadellen. »Sind die mit Brötchen gemacht? Ich mag keine Frikadellen mit Brötchen.«

»Und ich mag die schon überhaupt gar nich«, nuschelte Christoph-Sebastian. Auf seinem Teller sah es aus wie auf einer Müllkippe.

»Dann iß Kartoffeln und Salat«, sagte Hedi.

Dominique lächelte Uwe über den Tisch hinweg zu. »Mama glaubt nicht, daß man Blumen recyceln kann.«

Uwe sah Hedi an. »Na ja, bis jetzt ist es auch bloß so ein Gedanke von mir.«

»Ein megageiler Gedanke, wenn du mich fragst«, sagte Dominique.

Uwes Wangen färbten sich rosa. Vivienne sezierte ein Salatblatt. Christoph-Sebastian verteilte eine Frikadelle auf seiner Latzhose.

»Was hast du dir denn ausgedacht?« fragte Hedi.

»Ich finde es schade, daß so viele Balkonblumen im Herbst weggeworfen werden, obwohl man sie überwintern könnte. Ich möchte meinen Kunden anbieten, sie gegen eine Gutschrift bei mir abzugeben.«

»Sie bekommen sie also im Frühjahr wieder zurück?«

»Nein. Das wäre organisatorisch zu kompliziert und vom Preis her nicht attraktiv. Wenn die Leute im Herbst Erika und anderes für die Winterbepflanzung kaufen, könnten sie ihre abgeblühten Fuchsien und Geranien mitbringen.«

»Pelargonien«, verbesserte Dominique.

»Ich gebe ihnen dafür einen Gutschein, den sie nach Belieben eintauschen können. Die Pflanzen überwintere ich und biete sie im darauffolgenden Jahr wieder an.«

»Aber damit verdienst du doch gar nichts«, sagte Vivienne.

»Die Gutschrift wird um mindestens zwei Drittel unter dem späteren Verkaufspreis liegen. Ein Anreiz ist es trotzdem, denn in der Mülltonne bringen die Pflanzen schließlich gar nichts ein.«

»Außerdem bindest du die Leute an deine Gärtnerei«, sagte Dominique.

Hedi lächelte. »Ich wußte gar nicht, daß ich eine so geschäftstüchtige Tochter habe.«

»Ich mache mir eben Gedanken, Mama!«

»Wann wirst du eröffnen?« wandte sich Hedi an Uwe.

»Geplant ist die erste Septemberwoche. Ich möchte auch seltene Kräuter, alte Gemüsesorten und ausgefallene Zimmerpflanzen anbieten. Und den Jahreszeiten entsprechende Pflanzenarrangements aus der Region. Ich kenne da eine nette Floristin, deren Arbeiten ich gerne ausstellen würde.«

»Was für eine nette Floristin?« fragte Dominique gereizt.

Christoph-Sebastian verteilte grinsend Soße auf dem Tischtuch. »Biste neidisch?«

»Halt die Klappe, Quarksack!«

»Sie hat schon die erste Kundin«, sagte Hedi. »Ich brauche einen neuen Adventskranz.«

Vivienne nahm sich noch ein paar Salatblätter aus der Schüssel. »Ich bitte dich. Wir haben Ende Juli.«

Uwe sah Hedi an. »Was halten Sie davon, Ihre Keramikarbeiten über meine Gärtnerei zu verkaufen? Zimmerpflanzen und Küchenkräuter in handgetöpfertem Steingut: Das ist eine nette Geschenkidee.«

»Ich habe noch nie darüber nachgedacht, meine Sachen zu verkaufen.«

»Sie sind aber wunderschön. Und behalten können Sie ja ohnehin nicht alles, oder?«

»Ich denke ...« Hedi brach ab. Vivienne war kreidebleich. Sie ließ Gabel und Messer fallen.

Christoph-Sebastian patschte mit dem Löffel in sein Frikadellenmus. »Bei Tante Vivienne schleimt 'ne Schnecke übern Salat, hihihi!«

Hedi stand auf und nahm Viviennes Teller vom Tisch. Zwischen zwei Salatblättern kämpfte eine gelblich-graue Gartenwegschnecke gegen den Essig aus Modena. »Entschuldige. Die muß ich beim Putzen übersehen haben.«

»Geben Sie her, Frau Winterfeldt. Ich erledige das.« Uwe verschwand mit dem Teller nach draußen. Vivienne erklärte ihr Mittagessen für beendet. Dominique lief hinter Uwe her; Christoph-Sebastian lief hinter Dominique her. Hedi räumte den Tisch ab und machte den Abwasch.

Beim Abtrocknen sah sie durchs Fenster, wie Dominique und Vivienne eine Leiter zu den Kirschbäumen trugen. Kirschenpflücken hatte Hedi als Kind geliebt. Sie stellte das Geschirr in den Schrank und band sich die Schürze ab.

Als sie über den Hof zur Obstwiese ging, hörte sie den Ruf eines Kuckucks im nahen Wald. Aus dem Hühnergehege kam leises Gackern; es duftete nach Heu und Bourbonrosen. Die Sonne setzte Bäumen und Sträuchern Lichter auf. Unter den alten Kirschbäumen war es angenehm kühl. Vivienne stand auf der obersten Leitersprosse und stopfte sich tiefrote Herzkirschen in den Mund. Dominique saß auf einem dicken Ast und tat es ihr gleich. Christoph-Sebastian erntete schmatzend die unteren Zweige ab.

Hedi kletterte zu Vivienne hinauf. »Es gibt nichts Schöneres, als Kirschen direkt vom Baum zu naschen.«

Vivienne lachte. »Da hast du recht. Hier oben kann ich wenigstens sicher sein, daß mir nicht wieder irgendeine Schleimschnecke den Appetit verdirbt.«

Christoph-Sebastian grinste. »Tante Susanne hat gesagt, daß sie die Maden auch immer mitißt.«

Vivienne fiel um ein Haar von der Leiter. Dominique spuckte eine Ladung Kirschkerne in hohem Bogen aus.

»Du Sau!« rief Christoph-Sebastian, der die Reste auf den Kopf bekam.

Vivienne klammerte sich an der Leiter fest. »Da sind Maden drin?«

Christoph-Sebastian steckte sich zwei Kirschen auf einmal in den Mund. »Tante Susanne sagt, daß ich nicht reingucken soll. Dann weiß ich auch nicht, ob welche drin sind oder nicht.«

Dominique pflückte eine Kirsche und brach sie vorsichtig auseinander. »Bäh, wie eklig!«

»Laß mich runter«, jammerte Vivienne. Hedi machte Platz, und Vivienne kletterte eilig von der Leiter. »Mir ist schlecht.

Ich glaube, ich muß mich übergeben.« Sie rannte zum Haus. »Ich hasse das Landleben!«

Auch Dominique war die Lust auf frisches Obst vergangen. Sie hangelte sich nach unten. »Ich muß Uwe mal was fragen.«

Hedi lächelte. »Wie Maden auf lateinisch heißen?«

»Du bist echt voll fies, Mama!«

»Maden schmecken echt voll gut«, sagte Christoph-Sebastian grinsend.

Zwei Tage später glaubte Hedi, sie sehe einen Geist, aber es war Vivienne, die im Hof aus einem zitronengelben Cabriolet stieg. Sie drehte sich kokett um ihre Achse. »Gefällt dir meine neue Frisur?«

Hedis ungläubiger Blick wanderte von Viviennes kurzgeraspeltem Blondschopf über ihr enges gelbes Trägerkleid zu dem farblich passenden Wagen. »Bist du übergeschnappt?«

»Warum? Weil ich mir zum ersten Mal, seit ich hier wohne, einen Friseurbesuch geleistet habe?«

»Was hat das gekostet?«

»Das Kleid oder die Frisur?«

»Das Auto!«

»Eine einmalige Gelegenheit: Jahreswagen und top gepflegt.«

»Was das Ding gekostet hat, will ich wissen.«

»Nun, ich sagte ja, ein Sonderangebot...«

»Wieviel?«

»Nicht mal fünfzigtausend.«

»Ich glaube, ich spinne.«

»Das ist wirklich ein guter Preis für einen Roadster.«

»Im Haus stapeln sich die Rechnungen, und du verplemperst Unsummen für einen Luxuswagen.«

»Du hast keine Ahnung, was Unsummen sind. Und was ein Luxuswagen kostet, schon gar nicht.«

»Ich habe dir Juliettes Geld nicht geliehen, damit du dafür Tand kaufst!«

»Ein Auto ist kein Tand.«

»Wir haben bereits ein Auto!«

Vivienne schaute angewidert zu Hedis rostigem VW-Bus, der neben dem Hühnerstall stand. »Bei dem Vehikel muß man jedesmal beten, bevor man losfährt. Ich bin Atheistin.«

»Dann probier's mit Mantras und Meditation.«

»Hedi, bitte! Mit dieser Chausseewanze kann man sich doch nirgends blicken lassen.«

»Du gibst mir auf der Stelle das restliche Geld von Anette!«

Vivienne ging zu ihrem Wagen und zog den Zündschlüssel ab. »Ich habe den Scheck für *meine* Bilder erhalten und damit auch das Recht, über das Geld zu verfügen.«

Hedi bekam einen roten Kopf. »Ich kann mich erinnern, daß wir abgemacht hatten, daß du mir Juliettes Geld sofort zurückzahlst, sobald du liquide bist. Außerdem wolltest du dich an den Renovierungskosten für die Mühle beteiligen. Dafür stehst du im Grundbuch.«

Vivienne zuckte mit den Schultern. »Ich habe Antoinette angedroht, daß ich ihren Vertrag auflöse, wenn sie nicht bald den Transfer meines Vermögens veranlaßt.«

»Das erzählst du mir seit Wochen. Bis jetzt kam nichts als heiße Luft.«

»Du hast ja recht. Ich rufe sie nachher an.«

»Für die Sanierung des Bades nach deinen Vorstellungen ist ein Drittel von Juliettes Geld draufgegangen.«

Vivienne stöckelte an Hedi vorbei ins Haus. »Die Wasserleitungen waren völlig marode.«

Hedi lief hinter ihr her. »Das ist kein Grund, sie mit Gold zu legieren.«

Vivienne setzte sich auf die Garderobenbank und streifte ihre Pumps ab. »Du redest Blödsinn.«

»Du schreibst mir jetzt sofort einen Scheck über zehntausend Mark aus!«

Vivienne holte ihr Scheckbuch, kritzelte eine Zahl hinein und reichte es Hedi.

»Fünfhundert? Willst du mich verarschen? Ich sagte: alles!«

»Das ist alles.«

»Du wirst mir doch nicht weismachen wollen, daß die gelbe Wurstpelle und dein Wasserstoffperoxyd-Struwwelpeter zehntausend Mark gekostet haben.«

Vivienne stiegen Tränen in die Augen. »Du hast überhaupt keinen Sinn für Stil. Dieses Kleid ist eine Création von Escada und keine Wurstpelle! Mein Coiffeur sagt, der neue Look unterstreicht meinen kreativ sensiblen Typus.«

»Dummes Geschwätz ist bei Coiffeuren im Preis inbegriffen.«

»Du bist gemein!«

»Wo ist das restliche Geld?«

Vivienne kramte in ihrer zitronengelben Handtasche, holte ein Spitzentuch heraus und schneuzte sich. »Du kannst einem wirklich die Freude an allem verderben.«

»Wo das Geld von Anette hingekommen ist, will ich wissen!«

Vivienne steckte das Taschentuch weg. »Ich habe Material bestellt: Leinwände, Farben, Pinsel. Es wird morgen geliefert. Zusammen mit der restlichen Garderobe.«

»Welche restliche Garderobe? Hast du ein ganzes Kaufhaus leergekauft?«

Vivienne verzichtete darauf, Hedi darüber aufzuklären, daß sie ihre Shoppings nicht in billigen Kaufhäusern durchführte. »Morgen früh werde ich Antoinette von Eschenberg aufsuchen und die Geldangelegenheit ein für allemal regeln. Bist du jetzt zufrieden?«

»Das nächste Mal suche *ich* sie auf«, sagte Hedi wütend.

Am folgenden Tag fuhr Vivienne tatsächlich schon um neun Uhr mit ihrem Cabriolet davon. Spätnachmittags kam sie mit einem jungen Mann und bester Laune zurück. Sie wartete im Hof, bis ihr Begleiter den Wagen ordentlich geparkt hatte. In der linken Hand hielt sie eine Flasche Champagner.

»Und? Wann kommt dein Geld?« fragte Hedi. Sie hatte einen von Juliettes alten Kitteln an und vor einer knappen Viertelstunde beim Unkrautjäten entdeckt, daß die Krankheit, die ihre Möhren dahinsiechen ließ, Christoph-Sebastian hieß. Nach einer Gemüsemahlzeit hatte er das Kraut zur Tarnung wieder in die Erde gesteckt. Eine Stunde zuvor waren Viviennes Malutensilien angeliefert worden und am frühen Nachmittag ihre Garderobe. Beide Herren waren ausnehmend freundlich gewesen und hatten auf Barzahlung bestanden.

Vivienne lächelte. »Stell dir vor: Fabien will sich meine Bilder ansehen. Er ist dabei, eine größere Ausstellung zu planen, und sucht unverbrauchte Talente.«

»Im Moment sucht er den ersten Gang.« Der Motor des Cabriolets heulte auf. Die Hühner flatterten aufgeregt durchs Gehege. Aus dem Auspuff des gelben Autos kam eine schwarze Wolke. Christoph-Sebastian klatschte Beifall.

Vivienne zupfte sich einen Fussel von ihrem Kleid. »Fabien findet meine Frisur übrigens trendy. Trinkst du ein Gläschen Champagner mit uns?«

»Was hat Frau von Eschenberg gesagt?«

»Warum bist du so gereizt?«

»Ich bin die Sanftmut in Person!«

»Hat sich dein Klaus wieder mal geweigert, in die Mühle zu ziehen?«

»Was mit deinem Geld ist, will ich wissen!« Klaus ging seit

Stunden nicht ans Telefon. Nicht einmal Ralf wußte, wo er war. Und Sascha war auch nicht zu Hause.

»Ich habe Fabien im *Georgies* getroffen. Sieht er nicht fabelhaft gut aus?«

»Mir wäre es lieber, er sähe fabelhaft schlecht aus und würde statt dessen ein paar von deinen Schinken kaufen.«

»Du sollst meine Arbeiten nicht ständig Schinken nennen!«

»Dein Architekt hat heute die zweite Mahnung geschickt. Hattest du nicht behauptet, du hättest die Rechnung längst bezahlt?«

»Ich werde ihn anrufen.«

»Seine Preise sind eine Unverschämtheit.«

»Er ist ein gefragter Mann. Er kann sich seine Aufträge aussuchen.«

»Sein letzter war Neuschwanstein, was? Das dürfte kaum teurer gewesen sein als unsere Scheune.«

Fabien hatte den Motortest beendet und schlenderte über den Hof. Er lächelte wie Leonardo DiCaprio und sah aus wie ein abgebrochener BWL-Student. Hedi sagte guten Tag und ging Unkraut jäten. Vivienne und Fabien verschwanden Arm in Arm im Haus. Christoph-Sebastian kletterte in das Cabriolet.

Offenbar hatte Fabien außer BWL einige Semester in Witzeerzählen belegt. Viviennes Gekicher schallte aus ihrem Schlafzimmerfenster bis in den Garten. Kurz nachdem es verstummt war, lief Hedi hinters Haus. Christoph-Sebastian kletterte aus dem Cabriolet und folgte ihr.

»Mach gefälligst das Fenster zu!« rief sie zu Viviennes Zimmer hinauf.

»Tun die bumsen?« fragte Christoph-Sebastian.

Hedi lief rot an. »Tante Vivienne hat sich bloß das Knie gestoßen.«

»Und wie kannst du das von hier unten sehen?«

»Vielleicht war es auch der Kopf.«

»Und warum muß sie dann das Fenster zumachen?«

»Das erkläre ich dir ein anderes Mal.«

Fabien verschwand drei Stunden später, ohne das Atelier betreten zu haben. Vivienne war so unausstehlich, daß Hedi es unterließ, sie zum Ergebnis ihres Gesprächs mit Antoinette von Eschenberg zu befragen. Ihre Laune besserte sich erst am Wochenende, als ein muskelbepackter, junger Kunstmäzen in der Mühle eintraf. Er sah sich das Atelier an, blieb über Nacht und reiste am Sonntagmorgen nach dem Frühstück wieder ab.

Vivienne schloß sich für den restlichen Tag in ihrem Meditierzimmer ein. Hedi versuchte mehrmals, Klaus zu erreichen. Er ging nicht ans Telefon. Am Montagmorgen erwog sie, nach Offenbach zu fahren, aber als sie Christoph-Sebastians Lächeln sah, ließ sie es bleiben. Statt dessen half sie Vivienne, die Meditierkiste zum Auto zu tragen. Sie öffnete den Kofferraum und schüttelte den Kopf. »Ich fasse es nicht. Fünfzigtausend Mark und eine Schreibtischschublade fürs Gepäck.«

»Wir stellen sie auf den Beifahrersitz«, sagte Vivienne verärgert.

»Wo willst du eigentlich hin?«

»An die frische Luft. Zum Meditieren.«

»Warum machst du nicht die Fenster auf, wenn du Frischluft brauchst?«

»Weil ich auf freie Räume angewiesen bin, um mein Bewußtsein für die Wahrnehmung feinstofflicher Dimensionen zu sensibilisieren.«

»Dann räum den Dachboden aus.«

»Du willst mich nicht verstehen, oder?«

»Wie hast du dich in der Frankfurter City sensibilisiert?«

»Meine Inspiration war noch nie so schlecht. Ich muß dringend zu mir selbst finden.«

»Du mußt dringend zu deinem Geld finden.«

Vivienne stieg in den Wagen und knallte die Tür zu. »Auf diesem Niveau diskutiere ich nicht mit dir.« Sie startete den Motor und brauste vom Hof. Eine Stunde vor dem Abendessen kam sie zurück.

Mit feierlichem Gesichtsausdruck überreichte sie Hedi im Flur einen Briefumschlag mit zweitausend Mark. »Ich habe mir deine Worte zu Herzen genommen und bin zu Antoinette gefahren. Sie hat mir eine kleine Anzahlung gegeben und fest versprochen, den Rest bis spätestens Ende September zu transferieren.«

»Bis dahin sind wir zwangsgepfändet.« Hedi steckte das Geld ein und sah zum Telefon. Klaus hatte sich immer noch nicht gemeldet.

Am Dienstag war auch der Rest von Viviennes Depression verflogen. Nach einem ausgiebigen Frühstück zog sie ihren alten Malerkittel an und verschwand nach draußen. Hedi räumte den Tisch ab; den Abwasch ließ sie stehen. Als sie gegen halb eins ins Atelier kam, stand Vivienne vor einer zwei Quadratmeter großen, violett lasierten Leinwand und tupfte mit einem buschigen Pinsel gelbe und weiße Farbe auf. »*Blumenwiese bei Sonnenuntergang*«, sagte sie lächelnd.

»Soso«, sagte Hedi.

»Was gefällt dir nicht daran?«

»Ich habe nicht gesagt, daß es mir nicht gefällt.«

»Aber gedacht.«

»Lilafarbenes Gras ist gewöhnungsbedürftig. Ich gehe ein bißchen töpfern.«

Vivienne ließ Pinsel und Palette sinken. »Je länger ich lebe, um so mehr wird mir klar, was für eine schwierige Sache das

Malen ist, und in seinem Scheitern muß man geduldig darum ringen, weiterzumachen.«

»So schlecht finde ich das Bild nun auch wieder nicht«, sagte Hedi verlegen.

Vivienne lachte. »Das war ein Zitat von Claude Monet.«

»Verstehe: Der Maler mit dem Flimmern von Luft und Licht. Dein großes Vorbild.«

»Monets *Grüne Reflexionen* und seine *Seerosen in der Abenddämmerung* gehören zu meinen Lieblingsbildern. Die *Reflexionen* habe ich im Musée du Louvre gesehen. Entstanden in den Jahren 1914 bis 1918, Diptychon. Öl auf Leinwand.«

Hedi runzelte die Stirn. »Diptychon?«

»Das ist ein zweiflügeliges Gemälde, etwa so wie die Altarbilder des Mittelalters«, erklärte Vivienne. »Die *Grünen Reflexionen* haben die beachtliche Größe von einem Meter siebenundneunzig mal acht Meter siebenundvierzig. Wenn du sie betrachtest, hast du das Gefühl, am Ufer von Monets Seerosenteich in Giverny zu stehen.«

»Wie kannst du dir den ganzen Kram bloß merken?«

Vivienne fuhr sich durch ihr blondes Haar; am Ansatz schimmerte es rötlich. »Ich verehre Monet und sein Werk, insbesondere seine späteren Arbeiten. Während meiner Zeit an der Côte d'Azur habe ich vergeblich versucht, die kühne Farbgebung seiner Südfrankreichbilder zu kopieren.«

Hedi zeigte auf die *Blumenwiese*. »Anscheinend ist es dir inzwischen gelungen. Wenn ich an unseren Kunstunterricht zurückdenke, meine ich mich allerdings zu erinnern, daß man auf Monets Gemälden etwas erkennen konnte.«

»Je älter er wurde, desto stärker löste er sich vom Gegenständlichen. Er wollte das Licht malen, den Augenblick einfangen. Seine Seerosen zeigen, was es bedeutet, wenn die Oberfläche eines Gemäldes atmen kann.«

»Wie, bitte, atmet ein Bild?«

Vivienne lächelte. »Monet unterschied Hunderte verschiedener Stimmungen, und er weigerte sich, mit dem Malen fortzufahren, sobald das Licht wechselte. Er baute Dutzende von Leinwänden an einem einzigen Ort auf, um sie der Reihe nach zu bearbeiten, sobald sich die Lichtverhältnisse nur geringfügig änderten. Je nach Wetterlage geschah das manchmal innerhalb weniger Minuten. Die breiten Ränder seiner gebrochenen Pinselschwünge fingen später das Licht der Räume ein, in denen seine Bilder ausgestellt wurden. Abhängig vom Standpunkt des Betrachters kann daher jedes seiner Werke als reine Malerei oder auch als reine Illusion betrachtet werden. Das gleiche strebe ich bei meinen Arbeiten an.«

»Warum malst du dann bei Kunstlicht im Atelier?«

»Wichtig ist nicht der äußere, sondern der innere Standpunkt: *Aller innerer Sinn ist Sinn für Sinn*. Denn das Äußere, die Natur, bleibt uns im Grunde unbegreiflich in ihrem Sterben und Werden. Acherontisches Frösteln ergreift uns, auch wenn wir glauben, noch auf der Sonnenseite des Lebens zu stehen.«

»Monet bekam an seinem Seerosenteich Gänsehaut?«

»Der Acheron ist ein Fluß in der griechischen Mythologie.«

»Mhm. Ich gehe dann mal töpfern.«

Vivienne zeigte durch die Fenster in den Hof. »Wir bewegen uns in einem fiktiven Raum, aber die Kraft der Kunst ist nicht Surrogat, sondern ein Stück unseres geistigen Seins. Schau nach draußen! Der Kreislauf der Natur, der die Mühle treibt, wird dem Menschen zum Lauf im Kreise.«

»Da treibt nichts mehr. Das Mühlrad ist seit fünfzig Jahren außer Betrieb.«

»Ich meine das sinnbildlich: Die Mühle als Archetypus unserer Existenz spiegelt den Kosmos des Daseins in seiner Seinsverfallenheit. *Requiescat in pace*.«

»Ich beginne zu ahnen, warum die Tapeten im Wohnzimmer schimmeln.«

»Du bist keinen Deut besser als deine Schwägerin!«

»Das ist aber spannend, Frau Belrot. Ich bin wirklich glücklich, Sie kennengelernt zu haben, Frau Belrot.«

Vivienne mußte lachen. Sie tupfte ihren Pinsel auf die Palette, malte einen leuchtend roten Fleck an den unteren Bildrand der *Blumenwiese* und trat einen Schritt zurück, um das Ergebnis zu begutachten. »Eine verfeinerte, erhabene Vision nimmt Gestalt an, ein Geist schwebt inmitten kunterbunter Reflexionen, und so, von Funken erleuchtet, werden spitze, bläuliche Flammen und geschwefelte Blitze zu Trugbildern der Landschaft. Ein unruhiger Traum von Glück stellt sich in der rosaroten Sanftheit der Dämmerung ein, steigt im gefärbten Dunst auf und vermischt sich unter dem vorüberziehenden Himmel.«

»Großer Gott! Denkst du dir das beim Meditieren aus?«

»Ein kleines Zitat aus den Anmerkungen von Gustave Geffroy, dem Freund und offiziellen Biographen von Claude Monet, zur Ausstellung in der Galerie Durand-Ruel im Mai 1891«, sagte Vivienne lächelnd. »Monet war imstande, eine unaufhörliche Flut wechselnder und miteinander verwandter Gefühle zu schaffen. Durch ihn nahm die Möglichkeit, die Poesie des Universums innerhalb eines umschriebenen Raumes zusammenzufassen, erstmals Gestalt an.«

»In Form von seinsverfallenen Mühlen?«

»Ich spreche von Monets Heuschobern.«

»Entschuldige.«

»Weißt du, was Emile Zola 1868 über ihn schrieb?«

»Eigentlich wollte ich töpfern.«

»*Diejenigen Maler, die die Zeit, in der sie leben, aus der Tiefe ihrer Herzen und ihrer Seelen als Künstler lieben, nehmen alltägliche Realitäten anders wahr. Vor allem bemühen sie sich, in die genaue Bedeutung der Dinge einzudringen. Nicht zufrieden mit dem lächerlichen trompe-l'œil, deuten sie ihr Zeitalter als Menschen, die fühlen, wie es in ihnen lebt, die davon besessen sind. Ihre Werke sind lebendig, weil sie dem Leben entstammen.«*

»Ich kann mir nicht mal die erste Strophe vom Lied von der Glocke merken.«

»Dafür weißt du, wie man Reis ins Wasser kippt.«

»Und daß im Odenwald keine Pampelmusen wachsen.«

Vivienne plazierte einen zweiten roten Fleck auf der *Blumenwiese*. »Monet war Perfektionist im Einfangen des äußeren Lichts. Ich strebe das gleiche für das innere Licht an.«

Hedi seufzte. »Was bedeutet das jetzt wieder?«

Vivienne legte Pinsel und Palette beiseite und setzte sich auf ihren farbbekleckerten Hocker. »Mystiker in aller Welt behaupten, daß sie Lichtphänomene um die Köpfe der Menschen sehen. Auf den Bildern alter Meister finden wir aurische Emanationen oft durch Heiligenscheine dargestellt. Indem wir lernen, diese Gaben der Schönheit, der Liebe und des Glücks zu nutzen, öffnen wir Fenster zu neuen Welten des Geistes und der Seele.«

»Mhm.«

»Kinder sind beispielsweise sehr begabt dafür, Aurafelder zu spüren. In ihren Zeichnungen umgeben sie Figuren oft mit ungewöhnlichen Farbschattierungen. Damit drücken sie aus, welche feinstofflichen Energien sie beim Malen wahrnehmen.«

»Der arme Christoph-Sebastian muß in der Hölle leben.«

»Wir sollten lernen, die Welt um uns herum mit den Augen eines Kindes zu sehen.«

»Eine giftgrün angemalte Wohnzimmercouch reicht mir.«

Vivienne betrachtete nachdenklich ihre unvollendete *Blumenwiese*. »Farben spiegeln physische und spirituelle Aspekte. Sie können stimulieren oder deprimieren, Positives und Negatives symbolisieren. Wenn sie in der Aura eines Menschen wahrgenommen werden, sind sie ein Schlüssel zum Verständnis seiner Persönlichkeit.«

Hedi grinste. »Was bedeutet quietschgelb?«

»Das Zeichen der aufgehenden Sonne: Leichtigkeit, Weisheit, die Macht der Ideen. Glück und Überschwenglichkeit.«

»Welche Sockenfarbe bevorzugte Monet?«

»Er hatte eine zitronengelbe Holzvertäfelung in seinem Eßzimmer.«

»Untersteh dich!«

»Du begreifst überhaupt nicht, wovon ich rede, oder?«

»Was bedeutet Lila?«

»Phantasie und Magie. Verwandlung. Die Verbindung von Herz und Geist.« Vivienne stand auf, nahm den Pinsel und tupfte einen dritten roten Klecks in die rechte untere Bildecke. »Rot ist Feuer und Energie, lodernde Leidenschaft. Liebe und Mut, Haß und Wut. Grün symbolisiert Mitgefühl und Freundlichkeit.«

Hedi lehnte sich gegen die Wand. »Du hast recht. Grüne Wiesen sind realitätsfremd.«

Über den roten setzte Vivienne einen dunkelblauen Fleck. »Einsamkeit und Hingabe.«

»Monet hätte ein Weizenfeld bei Sonnenaufgang gewählt: Gelbe Ähren, roter Mohn, Kornblumen und Vergißmeinnicht. Dazwischen Kornraden und ein bißchen grünes Unkrautgewucher.«

»Du vergißt das Lila.«

»Elli sagt, Kornraden sind zuweilen trübpurpurn. Und ziemlich giftig. Notfalls könnte man auch eine Kuh dazwischen stellen.«

»Wie bitte?«

»Heute morgen habe ich in der Zeitung gelesen, daß beinahe sechzig Prozent aller Vorschulkinder glauben, daß Milchkühe lila sind.«

»Mir ist die Sache ernst.«

»Mir auch. Immerhin noch vierzig Prozent sind davon überzeugt, daß Kälber mit dem Aufdruck *Milka* zur Welt kommen. Und ein weiteres Viertel behauptet, Baumwolle wachse auf Schafen.«

»Manchmal habe ich das Gefühl, daß es völlig sinnlos ist, sich mit dir zu unterhalten.«

Hedi lächelte. »Genau das ist auch meine Meinung, Frau Belrot. Meine Töpferscheibe wartet.« Sie ging nach nebenan in ihre Werkstatt, wickelte einen Klumpen Ton aus den feuchten Tüchern und vergaß die Welt.

Nach dem Kaffeetrinken schlug Vivienne vor, einen Spaziergang zu machen. Hedi wollte eigentlich bügeln, aber Vivienne überredete sie, die Hausarbeit aufs nächste Tief zu verschieben. Uwe und Dominique versprachen, auf Christoph-Sebastian aufzupassen.

Sie wanderten am Mühlbach entlang. Es war sonnig und heiß, und die Erlen am Bachufer spendeten Schatten. Vivienne zeigte Hedi die Blumenwiese, die sie zu ihrem Bild inspiriert hatte; sie war sumpfig und sattgrün. Über blühenden Disteln flatterten Schmetterlinge. Es roch nach Kräutern, und Lerchen sangen. Auf einer bemoosten Steinbank am Bachufer machten sie Rast. Sie schauten dem Wasser zu, das über Wurzeln und Steine gluckerte, und brauchten keine Worte, um sich zu verstehen. Die alte Mühle war ihr Zuhause, und alles andere würde sich schon irgendwie ergeben.

Als sie zurückkamen, war Uwe dabei, die Hühner aus dem Gemüsegarten zu vertreiben. Salatbeet und Kräuterrondell sahen aus wie frisch gepflügt.

»Was ist denn hier los?« fragte Hedi entsetzt.

Uwe wischte sich den Schweiß von der Stirn. »Wir hatten ihn nur einige Minuten aus den Augen gelassen, und schon...«

Aus dem geöffneten Badezimmerfenster drang schrilles Kreischen. »Sei still! Du bist selbst schuld, daß ich so schrubben muß!« rief Dominique.

»Hoffentlich haben sie die Schnecken gefressen«, sagte Vivienne mit einem Blick auf die aufgeregt herumflatternden Hennen. Der Hofhahn thronte auf dem Gartenzaun und krähte. Sein Brustgefieder schimmerte regenbogenfarben.

»Ich vermute, die Schnecken sind das kleinere Problem«, sagte Uwe. Er sah verstohlen zur Scheune. Die Tür stand offen.

Vivienne stieß einen Schrei aus und rannte hinüber.

»Er wollte ein bißchen mit der nassen Erde und den Sonnenfarben spielen. Das hat er uns jedenfalls erzählt, als wir ihn aus dem Atelier holten. Es tut mir wirklich leid.«

»So schlimm?« fragte Hedi.

»Neiiin!« Weinend stolperte Vivienne aus dem Atelier. Sie rannte über den Hof und verschwand im Haus. »Du bist das widerlichste Kind im ganzen Universum!« hörten Hedi und Uwe ihre Stimme kurz darauf aus dem Bad.

»Das war der doofe Gockel und nicht ich!« brüllte Christoph-Sebastian.

»Du bleibst gefälligst in der Wanne, bis du sauber bist!« rief Dominique.

»Was hast du mit meiner *Blumenwiese* gemacht, du Ekel?«

»Aua! Du reißt mir ja das Ohr ab, Tante Vivienne!«

»Du gehörst, verdammt noch mal, auf den Mond geschossen!« Die Tür knallte, daß die Fensterscheiben klirrten.

»Ich bin längst sauber«, schrie Christoph-Sebastian.

»Dann mach, daß du im Bett verschwindest.«

»Aber es ist doch noch gar nicht dunkel.«

»Für dich schon!« Krachend flog das Badezimmerfenster zu.

Viviennes *Blumenwiese* sah aus, als sei sie in einen Gewittersturm geraten; sie war nur noch durch die drei roten Flecken am unteren Bildrand zu identifizieren. Über die lilafarbene Lasur war eine grau-rote Masse geschmiert worden, auf der sich wiederum der Inhalt verschiedener Farbtuben verteilte.

Hedi lief in ihre Werkstatt. Zwei Päckchen roter Ton waren aus den Tüchern gewickelt worden. Die Reste klebten zur Hälfte auf dem Boden und zur anderen Hälfte in dem Eimer mit Kleisterresten, der noch vom Renovieren herumstand. Sie atmete auf. Wenigstens waren ihre frisch gebrannten Blumenübertöpfe alle heil. »Malen liegt ihm anscheinend mehr als Töpfern«, sagte sie, als sie ins Atelier zurückkam.

Uwe stellte umgestürzte Leinwände auf. »War das Christoph-Sebastian, oder sahen die vorher schon so aus?«

»Laß das ja nicht Vivienne hören.«

»Entschuldigen Sie, aber...«

Hedi lächelte. »Ich denke mal, die ruinierten sind die, die mit Ton und Schneidwerkzeugen bearbeitet wurden.« Sie holte einen Besen und kehrte Tonkrümel und ein gutes Dutzend ausgedrückte Farbtuben zusammen. Uwe sammelte eine Schere, zwei Brotmesser und einige Stricknadeln ein.

Hedi stellte die *Blumenwiese* auf die Staffelei zurück. In einem feuchten Klumpen grellgrüner Ölfarbe klebten zwei weiße Hühnerfedern. Die Leinwand war an mehreren Stellen verkratzt und eingerissen. In der linken oberen Ecke wies sie eine Delle auf. Die ungleichmäßig aufgetragene Tonschicht verlieh dem Bild ein außergewöhnliches Relief, in dem sich hier und dort Hühnerfüße abzeichneten.

»Hat Christoph-Sebastian etwa die Hennen durchs Atelier getrieben?«

»Nur den Hahn«, sagte Uwe. »Das heißt, der ist von selbst rein.«

»Wie bitte?«

Uwe holte eine Kehrschaufel. »Als ich mit Dominique von der Gärtnerei herüberkam, sahen wir ihn gerade flügelschlagend im Atelier verschwinden. Wahrscheinlich war Christoph-Sebastian vorher nicht sehr nett zu ihm.«

»Rache für die Räucherkammer«, sagte Hedi. »Wie du weißt, mußte unser Hofhahn eine Woche lang in Aschgrau herumlaufen.« Sie schob den zusammengekehrten Unrat mit dem Besen auf die Schaufel.

Uwe zeigte auf die *Blumenwiese*. »Christoph-Sebastian benutzte das Bild als Schutzschild. Der Hahn war außer sich. Ich mußte mit einem Eimer nach ihm werfen.« Er bückte sich, nahm ein schmutziges, biegsames Etwas von der Schaufel und hielt es Hedi hin. »Die Katzen hat Christoph-Sebastian auch gefüttert.«

»Und wie sehen die Karnickel aus?«

»Die Götter wissen, wie er auf die abstruse Idee kam, Salamiaufschnitt auf die Bilder zu werfen. Uns erzählte er, er habe beim Malen Hunger gehabt und Tim und Tom auch.«

»Das ist ja nicht zu fassen!«

Uwe wies auf zwei großformatige Leinwände, die wie die *Blumenwiese* mit buntschillernden Tonreliefs bedeckt waren. »Schauen Sie es sich selbst an. Da sind eindeutig Katzenpfotenspuren drauf, ein paar Salamireste und jede Menge Handabdrücke von Christoph-Sebastian. Messerwerfen hat er auch geübt.«

»Er hat die Pampe mit den Händen verschmiert?«

Uwe nahm die *Blumenwiese* von der Staffelei und stellte sie zu den beiden anderen Lehmbildern in eine Ecke. »Wir konnten ihn nur deshalb von den Leinwänden unterscheiden, weil er sich bewegte.«

Hedi holte ein paar alte Bettlaken, die ebenfalls noch vom Renovieren herumlagen. »Mal ehrlich: Wie lange war er außer Kontrolle, hm?«

Uwe wurde rot. »Na ja ... Wir haben nicht auf die Uhr gesehen.«

»Das kommt mir irgendwie bekannt vor.« Hedi verhüllte die ruinierten Bilder und ging ins Haus hinüber.

Vivienne hatte sich in ihr Bett verkrochen und heulte wie ein Schloßhund. »Dieser Zombie hat alles kaputtgemacht. Ich hasse ihn!«

Hedi setzte sich auf die Bettkante. »Uwe und ich haben saubergemacht. Zum Glück sind nur drei Bilder betroffen.«

»Zum Glück? Du hast ja keine Ahnung! Das sind Auftragsarbeiten.«

»Du hast noch kein einziges Bild verkauft, seit wir hier wohnen.«

»Morgen kommt Wolfgang. Das wäre die Chance meines Lebens gewesen.« Vivienne wischte sich mit dem Ärmel ihres Nachthemds die Tränen aus dem Gesicht. Auf der gelben Seide blieben häßliche Kajalflecken zurück.

»Du hast genügend andere Sachen herumstehen, die du deinem Wolfgang präsentieren kannst.«

»Das verstehst du nicht. Wolfgang ist ein renommierter Kunstexperte. Er kommt extra wegen meiner *Blumenwiese*.«

»Warum hast du mir nichts davon erzählt?«

»Ich traf ihn gestern bei Antoinette von Eschenberg.«

Hedi stand auf. »Dein Atelier ist wirklich wieder in Ordnung. Und was diesen Wolfgang angeht ...«

»Wie soll ich an diesem Ort der Verwüstung jemals wieder arbeiten können?«

»Ich sagte gerade, daß ich aufgeräumt habe.«

»Ich meine das doch nicht physisch! Dieses Scheusal hat

alle Energie-Emanationen zerstört! Weißt du überhaupt, was das heißt?«

»Erklär's mir morgen.«

»Wie kannst du nur so herzlos sein! Mein Lebenswerk ist zerstört!«

»Wir sollten anfangen, die Welt um uns herum mit den Augen eines Kindes zu sehen, hm?« Hedi gelang es gerade noch, das Zimmer zu verlassen, bevor Viviennes zitronengelbe Pumps gegen die Tür prallten.

Christoph-Sebastian lag in seinem Bett und schlief. Er hatte rosige Wangen und sah aus wie ein Engel.

22

Wolfgang hieß mit Nachnamen Bernsdorf, war von Beruf Galerist, fuhr einen Ferrari und sah unverschämt gut aus. Hedi schätzte ihn auf Anfang Vierzig.

Als er gegen halb zehn in der Mühle eintraf, lag Vivienne noch in den Federn. Hedi bot ihm einen Kaffee an und ging nach oben, um sie zu wecken.

»Was fällt dir ein, mich mitten in der Nacht aus dem Bett zu werfen?« maulte sie, als Hedi nach mehrmaligem Klopfen ins Zimmer trat.

»Dein Besuch ist da.«

»Welcher Besuch?«

Hedi öffnete die Fensterläden. »Na, dein Wolfgang. Die Chance deines Lebens.«

Vivienne preßte stöhnend die Hände vor ihre Augen. »Wolfgang? Chance meines Lebens?«

»Hast du gestern jedenfalls behauptet.«

»Tu mir einen Gefallen und mach die Läden wieder zu, ja? Das blendet wie verrückt.«

Hedi hob kopfschüttelnd zwei leere Champagnerflaschen auf, die vor Viviennes Bett lagen. »Hast du heute nacht die Spinnen unters Bett gesoffen?«

Vivienne sah sie mit zusammengekniffenen Augen an. »Das habe ich auf den Schock hin gebraucht.«

»Du siehst aus wie in die Ecke gespuckt.«

Vivienne drehte sich beleidigt zur Wand. »Laß mich zufrieden.«

»Herrgott! Steh gefälligst auf und begrüße deinen Gast! Er ist extra wegen dir aus München angereist.«

»Ich kann nicht. Mein Kopf platzt. Mir ist schlecht. Ich sterbe.«

»Soll ich das etwa deinem Wolfgang erzählen?«

Vivienne sah sie mit einem flehenden Gesichtsausdruck an. »Bitte, Hedi! Dir fällt bestimmt irgendwas Nettes ein. Sag ihm, daß ich schrecklich krank bin und ihn nicht empfangen kann. Meinetwegen zeig ihm meine restlichen Bilder.« Bei dem Wort *restlichen* schossen ihr Tränen in die Augen.

»Beschwer dich hinterher bloß nicht, wenn ich deine Schinken zu Spottpreisen verscherbelt habe!«

Vivienne zog sich die Decke über den Kopf. »Von mir aus kannst du sie alle verschenken. Hauptsache, ich muß nicht aufstehen.«

Wolfgang Bernsdorf saß auf dem Biedermeiersofa und rührte gedankenverloren in seiner Kaffeetasse. Als Hedi ins Zimmer kam, stand er auf.

»Es tut mir leid, Herr Bernsdorf. Frau Belrot läßt sich entschuldigen. Ihr geht es heute gar nicht gut.«

Lächelnd setzte er sich wieder. »Ihr Kaffee schmeckt vorzüglich, Frau Winterfeldt.«

»Ich mahle ihn immer frisch. Das verbessert das Aroma.« Hedi ging in die Küche und holte die Kanne, um ihm nachzuschenken.

»Sie wohnen sehr romantisch hier draußen.«

»Die Eichmühle wurde 1635 erbaut und ist seitdem im Besitz meiner Familie«, sagte Hedi stolz.

»Sieh an. Sie sind also ein Abkömmling der diebischen Müllerszunft?«

»Was?«

Er grinste. »Ihre Altvorderen hatten das Ansehen von Totengräbern, weil sie es nicht fertigbrachten, aus einem Kilo Korn ein Kilo Mehl zu mahlen. Heute weiß jedes Kind, daß auch vermeintlich trockenes Getreide Wasser enthält, das beim Mahlen verdunstet.«

»Ein Malter.«

»Bitte?«

»Die Maßeinheit für Getreide war Malter, nicht Kilo.«

Bernsdorf trank einen Schluck Kaffee und lehnte sich behaglich auf dem Sofa zurück. »Im Gegensatz zum geizigen, bösen Müller stand die schöne Müllerin in dem Ruf, Sinnesfreuden nicht abgeneigt zu sein.«

»Entschuldigen Sie, aber Frau Belrot hat mich gebeten ...«

»Ich hätte Lust, sie mir anzusehen.«

»Wen?«

»Na, Ihre Mühle!«

»Sie werden sich Ihren hübschen Anzug ruinieren.«

»Ich habe eine Zweitausstattung im Kofferraum.«

Hedi zuckte mit den Schultern. »Erst die Arbeit, dann das Vergnügen, Herr Bernsdorf.«

»Wie bitte?« fragte er verblüfft.

»Wenn Sie Ihren Rundgang durch Vivienne Belrots Atelier beendet haben, zeige ich Ihnen gern, wie meine Altvorderen ihr Mehl gemahlen haben.«

»Ich bin nicht hier, um Bilder anzukaufen.«

Hedi sah ihn entgeistert an. »Aber ich dachte ...«

»Frau Belrot wollte die Modalitäten eines Sponsoringvertrags mit mir besprechen.«

Hedi mußte sich setzen.

»Stimmt etwas nicht?«

»Vivienne hat Ihnen Sponsoring zugesagt?«

»Für eine Ausstellung junger Künstler in meiner Münchner Galerie im kommenden Frühjahr. Hat sie Ihnen nichts davon erzählt?«

Hedi erwog, ihm Viviennes Kontoauszüge unter die Nase zu halten. »Selbstverständlich hat sie die Idee mit mir besprochen. Aber gestern entschied sie sich spontan für die Unterstützung eines Hamburger Kunstforums. Leider sind ihre finanziellen Mittel damit erschöpft. Was das Kultursponsoring angeht, meine ich.«

»Und warum hat sie sich dann zwei Tage Bedenkzeit ausgebeten?« fragte Bernsdorf verärgert.

»Frau von Eschenberg hat ihr Zurückhaltung empfohlen.«

»Wer ist Frau von Eschenberg?«

»Ja, aber ... Haben Sie Vivienne nicht bei ihr getroffen?«

»Ich kenne keine Frau von Eschenberg.«

»Sie makelt Frau Belrots Bilder an finanzstarke Kunden.« Hedi fragte sich, wo Vivienne *die Chance ihres Lebens* tatsächlich aufgegabelt hatte. Wahrscheinlich im U-Bahn-Schacht vor dem *Georgies*.

»Ich wußte gar nicht, daß Frau Belrot eine derart gefragte Künstlerin ist«, sagte Wolfgang Bernsdorf.

»Sie scheut das Licht der Öffentlichkeit.«

»Trotzdem sollte ich ihre Arbeiten kennen.«

»Frau von Eschenberg wickelt ihre Transaktionen sehr diskret ab. Der überwiegende Teil von Viviennes Bildern geht an Privatsammler im Ausland.« Hedi war erstaunt, wie schnell sie sich Lügen ausdenken konnte.

»Hat sie denn keine Ausstellungen?«

»Ich weiß von einer in New York.«

»Wann war das?«

»Irgendwann im vergangenen Jahr, glaube ich. Auf jeden Fall, bevor wir in die Eichmühle gezogen sind.«

Bernsdorf trank seinen Kaffee aus. »Ich war in der letzten Zeit beruflich und privat ziemlich angespannt. Aber die Ausstellungsankündigung einer deutschen Künstlerin für New York zu übersehen ist ein unverzeihlicher Fehler! Ich werde das Versäumnis nachholen und mir ihre Arbeiten anschauen. *Nach* der Besichtigung Ihrer Mühle, wenn Sie erlauben.« Seine Stimme klang warm und herzlich. Sein Lächeln war unverschämt.

Hedi ging zur Tür. »Wenn Sie mir bitte folgen wollen?«

Durch eine Holztür im Flur gelangten sie in einen schmalen Gang, der ins Nebengebäude führte. Der Raum, in den sie kamen, war groß, hoch und fensterlos. Lediglich durch die Ritzen des verwitterten Eingangstors fiel etwas Licht. Es dauerte ein Weilchen, bis sich ihre Augen an das Halbdunkel gewöhnt hatten. An den Wänden hingen zerschlissene Kummets und Ochsengeschirre, leere Säcke und alte landwirtschaftliche Geräte. In der Mitte des Raums standen zwei Strohkarren und eine altertümliche, mit einem Schwungrad versehene Häckselmaschine.

Wolfgang drehte an der Kurbel, und das hölzerne Rad mit den halbmondförmigen Messern begann sich knarrend zu drehen. »Wissen Sie eigentlich, was für einen Schatz Sie hier herumstehen haben? Das Ding ist mindestens einhundert Jahre alt.«

»Meine Tante hat mir erzählt, daß ihr Großvater damit Stroh und Heu geschnitten hat.« Hedi deutete auf ein mit Zahnrädern und einem Gewicht versehenes Eisengestell, in das zwei runde Steinplatten eingelassen waren. »Das da dürfte noch ein paar Jährchen älter sein.«

»Mittelalterlicher Folterkeller würde ich sagen.«

Hedi lachte. »Nein, eine alte Käsepresse. Meine Tante hat sie sogar noch benutzt. Ihr selbstgemachter Pfefferkäse schmeckte köstlich.«

»Ihre Tante hat vor Ihnen hier gewohnt?«

»Sie starb im April.«

»Das tut mir leid. Das Foto im Wohnzimmer – ist sie das?«

»Ja.«

»Sie haben sie wohl sehr gemocht?«

Hedi nickte. Sein forschender Blick machte sie verlegen. Sie zeigte auf eine ausgetretene Stiege, die zu einem Loch in der Decke führte. »Da geht's zum Balkenboden. Ich war seit Jahren nicht mehr oben.«

»Dann wird es Zeit, oder?«

Auf dem Balkenboden war es staubig und eng. Durch zwei glaslose Fensterchen schien die Sonne auf verrostetes Räderwerk und große, eckige Holztrichter. Die Spinnweben an der Decke bewegten sich im Luftzug. Hedi setzte sich auf einen Querbalken vor einen verkrusteten, schwarzen Apparat und einen altmodischen, klobigen Elektromotor.

»Der Walzenstuhl. Er mahlt nicht mit Steinen, sondern mit Metallwalzen. Es dauerte sechs Mahlgänge, bis das Korn zu weißem Mehl geworden war. Als mein Großvater in den zwanziger Jahren Strom hier heraus legen ließ, war das eine Sensation: Plötzlich konnte er zu jeder beliebigen Jahreszeit mahlen und war nicht mehr auf den wechselnden Wasserstand des Mühlbachs angewiesen, der im Sommer austrocknete und im Winter zufror.«

Wolfgang setzte sich neben sie. Sein rechtes Knie berührte ihr linkes Bein. »Mich faszinieren alte Häuser. Man hat das Gefühl, durch jedes Fenster und jede Tür in die Vergangenheit zu schauen.«

»Als Kind war der Balkenboden mein Lieblingsplatz. Ich malte mir aus, wie meine Vorfahren Tag und Nacht und Stunde um Stunde Säcke voller Korn heraufschleppten, das die tonnenschweren Mühlsteine in den hölzernen Bütten dort drüben rumpelnd zu Mehl vermahlten. Die begrenzte Zeit, in der sich das Mühlrad drehte, brachte den Lohn fürs ganze Jahr.«

»Bis die Elektrizität kam.«

»Meine Tante hat mir herrliche Geschichten erzählt. Leider habe ich fast alles vergessen. Warum lächeln Sie?«

Er legte seine Hand auf ihr Knie. »Ich stelle mir vor, wie Sie als Kind hier gesessen haben: im geblümten Schürzenkleidchen und mit geflochtenen Zöpfen, ganz in Gedanken versunken.«

Hedi stand auf. »Ich hasse Schürzenkleidchen. Und die Zöpfe schnitt ich mit der Nagelschere ab.«

»Sie überraschen mich.«

Hedi lehnte sich gegen das Gebälk. »Wissen Sie, warum Wassermühlen klappern?«

»Nach der Zeit ein Müller fand/ein Gerippe samt der Mützen/aufrecht an der Kellerwand/auf der beinern Mähre sitzen.«

Hedi lachte. »Das habe ich schon mal irgendwo gehört.«

»Der Feuerreiter von Eduard Mörike.«

Sie wies auf das rostige Räderwerk. »Meine Tante kannte jedes einzelne Schräubchen mit Namen. Das Klappern besorgte nicht der Knochenmann, sondern der Mühlentanzmeister. Bis zu meinem siebten Geburtstag war ich davon überzeugt, daß da irgendwo ein Wichtelmännchen zwischen den Zahnrädern hockt und mit einem Kochlöffel um sich schlägt.«

Wolfgang Bernsdorf stand lachend auf, ging zu einem der Fensterchen und schaute hinaus. Hedi stellte sich neben ihn. Sie hörten das Rauschen des Mühlbachs, der an dem moosüberzogenen, verwitterten Mühlrad vorbeischoß. Das Rad hing schief; die gekrümmten Holzschaufeln waren zerbrochen. Zwischen Bach und Haus wucherte dorniges Gestrüpp.

»Sie sollten hier oben ein kleines Museum einrichten.«

Hedi seufzte. »Wenn ich das Geld dazu hätte, sofort.«

Er sah sie erstaunt an. »Warum sprechen Sie nicht mit Frau Belrot?«

»Wir müssen zuerst einmal das Wohnhaus renovieren.«

»Reden Sie ihr das Hamburger Kunstforum aus.«

»Ich denke nicht, daß sich Vivienne als Museumsführerin eignet.«

»Warum sollte sie? Die Geschichte vom Mühlentanzmeister können Sie viel besser erzählen.«

»Da gibt's nicht viel zu erzählen: Die Wichtelmänner waren drei profane Nocken an der Antriebswelle, die durch Stöße dafür sorgten, daß das Korn gleichmäßig zwischen den Mahlsteinen verteilt wurde.«

»Ein Esel trug uns nach der Mühle./Ich sage dir, das sind Gefühle,/wenn man zerrieben und gedrillt/zum allerfeinsten Staubgebild...«

»...sich kaum besinnt und fast vergißt, ob Sonntag oder Montag ist«, ergänzte Hedi. »Bei Wilhelm Busch kann sogar ich mithalten!«

Bernsdorf grinste. »In einem kühlen Grunde, da geht ein Mühlenrad; mein Liebchen ist verschwunden, das dort gewohnet hat.«

»Das hat meine Tante bis zu ihrem sechsundachtzigsten Geburtstag beim Forellenräuchern gesungen, Herr Bernsdorf.«

»Und was hat sie an ihrem siebenundachtzigsten Geburtstag gemacht?«

»Ihr Testament. Ich denke, Sie sollten sich jetzt Viviennes Bilder ansehen.«

Er zeigte auf eine schmale Tür, über der eine Glocke hing. »Wir sind noch nicht fertig mit der Besichtigung, oder?«

»Die Nachtglocke weckte den Müller, sobald er der Trichter nachfüllen mußte. Sie wurde durch ein Seil ausgelöst, das mit einem Gewicht verbunden war. Das Gewicht sank mit dem Getreide zum Grund des Trichters, spannte das Seil und ließ die Glocke bimmeln. Die Mühlsteine durften niemals leer aufeinander laufen, sonst rieben sich die Rillen auf den Oberflächen ab, und der Steinstaub mischte sich mit dem Mehl.«

»Soso. In dieser Kammer schlief also der böse Müller mit seiner schönen Müllerin.«

»Wir sehen uns im Atelier, Herr Bernsdorf.«

Im Hof holte er sie ein. »Habe ich etwas Falsches gesagt?«

»Ihrer Meinung nach offensichtlich nicht.«

Er lächelte. »Darf ich Sie beim Vornamen nennen?«

»Wenn's hilft.«

»Sie sind eine ungewöhnliche Frau, Hedi.«

Sie schloß die Tür zum Atelier auf. »Genau wie Vivienne, was?« Hedi ließ ihn vorausgehen; er sah sich kurz um und kam zu ihr zurück.

»Ich traf Frau Belrot vorgestern in der Kunsthalle Schirn in Frankfurt. Wir kamen ins Gespräch, und sie bot mir finanzielle Unterstützung für meine Ausstellung an. Nicht mehr und nicht weniger.«

»Wie gefallen Ihnen ihre Arbeiten?«

»Sie sind nicht übel, aber für meine Galerie nicht geeignet.«

Hedi versuchte, ihre Enttäuschung zu verbergen. »Und warum nicht?«

»Sie hat Talent, keine Frage. Aber ich habe bereits Künstler verpflichtet, die einen ähnlichen Stil bevorzugen.« Er lächelte in ihren Ausschnitt. »Ich suche das Besondere. Nicht nur in der Kunst.«

»Da kann man wohl nichts machen.«

»Das käme auf einen Versuch an, meinen Sie nicht?«

Hedi überlegte, ob es nicht langsam an der Zeit wäre, ihm

eine Ohrfeige zu verpassen. »Neulich hat Vivienne zehn Bilder auf einmal verkauft.«

»Ach ja?« Seine Augen wanderten zurück zu den Gemälden. »Dürfte ich den Preis erfahren?«

»Sechzigtausend.«

»Ich hätte sie auf höchstens die Hälfte geschätzt. Aber bei Kunst ist das so eine Sache.«

»Angebot und Nachfrage.«

»Sie sagen es. Ich habe mehr als einmal erlebt, daß die Arbeiten eines unbekannten Künstlers über Nacht unbezahlbar wurden, weil er plötzlich im Trend lag.« Er warf einen neugierigen Blick in den Nachbarraum. »Töpfert Frau Belrot etwa auch noch?«

»Das ist meine bescheidene Freizeitbeschäftigung.«

»Darf ich?« Ohne eine Antwort abzuwarten, ging er in die Werkstatt und begutachtete die herumstehenden Schalen und Töpfe. »Sie haben auch Talent, Hedi.«

Hedi wurde rot. »Meine Kunstlehrerin war anderer Meinung.«

»Sie glauben gar nicht, wie viele Begabungen durch ignorante Lehrer zerstört werden.«

Er nahm eine Servierschale in die Hand. Sie hatte einen leicht geschwungenen Rand und eine glasartige, durchscheinende Oberfläche.

»Weißer Porzellanton«, sagte Hedi. »Etwas schwierig zu verarbeiten, aber sehr ausdrucksvoll.«

»Klares Design, Zurückhaltung in der Dekoration, Farbe und Form miteinander harmonierend: Das gefällt mir. Ist die verkäuflich?«

»Ja, aber...«

»Der Preis spielt keine Rolle.«

»Sie haben mein Lieblingsstück ausgewählt.«

»Sie könnten mich in München besuchen, um sich davon zu

überzeugen, daß ich ihm einen würdigen Platz gebe«, sagte er lächelnd. »Haben Sie heute abend schon etwas vor?«

Hedi überlegte, ob sie ihm sagen sollte, daß sie verheiratet war. Sie ließ es bleiben. »Sie lieben also das Besondere, Herr Bernsdorf?«

»Ja. Sie auch?«

Hedi kramte in einer Kiste, holte eine alte Zeitung heraus und wickelte die Servierschale ein. »Eigentlich dürfte ich es Ihnen ja gar nicht verraten.«

»Was denn?«

»Vivienne hat ein paar ausgefallene Sachen gemacht, die Sie bestimmt in dieser Form noch nie gesehen haben.«

Sein erwartungsfroher Gesichtsausdruck verschwand. »Ich dachte... Sie sprechen von Bildern?«

»Nicht von den Arbeiten, die Sie gesehen haben.«

»Sondern?«

»Der Interessent besteht darauf, daß keins der Werke jemals in der Öffentlichkeit gezeigt werden darf. Bei dem Preis, den er bietet, wäre es unvernünftig, ihn zu verstimmen.«

Bernsdorf bekam den Jägerblick. »Dürfte ich sie kurz anschauen?«

»Also, ich weiß nicht...«

»Erst machen Sie mich neugierig, und dann lassen Sie mich an der langen Leine zappeln!«

Hedi gefiel es, ihn an der langen Leine zappeln zu sehen. Sie gingen in Viviennes Atelier zurück und blieben vor den verhüllten Werken von Christoph-Sebastian stehen. »Sie schwören, daß Sie schweigen werden?«

Er hob lächelnd die Hand. »Beim Leben meiner Mutter.«

Hedi nahm die Laken weg. Wolfgang Bernsdorf trat an die ehemalige *Blumenwiese* heran und berührte vorsichtig das violettgrüne Tonrelief. Über Nacht waren Kleister, Farbe und Lehm zu einer von feinen Rissen durchzogenen Masse getrocknet. An einigen Stellen schimmerte rote Irdenware durch. Wolfgang stellte die *Blumenwiese* beiseite und schaute sich die beiden anderen Bilder an. Hedi wurde mulmig zumute. Was, wenn er anfangen würde zu lachen?

Er ging einige Schritte zurück und runzelte die Stirn. »So etwas habe ich tatsächlich noch nie gesehen. Wer ist der Interessent?«

»Irgendein ausländischer Sammler. Soweit ich informiert bin, ist es einer von der Sorte, die ihre zusammengekauften Kunstschätze in einem Tresor im Keller aufbewahren. Über den Namen schweigt sich Vivienne aus.«

»Was ist das für eine Technik?« Er zeigte auf die Pfotenabdrücke von Tim und Tom. »Man könnte fast meinen, die seien echt.«

»Vivienne ist Perfektionistin. Sie versucht, das innere Licht einzufangen.«

»Verraten Sie mir, wieviel der Große Unbekannte dafür geboten hat?«

Hedi hängte die Bilder wieder zu. »Ich glaube, das geht nun doch zu weit.«

»Einen kleinen Anhaltspunkt könnten Sie mir geben, oder?«

Hedi überlegte, was ein verrückter Kunstsammler für ein begehrtes Objekt zu zahlen bereit wäre. Sie hatte keine Ahnung. »Dreißigtausend.«

»Für alle drei?«

»Für eins«, sagte Hedi lächelnd.

»Du liebe Zeit.«

»Angebot und Nachfrage, Herr Bernsdorf.«

»Gibt es schon einen Vertrag?«

»Soweit ich weiß, nicht.«

»Ich habe einen passionierten Sammler an der Hand und könnte...«

»Herr Bernsdorf! Sie haben mir vor fünf Minuten absolute Diskretion geschworen.«

»Und wenn ich mehr biete? Ich müßte allerdings zuerst mit dem potentiellen Kunden sprechen.«

Hedi schüttelte den Kopf. »Vivienne ist eigen in diesen Dingen. Sie verkauft ihre Bilder nicht an jeden.«

»Bin ich etwa Jeder?« sagte er entrüstet.

»Selbstverständlich nicht, Herr Bernsdorf.«

»Unter Umständen könnte ich das Doppelte herausholen.«

Hedi hatte Mühe, eine unbeteiligte Miene zu machen. »Also, ich denke ...«

»Die Belrot hat mir nicht gerade den Eindruck gemacht, als sei sie finanziellen Argumenten gegenüber besonders abgeneigt.«

»Solange Sie die Sache nicht in trockenen Tüchern haben, verlange ich Stillschweigen. Sollte Ihr Kunde ernsthaft interessiert sein, werde ich versuchen, mit ihr zu reden.«

Er lächelte. »Sie dürfen mich gern Wolfgang nennen. Im übrigen haben Sie meine Frage noch nicht beantwortet.«

»Welche Frage, bitte?«

»Ob Sie heute abend Zeit haben. Ich lade Sie zum Essen ein.«

»Wenn Sie mir vorher auch eine Frage beantworten.«

»Sicher doch.«

»Wie lange ist Ihre Mutter schon tot, Wolfgang?«

»Äh ... drei Jahre. Ist Ihnen neunzehn Uhr recht? Bis dahin werde ich versuchen, meinen Kunden zu erreichen.«

»Ja, in Ordnung. Warten Sie einen Moment.« Sie ging in ihre Werkstatt, holte die verpackte Servierschale und drückte sie ihm in die Hand. »Eine kleine Erinnerung an die diebische Müllerszunft.«

»Wieviel ...?«

»Also bitte! Habe ich *Sie* etwa gefragt, was das Abendessen kostet?«

Kurz vor halb sieben sprang Hedi unter die Dusche. Sie zog ihr rotes Leinenkostüm und eine weiße Seidenbluse an, verteilte etwas Make-up und Rouge im Gesicht und kämmte sich das Haar aus der Stirn. Wo hatte sie bloß ihre Haarnadeln hingeräumt? Und warum war sie so nervös? Das Ganze war eine rein geschäftliche Angelegenheit. Außerdem war Bernsdorf ein arroganter Kerl. Bestimmt hatte er in München an jeder Hand zehn hübsche Verehrerinnen. Aber seine Stimme klang nett. Und seine dunklen Augen hatten was... Sie schob Viviennes Tiegelsortiment beiseite und kramte in Dominiques Beautycase, aber die Haarnadeln blieben ebenso unauffindbar wie ihre roten Ohrringe und die Zahnpastatube. Dieses Bad war zum Verrücktwerden. Das Waschbecken hatte keine Ablage und der Spiegel kein Licht. Der Seitenschrank war hübsch anzusehen, aber entschieden zu klein, und die Whirlpoolwanne häßlich und entschieden zu groß. Und überflüssig wie ein Kropf. Genauso wie das Edelstahlbidet, für das Hedi den Wäschekorb in den Keller hatte räumen müssen. Sie steckte ihr Haar mit einer silbernen Spange zusammen und nahm eine frische Tube Zahnpasta aus dem Schrank. Unter der Zahnpasta fand sie ihre Ohrringe.

Auf dem Weg nach unten fiel ihr ein, daß sie vergessen hatte, die Hühner zu füttern. Der Hahn taxierte sie mit schräggelegtem Kopf, als sie mit dem Futtereimer in der Hand das Gehege betrat. Vor dem Stall setzte er zum Angriff an. Hedi warf fluchend den Eimer nach ihm und konnte in letzter Sekunde flüchten. Die Hühner machten sich gackernd über die verstreuten Körner her, der Hahn plusterte sich auf und krähte.

»Ich bin es leid mit dem Vieh!« schimpfte sie, als sie zurück ins Wohnzimmer kam.

Vivienne saß auf dem Sofa und studierte die neueste Ausgabe der *Annabella*. »Was rennst du auch mit deiner Ausgehgarderobe in den Hühnerstall! Ich finde es übrigens unfair, daß du mir die Männer ausspannst.«

»Herrje! Glaubst du, ich mache das zu meinem Vergnügen?«

Vivienne ließ ihren Blick über Hedis Kostüm und ihr geschminktes Gesicht wandern. »Ja.«

Hedi wurde rot. »Ich gehe nur aus einem einzigen Grund mit Bernsdorf essen: damit er deine blöden Bilder kauft.«

»Blöde Bilder? Das nimmst du sofort zurück.«

»Denk dran: Falls er dich darauf ansprechen sollte, tust du, als wüßtest du von nichts.«

Vivienne warf die *Annabella* wütend neben das Sofa. »Du glaubst doch nicht im Ernst, daß ein renommierter Kunstexperte wie Wolfgang Bernsdorf auf einen derartigen Schwachsinn reinfällt!«

»Das hat er schon hinter sich.«

»Du wirst meinen Ruf ruinieren!«

»Du hättest aufstehen können.«

Vivienne stiegen Tränen in die Augen. »Meine Arbeiten sind diffizile Kompositionen; Abdruckbilder der Seele! Jeder Pinselstrich das Ergebnis existentialer Prüfung.«

»Der Kosmos in der Seinsverfallenheit, ich weiß.«

»Ich bin eine seriöse Künstlerin. Du machst mich unmöglich!«

»Nach der dritten Mahnung kommt der Gerichtsvollzieher.«

»Ich ertrage es nicht, diesen Schund unter meinem Namen firmieren zu sehen.«

»Dann sag deiner dämlichen Agentin, sie soll dein Geld rausrücken.«

»Es geht hier nicht um irgendwelche materialistischen Spießbürgerlichkeiten.«

»Die Diskussion hatten wir schon.«

»Mir ist es ernst, Hedi.«

»Mir auch!«

Hedi ging in den Hof. Es war kurz nach sieben. Von Wolfgang Bernsdorf keine Spur. Sie zupfte verwelkte Geranienblüten ab.

Uwe kam mit seinem Fahrrad aus der Gärtnerei herüber. »Guten Abend, Frau Winterfeldt. Sie sind ja so schick. Gehen Sie aus?«

»Ja. Aber rein geschäftlich.«

Uwe zeigte auf die Geranien. »*Die Schöne von Grenchen* ist diesen Sommer besonders schön.«

»Ich habe einen guten Lehrmeister.«

»Sie haben einen grünen Daumen.«

»In meiner Offenbacher Wohnung haben nicht mal Kakteen überlebt.«

»Wahrscheinlich haben Sie sie zuviel gegossen.«

»Christoph-Sebastian war zu Besuch.«

Uwe lächelte. »Seit seinem Atelierbesuch gestern ist er auffällig brav.«

»Das gibt sich wieder. Ist deine Mutter noch da?«

Er schüttelte den Kopf. »Warum?«

Hedi warf die Geranienblüten unter einen Holunderbusch. »Es wäre schön, wenn sie mal wieder auf einen Kaffee vorbeikäme.«

»Im Moment hat sie viel zu tun.«

»Sag mal... Habe ich sie vielleicht irgendwie beleidigt?«

Er sah sie erstaunt an. »Wie kommen Sie denn darauf?«

Hedi räusperte sich verlegen. »Am Anfang war sie fast jeden Tag da. Jetzt schaut sie nicht einmal mehr rein, wenn sie bei dir in der Gärtnerei ist.«

»Wie ich Mutter kenne, befürchtet sie, daß sie Ihnen auf den Wecker geht, wenn sie zu oft ungefragt aufkreuzt. Sie freut sich, daß ich bei Ihnen mit zu Mittag essen darf.«

»Ich koche sowieso immer viel zuviel. Apropos Essen: Kennst du jemanden, der Hausschlachtung macht?«

»Haben Sie Lust auf frische Schlachtplatte?«

»So ähnlich.«

»Ich frag' den Stubbe-Schorsch. Der hat ein paar Schweine und Rinder im Stall stehen.«

»Ich dachte eher an was Zweibeiniges.«

Uwe lachte. »So schlimm ist Christoph-Sebastian doch wieder nicht, oder?«

»Grüß deine Mutter von mir.«

Er schwang sich auf sein Rad. »Mach' ich.«

Zwanzig vor acht traf Wolfgang Bernsdorf an der Mühle ein. Er hatte einen maßgeschneiderten, hellen Anzug an und grinste. »Sie sind ja schon fertig.«

»Wir hatten um sieben Uhr abgemacht, oder?«

»Entschuldigung, aber ich bin daran gewöhnt, daß Frauen zu Unpünktlichkeit neigen.«

»Sie kennen anscheinend nur eine Sorte.«

Er hielt ihr die Beifahrertür des Ferrari auf. »Das läßt sich ändern, oder? Der Rock steht Ihnen.«

Hedi stieg ein. »Haben Sie Ihren Kunden erreicht?«

»Leider nein.« Bernsdorf fuhr aus dem Hof und bog in die Holperpiste ein. Die Federung in einem Ferrari hatte Hedi sich anders vorgestellt. Er sah sie an. »Na? Warum so schweigsam?«

»Entschuldigung. Sie sind sicherlich daran gewöhnt, daß Frauen zu Geschwätzigkeit neigen.«

Er lachte. »Mögen Sie Frankreich?«

»Kommt darauf an, mit wem man hinfährt.«

»Welche Ansprüche stellen Sie an einen idealen Begleiter?«

»Daß er die Eichhörnchen auf den Pinien läßt und einen Gaskocher anzünden kann.«

»Was?«

Der Ferrari knallte in ein Schlagloch. Wolfgang fluchte.

Sie fuhren in ein Edelrestaurant nach Darmstadt. Ein *Garçon* nahm ihnen die Jacken ab. Ein zweiter führte sie zum Tisch. Ein dritter legte ihnen lächelnd zwei Menükarten hin. Die Preise waren gepfeffert, die Speisen und Getränke *en français*. Hedis Französischkenntnisse hatten dazu beigetragen, daß sie die siebte Klasse wiederholen durfte.

Wolfgang Bernsdorf vertiefte sich in die Speisekarte, als lese er einen Thriller von John Grisham. Hedi trank einen Schluck Wasser. Das Glas schmiegte sich in ihre Hand wie ein Stuhl im *Georgies* unter den Hintern. »Ich hoffe, das Essen ist besser als das Tafelwasser. Schmeckt ziemlich fade, das Zeug.«

Wolfgang schaute auf. »Sie nippen an der Fingerschale, Madame.«

Hedi ließ die kleine Schüssel um ein Haar fallen. Sie nahm die Speisekarte. Der *Garçon* näherte sich dem Tisch. »Haben Sie schon gewählt, Madame?«

Sie sah Wolfgang an. »Was würden Sie empfehlen?«

»Ich nehme als erste Vorspeise *La Salade des Gourmets,* anschließend entweder frisches Gemüse *La Surprise du Jardin* oder die *Soupe Vichyoise,* ich bin mir nicht ganz schlüssig. Als Hauptgang würde ich *Boeuf Rouge* mit *Gratin dauphinoise* vorschlagen. Dazu vielleicht einen 1993er *Château de Maimbray,* oder was meinen Sie?«

Hedi lächelte. »Ich vertraue ganz Ihrem kulinarischen Urteil, Wolfgang.«

Bei der zweiten Vorspeise machte er immer noch keine Anstalten, über den Ankauf von Viviennes Bildern zu sprechen. Dafür versuchte er zweimal, ihre Hand zu streicheln. Hedi zog sie zweimal weg und gab knappe Antworten auf persönliche Fragen.

»Schmeckt es Ihnen nicht?« fragte er besorgt.

»Doch, doch. Genauso, wie ich es mir vorgestellt habe.«

»Ich bin nach wie vor sehr an Frau Belrots Bildern interessiert«, beteuerte er. »Bei dem Preis muß ich allerdings einen Käufer an der Hand haben. Es ist wirklich Pech, daß Dr. Siebmann verreist ist.«

»Wer?«

»Mein Kunde. Seine Sekretärin sagte mir, daß er für vier Wochen nach Australien geflogen ist. Leider pflegt er in seinem Urlaub das Telefon zu Hause zu lassen.«

»Ein kluger Mann.«

»Darf ich Sie anrufen, wenn er zurück ist?«

»Ich kann Ihnen nicht versprechen, daß die Bilder dann noch da sind.«

Er berührte ihre Hand. »Ich fahre morgen früh nach München zurück. Werden wir uns wiedersehen?«

Hedi betrachtete verlegen die Reste ihrer *Surprise du Jardin*. »Warum nicht? Wenn Sie zufällig in der Gegend sind.«

Der *Garçon* näherte sich und stellte formvollendet die Teller mit dem *Bœuf Rouge* vor ihnen ab. »Möchten Sie zum Fleisch vielleicht einen anderen Wein?«

Hedi schüttelte den Kopf.

»Bringen Sie uns bitte noch ein Viertel *Château de Maimbray*«, sagte Wolfgang. Als sie das Viertel geleert hatten, bot er Hedi das Du an. Sie erzählte ihm, daß sie mit einem Polizisten verheiratet war und zwei Kinder hatte. Es beeindruckte ihn nicht. Nach *Les Desserts, Fromages* und zwei weiteren Vierteln Wein traten Hedis Verdauungsorgane in den Streik.

»Wollen wir irgendwo noch eine Kleinigkeit trinken gehen?« fragte Wolfgang. »Ich kenne eine nette kleine Bar, ganz in der Nähe.«

Hedi sah sein Grinsen doppelt. »Ich muß nach Hause.«

»Schade. Ich hatte gedacht, daß wir den Abend gemütlich ausklingen lassen würden.« Was er unter Gemütlichkeit verstand, war in seinen Augen zu lesen.

Einen Moment lang war Hedi bereit, es darauf ankommen zu lassen. Dann dachte sie an Klaus und bekam ein schlechtes Gewissen. »Ich nehme mir ein Taxi.«

»Taxi? Nichts da. Ich bringe dich selbstverständlich zurück.«

Ungeduldig winkte Wolfgang nach dem *Garçon*.

»Du kannst doch jetzt nicht mehr Auto fahren!«

»Ich kann. Verlaß dich drauf.«

Auf dem Weg zum Parkplatz sprachen sie nicht, und Hedi hatte ein mulmiges Gefühl, als sie zu ihm in den Wagen stieg. Er steckte den Zündschlüssel ins Schloß, aber anstatt loszufahren, sah er sie an.

»Sei mir nicht böse, aber ich muß jetzt wirklich heim«, sagte sie unsicher.

»Warum? Erwartet dich dort jemand?«

»Na ja, ich meine...«

»Hast du Angst, als Ehefrau eines Polizisten mit einem alkoholisierten Autofahrer im Verkehr erwischt zu werden?«

»Ach was.«

»Oder fürchtest du den alkoholisierten Autofahrer *beim* Verkehr?«

»Also, bitte!«

Sie zuckte zusammen, als er ihre Wange berührte. »Du willst es doch auch, oder?«

»Wolfgang, ich...«

Er nahm ihr Gesicht in seine Hände und küßte sie. Ihr wurde schwindlig; sie schloß die Augen. *Du zitterst ja. Ich habe*

Angst, Klaus. Aber warum denn? Ich tue ganz bestimmt nichts, was du nicht auch willst, hm? Sie spürte seine Hände unter ihren Pullover gleiten und erstarrte. Er sah sie liebevoll an. *Ist es das erste Mal für dich?* Sie schüttelte den Kopf. *Ingo ... ein Junge aus meiner Klasse.* Sie kämpfte gegen den Kloß in ihrem Hals. *Es hat schrecklich weh getan.* Er küßte sie zärtlich auf die Stirn. *Ich verspreche dir, heute wird es wunderschön für dich, ja?*

»Was ist denn los?« fragte Wolfgang erschrocken. »Warum weinst du?«

Hedi machte sich von ihm los. »Es tut mir leid. Ich kann nicht.«

»Schade«, sagte er und startete den Wagen.

Er steuerte den Ferrari schweigend durch die Darmstädter Innenstadt und fuhr in Richtung Hassbach. In Hedis Kopf purzelten die Gedanken durcheinander, in ihrem Magen das *Bœuf Rouge* und die *Surprise du Jardin*. Beides vertrug sich nicht mit dem *Château de Maimbray*.

Wolfgang bog in die Schlaglochpiste zur Eichmühle ein. Hedi bemühte sich, nicht zum Wegrand zu schauen, wo die Stämme der Eichen als schwarze Schatten vorüberhuschten. Für einen Augenblick leuchteten die Augen eines Tiers im Scheinwerferlicht auf. Kurz darauf knallte der Ferrari in ein Schlagloch.

»Halt!« rief Hedi. »Bitte halt sofort an.«

Wolfgang stoppte und sah sie fragend an.

»Gott, ist mir schlecht.« Sie riß die Tür auf und stolperte in die Dunkelheit.

Der Abschied an der Mühle fiel förmlich aus. Hedi blieb im Hof stehen und sah dem davonfahrenden Wagen nach, bis die Rückleuchten in der Dunkelheit verschwunden waren. Sie war sich sicher, daß sie Wolfgang Bernsdorf nie wiedersehen würde, aber sie wußte nicht, ob sie sich darüber freuen sollte.

23

Irgendwann zwischen Schäfchen zweitausendfünf und Schäfchen zweitausendzehn konnte Klaus endlich einschlafen. Zwei Minuten später klingelte das Telefon. Fluchend ging er in den Flur und starrte auf den Apparat. Vielleicht war es Hedi? Er nahm ab. »Winterfeldt, guten Tag.«

»Ich habe nach unserem Gespräch gestern abend noch einmal in aller Ausführlichkeit über deine Situation nachgedacht. Ich finde es wirklich an der Zeit, daß du anfängst, dein Leben neu zu ordnen, Junge.«

Klaus gähnte. »Gott, Mutter. Erzähl's mir morgen, ja? Ich wollte gerade ein bißchen schlafen.«

»Meine Ahnung hat mich also nicht getrogen! Du brauchst dringend eine anständige Frau, die euren verlotterten Haushalt in Ordnung bringt!«

»Das einzige, was ich im Moment dringend brauche, ist ein Bett.«

»Hat diese *Person* dir etwa die Möbel weggenommen? Eine Unverschämtheit ist das! Aber ich habe dir ja schon immer gesagt...«

»Mutter, bitte. Ich habe Nachtdienst und muß schlafen.«

»Du mußt im Nachtdienst schlafen?«

»Wir telefonieren morgen nachmittag, ja?«

»Um Viertel vier erwarte ich Wilma und Käthe zum Romméspielen.«

»Es hat geschellt. Ich rufe dich morgen abend an.« Ohne eine Antwort abzuwarten, legte Klaus auf. Er drückte den Summer. »Ja?«

Keine Antwort. »Na, dann nicht.« Mit hängenden Schultern ging er ins Schlafzimmer zurück.

Durch die Ritzen des Rolladens fielen schmale Lichtstreifen, in denen Staubflusen tanzten. Klaus ließ sich auf das Bett fallen. Er konnte sich nicht erinnern, jemals zuvor so müde gewesen zu sein. Kaum hatte er die Augen geschlossen, klopfte es an der Wohnungstür. Stöhnend rappelte er sich hoch. Wie oft mußte er Sascha noch sagen, daß er einen Schlüssel mitnehmen sollte.

»Eure Klingel ist kaputt«, sagte Bernd, als Klaus die Tür öffnete.

Klaus starrte ihn ungläubig an. »Bist du Mutters Rollkommando, oder hast du dich bloß verfahren?«

Bernd deutete auf Klaus' Bademantel. »Ich hoffe, ich störe nicht.«

»Ich dachte, du springst auf den Seychellen rum?«

»Malediven. Darf ich reinkommen?«

»Bitte.« Klaus schloß die Tür und wies in Richtung Wohnzimmer. »Hedi wird froh sein, wenn Anette euren Balg wieder abholt.«

»Anette kommt erst nächste Woche heim.« Bernd sagte das in einem Tonfall, als sei es für ein Ehepaar das Selbstverständlichste von der Welt, zusammen in Urlaub zu fahren und getrennt zurückzukommen. Er ging zum Sofa und setzte sich. Auf seiner Stirn standen Schweißperlen. Die Anzugjacke spannte über seinem Bauch. »Diese Treppensteigerei ist ja höllisch. Hast du vielleicht was zu trinken für mich?« Er grinste. »Es muß nicht unbedingt Wasser sein.«

Klaus holte zwei Flaschen Bier aus dem Kühlschrank. »Brauchst du ein Glas?«

Bernd schüttelte den Kopf, nahm Klaus eine Flasche ab und trank einen großen Schluck. Klaus unterdrückte ein Gähnen. »Was kann ich für dich tun, Bruderherz?«

Bernd fuhr sich mit der Hand über den Mund. »Hattest du Nachtdienst?«

Klaus sah zur Uhr. »In zwei Stunden.«

»Oh. Tut mir leid.«

»Ich wollte sowieso gerade aufstehen. Nun sag's schon: Hast du deine Angetraute vor den Seychellen ertränkt oder nur das Finanzamt beschissen?«

»Was?«

»Ich nehme nicht an, daß du zum Kaffeekränzchen gekommen bist, oder?«

»Äh... nein. Ich dachte nur, du bist Polizist und kennst dich vielleicht mit solchen Sachen aus.«

»Was hast du angestellt, hm? Bei Rot über die Ampel gefahren?«

»Es geht um Frau Belrot.«

Klaus wurde schlagartig munter. »Ach ja?«

Bernd wischte sich den Schweiß von der Stirn. Er knöpfte seine Jacke auf und nestelte an seinem Hemdkragen. »Anette hat vor unserem Urlaub einige Bilder bei ihr gekauft. Irgendwie ist mir die Sache nicht ganz geheuer.«

»Die ganze Frau ist mir nicht geheuer.«

Bernd zog eine Schachtel Zigaretten aus seiner Jacke. »Da haben wir was gemeinsam, Brüderchen. Hast du vielleicht einen Aschenbecher für mich?«

Klaus stand auf und holte einen Ascher aus dem Schrank. »Weißt du was? Gib mir auch eine.«

Bernd hielt ihm die Packung hin. »Seit wann rauchst du denn wieder?«

Klaus zündete sich eine Zigarette an und nahm einen tiefen Zug. »Seit zwei Sekunden.«

Bernd lachte. »Na denn! Ich lernte die Belrot im Oktober oder November vergangenen Jahres auf einem Empfang in Frankfurt kennen. Sie war damals mit einem reichlich eingebildeten jungen Schnösel da, der behauptete, Kunstmakler zu sein. Ich hatte das Ganze schon vergessen, als Anette mir vor einigen Wochen den Brief einer Frau von Eschenberg zeigte, die angab, Inhaberin einer internationalen Künstleragentur zu sein. Sie bot Bilder von Vivienne Belrot zum Vorzugspreis an und prognostizierte eine erhebliche Wertsteigerung ihrer Arbeiten für die kommenden Jahre. Ich habe versucht, mich über die Dame zu erkundigen. Egal, wen ich frage: Antoinette von Eschenberg kennt kein Mensch. Dabei soll sie angeblich ein Büro in Frankfurt haben oder sogar dort wohnen. Auf dem Brief stand allerdings nur eine Pariser Postfachadresse.«

»Vielleicht hast du die falschen Leute gefragt.«

»Ich finde es schlimm genug, daß meine Frau offenkundig daran arbeitet, aus unserem Haus eine Privatgalerie für sogenannte moderne Kunst zu machen, die derart unästhetisch ist, daß man sie mit einem Preis für Häßlichkeit auszeichnen müßte. Aber wenn ich diese avantgardistischen Scheußlichkeiten schon auf Schritt und Tritt ertragen muß, hätte ich wenigstens gern gewußt, ob der Preis angemessen ist.«

»Und wie hoch war der Preis?«

»Sechzigtausend.«

Klaus ließ fast die Bierflasche fallen.

»Für zehn Bilder.«

»Macht das einen Unterschied?«

Bernd zuckte mit den Schultern. Klaus fragte sich, wie man so dumm sein konnte, für eine Sammlung von Farbklecksen ein Bruttojahresgehalt zum Fenster hinauszuwerfen. Bernd trank seine Flasche leer und stellte sie auf den Tisch.

»Noch eins?« fragte Klaus.

Bernd nickte.

»Ich werde mich ein bißchen umhören, zumal ich selbst ein gewisses Interesse an der Aufklärung der Angelegenheit habe«, sagte Klaus, als er zurückkam. »Immerhin hat Vivienne Belrot mich zum Strohwitwer gemacht.«

Bernd nahm lachend das Bier entgegen. »Danke für deine Hilfe.« Er gab Klaus eine blaßgelbe Visitenkarte mit dunkelblauer Schrift. »Ruf mich unter der Nummer hier an, sobald du fündig geworden bist. Wenn ich nicht im Büro bin, kannst du in meinem Vorzimmer eine Nachricht hinterlassen. Hat deine Frau eigentlich vor, im Odenwald Wurzeln zu schlagen?«

»Ich habe die Hoffnung, daß ihr das Landleben irgendwann auf den Wecker geht. Spätestens, wenn sie im Winter da draußen einschneit.«

»Bis dahin sind es noch ein paar Monate.«

»Bist du extra wegen der Bilder früher aus dem Urlaub zurückgekommen?«

»Nein. Ich habe es nicht geschafft, Anette länger zu ertragen.«

Klaus sah seinen Bruder ungläubig an. Bernd zuckte mit den Schultern. »Von Mann zu Mann kann man ja darüber reden: Zwischen uns läuft nicht mehr viel.«

»Wollt ihr euch scheiden lassen?«

»Geht leider nicht.«

»Warum?«

»Ein Mann in meiner Position, der Frau und Kinder verläßt, um mit einer Studentin in eine WG zu ziehen, wäre schneller weg vom Fenster, als er sich umdrehen kann.«

Klaus mußte seine Gedanken sortieren. »Frau und *Kinder*? Zählst du deinen kleinen Liebling neuerdings doppelt?«

»Anette ist schwanger. War blöd von mir, ich weiß. Aber im

Frühjahr haben wir uns irgendwann im Schlafzimmer versöhnt. Hat allerdings nicht lange angehalten.« Er fuhr sich mit der Hand über das Gesicht. »Meine Frau ist schon anstrengend, wenn sie nicht schwanger ist, doch zur Zeit ist sie nachgerade nervtötend.«

»Hört sich romantisch an.«

»Ich schicke sie dir gern für ein Weilchen vorbei.«

»Danke. Dein Sohn reicht mir.«

»Auch das ist Anettes Schuld! Statt dem Bengel ordentlich eins hinter die Ohren zu geben, verwöhnt sie ihn nach Strich und Faden und wundert sich, daß er allen auf der Nase herumtanzt.«

»Die Studentin in der WG – das war ein Scherz, oder?«

»Nein«, gestand Bernd. »Ich mag junge Frauen. Sie sind so herrlich spontan, lebenslustig und unverdorben. Man kann ihnen zeigen, wo's langgeht, ohne daß sie gleich anfangen zu lachen oder zu lamentieren.«

Klaus dachte an Dagmar. »Kommt drauf an, würde ich sagen.«

Bernd prostete ihm zu. »Ich sehe, wir verstehen uns. Und erst diese jungen, biegsamen Körper ... Welch ein Genuß.«

»Und wie kriegst du das alles unter einen Hut, ohne daß deine moralisch gefestigten Brötchengeber und deine schwangere Gattin es merken?«

»Die Geheimhaltungsphase ist passé.«

»Bitte?«

»Meine Kollegen mögen zwar stockkonservativ sein, aber sie sind bestimmt keine Kinder von Traurigkeit. Solange das Ganze nicht öffentlich wird, interessiert es niemanden. Und was Anette angeht: Sie weiß Bescheid.«

»Ja, und?« fragte Klaus entsetzt. Hedi würde ihm die Augen auskratzen, wenn er eine Geliebte in irgendeiner WG oder sonstwo hätte.

»Nichts und. Wir sind uns einig geworden: Nach außen führen wir eine vorbildliche Ehe, und ansonsten tun wir, was uns beliebt.«

»Wie? Anette auch?«

Bernd nahm einen Schluck Bier. »Keine Ahnung. Ist mir auch egal.«

»Aber das ist doch keine Grundlage für eine Ehe.«

»Warum nicht? Ich habe ihr hoch und heilig versprochen, daß ich mich in der Öffentlichkeit nicht mehr danebenbenehme und daß sie moderne Kunst kaufen darf, so viel sie will. Dafür läßt sie mir die Freiheit, ein oder zwei kleine Verhältnisse zu pflegen und...«

»Ein oder zwei?«

»Du tust ja gerade, als wärst du noch nie fremdgegangen.«

Klaus sah ein, daß er mit der Wahrheit bestenfalls Gelächter ernten würde. Er zuckte die Schultern und grinste. Bernd drückte lächelnd seine Zigarette aus. »Hab' ich's doch gewußt. Das hätte mich auch gewundert bei euren adretten kleinen Polizistinnen! In Frankfurt habe ich neulich eine gesehen, die hatte einen Zopf, der reichte fast bis zu ihrem knackigen Hintern. Wo hast du's gemacht? Im Streifenwagen? Nachts im Wald?«

»Also bitte! Das...«

Bernd schlug sich auf die Schenkel. »Du siehst aus wie ein Schuljunge, der gerade beim Rauchen auf dem Klo erwischt wurde.«

»Was sagt Mutter zu deinem Doppelleben?«

Bernd wurde blaß. »Untersteh dich, ihr ein Sterbenswörtchen davon zu erzählen.«

»Ich werde ihr doch nicht die Illusion rauben, wenigstens *einen* wohlgeratenen Sohn in die Welt gesetzt zu haben, Bruderherz. Noch ein Bier?«

Als Klaus zum Dienst kam, saß Dagmar im Vernehmungszimmer und las in einer in hellgrünen Karton gebundenen Broschüre. »Guten Abend«, begrüßte er sie. »Schon wieder fleißig?«

Sie sah von ihrer Lektüre auf. »Na? Ausgeschlafen?«

Klaus ging zum Computer, holte die Eingabemaske für Einwohnermeldeamtsanfragen auf den Bildschirm und gab *von Eschenbach, Antoinette,* ein.

»He! Ich hab' dich was gefragt.«

»Tatsächlich. Keine Anschrift in Frankfurt.«

»Was machst du da?«

»Eine EMA-Überprüfung. Und du?« Klaus versuchte, den Titel der Broschüre zu entziffern.

»Polizei-Führungsakademie. Lagebild Innere Sicherheit in Europa«, sagte Dagmar. »Hat mir ein Kollege von der C-Schicht gegeben. Wirklich interessant.«

»Ach ja? Zeig her.«

Dagmar reichte das Heft über den Schreibtisch. Klaus schlug das Inhaltsverzeichnis auf. *Bürgernahe Polizeiarbeit in Northumbria. Neue Steuerungsmodelle für die Polizei. Activity Based Management. Der Vorgesetzte als Qualitätsmanager.*

»Hast du das schon unserem Chef gezeigt? Jochen Kissel, Erster Polizeihauptkommissar, Qualitätsmanager des Vierten Polizeireviers der Stadt Offenbach. Klingt gut, oder? Wo liegt eigentlich Northumbria?«

»Warum mußt du immer alles ins Lächerliche ziehen?«

»Tu' ich das?« Klaus blätterte weiter. »*Rigorose Kundenorientierung. Die Leistung steigern mit dem EFQM-Modell.* Was, bitte, soll das sein: EFQM? Energische Förderung Quotierter Muffengänger?«

»*European Foundation for Quality Management*«, sagte Dagmar. »Mit Sitz in Brüssel. Dort hat man ein System für umfassendes Qualitätsmanagement entwickelt, das sich auch auf den Bereich der Polizei übertragen läßt, eben die EFQM-Methode.«

»Wirklich außerordentlich interessant, ja.«

»Auf dem Deutschen Kundenbarometer landete die Polizei 1997 im Ranking der Globalzufriedenheit bei den Kunden abgeschlagen auf dem letzten Platz, noch hinter Baumärkten und öffentlichem Nahverkehr.«

Klaus gähnte. »Und wo rankten wir bei den globalzufriedenen Kunden 1998?«

»Hör auf, mich auf den Arm zu nehmen!«

»Wenn die Figur, die wir heute morgen in Dieters Büro verfrachtet haben, eines Tages anfängt, unsere Arbeit zu lobpreisen, kündige ich auf der Stelle.«

»Die Masse unserer Kunden sind Normalbürger.«

Klaus blätterte weiter. »*Die Mitarbeiter der Basis-Organisationseinheiten erbringen Leistungsergebnisse, die zu Produkten aggregiert werden, für die sie die Verantwortung tragen. Sie werden als Produktverantwortliche bezeichnet. Steuerung und Führung müssen daher darauf ausgerichtet werden, daß die Produktverantwortlichen die Produkte für die Bürger/Kunden in der erwünschten Qualität und Menge erbringen können.*« Er klappte die Broschüre zu und gab sie Dagmar zurück. »Früher sagte man: Schalt deinen Grips ein, Junge. Oder: Sei höflich zu den Leuten. Heute braucht man ein Kilo Papier, um Selbstverständlichkeiten so aufzuschreiben, daß sie ja kein Mensch mehr kapiert.«

Dagmar lächelte. »Früher war also alles besser, ja?«

»Das einzige, was bei unseren Leitbildinternalisierungstalkshows, Zielvereinbarungsfindungsworkshops und den HighQuality Managements for Reorganizations stört, ist der Bürger, oder?«

»Du kannst ja Englisch.«

»Hat mir meine Tochter beigebracht. Im Ernst: Mir geht

dieses Neudeutschgelaber auf die Nerven. Ich will meine Arbeit machen. Sonst nichts.«

Dagmar verstaute die Broschüre in einer Schreibtischschublade. »Man sollte sich über Zeitgeistströmungen informieren. Auch wenn man sie nicht teilt.«

»1995 habe ich auf der Personalversammlung ein halbes Dutzend sachliche Argumente vorgetragen, die belegten, daß die Dezentralisierung Mist ist. Hat es irgendwas gebracht? Ich bin mal gespannt, wie lange es dauert, bis sie uns wieder zurückorganisieren. Oder gleich ganz wegstreichen.«

»Du redest Blödsinn. Der Polizeipräsident hat versprochen...«

»Mit der Auflösung des Vierten Reviers bis nach den Bürgermeisterwahlen zu warten. Wegen der Bürgerfreundlichkeit.«

»Du bist ein elender Zyniker.«

»Du hast keine Ahnung, was in den oberen Etagen vor sich geht.«

»Ich werd's irgendwann hoffentlich herausfinden.«

»Vorher sind wir zur Streife eingeteilt.«

Dagmar stand auf. »Ich muß dir was zeigen. Bin gleich wieder da.« Kurz darauf kam sie mit einem zusammengefalteten Zettel zurück. »Das hier habe ich neulich beim Entrümpeln gefunden. Es wird dir gefallen.«

Klaus faltete den Zettel auseinander. Er las: »*Wir betreiben harte Ausbildung, aber jedes Mal, wenn wir dabei waren, Gemeinschaften zu bilden, wurden wir umorganisiert. Später im Leben habe ich gelernt, daß wir dazu neigen, neuen Situationen mit Reorganisation zu begegnen: Und dies kann eine glänzende Methode sein, die Illusion von Fortschritt zu schaffen, während Verwirrung, Wirkungslosigkeit und Demoralisierung produziert werden.*«

Dagmar sah ihn verschmitzt an. »Und?«

»Und was? In weniger geschliffenen Worten habe ich genau das gerade gesagt, oder?«

»Willst du nicht wissen, von wem das stammt?«

»Jeder normal denkende Kollege wird dir etwas Ähnliches sagen, wenn du ihn fragst.«

»Ein Ausspruch von Gaius Petronius Arbiter. Gestorben sechsundsechzig nach Christus. Ich warte im Hof auf dich, o.k.?«

Es dauerte fast eine Viertelstunde, bis Klaus aus dem Revier kam. Er stieg in den Streifenwagen und schlug die Tür zu. Dagmar sah ihn überrascht an. »Was ist passiert?« Er zuckte mit den Schultern. Sie startete und fuhr los. »Habt ihr euch wieder gestritten?«

»Du mußt nicht jedesmal fahren.«

»Ich weiß.«

Klaus nahm eine Schachtel Zigaretten aus seiner Hemdtasche. »Stört's dich, wenn ich rauche?«

»Wenn ich ehrlich bin, ja. Seit wann...«

»Schon gut.« Er steckte die Zigaretten wieder weg. »Sie ist mit einem Kunstexperten aus München essen gegangen.«

Dagmar warf ihm einen flüchtigen Blick zu. »Was ist schlimm daran?«

»Laut Aussage ihrer Freundin handelt es sich um einen überaus gutaussehenden und charmanten Kunstexperten.«

»Das hört sich nach einer gehörigen Portion Mißgunst an.«

»Also erlaube mal!«

Dagmar lachte. »Ich meinte die Freundin, du Flaschengeist.«

»Morgen früh fahre ich hin. Ich lasse mir das nicht mehr bieten.«

»Was stört dich daran, daß sie mit einem charmanten Mann essen geht?«

»Die Nachspeise.«

»Niemand zwingt dich, deine Angetraute allein da draußen wohnen zu lassen.«

»Ich ziehe nicht in diese verdammte Mühle, und wenn sich Hedi auf den Kopf stellt!«

»Dann beschwer dich nicht über die Folgen.«

»Ich habe lediglich auf deine Frage geantwortet.«

»Ich bin wirklich gespannt, wie lange es noch dauert, bis entschieden ist, wer von euch beiden den größeren Dickschädel hat. Warum gibst du nicht zu, daß sie dir fehlt?«

»Die Idee mit den Rosen war nicht sonderlich intelligent.«

»Warum?«

»Hedi hat mir unterstellt, ich hätte eine Geliebte.«

»Du mußt sie ja sehr verwöhnt haben in den vergangenen Jahren.«

»Ist die Wohnung dreckig, meckert sie. Ist sie sauber, meckert sie auch. Ich versteh's nicht.«

Dagmar grinste. »Du hast tatsächlich aufgeräumt?«

»Favitta war so nett.«

»Wer?«

»Tip von Ralf.«

»Ich verstehe nur Bahnhof.«

»Macht nichts.« Klaus schaute aus dem Fenster. Er hatte keine Lust mehr, sich zu unterhalten, und war dankbar, daß Dagmar das akzeptierte. Schweigend setzten sie die Streife fort; selbst am Funk blieb es ruhig. Die Sonne verschwand hinter den Häuserfassaden und warf lange Schatten auf die Straße. Die Stadt leuchtete golden, dann wurde sie grau. Die Straßenbeleuchtung ging an. Das Licht schmerzte in den Augen. Das Bedürfnis, sie zu schließen, war groß.

»Hast du heute schon was gegessen?«

Klaus fuhr zusammen. »Bitte?«

»Ich fragte, ob du Hunger hast.«

»Mhm.«

»Wollen wir Döner holen?«

»Meinetwegen.«

»Geschlafen hast du auch nicht, stimmt's?«

»Mein Bruder war zu Besuch.«

»Warum sagst du ihm nicht, daß du Nachtdienst hast?«

»Weil ich ein höflicher Mensch bin. Auch ohne EFQM-Methode.«

»Es wird Zeit, daß dir mal einer gründlich die Leviten liest, Klaus Winterfeldt.«

»Bei deinem Daddy hat es nicht geholfen, oder?«

»Bei meiner Mutter hätte es sich nicht gelohnt.«

»Ganz schön grausam.«

»Weißt du, wann sie mich zum ersten Mal angerufen hat nach all den Jahren? Einen Tag nachdem er gestorben war. Von irgendeiner Finca aus Mallorca. Sie wollte zur Beerdigung kommen. Ich habe ihr gesagt, daß ich sie mit einem Trauerkranz erschlage, wenn sie es wagt, den Friedhof zu betreten.«

»Und ausgerechnet du willst mir was von Dickschädel erzählen.«

»Ich habe beizeiten die Fronten geklärt und mich mit dem Ergebnis abgefunden. Das solltest du auch tun.« Sie hielt vor einer Döner-Bude an. Klaus machte Anstalten auszusteigen, aber sie winkte ab. »Laß mal. Ich lade dich ein.«

»Ich werde Hedi morgen sagen, daß ich mit einer überaus charmanten Polizeiexpertin essen war.«

Dagmar wurde rot. Klaus lachte.

Die zweite Streife fuhren sie nach Mitternacht. Der Mond schien matt am diesigen Himmel. Die Stadt war ruhig. »Warum hast du unsere Ziviljacken mitgenommen?« fragte Dagmar.

»Kleiner Einsatz im Hafenviertel«, sagte Klaus.
»Nicht ganz unser Dienstbezirk, oder?«
»Revierübergreifende Zusammenarbeit. Habe ich mit Reinhold vom Zweiten so abgesprochen. Am Main wird zuviel geklaut in letzter Zeit.«
»Wann?« fragte Dagmar.
»Hauptsächlich zwischen eins und drei.«
»Wann du das mit Reinhold abgesprochen hast.«
»Gestern abend nach dem Spätdienst. Bei einem gemütlichen Schoppen im *Vincenzo*, wenn du's genau wissen willst.«
Die Straße war leer. Dagmar wendete mit quietschenden Reifen und fuhr in Richtung Hafen.
»Auch ein Streifenwagen braucht ab und zu ein paar Streicheleinheiten«, sagte Klaus lächelnd.
»Die Frühstreife kannst du fahren! Wenn du bis dahin noch wach bist.«
»Was bist du denn so stinkig?«
»Du hättest mich fragen können.«
»Das tue ich gerade, oder?«
»Du nimmst mich einfach nicht ernst!«
»Wir bewegen uns auf einer Straße mit einer zugelassenen Höchstgeschwindigkeit von 50 km/h. Sei so nett und bremse, bevor du in den Kreisel da vorne abbiegst.«
»Du bist furchtbar!«
»Ich würde dich nicht mal gegen Hans-Jürgen eintauschen.«
»Ich bin gerührt, echt.«
»Obwohl er über eine Fertigkeit verfügt, die dir völlig abgeht. Die Sieben-Goldene-A-Methode: Alle anfallenden Arbeiten alsbald an andere abzuschieben.«
»Ekel.«
»Die zweite rechts, bitte.«

Reinhold erwartete sie schon. Er hatte ebenfalls eine Kollegin dabei. Sie stellte sich als Petra vor. Dagmar kannte sie vom Sehen; sie schätzte sie auf Mitte Dreißig.

»Wir haben uns gedacht, wir lassen die Wagen hier stehen und machen eine kleine Fußstreife«, sagte Reinhold zu Dagmar. »Zwei Liebespärchen im Mondschein, sozusagen. Manchmal hat dein Kollege richtig gute Ideen.«

Petra deutete zum Himmel. Vor den Mond hatte sich eine Wolke geschoben. »Liebespärchen ohne Mondschein, würde ich sagen.«

Klaus lachte. »Dann sieht wenigstens keiner, daß wir in Räuberzivil herumlaufen.« Er steckte das Funkgerät ein und nickte Petra zu. »Ihr in westlicher Richtung, wir in östlicher. Wenn was ist, funkt uns an.«

»Entschuldigung«, sagte Dagmar, als die beiden außer Hörweite waren.

»Wofür?« fragte Klaus.

»Na ja, ich dachte...«

»Du sollst nicht denken, du sollst deine Ohren aufsperren. Wir wollen den Klaubrüdern schließlich das Handwerk legen, nicht wahr?«

Leise schwappte das Wasser des Mains gegen die Uferwand aus Beton. Ab und zu fuhr ein Auto vorbei; irgendwo zirpten Grillen, ein Käuzchen schrie. Die Nacht blieb ruhig. Kurz nach drei kehrten sie unverrichteter Dinge zu den Streifenwagen zurück.

»Die hatten wohl keine Lust heute«, sagte Petra.

»Wär' auch ein bißchen viel Glück, wenn's beim ersten Mal gleich geklappt hätte«, sagte Klaus.

»Machen wir weiter?« fragte Reinhold.

Klaus sah Dagmar an. Sie nickte. »Klar. Nächster Nachtdienst, gleicher Ort, gleiche Zeit. Bis dann.«

»Tschüs.« Petra und Reinhold gingen zu ihrem Wagen.

Dagmar zog die Jacke aus, schloß den Streifenwagen auf und stieg ein. Klaus ließ sich auf den Beifahrersitz fallen und gab Michael durch, daß sie wieder einsatzbereit waren. Dagmar fuhr ins Gewerbegebiet an der Strahlenberger Straße.

»Auch nicht ganz unser Dienstbezirk, was?« sagte Klaus gähnend. Dagmar bestreifte mehrere Firmen und hielt schließlich auf dem Parkplatz eines Baumarkts an. Sie schaltete Motor und Licht aus und kurbelte das Fenster herunter.

»Früher haben wir so was öfter gemacht«, sagte Klaus. »Uns nachts zusammen auf die Lauer gelegt, die Uniform einfach mit Zivilklamotten getauscht, und anderes mehr. Wenn's sein mußte, haben wir sogar eigenmächtig Extraschichten eingelegt. Wir hatten manch schönen Erfolg, und die Arbeit hat richtig Spaß gemacht.«

»Macht sie das jetzt nicht mehr?«

Er zuckte mit den Schultern. »Heutzutage mußt du doch für alles einen schriftlichen Einsatzbefehl haben. Und bis wir die ganzen wichtigen Konzepte umgesetzt haben, die sich die Teppichbodenetage ausdenkt, ist der Tag eh fast rum. Präventivstreifen zur Beruhigung der Bürger, Aktionstage zur Volksbelustigung, Fußstreifen, Sicherheitsstreifen: *Präsenz zeigen, meine Herren! Achten Sie auf Ihr Erscheinungsbild! Präsentieren Sie sich Ihren Bürgerinnen und Bürgern als kompetente Dienstleister!* Effektivität? Praxistauglichkeit? Nicht doch. Hauptsache, die Statistik stimmt und unsere Herrschaften da oben können einmal im Jahr dem Wahlvolk medienwirksam verkünden, was die Polizei Unverzichtbares für die Innere Sicherheit tut.«

Dagmar lächelte. »Du bist ein Lästermaul.«

»Früher gab es in jeder Schicht ein paar alte Hasen, die nicht nur sämtliche Ecken, sondern auch alle Pappenheimer in ihrem Revier kannten; Leute wie Uli, die uns Jungen erst mal das Laufen beibrachten. Und heute? Da fährt der dreiundzwanzigjährige Hauptmeister mit dem zweiundzwanzigjährigen Polizeikommissar zur Anstellung Streife, und beide hoffen, daß ja nichts Unvorhergesehenes passiert. Ständig bekommen sie erzählt, daß sie diese und jene Vorschrift zu beachten, dies und das zu tun haben. Die Folge ist, daß sich keiner mehr traut, selbständig zu entscheiden oder zu handeln: sicheres Auftreten bei völliger Ahnungslosigkeit.«

»Siehst du das nicht etwas zu schwarz?«

»Ich finde, es ist ein Fehler, unseren Beruf zu akademisieren.«

»Ein bißchen Bildung hat noch keinem geschadet.«

»Ich habe bestimmt nichts gegen eine Aufwertung der Polizeiarbeit, aber wir sind weder Manager noch Juristen, die sich tage- und wochenlang Zeit lassen können, das Für und Wider einer Handlung oder Entscheidung abzuwägen. Davon abgesehen, schert sich unsere Klientel in der Mehrzahl nicht die Bohne um den gesellschaftlich erwünschten Verhaltenskodex. Andererseits macht genau das unsere Arbeit interessant.« Er grinste. »Theorie ist, wenn man alles weiß und nichts funktioniert. Praxis ist, wenn alles funktioniert und keiner weiß, warum. Die zweite Alternative ist mir zugegebenermaßen sympathischer. Deshalb bin ich ja auch Polizist und kein Rechtsgelehrter geworden.«

»Mir traust du allenfalls die erste Alternative zu, stimmt's?«

»Ich kenne wenige Weltverbesserer, die in der Lage sind, einen Nagel richtig einzuschlagen.«

»Ach ja?«

»Stand heute in der Zeitung: Guten Morgen, Offenbach. Spruch zum Tage. Papier ist geduldig, Menschen sind es nicht. Und jetzt hör auf, wie eine beleidigte Leberwurst dreinzuschauen und jedes Wort persönlich zu nehmen.«

»Tu' ich gar nicht.«

Klaus lächelte. »Es kommt nicht darauf an, was *ich* dir zutraue, sondern was *du* dir zutraust.«

»Also, ich...«

»Psst! Hast du das gehört?«

Dagmar hielt ihren Kopf durchs Fenster. »Kommt vom Baumarkt«, flüsterte sie. »Laß uns nachschauen.«

Sie hatten gerade den Streifenwagen verlassen, als sie Glas splittern hörten. Eine Alarmanlage schrillte los, dann heulte ein Motor auf. Sie sprangen in den Wagen zurück, und Dagmar raste mit quietschenden Reifen über den Parkplatz. Zwei dunkle Gestalten rannten von einem Seiteneingang des Baumarkts zu einem silbergrauen 5er BMW mit Hanauer Kennzeichen, der mit ebenfalls quietschenden Reifen davonschoß.

»Innenstadt oder A 661«, sagte Klaus. »Ich tippe auf Autobahn.« Dagmar schaltete Blaulicht und Martinshorn ein, Klaus gab den Sachverhalt, das Kennzeichen und die mutmaßliche Fluchtrichtung über Funk durch. Der silberne BMW raste durch den Kaiserleikreisel, an der Autobahnauffahrt vorbei in Richtung Stadtmitte und überfuhr zwei Kreuzungen bei Rot. Dagmar blieb dran.

»Wenn wir Rot haben, solltest du vorsichtig in die Kreuzung fahren«, sagte Klaus ruhig. »Es sind immer irgendwo ein paar Taube und Blinde unterwegs.«

Dagmar nickte. Ihr Blick war auf die Fahrbahn geheftet. Der Fahrer des BMW setzte seine Flucht durch die Kaiserstraße und mehrere Seitenstraßen fort, mißachtete zwei Einbahnstraßenschilder, rammte einen Bauzaun und verschwand schließlich in einer Gasse am Alten Friedhof. Im Funk redeten mehrere Kollegen durcheinander; die Einsatzzentrale gab durch, daß der BMW vor zwei Tagen in Hanau gestohlen worden war.

»Scheiße!« sagte Dagmar. »Er ist weg.«

Klaus schaltete Blaulicht und Martinshorn aus. »Fahr die nächste links. Ich habe da so eine Idee.«

»Orpheus 18/5 von Orpheus, kommen! Wo ist Ihr Standort?« fragte die Einsatzzentrale. Klaus meldete sich. Vor ihnen bog ein Streifenwagen vom Ersten Revier ein.

»Orpheus 18/5, Sie decken die Mühlheimer Straße ab.«

»Die Brüder kennen sich hier aus«, sagte Klaus. »Ich wette, daß sie überall hinfahren, nur nicht auf die Hauptstraße.«

»18/5 – haben Sie verstanden?«

»Wo sind sie deiner Meinung nach hin?«

Klaus hörte an Dagmars Stimme, daß sie versuchte, ihre Nervosität unter Kontrolle zu halten. »Ich würde mich durch den Wald zur Schnellstraße nach Obertshausen durchschlagen. Von dort können sie in Richtung Hanau oder über den Rodgau-Highway nach Süden abhauen. Oder über die Autobahn nach Osten oder Westen.«

»Orpheus 18/5 von Orpheus, kommen!«

»Wir haben gerade eine Funkstörung, oder?« sagte Dagmar.

Klaus grinste. »Wenn du meinst.«

»Ich will die kriegen, koste es, was es wolle!«

»Fahr da vorn rechts, dann nach der Brücke sofort links rein und die übernächste wieder rechts.«

Als sie aus dem Wald kamen, war der Mond aus dem Dunst getreten. Sie sahen den BMW in die Schnellstraße einbiegen; er fuhr in normalem Tempo. Klaus meldete über Funk seinen Standort. Der BMW beschleunigte und raste davon. Dagmar nahm eine Abkürzung über ein holpriges Wiesenstück. Klaus hielt sich am Türgriff fest. Über Funk wurden sie mehrfach aufgefordert, ihren Standort durchzugeben; dann erging der Befehl, die Verfolgungsfahrt sofort abzubrechen.

Dagmar erreichte die Schnellstraße und trat aufs Gas. »Ich denk' ja nicht dran!«

»Orpheus 18/5 hat verstanden«, gab Klaus durch. »Wir kommen zurück.«

»Spinnst du?«

»Das war unser Dienststellenleiter.«

»Ist mir doch scheißegal!«

»Die da vorn hören offensichtlich unseren Funk mit.«

Der Abstand zu dem BMW vergrößerte sich. Dagmar fluchte. Klaus drückte die Sprechtaste. »Hier ist Orpheus 18/5 mit einer wichtigen Durchsage: Das Fluchtfahrzeug bewegt sich wie vorhergesehen auf der B 448 in Richtung Autobahn. Sind alle Zufahrten abgedeckt?«

»18/5, Sie sollen den Einsatz...«

»Kollege R. – sind Ihre Leute vor Ort?« fragte Klaus.

»Sämtliche Zufahrten zur Autobahn unter Kontrolle«, meldete Reinhold. Es folgte eine Durchsage der Einsatzzentrale zur Funkdisziplin. Der BMW verließ die Schnellstraße und fuhr nach Obertshausen hinein. Klaus seufzte. »Jetzt bräuchten wir ein Handy.«

»In meiner Jacke«, sagte Dagmar. »1164.«

»Was?«

»Die PIN.«

Während Dagmar dem BMW in einigem Abstand folgte, rief Klaus die Einsatzzentrale an und erklärte den Sachverhalt. »Sie schicken Verstärkung von Heusenstamm aus. Bleib dran.«

Dagmar nickte. Klaus gab über Handy die genaue Fahrtrichtung des BMW durch. Kurz vor der Stadtgrenze Obertshausen fand die Flucht ihr Ende: Die Straße war mit zwei Streifenwagen abgesperrt. Gemeinsam mit Kollegen der Polizeistation Heusenstamm nahmen Dagmar und Klaus die Insassen des BMW fest. Der jugoslawische Fahrer war bewaffnet und wurde mit Haftbefehl gesucht; bei seinen beiden Begleitern handelte es sich um amtsbekannte Einbrecher, die erst vor drei Tagen aus dem Gefängnis entlassen worden waren.

Dienststellenleiter Jochen Kissel war vor Wut rot angelaufen. »Sind Sie taub, Winterfeldt?« schrie er, als Klaus und Dagmar mit einem der Festgenommenen auf die Wache kamen.

»Wenn ich den Mann hier ins Gewahrsam gebracht habe, können wir uns unterhalten«, sagte Klaus ruhig.

Kissel sah Michael Stamm an. »Das kann eine andere Streife erledigen. Ich will Sie sofort sprechen, Winterfeldt!«

Michael rief nach Hans-Jürgen. Zusammen mit Stampe brachte er den Festgenommenen weg. Klaus folgte dem Dienststellenleiter in sein Büro. Kissel warf die Tür zu, aber sein Gebrüll drang trotzdem bis auf die Wache.

»Er erklärt deinem Streifenpartner den Erlaß zur Durchführung von Einsatz- und Verfolgungsfahrten«, sagte Michael zu Dagmar.

»Aber das ist doch ...!«

»Kissel hat als Vorgesetzter jederzeit das Recht, eine Verfolgungsfahrt abbrechen zu lassen.«

»Es wäre hirnrissig gewesen!«

Michael grinste. »Diese Vokabel ist in der Erlaßlage leider nicht vorgesehen. Pech für Klaus, daß unser Chef seine allmonatliche Nachtdienstkontrolle ausgerechnet heute ansetzen mußte.«

»Aber wir haben die Kerle doch erwischt.«

»Darauf kommt es in diesem Zusammenhang nicht an.«

Dagmars Augen sprühten vor Zorn. »Ach? Und worauf dann, wenn ich fragen darf?«

»Ich tippe auf einsatztaktische Bedenken. Unser Chef hatte wohl Angst um seine weibliche Belegschaft.«

»*Ich* habe Klaus überredet, sich über die Anordnung hinwegzusetzen. Und deshalb werde ich jetzt zu Herrn Kissel gehen und die Sache klarstellen.«

»Das läßt du mal schön bleiben.« Klaus stand in der Tür und grinste.

»Na?« fragte Michael.

Klaus legte zwei Finger auf die Lippen. Kissel kam herein. Sein Gesicht hatte wieder eine einigermaßen normale Färbung angenommen.

»Morgen früh um Punkt acht habe ich Ihren Bericht auf dem Tisch, Winterfeldt!« sagte er und ging.

Klaus sah Dagmar an. »Sag mal, wo hast du Autofahren gelernt, hm? Auf dem Nürburgring?«

Dagmar lächelte. »Ich bin das Produkt eines alleinerziehenden Vaters, wie du weißt.«

»Und was hat dir dein Daddy sonst noch beigebracht?«

»Wie man die Dinger wieder zusammenbastelt, nachdem man sie zu Schrott gefahren hat.«

»Na, dann bin ich ja beruhigt.«

»Und daß man für das, was man tut, die Verantwortung übernehmen muß. Was hast du Herrn Kissel erzählt?«

»Ist nicht der Rede wert.«

»Ich will wissen, was du ihm gesagt hast!«

»Wir verhalten uns vorbildlich. Wir sorgen für ein gutes Betriebsklima und tragen zur Arbeitszufriedenheit bei.«

»Bitte?«

»Kleine Anleihe aus unserem geschätzten Leitbild.«

»Diszi?« fragte Michael.

Klaus zuckte mit den Schultern.

»Er will ein Disziplinarverfahren gegen uns einleiten?« rief Dagmar entsetzt.

»Nur Vorermittlungen«, sagte Klaus. »Gegen mich.«

»Aber es war meine Schuld! Ich habe dich überredet, den Funkspruch ...«

»Papperlapapp. Ich kannte den Erlaß, und ich bin für dich verantwortlich.«

»Aber...«

Klaus lehnte sich gegen den Wachtisch. »Im übrigen war mein Motiv reiner Egoismus. Wenn du nämlich dereinst hinter Kissels Schreibtisch oder an einer adäquaten anderen Stelle Platz nehmen wirst, erwarte ich, daß du unsereins nicht ganz vergißt.«

»Du meinst also, ich sollte mich primär um die Durchsetzung der zweiten Alternative bemühen?« fragte Dagmar lächelnd.

Michael schaute sie verständnislos an.

Klaus lachte. »Genau. Aber vorher wartet der Computer auf unseren Bericht.«

24

Als Klaus um halb acht heimkam, durchwühlte Sascha schimpfend den Garderobenschrank.

»Na? Aus dem Bett gefallen?« fragte Klaus.

»Weißt du zufällig, wo mein Seesack ist?«

Klaus zog seinen Uniformblouson aus und hängte ihn an die überfüllte Garderobe. »Vielleicht im Keller? Ich gehe duschen. Danach fahre ich in den Odenwald.«

Sascha knallte den Schrank zu. »Hast du schon gefrühstückt?«

Klaus sah ihn erstaunt an. »Nein. Wieso?«

»Ich koche Kaffee, wenn du willst.«

»Brauchst du Geld?«

»Ich muß mit dir sprechen.«

»Wieviel?«

»Es ist wichtig.«

Klaus gähnte. »Gott, Junge. Hat das nicht Zeit bis heute abend?«

»Nein.«

»Der Toast ist alle.«

»Ich hole Brötchen, wenn's dir hilft.«

»Scheint was Lebenswichtiges zu sein, hm?« Klaus streifte seine Schuhe ab und verschwand im Bad. Als er wieder herauskam, war der Tisch im Eßzimmer gedeckt. Sascha hatte sogar Eier gekocht. Er schenkte Kaffee aus. Klaus setzte sich und nahm ein Brötchen aus dem Korb. »Wo brennt's?«

Sascha ließ zwei Würfel Zucker in seine halbvolle Tasse fallen und goß reichlich Milch dazu. »Was willst du im Odenwald?«

»Mit deiner Mutter reden.«

»Worüber?«

»Äh ... nichts Besonderes. Warum?«

»Hat sie dich etwa rumgekriegt?«

»Hat sie nicht.«

»Egal, was *du* machst: *Ich* ziehe nicht in diese dämliche Mühle. Und wenn ihr euch auf den Kopf stellt.«

Klaus köpfte sein Ei. »Das war alles?«

»Sabine und ich möchten für eine Woche an den Bodensee fahren. Zum Zelten.«

»Ich hab' gewußt, daß deine Fürsorglichkeit einen Haken hat.«

»Du erlaubst es?«

»Was sagen ihre Eltern dazu?«

»Die haben nichts dagegen. Ich denke, vierhundert zusätzlich würden reichen.«

»Zusätzlich zu was?«

»Fahrkarte und Campingplatz.«

»Hast du schon mal meinen Gehaltszettel gesehen?«

»Der Zug geht heute nachmittag.«

»Bißchen plötzlich, oder?«

»In eineinhalb Wochen sind die Ferien um.«

Klaus zerdrückte die Eierschalen im Eierbecher. »Verstehe. Das konntest du nicht ahnen.«

»Du bist sauer, weil ich zu deinem Geburtstag morgen nicht da bin, stimmt's?«

»Schecks und Portemonnaie liegen im Wohnzimmerschrank.«

Sascha schob die Reste seines Brötchens in den Mund und spülte mit Kaffee nach. »Du solltest mal wieder ausschlafen.«

»Ich hatte Nachtdienst.«

»Und etwas weniger Bier trinken. Sorry, aber ich muß los.« An der Tür blieb er noch mal stehen. »Danke, Papa.«

»Mhm.«

»Grüß Mama von mir.«

»Mach' ich.«

»Ich finde ihr Verhalten dir gegenüber übrigens scheiße.«

»Viel Spaß am Bodensee.«

»Werd' ich haben. Tschüs.«

Klaus hörte die Wohnungstür ins Schloß fallen. Gedankenverloren starrte er auf seine Kaffeetasse. Eine Stunde später wachte er mit schmerzenden Gliedern und steifem Nacken auf. Er trank den kalten Kaffee aus; das schmutzige Geschirr ließ er stehen.

»Du siehst nicht besonders taufrisch aus«, sagte er grinsend, als Hedi ihm die Tür öffnete.

»Du auch nicht«, gab sie gereizt zurück.

»Darf ich reinkommen?«

Sie rieb ihre schmerzende Stirn. »Nur, wenn du keine Moralpredigten hältst.«

Klaus ging an ihr vorbei ins Wohnzimmer. Vivienne saß auf dem Biedermeiersofa und blätterte in einem Modejournal. Auf dem Tisch standen zwei Keramikbecher und eine Kanne Tee. Es roch nach Kräutern.

»Ciao«, sagte Vivienne lächelnd. »Nett, dich zu sehen.«

»Tag«, sagte Klaus. Er ließ sich in Juliettes abgewetzten Fernsehsessel fallen.

»Hast du schon gefrühstückt?« fragte Hedi.

»Bäckerfrische Brötchen und ein butterweiches Ei. Mit Sascha zusammen.«

»Wie geht es ihm?«
»Ich soll dich grüßen.«
»Warum ist er nicht mitgekommen?«
»Er findet dein Verhalten mir gegenüber scheiße.«
Vivienne kicherte.
»Ich weiß nicht, was es da zu lachen gibt!« sagte Hedi ungehalten.
»Ich könnte einen Kaffee vertragen«, sagte Klaus. »Mit drei Würfeln Zucker drin.«
Hedi ging in die Küche. Vivienne blickte von ihrer Zeitschrift auf. »Du solltest sie heute nett behandeln. Sie hat die halbe Nacht auf der Toilette verbracht.«
Klaus' Miene verdüsterte sich. Hedi kam mit einer dampfenden Tasse und der Zuckerdose herein. Sie stellte beides kommentarlos vor Klaus auf den Tisch.
»Und? War's schön?« fragte er.
»Was?«
»Dein Ferrariausflug.«
»Woher weißt du...«
»Ich habe gestern abend mit deiner Freundin telefoniert.«
Hedi warf Vivienne einen ärgerlichen Blick zu. Vivienne zuckte mit den Schultern. »Ich sah keinen Grund, ein Staatsgeheimnis daraus zu machen.«
»Als erste Vorspeise hatten wir *Salade des Gourmets*. Reicht das?«
»Wieviel Pfeffer war am Hauptgericht?«
»Das geht dich nichts an. Warum bist du hier?«
Klaus trank von seinem Kaffee und verbrannte sich die Zunge. Fluchend stellte er die Tasse zurück. »Ich bin zufällig mit dir verheiratet!«
»Nett, daß du dich daran erinnerst.«
»Was wollte dieser Kunstfuzzi von dir?«

Vivienne schlug das Modejournal zu. »Du solltest lieber fragen, was Hedi von *ihm* wollte.«

»Es ging um nichts weiter als den Ankauf deiner dämlichen Schinken.« Hedi schwor sich, nie wieder in ihrem Leben ein Glas Rotwein anzufassen.

»Was fällt dir ein, meine Arbeiten dämliche Schinken zu nennen!« sagte Vivienne aufgebracht.

»Apropos Schinken...« Klaus sah Vivienne an. »Wo ist eigentlich das Büro deiner ach so rührigen Agentin?«

»Warum?«

»Wo?«

Vivienne schaute auf ihre Uhr. »Liebe Güte! Ich bin eine halbe Stunde über meine Meditierzeit.« Sie ließ die Zeitschrift fallen und lief aus dem Zimmer.

»Ist sie jetzt vollkommen übergeschnappt?« fragte Klaus.

Hedi setzte sich. Hinter ihrer Stirn surrte es wie in einem Bienenkorb. »Wozu brauchst du Antoinette von Eschenbergs Büroadresse?«

»Hast du was mit dem Kerl?«

»Entweder wechselst du das Thema, oder du gehst!«

»An deiner Künstlerfreundin ist was oberfaul.«

Hedi goß sich Tee ein und trank einen Schluck. »Wolfgang sagt, sie hat Talent.«

»Ach, sieh an: Der charmante Kunstexperte aus München und die Odenwälder Mühlenbesitzerin sind per du?«

»Hör auf, dich lächerlich zu machen.«

»Wenn sich hier jemand lächerlich macht, dann du.«

Hedi stellte den Teebecher hart auf den Tisch. »Ich habe dir gesagt, daß ich heute nicht in der Stimmung bin, deine Moralpredigten zu ertragen!«

»Ich wollte lediglich...«

»Hallo, Paps!« rief Dominique von der Tür. Lachend kam sie auf ihn zu. Sie trug ein knallrotes Minikleid und weiße

Plateauturnschuhe. Ihre Lippen und Fingernägel leuchteten passend zur Garderobe. Ehe es sich Klaus versah, prangte ein roter Kußmund auf seiner Wange. »Schön, daß du uns mal wieder besuchst.«

Mißbilligend betrachtete er ihr Kleid. »Bißchen kurz, oder?«

Dominique verzog spöttisch das Gesicht. »Paps, du hast keine Ahnung. Das ist voll die *In-fashion* diese Saison.« Sie sah Hedi an. »Ich geh' dann mal. Uwe wartet bestimmt schon.«

»Uwe? Ist das dieser Nachwuchsgärtner?« fragte Klaus.

»Wir sehen uns historische Rosen an.« Bevor sie das Zimmer verließ, winkte sie ihm zu. »Tschüssi, Paps.«

Klaus war fassungslos. »Du läßt es zu, daß unsere Tochter mit diesem Kerl herumzieht?«

»Uwe ist ein netter junger Mann. Ich wüßte keinen Grund, warum ich ihr den Umgang mit ihm verbieten sollte«, sagte Hedi.

»Hast du keine Augen im Kopf? Dominique ist...«

»Bei Sascha hattest du weniger Probleme, die Gegebenheiten zu akzeptieren, mein Lieber.«

»Hedi! Sie ist noch ein Kind!«

»Vorsorglich waren wir beim Arzt.«

Klaus sprang auf. »Soll das etwa heißen, daß sie...«

»Miteinander schlafen? Keine Ahnung.«

»Verdammt! Wie kannst du das erlauben?«

»Wie könnte ich es verbieten?«

»Das einzige, was dich interessiert, ist diese gottverfluchte Mühle! Was aus deiner Familie wird, ist dir völlig egal!«

Hedi räumte das Teegeschirr zusammen und stellte es auf ein Tablett. »Es ist besser, wenn du verschwindest.« Sie nahm das Tablett und ging in die Küche.

Klaus folgte ihr. »Hedi, ich...«

»Fahr nach Hause und schlaf dich aus.«

»Ich wollte nur ...«

»Ich komme nicht nach Offenbach zurück! Welche Konsequenzen du daraus ziehst, überlasse ich dir.« Sie füllte Wasser in den Kessel und stellte ihn auf den Herd.

»Du kannst nicht von Sascha verlangen, daß er zwei Jahre vor dem Abitur die Schule wechselt.«

Hedi holte die Abwaschschüssel aus dem Schrank und spritzte Spülmittel hinein. Sie drehte Klaus den Rücken zu. Er legte die Hände auf ihre Schultern, aber sie schüttelte sie ab. »Ich habe gesagt, was es zu sagen gab. Denk darüber nach.«

Er streichelte ihr Haar und küßte ihren Nacken. Sie drehte sich zu ihm um. »Ich möchte, daß du jetzt gehst.«

Er sah sie betroffen an. »Aber ...«

»Klaus, bitte.«

»Gegen einen Ferrarifahrer habe ich keine Chance, was?«

»Spinnst du? Ich bin ...«

»Sag besser nichts. Dann mußt du auch nicht lügen.«

»Du bist gemein!«

Er zuckte wortlos mit den Schultern und ging. Die Haustür fiel ins Schloß; kurz darauf hörte Hedi seinen Wagen wegfahren. Sie wischte sich über die Augen und nahm den pfeifenden Kessel vom Herd. Was verlangte Klaus von ihr? Daß sie ihn schriftlich um Erlaubnis bat, wenn jemand sie zum Essen einlud? Sie hatte einen schönen Abend gehabt, na und? Mehr war ja nicht passiert. Seine Eifersucht war einfach lächerlich. Blaß hatte er ausgesehen. Und übernächtigt. Aber er war selbst schuld! Seine Weigerung, in die Mühle zu ziehen, war doch nichts anderes als gekränkte Eitelkeit. Und daß er versuchte, ihr wegen Sascha Schuldgefühle einzureden, war ziemlich schäbig.

Sie leerte den Teeaufguß in den Müll und spülte die Kanne. *Mich faszinieren alte Häuser. Man hat das Gefühl, durch*

jedes Fenster und jede Tür in die Vergangenheit zu schauen.
Hatte Klaus ein einziges Mal gefragt, warum sie sich Juliette und ihrem Haus gegenüber verpflichtet fühlte? Hatte er überhaupt jemals gefragt, was sie dachte und fühlte? Früher einmal, ja. Aber das war mindestens so lange her wie das *Lustige Offenbacher Steineraten*. Die Dinge auf sich zukommen zu lassen, unbeschwert Augenblicke des Glücks zu genießen: Hatte sie nach achtzehn Jahren Ehe etwa kein Recht mehr darauf? Was war schlimm daran, wenn sie einen anderen Mann attraktiv fand? Sie würde ihn ohnehin nicht wiedersehen. Schade eigentlich. Sie stellte die Teekanne und die Becher in den Geschirrkorb und machte sich auf die Suche nach einer Kopfschmerztablette.

Als Hedi eine halbe Stunde später die Spüle sauberwischte, sah sie durchs Fenster Wolfgangs Ferrari auf den Hof fahren. Sie trocknete sich rasch die Hände ab, fuhr vor dem Garderobenspiegel nervös durch ihr Haar und öffnete ihm die Tür. Er hatte gerade die Hand nach dem Türklopfer ausgestreckt.
»Hast du telepathische Fähigkeiten?« fragte er lächelnd.

Hedi musterte ihn erstaunt. Er trug Jeans, Turnschuhe und ein kariertes Hemd und sah aus wie ein zu groß geratener Lausejunge. »Sagtest du nicht, daß du heute früh nach München zurückfahren wolltest?«

»Mir ist etwas dazwischengekommen.«

»Ach ja?«

»Sehnsucht nach dir.«

Sie wurde rot. »Also, ich...«

»Guten Tag, Herr Bernsdorf.«

Hedi fuhr erschrocken herum. Vivienne trug ein fliederfarbenes Kleid aus Wildseide und farblich dazu passende Schuhe. Sie streckte Wolfgang ihre Hand hin. »Es tut mir wirklich leid, daß ich Sie gestern versetzen mußte, ich...«

Wolfgang nahm ihre Hand und deutete einen Kuß an.

»Schon vergessen, Frau Belrot. Das mit dem Hamburger Kunstforum hätten Sie mir aber netterweise sagen sollen.«

»Wie bitte? Ich...«

»Komm doch erst mal rein«, sagte Hedi. »Möchtest du einen Kaffee?«

»Gern. Leider habe ich nicht allzulange Zeit.« Er ging voraus ins Wohnzimmer.

»Was für einen Unsinn hast du ihm denn noch erzählt?« zischte Vivienne.

Hedi warf ihr einen wütenden Blick zu. »Ich habe bloß versucht, den Unsinn geradezubiegen, den *du* ihm erzählt hast, *Frau Kultursponsorin!*«

Vivienne bekam einen roten Kopf und verschwand im Wohnzimmer. Hedi ging in die Küche, um Kaffee aufzusetzen. Durch die offene Tür hörte sie Wolfgang und Vivienne über die *Blaue Periode* von Picasso und den *Grünen Streifen* von Matisse diskutieren. Als sie wenig später mit dem Geschirrtablett hereinkam, waren sie bei einer *Rumänischen Bluse* im Pariser Musée National d'Art Moderne angelangt.

Hedi schenkte Kaffee aus. Es ärgerte sie, daß Vivienne sich derart in den Vordergrund spielte, aber sie hatte keine Ahnung, wie sie das Gespräch auf ein anderes Thema bringen sollte. Die Blicke, die Wolfgang ihr zuwarf, machten sie nervös. Als Vivienne merkte, daß er ihr nur noch mit halbem Ohr zuhörte, rückte sie näher an ihn heran, berührte ihn beim Sprechen leicht am Arm und lächelte das Lächeln, für das Hedi sie in der siebten Klasse am liebsten erwürgt hätte. »Ich finde, wir sollten langsam zu einer vertraulicheren Anrede übergehen, oder? Ich heiße Vivienne Chantal.«

»Wolfgang«, sagte Wolfgang.

»Morgen vormittag fahre ich zu einer Gemeinschaftsausstellung junger Künstler ins Heidelberger Schloß. Hättest du nicht Lust mitzukommen, Wolfgang?«

»Wenn ich Zeit hätte, gern. Leider muß ich heute abend um acht in München sein.«

»Du fährst aber mit, nicht wahr?« wandte Vivienne sich an Hedi.

»Ich wüßte nicht, wozu.«

»Ein bißchen Nachhilfe in moderner Kunst kann nie schaden, meine Liebe.«

Wolfgang trank seinen Kaffee aus und stand auf. »Das Gespräch war wirklich sehr interessant, Vivienne. Wir sollten es bei Gelegenheit einmal fortsetzen.«

»Was hältst du davon, wenn wir vor deiner Abfahrt schnell in mein Atelier hinübergingen? Ich würde dir gern etwas zeigen.«

»Du meinst die...«

Hedi warf ihm einen drohenden Blick zu. Er lächelte. »Ein anderes Mal, ja? Bevor ich mich in den Stau auf die Autobahn stelle, möchte ich ein bißchen frische Luft schnappen. Hast du Lust mitzugehen, Hedi?«

»Ich könnte...« Vivienne verstummte, als sie Hedis Miene sah.

Im Hof zeigte Wolfgang auf den verblaßten, von wildem Wein überwachsenen Hausspruch, von dem nur noch Fragmente zu entziffern waren. »Ich habe mich gestern schon gefragt, was das wohl heißen mag.«

Hedi lächelte. »*Ein Mühlstein und ein Menschenkind/Wird stets herumgetrieben./Wo beides nichts zu reiben hat,/Wird beides selbst zerrieben.* Ich glaube, der Dichter hieß Logau. Meine Tante sagte, er habe etwa zu der Zeit gelebt, als die Eichmühle gebaut wurde.«

»Unsere Altvorderen waren zuweilen klüger, als wir es in unserer Arroganz der Moderne wahrhaben wollen«, sagte Wolfgang. »Ist deine Freundin Vivienne Chantal eigentlich immer so anhänglich?«

Hedi schlug den Weg zum Mühlteich ein. »Sie konnte es schon in der Schule nicht ertragen, wenn ein männliches Wesen sich nicht augenblicklich und ausschließlich für sie interessierte.«

Wolfgang lachte. »Ich befürchtete ernsthaft, wir würden sie gar nicht mehr los.«

»Mein Fauxpas von gestern abend tut mir leid.«

»Was meinst du? Den verweigerten Kuß auf dem Parkplatz oder dein Rückwärtsfrühstück im Wald?«

Hedi wurde rot. »Bist du immer so direkt?«

»Nur, wenn ich etwas Bestimmtes erreichen will.«

»Hm. Und was willst du erreichen?«

Er blieb stehen und sah sie an. »Das fragst du noch?«

Hedi wich seinem Blick aus und ging rasch weiter. Ihr wurde unbehaglich zumute. Meinte er es etwa ernst? Ach was! Er war ein typischer Frauenheld, und eine Odenwälder Mühlenbesitzerin fehlte ihm in seiner Sammlung wahrscheinlich noch.

Sie schlüpfte zwischen Brombeerranken und Schlehdorn hindurch und folgte dem grasbewachsenen Pfad zum Teich. Auf einem verwitterten Baumstamm ließ sie sich nieder und schaute aufs Wasser, in dem weiße Seerosen blühten. Über ihr raschelten die Blätter der Birken im Wind. Es roch nach feuchter Erde und Moos.

Wolfgang setzte sich neben sie. »Schön hier.«

Hedi zeigte zum Ufer. »Als Kind habe ich mich im Schilf versteckt und Frösche gefangen.«

Er lächelte. »Normalerweise spielen kleine Mädchen mit Puppen, oder?«

»Ich war eben kein normales Mädchen.«

Er strich über ihr Haar. »Verrätst du mir, was es mit deinen Zöpfen und der Nagelschere auf sich hatte?«

»Nicht der Rede wert: Ruck, zuck, und ab waren sie.«

»Ich glaube, ich habe mich in dich verliebt.«

»Wie vielen Frauen sagst du das pro Tag?«

Er nahm seine Hand weg. »Was denkst du von mir!«

»Ich frage mich, was der anspruchsvolle und umschwärmte Großstadt-Galerist Bernsdorf an einem Abkömmling der diebischen Müllerszunft Besonderes findet.«

»Ich habe noch nie eine Frau getroffen, die Frösche fängt und sich ihre Haare mit der Nagelschere schneidet.«

»Seit ich volljährig bin, gehe ich zum Friseur. Außerdem habe ich einen Mann und zwei Kinder.«

»Deine Kinder sind fast erwachsen, und dein Mann ist ein ausgewachsener Dummkopf, wenn er dich allein hier draußen wohnen läßt.«

Hedi stand auf. »Es ist besser, wir gehen zurück.«

»Wovor hast du Angst?«

»Wir hatten gestern einen netten Abend. Dabei sollten wir es bewenden lassen.«

»Wie lange lebt ihr schon getrennt?«

»Ich weiß nicht, was das jetzt für eine Rolle spielt.«

Er nahm ihre Hand und küßte sie. »Wenn es darauf ankommt, kann ich ziemlich hartnäckig sein.«

Sie zog die Hand weg. »Ich auch.«

»Das macht das Ganze um so spannender, oder?«

Hedi drehte sich um und ging. Vor dem Brombeergebüsch holte er sie ein. »Sag mir, daß du nichts für mich empfindest, und ich verschwinde auf der Stelle.«

Sie wich seinem Blick aus. Zwischen den Brombeerranken saß ein Zaunkönig. »So einfach, wie du denkst, ist das alles nicht.«

»Du hast meine Frage nicht beantwortet.«

Sie sah ihn an. »Ich finde dich recht nett. Zufrieden?«

»Nein.«

»Du wolltest eine ehrliche Antwort, oder?«

»Eben.«

»Wolfgang, bitte! Das führt doch zu nichts.«

»Am Wochenende fliege ich zu einer Vernissage nach New York, danach besuche ich Geschäftsfreunde in Buenos Aires, Mailand und Paris. Darf ich dich anrufen, sobald ich wieder in München bin? Vielleicht ist bis dahin auch Dr. Siebmann zurück.«

»Äh ... wer ist Dr. Siebmann?«

Er lachte. »Schon vergessen? Der potentielle Interessent für Viviennes Decollagen.«

»Ich kann dir nicht garantieren ...«

»Es wäre mehr als dumm, sein Angebot auszuschlagen.«

»Noch hat er keins gemacht.«

»Ich werde ihn schon zu überzeugen wissen. Genauso wie dich.«

Als sie zur Mühle zurückkamen, begutachtete Uwe interessiert Wolfgangs Ferrari. Dominique stand lustlos daneben. Hedi stellte sie einander vor; die abschätzenden Blicke ihrer Tochter machten sie verlegen.

»Klasse Wagen«, sagte Uwe.

»Fünfhundertfünfzig Maranello«, sagte Wolfgang. »Zwölf Zylinder, achtundvierzig Ventile, vierhundertfünfundachtzig PS.«

»Wahnsinn!«

Wolfgang lächelte. »In vier Komma vier Sekunden von null auf hundert, Höchstgeschwindigkeit dreihundertzwanzig Kilometer pro Stunde. Alukarosserie, hinten und vorn doppelte Dreiecksquerlenker, elektronisch geregelte Stoßdämpfer ...«

»... und untauglich für Schotterwege zu alten Wassermühlen.« Hedi gab Wolfgang die Hand. »Sei mir nicht böse, aber ich habe noch ein bißchen was zu arbeiten.«

»Fahren Sie zufällig in Richtung Hassbach?« fragte Uwe mit glänzenden Augen.

Wolfgang nickte. »Wenn du willst, nehme ich dich ein Stückchen mit.«

»Klar!«

Dominique verzog das Gesicht. »Du hattest mir versprochen...«

»Ich komme nachher mit meiner Mutter wieder her.«

»Manchmal verstehe ich ihn wirklich nicht«, sagte Dominique beleidigt, als der Ferrari vom Hof fuhr.

»Daran wirst du dich gewöhnen müssen«, erwiderte Hedi lächelnd.

Sie ging ins Haus zurück, aber was sie auch anfing: Sie war nicht bei der Sache.

Beim Abendessen war sie zerstreut, und in der Nacht fand sie keinen Schlaf. Irgendwann träumte sie, daß sich Klaus und Wolfgang vor dem *Pfauenhaus* um kürbisgroße Pampelmusen stritten, die an den steinernen Wurzeln der Fassadenbäume hingen. Christoph-Sebastian bewarf das Haus mit Lehm, und sie hörte Vivienne lachen. Der Hahn krähte, und Klaus war verschwunden. Als sie ihn wiedersah, hatte er seine Uniform an und stand vor dem Haupteingang des Stadtkrankenhauses. Er winkte ihr zu, und sie beobachtete, wie eine Straße weiter Fabien grinsend in einen gelben Ferrari stieg und mit quietschenden Reifen auf ihn zuraste. Sie wollte Klaus warnen, aber kein Ton kam aus ihrer Kehle. Plötzlich ging die Tür auf, und sie fuhr erschrocken hoch.

»Guten Morgen!« rief Vivienne fröhlich und riß die Läden auf. »Prima Wetter heute. Kein einziges Wölkchen am Himmel. Wir werden einen herrlichen Tag haben.«

Hedi warf einen ungläubigen Blick zur Uhr. »Was ist denn mit dir passiert?«

»Hast du es etwa vergessen? Wir fahren nachher zusammen nach Heidelberg.«

»Ach Gott, nein.«

»Du hast versprochen mitzukommen.«

Hedi schlug die Decke zurück und stand auf. »Habe ich nicht.«

»Mir liegt aber daran, daß du endlich ein bißchen Verständnis für das bekommst, was ich mache.«

»Wenn du dafür ein bißchen Verständnis dafür bekommst, was *ich* mache...«

»Ich meine das ernst!«

»Und wer paßt derweil auf Christoph-Sebastian auf? Oder macht's dir nichts aus, wenn er wieder ein paar von deinen...«

»Du könntest Elisabeth fragen.«

»Kann ich nicht.«

»Ich dachte, ihr seid inzwischen dick befreundet? Da wird es ihr ja wohl nichts ausmachen...«

»Sie hat genug zu tun.«

Vivienne zuckte mit den Schultern. »Ich mache Frühstück, ja?«

Als Hedi nach unten kam, war tatsächlich der Tisch gedeckt. »Die Eier sind steinhart. Du siehst, ich bemühe mich«, sagte Vivienne und goß Kaffee ein.

Hedi setzte sich. »Wo ist Christoph-Sebastian?«

»Vor fünf Minuten mit Elisabeth nach Hassbach gefahren.«

»Es ist unfair, sie so auszunutzen!«

»Ach was. Als ich ihr sagte, daß wir den Tag über wegfahren, hat sie von sich aus vorgeschlagen, sich um den Jungen zu kümmern.«

»Wahrscheinlich hatte sie Angst, daß er bei Uwe bleiben muß.«

»Das kann uns jetzt egal sein, oder?«

Nach dem Frühstück räumte Vivienne den Tisch ab und verschwand für eine Stunde im Bad. Als sie wieder herauskam, trug sie ein neongelbes Seidentop mit einem gerafften Dekolleté und apfelgrüne Dreiviertelhosen. Ihr rotblond gescheckstes Haar war mit Gel aus dem Gesicht gekämmt und an den Seiten mit funkelnden Steinchen durchsetzt. »Ist was?« fragte sie, als Hedi sie ungläubig ansah.

»Es ist verrückt: Aber der Kram steht dir.«

Vivienne lachte. »Du solltest ruhig auch ein bißchen Mut zu unkonventioneller Garderobe haben.«

Hedi steckte ihr T-Shirt in die Jeans. »In deinem Outfit würden sie mich als Gelben Sack entsorgen.«

»Nichts als Ausreden, meine Liebe. In Wirklichkeit bist du nur zu bequem.« Sie hielt ihr den Autoschlüssel hin. »Hast du Lust, Cabrio zu fahren?«

»Wenn ich mir deine Schuhe so ansehe, bleibt mir wohl nichts anderes übrig. Vorher muß ich schnell in Offenbach anrufen. Klaus hat heute Geburtstag.«

»Oh! Das wußte ich nicht. Wenn du lieber...«

»Ich kann mich nicht erinnern, daß er mich eingeladen hätte.«

Vivienne sah sie überrascht an, sagte aber nichts. Hedi ließ es bis zum Besetztzeichen durchläuten und legte auf. »Hab' ich's doch geahnt: Keiner zu Hause.«

»Ich finde es nicht richtig, was du mit ihm machst«, sagte Vivienne, als sie kurz vor der Autobahn waren.

»Wie bitte?«

»Du solltest ihm sagen, daß du und Wolfgang...«

»Trennt euch für ein Weilchen und genieße das Leben. Und dann entscheide in Ruhe, was du wirklich willst. Waren das nicht deine Worte?«

»Nun, ich meine...«

»Du willst Wolfgang für dich, stimmt's?«

»Nein, nein«, wehrte Vivienne ab. »Ich denke nur, du solltest dich für einen von beiden entscheiden.«

»Wenn ich an deine Jean-Pauls, Claudes und Renés passés denke, finde ich es etwas merkwürdig, daß ausgerechnet du mir jetzt moralisch kommst.«

»Ich hatte sie *nacheinander* und nicht *gleichzeitig!*«

»Und zwischendurch noch schnell die knackige Bedienung vom *Georgies*.«

»Es ist ja wohl ein Unterschied, ob man eine ernsthafte Beziehung anstrebt oder nur mal auf ein kleines Abenteuer aus ist.«

»Dann sind wir uns ja einig?«

»Soll das etwa heißen ...«

Hedi bog in die Autobahnauffahrt ein. »Deine plötzliche Sympathie für meinen Mann ist verdächtig.« Auf der Autobahn herrschte kaum Verkehr. Hedi fuhr auf die linke Spur und gab Gas.

»Ich will nur verhindern, daß du in dein Unglück rennst«, rief Vivienne gegen den Wind.

»Das ist wirklich nett von dir«, rief Hedi zurück. Der Wind zerzauste ihr Haar, und sie fühlte sich seit langem einmal wieder rundum wohl.

Im Hof des Heidelberger Schlosses drängten sich fotografierende und plappernde Touristen, Japaner und Amerikaner vor allem, doch in den weißgetünchten Ausstellungsräumen im Seitenflügel war es ruhig und leer. Während Vivienne begeistert von einem Objekt zum nächsten ging und das Talent, die Kreativität und den Einfallsreichtum der Nachwuchskünstler lobte, stand Hedi vor einer Konstruktion aus Stahlstäben, Spiegeln und blinkenden Lämpchen mit dem Titel *Weltengesichter* und schaute sich verstohlen nach der Versteckten Kamera um.

Vivienne winkte sie aufgeregt zu einem alten Kaminschacht, in dem jemand bunte Stoffschnipsel angehäuft hatte.

»Ein gelungenes Beispiel, wie man Gefühle in eine künstlerische Aussage übersetzen kann. Der Titel *Reste* korrespondiert mit dem Sujet. Diese Subtilität der Evokation! Einfach phantastisch.«

»Ich hab' mal in einer Näherei gejobbt«, sagte Hedi. »Bevor ich die Stelle im Stadtkrankenhaus bekam.«

Vivienne schloß die Augen. »Reste unseres Daseins: Schattenspiele aus Traum und Sehnsucht, herausgeschnitten aus dem bunten Kleid des Lebens.«

»Acht Stunden im Akkord. Abends mußten wir die Abfälle zusammenkehren.«

»Ein farbiger, weicher Berg in unserem Seelenkamin. Kurz vor dem Verbrennen.«

»Von den vielen Fusseln habe ich Niesanfälle bekommen.«

Vivienne öffnete die Augen. »Das Geniale dieses Exponats liegt in seiner scheinbaren Banalität. Dinge, die man zu kennen glaubt, werden in einen völlig neuen Rahmen gestellt und zwingen uns zum Nachdenken und zur Auseinandersetzung mit dem Gewohnten. Und mit uns selbst.«

Hedi zeigte auf einen angerosteten Container neben dem Ausgang.

»Bei all der postmodernen Kunst wird es bestimmt nicht lange dauern, bis der erste Besucher vor der Mülltonne stehenbleibt.«

Vivienne sah sie strafend an.

Aus dem Container schlängelten sich zwei ausgefranste Elektrokabel. Sie waren rot und blau und endeten neben einem weißen Schildchen mit der Aufschrift: *Rubbish. 10 000 DM.*

»Was würdest du sagen, wenn Wolfgang dir für Christoph-Sebastians Machwerke mindestens fünfzehnmal soviel zahlen würde?« fragte Hedi.

»Ich habe dir bereits erklärt, was ich davon halte.«

»Wo bitte liegt der Unterschied zwischen einem schmutzigen Lehmgemälde und einem schmutzigen Müllcontainer?«

»In der Intention des Künstlers.«

»Wenn es dir egal ist, wer deine Bilder kauft, kann's dir doch auch egal sein, wenn...«

»Kunst kommt nicht von Können, sondern von Müssen. Sie ist ein Gefühl, das ein Mensch durchlebt hat und das er so auszudrücken vermag, daß es auf andere Menschen übertragen wird.«

»Na ja, das trifft doch auf Christoph-Sebastians Produkte zu, oder?«

»*Kunst wäscht den Staub des Alltags von der Seele. Und während ich male, lasse ich meinen Körper vor der Tür wie die Moslems ihre Schuhe vor der Moschee.*«

»Sagt wer?«

»Picasso.«

»Könntest du nicht ein einziges Mal eine Ausnahme machen? Wir brauchen das Geld.«

Vivienne ging neben dem Müllcontainer in die Hocke und studierte das blaue Kabelstück, das eine Handbreit über das rote hinausragte. »Wolfgang kann die Bilder gern haben. Solange er sie nicht unter meinem Namen verkauft.«

»Herrje! Ich habe ihm aber schon gesagt, daß sie von dir sind.«

»Dafür kann ich nichts. Schau dir das mal an. Vielleicht verstehst du dann, was ich meine.« Als Vivienne ansetzte, die tiefere Bedeutung von roten und blauen Elektrokabelenden zu erläutern, platzte Hedi der Kragen.

»Du glaubst doch nicht im Ernst, daß auch nur die Hälfte der Besucher einen Dunst hat, was hier Kunst ist und was nicht!«

»Du bist ignorant!«

»Soll ich es dir beweisen?«

»Und wie, bitte?«

»Betrachte deine bedeutungsschweren Exponate und wart's ab.«

Etwa fünf Minuten später kamen zwei Pärchen in den Saal. Die Frauen waren Mitte Zwanzig und trugen kurze Röcke. Die Männer waren um die Fünfzig und dezent in Grau gekleidet. Hedi setzte ein gelehrtes Gesicht auf und ging zu ihnen. Ob die Herrschaften an einer kleinen kostenlosen Führung interessiert seien?

»Aber gern«, sagte einer der Männer. »Oder was meinst du, Clarissa?«

Clarissa blätterte im Ausstellungskatalog und nickte eifrig. Hedi steuerte zwei leere Coladosen an, die ein durstiger Besucher auf einer der Fensterbänke hatte stehen lassen.

»Wissen Sie, das Besondere dieser Ausstellung liegt darin, daß einige Objekte nicht im Katalog aufgeführt sind. Es ist Spontankunst; arrangiert, als habe der Zufall die Hand im Spiel gehabt, unauffällig und gerade dadurch von besonderer Aussagekraft.«

Clarissa bestaunte die Coladosen mit einer Ehrfurcht, als seien die Kronjuwelen des Britischen Königshauses vor ihr ausgebreitet. Aus den Augenwinkeln heraus sah Hedi, daß Vivienne sie beobachtete. »Der Künstler, ein sehr hoffnungsvolles Talent, das sicherlich noch von sich reden machen wird, möchte, daß sich die Menschen seiner Kunst unbefangen nähern, und es liegt in seinem Sujet begründet, daß sich jede Katalogisierung verbietet.«

»Mhm«, sagte der Mann neben Clarissa.

Hedi lächelte ihm zu. »Dieses Arrangement trägt den Titel *Das Vergessen*.«

Zwei ältere Damen näherten sich neugierig. Hedi durchquerte den Saal und blieb im Durchgang zum zweiten Ausstellungsraum stehen. Hier und da hatten Besucher Spuren an der weißen Wand hinterlassen. In Augenhöhe an der rechten Seite hatte jemand den Namen seiner Liebsten in den Putz geritzt. Um den Schriftzug herum waren schmutzige Fingerabdrücke zu erkennen.

Hedi räusperte sich. »Und hier sehen Sie eine weitere Arbeit, die dem unaufmerksamen Betrachter überhaupt nicht ins Auge fällt.«

In den Gesichtern der inzwischen auf acht Personen angewachsenen Gruppe spiegelte sich der Stolz, diffizile Kunst auf Anhieb erkannt zu haben. Hedi erläuterte, daß das Objekt *Gedächtnisspuren* ein autobiographisch beeinflußtes Werk des jungen Künstlers sei, der als Sechsjähriger von seinen Eltern verstoßen und als Heim- und Pflegekind durch viele Türen geschickt worden war, ohne jemals irgendwo ein Zuhause zu finden. »*Gedächtnisspuren* ist ein Versuch, dieses Kindheitstrauma zu bewältigen.«

Clarissa bekam feuchte Augen.

»Schmutzstreifen auf der Seele, Kratzer im Gemüt, all die Schrammen, die heranwachsende Menschen abbekommen, hat der Künstler symbolisch, aber nachvollziehbar plastisch herausgearbeitet.« Hedi zeigte auf den eingeritzten Namen. »Das Geniale dieses Exponats liegt in seiner scheinbaren Banalität. Dinge, die man zu kennen glaubt, werden in einen völlig neuen Rahmen gestellt und zwingen uns zum Nachdenken und zur Auseinandersetzung mit dem Gewohnten. *Susanna, ich liebe Dich* steht für die Schattenspiele aus Traum und Sehnsucht, hineingeschnitten in das Kleid des Lebens. Beachten Sie die Subtilität der Evolution.«

Vivienne preßte die Hände vor den Mund und verließ fluchtartig den Saal. Hedi verabschiedete sich von der inzwischen auf elf Personen angewachsenen Gruppe mit der Ermahnung, auch die unscheinbaren Dinge im Leben gebührend zu beachten. »Schließlich wissen Sie nie, ob Sie nicht ein Kunstwerk vor Augen haben.«

Die Gruppe klatschte Beifall; Clarissa sammelte dreiundzwanzig Mark fünfzig Trinkgeld ein. Hedi bat sie, den Betrag für die Schloßrenovierung zu spenden. Als sie hinausging, blieb die Gruppe andächtig vor einer ausgetretenen Zigarettenkippe stehen. Vivienne saß auf einer Mauer im Schloßhof und hatte Mühe, ein ernstes Gesicht zu machen.

»Wette gewonnen«, sagte Hedi.

»Nur zu deiner Kenntnis, Hedwig Ernestine: Ich sprach nicht von Evo*lution*, sondern von Evo*kation*! Und das bedeutet nichts anderes als das Erwecken von Vorstellungen bei der Betrachtung eines Kunstwerks.«

»Zum Beispiel von Inseln. Galapagosinseln.«

»Du bist unmöglich.«

Hedi schaute zum oberen Teil des Schlosses. Die glaslosen Fensterreihen rahmten den blauen Himmel. »Alles nur Fassade, stimmt's?«

»Alles eine Frage der Betrachtungsweise. Fenster, die zur Sonne führen. Und darüber die Unendlichkeit.«

»Bis es anfängt zu regnen. Schenkst du mir Christoph-Sebastians Bilder?«

»Nein.«

»Dann erlaube wenigstens, daß ich mit Wolfgang...«

»Ich kann alles ertragen, nur nicht, daß unter meinem Namen mißratene Beliebigkeiten ausgestellt werden!«

»Aber es sind doch letztlich *deine* Bilder. Christoph-Sebastian hat sie nur ein bißchen interpretiert. Sozusagen.«

»Nein. Das ist mein letztes Wort.«

Als sie nachmittags zur Eichmühle zurückkehrten, waren Dominique und Uwe einträchtig dabei, Stiefmütterchen zu pflanzen.

»Meine Mutter ist noch in Hassbach«, sagte Uwe, als Hedi sich nach Christoph-Sebastian erkundigte. »Sie muß ein bißchen Schreibkram erledigen.«

»Warum sagt sie mir denn nicht, wenn es ihr nicht paßt? Ich wäre nicht weggefahren, wenn...«

Uwe winkte ab. »Das geht schon in Ordnung.«

»Ich fahre gleich los und hole den Jungen ab.«

»Sie müssen wirklich nicht...«

»Doch.«

Bevor sie sich auf den Weg machte, versuchte sie noch einmal, Klaus zu erreichen, aber wieder ging niemand ans Telefon. Der VW-Bus sprang beim dritten Versuch endlich an, und Hedi beschloß, auch gleich einzukaufen, wenn sie ohnehin nach Hassbach fuhr. Im Gegensatz zu Vivienne liebte sie den engen, mit allerlei Krimskrams zugestellten Dorfladen, über dem ein verrostetes Emailleschild mit der Aufschrift *Kaufhaus Kluge* hing. Herr Kluge war ein alter Mann mit schütteren Haaren, Nickelbrille und einem freundlichen Lächeln im Gesicht, und er hatte hinter der Holztheke an der altmodischen Registrierkasse gestanden, solange Hedi denken konnte.

Der Laden selbst teilte sich in zwei Bereiche: In dem einen fanden sich neben Konservendosen, einigen Stiegen mit Salat und Saisongemüse sowie einer kleinen Kühltheke allerlei Dinge des täglichen Bedarfs, der andere war eine Reise in die Vergangenheit. Ein Kistchen mit bunten Murmeln, in der Verpackung verblichene Papierdrachen und längst aus der Mode gekommene Porzellantäßchen und Nippes standen einträchtig neben verstaubten Einmachgläsern, Blechschüsseln, Reibebrettchen und Schachteln voller Luftballons, Nägel und Schrauben, die man genauso unverpackt und einzeln kaufen konnte wie Briefumschläge, Löschpapier und Zuckerwerk. Und über all dem lag wie eh und je ein geheimnisvoller Duft nach Leder und Lakritze, Kaffee und Zitronenbonbons.

Hedi kaufte zwei Kilo Kartoffeln und zehn Bonbons. »Ich würde Frau Stöcker gern eine kleine Freude machen. Haben Sie eine Idee, was ich ihr mitbringen könnte?« fragte sie an der Kasse.

Herr Kluge sah sie lächelnd an. »Aber sicher.« Er ging in den hinteren Teil des Ladens und verschwand durch eine schmale Tür in einen dunklen Flur. Zwei Minuten später kam er mit einer Cellophantüte voller Schokoladenpralinen zurück. »Mit besten Grüßen von meiner Frau. Elli liebt selbstgemachte Pralinés.«

»Was bekommen Sie von mir?«

»Nichts.«

»Aber Herr Kluge. Es soll ein Geschenk von *mir* sein.«

»Na, wenn das so ist...« Er holte eine zweite Tüte. »Vier Mark fünfzig, bitte.«

Hedi legte fünf Mark auf den Tresen. »Sie mögen Frau Stöcker?«

Er tippte den Preis umständlich in die alte Kasse ein. »Die Elli mag hier jeder. Sie ist sozusagen Hassbachs gute Seele.«

»Aber das war nicht immer so, oder?«

»Nein. Als sie damals den Stöcker-Ludwig geheiratet hat, haben die Leute Wetten abgeschlossen, wie lange sie es wohl bei ihm aushält.« Er lächelte verschmitzt. »Ich gehörte zu den wenigen, die bei der Sache Plus gemacht haben. Wirklich jammerschade, daß der arme Ludwig so früh sterben mußte. Aber die Elli ist damit, glaube ich, ganz gut fertig geworden. Vielleicht hat ihr die Sache mit dem Backhaus geholfen.«

Hedi sah ihn fragend an. Er legte die Cellophantüter in einen Papierbeutel. »Man hatte schon beschlossen, das Ding abzureißen. Schön sah es ja wirklich nicht mehr aus: ein

Schandfleck fürs ganze Dorf. Um es kurz zu machen: Elli gelang es nicht nur, das nötige Geld für die Restaurierung aufzutreiben, sondern auch, unsere Herren und Damen Dorfhonoratioren davon zu überzeugen, daß sich ein bißchen Brotbacken förderlich auf ihre Karriere auswirken könnte. Als die Frau vom Bürgermeister feierlich das erste Selbstgebackene aus dem Ofen holte, war sogar das Fernsehen da. Seitdem haben wir in Hassbach an jedem ersten Samstag im Monat Backtag. Wenn Sie wollen, können Sie auch mitmachen. Die Elli freut sich bestimmt.« Er drückte auf einen Knopf, und klingelnd sprang die Kasse auf.

»Stimmt so«, sagte Hedi, als er ihr ein Fünfzigpfennigstück geben wollte.

»Nix da!« widersprach er energisch. »Wer den Pfennig nicht ehrt, ist den Taler nicht wert.«

Lächelnd steckte Hedi das Geldstück ein. »Sie haben natürlich recht, Herr Kluge.«

»Grüßen Sie die Elli von mir.«

»Mach' ich. Auf Wiedersehen und einen schönen Tag noch.«

Hedi brachte die Kartoffeln zum Bus und steckte sich ein Zitronenbonbon in den Mund. Es schmeckte wie früher. Sie überquerte die Straße und ging in Richtung Ortsmitte, am Meierhof vorbei. Die Klappläden waren geschlossen und die Blumenkästen vor den blauschwarz umrandeten Fenstern leer. Zwischen den Pflastersteinen im Hof sah sie Unkraut sprießen. Aus dem Hof vor Elisabeths Haus drang Kindergeschrei. Vor der Scheune spielte Christoph-Sebastian mit zwei anderen Kindern Fußball. Ein blonder Junge in Dominiques Alter mimte den Schiedsrichter.

»Guten Tag, Elli. Ich wollte Christoph-Sebastian abholen«, sagte Hedi, als Elisabeth ihr die Tür öffnete.

»Ach Gott. Deshalb hätten Sie doch nicht extra herkommen müssen. Ich fahre nachher sowieso zu Uwe in die Gärtnerei.«

Hedi hielt ihr die Tüte mit dem Konfekt hin. »Herr Kluge sagt, Sie mögen Selbstgemachtes. Eine ist von seiner Frau. Mit den besten Grüßen.«

»Danke. Möchten Sie einen Kaffee?«

»Wenn es Ihnen nichts ausmacht, gern.«

Elisabeth sah sie aufmerksam an. »Warum sollte es mir etwas ausmachen?«

»Es war nicht richtig von Vivienne, Sie so zu überfahren. Uwe sagte mir, daß Sie heute eigentlich gar keine Zeit haben.«

»Tobias paßt schon auf, daß Christoph-Sebastian keinen Blödsinn anstellt.«

»Tobias? Ist das der Blonde?«

Elisabeth nickte. »Leider gibt es hier nur wenige Jungs in seinem Alter. Und die wenigen sind mit ihren Eltern in Urlaub gefahren.«

»Genau wie die Leute vom Meierhof, oder? Ich habe gesehen, daß die Läden geschlossen sind.«

Elisabeth ging voraus ins Wohnzimmer. »Die sind nicht in Urlaub, die haben das Handtuch geworfen. Ehrlich gesagt, habe ich es kommen sehen.«

Hedi sah Elisabeth ungläubig an. »Sagten Sie neulich nicht, daß sie ein Vermögen in die Restaurierung des Hauses gesteckt haben?«

»Sie wollten ihren Traum vom Aussteigen verwirklichen und trafen statt dessen auf eine Horde sturer Hassbacher.«

»Ich verstehe nicht ganz.«

»Na ja, man kann nicht von der Stadt in die tiefste Provinz ziehen und glauben, nichts würde sich ändern.« Sie ging in die Küche und holte Kaffee. »Auch ich mußte lernen, daß nicht die Dörfler in *mein* Leben, sondern ich in *ihres* eingebrochen war.« Sie stellte zwei schlichte Porzellanbecher auf den Tisch und schenkte Kaffee ein. »Wenn ein Fremder von draußen in die gute Stube kommt, tut er gut daran, erst einmal auf dem angebotenen Stuhl Platz zu nehmen, statt sofort damit zu beginnen, ihn neu anzustreichen.«

»Herr Kluge sagte mir, daß Sie das alte Backhaus vor dem Abriß gerettet haben.«

Elisabeth setzte sich. »Nicht ich, die Hassbacher selbst haben es gerettet. Ich habe sie vorher bloß ein bißchen bei ihrer Ehre gepackt.«

»Und das haben die Leute vom Meierhof versäumt?«

»Er versuchte hartnäckig, den Kirchenchor in ein modernes Musiktheater umzufunktionieren, und sie, den Frauentreff mit *Events* aufzupeppen.«

Hedi mußte lachen. »Und was geschieht jetzt mit dem Haus?«

»Ich hoffe, es findet einen Käufer, der Gespür für Mauern *und* Menschen hat.« Elisabeth öffnete eine der Cellophantüten und hielt sie Hedi hin. »Die sind wirklich gut.«

Hedi nahm eine schokoladenüberzogene, runde Praline heraus und probierte. Die cremige Füllung zerschmolz auf der Zunge und schmeckte nach frisch geschlagener Sahne und Kakao. Sie griff ein zweites Mal zu.

»Erna Kluge macht die besten Pralinés, die ich kenne«, sagte Elisabeth. »Schade, daß es nächstes Jahr damit vorbei ist.«

»Warum denn das?«

»Die Kluges sind beide über siebzig. Sie haben sich ihren Ruhestand wahrlich verdient.«

»Und wer übernimmt den Laden?«

»Niemand.«

»Heißt das, es gibt dann überhaupt keine Einkaufsmöglichkeit mehr im Dorf?«

»Nur noch die Metzgerei vom Stubbe-Schorsch. Aber der ist auch schon Mitte Sechzig. Für die jüngeren Leute ist das ja kein Problem, sie fahren sowieso in den Supermarkt. Für die alten, die kein Auto haben, wird es allerdings bitter. Übrigens werde ich ständig gefragt, wann Sie endlich Ihren Dienst antreten.«

»Am ersten September. Ich freue mich schon darauf, wieder arbeiten zu gehen. Dieser Stubbe-Schorsch... Meinen Sie, er hätte morgen oder übermorgen Zeit, kurz in die Eichmühle zu kommen?«

»Rufen Sie ihn doch an. Das Telefon steht im Flur. Eins, sieben, dreimal die Fünf.«

»Und? Alles klar?« fragte Elisabeth, als Hedi zurückkam.

Sie nickte. »Darf ich Sie etwas sehr Persönliches fragen, Elli?«

»Ja. Was denn?«

»Als Ihr Mann starb... haben Sie nie daran gedacht, von hier wegzuziehen?«

»Nein.«

»Und warum nicht?«

»Weil Hassbach mein Zuhause ist.«

»Hatten Sie denn keine Sehnsucht nach Ihrem früheren Leben?«

Elisabeth nahm sich ein Praliné. »Ich habe festgestellt, daß sich High-Society-Talk und Hassbacher Gartenzauntratsch bestenfalls in ihrer rhetorischen Brillanz unterscheiden.«

Hedi stellte lachend ihre leere Kaffeetasse auf den Tisch. Elisabeth goß ihr nach. »Wissen Sie, ich war nie ein besonders hübsches Kind und auch überhaupt nicht eitel, ganz im Gegensatz zu meinen beiden Brüdern und meiner jüngeren Schwester Cornelia. Und dieses ständige Sichherausputzen zu irgendwelchen Frühlingsbällen, Sommerparties, Herbstempfängen und Weihnachtsgalas, zu denen man als Mitglied der ehrwürdigen Familie von Rosen unbedingt gehen mußte, habe ich genauso gehaßt wie das seichte Geschwätz und das verlogen-vornehme Getue dort. Im Prinzip ging es dabei nur um Selbstinszenierung oder die Buhlerei um irgendwelche Kerle.« Sie lächelte. »Letzteres habe ich zugegebenermaßen vor allem deshalb verabscheut, weil ich mangels optischer Reize meistens in irgendeiner Ecke sitzen blieb. Statt auszugehen, habe ich mich lieber in der Bibliothek meines Vaters verkrochen und alles verschlungen, was man zwischen zwei Buchdeckel pressen kann. Und zwischendurch von meinem Prinzen geträumt, der mich irgendwann auf sein Märchenschloß holen würde.«

»Und Ihr Mann war dieser Prinz?«

»O ja! Ludwig sah fesch aus: groß, schlank, dunkelhaarig, und er war so ernst und erwachsen. Na ja, immerhin war er zehn Jahre älter als ich. Wir lernten uns auf einem Bauernhof in Österreich kennen; er war zum Arbeiten dort, meine Schwester und ich zum Faulenzen. Ludwig war der erste Mann, der sich wirklich und wahrhaftig nur für mich interessierte. Und dann diese romantischen Sonnenuntergänge in den Bergen, der alte Hof, die vielen Tiere, das duftende Heu, in dem wir unsere erste gemeinsame Nacht verbrachten... Ich schwebte im siebten Himmel. Mein Vater drohte mir mit Tod und Teufel, aber er hatte keine Chance, mir Ludwig auszureden.« Sie schmunzelte. »Schließlich haben meine Eltern mich enterbt und sozusagen für alle Zeiten aus ihrem adeligen Gedächtnis gestrichen.«

»Sie haben diesen Schritt wirklich nie bereut? Ich meine, wenn Ihnen die Literatur so wichtig war, hätten Sie doch ...«

»Ich war achtzehn und dachte, ich könnte mit Ludwig zusammen die Welt aus den Angeln heben.«

»Ich war ein Jahr älter, als ich Klaus kennenlernte.«

»Dann werden Sie verstehen, was ich meine. In meiner Vorstellung war das Leben auf dem Land ein einziger romantischer Urlaub im Heu. Als ich zum ersten Mal morgens um halb fünf über stinkende Kuhfladen stolperte, war's vorbei mit der Romantik. An meiner Liebe zu Ludwig hat das freilich nichts geändert. Außerdem hatte ich den Ehrgeiz, den dickköpfigen Hassbacher Bauern zu beweisen, daß Prinzessinnen nicht nur auf Erbsen herumsitzen, sondern auch Trecker fahren können.«

»Und Ihre Bücher? Haben Sie die auch nie vermißt?«

Elisabeth sah sie einen Moment lang unschlüssig an. Sie gab sich einen Ruck und stand auf. »Kommen Sie mit. Ich zeige Ihnen etwas.«

Hedi folgte ihr neugierig in den ersten Stock und von dort über eine schmale Holztreppe auf den Dachboden. Als Elisabeth die Tür öffnete, schien es Hedi, als betrete sie eine andere Welt: Auf dem alten Dielenboden, zwischen den mächtigen Eichenbalken des Dachgebälks, in Schränken, auf Regalen, Sesseln, Tischchen und unter den großen Fenstern – überall sah sie Bücher; alte, neue, dicke, dünne, farbig gebundene und solche aus schlichtem Karton. Auf einem großen Schreibtisch in der Mitte des Raums türmten sich Zeitungen und ein Stapel Papier. Mittendrin stand ein PC; auf dem schwarzen Bildschirm tanzten bunte Punkte.

Elisabeth zeigte auf den Papierstapel. »Ich war gerade beim Korrekturlesen, als Sie klingelten.«

Hedi nahm eins der am Boden liegenden Bücher in die Hand. *Leiden des jungen Werthers. Reprint der Originalausgabe.* Darunter lag *Das Wahnsinnsweib* von Verena Kind. »Haben Sie die etwa alle gelesen?«

Elisabeth lächelte. »Bis auf das letzte Stück. Einige davon sogar mehrfach.«

»Das muß Sie ja ein Vermögen gekostet haben.«

»Mindestens fünfzig Prozent stammen vom Flohmarkt, aus Bücherei- und Haushaltsauflösungen oder von Leuten, die wissen, daß ich alles lese, was mir in die Finger kommt. Der Rest sind überwiegend Rezensionsexemplare.«

»Wenn ich das geahnt hätte! Ich habe neulich Juliettes Wohnzimmerschrank ausgeräumt und einen ganzen Stapel Literaturhefte weggeworfen.«

»Ich nehme an, das war *Die Wörtertruhe*.«

»Genau. Lesen Sie die etwa auch?«

»Ich muß.«

»Ach? Und warum?«

»Weil ich die Herausgeberin bin.«

»Also das... Ich konnte ja nicht wissen... Ich wollte Sie nicht...«

Elisabeth lachte. »Schon in Ordnung. Juliette, Ludwig und meine Kinder waren die einzigen, die wußten, daß ich nicht nur lese, sondern auch schreibe.«

»Uwe sagte, Sie müßten ein bißchen Papierkram erledigen.«

»Stimmt ja, oder?«

»Aber welchen Grund gibt es, das zu verheimlichen?«

Elisabeth ging zum Schreibtisch und schaltete den Bildschirmschoner aus. »Ich verheimliche es nicht, ich rede nur nicht darüber. Für die Leute im Dorf bin ich die Elli: eine von ihnen. Alles andere würde sie unnötig verwirren.«

Hedi trat neben sie und las den Text auf dem Bildschirm. *Trendbooks. Ausgewählt von Carmina von Rosen.* Ihr fiel es wie Schuppen von den Augen. »*Trendbooks?* Das ist doch die Bücherseite in der *Annabella!*«

Elisabeth nickte. »Die Seite betreue ich schon sehr lange; aber inzwischen überlege ich mir, ob ich sie nicht abgeben soll. Es macht langsam keinen Spaß mehr.«

»Warum nicht?«

»Der Rahmen, in dem ich Bücher auswählen darf, wird von Jahr zu Jahr enger gesteckt. Über allem steht das Leitmotiv der *Annabella*: die Vermittlung eines positiven Lebensgefühls für die selbstbewußte Frau von heute. Bücher, die besprochen werden, müssen also gut sein im Sinne des Leitmotivs. Was ›gut‹ ist, wird leider weniger von literarischen, sondern immer mehr von ideologischen Kriterien bestimmt. Gefragt sind vorrangig Themen, die zur Zielgruppe der *Annabella* passen: toughe Karrierefrauen Anfang bis Ende Dreißig, mobil, urban, sexuell aufgeschlossen, finanziell unabhängig, mit der heimlichen Sehnsucht nach Mann, Heim und Kind.«

»*Das Wahnsinnsweib*«, sagte Hedi.

Elisabeth verzog das Gesicht. »Das konnte ich zum Glück gerade noch verhindern. Obwohl der Verlag bereit war, im selben Heft eine ganzseitige Anzeige zu schalten.«

»Soll das heißen, daß sich die Auswahl der Bücher daran orientiert, wer die teuerste Anzeige offeriert?« fragte Hedi empört.

»Offiziell natürlich nicht. Aber eine gewisse Rolle spielt das schon.«

Hedi zeigte auf den am Boden liegenden Roman von Verena Kind. »Ich hab's gelesen und finde es furchtbar.«

»Hedwig Courths-Mahler für Emanzipierte.«

Hedi lachte. »Sie werden es nicht glauben: Dasselbe habe ich zu Vivienne gesagt.«

»Im letzten Heft wollte ich den Debutroman einer jungen Autorin mit dem Titel *Silberlöffel* vorstellen. Es geht darin um eine Frau, die alles sausenläßt, was das Herz moderner Frauen höher schlagen läßt: Karriere, Erfolg, Geld, Ansehen, schließlich sogar ihren Traumprinzen. Und warum? Weil sie erkennt, daß sie all das nur behalten kann, wenn sie Tag für Tag mit den anderen ums goldene Kalb tanzt, das da heißt: *Zeitgeist*.«

Elisabeth nahm ein unscheinbares, schmales Buch von ihrem

Schreibtisch und blätterte darin. »Die Geschichte endet mit den Sätzen: *Der Silberlöffel meiner Großmutter ist die Erinnerung, die ich mir gönne. Er ist stumpf, weil ich aufgehört habe, ihn zu putzen. Ich muß für Holz sorgen, sonst wird es kalt herinnen. Ich schere die Schafe, um mir aus der Wolle mein Garn zu spinnen. Ich stricke mein neues Kleid. Ich bin überrascht, wie gut es paßt. Lieber Gott! Warum hat mir nie jemand gesagt, daß ich in Wahrheit zum Stricken geboren bin?*« Elisabeth schlug das Buch zu und legte es zurück. »Ein Sturm der Entrüstung brach über mich herein: Wie ich es wagen könne, in einer fortschrittlichen, modernen Frauenzeitschrift wie der *Annabella* anachronistische Rollenbilder zu propagieren! Meine Rezension sei ein Affront gegen hundert Jahre Frauenbewegung, ja geradezu eine Aufforderung zur Diskriminierung! Wasser auf die Mühlen der vereinigten Machofront! Daß sie mich nicht mit Schimpf und Schande davongejagt haben, war alles.«

»Ich würde es eher so verstehen, daß jeder sein Leben nach seiner Fasson leben soll, oder?«

»Wenn die Heldin mit ihren Schafen Yogaübungen gemacht oder die schlechten Energien mit Feng Shui aus der Almhütte vertrieben hätte, wär's wahrscheinlich kein Problem gewesen.«

»Die Grünen haben das Strickzeug sogar im Bundestag salonfähig gemacht«, sagte Hedi schmunzelnd.

»Ja. Als Waffe gegen die reaktionäre Männerphalanx.«

»Und welches Buch hat man Ihnen als Alternative vorgeschlagen?«

»Krabbenfleisch mit Spaghetti, Meeresböhnchen mit Lachs, Entenbrustfilet mit Semmelknödeln auf Rotkraut...«

»Ein Kochbuch?«

»Für Katzen. Völlig ernst gemeint und einhundertfünfzig Seiten dick.«

»Das ist ja pervers.«

»Die Damen in der Redaktion fanden es *hippig*.«

»Und *Die Wörtertruhe* ist Ihr Ausgleich zu alldem?«

»Kann man so sagen, ja. Ich bekomme sehr viele Zuschriften von Lesern, manche schreiben selber Gedichte oder Kurzgeschichten. Irgendwann kam ich auf die Idee, daß es nett wäre, ihnen ein Forum zu geben. Ludwig hat das Layout gemacht und passende Fotos beigesteuert. Der Titel *Wörtertruhe* stammt von Juliette.«

»Wenn ich ehrlich bin, tauge ich weder für hohe Literatur noch für hohe Kunst«, sagte Hedi verlegen. »Vivienne habe ich heute morgen auch schon beleidigt.«

»So?«

»Ich verkannte die subtile Evokation eines angerosteten Müllcontainers.«

Elisabeth räumte lachend einen Stapel Bücher von einer alten Seemannskiste. »Ich glaube, es ist an der Zeit, Ihnen ein weiteres meiner kleinen Geheimnisse zu offenbaren. Hier drin liegt das Kapital, mit dem ich den Druck der *Wörtertruhe,* meinen Töchtern das Studium und Uwe den Führerschein finanziert habe.« Sie öffnete den Deckel. Die Kiste war bis zum Rand mit Groschenheftchen gefüllt. »In meiner produktivsten Zeit habe ich pro Woche mindestens eins geschafft und gut und gern doppelt soviel verdient wie mein Mann. Am besten konnte ich mir die Dinger beim Kartoffelsetzen oder Wäschebügeln ausdenken. Aufgeschrieben habe ich sie nachts, wenn Ludwig und die Kinder schliefen.«

Hedi nahm einige der bunt bedruckten Heftchen heraus. *Die Baroneß von Santen. Ein neuer Roman von Irina Sebenka; Phantom in Grün. Pam Lenson; Denn Dein Herz ist rein. Martina Lenhardt; Der Graue Reiter. Wildwestroman von John D. Dessinger.* »Das sind alles Sie?«

Elisabeth nickte. »Besser, als in irgendeinem Büro zu sitzen und einem mürrischen Chef Kaffee zu kochen, oder? Und von der Landwirtschaft allein kann heutzutage ja kein Mensch mehr leben.«

Hedi legte die Hefte zurück. »Ich weiß ehrlich nicht, was ich jetzt sagen soll.«

»Ich schlage vor, wir trinken ein Glas Sekt darauf und sagen du zueinander.«

»Danke für dein Vertrauen.«

Elisabeth klappte die Truhe zu. »Ich wollte dir nur zeigen, daß ich keine doofe Bäuerin bin.«

»Aber das... Wer behauptet denn so etwas?«

»Ist deiner Freundin neulich mal beiläufig so rausgerutscht.«

»Das tut mir wirklich leid.«

»Ich weiß.«

Als Hedi gegen Abend mit Christoph-Sebastian zurück zur Eichmühle kam, lag im Flur ein Päckchen aus München. Es enthielt einen flachen, rechteckigen Kasten und eine Grußkarte mit einem Motiv von Picasso.

Liebe Hedi,

wahrscheinlich kann man einer Frau, die neben einer Gärtnerei wohnt und Frösche fängt, mit Blumen keine Freude machen; deshalb habe ich mir etwas anderes einfallen lassen. Es ist noch ein paar Jahrhunderte älter als Deine Mühle und der Spruch von Friedrich Freiherr von Logau, der übrigens von 1604 bis 1655 lebte und jede Menge Spottgedichte verfaßte. Nebenbei kämpfte er gegen Intoleranz, Modeunwesen und Sprachverhunzung und war Mitglied der sogenannten Fruchtbringenden Gesellschaft, einer im 17. Jh. gegründeten Vereinigung zur Förderung der deutschen Sprache. (Ich habe mir erlaubt, ein wenig im Lexikon zu blättern.) Ich melde mich, sobald ich zurück bin. Wolfgang.

Neugierig öffnete Hedi den Kasten. Unter einer Watteschicht lag ein schlicht gerahmter Sinnspruch, in weißen Buchstaben kunstvoll auf schwarzen Karton gemalt.

Ton knetend formt man Gefäße. Doch erst ihr Hohlraum, das Nichts, ermöglicht die Füllung.

Aus Mauern, durchbrochen von Türen und Fenstern, baut man ein Haus. Doch erst sein Leerraum, das Nichts, gibt ihm den Wert.

Das Sichtbare, das Seiende, gibt dem Werk die Form. Das Unsichtbare, das Nichts, gibt ihm Wesen und Sinn.

Laotse, Tao-te-ching, 3. Jahrhundert v. Chr.

Als Hedi den Rahmen herausnahm, fiel ein kleiner Zettel zu Boden.

PS: Deine Keramikschale hat den versprochenen Ehrenplatz bekommen. Deiner ist noch frei.

25

Klaus hörte, wie jemand seinen Namen rief. Oder träumte er bloß? Das Telefon klingelte. Hatte er nicht vorhin den Stecker herausgezogen? Hedi würde ohnehin nicht anrufen. Oder doch? Er versuchte aufzustehen. Seine Beine waren schwer wie Blei. Das Klopfen kam aus seinem Kopf. Und von der Wohnungstür. Die Couch stand schief, der Tisch gab nach, das Zimmer schwankte. Draußen ging die Sonne unter. Dabei war eben hellichter Mittag gewesen. Zumindest nahm er das an. Der Jemand vor der Tür war penetrant. Klaus stieß gegen die Tischkante. Er hielt sich am Schrank, dann an der Garderobe fest. Die Luft war zum Schneiden, Schweiß rann ihm übers Gesicht. Er wischte ihn mit der Hand weg.

»Ja, ja, ich komme ja«, murmelte er. Der Schlüssel steckte von innen. Die Sicherheitskette war vorgelegt. Ihm fiel ein, daß Sascha verreist war.

»Klaus?« drang es durch die Tür. »Bist du da?«

Er zog die Kette aus der Verriegelung und schloß auf.

»Mein Gott!« sagte Dagmar. »Warum meldest du dich nicht?«

Sein Blick glitt über ihr rotes Sommerkleid. »Habe ich gerade, oder? Siehst hübsch aus.«

»Ich wollte dir zum Geburtstag gratulieren«, sagte sie verlegen. »Bist du allein?«

Klaus bemühte sich um ein Grinsen. »Ich feiere im intimsten Kreise. Sozusagen. Leider ist gerade das Bier ausgegangen.«

»Entschuldigung. Ich will nicht weiter stören. Ich dachte nur...« Sie drückte ihm eine Flasche Sekt in die Hand. »Ich bringe euch ein bißchen Nachschub vorbei. Damit ihr schon mal auf deine Beförderung zum Kommissar anstoßen könnt.«

»Nett von dir. Danke.«

»Na ja, ich muß dann mal los. Feiert noch schön.«

»Sicher.« Die Wand wackelte, die Dielen wurden weich. Klaus hielt sich am Türrahmen fest.

Dagmar nahm ihm die Flasche ab. »Du solltest dich besser hinsetzen.« Ihre Stimme war weit weg, drang zu ihm wie durch einen Nebel. Mit Mühe gelang es ihr, ihn ins Wohnzimmer zu bugsieren. Auf dem Couchtisch standen ein halbes Dutzend leere Bierflaschen und ein überquellender Aschenbecher. Daneben lag eine zerfledderte *Offenbach-Post*.

Klaus ließ sich schwerfällig auf das Sofa fallen. »Ich glaube, ich bin heute kein guter Gastgeber.« Ausdruckslos sah er zu, wie Dagmar die Flaschen einsammelte, den Ascher leerte und das Fenster öffnete. Der Straßenlärm drang bis zum dritten Stock herauf. Die frische Luft tat gut.

Dagmar blieb kopfschüttelnd vor dem Eßzimmertisch stehen. »Wo ist dein Sohn?«

»Mit seiner Freundin am Bodensee«, sagte Klaus schläfrig.

»Und deine Tochter?«

»Verbringt ihre Ferien im Odenwald.«

Dagmar räumte das schmutzige Frühstücksgeschirr zusammen und stellte es in die Spülmaschine. Die steinharten Brötchen und die zerlaufene Margarine warf sie in den Müll. Als sie ins Wohnzimmer zurückkam, war Klaus eingeschlafen.

Unter der Zeitung fand sie zwei zerknüllte Zigarettenschachteln und ein leeres Tablettenröhrchen. Ihr brach der Schweiß aus. Sie rüttelte Klaus wach. »Hast du die genommen?«

Er sah sie benommen an. Sie hielt ihm das Röhrchen vors Gesicht. »Ob du die genommen hast, will ich wissen!«

Er griff sich an den Kopf und stöhnte.

»Verdammt, Klaus! Was machst du für einen Scheiß?«

»Ich konnte nicht schlafen.«

»Wieviel?«

»Zwei.«

»Sicher?«

»Ja.«

»Es ist besser, ich rufe einen Arzt.«

»Bist du verrückt?« Er rappelte sich hoch und nahm ihr das Röhrchen ab. »Ich hab' bloß ein bißchen viel getrunken. Geht schon wieder.«

Dagmar sah, daß seine Hände zitterten. Sein T-Shirt war naßgeschwitzt. »Das Zeug muß raus!«

»Aber...«

»Sonst hole ich augenblicklich einen Arzt!«

Klaus nickte ergeben. Sie half ihm beim Aufstehen und brachte ihn ins Bad. Er hielt ihre Hände fest. »Warum bist du hier, hm?«

»Laß mich bitte los.«

»Du solltest öfter mal so ein Kleid anziehen.«

»Klar! Demnächst komme ich in Stöckelschuhen zum Dienst.«

»Warum kann ich dir kein Kompliment machen, ohne daß du es gleich als Beleidigung auffaßt?«

»Du bist betrunken.«

Er lächelte. »Stimmt.«

Sie machte sich los. »Das findest du wohl noch lustig, was?«

»Wir fahren seit Monaten zusammen Streife, und ich weiß fast nichts von dir.«

»Ich komme aus Kassel, wohne in Frankfurt und habe einen festen Freund. Reicht das?«

»Ist er auch bei der Polizei?«

»Nein.«

Er berührte ihr Haar. »Weiß er, wo du jetzt bist?«

»Klaus, bitte laß das, ja?«

»Aber warum denn? Ich finde, du hast...«

Sie stieß seine Hände weg. »Hör auf!«

»Aber...«

»Ich kann es auf den Tod nicht ausstehen, wenn mich verschwitzte Besoffene angrabschen!«

»Bitte entschuldige.«

Sie sah ihm an, wie sehr sie ihn verletzt hatte, und ihr Ausbruch tat ihr leid. »Sieh zu, daß du hier fertig wirst. Ich setze uns derweil einen Kaffee auf, ja?« Während sie in der Küche nach der Kaffeedose und den Filtertüten suchte, hörte sie im Bad Gepolter und kurz darauf Wasserrauschen. Als Klaus zurück ins Wohnzimmer kam, war er geduscht, rasiert und umgezogen. Am Kinn und auf seiner rechten Wange hatte er zwei blutige Schrammen. Er ging zum Sofa und setzte sich.

Dagmar holte das Kaffeegeschirr und stellte es auf den leergeräumten Couchtisch. »Die Rasur hättest du besser auf morgen früh verschieben sollen.«

»Es tut mir leid, daß du denkst, ich...«

»Schon vergessen.« Sie goß ihm Kaffee ein.

Er trank einen Schluck. Dagmar sah, daß er sich krampfhaft bemühte, die Tasse ruhig zu halten. Sein Gesicht war aschfahl. Er lächelte. »Ich finde es nett von dir, daß du vorbeigeschaut hast. Aber du mußt nicht bleiben. Mir geht's wieder gut.«

»Habt ihr zufällig irgendwo Pflaster im Haus?«

»Im Badezimmmerschrank. Warum?«

Ohne zu antworten, ging Dagmar hinaus. Sie kam mit einem Päckchen Heftpflaster und einer Schere wieder. »Du hast ein ganz schönes Massaker angerichtet.« Sie setzte sich neben ihn, schnitt zwei Streifen Pflaster ab und klebte sie vorsichtig auf die blutenden Stellen in seinem Gesicht.

»Danke.«

»Keine Ursache.«

»Du mußt wirklich nicht bleiben.«

»Willst du mich loswerden, damit du dir endlich den Rest geben kannst?«

»Nein. Ich denke nur ...«

»Herrgott noch mal! Glaubst du etwa, ich sehe nicht, wie beschissen es dir geht?«

Als er aufwachte, wußte er einen Moment lang nicht, wo er war. Die Sonne schien durchs Fenster und blendete ihn. Der Kopfschmerz war unerträglich. Seine Zunge fühlte sich pelzig an. Er wälzte sich aus dem Bett und stellte erstaunt fest, daß er außer seinen Socken nichts anhatte.

Im Flur duftete es nach gemahlenem Kaffee. Das Wohnzimmer war aufgeräumt, der Tisch im Eßzimmer mit sauberem Geschirr gedeckt. Dagmar schüttete Brötchen aus einer Tüte in den Brotkorb. »Guten Morgen«, sagte sie grinsend.

»O Gott!« sagte er und flüchtete ins Bad.

»Na? Wieder unter den Lebenden?« fragte sie, als er im Morgenmantel zurückkam.

»Entschuldige bitte, ich ...«

Sie lachte. »Denkst du, ich hätte noch nie einen nackten Mann gesehen?«

Er ließ sich auf einen Stuhl fallen, stützte seine Ellenbogen auf den Tisch und vergrub seinen Kopf in den Händen. »Was, um Himmels willen, ist passiert?«

»Was soll schon passiert sein? Du hast gehörig einen über den Durst getrunken.«

Klaus sah sie an. »Ich kann mich nicht mal daran erinnern, wie ich ins Bett gekommen bin.«

Dagmar zerknüllte die Brötchentüte und warf sie mit einem Schwung in den Papierkorb. »Keine Sorge: fast ohne fremde Hilfe.«

»Warum bist du hier? Ich meine, wieso...«

»Ich wollte dir eine Flasche Sekt vorbeibringen. Aber die hattest du nicht mehr nötig.«

»Ich hab' ziemlichen Stuß geredet, oder?«

»Jedenfalls bist du nicht halb so verlassen, wie du glaubst.« Dagmar verschwand in der Küche, holte den Kaffee und schenkte Klaus eine Tasse ein.

Er trank einen Schluck und verzog das Gesicht. »Was soll das heißen?«

Sie schob ihm die Zuckerdose hin, schnitt ein Brötchen auf und bestrich es dick mit Butter. »Zuerst rief Uli an, dann dein Sohn... dann deine Mutter, danach dein Bruder und zuletzt deine Frau. Einer deiner Nachbarn wollte dir sogar persönlich zum Vierzigsten gratulieren.«

»Ralf?«

»Keine Ahnung. Er hatte einen Sixpack dabei.«

»Was hast du Hedi erzählt?«

»Dasselbe wie den anderen: Daß du mit Kollegen auswärts feierst.«

»Ja, aber...«

»Und daß ich die neue Putzhilfe bin.«

»Das hat sie dir abgenommen?«

»Klar. Der einzige, der kurz gestutzt hat, war Uli.«

»Wie geht's ihm?«

»Das wird er kaum deiner Putzfrau erzählen, oder?«

»Ich wußte gar nicht, daß du lügen kannst.«

Dagmar verteilte Honig auf ihrem Brötchen, klappte es zusammen und biß hinein. »Die Wahrheit war mir zu kompliziert. Du solltest mal wieder einkaufen. Dein Kühlschrank ist leer.«

Klaus ließ drei Zuckerwürfel in seinen Kaffee fallen. »Woher wußtest du, daß ich zu Hause bin?«

»Ich habe einige Male vergeblich versucht, dich telefonisch zu erreichen, und dachte mir, ich schau' mal vorbei. Deine Nachbarin aus dem zweiten Stock sagte, daß du gegen fünf nach Hause gekommen bist.«

»Ausgerechnet die Ecklig.«

»Ich habe mir ernsthaft Sorgen gemacht.«

»Dabei ging's mir blendend. Ich habe ein bißchen mit Papa Vincenzo gefeiert.«

»Du solltest etwas essen.«

Klaus rührte in seinem Kaffee. »Sag mal ... Habe ich gestern abend irgendeinen Blödsinn angestellt? Ich meine ...«

»Ja. Versucht, dich zu rasieren«, sagte sie grinsend.

»Nein, äh, ich meine ... Ich kann mich wirklich an *nichts* erinnern.«

Dagmar schnitt ein zweites Brötchen auf. »Ich zog es vor, auf der Couch zu nächtigen, wenn dir das weiterhilft. Aber bis ich dazu kam, hast du mir mindestens fünfmal erzählt, daß du heute unbedingt Dieter anrufen mußt, weil er in der IPA ist und Kontakt zu Kollegen aus Paris hat. Und daß die Freundin deiner Frau dort von irgendeinem Kunstbüro vermittelt wird. Wobei ich nicht ganz begriffen habe, was die International Police Association mit Pariser Kunstbüros zu schaffen hat.«

»Irgend etwas stimmt da nicht. Und ich werde es herausfinden.«

»Könntest du etwas konkreter werden?«

»Diese Vivienne Belrot, mit der Hedi da draußen im Odenwald haust, wird angeblich von einer Künstleragentur in Paris betreut, die sich wiederum an meine Schwägerin in Kronberg wandte, um ihr Bilder von der Belrot anzudrehen. Reichlich mysteriös, das Ganze. Zumal von dem Geld, das sie angeblich scheffelt, nicht einmal so viel übrigbleibt, um Hedi den versprochenen Anteil für die Renovierungskosten der Mühle auszuzahlen.«

»Weißt du das, oder glaubst du das?«

»Nach allen Regeln der Wahrscheinlichkeit...«

»Du magst sie nicht, stimmt's?«

»Herrje! Die sitzen da draußen in einer baufälligen Bruchbude, und die gnädige Frau Künstlerin hat nichts Besseres zu tun, als die Scheune luxuriös zu sanieren! Und meine Frau darf's bezahlen.«

»Das ist allein Sache deiner Frau, oder?«

»Noch ein, zwei Jahre, und ich hätte genügend Geld gehabt, um meiner Familie ein *vernünftiges* Haus zu kaufen.«

»Und die Belrot hat alles kaputtgemacht.«

»Ja.«

»Und dafür willst du dich an ihr rächen.«

»Ach was! Es gibt mindestens ein halbes Dutzend rationale Argumente, dieser Sache auf den Grund zu gehen.«

»Die da wären: Wut, Enttäuschung, gekränkte Eitelkeit...«

»Danke für dein Verständnis.«

Dagmar lachte. »Du hast mir gestern abend ausführlich dargelegt, wen du außer Frau Belrot sonst noch liebend gern um die Ecke bringen würdest.«

»Also, das...«

»Den Gärtnerfuzzi deiner Tochter und den Kunstfuzzi deiner Frau. Nur über die Reihenfolge hast du dich ausgeschwiegen. Ich tippe, den Gärtner zuerst.«

»Dummes Zeug.«

Dagmar biß grinsend in ihr Brötchen. »An meinem sechzehnten Geburtstag hat mich *Superman* geküßt. Daddy warf ihn raus, weil er meiner nicht würdig war. Eifersüchtige Väter sind drollig.«

»Also bitte!«

»Ich bin trotzdem beim fliegenden Personal hängengeblieben. Mein Freund Sven ist Flugbegleiter bei der Lufthansa. Ich mußte dreimal nach Mallorca fliegen, um ihn rumzukriegen.«

»Mallorca, soso. Hast du dort zufällig nach einer bestimmten Finca gesucht?«

»Das geht dich nichts an.«

»Aha. Du hast.«

»Ich weiß nicht, was das soll!«

»Beizeiten die Fronten klären und sich mit dem Ergebnis abfinden, was?« sagte er amüsiert.

Dagmar warf ihr Brötchen auf den Teller. »Ich wollte endlich wissen, warum sie Vater und mir das angetan hat! Ob es sich wenigstens gelohnt hat, verdammt noch mal!«

»Entschuldige«, sagte Klaus betreten.

»Meine ganze Kindheit hindurch habe ich sie dafür gehaßt.«

»Hast du sie gefunden?«

»Wir paßten nicht in ihre vollkommene Welt. Wir waren zu unbedeutend für ihre formidable Lebensplanung.«

Klaus schwieg.

»Ich nahm einen Job an. Als Bedienung in der drittklassigen Pinte, in der sie sich mit ihren Freunden traf: zugekifften Aussteigern, verqueren Weltverbesserern und selbstverwirklichten Möchtegernphilosophen, allesamt beseelt von hehren Idealen und aufrichtiger Verachtung für uns Spießbürger, die wir unser armseliges Dasein mit stumpfsinniger Arbeit verplempern, weil wir konsumverderbt, kleinkariert und oberflächlich sind.«

»Hast du mit ihr gesprochen?«

»Ich sah keine Veranlassung dazu.«

»Aber vielleicht...«

»Ihre geheiligte Freiheit bestand darin, sich von dickwanstigen, geilen Touristen aushalten zu lassen.«

»Es tut mir leid.«

»Es ist vorbei.« Dagmar stand auf und stellte Teller und Tassen zusammen.

Klaus erhob sich ebenfalls. Sein Kopf dröhnte. »Laß mal. Ich mach' das schon.«

»O.k. Den Spätdienst habe ich heute frei. Wir sehen uns morgen zum Frühdienst, ja?«

Klaus nahm ihr die Teller ab. »Zum Nachtdienst. Vormittags habe ich ein paar Termine in Frankfurt.« Er brachte die Teller in die Küche und ging mit Dagmar in den Flur. »Hast du übermorgen abend Zeit? Ich lade dich und deinen Flugbegleiter zum Essen ein.«

»Sven ist noch mindestens eine Woche lang unterwegs.«

»Dann verschieben wir es, bis er wieder da ist.«

»Versprichst du mir etwas, Klaus?«

»Ich bin zu allen Schandtaten bereit.«

»Bitte hör auf zu trinken.«

»Liebe Güte, Dagmar! Es war ein Versehen. Wie hätte ich denn ahnen sollen, daß die elenden Tabletten so reinhauen?«

Sie sah an ihm vorbei ins Leere. »Er ist nie wirklich darüber hinweggekommen, daß sie ihn verließ. Und ich mußte all die Jahre mitansehen, wie er sich langsam, aber sicher ins Grab soff.« Bevor Klaus etwas sagen konnte, war sie gegangen.

26

Pfeifend schob Hedi den gutgefüllten Römertopf zurück in den Backofen. Sie schälte Kartoffeln und warf sie schwungvoll ins Wasser. Dann schaute sie nach, ob der Mülleimer ausgeleert war. Seit einigen Tagen roch es seltsam in der Küche. Der Eimer war leer. Sie ging nach draußen, um Salat zu holen. Am Himmel war nicht eine Wolke zu sehen; die Wäsche flatterte im Wind, in der Ferne bellte ein Hund. Vom Hühnergehege drang leises Gackern über den Hof.

Kurz nachdem der Stubbe-Schorsch gegangen war, hatte Anette angerufen und versprochen, am Abend Christoph-Sebastian abzuholen. Eine Stunde später meldete sich Wolfgang aus New York und wünschte ihr einen schönen Tag. Den würde sie haben. Allein schon deshalb, weil sie ständig an Viviennes verkniffenes Gesicht denken mußte, mit dem sie den Telefonhörer weitergereicht hatte.

Lächelnd schnitt Hedi die Reste ihrer ehemals üppigen Petersilienpflanzung ab und klaubte eine Schüssel voll Salatblätter von den Beeten. Obwohl Uwe sich redliche Mühe gegeben hatte, den Garten nach dem Hühnerangriff wiederherzustellen, sah er trostlos aus.

»Du Scheusal! Was hast du mit meinen Kontaktlinsen angestellt?« hörte sie Vivienne durch das offene Küchenfenster schreien. Sie nahm die Salatschüssel und rannte ins Haus.

Vivienne kroch mit hochrotem Kopf über den Wohnzimmerteppich. Christoph-Sebastian saß auf dem Biedermeiersofa und lächelte wie ein Blattgoldengel. »Ich hab' überhaupt gar nix gemacht, Tante Hedwig. Ehrlich.«

»Du rührst dich nicht eher vom Fleck, bis ich sie gefunden habe!« rief Vivienne.

»Soll ich suchen helfen?« fragte Hedi.

»Wo hast du das verdammte Döschen ausgeleert, du Satansbraten?«

»Aber da war doch nur Wasser drin, Tante Vivienne.«

»Was kaut Tim da?« fragte Hedi.

Vivienne hielt inne und starrte den Kater an, der in der Tür zur Küche saß und sich die Schnurrbarthaare leckte. Christoph-Sebastian schlich aus dem Zimmer.

»Hast du sie dem Vieh etwa ins Futter gemischt? Ich werde dir den Hintern versohlen!« Vivienne stand auf und lief hinter Christoph-Sebastian her. Der erschreckte Tim sprang ihr vor die Füße, und sie schlug der Länge nach hin.

Der Kater verschwand mit einem kläglichen Miau unterm Sofa. Hedi half Vivienne beim Aufstehen. »Warum trägst du eigentlich keine Brille, hm?«

Vivienne hielt ihren rechten Arm. »Meine Hand! Ich muß sofort zum Arzt!«

»Laß mal sehen.«

»Ich komme um vor Schmerzen! Bestimmt habe ich mir was gebrochen.«

»Nun zeig doch mal her. Vielleicht ist es ja nur...«

»Du bist kein Orthopäde, oder? Fährst du mich, oder muß ich ein Taxi bestellen?«

Hedi seufzte. Sie ging in die Küche, drehte den Regler des

Backofens zurück und rief nach Dominique, um sie zu bitten, die Kartoffeln rechtzeitig vom Herd zu nehmen.

»Ich kann nicht mehr arbeiten«, jammerte Vivienne im Flur. »Ausgerechnet jetzt, wo Bernard eine Ausstellung für mich organisieren will.«

Hedi nahm die Schlüssel des VW-Busses vom Garderobenschrank. »Wer ist Bernard?«

Vivienne wischte sich mit dem linken Ärmel ihrer Bluse über das verweinte Gesicht. »So eine Chance bekomme ich nie wieder. Wie soll ich ihm das bloß beibringen? Und wenn die Hand nun steif bleibt?«

Hedi gab ihr die Autoschlüssel. »Geh schon mal vor. Ich sage Uwe Bescheid, daß er auf Christoph-Sebastian achtgeben soll.«

»Das muß mir deine Schwägerin bezahlen«, sagte Vivienne, als Hedi zu ihr in den Wagen stieg. »Bis auf den letzten Pfennig, das schwöre ich dir!« Tränen liefen ihr über die Wangen. »Am Ende werde ich nie mehr malen können. Mein ganzes Leben ist ruiniert.«

Hedi schickte ein stummes Stoßgebet zum Himmel und drehte den Zündschlüssel herum. Der VW-Bus spuckte eine Rußwolke aus. Hedi versuchte vergeblich, den Rückwärtsgang einzulegen.

»Warum fahren wir nicht mit meinem Auto?« fragte Vivienne.

»Weil die Leute immer ihre Post reinwerfen, sobald ich irgendwo anhalte«, sagte Hedi gereizt. Vivienne setzte eine beleidigte Miene auf und schwieg.

Der Dorfarzt von Hassbach diagnostizierte eine leichte Prellung, verband den Arm und verordnete sechs Tage Schonung.

»Bernard wird entsetzt sein«, sagte Vivienne auf dem Rückweg.

Hedi drehte das Fenster herunter und stellte den Außenspiegel ein. »Warum? Hast du keinen Champagner mehr im Haus?«

»Das ist wirklich ein außerordentlich witziger Witz, Frau Winterfeldt.«

»Ich habe mir auch außerordentlich viel Mühe gegeben, die Pointe richtig zu setzen, Frau Belrot.«

»Ich komme um vor Schmerzen, und du hast nichts Besseres zu tun, als dich über mich lustig zu machen!«

Hedi versuchte, vom dritten in den vierten Gang zu schalten. Das Getriebe kreischte. »Du solltest dir eine Brille zulegen, bevor du dir eines Tages den Hals brichst.«

»Hätte dieses gräßliche Kind seine widerlichen Pfoten von meinen Sachen gelassen, wäre das alles nicht passiert. Außerdem machen Brillen alt und häßlich.«

Hedi fuhr im dritten Gang weiter. »Du bist kein Teenager mehr. Wann wirst du das endlich begreifen?«

»Man ist so alt, wie man sich fühlt. Bernard sagt, ich sehe aus wie fünfundzwanzig. Höchstens.«

»Der sollte sich auch eine Brille zulegen.«

Vivienne begann zu weinen. »Du bist abscheulich!«

Hedi manövrierte den Bus an einem Schlagloch vorbei. »Daß du aufgehört hast, deinen Geburtstag zu feiern, heißt nicht, daß er nicht mehr stattfindet.«

»Du verstehst nichts! Du hast...«

»...nicht die geringste Ahnung, was wichtig ist auf dieser Welt. Ich weiß.« Hedi fuhr über die Brücke und in die Auffahrt zum Hof.

»Laß mich bitte vor der Haustür aussteigen.«

Hedi parkte neben dem Hühnerstall. »Deine Beine sind noch heil, oder?«

Schweigend gingen sie zum Haus. Im Flur hängte Hedi den Autoschlüssel ans Schlüsselbrett; Vivienne griff nach der Post, die auf dem Garderobenschrank lag, und sah sie hastig durch. Im ersten Stock dröhnten Preßlufthämmer.

»Erwartest du etwas Bestimmtes?« fragte Hedi.

Vivienne steckte einen Brief ein und legte den Rest zurück. »Von Bernard. Ich bin auf meinem Zimmer.«

»In zehn Minuten gibt's Essen.«

Der Inhalt des Römertopfs duftete verführerisch, die Kartoffeln waren zu angebranntem Mus zerkocht. Hedi warf die Pampe wütend in den Mülleimer und begann, die schlaffen Salatblätter zu putzen.

»Ich hab' Hunger«, nörgelte Christoph-Sebastian.

»Du bist ja wohl alles andere als schuldlos daran, daß es mit dem Mittagessen heute so lange dauert.«

»Ich hab' trotzdem Hunger!«

Hedi sah ihn strafend an. »Kann es sein, daß du hier irgendwo 'ne tote Ratte versteckt hast?«

»Nö.«

Hatte sie tatsächlich eine andere Antwort erwartet? Hedi stellte die Salatschüssel beiseite und ging in den Keller, um ein Brot aus der Gefriertruhe zu holen. Als sie die Klappe der Mikrowelle öffnete, wich sie entsetzt zurück. Auf einem Kuchenteller lag ein aufgedunsenes, von einem grünlichen Schimmelrasen bedecktes Etwas, das in seinem vorherigen Leben vermutlich ein Bratwürstchen gewesen war. Hedi rannte zur Treppe. »Dominique!«

Nach dem dritten Ruf verstummte der Techno-Sound. Dominique kam wie zufällig aus ihrem Zimmer und schlenderte zur Treppe. »Ach! Du bist ja schon zurück, Mama. Wie geht es Viviennes Hand?«

»Ich hatte dich gebeten, nach den Kartoffeln zu schauen!«

»Gerade eben war ich auf dem Sprung.«

»Nicht mehr nötig. Statt dessen darfst du die Mikrowelle säubern. Und zwar *sofort!*«

»Warum das denn?«

»Das wirst du schon sehen.« Hedi ging in die Küche und zeigte wortlos auf den stinkenden Klumpen, um den zwei Fliegen kreisten.

»Och je! Das hatte ich doch glatt vergessen.« Dominique machte Anstalten, sich zu verkrümeln.

»Hiergeblieben! Zuerst wird die Leiche da entsorgt.«

Dominique verzog das Gesicht. »Mir wird ganz übel von dem Geruch. Ich...«

»Dann klemm dir eine Wäscheklammer auf die Nase.«

Es war zwei Uhr durch, als sich endlich alle um den Tisch im Eßzimmer versammelt hatten. Hedi nahm den Deckel des Römertopfs ab.

»O prima! Hähnchen!« rief Christoph-Sebastian.

»Das riecht ja lecker.« Uwe sah Vivienne an, die an dem sonnengelben Seidentuch zupfte, in dem ihre bandagierte Hand lag. »Schlimm?«

Sie lächelte gequält. »Die Schmerzen sind's, die ich zuhilfe rufe; denn es sind Freunde, Gutes raten sie.«

»Du erzählst vielleicht einen Käse, Tante Vivienne«, sagte Christoph-Sebastian.

»Das ist von Johann Wolfgang von Goethe, mein Junge.«

Christoph-Sebastian griff nach einem Hähnchenschenkel. »Is mir doch wurscht, wer den Käse erzählt. Ich hab' Hunger!«

Hedi schlug ihm auf die Finger. »Warte gefälligst, bis du dran bist.«

»Das sag' ich meiner Mama, wenn sie mich heut abend holen kommt.«

»Na, hoffentlich.«

Vivienne angelte sich mit der Gabel ein winziges Stückchen Fleisch aus dem Topf. »Weißt du etwa nicht, wer Johann

Wolfgang von Goethe war, Christoph-Sebastian? Was bringen die euch in der Schule heutzutage eigentlich bei?«

»Er geht in die erste Klasse«, sagte Hedi.

»Fast in die zweite!« verbesserte Christoph-Sebastian empört.

Dominique stand auf. »Ich habe euch etwas mitzuteilen.«

»Sie hat die Kartoffeln anbrennen lassen; deshalb müssen wir jetzt Brot essen«, sagte Hedi.

»Mama!«

Hedi reichte Uwe den Brotkorb. Christoph-Sebastian schlug mit der Gabel auf seinen leeren Teller. »Hunger! Hunger! Hunger!«

»Hat man dir keine Tischmanieren beigebracht?« fragte Vivienne pikiert. Christoph-Sebastian streckte ihr die Zunge heraus.

Dominique sah Hedi an. »Ich habe intensiv über meine Zukunft nachgedacht und mich dazu entschlossen, zu dir in die Mühle zu ziehen, Mama.«

»Das freut mich. Aber jetzt sollten wir erst einmal essen, oder?«

»Ich werde die Schule schmeißen und mit Uwe zusammen die Gärtnerei betreiben.«

Uwe ließ beinahe den Brotkorb fallen. Hedi legte einen Hähnchenflügel auf Christoph-Sebastians Teller. »Das wirst du nicht.«

»Ketchup!« rief Christoph-Sebastian.

»Früher hieß das mal *bitte*«, sagte Vivienne.

Dominique warf Hedi einen wütenden Blick zu. »Ich bin alt genug, um mein Leben ...«

»Setz dich und halt den Mund.« Hedi gab Christoph-Sebastian die Ketchupflasche.

Uwe versuchte ein Lächeln. »Laß uns nachher in Ruhe darüber reden, Dominique, ja?«

»Du willst mich doch bloß loswerden, damit du mit deiner Floristenschnecke rummachen kannst!«

»Also, das ist eine rein geschäftliche Beziehung«, sagte Uwe verlegen.

»Schickst du der abgeschmackten Kuh etwa 'ne Rechnung fürs Bumsen?«

»Dominique!« sagte Hedi.

Christoph-Sebastian grinste. »Dann mußt du aber das Fenster zumachen, gell?«

Uwes Gesicht nahm die Farbe einer reifen Tomate an.

»Iß und schweig, Christoph-Sebastian!« sagte Hedi.

Christoph-Sebastian versenkte seinen Hähnchenflügel in einem Ketchupsee. Dominique riß ihm die Flasche aus der Hand. »Du Egoist! Ich will auch noch was!«

Christoph-Sebastian schleckte seine Finger ab. »Tante Vivienne macht nämlich nie das Fenster zu. Und deshalb muß Tante Hedwig immer gucken, ob sie sich vielleicht das Knie gestoßen hat und so.«

Vivienne begann hektisch, ihr Fleischstückchen zu zerlegen. »Ist da nicht etwas viel Fett dran?«

»So, wie der Gockel rumgespurtet is, kann der überhaupt gar nich fett sein«, sagte Christoph-Sebastian.

Vivienne wurde blaß. »Das ist doch nicht etwa...?«

»Wird Zeit, daß das Vieh wegkommt«, sagte Christoph-Sebastian.

»Halt endlich die Klappe«, sagte Hedi.

»Aber Tante Hedwig, ich hab' doch genau gehört, wie du das heute morgen zu dem Mann aus Hassbach gesagt hast. Und der hat dem Gockel dann die Rübe abgehauen. Mit dem Hackebeil hinterm Stall. Zicke, zacke, Hühnerkacke!«

Vivienne schob angewidert ihren Teller beiseite. Dominique fiel der Hähnchenschenkel aus der Hand.

»Und dann hast du zugeguckt, wie er ihm alle Federn rausgerupft hat. Und geblutet hat's auch ganz doll.«

Hedi holte Luft. »Christoph-Sebastian! Wirst du jetzt wohl...!«

»Sadistin!« rief Dominique.

Hedi warf ihr einen gereizten Blick zu. »Was denkst du eigentlich, wo die Chicken McNuggets deines Lieblingsrestaurants herkommen?«

Dominique sprang auf. »Es ist ja wohl was ganz anderes, wenn man jemand vor seinem Tod persönlich gekannt hat!«

»Mir wird schlecht«, sagte Vivienne.

Christoph-Sebastian wischte sich über seinen ketchupverschmierten Mund. »Und dann hat der Mann den abgehackten Gockelkopf und das andere Zeug auf den Mist getan. Und Tim und Tom ham alles ratzeputz aufgefressen.«

Viviennes Gesichtsfarbe wechselte ins Grünliche. Dominique begann zu weinen. »Du Tiermörderin! Wer weiß, was du mit meinem armen Alfred gemacht hast!«

»Wer ist Alfred?« fragte Uwe.

»Hamstersuppe«, sagte Christoph-Sebastian.

Vivienne hielt sich mit ihrer gesunden Hand am Tisch fest. »Das ist ja gräßlich! Mir ist speiübel.« Sie wankte aus dem Zimmer. Dominique stolperte hinter ihr her.

Uwe nahm sich ein knuspriges Stück Fleisch aus dem Topf. »Ihr Stadtleute seid ein komisches Volk.«

Hedi zuckte mit den Schultern. »Sei so gut und frag deine Mutter, ob sie Juliettes Kaninchen haben will. Meine Familie ißt nur Tiere, die in der Gefriertruhe aufgewachsen sind.«

Uwe kratzte sich verlegen am Kinn. »Bitte glauben Sie mir, Frau Winterfeldt, ich wußte nichts von Dominiques Plänen.«

»Sie beruhigt sich schon wieder.«

»Wenn sie es darauf anlegt, kann sie ziemlich stur sein.«

»Das hat sie von ihrem Vater.«

»Der Gockel schmeckt echt voll megageil«, sagte Christoph-Sebastian schmatzend.

Hedi war gerade beim Spülen, als sie einen Wagen auf den Hof fahren hörte. Das Motorengeräusch hätte sie unter hundert anderen erkannt. Sie trocknete sich rasch die Hände ab und lief zur Tür. Klaus hatte den Opel zwischen ihrem Bus und Viviennes Cabrio abgestellt und schlenderte über den Hof zum Haus.

»Was treibt dich denn vor dem Nachtdienst in die Wildnis?« fragte sie lächelnd. »Oder hast du heute frei?«

Er schüttelte den Kopf. »Ich war zufällig in der Gegend und dachte, ich schau' kurz vorbei.«

»Verstehe«, sagte sie schmunzelnd. »Rein zufällig.«

Er blieb zögernd vor ihr stehen. »Ich freu' mich, dich zu sehen.«

Sie freute sich auch, ihn zu sehen. »Was hast du denn mit deinem Gesicht angestellt?«

Er fuhr sich übers Kinn. »Beim Rasieren ausgerutscht.«

»Hast du schon gegessen? Ich könnte dir gebratenen Hofhahn anbieten.«

»Das beste, was du mit ihm machen konntest.«

»Dominique und Vivienne waren nicht dieser Meinung.«

Er grinste. »Die haben keine Ahnung, was gut ist. Her mit dem Vogel!«

Sie gingen in die Küche. Hedi stellte den Römertopf zum Aufwärmen in den Backofen. Klaus zog sie zu sich heran und küßte sie. »Vor allem habe ich Hunger auf *dich!*«

»Kann deine Putzfrau nicht kochen?«

»Was?«

»Das bißchen Haushalt schaffst du mit links, was?«

»Nun ja...«

Hedi begann, die Teller abzutrocknen. »Sie hörte sich jung an.«

»Sie ist, äh... Studentin. Verdient sich was zum Bafög dazu.«

»Und was studiert sie Schönes?«

»Jura, glaube ich.«

»Glaubst du?«

»Gott, ich habe nicht näher gefragt.«

»Wie heißt sie?«

»Äh... Daniela. Daniela Meyer.«

»Hat sie die Rosen mitgebracht?«

»Na ja...« Er nahm ihr das Geschirrtuch ab. »Laß mich das machen.«

Hedi klappte die Brotschneidemaschine auf. »Übrigens, nachträglich alles Gute zum Geburtstag. Ich habe fünfmal versucht, dich anzurufen. Zuletzt gestern abend.«

Klaus trocknete Teller und Tassen ab. Sein Magen knurrte. »Ich war nach dem Spätdienst noch auf einen Schoppen im *Vincenzo*.«

Hedi schnitt zwei Scheiben Brot ab und holte Besteck aus dem Schrank. »Seit wann feierst du auswärts?«

»Inwärts war der Kühlschrank leer.« Er legte das Geschirrtuch beiseite und setzte sich. »Ist der Vogel gar?«

»Gar schon. Nur noch nicht heiß.«

»Egal. Ich hab' Hunger.«

Hedi nahm den Topf aus dem Ofen und stellte ihn lächelnd zusammen mit dem Brotkorb auf den Tisch. »Du erinnerst mich an Christoph-Sebastian.«

Klaus bediente sich. »Wo ist eigentlich deine Künstlerfreundin?«

»Ich nehme an, beim Meditieren.«

»Ich wette, sie bettelt die Sterne um Goldtaler an. Oder spielt sie heimlich Systemlotto?«

Hedi räumte das Geschirr in den Schrank. Sie lächelte nicht mehr. »Könnten wir über etwas anderes reden?«

»Ich war heute morgen in Frankfurt und habe ein paar Erkundigungen eingezogen.«

»Ich will endlich wissen, ob und wann du gedenkst, hier einzuziehen. Alles andere interessiert mich einen feuchten Kehricht.«

Klaus nahm sich eine Scheibe Brot. »Eine äußerst kurzsichtige Betrachtungsweise, findest du nicht?«

»Du schaffst es jedesmal, mir nach spätestens zehn Minuten die Laune zu verderben!«

»Dein Hofhahn schmeckt vorzüglich.«

»Hast du mit Sascha geredet?«

»Worüber?«

»Über die Mühle.«

»Er zieht nicht um.«

»Sagst du!«

»Sagt er.«

»Ich rede selbst mit ihm.«

»Ende der Woche ist er wieder da.«

»Was soll das heißen?«

»Er ist mit Sabine zum Zelten an den Bodensee gefahren.«

»Du läßt unseren Sohn allein in Urlaub fahren, ohne mich zu fragen?«

»Du läßt unsere Tochter mit irgendeinem Typen ins Bett steigen, ohne mich zu fragen.«

»Dominique bleibt nach den Ferien hier.«

Klaus hörte auf zu kauen. »Da habe ich ja wohl auch noch ein Wörtchen mitzureden!«

»Es ist allein ihre Entscheidung.«

»Das glaubst du ja selbst nicht.«

»Dein Essen wird kalt.«

»Wir müssen endlich mal ernsthaft miteinander reden, Hedi.«

»Das versuche ich seit Wochen.«

»So kann es nicht weitergehen.«

»Ganz meine Meinung.«

Klaus schob seinen Teller beiseite. »Vivienne behauptet, daß diese Frau von Eschenberg ihr gesamtes Vermögen verwaltet, oder?«

»Bist du fertig mit essen?«

»Ich habe begründete Zweifel an der Existenz sowohl des Vermögens als auch an der der Frau.«

Hedi räumte seinen Teller weg. »Du unterstellst Vivienne, daß sie mich von vorn bis hinten belügt? Das ist ja ...!«

»Hedi, bitte! Hör mir doch erst mal zu.«

»Vivienne hat mir gestern fünftausend Mark gegeben.« Es waren zwar nur fünfhundert gewesen, aber eine kleine Übertreibung konnte sicher nicht schaden.

»Und was ist mit den sechzigtausend von Anette?«

Sie starrte ihn an. »Woher weißt du das?«

»Ich hatte Besuch von Bernd.«

»Damit haben wir laufende Kosten gedeckt.«

Er grinste. »Meinst du etwa die fahrende Zitrone da draußen?«

»Das ist alles, was ich dazu zu sagen habe!«

»Ich ziehe mit dieser Verrückten nicht unter ein Dach. Das ist alles, was *ich* dazu zu sagen habe.«

»Mach doch, was du willst, Klaus Winterfeldt.« Hedi ging aus der Küche und warf die Tür hinter sich zu.

Klaus lief ihr nach. Auf dem Weg zum Mühlteich holte er sie ein. »Warte doch! Wo willst du hin?«

»Spazierengehen.«

»Ich gehe mit.«

»Wozu?«

Er nahm ihre Hand. »Als die Kinder klein waren, sind wir oft zusammen spazierengegangen.«

»Du hast jedesmal geflucht, wenn du den Kinderwagen die Treppen hinuntertragen mußtest.«

»Ist ja schon gut. Ich sag' nichts mehr.«

Hedi folgte dem Pfad zum Ufer. Schweigend ging Klaus neben ihr her. Sie dachte an Wolfgang. Vor drei Tagen war sie mit ihm denselben Weg gegangen. Es kam ihr wie eine Ewigkeit vor. *Ich glaube, ich habe mich in dich verliebt.* Und sie? Hatte sie sich auch in ihn verliebt? In seinen Charme, die spöttischen Augen, in seine jugendliche Unbekümmertheit, die nicht nach dem Morgen fragte? *Wovor hast du Angst?* Sie blieb am Ufer stehen und sah aufs Wasser.

Klaus stellte sich neben sie. »Hier gibt's bestimmt jede Menge Stechmücken.«

»Dein Sinn für Romantik ist umwerfend.«

Er zeigte zum anderen Ufer. »Da drüben könnte man eine Blockbohlensauna hinbauen.«

»Die Mücken werden sich freuen.«

Er trat hinter sie und spielte mit ihrem Haar. »Doch nicht im Winter, wenn ich nach einem Saunagang splitterfasernackt in den See springe.«

Sie drehte sich überrascht zu ihm um. »Soll das etwa heißen, du erwägst, deine Meinung zu ändern?«

»Warum? Ich komme dich einfach gelegentlich besuchen«, sagte er lächelnd. »Was dagegen einzuwenden?«

»Ich finde das überhaupt nicht lustig, Klaus.«

Er sah sie liebevoll an. »Ich doch auch nicht, du Dummerchen.« Er streichelte ihre Wangen und küßte sie sanft auf die Stirn. »Weißt du eigentlich, wie sehr du mir fehlst?«

Sie kämpfte mit den Tränen. Er ließ sie los. »Habe ich etwas Falsches gesagt?«

Hedi schüttelte stumm den Kopf. Vorsichtig berührte sie die

verschorfte Wunde an seinem Kinn. »Du kannst dich nicht mal allein rasieren, was?«

Er nahm ihr Gesicht in seine Hände. »Hedi, ich...«

In dem Gebüsch hinter ihnen knackte es. Hedi zuckte zusammen. »Ist da jemand?«

»Ach was.« Er fuhr die Konturen ihrer Lippen nach. »Wird irgendein Vogel sein. Oder einer von euren Hofkatern.«

»Nein. Da ist jemand!« beharrte Hedi.

Klaus ließ sie seufzend los und starrte auf das Buschwerk. Zwischen dem Gewirr aus Zweigen, Blättern und Dornenranken sah er etwas Blaues blitzen. »Egal, was es ist: Gleich wird es Beine kriegen.« Er hob einen faustgroßen Stein auf und wog ihn in seiner Hand. »Was meinst du, mit welcher Affengeschwindigkeit das Biest die Flucht ergreift, wenn ich ihm den hier an den Kopf werfe.«

»Nicht!« kam es durch die Blätterwand. Die Zweige teilten sich, und Christoph-Sebastian stolperte heraus. »Ihr könnt doch nicht mit Felsbrocken auf kleine Kinder schmeißen!«

»Lauselümmel, die Erwachsenengespräche belauschen, haben nichts Besseres verdient«, sagte Klaus.

Christoph-Sebastian setzte sein Unschuldslächeln auf. »Och, Onkel Klaus. Wenn mir aber doch so schrecklich langweilig ist? Hast du nicht Lust, ein bißchen Fußball mit mir zu spielen?«

»Also weißt du, eigentlich...«

»Bitte, bitte, Onkel Klaus.«

Klaus sah Hedi entschuldigend an. »Na gut. Aber nur eine Viertelstunde.«

»O prima! Ich hol' schon mal den Ball.« Übermütig rannte der Junge davon.

»Er kann einem leid tun«, sagte Klaus. »Den ganzen Tag nur unter Erwachsenen, und niemand hat Zeit für ihn.«

Hedi verzog das Gesicht. »Ich sage Anette heute abend, daß

sie ihn das nächste Mal bei dir in Offenbach abliefern kann.«
Sie warf einen skeptischen Blick auf Klaus' Slipper. »Bist du sicher, daß du zum Sport die richtigen Schuhe anhast?«

»Ich spiele seit meinem fünften Lebensjahr Fußball!«

»Seit deinem dreißigsten im Fernsehsessel.«

»Für dich reicht meine Kondition allemal!«

»Wetten, daß nicht?« Lachend rannte sie los.

Kurz vor der Mühle holte er sie ein. »Na? Welchen Preis bekommt der Sieger?« fragte er außer Atem.

»Wie wär's mit einer Freifahrt mit dem Möbelwagen?«

»Wenn Vivienne auszieht, könnten wir darüber reden.«

»Sie steht im Grundbuch.«

»Das war die dümmste Idee, die du je hattest.«

»Himmel noch mal! Was sollte ich denn machen? Schließlich hast du es ja abgelehnt, mir zu helfen.«

»Jetzt bin ich auch noch an eurer finanziellen Misere schuld, oder was?«

»Wir haben keine finanzielle Misere!«

»Richtig. Es deutet alles auf eine Katastrophe hin.«

»Kommst du, Onkel Klaus?« rief Christoph-Sebastian. Er kickte den Ball gegen den Maschendrahtzaun des Hühnergeheges. Die Hennen rannten gackernd durcheinander.

»Dieses Kind treibt mich irgendwann zum Wahnsinn!« sagte Hedi.

»Ich komme«, rief Klaus.

»Paßt auf die Geranien auf. Ich gehe solange töpfern.«

Sie formte selbstvergessen eine kleine Vase, als sie im Hof einen dumpfen Schlag und unmittelbar darauf ein Scheppern hörte, dem ein deftiges: »So eine Scheiße!« und kindlich-schrilles Gelächter folgten. Hedi ließ die Vase stehen und rannte nach draußen.

Vivienne war schon im Hof. Entsetzt starrte sie auf ihre Palmen neben dem Eingang. Sie sahen aus, als sei Orkan Lothar zu Besuch gewesen. »Muß dieser kleine Widerling denn alles zerstören?«

»Mach, daß du reinkommst, und wage dich heute nicht mehr aus deinem Zimmer, Christoph-Sebastian!« sagte Hedi.

Christoph-Sebastian zog die Schultern hoch. »Aber Tante Hedwig, ich hab' doch gar nicht...«

»Verschwinde!«

»Er ist ausnahmsweise unschuldig«, sagte Klaus zerknirscht. Er hatte nur noch einen Schuh an. Der zweite lugte aus der verrosteten Regenrinne, die unterhalb des Lochs entlanglief, das ein halbes Dutzend zerschossener Schindeln hinterlassen hatten.

»Es ist nicht zu fassen!« sagte Hedi.

Klaus grinste verlegen. »Ich hab' dir neulich schon gesagt, daß das Dach nichts mehr taugt, Schatz.«

Christoph-Sebastian klatschte in die Hände. »Dein Elfmeter war echt voll megageil, Onkel Klaus!«

»Wir müssen das abdecken«, sagte Hedi. »Es ist Regen gemeldet. Ich frage Uwe, ob er eine Plane hat.«

»Laß mich das machen, ja?« Klaus zog seinen zweiten Schuh und die Strümpfe aus und lief barfuß zur Gärtnerei.

»Und wer ersetzt mir meine kostbaren Terrakotten?« fragte Vivienne spitz. Hedi zuckte mit den Schultern und ging ins Haus. Die Lust aufs Töpfern war ihr vergangen.

Als Klaus die Gewächshäuser erreichte, kam ihm Dominique entgegen. Sie weinte. Schluchzend warf sie sich in seine Arme. »Bitte, bitte, nimm mich mit zurück nach Offenbach.«

Er strich ihr über den Kopf. »Was ist los, hm?«

»Männer sind Scheiße.«

»Na, na!« sagte er amüsiert.

Sie sah ihn aus tränennassen Augen an. »Mit Ausnahme von dir natürlich, Paps.«

»Dann bin ich ja beruhigt.«

»Wann fährst du?«

Klaus sah auf seine Uhr. »Eine halbe Stunde habe ich noch.«

»Hilfst du mir, die Stereoanlage runterzutragen?«

»Meinst du nicht, morgen wäre es noch früh genug?«

»Nein!«

»Deine Mutter wird nicht gerade begeistert sein.«

»Ich will ihn nie mehr in meinem ganzen Leben sehen!«

»Wen? Deinen Gärtner?«

»Er ist nicht mein Gärtner! Sprichst du mit Mama?«

»Muß ich ja wohl, oder?«

Klaus fand Hedi in der Küche beim Erbsenpalen. »Ich müßte mal kurz mit dir ...«

Sie sah ihn kopfschüttelnd an. »Das war wirklich eine Glanzleistung, Herr Winterfeldt.«

»Es tut mir leid.«

»Die Leiter steht im Stall.«

»Äh, Hedi ...«

Dominique steckte den Kopf zur Tür herein. »Hilfst du mir jetzt, Paps?«

»Ja. Ich komme gleich.«

»Wobei sollst du ihr helfen?« fragte Hedi argwöhnisch.

»Sie will mit mir nach Offenbach zurück.«

Hedi warf die Schoten in die Schüssel. »Das war's also, was du wolltest, ja?«

»Nein, ich ...«

»Was hast du ihr versprochen, damit sie mitfährt?«

»Nichts. Sie hat ...«

»Tu mir einen Gefallen und geh.«

»Was ist mit dem Dach?«

»Dazu brauche ich dich weiß Gott nicht!«

»Ich kann nichts dafür, Hedi.«

»Sicher. Du kannst ja nie etwas dafür.« Sie stellte die Schüssel mit den Erbsen auf den Schrank und ging hinaus.

27

Dagmar warf ihren Aktenkoffer in die Ecke und setzte sich. »Ich komme mir echt verschaukelt vor!«

Klaus sah von der Akte auf, in der er las. »Du bist fünf Minuten zu spät«, sagte er lächelnd.

»Ich frage mich, wofür ich überhaupt arbeite!«

»Im Zweifelsfall, um deinen Kontostand auszugleichen, oder?«

»Eine verdammte Sauerei ist das!«

Klaus schlug die Akte zu. »Ihr mündlicher Ausdruck läßt sehr zu wünschen übrig, Frau Streibel. Hat dir jemand die Marmelade vom Frühstücksbrötchen geklaut?«

»Nach der Gerichtsverhandlung heute nachmittag ist mir der Appetit vergangen.«

»Na, erzähl! Was hat der böse Richter eingestellt?«

»Ich finde das nicht witzig!«

»Mit den Jahren gewöhnt man sich dran.«

Dagmar schlug mit der Faust auf den Tisch. »Ich will mich aber nicht daran gewöhnen!«

»Berichte mir von dem Übel, bevor du vor Wut zerplatzt.«

»Die reinste Realsatire war das. Und ich Dussel fahre vorher extra ins Präsidium nach Frankfurt, um die Akte noch mal zu lesen.«

»Deine erste Ladung?«

»Ja. Und meine erste Festnahme im Praktikum. Ist schon fast zwei Jahre her. Der Kerl hatte einen Landsmann angestiftet, sich unter falschem Namen anzumelden; die Angestellte vom Einwohnermeldeamt dachte mit und informierte uns. *Dragoslav Smirovic*. Den Namen vergesse ich nie. Er hatte eine Hoch- und Tiefbau-GmbH mit Geschäftssitz in seinem Einzimmerappartement, und wir fanden Auszahlungsquittungen an jugoslawische und polnische Bauarbeiter in Höhe von einhundertachtundvierzigtausend Mark. Für einen Monat, wohlgemerkt.«

Klaus grinste. »Laß mich raten: Die Leute von der AOK waren erstaunt, die vom Finanzamt auch, Herr Smirovic unschuldig und die Arbeiter unauffindbar.«

»Der AOK-Vertreter und ich saßen uns eine Stunde lang unseren Allerwertesten vor dem Gerichtssaal platt, bevor wir hineingerufen wurden.« Dagmar stand auf. »Meine sehr geehrten Damen und Herren! Es folgt eine Live-Schaltung zu *Scheibenwischer*. Ein Gerichtssaal in Südhessen. Der Richter betrachtet die leere Anklagebank, danach den Staatsanwalt, dann die beiden anwesenden Zeugen. *Nun*, sagt er, *der Angeklagte ist offenkundig nicht erschienen*. Der Staatsanwalt blättert in den Akten. *Hmm ja. Ein Kavaliersdelikt ist das nun ja nicht*. Der Richter nickt. *Ja, hm ... Auf was würden Sie ihn schätzen?*«

Dagmar zog die Brauen zusammen. »*Selbständig. Tja. Was nehmen wir denn da? Fünfundsiebzig?* Der Richter nickt bedeutungsvoll. *Einverstanden*. Pause. *Was halten Sie von hundert?* Der Staatsanwalt schlägt die Akte zu. *Ja. Ich denke, das ist tat- und schuldangemessen.*«

Dagmar schaute zur Tür und runzelte die Stirn.
»*Protokollantin?*
Ja, Herr Richter?

Strafbefehl: einhundert Tagessätze zu fünfundsiebzig Mark. Haben Sie's?«

Klaus lachte. »Du hast Talent zur Schauspielerin.«

Dagmar setzte sich. »Der Smirovic lacht sich tot, wenn er den Wisch zugestellt bekommt.«

»Vermutlich ist er unbekannt verzogen.«

»Das kann man doch nicht einfach hinnehmen!«

Klaus griff nach der *Offenbach-Post,* die neben dem Computer lag. »Schon das Neueste vom Tage gelesen?«

»Nein.«

Er faltete die Zeitung auseinander und hielt sie ihr hin. *Gericht überlastet: Betrüger fein raus.*

»Ich will's gar nicht wissen!«

»Man sollte sich über Zeitgeistströmungen informieren, auch wenn man sie nicht teilt.«

»Pah!«

»Hat mir meine Kollegin beigebracht. *Offenbach. Weil das Landgericht Darmstadt chronisch überlastet ist, kommen fünf Offenbacher »Posträuber« ohne Gefängnisstrafen davon. 1990 waren sie gefaßt worden und saßen kurzzeitig in Untersuchungshaft.«*

»Könntest du bitte aufhören?«

»Seither ruhte der Prozeß am Landgericht. Jetzt faßte die zuständige 12. Strafkammer den Beschluß, das Hauptverfahren werde nicht mehr eröffnet, weil die angeklagten Taten inzwischen verjährt seien. Weitere Details gefällig?«

Dagmar bückte sich nach ihrer Aktentasche. »Nein.«

»Die Täter kommen folglich ohne weitere Haftstrafe davon. Einer von ihnen hatte in einhundertundsieben Fällen als Postbeamter aus Briefen Verrechnungsschecks entnommen. Seine Komplizen kauften sie an und reichten sie auf Konten ein. Der Gesamtbetrag der eingezahlten Schecks soll die Millionengrenze erreicht haben.«

Dagmar griff nach ihrer Uniformmütze. »Wir sind zur Streife eingeteilt.«

»*Ausgezahlt wurden an die Ganoven letztlich aber nur einhundertundfünfzigtausend Mark.*«

»Wie tröstlich.«

Michael Stamm kam herein. »Ihr müßt mal in die Löwenstraße fahren. Familienstreitigkeit.«

»Scheiße!« sagte Dagmar.

Michael schüttelte den Kopf und sah Klaus an. »Du wirst das Mädel schon ordentlich verderben.«

Klaus schlug die *Offenbach-Post* zu. »Überschätze meinen Einfluß nicht, Chef. Das Mädel ist eine gestandene Frau und macht, was es will. Und das auch noch gut.«

»Wir treffen uns im Hof.« Dagmar ging hinaus.

Michael lachte. »Jetzt hast du sie aber verlegen gemacht.«

»Das muß sie abkönnen, oder?«

Die Schreie kamen aus einem geöffneten Fenster im dritten Stock eines Hinterhofhauses. Von der schmutziggrauen Fassade bröckelte der Putz; die Haustür stand sperrangelweit offen, die angerosteten Briefkästen waren unbeschriftet, die Namen auf den Klingelschildern verblaßt. Im Treppenhaus roch es nach Kohl und Curry.

»Halt endlich dei dummes Maul, du Depp!« gellte eine weibliche Stimme von oben.

Klaus ging voraus. »Schutzmannsparterre, was sonst.«

»Wie bitte?« fragte Dagmar.

»Noch nicht gemerkt? Unsere Kundschaft wohnt grundsätzlich unterm Dach.«

»Verpiß dich, du Arschloch!« kreischte die Frau. Eine Tür flog krachend ins Schloß.

»Gebt endlich Ruh, ihr Wichser do owwe!« dröhnte es von unten.

»Nettes Haus«, sagte Dagmar.

Klaus grinste. Oben hämmerte jemand gegen eine Tür.

»Madda! Mach uff!«

»Guten Tag«, sagte Klaus, als er den letzten Treppenabsatz erreicht hatte.

Der Mann hielt inne und drehte sich zu Klaus und Dagmar um. Er trug zerschlissene Pantoffeln, grellbunte Shorts und ein verschwitztes Feinrippunterhemd. Seine Lippe war aufgeplatzt, das rechte Auge zugeschwollen und die Bierfahne nicht zu überriechen.

»Tach.« Er trat gegen die Tür. »Mach sofott uff, Madda!«

»Was ist los?« fragte Klaus.

»Ausgesperrt hatt mich des Weib!«

Klaus überlegte, woher er den Mann kannte.

»Wer hat Sie geschlagen?« fragte Dagmar.

»Ei, wer wohl!«

Dagmar klopfte gegen die Tür. »Aufmachen! Polizei!«

Die Tür ging auf. Der Mann wich einen Schritt zurück und senkte den Kopf. »Ei, Madda, du kannst mich doch net...«

»Gebb Ruh, Erwin!« fuhr Martha barsch dazwischen. Sie trug rosa Leggins unter einer geblümten Kittelschürze und füllte den gesamten Türrahmen aus. Klaus fiel ein, woher er den Mann kannte.

»Wos wollt ihr dann hier, hä?«

»Haben Sie Ihren Ehemann geschlagen?« fragte Dagmar.

»Ich wüßt net, wos dich des aageht, Mädche.« Sie fixierte Klaus mit zusammengekniffenen Augen. »Stellt ihr jetzt scho Kinner ei?«

Dagmar lief rot an. »Jetzt hören Sie mal zu, ich...«

»Laß gut sein.« Klaus sah zuerst Martha, dann Erwin an. »Was ist los, hm?«

»Ei, ich wollt nur die Sportschau gucke«, sagte Erwin.

»Den ganze Kaste *Licher* haste leergesoffe!« rief Martha.

Ihr Blick wanderte zu Klaus. »Ich fahr' scho seit zwanzich Johr Taxi in Frankfort, unn der do«, sie zeigte auf Erwin, »awweit nix unn lieht mer uff de Dasch.«

»Wie bitte?« fragte Dagmar.

»Wenn ich awwer doch kei Arbeit find«, sagte Erwin zerknirscht.

»Du willst kei finne, des isses.«

»Nee, Madda! Des siehste falsch. Ich...«

Martha sah immer noch Klaus an. »Wer hatt euch üwwerhaupt gerufe, hä? Bestimmt widder die blöd Plunz aus'm erste Stock.«

»Wer?« fragte Dagmar.

»Das nächste Mal streitet ihr euch etwas leiser, dann brauchen wir auch nicht zu kommen«, sagte Klaus.

»Ihr fangtemol lieber Terroriste, statt unbescholtene Berjer zu belästige«, schimpfte Martha.

»Den unbescholtenen Bürgern dieses Hauses war eure Unterhaltung zu laut«, sagte Klaus.

»Wollen Sie Anzeige erstatten?« wandte sich Dagmar an Erwin.

»Wos?« rief der verblüfft.

»Ob Sie...«

»Wenn wir noch mal herkommen müssen, nehmen wir euch zur Übernachtung aufs Revier mit. Klar?« Klaus drehte sich um und ging die Treppe hinunter. Martha zerrte Erwin am Hemd in die Wohnung und warf die Tür zu.

Dagmar stolperte aufgebracht hinter Klaus her. »Du kannst doch nicht einfach...!«

»Was dagegen, wenn wir den Fall draußen besprechen? Muß ja nicht jeder hören, oder?«

Dagmar ging voraus und schloß den Streifenwagen auf. »Wir hätten eine Anzeige wegen Körperverletzung aufnehmen müssen.«

Klaus stieg ein. »Ich glaube nicht, daß Erwin einen Strafantrag gestellt hätte.«

»Du hast nicht mal die Personalien festgestellt!«

»Paß auf die Fußgänger auf, wenn du aus dem Hof fährst.«

»Verdammt, Klaus! Man kann das nicht einfach so abtun.«

»Martha und Erwin Schultze. Die Adresse kennst du, der Rest steht im Computer.«

»Man kann das nicht so abtun«, wiederholte Dagmar empört.

»Niemand verbietet dir, eine Anzeige von Amts wegen zu fertigen. Auch wenn es reine Papierverschwendung ist.«

»Du bist nicht besser als der Richter heute nachmittag.«

Klaus lächelte. »Die wievielte Familienstreitigkeit war das für dich, hm?«

»Kehr du nur den erfahrenen Hasen raus! Ich bin ja jung und dumm und...«

»Was denkst du denn, was eine Anzeige in diesem Fall nützen würde?«

»Niemand hat das Recht, einen anderen Menschen zu schlagen. Und schon gar nicht seinen Ehepartner. Jeder Ladendieb wird angezeigt, und bei Gewalt in der Familie soll alles nur Spaß sein?«

»Grundsätzlich bin ich deiner Meinung, aber...«

»Es geht nicht primär um die Anzeige, sondern darum, den Tätern Hilfe anzubieten: Therapie statt Strafe. Bei der Staatsanwaltschaft in Offenbach gibt es eine Sonderdezernentin, die...«

»Nicht für Martha.«

»Du bist wirklich nicht berufen, das zu entscheiden!«

»Die Ampel da vorn ist rot, Kollegin.«

Dagmar bremste. Klaus hielt sich am Türgriff fest. »Zu deiner Kenntnis: Prügelnde Ehefrauen sind von dem Projekt ausgenommen.«

»Ach ja?«

»Du kannst gerne anrufen.«

»Und mit welcher Begründung sind sie ausgenommen, bitte schön?«

Klaus zuckte mit den Schultern.

»Herrje! Wie willst du jemals etwas verändern, wenn du so gleichgültig bist?«

»Erwin und Martha werden sich noch streiten, wenn du die zweite Babypause einlegst.«

»Ich lege keine Babypause ein.«

»Hat dein Sven keine Lust, Vater zu werden?«

»Er nicht und ich nicht!«

»Wär' bei dir auch ein bißchen schwierig mit dem Vaterwerden.«

Dagmar sah geradeaus und schwieg.

»Die Gerichtsverhandlung liegt dir im Magen, hm?«

»Ich mag keine halben Sachen.«

»Ich habe über deine Worte von gestern morgen nachgedacht.«

Sie streifte ihn mit einem schnellen Blick. »Könnten wir uns darauf einigen, daß wir beide zuviel gequasselt haben, und das Ganze vergessen?«

»Insgeheim hast du sie bewundert, stimmt's?«

»Wen?«

»Deine Mutter.«

Dagmar schlug mit der Hand aufs Lenkrad. »Ich habe sie gehaßt! Und ich hasse sie immer noch! Und ich habe nicht die geringste Lust, darüber zu reden!«

»Als ich dir zum ersten Mal von Hedi erzählte, sagtest du, daß sie dir sympathisch ist. Sie hat das gleiche getan wie deine Mutter.«

»Machst du jetzt auf Seelenklempner, oder was?«

»Bei anderen findest du das in Ordnung.«

»O.k.! Ich hatte kein Recht, dir Vorschriften zu machen. Zufrieden?«

»Schade. Wo ich gerade meinen Getränkeetat um die Hälfte gekürzt habe.«

Wider Willen mußte Dagmar lächeln.

»Außerdem habe ich beschlossen, ein bißchen was für meine Kondition zu tun. Was dagegen, wenn ich dich vor dem nächsten Spätdienst in den Wald begleite?«

Sie trafen sich am Donnerstag um halb eins am Polizeipräsidium. Es war drückend schwül. Dagmar hatte rote Shorts und ein knallgelbes T-Shirt an. Klaus fand, daß sie hinreißend aussah, aber er verkniff sich einen Kommentar.

»Wo geht's denn eigentlich hin?« fragte er, nachdem sie ihre Sporttaschen in die Umkleideräume gebracht hatten.

»Helene-Mayer-Straße. Und dann an den Kleingärten vorbei.«

Klaus grinste. »Sie sehen wie Offenbach aus, sind von Offenbach aus zu erreichen und gehören trotzdem den Frankfurtern.«

»Das wußte ich ja gar nicht!«

»Das wissen nicht mal alle Offenbacher.«

Sie überquerten eine Fußgängerampel. »Die Strecke ist recht schön«, sagte Dagmar. »Durch den Wald, über die Autobahn, dann durch die Neuwiesenschneise ...«

»... zum Maunzenweiher.«

Sie sah ihn überrascht an. »Hast du eine heimliche Proberunde gedreht?«

»Ich lebe schon ein paar Jährchen in dieser Stadt.«

»Hans-Jürgen wußte nicht mal, wo die Helene-Mayer-Straße ist.«

»Ist ja auch nicht unser Dienstbezirk.«

»Also bitte! Er ist hier geboren. Behauptet er jedenfalls.«

Sie gingen unter einer Eisenbahnbrücke hindurch; an den Tennisanlagen dahinter begann Dagmar zu traben. Klaus schloß zu ihr auf. »Helene Mayer war Olympiasiegerin im Florettfechten. Ich glaube, 1928 in Amsterdam.«

»Ich wußte gar nicht, daß du so gebildet bist«, sagte Dagmar schmunzelnd.

»Ein Relikt vom *Lustigen Offenbacher Steineraten*. Hedi und ich haben uns früher darin übertroffen, die tiefere Bedeutung von Offenbachs Straßen, Plätzen, Häusern und Grabsteinen herauszufinden. Ich hatte eine Jahreskarte fürs Stadtmuseum, eine Standleitung ins Stadtarchiv und bin vom Leiter der Stadtbücherei dabei erwischt worden, wie ich eins seiner kostbaren Nachschlagewerke vorsätzlich ins falsche Regal einsortierte, um mir einen kleinen Wissensvorsprung zu verschaffen.«

Dagmar lachte. »Wie seid ihr denn auf diese ulkige Idee gekommen?«

»Irgendwann beim Spazierengehen. Das *Pfauenhaus* war schuld.«

»Welches Pfauenhaus?«

»In der Luisenstraße. Ich zeig's dir bei Gelegenheit mal.« An den Kleingärten vorbei liefen sie in den Wald. »Zuletzt haben wir uns darum gestritten, ob eine Steinskulptur lächeln kann. Hedi behauptete, ja.«

»Und du?«

»Es war eindeutig die ernsteste Steinskulptur in ganz Offenbach.«

Sie liefen durch eine düstere, graffitibesprühte Unterführung; danach ging es leicht bergan. Klaus bekam Seitenstechen. Als sie die Autobahnbrücke erreichten, war sein T-Shirt durchgeschwitzt. »Ganz schön heiß heute«, sagte er keuchend.

»Bin ich dir zu schnell?« fragte Dagmar.

»Ach was!«

Die Neuwiesenschneise war ein langer, schnurgerader Waldweg, und Klaus hatte das Gefühl, sie werde mit jedem seiner Schritte länger. Dagmar drosselte das Tempo und lief plaudernd neben ihm her. Klaus sagte ab und zu *Hm* und versuchte, sich auf seine Atmung zu konzentrieren.

»Wir können es gern noch etwas langsamer angehen.«

Klaus schüttelte den Kopf. Wie hatte er sich bloß auf so einen Mist einlassen können! Verbissen lief er weiter und atmete auf, als er zwischen den Bäumen endlich das Wasser des Maunzenweihers sah.

»Normalerweise laufe ich immer zweimal drum rum und dann zurück«, sagte Dagmar. »Aber ich denke, heute reicht einmal, oder?«

Klaus ließ ein Japsen hören und blieb stehen. »Mach du mal. Ich warte hier.«

Sie stupste ihn in die Seite. »Mensch, warum sagst du denn nichts, wenn's dir zuviel wird?«

»Ich will lediglich ein bißchen in Ruhe die Natur genießen.«

»Bis gleich«, sagte sie lachend und lief weiter.

Klaus ging zu einer Bank am Ufer und setzte sich. Er wischte sich den Schweiß von der Stirn und rieb seine Waden. Sie waren hart wie Steine. Im Wasser des Sees spiegelten sich der Himmel und das Grün der Bäume. Er schaute zu den beiden Inselchen hinüber. Die Birken auf der kleineren waren gewachsen, die Fichten auf der größeren sahen aus wie damals; am Ufer stand das Schilf grün und dicht. *Sie hatte ihre Krankenhauskluft an und war völlig aufgelöst. Um Gottes willen, Klaus! Ist etwas mit den Kindern? Alles in Ordnung, Schatz. Aber Brigitte hat gesagt, ich soll sofort nach Hause kommen! Klar. Du hast ja auch Feierabend. Spinnst du? Ich habe gerade vor zwei Stunden angefangen! Er nahm sie in seine Arme und küßte sie. Der Tag ist zu schön zum Arbeiten, findest du nicht? Ich kenne da zufällig einen netten kleinen See, mitten im Wald. Sie sah ihn böse an. Was hast du wieder ausgeheckt? Ausgeheckt? Ich? Nichts. Bist du schon mal Tandem gefahren?*

Klaus seufzte. Zeit hatten sie eigentlich nie gehabt. Entweder waren die Kinder krank, oder er mußte Sonderschichten schieben oder Hedi für ihre Prüfung lernen. Und doch gab es diese herrlichen, unbeschwerten Stunden, in denen sie zusammen gelacht und lauter Blödsinn angestellt hatten. Wann hatten sie damit aufgehört? Er wußte es nicht.

»Du hast recht. Es ist tatsächlich ziemlich heiß heute.« Klaus fuhr erschrocken zusammen, als Dagmar sich neben ihn auf die Bank fallen ließ. »Hast du geträumt?«

»Mhm.«

Sie zeigte auf den Weiher. »Hattet ihr den auch in euer Rateprogramm aufgenommen?«

»Nein.« *Wie aus dem Nichts waren sie plötzlich dagewesen. Dabei war der Krach gar nicht zu überhören. Also, jetzt wollen wir mal sehen, was an so einem Weiher alles wächst, Kinder. Ja, Frau Blum! Schau mal, da liegen ja Kleider auf der Bank. Und Schuhe und Strümpfe! Und ein Korb mit lauter Essen drin!*

»Wo bist du mit deinen Gedanken, hm?«

»Was?«

Sie lachte. »Du siehst aus, als wärst du ganz woanders.«

»Ich dachte an eine kleine Radtour.«

»Reicht dir das Joggen etwa nicht?«

»Ich frage mich, warum man sich über manche Dinge erst dann den Kopf zerbricht, wenn's zu spät ist.«

»Zum Beispiel?«

Er stand auf. »Wir müssen zurück.«

»Laß uns ein bißchen gehen«, sagte sie, als er Anstalten machte loszulaufen.

»Warum? Ich fühle mich fit wie...«

»Du bist ja auch nicht um den Weiher gerannt.«

Sie gingen eine Weile schweigend nebeneinander her. »Darf ich dich etwas fragen?« sagte Dagmar, als sie die Neuwiesenschneise erreichten.

»Was denn?«

»Wie hast du damals deiner Frau beigebracht, daß ihre Mutter... na ja, umgekommen ist?«

»Mußte ich nicht. Hedi selbst hat sie gefunden. Und ein Nachbar hat die Polizei gerufen.«

Sie warf ihm einen unsicheren Blick zu. »Das war bestimmt das schlimmste Erlebnis, das du je in deinem Dienst hattest, oder?«

»Das, und als ich Willi sein Haus weggenommen habe.«

»Wer ist denn Willi?«

»Ein abgerissener, versoffener Pennbruder, der Uli ab und zu ein paar Tips über die Offenbacher Unterwelt gegeben hat. Objektiv gesehen.«

»Und subjektiv gesehen?«

»Frau und Kind bei einem Busunglück verloren, arbeitslos geworden und in der Gosse gelandet. Er wohnte in einer aus Sperrmüll zusammengezimmerten Hütte im Kaiserleigebiet. Mit Kerzen, Bollerofen und Pappe vor den Fenstern, inmitten von Brombeerranken und Sonnenblumen. Der Räumungsbeschluß kam drei Wochen vor Weihnachten. Vorrangig ging es uns um eine polnisch-tschechische Diebesbande, die einige der dort stehenden Bretterbuden als Lager für Hehlerware nutzte. Die Vögel waren allerdings rechtzeitig zur kalten Jahreszeit ausgeflogen. Wir haben alle gefroren wie die Schneider und mußten uns von den illegalen Hüttenbewohnern übel beschimpfen lassen. Nur Willi stand stumm dabei. Er kam zu mir und zeigte auf seinen armseligen Verschlag. *Mein Zuhause, Herr Winterfeldt. Alles, was mir geblieben ist.*«

»Was ist aus ihm geworden?«

»Er bekam ein sauberes, warmes Zimmer im Männerwohnheim und war einen Tag später verschwunden. Wahrscheinlich hat er sich nach Frankfurt verkrümelt. Ich habe ihn nie wieder gesehen. Warum schaust du mich so an?«

»Du bist nicht halb so cool, wie du immer tust, stimmt's?«

»Ach was«, sagte er und lief los.

»Draußen sitzt Kundschaft für dich«, sagte Michael zu Dagmar, als sie kurz nach zwei in die Wache kam. »Sei so nett und kümmere dich um sie, bevor die Alte uns das ganze Revier in Trümmer legt.«

Klaus kam herein. Er deutete lächelnd zur Tür. »Ich glaube, Martha und Erwin verspüren das Bedürfnis, sich mit dir zu unterhalten.«

»Lästert ihr nur«, sagte Dagmar wütend. »Ich weiß, was ich tue.«

»Hoffentlich weiß Martha das auch«, sagte Klaus.

Dagmar öffnete die Tür. »Guten Tag, Herr Schultze. Würden Sie bitte...«

Martha Schultze stemmte sich von der Wartebank hoch, stapfte auf Dagmar zu und hielt ihr die Vorladung als Beschuldigte vors Gesicht. »Wos soll der Scheiß, Mädche, hä?«

»Sie warten gefälligst, bis Sie dran sind.« Dagmar sah an Martha vorbei zu Erwin, der mit gesenktem Kopf auf der Bank saß. »Kommen Sie bitte mit, Herr Schultze.«

»Vielleicht solltest du deiner Streifenpartnerin ein wenig unter die Arme greifen«, sagte Michael zu Klaus.

Klaus grinste. »Ich glaube, in diesem speziellen Fall legt sie keinen Wert darauf.«

Dagmar warf ihnen einen gereizten Blick zu und verschwand mit Erwin im Vernehmungszimmer. Michael kramte in einem Wust von losem Papier, das sich auf dem Wachtisch stapelte. »Vorhin ist ein Fax für dich gekommen.« Er zog ein Blatt aus dem Haufen und gab es Klaus. »Von einer Kunstakademie in Paris. Hat dich die Muse gebissen, oder bist du der französischen Malermafia auf der Spur?«

Klaus begann zu lesen.

»He, Kollege! Ich habe dich etwas gefragt.«

»Ich hab's gewußt«, murmelte Klaus.

»Was?«

»Das letzte Teilchen in meinem Puzzlespiel.« Klaus faltete das Fax zusammen und steckte es ein. »Sie haben sie rausgeschmissen.«

»Wen?«

»Vivienne Belrot – die gefragteste Künstlerin der nördlichen Hemisphäre. Für mehr als drei zweitklassige Gemeinschaftsausstellungen in vier Jahren reichten ihre Kleckserein leider nicht aus.«

»Ist das die, mit der deine Frau in der Odenwaldruine haust?«

»Vivienne Chantal Belrot: von Beruf Tochter. Sie konnte sich ihr luxuriöses Leben nur so lange leisten, bis sie die letzten Wertpapiere und Immobilien ihrer verstorbenen Eltern versilbert hatte. Aus ihrer Frankfurter Wohnung flog sie raus, weil sie die Miete nicht mehr zahlte. Der einzige Kunde in ihrem Atelier war der Gerichtsvollzieher. Wenn ich den Aussagen ihrer ehemaligen Nachbarn glauben darf, hat der gute Mann aus lauter Verzweiflung den Kuckuck sogar auf die Kloschüssel gepappt.«

»Und mit so einer wohnt deine Frau zusammen?«

»Gott, wenn das alles wäre. Gegen ihr großzügiges Versprechen, mal eben einhundertfünfzigtausend Deutsche Mark zu den Renovierungskosten beizusteuern, hat Hedi ihr die Hälfte der Mühle überschrieben. Es fällt nicht schwer, sich vorzustellen, wie der Kontostand der beiden mittlerweile aussieht.«

»Woher wollte sie denn das versprochene Geld nehmen?«

»Angeblich verwaltet eine Pariser Agentin namens Antoinette von Eschenberg mit Zweitwohnsitz und Dependance in Frankfurt ihr riesiges Vermögen. Pech nur, daß die gute Dame, die renommierte Künstler im Dutzend unter Vertrag haben soll, in beiden Städten weder amtlich registriert noch sonstwie bekannt ist.«

»Was sagt deine Frau dazu?«

»Sie hört mir erst gar nicht zu. Aber jetzt werde ich ihr die Beweise schwarz auf weiß unter die Nase reiben.«

»Du hoffst immer noch, daß sie zu dir nach Offenbach zurückkommt, stimmt's?«

»Man muß die Dinge positiv sehen, Chef. Ich bin im Sozialraum, falls du mich suchst.« Klaus nahm die *Offenbach-Post* vom Wachtisch und verschwand pfeifend im Flur. Der Sozialraum war leer. Er schloß die Tür, setzte sich ans Telefon und kramte in seinem Portemonnaie nach der Visitenkarte von Bernd. Er hatte das Gespräch mit seinem Bruder gerade beendet, als Michael hereinkam.

»Kissel will dich sprechen.«

Klaus schlug die Zeitung auf. »Hast du noch mehr erfreuliche Nachrichten für mich?«

»Er sagte *Sofort*.«

Klaus blätterte zum Sportteil. »Wahrscheinlich hat meine Nachbarin wieder Bericht erstattet.«

»Hatte sie denn Grund zur Klage?« fragte Michael grinsend.

»Statt ihr einen guten Tag zu wünschen, hat Dominique sie mit *Mojn, alte Pappschachtel* begrüßt. Dabei sollte sie langsam begriffen haben, daß Rosa Ecklig nicht mal weiß, wie man Humor buchstabiert.«

Michael lachte. Klaus schlug die *Offenbach-Post* zu. »Meine Tochter kann sich nicht entscheiden, ob sie einen gewissen Gärtnerjüngling auf dem Hof meiner Frau nun über alles lieben oder hassen soll. Innerhalb von drei Tagen hat sie mindestens zehn Prozent meines Gehalts in den Odenwald vertelefoniert und ungefähr ein halbes Dutzend Mal ihre Ansichten bezüglich ihres zukünftigen Wohnorts geändert. Ansonsten ist sie unausstehlich. Es gibt nichts Anstrengenderes als pubertierende Töchter.«

»Doch«, sagte Michael. »Pubertierende Söhne.«

»Sascha weiß wenigstens ungefähr, wo er wohnen will.«

»Ich habe drei Kreuze gemacht, als meine beiden aus dem Haus waren. Ich wußte gar nicht, wohin mit dem vielen Geld. Du solltest unseren Dienststellenleiter nicht allzulange warten lassen.«

Als Klaus einige Minuten später aus Kissels Büro kam, stieß er beinahe mit Dagmar zusammen. Wortlos lief sie an ihm vorbei in den Vernehmungsraum. Er folgte ihr. Sie saß vor dem Computer und starrte wütend auf den Bildschirm.

»Na? Schon fertig mit deinen Vernehmungen?«

»Mach dich nur lustig über mich!«

»Mal ehrlich: Was hattest du erwartet?«

»Bestimmt nicht, daß der dumme Depp sie auch noch verteidigt! Die haben so getan, als sei *ich* an allem schuld!«

»Nun, ich...«

»Wenn du jetzt sagst, daß du es gleich gewußt hast, raste ich aus.«

»Was hältst du von einer kleinen Präventivstreife?«

»Nur, wenn ich fahren darf.«

»Ich weiß nicht, ob ich das meinen Knochen heute zumuten soll.«

Dagmar meldete sich am Computer ab, nahm die Anzeige, zerknüllte sie und warf sie in den Papierkorb. »Sollen sie sich meinetwegen gegenseitig die Gräten verbiegen, bis sie grün und blau anlaufen.«

Klaus grinste. »Kannst du bügeln?«

»Wie bitte?«

Er deutete auf das Papierknäuel. »Wenn nicht, darfst du das nachher noch mal ausdrucken. Aufgenommene Strafanzeigen müssen der Staatsanwaltschaft übersandt werden. Erst recht, wenn du die betroffenen Bürger schriftlich zu einem Besuch bei uns einlädst.«

Dagmar fischte die Anzeige aus dem Papierkorb. »Verdammter Scheißkram.«

»Es gibt ein paar Dinge, die du wirklich nicht von mir zu lernen brauchst, hm?«

Als sie auf der Wache die Autoschlüssel holten, gab Michael Klaus eine Unfallakte. »Tut mir leid, aber Kissel besteht darauf, daß du das noch mal schreibst.«

Klaus blätterte die Akte durch. In seinem Schlußvermerk waren mehrere Sätze rot angestrichen. Am Rand stand jeweils *NDR*, mit je zwei Ausrufezeichen versehen. Dagmar sah ihm neugierig über die Schulter. Klaus schlug die Akte zu und warf sie in sein Fach. »Langsam geht er mir auf den Geist.«

»Was bedeutet *NDR?*« fragte Dagmar.

»Neue deutsche Rechtschreibung«, sagte Michael grinsend. »Unser Chef legt größten Wert darauf, daß wir den entsprechenden Erlaß umsetzen und neudeutsch schreiben.«

»Ich denk' ja nicht dran«, sagte Klaus.

Dagmar lächelte. »Na ja, auf Dauer wirst du nicht umhinkönnen...«

Klaus nahm die Akte, schlug den Vermerk auf und hielt ihn ihr unter die Nase. »Dann sag mir bitte, wie ich das so ausdrücken soll, daß man kapiert, was gemeint ist.«

»*Er sagte, die Frau habe ihm Leid getan*«, zitierte Dagmar den ersten von Kissel korrigierten Satz. »Und?«

»Welches Leid hat sie ihm denn getan? Vielleicht, daß sie vor dem Traualtar ja gesagt hat? Bei dem *frisch gebackenen* Ehemann bekomme ich jedenfalls Appetit auf Streuselstückchen. Und ob die Straße nun *gräulich* war, weil's dämmrig war, oder *gräulich,* weil's beschissen zu fahren war, das wissen die Götter.«

»Hans-Jürgen schreibt ohne Rücksicht auf Verluste alles nur noch mit Doppel-s«, sagte Michael grinsend.

Klaus nahm Dagmar die Akte ab und legte sie wieder ins Fach. »Laß uns rausfahren.«

»Und was machst du jetzt damit?« fragte Dagmar, als sie aus dem Hof fuhren.

»Warten, bis er in Urlaub geht.«

Sie lachte. »Du bist unmöglich, weißt du das?«

»Sicher. Meine Frau vertritt dieselbe Ansicht.«

Nach einer Stunde beorderte Michael sie zur Dienststelle zurück. Er hielt Klaus ein Fernschreiben hin. »Das kam eben über den PvD. Verkehrsunfall. An der Costa del Sol.«

»Warum immer ich?«

»Die anderen sind mit Auftrag unterwegs.«

Klaus ging in den Vernehmungsraum, setzte sich vor den Computer und holte die Eingabemaske für Einwohnermeldeamtsanfragen auf den Schirm.

»Seit wann sind wir für Verkehrsunfälle in Südspanien zuständig?« fragte Dagmar.

Klaus tippte *Ludewig* ein. »Nur für die Folgen.«

Dagmar setzte sich auf die Schreibtischkante. »Was machst du da?«

»Verdammt! Vermutlich der einzige Sohn.«

Dagmar griff nach dem Fernschreiben und begann zu lesen. Klaus stand auf. »Fährst du mit?«

Sie nickte. Ihr Gesicht war blaß.

»Was... Wie willst du es ihnen sagen?« fragte sie, als sie zehn Minuten später aus dem Streifenwagen stiegen. Klaus zuckte mit den Schultern. Er blieb vor der Gartenpforte eines hellgelb getünchten Reihenhauses stehen und betrachtete nachdenklich das Namensschild. Dann drückte er zweimal auf den Klingelknopf. Der Summer tönte. Sie gingen hinein.

Rechts und links des gepflasterten Vorgartenwegs blühten Rosen und Lavendelbüsche. Neben der Haustür stand eine kleine Holzbank zwischen zwei sorgfältig gestutzten Buchsbäumchen. Sie waren an Bambusstäben festgebunden und mit sonnengelben Schleifen verziert. Dagmar wäre am liebsten weggelaufen.

»Frau Anne Ludewig?« fragte Klaus freundlich, als sich die Haustür öffnete.

»Ja«, sagte die Frau. Dagmar schätzte sie auf Ende Vierzig. Sie trug einen blaßblauen Rock und eine aus der Mode gekommene Bluse. Ihr dunkles Haar war mit silbergrauen Strähnen durchsetzt. Sie lächelte. »Sie kommen wegen des Fotos, nicht wahr?«

»Welches Foto?« fragte Klaus erstaunt.

»Na ja, vorletzten Montag in der Waldstraße. Ich hatte es ein bißchen eilig.«

»Dürfen wir reinkommen?« fragte Klaus. »Bitte.«

Das Lächeln erstarb. »Sie kommen nicht wegen des Fotos.«

»Nein«, sagte Klaus. »Ist Ihr Mann zu Hause?«

»Ich warte seit zwei Stunden auf ihn!« Ihr Gesicht wurde bleich. »Ihm ist doch nichts passiert? Er ist doch nicht...«

»Mit Ihrem Mann ist alles in Ordnung, Frau Ludewig. Bitte lassen Sie uns hineingehen, ja?«

Sie wurde aggressiv. »Nein! Ich will auf der Stelle wissen, was... Jens! Sie kommen wegen Jens?«

»Bitte, Frau Ludewig.« Klaus berührte sie leicht am Arm.

»Oder wollen Sie, daß Ihre Nachbarn jedes Wort mithören?«

Ihr Gesicht entspannte sich. »Hat der Junge etwa irgendwas angestellt?« Sie lächelte zaghaft. »Ich kann's mir zwar nicht vorstellen, aber...«

»Ich sage es Ihnen drin, ja?«

Anne Ludewig trat beiseite und ließ sie hinein. Das Wohnzimmer war hell und gemütlich eingerichtet: gelaugte Buchenholzmöbel, an den Wänden Blumenaquarelle, Seidenkissen auf der Couch; viel Grün überall. Der Eßtisch war für zwei Personen gedeckt. Neben einem Bukett aus gelben Rosen stand eine Kerze. Der Geruch der gelöschten Flamme lag noch im Raum. Durch die offene Terrassentür drang Vogelgezwitscher. Nebenan plärrte ein Kind.

»Was ist mit Jens?« fragte Anne Ludewig.

Klaus nahm seine Uniformmütze ab. »Dürfen wir uns setzen?«

Anne Ludewig zeigte auf die Couch. »Bitte.«

Klaus und Dagmar setzten sich. Anne Ludewig blieb stehen. Sie sah Klaus an. »Also?«

Dagmar hielt ihre Mütze in den Händen und starrte auf den Teppich. Verschlungene Linien in Blau-Rot-Türkis. Oder war es Grün?

Klaus legte seine Mütze neben sich und deutete auf einen Sessel. Er wartete, bis Anne Ludewig Platz genommen hatte. »Ihr Sohn Jens ist in Spanien in Urlaub?«

»An der Costa del Sol«, sagte Anne Ludewig.

Es war Türkis. Eindeutig. Nicht Grün.

»Er hatte einen Verkehrsunfall«, sagte Klaus.

Die Linien formten sich zu einem Gesicht. Es sah sie an.

»Wann?« fragte Anne Ludewig. »Wie geht es ihm? Ich muß sofort...«

»Es tut mir sehr leid, Frau Ludewig. Ihr Sohn ist tot.«

Eine blau-rot-türkisfarbene Fratze. Und die Vögel auf der Terrasse sangen, als sei nichts geschehen.

»Ist Ihr Mann telefonisch erreichbar?« fragte Klaus leise.

Anne Ludewig sah durch ihn hindurch.

»Frau Ludewig, können wir irgend etwas...«

»Gehen Sie. Ich möchte allein sein.«

Die Fratze bewegte sich unter Dagmars Füßen.

Klaus räusperte sich. »Ich verstehe Sie ja. Aber ich glaube, wir sollten warten, bis Ihr Mann heimkommt.«

»Nichts verstehen Sie«, sagte Anne Ludewig. »Bitte verlassen Sie mein Haus.«

»Hat Ihr Mann ein Handy dabei?«

»Gehen Sie. Bitte.«

Die Fratze umschlängelte ihre Füße. Dagmar bohrte ihre Absätze in sie hinein.

Klaus stand auf. »Ich denke, es wäre gut, wenn Sie jetzt nicht allein wären. Wir sollten...«

»Gut?« Anne Ludewig sprang auf. Sie ballte ihre Hände zu Fäusten. »Was wissen Sie denn schon!«

Dagmar wollte aufstehen. Die Fratze hielt sie fest.

»Lügen! Alles nur gottverdammte Lügen!« Anne Ludewig schlug auf Klaus ein. »Wofür koche ich eigentlich?« Er hielt ihre Hände fest; sie versuchte verzweifelt, sich aus seinem Griff zu befreien. Ihre Stimme überschlug sich. »Überstunden? Daß ich nicht lache! Bei dem jungen Flittchen im Bett liegt er. Und denkt, ich merk's nicht!«

Klaus nahm sie in seine Arme. Sie wehrte sich kurz, dann begann sie zu weinen. »Mein Jens ist so ein guter Junge. Hat sein Abitur mit Eins gemacht. Als einziger der ganzen Schule. Und wie er sich auf Spanien gefreut hat. Übermorgen kommt er heim.« Klaus strich ihr übers Haar. Sie sah ihn lächelnd an. »Ist sein Auto sehr kaputt?«

»Nein.«

»Andere bekommen so was ja zum Abitur geschenkt. Aber wir konnten doch nicht... Er hatte darauf gespart. Jede Ferien gejobbt. Ich bin so stolz auf ihn, verstehen Sie?«

»Ja.«

»Ich hab' extra was vom Haushaltsgeld zurückgelegt. Damit ich ihm was dazugeben kann, zu seinem Urlaub.«

Klaus nickte.

»Schon als er noch im Sandkasten spielte, wollte er Arzt werden, wissen Sie. Und jetzt hat er auf Anhieb einen Studienplatz für Medizin bekommen.«

»Das ist schön.«

»Ja, nicht wahr?« Anne Ludewig wischte sich die Tränen aus dem Gesicht. Klaus ließ sie los.

»Bitte entschuldigen Sie, Herr...?«

»Winterfeldt.«

»Habe ich Ihnen weh getan, Herr Winterfeldt?«

»Ach was.«

»Möchten Sie... Kann ich Ihnen etwas zu trinken anbieten? Einen Kaffee?«

»Gern.«

»Ihrer Kollegin auch?«

Dagmar schüttelte den Kopf.

»Eine Limonade vielleicht?«

»Nein danke, ich...« Sie brach ab. Anne Ludewig zuckte mit den Schultern und ging in die Küche.

»Wie kannst du hier jetzt Kaffee trinken?« fragte Dagmar mit gepreßter Stimme.

Klaus setzte sich neben sie. »Ich denke, dir würde ein Täßchen auch nicht schaden, hm?«

»Du bist geschmacklos! Einer Frau, die gerade ihr einziges Kind...«

»Manchmal hilft es, wenn sie irgendwas tun können.«

Klaus betastete seine schmerzenden Rippen. »Hoffentlich kommt ihr Mann bald.«

»Entschuldige. Ich...«

»Schon gut. Ich bin auch froh, wenn wir hier raus sind.«

Norbert Ludewig nahm die Nachricht vom Tod seines Sohnes mit blassem Gesicht, aber gefaßt entgegen. An der Haustür gab er Klaus und Dagmar die Hand. »Danke, daß Sie sich so verständnisvoll um meine Frau gekümmert haben.«

Klaus setzte seine Mütze auf. »Keine Ursache.«

»Ich habe große Angst um sie. Sie vergöttert Jens und hat schon zweimal versucht, sich etwas anzutun. Deshalb bin ich Ihnen...«

»Sie sollten zu ihr gehen«, sagte Klaus.

Norbert Ludewig nickte.

»Auf Wiedersehen«, sagte Dagmar.

»Besser nicht.« Er fuhr sich mit der Hand über die Augen. Am Ärmel seines Jacketts hing ein blondes Haar.

»Ich habe mich reichlich dämlich angestellt, nicht wahr?« sagte Dagmar auf dem Rückweg zur Dienststelle.

Klaus sah sie an. »Du hast dein Bestes getan.«

»Ich habe *nichts* getan!«

»Manchmal ist das das einzig Richtige.«

»Woher wußtest du, daß die Frau suizidgefährdet ist?«

»Ich wußte es nicht. Na ja. Am Anfang war sie mir ein bißchen zu ruhig.«

Dagmar hielt an einer roten Ampel. »Ich kam mir ziemlich fehl am Platz vor.«

Klaus lächelte. »Als ich meine erste Todesnachricht überbrachte, mußte ich vorher eine Valium nehmen und hinterher duschen.«

»Dann besteht ja noch Hoffnung.« Sie warf ihm einen

schnellen Blick zu. »Ich habe mich noch nie so hilflos gefühlt wie vorhin, Klaus.«

»Mit den Jahren gewöhnt man sich dran.«

Die Ampel sprang auf Grün; Dagmar fuhr los. Klaus sah aus dem Fenster. Sein Gesicht war grau. Sascha hatte sich seit vier Tagen nicht gemeldet.

Als er nach Hause kam, war die Wohnung verwaist. Der Einkaufszettel, den er Dominique geschrieben hatte, lag unberührt auf dem Küchenbuffet, das dazugehörige Geld war verschwunden und der Kühlschrank bis auf eine halbe Flasche sauer gewordener Milch und ein vertrocknetes Landleberwürstchen leer.

Klaus rief Hedi an. Er hatte ihr nicht einmal die Hälfte seiner mühevoll ermittelten Erkenntnisse über Vivienne mitgeteilt, als sie den Hörer aufknallte; weitere Versuche, sie zu erreichen, blieben erfolglos. Er ging ins Wohnzimmer und schaltete den Fernseher ein. Als das Telefon klingelte, stolperte er in den Flur und riß den Hörer von der Gabel. »Hedi, ich...«

»Ich habe es geahnt! Du sitzt zu Hause und bläst Trübsal. Du solltest wirklich langsam anfangen, dein Leben neu zu ordnen, Junge.«

»Wie oft soll ich dir noch sagen, daß du dir deine Ratschläge sparen kannst, Mutter!«

»Aber Junge! Ich will doch nur dein Bestes.«

»Gute Nacht.« Klaus legte auf und ging ins Wohnzimmer zurück. Er schaltete den Fernseher aus und starrte die Wände an. Ihm war zum Heulen zumute.

28

Vivienne trug dottergelbe Leinenschuhe zu einem marinblauen Seidenkleid und hatte blendende Laune. Die Bandage um ihre rechte Hand war verschwunden, von der Prellung nichts mehr zu sehen. Ihr Frühstück nahm sie von elf bis halb zwölf ein.

»Klaus hat gestern abend angerufen«, sagte Hedi.

Vivienne trank ihren Kaffee aus. »Was für ein herrlicher Sommertag!«

»Er behauptet, daß sie dich in Paris wegen mangelnden Talents aus der Akademie geworfen haben.«

»Ein Tag wie geschaffen zum Arbeiten!«

»In der Küche stapelt sich dreckiges Geschirr.«

Vivienne stand auf. »Wenn Rainier kommt, sag ihm bitte, daß ich im Atelier bin, ja?«

Hedi stellte die Frühstücksteller zusammen. »Dein Bett ist nicht gemacht.«

»Du bist geschmacklos!«

»Bevor du gehst, hätte ich gern die Büroadresse von deiner Agentin.«

»Dein Klaus hat wieder gegen mich gehetzt, was?«

»Wir brauchen das Geld!«

»Ich fahre morgen früh nach Frankfurt und spreche mit ihr. Einverstanden?«

»Nein!«

Vivienne sah nach draußen. »Das Licht fällt günstig. Ich muß das ausnutzen.«

Am liebsten hätte Hedi ihr die Teller hinterhergeworfen. Eine halbe Stunde später fühlte sie sich in der Lage, die Unterhaltung fortzusetzen. Vivienne stand vor einer zwei Quadratmeter großen Leinwand, auf die sie abwechselnd gelbe und blaue Ölfarbe aufgetragen hatte. Mit einem Pinsel setzte sie an den Übergängen an und malte grünschlierige Kreise in die feuchten Farben. Lächelnd drehte sie sich zu Hedi um. »*Sommermorgen im Wald*. Gefällt es dir?«

»Nein. Wann fährst du nach Frankfurt?«

»Sonne und Himmel, Gold und Saphir – die Träume der Impressionisten. Monets Eßzimmer...«

»...interessiert mich nicht die Bohne. Ich will wissen, wann du zu Frau von Eschenberg fährst.«

Vivienne legte den Pinsel beiseite und strich sich eine rotblonde Haarsträhne aus dem Gesicht. »Was fällt deinem Mann eigentlich ein, hinter mir herzuspionieren?«

»Ich habe dich etwas gefragt!«

»Ich habe dich auch etwas gefragt.«

»Bist du aus der Akademie geflogen oder nicht?«

»Ich habe nie einen Hehl daraus gemacht, daß ich meine Studien wegen unüberbrückbarer Meinungsverschiedenheiten mit meinen Lehrern vorzeitig beendet habe.«

»Du dachtest, du kannst malen, und sie dachten, du kannst es nicht, oder was?«

Vivienne stiegen Tränen in die Augen. »Du bist widerlich.«

»Dann erklär's mir, verdammt noch mal!«

Vivienne fuhr sich mit der Hand übers Gesicht. Ihre Nasenspitze leuchtete goldgelb. »Sie achteten den Geist der Farbe nicht.«

»Erzähl keinen Mist.«

Vivienne setzte sich auf den farbfleckigen Holzhocker vor ihre Staffelei. »Sie lehrten uns das perfekte Mischen von Baumfarben, Himmelfarben und Fleischfarben, sie dozierten über die Bedeutsamkeit von Ton und Wert und über das Verhältnis von Licht und Schatten. Aber niemals über deren wahre Farbe, verstehst du?«

»Nein.«

»Ich hatte einen Mentor, der Johannes Itten gründlich mißverstand.«

»Wenn du mir sagst, wer Johannes Itten ist, kann ich dir vielleicht folgen.«

»Schweizer Maler und Graphiker, unterrichtete in den zwanziger Jahren am Bauhaus allgemeine Gestaltungslehre. *Die Farbe gibt sich jedem zum Gebrauch, aber nur dem sie hingebungsvoll Liebenden entschleiert sie ihr tieferes Geheimnis. Wie sich die Malerei auch entwickeln mag, immer wird die Farbe das wesentlichste Element der Gestaltung sein.* Meiner Meinung nach setzte Itten die Farbe eindeutig über die Form, auch wenn seine geometrischen Farbflächenkonstruktionen in den sechziger Jahren die Künstler der Op-art beeinflußten, die...«

»...sich fragten, ob's Kunst ist oder ob nicht«, sagte Hedi sarkastisch.

»...die durch Wiederholung geometrischer Abstraktionen optische Illusionen erzeugten. Als Begründer der *Optical art* gilt der Pariser Künstler Victor Vasarély, der...«

»Du kommst vom Thema ab.«

»Du wolltest wissen, warum ich gegangen bin.«

»Rausgeflogen.«

»Der freie Ausdruck jenseits aller Regeln und Theorien gehört zur inneren Notwendigkeit eines wahrhaftigen Künstlers. Ich zog es daher vor, mich autodidaktisch weiterzubilden.«

»Frau von Eschenberg war noch kein einziges Mal hier, um ein Bild von dir abzuholen.«

»Farbe ist Emotion, Emotion ist Licht, Licht ist Farbe; Farbe transformiert: spirituelle Erfahrung, Energiefelder der Aura et vice versa. Was ich als Künstlerin anstrebe, ist absolute Transformation. Verwandlung ohne jeden Energieverlust: Transsubstantiation! Auf der Leinwand wird das Brot zum Leib, der Wein...«

»...zur Wurst, die Wurst kommt aufs Bild, und Christoph-Sebastian hat's gleich gewußt.«

»Du kapierst überhaupt nichts!«

»Wie viele Transuppenstationen hat deine Agentin bereits veräußert?«

»Sie steht in Verhandlungen mit einem finanzstarken Privatsammler aus New York.«

»Steht der Sammler auch in Verhandlungen mit ihr?«

»Dein Klaus will bloß erreichen, daß du die Mühle verkaufst und reumütig zu ihm zurückkehrst.«

»Ich fahre morgen mit dir nach Frankfurt.«

»Tu mir das nicht an, Hedi! Antoinette wird denken, daß...«

»Mir ist herzlich egal, was sie denkt. Hauptsache, sie rückt endlich deine Moneten raus.«

»Du bist instinktlos.«

»Schickt *sie* dir eigentlich diese französisch angehauchten Erstsemester vorbei, oder suchst du die selbst aus?«

»Würdest du mir erklären, was du meinst?«

»Ich wette, dieser *Rainier* ist höchstens fünfundzwanzig und hat von Kunst so viel Ahnung wie ich.«

Vivienne fuhr fort, auf der gelbblauen Leinwand grüne Kreise zu produzieren. »Wenn du so sicher bist, daß dein Klaus recht hat, warum hast du ihn dann angebrüllt und aufgelegt?«

»Hast du mich etwa belauscht?«

»Dein Wutausbruch war nicht zu überhören.«

»Ich will endlich die Wahrheit wissen, verflixt noch mal!«

»Dein Klaus erzählt sie dir bestimmt nicht.«

»Er ist nicht *mein* Klaus!«

»Was hat er über mich gesagt?«

»Daß du an zweitklassigen Gemeinschaftsausstellungen teilnimmst und das Geld deiner Eltern verpraßt hast.«

Vivienne schleuderte den Pinsel auf den Boden. »Das ist ja ungeheuerlich! Was bildet sich dieser arrogante Mistkerl ein?«

»Er ist mein Mann, vergiß das bitte nicht!«

»Wie könnte ich das vergessen? Du bringst keine zwei Sätze über die Lippen, ohne ihn zu erwähnen.«

»Wie konnte es mir bloß einfallen, mit dir in dieses Haus zu ziehen!«

»Wie konnte es *mir* bloß einfallen, mit *dir* in dieses Haus zu ziehen!«

Ein Mercedes mit ausgeschaltetem Taxischild auf dem Dach bog auf den Hof ein. In der Quantität der Rostflecken konnte er es mit Hedis VW-Bus aufnehmen. Der Fahrer parkte sein Gefährt neben Viviennes Zitronencabrio und stieg aus. Er war hochgewachsen, hatte blondes, zu einem Zopf gebundenes Haar und sah aus wie ein abgebrochener BWL-Student.

»Das ist Rainier«, sagte Vivienne.

Hedi verzog das Gesicht. »Da wäre ich im Leben nicht drauf gekommen.«

»Tu mir einen Gefallen, und halte dich zurück, ja?«

»Soll ich schon mal ein Fläschchen Champagner kalt stellen?«

Vivienne ging wortlos an Hedi vorbei zur Tür. Rainier streckte ihr lächelnd die Hände entgegen. »Frau Belrot! Schön, Sie zu sehen.«

Vivienne küßte ihn rechts und links auf die Wange. »Sagen Sie Vivienne zu mir, ja?«

»Gern, Vivienne.« Er sah Hedi an.

»Meine Freundin«, sagte Vivienne. »Hedwig Winterfeldt.«

»*Hedi* Winterfeldt«, sagte Hedi.

»Reiner Kunze«, sagte Rainier.

Hedi lächelte. »Sie kommen aus Paris?«

»Nö, aus Frankfurt.«

Vivienne hob ihren Pinsel vom Boden auf und steckte ihn in ein Glas mit Verdünnung. »Hattest du nicht etwas im Haus zu erledigen, Hedilein?«

»Nachher, Vivi. Sie wollen Bilder ankaufen?«

»Na ja ... Nicht so ganz.«

»Sie sind also kein Kunsthändler?«

»Sehe ich etwa wie einer aus?«

Hedi lachte. »Wenn ich ehrlich bin: nein.«

Viviennes Gesichtsfarbe intensivierte sich um einige Nuancen. »Hedi, ich denke ...«

»Ich bin Student. Kunst und Mathe.«

»Interessante Mischung.«

»Und ich verehre Claude Monet.«

Vivienne sah ihn lächelnd an. »Sind Sie nicht auch der Meinung, daß Monets Impressionen als grandiose künstlerische Übersetzung des Antagonismus der Elementargewalten der summarischen Philosophie eines Zarathustra durchaus ebenbürtig sind?«

»Hat der Ärmste in seinem zitronengelben Eßzimmer Prozentrechnung geübt?« fragte Hedi.

Reiner grinste. »In einigen von Monets Bildern kommen die Prinzipien der Mathematik tatsächlich zum Ausdruck, denn sie vergegenwärtigen den Gedanken, daß die Geometrie seelenlos und die Kräfte der Natur gnadenlos sind.«

»Zum Beispiel in den *Mohnblumen bei Giverny*«, sagte

Vivienne. »Sie sind ein Ausdruck der Hoffnungslosigkeit, der Unerreichbarkeit absoluter Wahrheit und eine Bestätigung der naturwissenschaftlichen Anschauung, daß alle menschlichen Bemühungen letztendlich zwecklos sind.«

»Helen Abbott, Science and Philosophy in Art, 1886«, sagte Reiner.

»Oh«, sagte Vivienne.

Reiner lächelte. »Die Entwicklung der Monet-Rezeption anhand zeitgenössischer Kritiken und Kommentare zu seinem Werk ist mein Steckenpferd. Wir sprachen bereits in Frankfurt darüber.«

»Äh... ja. Ich erinnere mich.«

Reiner sah Hedi an. »Die Welt der Formeln ist mindestens so geheimnisvoll wie die der Formen und Farben. Vollkommenheit ist eine harmonische Verbindung aus beidem. Ist damit Ihre Frage beantwortet?«

Hedi riß ihren Blick von seinen zerlöcherten Jeans los. »Malen Sie auch?«

»Ein bißchen.«

»Wo haben Sie Vivienne kennengelernt?«

»Hedi, bitte!«

»Wir trafen uns am Dienstag vergangener Woche zufällig im *Georgies*. Eigentlich gehe ich in diesen Schickimickischuppen ja nicht rein, aber eine Bekannte von mir hatte...«

»Reiner will ein Künstlercafé eröffnen und sucht geeignete Exponate als Dauerleihgabe«, sagte Vivienne.

»Café ist vielleicht nicht ganz der richtige Ausdruck«, sagte Reiner amüsiert. »Wir sind dabei, einen alten Gewölbekeller in Sachsenhausen in eine Apfelweinkneipe umzubauen, und wollen zwei der Räume nutzen, um unbekannten, aber talentierten Künstlern ein Forum zu bieten. Essig und Öl sozusagen.« Er zeigte auf Viviennes *Sommermorgen*. »Den Käse servieren wir in Essig, die Kunst in Öl.«

Hedi lachte. Viviennes Gesichtsfarbe machte einem Mohnfeld Ehre. »Ich denke, wir haben aneinander vorbeigeredet, Herr Kunze. Ich bin keine Anfängerin!« sagte sie ungehalten.

Reiners Lächeln verschwand. »Um Gottes willen, Vivienne! So war das nicht gemeint. Wir wollen...«

»Wer ist *wir*?« fragte Hedi.

»Eine Gruppe von zehn Studenten aller Fachrichtungen, die sich für Kunst und Kultur interessieren. Wir sind davon überzeugt, daß auch die sogenannten normalen Leute für anspruchsvolle Kunstwerke zu begeistern sind, wenn sie sie in einem Umfeld präsentiert bekommen, das sie nicht einschüchtert.«

»Kunst als Kulisse für kulinarische Genüsse«, sagte Hedi schmunzelnd.

»Du willst doch wohl diesen elenden Frankfurter Stinkekäse nicht als kulinarischen Genuß bezeichnen!« rief Vivienne.

»Den gibt's auch in Offenbach«, sagte Hedi.

»Pfui Teufel!«

»So eine kleine Portion *Handkäs mit Musik* gehört zu den Dingen, die ich hier draußen wirklich vermisse.«

Reiner lachte. »Wenn ich das gewußt hätte, hätte ich Ihnen ein Stückchen mitgebracht.«

Der Junge wurde Hedi sympathisch. Er sah Vivienne an. »Ich freue mich sehr, daß Sie uns als arrivierte Künstlerin einige Ihrer Werke auf Zeit zur Verfügung stellen möchten. Wobei ich den Eindruck habe, daß Sie trotz Ihrer internationalen Erfolge zu den Trendy-art-Opfern gehören. Ich habe Ihre Bilder weder in der Schirn noch in einer anderen Ausstellung gesehen.«

»Meine Kunden leben überwiegend in Japan und den USA.«

»Wie finanzieren Sie das Projekt, wenn Sie alle noch Studenten sind?« fragte Hedi.

»Die Schankwirtschaft trägt sich hoffentlich selbst, in der Bewirtung wechseln wir uns ab, und die meisten jungen Künstler sind froh, wenn sie kostenlos bei uns ausstellen dürfen.« Reiner zeigte nach draußen. »Im übrigen bessere ich meine Haushaltskasse mit Taxifahren auf.« Er zwinkerte Vivienne zu. »Wenn wir es ab und zu schaffen, auch Prominenz zu uns unter die Erde zu locken, um so besser. Ich würde mir am liebsten alle Ihre Bilder ansehen.«

Vivienne wandte sich lächelnd ihrer Staffelei zu. »Sonne und blauer Himmel, Gold und Saphir... In meiner noch unvollendeten Arbeit *Sommermorgen im Wald* versuche ich, die Träume der Impressionisten in einen neuen Kontext zu stellen.«

»Soll ich Kaffee kochen?« fragte Hedi.

Niemand antwortete. Durch die offenen Fenster drang Vogelgezwitscher herein. Irgendwo knatterte ein Traktor. Kopfschüttelnd verließ Hedi das Atelier.

»Ich bin sicher, daß Andrea Ihre Arbeiten mögen wird«, sagte Reiner, als sie später bei einer Tasse Kaffee im Wohnzimmer der alten Mühle saßen.

»Andrea?« fragte Vivienne.

Reiner bediente sich aus der Zuckerdose. »Meine Kommilitonin und Verlobte. Was Kunst angeht, haben wir den gleichen Geschmack. Beim Geschirrspülen und Wäschebügeln gibt's dafür um so mehr Zoff. Wenn es Ihnen recht ist, würde ich gern morgen mit ihr vorbeikommen, um eine endgültige Auswahl zu treffen.«

»Ich freue mich«, sagte Vivienne.

Reiner probierte den Kaffee. »Was ich nicht so recht verstehe, ist, warum Sie ausgerechnet Monet als Ihr großes Vorbild sehen. Ihr Stil ist doch eher expressionistisch als impressionistisch: Fläche, Kontur, leidenschaftlich bewegte Farbe; Darstellung innerer Wahrheit statt äußerer Wirklichkeit... War nicht genau das ein Credo der Expressionisten um Matisse?«

Vivienne lehnte sich lächelnd auf dem Sofa zurück. »Die Arbeiten von Matisse sind statiös, keine Frage. Aber ich finde nicht, daß man innere Wahrheit mit papageienbunten, aggressiv auf die Leinwand geschleuderten Strichen ausdrücken kann. Die Farbe als orphisches Credo um ihrer selbst willen zu benutzen, wie es die *Fauves* letztlich taten, widerspricht meiner Sicht der Dinge ganz entschieden.«

»Die... Wer?« fragte Hedi.

»*Les Fauves,* die Wilden.« Reiner streckte seine langen Beine von sich. »Mit ihren barbarischen Bildern trieben sie nach der Jahrhundertwende das gesamte Establishment gutgenährter Kunstkritiker in den Wahnsinn.«

»Monet hingegen brachte uns eine neue Sicht der Dinge bei, die sich auf die natürliche Entwicklung unseres visuellen Organismus beruft, um die Energien der universellen Sensibilität zu erfassen«, sagte Vivienne. »Wenden wir uns um, so entdecken wir das finstere Schauspiel der bläulichen Nacht, in der gespenstische Pflanzen dem triumphalen Blühen der Apotheose folgen.«

»*Seerosen in der Abenddämmerung*«, sagte Reiner.

»Noch Kaffee?« fragte Hedi.

»Ich habe nichts anderes getan, als zu beobachten, was das Universum mir gezeigt hat, um mit meinem Pinsel Zeugnis davon abzulegen. Ist das denn nichts?« sagte Vivienne.

Reiner grinste. »Ihr Irrtum ist, daß Sie die Welt auf Ihr Maß reduzieren wollen, während Sie feststellen würden, daß sich Ihr Wissen von selbst vergrößern würde, wenn Sie Ihr Wissen um die Dinge vermehrten.«

Vivienne breitete die Arme aus. »Gehen wir also beide Hand in Hand und helfen uns gegenseitig, immer besser zu beobachten.«

Hedi stand auf. »Ich prophezeie Ihnen, Herr Kunze: Ihr Handkäs wird schlecht werden.«

Reiner machte ein zerknirschtes Gesicht. »Sollte es uns etwa nicht gelungen sein, Sie mit einer kleinen Auswahl an Monetschen Originalzitaten gebührend zu beeindrucken, Madame?«

»Nein.«

Vivienne lachte. »An Hedi werden Sie sich die Zähne ausbeißen. Letzten Samstag war ich mit ihr in einer Ausstellung bildender Künstler im Heidelberger Schloß. Sie hat es fertiggebracht, den Leuten zwei leere Coladosen als Spontankunst eines vielversprechenden, jungen Talents unterzujubeln.«

»Solange mir niemand schlüssig erklären kann, warum ein Haufen bunter Stoffschnipsel zum Kunstwerk wird, wenn man sie statt in den Müll in einen Kaminschacht wirft, habe ich ein Problem mit moderner Kunst.«

»Was heute verschmäht wird, ist oft morgen schon Kulturgut«, sagte Reiner. »Monet, aber auch die *Fauves* sind Beispiele dafür.«

»Das, was ich in Heidelberg gesehen habe, hat meiner Meinung nach mit Kunst so viel zu tun wie der Inhalt meines Putzeimers mit dem Indischen Ozean.«

»Und doch fließt beides irgendwann zusammen«, sagte Reiner lächelnd.

»In dieser Welt nicht mehr. Noch Kaffee?«

Am folgenden Vormittag fuhr Anette Winterfeldt an der Mühle vor. Sie parkte ihren Mercedes vor der Haustür, zupfte ihren knallroten Minirock und die darüberwallende Bluse in Form und betätigte energisch den Türklopfer. Hedi öffnete.

»Ich will sofort Frau Belrot sprechen!«

»Guten Morgen, Schwägerin. Du kannst gern im Wohnzimmer parken. Neben dem Schrank ist noch Platz.«

»Ich habe keine Zeit für deine dümmlichen Witze! Wo ist die Belrot?«

»Hast du zugenommen, oder bist du schwanger?«

»Das geht dich nichts an!«

Hedi sah an Anette vorbei zum Wagen. »Spielt Christoph-Sebastian im Kofferraum Verstecken?«

»Bernd kann sich auch mal um seinen Sohn kümmern.«

»Muß er nicht arbeiten?«

»Er fiel gestern besoffen vom Chaiselongue.«

»Von der Chaiselongue, oder?«

»Er hat mir höchst interessante Neuigkeiten erzählt.«

»Vorher oder nachher?«

Anettes Gesichtsfarbe glich inzwischen der ihres Rockes. »Wo ist sie?«

»Was hat Vivienne damit zu tun?«

»Das sage ich ihr selbst.«

»Vivienne! Besuch für dich«, rief Hedi die Treppe hinauf. Sie folgte ihrer Schwägerin ins Wohnzimmer. »Setz dich. Willst du einen Kaffee?«

Anette blieb stehen. »Es ist eine Unverschämtheit, daß dein Mann unter den Augen eines Kindes nackt in den Mühlteich springt, Hedwig!«

»Dein kleiner Liebling leidet an übersteigerter Phantasie.«

»Es fragt sich, *wer* hier an übersteigerter Phantasie leidet.«

»Du solltest deinem Sohn abgewöhnen, in Büschen herumzukriechen und die Gespräche fremder Leute zu belauschen. Davon abgesehen, zwingt dich niemand, deinen Wonneproppen unserem verderbten Einfluß auszusetzen, oder?«

»Wenn die Belrot nicht innerhalb von zwei Minuten auf der Bildfläche erscheint, werfe ich den Schrott auf den Hof.«

»Könntest du mir bitte endlich erklären, was...«

»Frau Winterfeldt! Schön, Sie zu sehen«, sagte Vivienne von der Tür her. Ihr Lächeln wirkte gezwungen.

Anette sah sie böse an. »Ich mag es nicht, wenn man mich für dumm verkauft, Frau Belrot!«

Vivienne kam herein und streckte Anette die Hand hin. »Aber verehrteste Frau Winterfeldt, ich...«

»Ich verlange auf der Stelle mein Geld zurück!«

Vivienne ließ ihre Hand sinken.

»Was zum Teufel ist in dich gefahren?« fragte Hedi.

Anettes Augen blitzten. »Wenn du es genau wissen willst, Schwägerin: Du teilst dein Haus mit einer miesen Hochstaplerin.«

Vivienne wurde kreidebleich. »Ich möchte Ihnen nahelegen, genau zu überdenken, was Sie hier vor Zeugen von sich geben, Frau Winterfeldt.«

»Meine Informationen sind aus erster Hand, verehrteste Frau Belrot. Schließlich haben wir ja einen Detektiv in der Familie, nicht wahr, Hedwig?«

»Du willst doch nicht andeuten, daß Klaus...«

»Dein Noch-Ehemann war so nett, ja. Auf Bernds Bitten hat er diverse Erkundigungen eingezogen.« Sie sah Vivienne an. »Das Ergebnis ist wenig schmeichelhaft für Sie.«

»Das sind infame Lügen! Sie...«

»Ich habe Ihre angebliche Kunst einem anerkannten Sachverständigen vorgelegt. Als er den Preis erfuhr, hat er sich kaputtgelacht.«

»Was unterstehen Sie sich! Meine Arbeiten werden sogar in New York nachgefragt!«

Anette lachte verächtlich. »Wenn die Amis so dumm sind, den Schund zu kaufen, sind sie selbst schuld. Hilft mir jetzt jemand beim Ausladen, oder soll ich den Mist vor die Haustür kippen?«

Vivienne brach in Tränen aus. Hedi folgte Anette und räumte die Bilder aus dem Mercedes. »Und jetzt den Scheck«, sagte Anette, als sie fertig war.

»Der geht dir per Einschreiben zu.«

»Wenn innerhalb von sieben Tagen die sechzigtausend nicht auf meinem Konto gutgeschrieben sind, werdet ihr mich kennenlernen.«

»Ich glaube nicht, daß es da noch viel Neues zu entdecken gibt.«

Anette stieg in ihren Wagen und warf die Tür zu. Hedi klopfte an die Scheibe. Anette drückte auf den Fensterheber.

»Dir ist klar, daß Christoph-Sebastian seine Ferien in Zukunft woanders verbringt, ja?«

»Im Gegensatz zu seinem Bruder ist Bernd liquide genug, eine angemessene Betreuung für seinen Nachwuchs zu finanzieren, meine Liebe.«

»Ich empfehle dir, das Meißner Porzellan gegen Erdbeben zu versichern.«

»Und *ich* empfehle *dir*, deine mäusekotverdreckte Bruchbude im *Sperrmüll* zu inserieren. Am besten unter der Rubrik *Verschenke*.« Anette ließ das Fenster nach oben gleiten, startete den Motor und brauste in einer Staubwolke vom Hof. In der Einfahrt stieß sie um ein Haar mit Reiner Kunzes Taxi zusammen. Er machte eine Vollbremsung, fuhr feixend an Hedi vorbei und parkte zwischen Hühnergehege und VW-Bus ein.

»Alle Wetter! Die Dame hat einen Fahrstil, als sei der Leibhaftige hinter ihr her«, sagte er statt einer Begrüßung.

»Die Dame *ist* der Leibhaftige«, sagte Hedi. »Und obendrein meine Schwägerin.«

Reiner lachte. Sein Blick fiel auf die Bilder, die neben dem Eingang an der Wand lehnten. »Was für kraftvolle, lebendige Farben! Die hat mir Vivienne gestern aber nicht gezeigt.« Er betrachtete Leinwand für Leinwand. »Herrlich! Genau das, was ich suche.«

»Wollten Sie nicht Ihre Verlobte mitbringen?« fragte Hedi.

»Nun ja... Wir haben uns heute früh beim Geschirrspülen so gezofft, daß sie es vorzog, den Tag ohne mich zu verbringen. Von meinem nächsten Taxisold werde ich unserem verlotterten Haushalt eine Spülmaschine spendieren.«

»Ich bin seit mehr als achtzehn Jahren verheiratet und sage Ihnen: Die löst das Problem auch nicht.«

Reiner lachte. »Fährt Ihr Mann zufällig auch Taxi?«

»Er ist bei der Polizei.«

»Liebe Zeit! Hoffentlich nicht in Frankfurt?«

»Viertes Revier in Offenbach.«

»Unsere Freunde und Helfer mögen mich nämlich nicht besonders. Beruht allerdings auf Gegenseitigkeit.«

»Ach?« sagte Hedi amüsiert.

»Die Abo-Gebühren für ihre Parktickets sprengen regelmäßig mein Budget. Außerdem haben sie mir mein Schillum geklaut. Samt dazugehörigem Zimmergewächshaus. Eine Woche vor der Ernte.« Er nahm eins der Bilder hoch und betrachtete interessiert giftgelbe Quader und meerblaue Kugeln, die aus der violett grundierten Leinwand herauszupurzeln schienen. »Außerdem finde ich es an der Zeit, daß sie mal andere Rasterbögen für Verbrecher einführten. Bei jeder zweiten Verkehrskontrolle bin ich dabei. Ist Vivienne in ihrem Atelier?«

»Äh... nein.«

Reiner stellte das Bild zurück. »Sie machen ein Gesicht, als hätten Sie sich auch beim Spülen gezofft.«

Hedis Blick blieb an einem gelben Quader hängen. »Vivienne ist heute nicht in der Lage, Besuch zu empfangen.«

»Lassen Sie mich raten: Ihre Unpäßlichkeit hängt mit der leibhaftigen Dame und der Sammlung hier zusammen, stimmt's?«

»Meine Schwägerin ist der Meinung, daß die Bilder nichts taugen. Da sie vor der Konsultation eines Kunstexperten gegenteiliger Ansicht war, kaufte sie zehn Stück auf einmal, und jetzt will sie ihr Geld zurück, das wir nicht mehr haben.«

»Das kommt mir irgendwie bekannt vor. Aber Sie befinden sich in guter Gesellschaft.«

»Bitte?«

»In den Jahren 1864 bis 1870 wurde in den Vororten von Paris niemand so oft per Gerichtsbeschluß verkauft wie Claude Monet. Jedesmal, wenn der Stapel an Rechnungen zu hoch wurde, ließ er seinen gesamten Hausstand zurück und machte sich aus dem Staub. Mehr als zweihundert seiner Bilder kamen auf diese Weise preisgünstig unters Volk. Wahrscheinlich endeten die meisten davon in Hinterzimmern übervorteilter Bäcker, Metzger und Weinhändler, deren Erben bei der Entrümpelung Freudentänze aufführten. Monet war Gourmet und liebte es zu feiern. Lassen Sie mich mit ihr reden, ja?«

»Sie hockt im Wohnzimmer und heult sich die Augen aus dem Kopf.«

»Ich kenne ein paar Anekdötchen, die jeden Regenschauer sofort in Sonnenschein verwandeln. Wetten?«

»Ihr Künstler macht es euch verdammt einfach.«

Er grinste. »Wir beide haben auch noch eine Wette offen.«

»Und welche?«

»Daß mein Handkäs *nicht* schlecht wird!« Er ging von neuem Viviennes Bilder durch, suchte drei heraus und nahm sie mit ins Haus.

Vivienne saß auf dem Biedermeiersofa und schluchzte. Reiner stellte die Bilder nebeneinander an den Wohnzimmerschrank. »Hallo, Vivienne.«

Sie sah ihn aus kajalverschmierten Augen an. »Wo kommen Sie denn her?« Ihr Blick wanderte zu Hedi. »Wie kannst du...!«

»Ihre Freundin ist unschuldig. Ich brauche dringend diese Exponate hier.«

»Und warum?« fragte Vivienne zaghaft.

»Erinnern Sie sich denn nicht an die Ausstellung in Paris?«

Vivienne holte ein Taschentuch hervor und schneuzte sich. »Welche Ausstellung?«

»Ist schon ein Weilchen her. Ich war zusammen mit Monsieur Vincent dort. Ein zeitgenössischer Maler. Vielleicht kennen Sie ihn?«

Vivienne schüttelte den Kopf.

»Der Arme faselte friedlich vor sich hin, und nichts ließ mich das Unglück ahnen, das folgen sollte.«

Hedi und Vivienne wechselten einen verständnislosen Blick. Reiner zeigte auf das rechte von Viviennes Bildern. »Er ertrug sogar den Anblick der *Fischerboote beim Verlassen des Hafens* ohne größeren Schaden, vielleicht deshalb, weil ich ihn rechtzeitig davor bewahrte, sich darin zu versenken, noch bevor die kleinen widerlichen Figuren im Vordergrund auf ihn einwirken konnten.«

»Herr Kunze! Ich bitte Sie!« rief Hedi.

Vivienne setzte an, um etwas zu sagen, schwieg aber. Reiner stellte sich neben das mittlere Bild und zog die Stirn in Falten. »Leider war ich so unvorsichtig, ihn zu lange vor dem *Boulevard des Capucines* stehen zu lassen. *Haha*, lachte er teuflisch, *das hier ist ganz gut! Nur sagen Sie mir, was sind diese dunklen Spuckeflecken da unten? Das?* sagte ich. *Das, mein Lieber, sind Spaziergänger. Blitz und Donner!* rief Monsieur Vincent. *Sehe ich etwa so aus, wenn ich den Boulevard des Capucines hinunterspaziere? Sie machen sich lustig über mich!«*

Vivienne betupfte ihre Augen mit dem Taschentuch. Hedi hatte das Verlangen, Reiner einen Backstein an den Kopf zu werfen.

»Ich versicherte dem guten Vincent, daß ich mich bestimmt nicht über ihn lustig machte. *Aber diese Flecken da!* rief er. *Die hat man so hingesetzt, wie wenn man einen Brunnenstein kalkt! Peng! Zack! Das ist unerhört! Schrecklich! Davon bekommt man ja einen Schlag!«*

»Es reicht!« sagte Hedi.

Reiner hielt ihr das Bild vors Gesicht. »Mal ehrlich: Wie würden Sie das nennen? Spaziergänger oder Spuckeflecken?«

»Nun, ich . . .«

»Ich wünsche eine ehrliche Antwort, Hedwig!« sagte Vivienne.

»Ich denke, mir fehlt das rechte Verständnis, das zu beurteilen.«

»Monsieur Vincents Lieblingsbild war die Nummer achtundneunzig«, sagte Vivienne.

Reiner grinste. »Sie erinnern sich also doch?«

Vivienne zeigte auf das linke Gemälde. »*Impression. Sonnenaufgang.*«

Hedi konnte nichts erkennen, das auch nur im entferntesten wie ein Sonnenaufgang ausgesehen hätte. »Und was sagte Monsieur Vincent zu diesem Bild?«

»*Was für eine Freiheit! Was für eine Leichtigkeit im Pinselstrich! Eine Tapete im Embryonalstadium sieht bemühter aus als dieses Seestück!«*

»Seestück? Aber da ist ja nicht mal so was Ähnliches wie Wasser drauf!«

Reiner und Vivienne fingen an zu lachen. »Le Charivari. Die Ausstellung der Impressionisten, 1874«, sagte Vivienne.

»Imaginärer Dialog mit einem traditionellen Maler. Leicht abgewandelt«, fügte Reiner augenzwinkernd hinzu. »Im Original erstellt von Louis Leroy, weniger bekannt als bildender Künstler denn als Verfasser satirischer Schmähschriften. Von uns gegangen im Jahre des Herrn 1885.«

»Ich glaube, ich spinne!«

»Wette gewonnen, oder?«

»Ich finde das überhaupt nicht witzig!«

»Sorry. Ich wollte nur ...«

»Ihr habt nicht den Hauch einer Ahnung, worum es überhaupt geht, verdammt noch mal! Ich habe alles, was ich besitze, in dieses Haus gesteckt, und wenn Anette nicht schnellstens ihr Geld wiederbekommt, hetzt sie uns eine Horde Gerichtsvollzieher auf den Hals!«

»Tut mir leid«, sagte Reiner betreten.

»Ich spreche mit meiner Agentin«, sagte Vivienne. »Gleich morgen früh. Wo wir gerade bei Monet sind: Wußtest du, daß er von 1864 bis 1870 der am meisten per Gerichtsbeschluß verkaufte Maler ...«

»Das interessiert mich einen feuchten Kehricht!« Hedi lief hinaus und warf die Tür zu, daß die Gläser im Schrank klirrten.

»So wütend habe ich sie noch nie erlebt«, sagte Vivienne.

»Die Geschichte kannte sie schon.« Reiner zeigte auf die Bilder. »Im Ernst: Die sind wirklich gut.«

»Ich schenke sie Ihnen.«

»Vivienne! Sie können nicht ...«

»Draußen die auch.«

»Morgen werden Sie es bereuen.«

Vivienne sah zum Kamin. »Ich muß Ihnen wohl kaum erklären, was Monet mit seinen ungeliebten Werken angestellt hat, oder?«

Reiner grinste. »Na gut. Als Gegenleistung biete ich Ihnen ein Jahr lang freie Bewirtung in meiner Kneipe. Mit Handkäs *ohne* Musik.«

»Verschwinden Sie«, sagte Vivienne lächelnd. »Bevor ich es mir noch anders überlege. Und schicken Sie mir eine Einladung zur Eröffnungsfeier, ja?«

Vivienne fand Hedi in der Töpferwerkstatt. »Es tut mir leid«, sagte sie kleinlaut.

Hedi nahm eine Handvoll Ton aus einer mit feuchten Tüchern ausgeschlagenen Kiste und warf ihn schwungvoll auf die Töpferscheibe. »Ach ja?«

»Wir wollten dich wirklich nicht...«

»Es ist mir egal, ob ihr euch über meine Dummheit kaputtlacht oder nicht.« Sie bespritzte den Ton mit Wasser, legte ihre gewölbten Hände darauf und schaltete die Scheibe ein. »Ich brauche sechzigtausend Mark, oder wir können den Laden hier dichtmachen.«

»Ich verspreche, daß ich morgen nach Frankfurt...«

»Verdammt und zugenäht! Nicht mal das Zentrieren klappt heute.« Hedi schaltete die Scheibe aus, feuerte den Ton in die Kiste zurück und säuberte ihre Hände in einem Eimer Wasser. »Wir fahren jetzt sofort.«

Vivienne wurde blaß. »Wie? Du meinst...«

Hedi zog ihre tonverschmierte Schürze aus und hängte sie an einen rostigen Nagel neben die Tür. »Ich verlasse das Büro der Eschenberg nicht eher, bis sie dir einen Scheck in die Hand gedrückt hat.«

»Ich sollte vielleicht erst noch einmal versuchen, allein...«

»Nein. Diesmal rede *ich* mit ihr. Und zwar in einer Sprache, die sie versteht.«

»Aber...«

»Du hattest Zeit genug!«

Hedi ging ins Haus und holte den Autoschlüssel. Als sie zurückkam, stand Vivienne vor ihrer gelbblauen Leinwand und produzierte grüne Kreise. »Ich muß das unbedingt fertigmachen. Morgen könnten wir...«

»Ich werde *heute* mit deiner Agentin sprechen, und wenn du dich auf den Kopf stellst.«

»Liebe Güte! Da fällt mir gerade ein...«

»Die Adresse.«

»Antoinette erwähnte, daß sie im August für vier Wochen nach Saint Tropez fährt.«

»Davon überzeuge ich mich selbst.«

Vivienne stiegen Tränen in die Augen. »Hat es dein rachsüchtiger Mann endlich geschafft, einen Keil zwischen uns zu treiben?«

»Laß Klaus aus dem Spiel.«

»Er ist doch schuld an allem! Hätte er deinem Schwager nicht...«

»Ich frage zum allerletzten Mal: Wo ist das Büro von Frau Eschenberg?«

Vivienne ließ den Pinsel fallen und schlug die Hände vors Gesicht. »Ich weiß es nicht, Hedi.«

»Was soll das heißen?«

»Ich habe mich so entsetzlich geschämt, es dir zu sagen. Ich...«

»Du hast dich geschämt, mir *was* zu sagen?«

»Ich habe ihr vertraut. Dabei hat sie mich bloß ausgenutzt. Auf die hinterhältigste Art und Weise belogen und betrogen. Und jetzt ist alles zu spät.«

»Erzähl's mir bitte so, daß ich es kapiere.«

Vivienne wischte sich die Tränen aus den Augen. »Nach meinen ersten Erfolgen als Malerin kehrte ich aus Frankreich nach Deutschland zurück. Ich fühlte mich sehr einsam. Es ist schlimm, wenn man niemanden hat, mit dem man reden kann.« Sie holte ein Taschentuch aus ihrer Hosentasche und schneuzte sich. »Antoinette sprach mich auf einer Vernissage an. Sie lobte meine Bilder und fragte, ob ich Interesse an einer Zusammenarbeit mit ihr hätte; sie könne meine Arbeiten an finanzkräftige Kunstsammler im Ausland vermitteln. Nach einigen erfolgreichen Verkäufen bot sie mir an, sich auch um die Verwaltung meines Vermögens zu kümmern. Sie versprach, das Geld krisensicher und gewinnbringend anzulegen.«

»Klaus sagt, du hast alles verpraßt.«

»Ich gab alles Antoinette.«

»Was hat sie damit gemacht? Für Warentermingeschäfte optiert?«

Vivienne zuckte mit den Schultern. »Ich habe nicht groß nachgefragt. Es lief ja bestens.«

»Seit wir hier wohnen, lief gar nichts.«

»Es war mein Fehler. Ich dachte, ich könnte jederzeit über mein Vermögen verfügen, und ...«

Hedi stemmte die Hände in die Hüften. »Willst du damit sagen, du wußtest die ganze Zeit, daß du die hundertfünfzigtausend, die du mir für die Renovierung versprochen hattest, gar nicht bekommen konntest?«

»Hedi, ich ...«

»Du hast mich sehenden Auges ins Unglück rennen lassen? Du hast Tausende und Abertausende von Mark für Firlefanz zum Fenster rausgeschmissen, obwohl dir klar war, daß ...«

»Hedi, bitte! Laß dir erklären ...«

»Wo wohnt diese verfluchte Eschenberg?«

»Vorgestern versuchte ich, sie zu kontaktieren.«

»Eben sagtest du, daß sie in Urlaub ist.«
»Das war nicht ganz die Wahrheit.«
»Und was ist die Wahrheit, verdammt noch mal?«

Vivienne fing an zu weinen. »Sie ist verschwunden. Mit Sack und Pack abgehauen. Selbst ihr Name auf dem Klingelschild ist weg. Es ist, als habe sie nie existiert.«

»Klaus sagt, das hat sie auch nicht.«

»Hätte ich kontrollieren sollen, ob sie ihren Meldezettel ordentlich ausgefüllt hat?«

»Also gut. Dann fahren wir jetzt zur Polizei und erstatten Anzeige wegen Diebstahl, Betrug, Untreue oder was immer da in Betracht kommt.«

»Nein! Das geht nicht, weil... Nun ja, ich habe hier und da vergessen, Formulare fürs Finanzamt auszufüllen, wenn du verstehst, was ich meine.«

»Klar! Du hast den Staat beschissen, du hast mich beschissen, und jetzt hat die Eschenberg dich beschissen. Hast du eine Sekunde daran gedacht, daß du nicht nur unsere, sondern auch die Existenz von Uwe aufs Spiel setzt?«

Vivienne sah zu Boden. »Ich kann dir gar nicht sagen, wie leid mir das alles tut.«

»Du wiederholst dich.«

»Ich könnte mein Auto verkaufen.«

»Das reicht nicht.«

»Bestimmt finde ich eine Galerie, die...«

»Mein Bedarf an finanzstarken Möchtegernkunsthändlern ist gedeckt.«

»Du bist gemein.«

»Hast du überhaupt jemals irgendeinen deiner Schinken an irgend jemanden verkauft?«

Viviennes Unterlippe fing an zu zittern. »Ja, habe ich. Mehr als fünfhundert Stück, wenn du's genau wissen willst.«

»Das glaubst du doch selbst nicht.«

»Ich kann nichts dafür, daß die Nachfrage momentan stagniert.«

»Vielleicht solltest du Bilder malen, die die Leute mögen.«

Vivienne wurde weiß vor Zorn. »Eine tolle Idee! Wirklich famos!« Sie riß die Leinwand von der Staffelei und warf sie auf den Boden. »Röhrende Hirsche im Waldesgrün! Glutäugige Zigeunerinnen! Bäumchen! Blümchen! Häuschen! Damit Papi was zum Über-die-Couch-Hängen hat!«

»Du kannst die Menschen nicht zwingen, Geld für etwas auszugeben, das sie häßlich finden.«

Vivienne trampelte auf der Leinwand herum. Der Holzrahmen zerbrach, und die Ölfarbe färbte ihre gelben Ballerinas blau. »Unsere Kunst muß schön sein, Frau Belrot. Das Auge erfreuen, Sehnsüchte wecken, Träume, Gefühle. Daß ich nicht lache!«

»Hör auf«, sagte Hedi.

»Massenware! Billigkram! Kitsch! Dreimal verdammten Kitsch hängt ihr euch über eure dreimal verdammten Wohnzimmersofas! Und habt keinen Schimmer davon, was Kunst überhaupt ist!«

»Ich dachte immer, es hat was mit Können zu tun. Im übrigen darfst du mich ruhig wieder duzen.«

Vivienne betrachtete traurig das zerstörte Bild. »Ich suche Visionen, Hedi. Energie. Licht.« Ihr Kinn zitterte, und Tränen liefen über ihr Gesicht. »Das Leben ist Licht. Wir sind Licht.«

»Paß auf, daß du nicht in die Splitter trittst.«

»Es explodiert, dringt in das Wesen ein, tritt als Eroberer auf; es beherrscht die Welt, die seinem Ruhm eine Stütze ist, seinem Triumph ein Instrument und ... Ich habe versagt. Alles umsonst.«

Hedi hob die Reste der Leinwand auf. »Was hat dir deine Zerstörungswut jetzt gebracht?«

»Ich fühle mich besser.«

»So siehst du aber nicht aus.« Hedi holte einen Besen und kehrte die herumliegenden Holzsplitter zusammen.

Vivienne sank auf ihren Hocker. »Ich wollte dich nicht betrügen.«

»Laß gut sein.«

»Malen ist mein Leben!«

Wieviel sie auch gelogen hatte, das zumindest meinte sie ernst. Hedi lächelte. »Was würdest du eigentlich machen, wenn ich nicht ab und zu deinen Dreck wegräumen und dir was zu essen hinstellen würde, hm?«

Vivienne sah sie scheu an. »Wahrscheinlich Odenwälder Springblattpampelmusen verspeisen.«

29

»Was ist das denn?« fragte Klaus amüsiert, als er nach dem Ende der Sommerferien zu seinem ersten Spätdienst kam. »Während der Arbeit bunte Bildchen angucken?«

Dagmar wandte ihren Blick vom Bildschirm. »Hallo, Klaus. Ich glaube, ich geh' da mal hin.«

»Wohin?« Er kam näher und verzog das Gesicht. »*Liebe Kolleginnen und Kollegen, in Fortsetzung des Leitbild-Umsetzungsprozesses und in Übereinstimmung mit unserem Behördenleiter planen wir, in einer angenehmen Arbeitsatmosphäre den ersten Workshop für Vorgesetzten-Qualifikation zu veranstalten. Ziel soll sein, Standards zu entwickeln, wie zukünftig Führungsfunktionen vergeben werden. Anmeldungen bitte per E-Mail an die Mail-Anschrift Leitbildbeauftragte, F 10-Menü*. Ja, und? Wie oft wollen die das noch machen?«

»Das ist der erste Workshop zu diesem Thema«, sagte Dagmar. »Und ich finde, statt ewig nur rumzumeckern, stünde es dir gut zu Gesicht, aktiv zur Verbesserung der Situation beizutragen.«

»Du glaubst doch nicht, daß ich meine Zeit damit verplempere, irgendwas auf Zettel zu schreiben, das seit Jahr und Tag bekannt ist und bloß nicht umgesetzt wird.«

»Das sind doch nur Ausreden.«

»Du solltest dich mal mit Michael unterhalten. Als er seine Kommissarsausbildung gemacht hat, hieß das Zauberwort noch *Kooperatives Führungssystem*. Transparenz wurde da von den Vorgesetzten gefordert, Kritikfähigkeit und was weiß ich noch alles. Und jetzt wollen sie uns die gleiche Mogelpackung unter der Überschrift *Leitbild* noch mal unterjubeln? Ohne mich.«

»Ich finde ...«

»Schau dir die Beförderungspraxis bei uns an. Schau dir Leute wie Kissel an. Und schau dir's in fünf Jahren wieder an. Ich prophezeie dir: Der Status quo feiert fröhliche Urständ.«

»Zumindest die Hoffnung sollte man sich bewahren, oder?«

»Wir hatten mal einen jungen Kollegen aus Wiesbaden hier. Der wußte nichts, aber dafür alles besser und konnte es auch noch rhetorisch geschliffen verkaufen. Uli ist fast wahnsinnig geworden mit ihm. Und das will weiß Gott was heißen. Ich traf ihn drei Jahre später bei einem Demoeinsatz wieder. Er leitete irgendeinen Unterabschnitt vom Unterabschnitt und sprach mich mit *Herr Winterfeldt* an. Heute ist er Polizeirat, sitzt im Innenministerium und entwirft Konzepte, die für die polizeiliche Praxis so nützlich sind wie ein Unterseeboot fürs Rasenmähen.«

Dagmar mußte lachen. »Es gibt aber auch andere.«

Hans-Jürgen kam herein. »Sieh an: Unser Dream-Team sitzt in trauter Eintracht vor dem Computer.«

»Wie du siehst, stehe ich«, sagte Klaus.

Dagmar meldete sich ab. »Und gleich fahren wir sogar.«

Als sie von der Streife zurückkamen, saß Hans-Jürgen bei Michael auf der Wache und hielt ein Schwätzchen. »Na? Wart ihr erfolgreich?« fragte er grinsend.

Klaus hängte den Autoschlüssel ans Bord. »Ein leerer Knöllchenblock und dreizehn Festnahmen. Reicht das?«

»Und als Abschluß eine kleine Spazierfahrt durch den schattigen Wald?«

Dagmar lief rot an. »Was soll das heißen?«

»Ich bin nicht der einzige im Vierten Revier, der sich darüber wundert, daß unser Zwangssingle Winterfeldt plötzlich so ein Faible für gemischte Streifen hat.«

»Du hast es gerade nötig«, sagte Klaus.

»Das ist eine Unverschämtheit!« sagte Dagmar. »Ich...«

»Frau Streibel?«

Sie wandte sich erschrocken zur Tür. Dienststellenleiter Kissel verzog keine Miene. »Kommen Sie bitte in mein Büro.«

»Ja, Herr Kissel.«

»Ihr solltet eure Diskussionen auf den Nachtdienst verschieben«, sagte Michael, als Kissel gegangen war.

»Da gibt es nichts zu diskutieren!« entgegnete Dagmar wütend und verließ die Wache.

Das Telefon klingelte. Michael nahm ab. »Polizeinotruf... Ja, ich verstehe. Ich schicke Ihnen eine Streife vorbei. Das Spezialkommando?« Er zwinkerte Klaus zu. »Nun, da müßten Sie sich ein bißchen gedulden, Frau Westhoff. Die Beamten sind gerade in einer anderen Sache unterwegs. Gut. Ich denke, spätestens in einer Dreiviertelstunde sind sie bei Ihnen. Auf Wiederhören.«

»Die hat mir gerade noch gefehlt«, knurrte Klaus.

Hans-Jürgen lachte. »So ein bißchen Geisterbeschwörung erledigt unser Dream-Team doch mit links, oder?«

»Wenn du noch mal so einen Mist daherredest, solange der Chef im Haus ist, hau' ich dir eine rein.«

»Man wird ja wohl einen harmlosen Scherz machen dürfen!«

Klaus sah Michael an. »Sag Dagmar, ich warte draußen auf sie.«

Zehn Minuten später kam Dagmar in den Hof. Sie stieg in den Streifenwagen und knallte die Tür zu. »Man sollte dem Blödmann für sein Dummgelaber in den Hintern treten!«

»Wem?« fragte Klaus amüsiert. »Kissel oder Hans-Jürgen?«

»Am besten beiden!«

Klaus fuhr los. »Ich nehme an, Michael hat dich über unseren bedeutungsvollen Einsatz aufgeklärt?«

Dagmar verzog das Gesicht. »*Nicht, daß wir uns etwa mißverstehen, Frau Streibel. Ich schätze Sie als eine überaus engagierte Beamtin, aber in der letzten Zeit meine ich festgestellt zu haben, daß Sie in Ihrem Auftreten ein wenig zu... nun, sagen wir mal, leger geworden sind.*«

Klaus lachte. »Laß mich raten: Unser Dienststellenleiter hat dir im Hinblick auf die nächste Beurteilungsrunde dringendst anempfohlen, dich meinem schlechten Einfluß zu entziehen.«

»Er glaubt allen Ernstes, wir hätten was miteinander!«

»Ach ja?«

»Ich weiß nicht, was es da zu grinsen gibt.«

»Im Interesse deiner beruflichen Zukunft solltest du erwägen...«

»Ich habe die Sache mit der Verfolgungsfahrt richtiggestellt.«

Klaus wurde ernst. »Das war dumm.«

»Ich kann es nicht leiden, wenn andere für meine Fehler verantwortlich gemacht werden.«

»Das ist nicht der Punkt.«

»Doch!«

Klaus bog in die Groß-Hasenbach-Straße ein und hielt vor Maria Westhoffs Haus. »Wenn du in unserem Laden Karriere machen willst, solltest du dir genau überlegen, wem du was wann wie sagst.«

Dagmar stieg aus. »Den Teufel werde ich tun!«

Klaus blickte zum Himmel. »Das sieht nach einem Gewitter aus.«

»Sehr passend.«

»Hast du den Eliminator?«

»Wen?«

»Das Funkgerät. Zum Gespenstervertreiben.«

»Warum kann dich Herr Kissel eigentlich nicht leiden?« fragte Dagmar, als sie wieder im Streifenwagen saßen.

Der Himmel war fast schwarz. Es fing an zu regnen. Klaus schaltete die Scheibenwischer ein. Die Windschutzscheibe verwandelte sich in schlieriges Milchglas. Im Wageninneren breitete sich der Geruch nach Frostschutzmittel aus. »Scheißkarre!«

»Ich warte auf eine Antwort.«

Vereinzelt zuckten Blitze. Der Regen wurde stärker. »Ich wohne im falschen Haus.«

»Diese Frau Ecklig kann ja wohl kaum der Grund sein, daß er kein gutes Haar an dir läßt.«

»Tut er das?«

»Er sagt, du seist disziplinlos und hieltest dich nicht an die Vorschriften.«

»Da hat er nicht ganz unrecht, oder?«

»Aber es gibt manchmal gute Gründe, warum man sich nicht an die Vorschriften hält.«

»Mit der Auffassung schaffst du nicht mal die erste Stufe zur Teppichbodenetage.« Klaus bog vom Großen Biergrund nach links in die Berliner Straße ein. Er zeigte auf den Neubau der Städtischen Sparkasse. »Das Ding sieht aus wie ein Stück Quarktorte mit Fenstern.«

Dagmar warf ihre Uniformmütze auf den Rücksitz. »Du nimmst mich, verdammt noch mal, einfach nicht ernst!«

»Ich lasse dich immerhin ab und zu Auto fahren.«

»Soll ich dir vor Dankbarkeit die Füße küssen?«

»Warte bitte, bis wir drin sind. Damit Hans-Jürgen auch etwas davon hat.«

»Manchmal bezweifle ich wirklich, ob du...«

»Das darf doch nicht wahr sein!«

»Was ist?«

»Da vorn! Der Bengel versucht, der alten Dame die Tasche wegzureißen!«

Vor der Fußgängerampel an der Französisch-Reformierten Kirche zerrte ein etwa sechzehnjähriger Junge an der Handtasche einer weißhaarigen Frau, die jedoch nicht daran dachte loszulassen. Statt dessen schlug sie dem Täter ihren Regenschirm auf den Kopf.

Als der Junge den Streifenwagen bemerkte, ergriff er die Flucht in Richtung des nahe gelegenen Büsing-Parks.

Klaus stoppte und nahm mit Dagmar zusammen die Verfolgung auf. Sie erwischten den verhinderten Räuber an der mit Brettern vernagelten Ruine des Metzlerschen Badetempels im Lilipark.

Als sie außer Atem und durchnäßt mit dem Festgenommenen zurückkamen, stand der Streifenwagen ordentlich geparkt vor dem Abgang zur S-Bahn auf dem Kirchenvorplatz. Die alte Dame stieg aus und spannte ihren Regenschirm auf. Eine Windbö riß ihn ihr fast aus der Hand.

»Prima hawwe Sie des gemacht!« rief sie gegen das Gewitter an. »Ich hab' derweil e bissi uff Ihr Audo uffgepaßt.« Sie musterte den Täter mit funkelnden Augen. »Mir alt Fraa die Handdasch klaue wolle, hä?« Bevor Klaus oder Dagmar reagieren konnten, verpaßte sie dem Jungen eine schallende Ohrfeige. »Des haste davon.«

»Na, na! Selbstjustiz ist aber nicht erlaubt«, sagte Klaus mit einem Augenzwinkern.

»Die hatter sich redlich verdient.« Sie kramte in ihrer Handtasche und hielt Dagmar ihren Personalausweis hin. »Den brauche Sie jetzt, gell?«

»Haben *Sie* unseren Streifenwagen weggefahren?« fragte Dagmar ungläubig.

»Ei, wer dann sonst? Des Ding stand schließlich mitte uff de Gass. Wolle Sie mein' Führerschein sehe?«

»Lassen Sie mal. Das war schon in Ordnung«, sagte Klaus grinsend.

Dagmar nahm die Personalien auf, während Klaus den mit Handschellen gefesselten Täter auf den Rücksitz des Streifenwagens verfrachtete. »Einen schönen Tag noch«, sagte Klaus zu der Dame. Sie nickte ihm lächelnd zu und ging davon. Dagmar warf ihre nasse Uniformmütze auf den Beifahrersitz und setzte sich zu dem Festgenommenen nach hinten. Klaus fuhr los. Der Regen klatschte aufs Wagendach.

»Es ist nicht zu fassen!« sagte Dagmar kopfschüttelnd.

»Hast du etwa was gegen Frauen am Steuer?« fragte Klaus. Der Festgenommene neben Dagmar grinste. Auf seiner linken Wange zeichneten sich die Konturen mehrerer Finger ab.

»Habt ihr ein gemeinsames Bad genommen?« fragte Hans-Jürgen, als sie kurz vor Dienstschluß in die Wache kamen. Klaus warf ihm einen wütenden Blick zu. Hans-Jürgen zuckte mit den Schultern. »Der Chef ist heimgegangen, falls dich das beruhigt.«

Klaus sah Michael an. »Wir haben den Kerl in den Bau gesetzt. Die Kollegen vom Dauerdienst wissen Bescheid.«

»Die vierzehnte Festnahme für heute«, sagte Hans-Jürgen.

Dagmar lächelte. »Darauf gehen wir jetzt einen trinken, was, Klaus?«

»Ihr benehmt euch wie im Kindergarten«, sagte Michael.

»Ich lasse mich nicht von jemandem beleidigen, der neunzig Prozent seiner Dienstzeit mit Beamtenmikado verbringt«, sagte Dagmar und ging.

Michael und Hans-Jürgen wechselten einen erstaunten Blick. Klaus grinste. »Alle Achtung! Unsere junge Kollegin macht sich.«

»Beamten... was?« fragte Hans-Jürgen.

»Wer sich zuerst bewegt, hat verloren. Schönen Feierabend.« Klaus ging in den Spindraum hinauf und zog die nassen Sachen aus. Als er das Revier verließ, hatte es aufgehört zu regnen. Im Hof standen Pfützen, der Asphalt glänzte.

»Das war ernst gemeint.«

Er drehte sich überrascht um.

»Mich hat es schon länger interessiert, wo du deine Abende verbringst«, sagte Dagmar.

»Papa Vincenzo wird sich freuen.«

»Wer?«

»Du weißt nicht allzuviel von der Stadt, in der du Dienst tust, hm?«

»Ich wohne in Frankfurt.«

»Um so schlimmer. Wo hast du geparkt?«

»Ich reise mit der S-Bahn, falls du es immer noch nicht bemerkt hast.«

Klaus lachte. »Dann steht einem gemütlichen Schoppen ja nichts im Wege.«

Bei Vincenzo war eine kleine Kneipe in einem teerpappengedeckten Flachbau im verwinkelten Hinterhof einer alten Fabrikanlage. Die wenigen Tische und Stühle waren besetzt, die Luft zum Schneiden, der Geräuschpegel beträchtlich. Mit Mühe und Not fanden Dagmar und Klaus Platz an der Theke.

Papa Vincenzo war Mitte Zwanzig, sprach fließend Offenbacherisch und sah aus, als komme er geradewegs vom Bosporus. Er begrüßte Klaus mit Handschlag. »Na, Kumpel! Haste endlich Ersatz gefunne?«

Klaus lachte. »Meine Kollegin ist bereits anderweitig vergeben. Also benimm dich, Ali! Und bring uns zwei Pils.«

Ali grinste. »Claro, Chef!«

»O Gott«, sagte Dagmar.

Klaus zuckte mit den Schultern. »Du wolltest es ja nicht anders.«

»Ich hatte mich auf einen gemütlichen Italiener eingestellt.«

»Der gemütliche Italiener hatte Heimweh nach Sonne und Meer. Seine Tochter entschied sich für Ali und Offenbach.«

»Verstehe.«

»Du arbeitest in einer multikulturellen Stadt.«

»Solange ich die Suffbeutel nicht einsperren muß, habe ich nichts dagegen.«

»Kissel hat recht: Du paßt dich der Umgebung an.«

»Anders wird man mit euch ja nicht fertig.«

»Wen meinst du bitte mit *euch*?«

»Na, dich und Hans-Jürgen und ...«

»Du wirst mich doch nicht mit Hans-Jürgen in einen Sack stecken wollen!« sagte Klaus beleidigt.

Ali stellte zwei Pils vor ihnen ab. Dagmar zwinkerte ihm zu. Klaus schüttelte den Kopf. »Ich glaube, dir hat vorhin jemand was in den Kaffee getan.«

Dagmar nahm ihr Glas. »Ich passe mich nur der Umgebung an. Prost, Klaus!«

»Ich brauche deinen Rat als Frau«, sagte Klaus vier Tage später. Sie fuhren die erste Spätdienststreife in der Innenstadt. Ein langweiliger Donnerstagnachmittag, grau und windig. Ab und zu fegten Regenschauer durch die Straßen. Es waren nur wenige Menschen unterwegs, die sich beeilten, nach Hause zu kommen.

»In welcher Angelegenheit?« fragte Dagmar lächelnd.

»Meine Ermittlungen haben ergeben, daß Vivienne Belrot eine verlogene Pseudoemanze ist, die sich seit Jahren auf anderer Leute Kosten durchs Leben schmarotzt. Kennst du ein paar Vokabeln, mit denen ich Hedi das beibringen kann, ohne daß sie mit Steinen nach mir wirft?«

»Deinem Gesichtsausdruck nach zu urteilen, hast du die erste Ladung schon abbekommen.«

»Sie behauptet, ich treibe sie in den Ruin. Dabei habe ich bloß nach der Wahrheit geforscht.«

»Und keinen Hehl daraus gemacht, daß dir das Forschungsergebnis gut in den Kram paßt, oder?«

»Ich wollte einen Ratschlag und keine Moralpredigt.«

»Du solltest dich mit dem Gedanken anfreunden, aufs Land zu ziehen.«

»Ich denke ja nicht daran.«

Dagmar hielt an einer roten Ampel. »Soll ich dir mal meine ehrliche Meinung zu der ganzen Sache sagen?«

»Ich warte darauf.«

»Dir stinkt es, daß deine Frau eine Entscheidung getroffen hat, ohne dich zu fragen. Und du glaubst, du verlierst dein Gesicht, wenn du nachgibst. Ich kenne deine Hedi zwar nicht, aber ich denke, dir bleiben zwei Möglichkeiten: Odenwald oder Scheidungsanwalt.«

Die Ampel sprang auf Grün. Klaus sah aus dem Fenster.

»Es bringt überhaupt nichts, das Problem zu verdrängen«, sagte Dagmar zwei Pkw-Kontrollen später.

»Welches Problem?«

Sie schüttelte den Kopf und fuhr schweigend weiter.

Klaus räusperte sich. »Wie lange hat es gedauert, bis sich dein Daddy mit Superman arrangiert hatte?«

»Wie bitte?«

»Meine Tochter bevorzugt Bodenpersonal.«

Dagmar lachte. »Du hast ihn also doch am Leben gelassen?«

»Wen?«

»Den Gärtnerfuzzi.«

»Erst bekniet sie mich unter Tränen, ich möge sie von diesem Unhold befreien, und kaum ist sie zurück in Offenbach, legt sie eine Standleitung in den Odenwald. Ich versteh's nicht.«

»Töchter werden eben irgendwann erwachsen.«

»Bei Dominique habe ich begründete Zweifel.«

»Als Superman anfing, mit Daddy Bundesligaergebnisse zu diskutieren, gab ich ihm den Laufpaß.«

»Sie besteht darauf, die Schule zu wechseln. Dabei hat das neue Schuljahr gerade erst angefangen.«

»Mit Supermans Vorgänger wollte ich nach Australien auswandern. Wir kamen bis zum Frankfurter Hauptbahnhof.«

»Dominique bevorzugt die indirekte Methode.«

»Das heißt?«

»Am Montag bekam sie im Englischunterricht eine Verwarnung wegen ungebührlicher Wortwahl.«

»Ach?« sagte Dagmar amüsiert.

»Sie schrieb an die Tafel: *It is a big difference, if the farmer has wood in front of the cottage, or the farmer's wife has wood in front of the cottage.*«

»Über den ollen Kalauer hat sich der Lehrer aufgeregt?«

»Am Dienstag mußte sie ein Poster von Franziska van Almsick aus dem Klassenzimmer entfernen. Wegen Unchristlichkeit.«

»Wie bitte?«

»Franzi hatte nur einen Badeanzug an.«

»Das ist nicht dein Ernst.«

»Gestern kassierte sie einen Tadel vom Direktor, weil sie beim Vaterunser Kaugummi kaute.«

»Liebe Güte! Wo schickst du deine Tochter hin?«

»Es ist eine der besten Schulen in Offenbach.«

»Ich wäre auf den Mond ausgewandert.«

»Ich hatte dich solider eingeschätzt.«

»Das kam erst nach dem Abitur.«

»Wenn Dominique so weitermacht, schafft sie nicht mal den Realschulabschluß. Wobei sich die Frage stellt, wozu wir überhaupt noch Schulen brauchen. Jeder schreibt, wie's ihm beliebt, und was die Lehrer heutzutage unter Rechnen verstehen, da dreht sich mir der Magen um.«

»Als du jung und hübsch warst, war die Welt halt noch in Ordnung.«

»Ich weiß, warum ich mein Leben ohne Abitur verbringe.«

»Ach? Und deiner Tochter willst du vorschreiben...«

»Dein Daddy hat's dir auch vorgeschrieben, oder?«

»Und wo bin ich gelandet? In einem Streifenwagen.«

»Orpheus 18/5 von 18/1 kommen!«

Klaus verbiß sich das Lachen und drückte die Sprechtaste. »Orpheus 18/5 hört.«

»Inga Bleich-Schuppert, Schillstraße 19 Berta, ist soeben aus dem Urlaub zurückgekommen und meldet ED in Wohnung.«

»Orpheus 18/5 hat verstanden.« Klaus sah Dagmar an. »Na? Worauf wartest du?«

»Könntest du mir bitte verraten, wo das ist?«

»Westend. Die erste Querstraße vorm Polizeipräsidium.«

Die Wolkendecke riß auf. Die Sonne blendete auf dem nassen Asphalt. Ein Regenbogen spannte sich über den Häusern. Dagmar kurbelte das Seitenfenster herunter. »Stop!« rief Klaus, als sie in die Schillstraße einbog und an den Bordstein fahren wollte. »Das Trottoir stammt noch aus der Postkutschenzeit und ist für Pkw-Beifahrertüren ungeeignet.«

»*Lustiges Offenbacher Steineraten*, was?« sagte sie amüsiert.

»Nö. Einschlägige Erfahrung.« Er nahm seine Kladde und die Uniformmütze vom Rücksitz und stieg aus. Dagmar parkte vor der Hausnummer 19 b ein, einer Villa aus der Jahrhundertwende; der weitläufige Garten schmiedeeisern eingezäunt, dahinter alte Bäume, gestutzter Rasen, Rosenrabatten. Am verschnörkelten Eingangstor gab es sechs Klingelschilder. Der Zugang zur Wohnung von Inga Bleich-Schuppert befand sich hinter dem Haus neben der ehemaligen Wagenremise. An der Tür sah Dagmar Hebelspuren. Bevor sie dazu kam, die Klingel zu drücken, wurde geöffnet.

»Wo bleiben Sie so lange? Jetzt ist er weg!«

Dagmar und Klaus wechselten einen verständnislosen Blick. Inga Bleich-Schuppert verdrehte ihre sorgfältig geschminkten Augen und wies in Richtung des nahe gelegenen Dreieich-Parks. »Da ist er langgelaufen! Und mein Mann hinterher!«

»Der Einbrecher war noch da, als Sie nach Hause kamen?« fragte Dagmar ungläubig.

Inga Bleich-Schuppert kräuselte ihre pinkfarbenen Lippen. »Ja, was dachten Sie denn?«

»Aber warum haben Sie das nicht...«

»Können Sie ihn beschreiben?« fragte Klaus.

»Da kommt mein Mann.«

Clemens Schuppert keuchte. Seine Glatze glänzte vor Schweiß. »Er ist mir entwischt.«

»Wohin?« fragte Klaus.

»Frankfurter Straße.«

»Wie sah er aus?«

»Wollen Sie nicht langsam mal die Verfolgung aufnehmen?« fragte Inga Bleich-Schuppert pikiert.

Clemens Schuppert zog seine Anzugjacke aus. »Ich schätze, er ist so um die Mitte Zwanzig, einsachtzig groß, schlank. Dunkle Haare.«

»Also ich denke doch, Sie sollten...«

»Was hatte er an?«

»Helle Turnschuhe, Jeans und eine grüne Jacke. Ach ja, und schwarze Handschuhe.«

»Nationalität?« fragte Dagmar.

Clemens Schuppert wischte sich den Schweiß von der Stirn. »Keine Ahnung. Irgendwas Südländisches.«

»Können Sie schon sagen, was er mitgenommen hat?«

»Wir kamen zum Glück rechtzeitig. Er war noch nicht drin.«

Inga Bleich-Schuppert musterte Dagmar und Klaus mißbilligend. »Ich hatte angenommen, die Polizei weiß, was sie zu tun hat, wenn ein Einbrecher unbehelligt durch die Stadt läuft.«

»Uns wurde die Feststellung eines Einbruchs nach Rückkehr aus dem Urlaub gemeldet!« sagte Dagmar. »Das heißt...«

»Du könntest die Daten an Michael durchgeben«, sagte Klaus. Dagmar nickte. Sie ging grußlos. »Wir kommen nachher wieder«, sagte Klaus.

»Heißt das etwa, wir dürfen stundenlang unsere Haustür nicht anfassen?« fragte Inga Bleich-Schuppert gereizt.

»Reg dich nicht auf, Mausi«, sagte Clemens Schuppert. »Es ist ja nichts passiert.«

Inga Bleich-Schuppert zupfte an ihrem pinkfarbenen Kostüm. »Ich hoffe, Sie sind sich im klaren darüber, daß Sie und Ihresgleichen von unseren Steuergeldern bezahlt werden! Da kann ich wohl erwarten...«

»Mausi, bitte...«

»...daß Sie sich den Belangen der Bürgerinnen und Bürger angemessen und mit dem nötigen Ernst widmen.«

»Mausi, ich denke ...«

»Du sei ruhig!«

Klaus nickte Clemens Schuppert zu. »Wir sind in spätestens zwanzig Minuten zurück.«

»Für wen hält die sich?« schimpfte Dagmar, als Klaus zu ihr in den Streifenwagen stieg. Mit quietschenden Reifen bog sie in die Parkstraße ein. Eine Streife vom Dritten Revier meldete über Funk, daß sie sich an der Fahndung beteiligte, eine vom Ersten schloß sich an.

»Nimm's ihr nicht übel. Manche Leute vergessen vor Aufregung sogar ihren Namen.«

»Die arrogante Ziege war nicht die Bohne aufgeregt!«

»Da vorne bitte rechts.«

»Ich wette, das ist eine von diesen karrieregeilen *Businesswomen* mit eigener Vorzimmerdame.«

Klaus hielt sich am Türgriff fest. »Ihr Mann nannte sie Mausi.«

»Für die sind wir doch bloß minderbemittelte Deppen!«

»Das ist kein Grund, mich in den Tod zu fahren.«

»Ich bin ein Mensch wie alle anderen! Auch wenn ich zufällig eine Uniform trage!«

»Streifenwagen sind auch nur Autos.«

Dagmar nahm den Fuß vom Gas. »Schon der Name. *Bleich-Schuppert!*«

Klaus lehnte sich zurück. »Ich mußte an die Frischfisch-Theke im *Wertkauf* denken.«

»Ich hasse diese trendy durchgestylten Superweiber.«

»Wo wir gerade bei Vorurteilen sind: Da vorn läuft ein Südländer mit grüner Jacke. Den sollten wir uns mal näher ansehen, oder was meinst du?«

Der Südländer war nachweisbar unschuldig, und die weitere Fahndung verlief erfolglos. Eine Dreiviertelstunde später krochen sie durchs regennasse Gebüsch im Dreieich-Park, weil Clemens Schuppert nachträglich eingefallen war, daß der Täter auf seiner Flucht etwas weggeworfen hatte. Sie fanden nichts. Klaus hielt sich den Rücken. »Das war ein Reinfall auf ganzer Linie.«

»Wenn diese oberschlaue Lady in Pink Michael gleich gesagt hätte, daß der Täter noch vor Ort ist, hätten wir ihn bestimmt gefaßt!« sagte Dagmar.

Klaus setzte sich auf eine Bank neben eine verwitterte Betonkonstruktion, die wie ein unfertiger Brückenbogen aussah. Dagmar verzog das Gesicht. »*Das nennen Sie eine Spurensicherung? Das könnte ich ja besser!* Was bildet sich die dumme Gans ein? Daß wir wegen zweier nichtssagender Hebelspuren die Haustür ausbauen und die komplette Wohnungseinrichtung nach Fingerabdrücken abpinseln?«

»Vielleicht hätten wir das tun sollen. Auf weißer Eiche macht sich eine Rußschicht bestimmt nicht schlecht.«

Dagmar klopfte sich den Schmutz von der Hose. »Gibt es irgend etwas, das du nicht mit Gleichmut erträgst, Klaus Winterfeldt?«

»Odenwälder Wassermühlen.«

»Ich meinte Dienstliches.«

»Verrückte mit Schweißfüßen und Anzeigenerstatterinnen, die Geld in Zeitungen wickeln.«

»Was?«

»Setz dich einen Moment und entspann dich.«

»Die Bank ist feucht.«

»Deine Hose auch, oder?«

Dagmar blieb unter dem Brückenbogen stehen und begutachtete die grünfleckige Betontreppe, die auf eine von angerosteten Stahlträgern gestützte Plattform führte. Daran angebaut war ein offener Pavillon mit Betonkuppel. »Was soll das hier werden? Offenbachs Beitrag zur nächsten Documenta?«

»Das steht schon länger. Irgendwo hängt ein Schild.«

Dagmar ging um den Brückenbogen herum. Sie nickte. »*Diese Betonbauwerke sind 1879 als Teil der Gewerbeausstellung errichtet worden und zählen zu den ältesten in Deutschland.* Alle Achtung! Der Trend hält sich seit mehr als hundert Jahren. Ich habe selten einen so häßlichen Betonklotz von Rathaus gesehen wie in Offenbach. Und die B-Ebene am Busbahnhof ist ein Anschlag auf den guten Geschmack.«

»Das, was die Frankfurter neben den Dom gesetzt haben und Kunsthalle nennen, ist auch nicht besonders hübsch.«

»Was hast du mit der Schirn zu schaffen?«

»Bilder ansehen.«

Dagmar lachte. »Du?«

»Ja, aber auch in Offenbach gibt es nette Dinge zu entdecken.«

»Stimmt. Ein paar Türen und den Wochenmarkt.«

»Türen?«

»Du solltest dir mal die alten Häuser in den Nebenstraßen ansehen.«

»Ich sehe mir lieber deren Bewohner an.«

Dagmar setzte sich neben Klaus auf die Bank. »Das Isenburger Schloß ist auch nicht übel. Vor allem die Südfassade. Kunsthistoriker sagen, daß nördlich der Alpen an Grazie und Feinheit der Ausführung in den ornamentalen Teilen nichts Vergleichbares zu finden sei. *Das Heidelberger Schloß hat etwas Heroisches. Das Offenbacher Schloß ist eine anziehende Idylle in Stein. Die Delikatesse der Ausführung erregt Erstaunen, die lichten Proportionen der unteren Halle wahre Bewunderung.*«

»Ach, sieh an! Wie viele Geschichtsbücher hast du seit unserer letzten Spätdienststreife gewälzt?«

»Und was ist geblieben? Eine schmutzigrote, bröckelnde Ruine mit einem Platz voller Unkraut davor.«

»Soweit ich gesehen habe, sind die gerade am Renovieren.«

»Es ist ja wohl ein Treppenwitz, daß ausgerechnet die Mitglieder der Hochschule für Gestaltung den Schloßhof als Parkplatz reklamierten.«

»Das ist Offenbach: Funktional und unverschnörkelt. Der Reiz erschließt sich beim zweiten Hinsehen.«

»Ach ja? Vielleicht beim Anblick des verschandelten Metzlerschen Badetempels? Oder beim graffitiverzierten Lilihäuschen?«

»Es gibt Leute, die haben's nicht so mit Goethe«, erwiderte Klaus.

»Offenbach hat nicht mal ein Städtisches Schwimmbad zu bieten.«

»Im Buchrainweiher gibt's genügend Wasser.«

»Vor allem im Winter, was?«

»Eine Horde von geschniegelten Hotelmanagern dazu zu bringen, aus einem defizitären Hallenbad ein Luxushotel zu machen, ist eine beachtliche Leistung, oder?«

»Wie bitte?«

»Früher habe ich einmal pro Woche mit meinen Kindern im Foyer des *ArabellaSheraton* Wasserball gespielt.«

»Du nimmst mich auf den Arm!«

»Eine Bahnhofstraße ohne Bahnhof finde ich auch originell. Vor allem, wenn Frankfurter darauf hereinfallen.«

»Ich komme aus Kassel!« sagte Dagmar beleidigt.

»Und ich aus Fulda.«

»Inzwischen ist mir bekannt, daß sich der Bahnhof in der Bismarckstraße befindet.«

»Wenn du mich hättest ausreden lassen, wäre es dir zehn Minuten früher bekannt gewesen.«

»Bei dir weiß man doch nie, ob du einen nicht veräppeln willst.«

»Wußtest du, daß in deinem grazilen Isenburger Schloß eine aus der internationalen Diplomatie nicht mehr wegzudenkende Einrichtung erfunden wurde?«

»Der Fettnapf?«

»Der runde Tisch. Zur Vermeidung lästiger Protokollprobleme bei irgendeinem Kongreß irgendwelcher Fürsten irgendwann im achtzehnten Jahrhundert. Es kam allerdings nichts Gescheites dabei heraus. Vielleicht lag's an den lichten Proportionen der unteren Halle.«

»Und was hat die Stadt, in der ich Dienst tue, außer erfolglosen Round-Table-Kongressen, beifahreruntauglichen Bürgersteigen, altem Beton und Graffiti noch Nettes zu bieten?«

Klaus grinste. »Eine frisch renovierte Fußgängerzone, ein Ledermuseum, einen Wetterdienst und die Kickers, an deren Ballkünsten wir uns nach dem Aufstieg in die zweite Liga auch ohne Kauf eines Tickets regelmäßig erfreuen dürfen.«

»Ich bin beeindruckt.«

Klaus stand auf. »Außerdem jede Menge freundliche Polizisten und die besten Döner Kebaps im Umkreis von zwanzig Kilometern. Oder soll ich uns heute lieber Fertigpampe in die Mikrowelle schieben?«

»Ihr könntet ein Agreement treffen«, sagte Dagmar, als Ali das zweite Pils vor ihr abstellte. Das *Vincenzo* war wie immer voll. Sie saßen an der Theke.

Klaus grinste. »Ich habe das Gefühl, daß du, seit ich beschlossen habe, meinen Bierkonsum zu halbieren, alles daransetzt, deinen zu verdoppeln.«

»Ich meine es ernst, Klaus. Du wohnst während der Schichttage in Offenbach und den Rest der Woche im Odenwald.«

»Unter ehelichem Zusammenleben stelle ich mir etwas anderes vor.«

»Ich sehe Sven auch nicht öfter.«

»Ihr seid nicht verheiratet, oder?«

»Das ist ja wohl egal.«

»Für mich nicht.«

»Auf jeden Fall ist mein Vorschlag besser als das, was du seit drei Monaten praktizierst.«

»Ich denke nicht daran, das zum Dauerzustand werden zu lassen.«

»Ist es das nicht schon?«

»Mein Sohn zieht nicht um.«

»Um Ausreden bist du nie verlegen, was?«

Klaus betrachtete sein Bierglas. Dagmar lächelte. »Du solltest deine Hedi in ein schickes Restaurant ausführen und in entspannter Atmosphäre mit ihr über alles sprechen.«

Er trank sein Bier aus. »Machst du das mit Sven auch so?«

»Uns reicht ein Abendessen daheim.«

»Mhm.«

»Je knapper die gemeinsame Zeit bemessen ist, desto bewußter sollte man sie nutzen.«

»Als die Kinder klein waren, hatten wir überhaupt keine gemeinsame Zeit. Es hat trotzdem funktioniert.«

»Das ist deine Interpretation. Das Resultat siehst du ja.«

»Verstehe. Der Hauspascha ist schuld.«

»Wenn ich geahnt hätte, daß dir mein Gequassel so nachhängt, hätte ich es mir verkniffen.«

Klaus hob sein leeres Glas und nickte Ali zu. »Ich habe nicht vor, mich deswegen aus dem Fenster zu stürzen. Was tut ihr im Anschluß an eure bewußt gemeinsamen Abendessen?«

»Du hast ein Talent, alles ins Lächerliche zu ziehen.«

»Ich hoffe auf ein paar sicher funktionierende Tips zur Rettung meiner Ehe.«

»Es gibt keine sicher funktionierenden Tips.«

»Sondern?«

Ali stellte Klaus ein Pils hin. Er sah Dagmar an. Sie schüttelte den Kopf. »Ich finde es unheimlich wichtig, dem Partner zuzuhören, unterschiedliche Argumente in Ruhe gegeneinander abzuwägen und eine Entscheidung zu treffen, die beiden gerecht wird.«

Klaus trank von seinem Bier. »Und wie sieht die aus, wenn du ans Meer willst und dein Sven in die Berge?«

»Wie wär's mit Korsika? Da gibt es beides.«

»Wohnt ihr zusammen?«

»Spielt das eine Rolle?«

»Wie lange kennst du ihn?«

»Im November vier Jahre. Warum?«

»Wie oft verkracht ihr euch beim Abendessen?«

»Eine Partnerschaft entwickelt und festigt sich auch durch Streitgespräche. Man muß es nur richtig anfangen.«

»Hört sich an wie aus dem Psycholehrbuch.«

»Es gibt nichts, das nicht irgendwie sachlich zu regeln wäre.«

»Du hast Hedi noch nicht wütend erlebt.«

»Willst du dein Problem lösen oder nicht?«

»Wie wäre es sachlich zu regeln, wenn Sven Kinder haben wollte?«

»Du weichst mir aus.«

»Du mir auch.«

»Er will keine.«

»Ich meinte hypothetisch.«

»Wir würden eine Lösung finden.«

»Welche?«

»Es gibt genügend Paare, die ohne Babygeschrei und Windelwechseln glücklich sind.«

»Das ist keine Antwort.«

»Mir geht es auf den Wecker, wenn ich ständig auf eine potentielle Mutterrolle reduziert werde!«

»Nichts liegt mir ferner.«

Dagmar sah ihn ernst an. »Hättest du deinen Beruf aufgegeben, um Hausmann zu spielen?«

»Nein.«

»Von deiner Frau hast du es verlangt, oder?«

»Hedi hatte keinen Beruf. Außerdem hätte sie was dagegen gehabt, wenn Sascha oder Dominique zuerst *Papa* gesagt hätten.«

»Hast du sie jemals gefragt, ob sie mit ihrem Leben zufrieden ist?«

»Hat dein Daddy deine Mutter gefragt?«

Dagmar winkte Ali. »Zahlen, bitte!«

»Was ist los?«

»Mit dir kann man nicht vernünftig reden!«

Die Tür ging auf, und zwei junge deutsche Männer polterten herein. Lachend drängten sie sich neben Klaus und Dagmar an die Theke. »Ultrakrasser Schuppen hier«, sagte der dickere der beiden.

»Voll ultrakorrekt, eh«, sagte der dünnere und rief nach Bier.

»Wenn ich etwas Falsches gesagt habe, tut es mir leid«, sagte Klaus.

Dagmar trank ihr Bier aus.

»Ich bin so konkret gut drauf, weiß du«, sagte der Dicke. »Du kannst dir net vorstelln: Ich hab' mir konkret neue Auto geholt, den is so ultrageil...«

»Neue Auto gekauft? Das is kraß, eh«, sagte der Dünne grinsend.

»Net gekauft! Hat mir jemand besorgt, weiß du...«
»Ah! Is den von Laster gefalle?«
»Konkret von Laster gefalle. Ich hab so konkret korrekte Auto, den geht ab wie Rakete!«

Ali stellte kopfschüttelnd zwei Bier vor den beiden ab.
»Ich möchte bitte zahlen!« sagte Dagmar.
»Sofort«, sagte Ali.
»Ich hab's nicht so gemeint«, sagte Klaus.
»Was hast du für Auto?« fragte der Dünne.
»Ich hab' 3ern BMW«, sagte der Dicke. »Hab' mir Cabrio gemacht mit Flex.«
»Eh! Du bist net ganz dicht.«
»Hier, bring mich jetzt net runter! Ich kann mir wieder drauf schweißen, wenn ich Bock hab.«
»Könnt ihr emol mit dem Dummgebabbel uffhörn!« sagte Ali wütend.

Der Dünne lachte. »Ja, und? Was hat denn für Maschine?«
»Drei achtundzwanzig, zwei Komma drei Liter, wie Name schon sacht.«
»Konkret? Voll ultrakraß, eh.«
»Siewwe Makk«, sagte Ali zu Dagmar.
Klaus schob ihm einen Zwanzigmarkschein hin. »Das geht zusammen.«
Dagmar legte zehn Mark auf den Tresen. »Ich zahle selbst. Der Rest ist für Sie.« Sie stieg vom Barhocker und ging zur Garderobe.
Ali sah Klaus an. Er trank sein Bier aus und nahm den Zehnmarkschein. »Stimmt so.«
»Meine Auto, den hat so ultrageile Sound, kannst du Berliner Straße fahre, hörst du bis Bahnhof!«
Ali räumte die leeren Gläser weg und warf dem Dünnen einen gereizten Blick zu. Dagmar nahm ihre Jacke vom Haken und ging zur Tür. Klaus folgte ihr.

»Und meine Auto, den is so schnell, ich kann nur schätze, weiß du. Den is so konkret schnell, den Scheißendrecknadel geht net weiter an den Arschenlochtacho, weiß du.«

»Verdammt! Jetzt reicht mer's awwer!« brüllte Ali. »Noch ei Wort, unn ihr fliegt raus!«

»Der gute Ali hat anscheinend etwas gegen Fans von Mundstuhl Comedy«, sagte Klaus im Hof. »Warum hast du mich nicht bezahlen lassen?«

»Ich nehme Gleichberechtigung ernst.«

»Ich habe nichts dagegen, wenn du mich das nächste Mal einlädst.«

»Na dann. Tschüs.«

»Wir haben einfach nicht so viel darüber nachgedacht, wie ihr das heute tut«, rief Klaus ihr nach.

Sie blieb stehen und sah ihn an. »Worüber nachgedacht?«

Er schloß zu ihr auf. »Übers Heiraten und Kinderkriegen. Wir waren bis über die Ohren verliebt, und es gehörte irgendwie dazu. Für Hedi noch mehr als für mich.«

Ein Windstoß fegte durch den Hof. Dagmar knöpfte ihre Jacke zu. »Das soll heißen?«

»Mir hätte ein Kind genügt.«

»Das laß aber nicht deine Tochter hören.«

»Ich änderte meine Ansicht ungefähr zwei Wochen nach dem Tag X. Außerdem gibt es nichts, das Dominique zur Zeit weniger interessiert als die Meinung ihres Vaters.«

»Wenn du dich da mal nicht täuschst, mein Lieber.«

»Als sie noch mit Puppen spielte, habe ich sie besser verstanden.«

»Mein Daddy hat mir zum fünften Geburtstag eine Rennbahn geschenkt.«

»Langsam wundert mich gar nichts mehr.«

»Er hat meine Mutter übrigens nicht gefragt. Statt dessen

kaufte er einen Kasten Pils und zwei Flaschen Mariacron. Wir sehen uns morgen.«

»Du denkst, ich bin wie er, stimmt's?«

»Bist du's?«

Sie ging, ohne seine Antwort abzuwarten.

Als Klaus nach Hause kam, war es dunkel. Im Flur brachte auch ein Druck auf den Schalter kein Licht. Er stieß sich das Knie am Garderobenschrank und fluchte. In der Küche stapelten sich Teller mit Spaghettiresten und Tassen mit Kaffeerändern. Die Spülmaschine war vollgeräumt, aber nicht eingeschaltet, aus dem Mülleimer quollen Pizzaverpackungen, im Kühlschrank roch es nach vergammelten Nahrungsmitteln.

Auf dem Tisch im Wohnzimmer lag eine leere Tüte Chips. Daneben ein Zettel: *Bin bei Sabine. Kann später werden. Sascha.* Dominique hatte nicht einmal einen Zettel für nötig befunden. Die Ersatzbirne für die Deckenlampe im Flur fand Klaus im Schuhschrank; er hatte gerade Leiter und Taschenlampe in Stellung gebracht, als das Telefon klingelte.

»Sind Sie jetzt endlich zu Hause?« gellte eine weibliche Stimme an sein Ohr, kaum daß er sich gemeldet hatte.

»Mit wem spreche ich bitte?« fragte er.

»Ich nehme doch an, daß Sie über die Sache bereits informiert sind!«

»Wie? Ich verstehe nicht...«

»Das ist Sexismus! Übelste Verleumdung! Widerwärtig!«

»Äh... Kann es sein, daß Sie sich verwählt haben?«

»Mein Kind ist völlig fertig! Ich verlange, daß sich Ihr Flittchen von Tochter auf der Stelle entschuldigt!«

»Ja, aber...«

»Ich komme jetzt mit Yvonne vorbei.«

»Wer, bitte, ist Yvonne?«

Statt einer Antwort wurde der Hörer auf die Gabel geknallt. Das Licht funktionierte wieder, als es schellte. Klaus atmete durch und drückte den Summer. Eine halbe Stunde später klingelte er bei Favitta Brancatelli. Danach rief er Hedi an. Und dann saß er im Wohnzimmer und zappte durchs Fernsehprogramm, bis Dominique nach Hause kam.

30

Hedi fuhr dreimal um den Block und parkte den VW-Bus schimpfend im Halteverbot. Die Fassade ihres ehemaligen Wohnhauses war eingerüstet und mit Plastikplanen verhängt. Am Himmel ballten sich graue Wolken; es nieselte. Im Hinterhof sprangen zwei türkische Kinder lachend in einer Regenpfütze herum. Die Haustür stand offen; im Hausflur war es dunkel und still. Es roch nach Bohnerwachs und frisch gewaschener Wäsche. Die alte Holztreppe knarrte, als Hedi nach oben ging. Es war ein seltsames, vertrautes Geräusch. Klaus öffnete ihr.

»Sag bloß, die fangen endlich mal an, hier zu renovieren.«

Er lächelte. »Hallo, Hedi. Schön, daß du kommen konntest.«

»Ich bitte dich! Immerhin geht es um unsere Tochter. Zumindest meine ich das deinen nebulösen Andeutungen gestern abend entnommen zu haben. Was hat Dominique mit einer verbotenen Schülerzeitung zu tun?«

»Willst du nicht reinkommen?«

Hedi ging an ihm vorbei ins Wohnzimmer. Der Teppichboden war gesaugt. Nirgends lag eine Zeitung herum. Sie zog ihre Jacke aus und setzte sich. »Du hattest Frühdienst?«

Er nickte. »Bin vor zehn Minuten heimgekommen. Willst du einen Kaffee? Ich habe welchen aufgesetzt.«

»Hast du mir etwas zu beichten?«

»Ich werde ja wohl Kaffee kochen dürfen!«

»Könntest du mir bitte sagen, was los ist?«

Er nahm ein dünnes Heft vom Sideboard und gab es ihr. »Ich empfehle die Seiten vier und fünf.«

Hedi las und fing an zu grinsen. »*Sandro S. (16): Mein Penis ist zu groß (ca. 80 cm ausgefahren). Früher fand ich das toll. Mit der Zeit geht es mir gewaltig auf die Nerven... Melanie B. (13), Ina Z. (14): Wir haben gehört, daß ein Mädchen während der Regel schwimmen gegangen war. Danach hat sie den Tampon nicht mehr herausgebracht und mußte ihn herausoperieren lassen. Kann das stimmen?* Liebe Güte! Wer denkt sich so einen Schwachsinn aus?«

»Lies die nächste Seite.«

»*Scharf auf den Lehrer. Yvonne M. (15): Ich habe ein großes Problem. Jedesmal, wenn ich meinen Mathelehrer ansehe, wird mir ganz anders: Meine Pickelnase färbt sich rosa, und Ameisen kribbeln in meinem Bauch.*« Hedi lachte. »Wo liegt das Problem?«

Klaus nahm ihr die Zeitung aus der Hand und schlug das Impressum auf. »*Für die Rubrik Liebe, Ex und Zärtlichkeit zeichnet verantwortlich: Prof. Dr. med. D. Winterfeldt.* Sie wollen Dominique von der Schule werfen.«

»Was ist mit den anderen? Den Mist hat sie vermutlich nicht allein fabriziert, oder?«

»Die Idee stammt vom Sohn des Pfarrers, das Layout von der Tochter der Deutschlehrerin, und als Quelle für Seite vier diente eine Ausgabe der *Bravo*. Behauptet jedenfalls Dominique. Sie ist die einzige, die unter Angabe ihres richtigen Namens erscheint. Wenn du mich fragst: Das war Vorsatz.«

»Unsere Tochter legt eben Wert auf Ehrlichkeit.«

»Du kannst dir nicht vorstellen, was gestern abend hier los war.«

»So? Was denn?«

»Ich finde das nicht lustig, Hedi.«

»Du hattest mir einen Kaffee angeboten.«

Klaus warf das Heft auf den Tisch und verschwand in der Küche. Er kam mit zwei Tassen und der Kaffeekanne wieder.

»Milch und Zucker sind leider aus.«

»Hat deine Jurastudentin vergessen einzukaufen?«

»Wer?«

»Daniela... Wie war gleich der Name?«

»Müller.«

»Hieß sie neulich nicht Meyer?«

Klaus goß Kaffee ein. »Ich habe sie rausgeworfen. Aufräumen kann ich selbst.«

»Das sind ja völlig neue Einsichten.«

»Verrate mir lieber, wie ich mir die pickelnasige Yvonne und ihre hysterisch kreischende Mutter vom Hals halte.«

»Nichts einfacher als das: Dominique zieht in den Odenwald, und du bist alle Probleme los. Wo ist sie überhaupt?«

»In der Schule.«

»Dann kann es nicht allzu schlimm sein, oder?«

»Ich habe den Direktor heute früh vom Dienst aus angerufen. Er ist bis um sechzehn Uhr in seinem Büro.«

»Ach so! *Ich* soll die Kohlen aus dem Feuer holen?«

»Na ja, ich denke, du als Frau...«

»Und wenn ich keine Lust dazu habe?«

»Hedi! Es geht um die Zukunft unserer Tochter!«

»Unsere Tochter hat anscheinend kein Interesse daran, ihre Zukunft in Offenbach zu verbringen. Wer weiß, was sie als nächstes anstellt? Am Ende schleicht sie sich ins Vierte Revier und verziert eure Streifenwagen mit pinkfarbenen Sternchen.«

»Hast du es etwa gewußt?«

»Was soll ich gewußt haben?«

Klaus zeigte auf das Heft. »Daß Dominique vorhat, den Müll da unter die Leute zu bringen!«

»Du spinnst.«

»Wie soll ich deine Gleichgültigkeit denn sonst interpretieren?«

»Wo ist der Unterschied zwischen einem Gymnasium in Offenbach und einem in Darmstadt?«

»Wenn die Mühle den Bach runtergeht, muß Dominique die Schule wieder wechseln.«

»Die Mühle geht den Bach nicht runter.«

»Spekulierst du immer noch auf den Belrotschen Geldsegen? Da wartest du bis zum Sankt-Nimmerleins-Tag.«

»Vivienne kann nichts dafür, daß Frau von Eschenberg sie um ihr Vermögen betrogen hat.«

»Hattet ihr wieder Märchenstunde?«

»Könntest du endlich damit aufhören, Vivienne mieszumachen?«

»Sie tischt dir nichts als Lügen auf.«

»Ein paar Notlügen. Weil sie sich schämte.«

»Mir kommen die Tränen.«

»Ich habe immer geglaubt, daß du anderen gegenüber fair bist.«

»Was hat Wahrheit mit Fairneß zu tun?«

»Du haßt Vivienne, weil sie mir die Augen dafür geöffnet hat, daß das Leben einer Frau nicht nur aus Kochen, Putzen und Bügeln besteht.«

»Was tust du im Odenwald noch, außer Kochen, Putzen und Bügeln?«

»Bewußt leben.«

»Beim Unkrautjäten und Hühnerstallausmisten?«

»Du redest dummes Zeug.«

»Dich zur Vernunft zu bringen ist dummes Zeug?«

»Wenn du das, was du von dir gibst, als vernünftig bezeichnest, schon!«

»Hedi, bitte. Können wir uns nicht wie normale Menschen unterhalten?«

»Fang an.«

»Ich hätte gern gewußt, wie du dir den Fortgang der Dinge vorstellst.«

Sie trank einen Schluck Kaffee. »Uwe Stöcker hat seine Gärtnerei eröffnet, und Vivienne versucht, ihre Bilder zu vermarkten. Sie sagt, die Chancen stehen nicht schlecht. Eine Galerie in Darmstadt hat Interesse. Sobald wir genügend Geld zusammenhaben, wird die Mühle von Grund auf renoviert.«

»Ich habe nicht vor, jahrelang auf deine Rückkehr zu warten.«

»Hast du es immer noch nicht begriffen? Ich komme nicht zurück.«

»Ich bin dir also egal.«

Hedi lächelte. »Für den Fall, daß du es vergessen hast: Ich arbeite seit dem ersten September als Gemeindeschwester in Hassbach und hege nach wie vor die Hoffnung, daß auch die männlichen Mitglieder meiner Familie Gefallen am Landleben finden. Obwohl ich zugebe, daß es sich in Dominiques Fall um Landliebe in besonderer Form handelt.«

»So kommen wir nie auf einen grünen Zweig.«

»Dann erkläre mir, wie sonst.«

Klaus goß ihr Kaffee nach. »Ich bestehe ja gar nicht darauf, daß du die Mühle verkaufst. Wäre es nicht eine akzeptable Lösung, wenn du sie vermietest? Meinetwegen an die Familie dieses Gärtners. Und wir suchen uns ein hübsches Häuschen in der Nähe von Offenbach.«

»Die Stöckers haben ein Haus in Hassbach.«

»Dann findet sich jemand anderes.«

»Ich will die Mühle nicht vermieten, ich will darin leben. Und ich denke nicht im Traum daran, den Job in Hassbach aufzugeben.«

»Wenn ihr so weiterwirtschaftet, werdet ihr sowieso zwangsversteigert.«

»Das hättest du wohl gern, was?«

»Selbst der dümmste Betrüger legt sich irgendwo ein Postfach oder eine Briefkastenanschrift zu. Die ehrenwerte Dame von Eschenberg hatte nicht mal das nötig.«

»Das stimmt doch gar nicht! Sie hat Vivienne an Anette vermittelt und ...«

»Die Geschichte ist so faul, daß sie vom Main bis zum Marktplatz stinkt. Aber ich schwöre dir, daß ich die Wahrheit herausfinde, und diesmal so, daß auch du nicht mehr darum herumkommst, sie endlich zu akzeptieren.«

Hedi stand auf und zog ihre Jacke an. »Wenn das alles ist, was dich interessiert, ist es ja traurig genug.«

»Wo willst du denn hin?«

»Nach Hause.«

»Du bist hier zu Hause.«

»Bin ich nicht.«

»Was ist mit Dominique?«

»Ich fahre an der Schule vorbei. Zufrieden?«

Er strich ihr das Haar aus dem Gesicht. »Ich habe mir den Nachtdienst frei genommen. Wir könnten zusammen essen gehen.«

»Vivienne erwartet mich gegen halb fünf zurück.«

»Im Flur steht ein Telefon.«

»Sie braucht den Bus. Sie muß Bilder wegbringen.«

»In die Müllverbrennung?«

»Du bist widerlich!«

»Ich hatte mich auf einen Abend mit dir gefreut.«

»Dann frag demnächst vorher, ob ich Zeit habe.«

»Sicher. Haben gnädige Frau zufällig ihren Kalender griffbereit?«

Hedi drehte sich kommentarlos um und ging in den Flur. Klaus folgte ihr. »Bitte... Ich hab's nicht so gemeint.«

»Ruf mich an, wenn du wieder normal bist.« Sie ließ ihm keine Zeit zu antworten. Zehn Minuten später parkte sie auf dem Schulhof, betrat das Büro des Direktors gegen den Willen seiner Vorzimmerdame und sagte ihm, daß sie nicht daran denke, ihre Tochter länger dem Einfluß verklemmter Pseudopädagogen auszusetzen.

Dominique brach in Jubelgeheul aus, als Hedi sie abends anrief. »Ist dein Vater da?« fragte sie so beiläufig wie möglich, als sich ihre Tochter wieder beruhigt hatte.

»Nö. Paps hat sich eben mit Pralinen und einer Flasche italienischem Wein verdrückt. Weiß der Geier, wen er damit beglücken will.«

Am Samstagvormittag fand Hedi einen Parkplatz direkt vor dem Haus. Im zweiten Stock wischte Rosa Ecklig Treppenstufen. »Guten Morgen, Frau Winterfeldt. So früh schon unterwegs?«

»Es ist halb elf«, sagte Hedi.

Rosa Ecklig ließ den Putzlappen in den Eimer fallen. »Ihr Mann ist erst vor einer Stunde nach Hause gekommen.«

»So.«

Rosa Ecklig lächelte. »Sie sollten sich ein bißchen um ihn kümmern. Er sah ziemlich fertig aus. Wußten Sie übrigens, daß ihn an seinem Geburtstag eine junge Dame besucht hat?«

»Würden Sie mich bitte vorbeilassen?«

»Sie blieb bis zum nächsten Morgen.«

»Das war seine Cousine!«

Rosa Ecklig kniff ihre Augen zusammen. »Tatsächlich? Ich

wußte gar nicht, daß Ihr Mann eine so hübsche Cousine hat.«

»Jetzt wissen Sie's.«

Rosa Ecklig bückte sich nach ihrem Putzeimer. »Schönen Tag noch, Frau Winterfeldt.«

Hedi ging grußlos an ihr vorbei nach oben. Sie kramte nach dem Wohnungsschlüssel. Im Flur stolperte sie über Klaus' Schuhe. Der Tisch im Eßzimmer war nicht abgeräumt, auf der Wohnzimmercouch verteilte sich die Wochenendausgabe der *Offenbach-Post*. Sascha und Dominique waren nicht da. Klaus lag im Bett und schlief. Sie rüttelte ihn wach.

Er rieb sich verwirrt die Augen. »Hedi? Was, um Himmels willen...«

»Ich muß mit dir reden.« Sie ging wieder ins Wohnzimmer, räumte die Zeitung weg und setzte sich.

Keine halbe Minute später kam Klaus im Bademantel herein. Er fuhr sich mit den Fingern durchs Haar und ließ sich gähnend auf einen Sessel fallen. »Entschuldige, aber ich bin vorhin erst nach Hause gekommen.«

»Und von wo, wenn ich fragen darf?«

»Warum bist du hier?«

»Beantworte bitte meine Frage.«

»Wir hatten heute früh einen tödlichen Verkehrsunfall.«

»Bei Prosecco und Pralinen?«

Klaus rieb sich seine Schläfen. Unter seinen Augen lagen Schatten. »Hedi, ich...«

»Gestern sagtest du, du hättest den Nachtdienst frei.«

»Da du Besseres vorhattest, als mit mir essen zu gehen, habe ich darauf verzichtet.«

»Ich lasse mich nicht für dumm verkaufen!«

»Könntest du mir bitte erklären, was...«

»Wo warst du gestern abend?«

»Im Dienst. Ruf Michael an, wenn du mir nicht glaubst.«

»Und vorher?«

»Erst sagst du mir, was das alles soll.«

»Wer war an deinem Geburtstag hier?«

»Du jedenfalls nicht.«

»Die Ecklig sagt, daß dich eine Frau besucht hat. Warum hast du mir nichts davon erzählt?«

Klaus stützte seinen Kopf in die Hände. »Laß uns ein anderes Mal darüber reden. Ich bin todmüde.«

»Diese Daniela Meyer ist gar nicht deine Putzfrau, stimmt's?«

»Sie hat bloß eine Flasche Sekt vorbeigebracht.«

»Warum hat sie mich dann am Telefon angelogen?«

»Um zu verhindern, was jetzt eingetreten ist: daß du aus einer Mücke einen Elefanten machst.«

»Kenne ich sie?«

»Nein.«

»Sie heißt nicht Daniela Meyer, oder?«

»Nein.«

»Wie dann?«

Er stand auf. »Ich muß schlafen.«

Hedi hielt ihn am Ärmel fest. »Sag mir die Wahrheit, Klaus!«

»Wir haben geredet.«

»Worüber?«

»Bin ich hier bei der Inquisition?«

»Worüber ihr geredet habt, will ich wissen!«

»Gott, ich hab's vergessen. Irgendwelche Nichtigkeiten.«

»Die ganze Nacht?«

»Sie hatte ein Glas zuviel getrunken und auf dem Sofa übernachtet. Kann ich jetzt bitte schlafen gehen?«

»Hast du auch auf dem Sofa übernachtet?«

»Wär' ein bißchen eng geworden, oder?«

»Ich glaube dir kein Wort!«

»Dann laß es bleiben.« Er ging ins Schlafzimmer und schloß die Tür.

Hedi lief ihm hinterher. In ihren Augen standen Tränen. »Hast du was mit ihr?«

Klaus lag im Bademantel quer über dem Bett. Er hatte die Augen geschlossen. Hedi rüttelte an seiner Schulter. »Ich will eine Antwort!«

Er rappelte sich hoch. »Was erwartest du von mir? Daß ich mich nach Feierabend in meiner Wohnung verbarrikadiere? Ich bin kein Eremit.«

»Hast du mit ihr geschlafen?«

»Hast du mit deinem Ferrarifahrer geschlafen?«

»Nein!«

»Na also.«

»Und du?«

Er küßte sie. »Ist das Antwort genug?«

»Nein.«

Seine Lippen berührten ihre Stirn, ihre Nase, ihren Mund. Seine Finger nestelten am Reißverschluß ihrer Jeans.

»Klaus, ich...«

»Sag nichts, ja?« Er zog sie zu sich aufs Bett. Seine Hände waren zärtlich, seine Küsse wurden fordernd. Sie hatte sich danach gesehnt. Genießen konnte sie es nicht. Er sah sie an. »Was ist denn?«

»Hast du es mit dieser Daniela auch hier gemacht?«

»Egal, was ich sage: Du glaubst mir ja doch nicht.«

»Warum verschweigst du mir ihren Namen?«

»Sie heißt Dagmar Streibel, ist eine Kollegin von mir, wohnt in Frankfurt und hat einen festen Freund. Bist du jetzt zufrieden?«

»Ach? Handelt es sich dabei zufällig um die junge hübsche Dame, mit der du nach eigenem Bekunden bloß dreimal Streife gefahren bist?«

»Als Uli wegging, hat Michael sie mir als Streifenpartnerin zugeteilt. Ich hab's mir wahrlich nicht ausgesucht.«

»Wie bitte? Uli ist nicht mehr bei euch? Seit wann?«

»Januar.«

»Warum hast du mir kein Wort davon gesagt?«

»Du hast nicht gefragt.«

»Warum ist sie nicht mit einem Taxi heimgefahren?«

»Weil ich sie gebeten habe zu bleiben.«

»Warum?«

»Du fragst wie ein Kindergartenkind.«

Hedi stopfte ihr T-Shirt in die Jeans. »Und du benimmst dich wie eins!«

»Was denkst du eigentlich, wie lange ich diesen Zinnober noch mitmache?«

»Ich weiß nicht, was du meinst.«

»Gott, Hedi. Wir sind miteinander verheiratet!«

»Soll das heißen, du forderst dein Recht auf Beischlaf ein?« Sie setzte sich aufs Bett. »Bitte, bedien dich! Angefangen hattest du ja schon.«

»Wenn es nicht mehr für dich ist, solltest du die Scheidung einreichen.« Er stand auf und ging aus dem Zimmer. Sie hörte ihn im Bad. Kurz darauf fiel die Wohnungstür ins Schloß.

31

Alfons Schell war fünfundsiebzig, mit sich und der Welt unzufrieden und sagte bevorzugt drei Sätze: *Das geht nicht. Das klappt nicht. Das kann ich nicht.* Mathilde Wiedebrett war vierundachtzig, hatte Probleme mit den Beinen, aber keine mit dem Mund. Sie behauptete, daß ihre Wohnzimmerstanduhr die richtige Zeit anzeige. Ihre Besucher kamen deshalb seit Jahren zu spät. Gottfried Hübner war achtundsechzig, wog zweieinhalb Zentner und lachte, wenn er auf den Hintern fiel. Katharina Schmidt hatte das gleiche Silberhaar wie Juliette, war seit fünf Monaten Witwe, viel zu dünn und weinte viel.

Hedi hatte sich danach gesehnt, wieder arbeiten zu gehen, und es machte ihr nichts aus, um halb fünf aufzustehen, Hühner, Kaninchen und Katzen zu füttern und allein am Frühstückstisch zu sitzen. Sie war es ohnehin nicht anders gewöhnt. Seit der Sache mit Antoinette von Eschenberg verschwand Vivienne ganze Tage in ihrem Meditierzimmer, aber Hedi hatte aufgehört, sich darüber aufzuregen. Es war sinnlos, sie ändern zu wollen. Sie hätte es wissen müssen. Sie kannte sie ja lange genug.

Sie räumte das Frühstücksgeschirr zusammen und brachte es in die Küche. Viviennes scheinbare Souveränität und Emanzipiertheit waren nichts anderes als die Maskerade einer unsicheren und unglücklichen Frau, die ein Problem mit Männern und ein noch größeres mit dem Älterwerden hatte. Im Grunde genommen konnte sie einem leid tun.

Die morgendliche Kühle tat gut, und Hedi summte leise vor sich hin, als sie mit ihrem neuen Polo vom Hof fuhr. *Gemeinde Hassbach* stand auf beiden Seiten. Einen richtig hübschen Dienstwagen hatte sie bekommen! Sie war stolz, und sie freute sich auf ihre Patienten, die in Hassbach und den umliegenden Dörfern wohnten. Wie früher richtete sie Betten, kontrollierte Blutdruck, verteilte Medikamente, gab Spritzen, half beim Aufräumen, Anziehen, Waschen, Essen und hörte sich nebenbei allerlei Sorgen und Nöte an. Es war eine anstrengende Arbeit, aber sie gab ihr endlich wieder das Gefühl, gebraucht zu werden. Und Fälle wie Mathilde Wiedebrett waren glücklicherweise die Ausnahme. Heitere Gemüter wie Gottfried Hübner allerdings auch.

Und doch war Mathilde nicht halb so schlimm wie der tägliche Weg zu ihr hinaus. Zwölf Kilometer einsame Landstraße und viel zuviel Zeit zum Nachdenken. *Soll das heißen, du forderst dein Recht auf Beischlaf ein?* Ihre Worte hatten Klaus verletzt und gedemütigt; das hatte sie nicht gewollt. Sie rief ihn an, um zu erklären, sich zu entschuldigen, aber sie verfingen sich in unverbindlicher Freundlichkeit, redeten viel und sagten nichts. Daß sie Dominique in der Schule abmeldete, machte die Sache nicht leichter. Dennoch hatte er das Tabuwort zuerst ausgesprochen, und seitdem geisterte es durch ihren Kopf. *Scheidung.* War nicht mehr von ihrer Liebe geblieben, als mit Anstand getrennte Wege zu gehen? Wenn sie Klaus noch liebte – hätte sie sich nicht über Wolfgang Bernsdorfs Avancen amüsieren müssen, anstatt sie insgeheim herbeizusehnen? Längst war ihr Viviennes Gesicht egal, wenn sie bunte Ansichtskarten aus Buenos Aires, Eilbriefe aus Mailand oder ein Telegramm aus Paris bekam. *Im Hafen von*

La Plata dachte ich an das Glöckchen und den Walzenstuhl. Du weißt, warum. Wolfgang. Bei dem langweiligen Geschäftsessen gestern abend habe ich mir überlegt, wo Du wohl Laotse aufhängst. W. Keine gute Nachricht heute: Ich muß mit einem exzentrischen Kunstsammler wandern gehen. Ich hoffe, Du hörst mein Seufzen. W. Wichtiges Meeting. Muß Rückkehr verschieben. SORRY!

Aber wenn sie Wolfgang liebte ... müßte sie sich dann nicht darüber freuen, daß Klaus auf Distanz ging? Daß er sich weigerte, in die Mühle zu ziehen? Wie konnte sie über Scheidung nachdenken und gleichzeitig auf seine Kollegin eifersüchtig sein? *Weißt du eigentlich, wie sehr du mir fehlst?* Wenn ihm so viel an ihr lag, warum endeten ihre Gespräche jedesmal im Streit? Am Ende der Straße bog Hedi in eine gepflasterte Einfahrt ein. Mathilde Wiedebretts Haus war grau wie ihre Stimmung. Im Wohnzimmer brannte Licht.

Pünktlich am siebten Werktag nach Anette Winterfeldts Auftritt in der Eichmühle hatte der Briefträger eine anwaltliche Mahnung über sechzigtausend Mark plus Zinsen zugestellt. Hedi teilte ihrer Schwägerin schriftlich mit, daß sie nach Eingang ihres ersten Gehalts die Schulden in monatlichen Raten abzahlen werde. Eine Antwort blieb Anette ihr schuldig; ebenso wie Sascha, als sie ihn fragte, ob er nicht mit Dominique zusammen in die alte Mühle ziehen wolle. *Ich finde es reichlich unfair, was du mit Papa machst!* Schroff hörte es sich an und klang verdächtig nach männlicher Schutz- und Trutzgemeinschaft. Was, zum Donnerwetter, hatte Klaus dem Jungen erzählt?

In ihrer knappen Freizeit fuhr Hedi nach Darmstadt, um ihre Tochter in der Schule anzumelden, Behördengänge zu erledigen, Farben und Tapeten einzukaufen. Nach Feierabend renovierte sie Dominiques neues Zimmer, morgens stand sie noch früher auf, um wenigstens das Nötigste im Haushalt zu tun. Den Garten und die Geranien goß sie abends im Dunkeln. Sie hatte keine Zeit mehr, mit Elisabeth Kaffee zu trinken, mit Uwe ein Schwätzchen zu halten, in Muße zu töpfern oder am Mühlbach spazierenzugehen. Ihre Appelle an Vivienne, sich endlich eine vernünftige Arbeit zu suchen und die Malerei als Hobby zu betreiben, provozierten Wutanfälle oder Tränenausbrüche und hatten zur Folge, daß Vivienne den Rest des Tages im Bett oder im Bad verbrachte, wenn sie nicht gerade den Kühlschrank mit Eiern, Quark oder Magermilch füllte. Klaus war im Dienst, für Tachnon unterwegs oder gerade nicht zu sprechen. Von Wolfgang kam keine Karte mehr. Hedi war übermüdet, überfordert und gereizt. Ihr Geduldsfaden riß an einem sonnigen Septemberdonnerstag.

Sie brüllte Alfons Schell an, er solle seinem verdammten *Das kann ich nicht* ein *Das will ich nicht!* hinzufügen, und Mathilde Wiedebrett wurde sprachlos angesichts der Vokabeln, mit denen Hedi ihr zu verstehen gab, daß sie die Wahl zwischen einer neuen Pflegerin und einer neuen Wohnzimmeruhr habe.

Als sie nachmittags nach Hause kam, waren die gelben Bourbonrosen vor der Mühle verschwunden. Tim und Tom schlichen hungrig um ihre Futternäpfe, und die Hühner brüteten auf den Eiern vom Vortag. Im Flur lagen Viviennes gelbe Pumps, im Wohnzimmer stand ein Korb mit ungebügelter Wäsche. Auf dem Küchenschrank klebte der Pürierstab in einer schmutzigen Schüssel. Ein gutes Dutzend Obstfliegen umschwirrten matschige Papayastückchen und Aprikosenkerne, und auf der Anrichte schwamm ein leerer Sahnebecher in Salatöl. Im Bad sangen Wale gegen die Brandung an.

Hedi lief nach oben und riß die Tür auf. Eine Wolke aus Zitronenöl nahm ihr den Atem, gelber Tüll die Sicht. Sie schlug ihn wütend beiseite.

Die Fensterläden waren geschlossen und der Raum in Kerzenlicht getaucht: Auf dem Schrank, dem Fliesenboden, um die Badewanne herum, auf der Edelstahltoilette und dem Spülkasten flackerten Teelichter. Bidet, Waschbecken und Dusche waren mit weich fließenden, gelben Tüchern verhängt.

Vivienne lag in golden schimmerndem Wasser und streichelte mit einem Puderpinsel ihr Dekolleté. Wattepads bedeckten ihre Augen, Rosenblätter umspülten ihre Knie. Auf ihrem Gesicht lag schleimiger Brei. Ihr Mund sang bei den Walen mit.

Hedi schaltete die Deckenbeleuchtung ein. »Bist du jetzt vollkommen übergeschnappt?«

Vivienne schreckte hoch. Pinsel und Pads fielen ins Wasser. Der Brei begann zu rutschen. »Hedi! Was fällt dir ein, mich so zu erschrecken!«

Hedi zog den Stecker des CD-Players heraus. Wale und Meer verstummten. »Kannst du mir, verdammt noch mal, verraten, was du hier tust?«

Vivienne schossen Tränen in die Augen. »Bitte, mach die Musik wieder an, ja?«

Hedi riß Tücher zur Seite und blies Teelichter aus.

»Hedi! Nicht!«

»Willst du die ganze Mühle in Brand stecken?«

»Das gehört zu meiner Psycho-Balance-Energy-Pflege. Die Feng-Shui-Lehre sagt...«

»Die Küche sieht aus wie ein Saustall!«

»Das tut mir ja leid. Aber die dumme Maske wollte einfach nicht emulgieren.«

Hedi blieb drohend vor der Badewanne stehen. »Soll das etwa heißen, daß du dir den Obstsalat ins Gesicht geschmiert hast?«

»Aprikosen und Papaya aktivieren die Kollagenbildung und glätten den Teint.«

»Du siehst aus wie Frankensteins Schwester!«

Vivienne schlug mit den Händen ins Wasser. »Das Licht! Die guten Energien! Du hast alles kaputtgemacht.«

Hedi warf ihr ein Handtuch zu. »Wisch dir den Kleister ab und räum die Küche auf.«

»Fast wäre ich soweit gewesen.«

»Himmelherrgott! *Ich* bin soweit!« Hedi nahm den Abfalleimer und warf wahllos Tuben und Tiegel, Flakons und Fläschchen hinein. »In diesem verfluchten Bad ist nicht mal Platz für meine Zahnbürste!«

Vivienne kletterte weinend aus der Wanne.

»Putztücher findest du im Küchenschrank links oben. Und mach das Spülwasser ordentlich heiß, damit das Fett abgeht.«

»Du bist widerlich! Ich hasse dich!« Vivienne rannte aus dem Bad und warf die Tür zu.

Hedi fischte den Pinsel und die aufgeweichten Pads aus der Wanne und zog den Stöpsel. Während das Wasser gurgelnd verschwand, sammelte sie die Teelichter ein. Neben der Toilette lag die neueste Ausgabe der *Annabella*. Die Frau auf dem Titelbild lächelte sie an. Sie war jung und schön. Die Titelthemen waren in gelben Lettern gesetzt. *Dreiunddreißig Wellness-Tips zum ultimativen Urlaubs-Feeling: gute Laune, strahlendes Aussehen, Power pur!* Und rechts daneben: *Das Helfersyndrom. Warum Frauen nicht nein sagen können.* Hedi sank auf den Rand der Wanne, schlug die Hände vors Gesicht und weinte.

Drei Tage später zog Dominique in die Eichmühle ein. Es war Sonntag, und Hedi hatte frei. Sie backte Waffeln, kochte Kaffee und schaute alle fünf Minuten aus dem Fenster. Kurz vor fünf Uhr fuhr ein Kleinlaster über die Mühlbachbrücke. Hedi strich sich vor dem Garderobenspiegel den Pony aus dem

Gesicht und ging hinaus in den Hof. Klaus hatte kaum angehalten, als Dominique aus dem Führerhaus sprang. »Hallo, Mama! Ist Uwe da?« Ohne eine Antwort abzuwarten, lief sie davon.

Klaus fluchte. »Ich möchte wissen, von welchem Autofriedhof sie diese Mistkarre geklaut haben!«

Hedi zeigte lächelnd auf ihren VW-Bus neben dem Hühnerstall. »Wahrscheinlich vom selben.«

»Wohin soll ich den Kram tragen?«

»Willst du mir nicht erst einmal guten Tag sagen?«

»Guten Tag. Wo soll das Zeug hin?«

»Das neulich ... Ich hab's nicht so gemeint.«

Klaus ging um den Wagen herum, löste die Plane und öffnete die Ladeklappe. »Ist deine Künstlerfreundin beim Yoga?«

»Sie ist zu einer Vernissage nach Darmstadt gefahren.« Hedi berührte ihn am Arm. »Klaus, ich ...«

»Du hast bekommen, was du wolltest, oder?«

»Du siehst müde aus.«

»Ich hatte Nachtdienst.« Er schob sie beiseite und fing an, Kisten abzuladen.

Sie kämpfte gegen den Kloß in ihrem Hals. »Wie würdest *du* reagieren, wenn dir jemand erzählte, daß ich mit einem fremden Mann in unserer Wohnung übernachtet habe?«

»Ich habe nicht vor, auch nur ein weiteres Wort darüber zu verlieren.« Er stapelte zwei Kisten übereinander und trug sie ins Haus.

Hedi folgte ihm. »Laß uns reden. Bitte.«

Er stellte die Kisten in den Flur. »Dominique hat sich entschieden, bei dir zu leben. Ich ziehe nicht hier ein, Sascha auch nicht. Ich wüßte nicht, was es noch zu reden gäbe. Bei Gelegenheit könntest du mir die Wohnungsschlüssel geben.« Bevor sie etwas erwidern konnte, ging er wieder nach draußen.

Neben dem Lkw wartete Uwe Stöcker. »Guten Tag, Herr Winterfeldt. Kann ich Ihnen helfen?« Er deutete zum Himmel. »Sieht nach Regen aus.«

Klaus nickte. Schweigend luden sie Möbel und Krimskrams ab.

»Ich wollte Ihnen sagen, daß Sie sich wegen Dominique keine Sorgen zu machen brauchen«, sagte Uwe, als sie die letzten Umzugskartons nach oben trugen.

»Sie ist gerade mal fünfzehn«, sagte Klaus.

Uwe bekam rote Ohren. Er stellte einen Karton vor dem Fenster ab. »Wir haben nicht miteinander geschlafen, falls Sie das meinen.«

»Was macht deine Gärtnerei?«

»Die handgefertigten Blumentöpfe Ihrer Frau entwickeln sich zum Renner.«

Klaus zeigte auf den zerlegten Kleiderschrank. »Hast du zufällig einen Werkzeugkoffer?«

Eine Stunde später verabschiedeten sie sich am Lkw. Dominique und Hedi kamen aus dem Haus.

»Ich fahr' dann mal«, sagte Klaus.

Dominique sah ihn enttäuscht an. »Warum bleibst du nicht zum Abendessen, Paps?«

»Ich habe Kaffee gekocht«, sagte Hedi.

»Danke, aber ich muß los.« Er sah zum Himmel. »Ich will auf der Autobahn sein, bevor das da oben losgeht.«

Dominiques Augen glänzten verräterisch. »Du kommst uns bald besuchen, Paps, oder?«

»Mhm.« Er stieg ein und startete den Motor.

»Das hört sich nicht gut an«, rief Uwe.

Klaus sah aus dem Fenster. »Bis nach Offenbach schafft er's schon noch.«

»Ruf mich an«, sagte Hedi.

»Tschüs, Paps«, sagte Dominique.

Klaus nickte und fuhr los. Dominique nahm Uwes Hand. »Hilfst du mir beim Einräumen?«

»Klar!« Lachend liefen sie ins Haus.

Aus den Wolken kam dumpfes Grollen. Die Vögel hörten auf zu singen; es roch nach Herbst. Hedis Augen brannten. Sie hatte sich noch nie so einsam gefühlt.

Sie wußte, daß sie an diesem Platz schon einmal gewesen war. Aber diesmal schien die Sonne nicht, und die Trommeln schwiegen. Sie erinnerte sich, daß es kein guter Platz war. Ein leerer Eimer rollte scheppernd an ihr vorbei. Von irgendwoher kam Wasser. Es tropfte ihr ins Gesicht. Sie konnte die Arme nicht bewegen. Als sie den Indianer sah, fiel ihr ein, warum. Er hatte Gottfried Hübners Lachen gestohlen, und Mathilde Wiedebrett badete in Bourbonrosen. Der Sturm riß gelbe Tücher weg. Der Sioux hob die Axt. *Lauf!*

»Das kann ich nicht!« schrie Hedi. »Das geht nicht! Das klappt nicht!«

»Mama!«

Sie schreckte hoch und rieb sich die Augen. Der Wind war echt. Das Wasser auch. Dominique sah sie ängstlich an. »Ich glaube, das ganze Haus fliegt weg.«

Hedi sprang aus dem Bett und schloß das Fenster. Sie zog ihren Bademantel an. »Wo ist Vivienne?«

»Oben. Sie hat Angst, daß der Regen durchs Dach in ihr Meditierzimmer läuft.«

Das Licht begann zu flackern.

»Was machen wir denn jetzt?« fragte Dominique.

»Kerzen suchen. Und abwarten.«

Die Bestandsaufnahme am nächsten Morgen war ernüchternd. Der Bach war auf das Doppelte angeschwollen, das Mühlrad gebrochen; in der Waschküche stand zentimeterhoch das Wasser. Ein Großteil des Schindeldachs verteilte sich im Hof, dazwischen lagen zerstörte Geranienkästen. An der westlichen Fensterfront fehlten die Klappläden. Efeu und Weinranken waren an mehreren Stellen von der Fassade abgerissen, und ein zersplitterter Seitenast der alten Eiche versperrte die Hofeinfahrt. Nur die ehemalige Scheune stand seltsam unberührt. Sogar der rote Wetterhahn war noch an seinem Platz.

»Das sieht aus, als hätte ein Riese mit der Faust draufgeschlagen«, sagte Dominique.

Vivienne zog fröstelnd die Schultern hoch. »Wir sollten die Heizung anstellen.«

»Sonst fällt dir dazu nichts ein?« schrie Hedi.

»Mama!« sagte Dominique.

Hedi drehte sich wortlos um und ging ins Haus.

»Ich schau' mal nach, ob im Atelier alles in Ordnung ist«, sagte Vivienne.

Dominique fand Hedi auf dem alten Balkenboden. Sie saß vor dem Walzenstuhl und betrachtete Spinnweben. Dominique setzte sich neben ihre Mutter. »Das kriegen wir schon wieder hin, Mama. Uwe kennt bestimmt ein paar Dachdecker, wirst sehen. Soll ich Paps anrufen?«

»Untersteh dich.«

»Aber...«

»Nein!« Hedi stand auf. »Ich sage in der Gemeinde Bescheid, daß ich heute dienstfrei brauche. Danach gibt's Frühstück.«

»Ich könnte...«

»Du gehst zur Schule.«

Dominique verzog beleidigt das Gesicht. »Wenn du dir nicht helfen lassen willst, bitte sehr. Aufs Frühstück verzichte ich.«

Als Uwe zur Mühle kam, um seine Gärtnerei zu öffnen, kniete Hedi vor dem Wohnzimmerschrank und blätterte Aktenordner durch.

»Das sieht ja schlimm aus draußen«, sagte er bestürzt.

Hedi schlug den letzten Ordner zu und stellte ihn zu den anderen zurück. Sie stand auf. »Ist deine Gärtnerei noch heil?«

Uwe nickte.

»Willst du einen Kaffee?«

»Wenn Sie einen haben?« Er folgte ihr in die Küche. »Wo ist denn Ihre Freundin?«

»Meditieren.«

»Ich will ja nichts sagen, aber ...«

Hedi winkte ab. Sie holte zwei Tassen aus dem Schrank und goß Kaffee ein. »Wie sieht's in Hassbach aus?«

Uwe setzte sich. »Vor dem Nachbarhaus ist eine Fichte umgefallen, und unseren Mülleimer hat's zerdeppert.«

»Den hätte ich auch geopfert.«

»Ihr Mann hat es gestern übrigens nicht bis nach Offenbach geschafft. Kurz vor Hassbach riß der Kupplungszug. Matthias Mehret hat ihm einen Wagen geliehen.«

Hedi stellte ihre Tasse in die Spüle. »Hast du eine Ahnung, wie ich die Heizung in Gang bringe, ohne daß sie mir um die Ohren fliegt?«

Uwe trank seinen Kaffee aus. »Ich schau's mir mal an.«

Sie gingen in den Keller. Der Wasserspiegel in der Waschküche war gesunken, der Heizungsraum trocken. Uwe begutachtete die angerosteten Leitungen und den verrußten Brenner, drehte den Zulaufhahn auf und wartete, bis Öl kam. Er zündete das Feuer an und drückte die gußeiserne Ofentür zu. Hedi reichte ihm ein altes Handtuch; er wischte sich die ölverschmierten Hände ab. »Wenn Sie mich fragen: Das Teil gehört schleunigst ausrangiert. Am besten zusammen mit den Öltanks.«

»Warum? Was ist damit?«

»Hat Juliette Ihnen nicht gesagt, daß sich der Tankwagenfahrer letztes Jahr weigerte, die maroden Dinger zu befüllen?«

Hedi nahm ihm das Handtuch ab. »Sie hat mir auch nicht gesagt, daß sie eine Versicherung gegen Sturm für überflüssig hielt.«

Uwe sah sie entsetzt an. »Sie müssen den ganzen Schaden selbst bezahlen?«

»Es fragt sich nur, womit.«

»Und was jetzt?«

Sie zuckte mit den Schultern. »Das wüßte ich auch gern.«

Alfons Schell hatte seinen besten Anzug angezogen und überreichte Hedi feierlich ein in Seidenpapier eingeschlagenes Schächtelchen, auf das er in zittrigem Sütterlin *Dankeschön* geschrieben hatte. »Bitte erst zu Hause aufmachen«, sagte er verlegen.

Hedi sah ihn verwundert an. Der alte Mann rieb seine Hände. Auf seiner Stirn glänzte Schweiß. »Gestern war ein wahrlich unsympathisches junges Fräulein hier. Ich hatte angenommen, Sie würden es ablehnen, mich länger zu betreuen. Weil ich zu mürrisch bin. Bei der Gemeinde sagte man, Sie kämen heute wieder.«

Es war die längste Rede, die er seit Jahren gehalten hatte. Hedi drückte seine Hände. »Dachten Sie wirklich, ich gebe so schnell auf, Herr Schell? Und jetzt versuchen Sie, ein paar Schritte zu gehen, hm?«

»Aber Schwester! Das kann ich ...«, er lächelte, »... ja mal versuchen.«

Das Schächtelchen war gefüllt mit Nougatpralinés. Hedi naschte zwei davon und fuhr zu Gottfried Hübner. Er saß auf dem Küchenboden. »Der Wille war stärker als die Beine.«

Hedi kniete sich neben ihn. »Sind Sie verletzt?«

»Ach was! Bei so viel Fett kann man sich gar nicht weh tun. Es ist, als falle man auf ein weiches Kissen.« Hedi war schweißgebadet, bis sie ihn auf einen Stuhl gehievt hatte. Gottfried sah sie zerknirscht an. »Ich wollte Ihnen nur ein bißchen Arbeit abnehmen, Schwester Hedi. Aber der Erdmagnet in meinem dicken Hintern hatte wohl was dagegen.«

»Sie sind unmöglich!«

Er zeigte auf den Kühlschrank. »Mein Neffe war vorhin zu Besuch. Wenn Sie vielleicht so nett wären, mir eine Kleinigkeit zu essen zu bringen?«

Katharina Schmidt lag im Dunkeln und weinte. Hedi zog die Rolläden hoch. Auf dem Nachttisch standen ein Teller mit angetrocknetem Kartoffelbrei und ein schmutziges Glas. Hedi trug beides in die Küche und spülte es unter heißem Wasser ab. Als sie zurückkam, war Katharina aufgestanden. Zitternd hielt sie sich an der Bettkante fest. »Ich hab's wirklich versucht, Schwester. Aber ich schaffe es nicht, sie hochzubekommen.«

»Wie bitte?«

»Die junge Dame, Ihre Vertretung gestern, die hat gesagt, solche Fisimatenten würde es bei ihr nicht geben, und wenn Sie das machten, dann wär' das Ihr Bier. Aber der Sozialstation würde sie es trotzdem melden.«

»Was denn, um Gottes willen?«

Katharina Schmidt sank aufs Bett und fing von neuem an zu weinen. »Die Rolläden. Die junge Dame hat gesagt, das steht nicht im Pflegeplan.«

»Soll das heißen, Sie haben den ganzen Vormittag im Dunkeln verbracht?«

»Sie hat gesagt, ich soll sie oben lassen. Aber mein Karl hat immer gesagt, ich muß sie unbedingt runtermachen, wenn es draußen dunkel wird. Wegen der Einbrecher.« Katharina wischte sich die Tränen ab und griff nach Hedis Hand. »Es tut mir ja so leid, Schwester. Ich will doch nicht, daß Sie wegen mir dummen alten Frau Ärger bekommen.«

Hedi lächelte. »Rolläden rauf- und runterziehen ist mein größtes Hobby, das ich ausschließlich in meiner Freizeit und unentgeltlich ausübe.«

Katharina Schmidt sah sie ungläubig an. Dann fing sie an zu lachen.

Mathilde Wiedebrett empfing Hedi mit einem vorwurfsvollen Blick zur Uhr, schimpfte abwechselnd übers Wetter, ihre Kinder, Enkel und Urenkel und nahm zwei Haare in ihrem Kamm zum Anlaß, einen längeren Vortrag über die Nachlässigkeit der Pflegekräfte von heute zu halten. Hedi atmete auf, als die Haustür hinter ihr zufiel.

»Das nächste Mal parken Sie gefälligst draußen!« rief Mathilde ihr durch das offene Küchenfenster nach. »Die Stellplätze im Hof sind...«

Es folgte unverständliches Genuschel. Hedi drehte sich neugierig um. Mathilde Wiedebrett zeigte mit der rechten Hand abwechselnd auf ihren zahnlosen Mund und die Brombeerhecke unterhalb des Fensters. Hedi winkte ihr lächelnd zu und stieg in ihren Wagen.

Als sie nachmittags nach Hause kam, war die Einfahrt frei und passierbar, der Hof zugeparkt und die alte Mühle eingerüstet. Auf dem Dach wuselten ein Dutzend Männer hin und her. Gehämmer und Geschrei erfüllten die Luft. Vor dem Atelier lagen zerbrochene Holzlatten neben einer Palette mit roten Dachziegeln. Im Schatten der Eiche gruppierten sich bunte Klappstühle um einen Tapeziertisch. Vivienne und Elisabeth trugen einen dampfenden Einkochtopf aus dem Haus.

Vivienne lachte. »Da staunst du, was?«

»Uwe meinte, daß Sie dringend ein paar Dachdecker benötigten«, sagte Elisabeth. Sie stellten den Topf auf einem Holzblock neben dem Tisch ab.

Hedi zog Vivienne beiseite. »Kannst du mir verraten, wie ich das bezahlen soll?«

Vivienne zeigte lächelnd auf einen angejahrten, bananengelben VW-Käfer, der hinter Hedis Rostlaube stand. »Zweitausend, und er gehörte mir. Für das Cabrio habe ich noch neunundzwanzigtausend bekommen; das hat fürs Material und das Gerüst gereicht. Ein paar Tausender sind sogar noch übrig. Das Dachdecken machen die Männer nämlich umsonst. Ist das nicht nett?«

Elisabeth breitete ein weißes Laken über den Tisch und verteilte Teller und Löffel. Es duftete nach Kräutern und Zwiebeln. »Essen fassen!« rief sie zu den Männern hinauf.

Hedi fiel Vivienne um den Hals und küßte sie auf die Stirn. »Heute ist mein Glückstag!«

Die Männer nahmen schwatzend und lachend ihre Plätze ein. Vivienne und Hedi setzten sich gegenüber von Matthias Mehret. Elisabeth füllte ihre Teller, Matthias reichte ihnen den Brotkorb.

»Können Sie denn Ihre Werkstatt einfach allein lassen?« fragte Hedi.

»Solange mein Azubi keinen Mist baut, schon.«

»Ich weiß gar nicht, wie ich das wiedergutmachen soll.«

Matthias Mehret lachte. »Der nächste Sturm kommt bestimmt.«

Hedi sah ihn verlegen an. »Morgen werde ich die offenen Rechnungen bezahlen.«

Er grinste. »Das hat Ihr Mann bereits erledigt.«

Hedi verschluckte sich. »Wie bitte?«

»Als er gestern abend den Lkw abholte, waren wir zusammen mit meinem Schwager auf einen kleinen Imbiß im *Alten*

Krug. Peter ist bei der Kripo in Darmstadt. Ihr Mann fragte ihn, ob's da in der nächsten Zeit irgendwelche freien Stellen gibt. Und dann haben wir ein bißchen über dies und das gesprochen. Als er hörte, was mit der Eichmühle passiert ist, sagte er, daß er die Kosten für die Dachreparatur übernimmt.« Er sah Vivienne an. »Aber das ist ja, wie ich hörte, nicht mehr nötig.«

Hedi wußte nicht, was sie sagen sollte, und starrte in ihre Suppe.

»Sind Sie verheiratet?« fragte Vivienne.

»Geschieden. Warum?«

Sie lächelte kokett. »Weibliche Neugier, Herr Mehret. Oder darf ich Matthias sagen?«

Er tunkte sein Brot in den Teller. »Klar, Vivienne Chantal.«

Vivienne errötete. »Woher kennen Sie meinen Namen?«

»Woher kennen Sie meinen?«

»Interessieren Sie sich für Malerei?«

»Solange sie sich auf Zimmerdecken und Häuserwände beschränkt.«

»Ich male in Öl.«

»Das fülle ich in Motoren.«

»Habe ich doch geahnt, daß wir Gemeinsamkeiten haben.«

Matthias Mehret betrachtete ihr gelbes Chiffonkleid. »Ich glaube nicht, daß Sie das nach einem Besuch in meiner Werkstatt immer noch behaupten würden.«

Vivienne zwinkerte ihm zu. »Die Besucher meiner Werkstatt waren bislang allesamt begeistert, lieber Matthias. Nicht wahr, Hedi?« Vivienne stieß sie in die Seite. »Schläfst du?«

Hedi stand auf. »Ihr entschuldigt mich? Ich muß telefonieren.«

Vivienne ging ihr nach. »Ich wollte es dir vorhin schon sagen: Im Flur liegt ein unerfreulicher Brief.«

»Der kann mir heute die gute Laune auch nicht mehr verderben.«

Vivienne zuckte mit den Schultern. Als sie zum Tisch zurückkam, war Matthias Mehret verschwunden.

Hedi spürte ihr Herz klopfen, als sie Klaus' Nummer wählte. Der Ruf ging durch. Es nahm niemand ab. Sie wollte gerade auflegen, als sich eine weibliche Stimme meldete. »Hier Winterfeldt! Ja, bitte?«

Sie legte auf. Der Brief lag auf dem Schuhschrank neben der Kellertür. Er kam von einer Anwaltssozietät aus Kronberg und enthielt einen Mahnbescheid über sechzigtausend Mark.

32

Ein italienisches Volkslied summend, saugte Favitta Brancatelli den Winterfeldtschen Wohnzimmerteppich. Klaus saß auf der Couch und las die *Offenbach-Post*. Das Telefon klingelte.

»Telefono! Soll ich Ihnen abnehmen?« fragte Favitta.

Klaus sah von der Zeitung auf. »Wenn's meine Mutter ist: Ich bin nicht da.«

Favitta Brancatelli stellte den Staubsauger aus. »Und wenn Frau ist?«

»Bin ich auch nicht da.«

»Das nix gutt.« Favitta ging in den Flur.

»Na?« meinte Klaus, als sie zurückkam. Sie zuckte mit den Schultern.

»Auch gut.«

»Nix gutt! Müssen reden mit Frau!«

»Dieses ständige Herumgerede bringt gar nichts. Ich werde sie durch Sachbeweise überzeugen.«

»Was ist Sachbeweise?«

»Wegweiser zur Wahrheit.«

Favitta stellte den Staubsauger an. »Sie können Füße hochheben, per favore?« Klaus legte grinsend seine Beine auf den Couchtisch.

»Das nix gutt!«

»Sie sind eine Perle, Favitta.«

»Perle?«

Er schlug die Zeitung zu und stand auf. »Meine Kollegen wundern sich, warum ich plötzlich so gut bügeln kann. Ich hoffe, Sie haben nichts dagegen, daß ich sie in ihrem Glauben lasse.«

»Nix dagegen. Können wieder setzen.«

Klaus zeigte auf das zusammengeklappte Bügelbrett, das neben der Tür an der Wand lehnte. »Bei Gelegenheit könnten Sie mir's vielleicht trotzdem mal beibringen.«

Sie lächelte. »Schokolada und Vino bianco hat serr gutt gewesen.«

»Die hatten Sie sich auch redlich verdient.«

Favitta Brancatelli räumte den Staubsauger und das Bügelbrett weg. »Müssen heute nix arbeite?«

Klaus schüttelte den Kopf. »Erst wieder am Samstag.«

»Haben Ferien?«

»So ähnlich, ja.«

Zehn Minuten nachdem Favitta gegangen war, verließ er das Haus und fuhr in Richtung Odenwald.

Hedi zerriß den Brief samt Mahnbescheid und warf ihn in den Müll. Ihre Phantasie produzierte Gesichter schöner Frauen, die immer wieder vier Wörter sagten. *Hier Winterfeldt! Ja, bitte?* War diese Person mit ihrer melodischen Stimme etwa der wahre Grund für Klaus' schroffes Verhalten bei Dominiques Umzug? Und seine überraschende Bereitschaft, die Dachdeckerkosten zu übernehmen, ein Zeichen, daß er keinen Wert mehr auf ihre Rückkehr legte? Weil er sich längst anderweitig getröstet hatte? Sie kämpfte mit den Tränen. Sollte er doch bleiben, wo der Pfeffer wächst! Wütend sah sie die restliche Post durch, aber von Wolfgang war wieder nichts dabei. Sie schluckte ihre Enttäuschung hinunter und ging in den Hof zurück. Matthias Mehret verabschiedete sich gerade von Elisabeth. Als er Hedi aus dem Haus kommen sah, ging er zu ihr. »Na? Keine guten Nachrichten?«

Hedi setzte ein Lächeln auf. »Doch. Heute war statt dem üblichen Dutzend nur eine einzige Rechnung in der Post.«

»Na dann! Den Rest schafft die Truppe auch ohne mich. Ich muß zurück nach Hassbach.«

»Sie wissen gar nicht, wie dankbar ich Ihnen bin.«

»Ganz so erfreulich, wie es scheint, ist die Sache leider nicht«, sagte er zögernd.

Hedi sah ihn fragend an.

»Sie sollten sich nachher mal mit Henning Schultheiß unterhalten.« Er zeigte aufs Dach. »Der dürre lange Kerl mit den blonden Stoppelhaaren, der gerade über den First klettert.«

»Und warum?«

»Er ist Architekt und hat sich auf die Restaurierung von Altbauten spezialisiert. Sein vorletztes Projekt war der Meierhof in Hassbach.«

»Ein schönes Haus. Schade nur, daß es jetzt leersteht.«

Matthias nickte. »Sie hätten die Bruchbude mal im Urzustand sehen sollen. Die Hassbacher hatten schon Wetten abgeschlossen, wann sie endgültig in sich zusammenfällt.«

»Die Hassbacher schließen gern Wetten ab, oder?«

»Irgendwie muß man sich die Zeit hier draußen ja vertreiben«, sagte Matthias lächelnd.

»Und wie lange haben sie der Eichmühle noch gegeben?«

»So schlimm steht's wohl nicht, aber Henning sagt, daß einige Dinge unbedingt gemacht werden müßten.«

»Ich weiß: Trockenlegung der Grundmauern durch Anbringen von Sperren, Wiederherstellung des Fachwerks mittels Auskernung des gesamten Gefüges, Fungizidbehandlung gegen Moderfäule und noch ein paar lächerliche Kleinigkeiten, die mir gerade entfallen sind. Das einzige, was ich mir bis auf weiteres leisten kann, ist ein neues Dach.«

»Sie sollten trotzdem mit ihm sprechen. Vielleicht gibt es irgendwelche Fördermöglichkeiten vom Staat.«

»Hat mein Mann eigentlich erwähnt, warum er die Kosten für die Dacheindeckung übernehmen will?«

Matthias sah sie erstaunt an. »Ich dachte, Sie hätten das mit ihm so abgesprochen.«

»Na ja... nicht direkt. Wegen der Stelle bei der Kripo in Darmstadt – was hat er da genau gesagt?«

»Als er erfuhr, daß Peter ein Kollege ist, haben sie ein bißchen über den Polizeidienst geredet und kamen dann auf Beförderungen, Versetzungen und ähnliches zu sprechen.«

»Ach so.«

»Setzen Sie zwei Polizisten an einen Tisch, und das Gesprächsthema ist nach spätestens zehn Sekunden festgelegt«, sagte Matthias schmunzelnd. Als er Vivienne über den Hof kommen sah, gab er Hedi die Hand. »Tut mir leid, aber ich muß los.«

»Dieser Matthias Mehret ist ein richtiger Stoffel«, sagte Vivienne, als sie Hedi erreichte. »Und Sinn für Ästhetik hat er auch keinen.«

»Wenn du meinst.«

»Meine ich!« sagte sie und verschwand im Haus.

Zum Abendessen vier Stunden später erschien sie in einem glitzernden Paillettenmini und war bester Laune.

»Willst du in die Oper?« fragte Hedi.

»Ein besonderer Tag verlangt besondere Kleidung. Trinkst du nachher ein Gläschen Champagner mit mir?«

Hedi sah sie mißtrauisch an. »Wo hast du den Fummel her?«

»Aus meinem Schrank. Und eine Flasche Champagner hat man schließlich immer im Keller. Für alle Fälle.«

Hedi stellte Butter und Brot auf den Tisch. »Damit wir uns einig sind: Von dem Geld, das aus dem Autoverkauf übrig ist, bezahle ich morgen Rechnungen. Und der Rest geht als Anzahlung nach Kronberg.«

»Ich habe nichts dagegen«, sagte Vivienne lächelnd. »Meine Darmstädter Galerie hat angerufen. Ich soll am Freitag noch einige Bilder mitbringen. Sie haben alles verkauft.«

»Das freut mich. Hast du eine Ahnung, wo Dominique ist?«

»Mehr hast du nicht dazu zu sagen?«

Hedi setzte sich und reichte ihr den Brotkorb. »Ich freu' mich wirklich für dich. Aber Dominique wollte spätestens um sieben aus Hassbach zurück sein, und jetzt ist es schon halb acht.«

»Sie wird sich mit ihrem Tobi im Internet festgesurft haben«, sagte Vivienne. Hedi strich Butter auf eine Scheibe Brot und belegte sie mit Wurst. Sie dachte an den blonden Jungen, der in Elisabeths Hof mit Christoph-Sebastian Fußball gespielt hatte. Er ging in dieselbe Klasse wie Dominique, und es hatte zwei Tage gedauert, bis ihre Tochter statt *Allium schoenoprasum* wieder Schnittlauch aus dem Garten holte und sich beim Mittagessen in *Chatrooms*, *Smileys* und der *Buddy-List* verlor. Uwe saß blaß und stumm dabei. Er tat Hedi leid.

Dominique kam kurz vor acht, hatte glücklich glänzende Augen und verschwand ohne Abendessen in ihrem Zimmer.

Am Donnerstag mußte Hedi bis spätabends arbeiten, ab Freitag hatte sie fünf Tage frei. Nachdem Dominique in die Schule und Vivienne mit einem Packen Bilder nach Darmstadt gefahren war, ging sie in den Garten und erntete zwei Schüsseln rotgelb gestreifte Tomaten. Sie kostete ihre Ernte und betrachtete zufrieden das Mühlhaus. Das rote Dach glänzte in der Sonne. Die Klappläden waren repariert, der abgerissene Ast der Eiche war in kamingerechte Scheite zerlegt und der Hof gefegt. Vor den Fenstern blühten Chrysanthemen. Mit Henning Schultheiß hatte sie nicht gesprochen. Wozu auch? Vivienne hatte recht: Ein Haus, das drei Jahrhunderten getrotzt hatte, würde auch noch die paar Jährchen stehenbleiben, bis sie genügend Geld für eine Restaurierung gespart hatten.

Sie brachte die Tomaten in die Küche und beschloß, bis zum Mittag ein bißchen zu töpfern. In der Werkstatt war es kühl; Hedi öffnete die Fenster und ließ die Sonne herein. Summend band sie sich ihre Schürze um, nahm einen Block Ton aus einer angefeuchteten Kiste und teilte mit einem Schneidedraht eine Scheibe ab. Es war herrlich, Zeit zu haben! Und über mehr wollte sie heute nicht nachdenken. Sie knetete den Ton, formte eine Kugel, legte sie auf die Mitte ihrer Töpferscheibe und schaltete die Scheibe ein. Sobald sie sich schnell genug drehte, zog Hedi den Ton zwischen ihren Handflächen zu einem Kegel hoch und drückte ihn wieder flach zusammen. Es sah aus, als beginne die Masse zu leben. Mit den Fingerspitzen drückte sie eine Höhlung hinein; im Innern machte sie eine kleine Wulst mit der linken Hand, während sie mit der rechten den Ton von außen kontrollierte. Bauch und Hals eines Kruges entstanden. Sie glättete die Ränder mit einem nassen Leder, zog mit der Drehschiene eine Linie um den Hals, modellierte eine Tülle und löste das Gefäß mit dem Schneidedraht von der Scheibe.

Sie war gerade dabei, einen Henkel zu ziehen, als Uwe hereinkam. In den Händen hielt er zwei getopfte Pflänzchen. Das eine sah aus wie ein Büschel Dill, an dem anderen leuchteten orangerote Pfefferschoten. »Guten Tag, Frau Winterfeldt. Haben Sie vielleicht noch ein paar Übertöpfe für mich?«

Hedi legte den Henkel auf eine Steinplatte und wischte ihre Hände an der Schürze ab. »Hallo, Uwe. Ich wollte mal wieder etwas anderes machen als immer bloß Blumenpötte.«

Uwe stellte die Pflanzen auf die Werkbank und begutachtete Krug und Henkel. »Wirklich hübsch. Aber die Leute sind halt verrückt nach Kräutertöpfen. Vor allem nach blauen.«

Hedi betrachtete die leuchtenden Pfefferschoten. »Ein Übertopf in derselben Farbe sähe bestimmt schön aus.«

Uwe lächelte. »Genau darum wollte ich Sie bitten. Das ist übrigens ein Tabascopflänzchen. Aus den Früchten wird die berühmte Soße gemacht. Und das hier«, er zeigte auf das Dillkrautbüschel, »ist eine Lakritztagetes.« Er brach ein Blättchen ab und gab es ihr. »Probieren Sie mal.«

Hedi steckte das Grün zögernd in ihren Mund. »Das schmeckt ja tatsächlich nach Lakritz!«

»Ich habe eine interessante Quelle für seltene Kräuter aufgetan. Mit irgend etwas muß ich die Leute schließlich hier herauslocken. Welche Farbe schlagen Sie vor?«

Hedi zog einen Holzkasten mit verschiedenfarbigen Blumentöpfen unter ihrem Werktisch hervor. »Probier's am besten selbst aus.«

Uwe nahm einen roten Topf und stellte die Tagetes hinein. »Wenn Sie nichts dagegen haben, nehme ich gleich die ganze Kiste mit. Was haben Sie eigentlich mit Ihrem VW-Bus vor, jetzt, wo Sie den Dienstwagen fahren?«

»Ein Kollege meines Mannes hat mir empfohlen, Geranien reinzupflanzen.«

»Für meine Zwecke tut er es allemal. Würden Sie ihn mir verkaufen?«

»Ich schenke ihn dir.«

»Das kann ich nicht annehmen, Frau Winterfeldt!«

»Die Schlüssel hängen im Flur. Brief und Schein suche ich nachher heraus.«

»Aber...«

»Betrachte es als Dankeschön für die neuen Fensterkästen. Ich hoffe, du hast einen guten Draht zu Matthias Mehret.«

»Er hat bereits alles Überlebenswichtige ausgetauscht, oder?«

Hedi lehnte sich gegen die Werkbank. »Ich habe hin und her überlegt, wie ich mich bei deiner Mutter revanchieren könnte. Hast du vielleicht eine Idee, was...«

»Hören Sie bloß auf! Wenn sie das hört, wird sie böse.«

»Ich denke...«

»Ich komme nur deshalb finanziell über die Runden, weil ich Ihnen keine Miete zahlen muß.«

»Die Gewächshäuser waren Schrott.«

»Der Boden, auf dem sie stehen, ist es nicht. Ich bin guter Dinge, daß wir im Frühjahr über einen ordentlichen Pachtvertrag reden können.«

»Was macht dein Blumenrecycling?«

»Das Interesse ist da. Mal sehen, ob's anhält. Jedenfalls muß ich mir Gedanken über ein oder zwei Mitarbeiter machen. Ich schaffe es allein nicht mehr.«

»Und dein Kompagnon?«

»Stellt seinen Meistertitel und seinen Rat zur Verfügung. Mehr war nicht vereinbart, und das ist gut so. Ich bin gern mein eigener Herr.«

»Ich freue mich, daß dein Geschäft so gut läuft.«

»Ich freue mich auch.«

Seine Augen sahen nicht froh, sondern müde und traurig aus. »Das mit Dominique tut mir sehr leid.«

Er winkte ab. »Ich mußte damit rechnen. Sie ist noch so jung.«

Hedi dachte daran, was Elisabeth über seinen Vater gesagt hatte: ernst und erwachsen. Das war sein Sohn auch; vielleicht mehr, als er es mit seinen neunzehn Jahren sein sollte.

Uwe stellte den roten Topf in die Kiste zurück. »Ich will nicht unhöflich sein, und es geht mich auch gar nichts an. Aber ich glaube, Dominique hat Angst davor, daß Sie sich scheiden lassen.«

Hedi prüfte die Festigkeit des Henkels. »Mein Mann will nicht hier leben, und ich gehe nicht zurück nach Offenbach. Über kurz oder lang werden wir die Konsequenzen daraus ziehen müssen.«

»Er mag Ihre Freundin nicht, stimmt's?«

»Magst du sie?«

»Sie ist sicherlich recht nett. Aber sie paßt nicht hierher.«

»Und du meinst, Klaus würde passen?«

Uwe zeigte nach draußen. »Da kommt er. Fragen Sie ihn am besten selbst.« Er stellte seine Pflänzchen zu den Töpfen in die Kiste. »Darf ich . . .?«

»Nimm nur alles mit. Ich bin ja froh, daß den Leuten meine Sachen gefallen. Auch wenn sich ihre Begeisterung auf blaue Blumentöpfe beschränkt.«

Uwe nahm die Kiste, nickte Hedi aufmunternd zu und ging hinaus. »Ihre Frau ist in der Werkstatt«, hörte sie ihn draußen sagen. Kurz darauf kam Klaus herein.

»Na? Zufällig in der Gegend?«

Er grinste. »Willst du mir nicht erst mal guten Tag sagen?«

Hedi betrachtete den unfertigen Krug. »Ich muß noch schnell den Henkel dranmachen.«

Klaus las den Spruch von Laotse, der über der Werkbank hing. »Interessant, wozu *nichts* alles gut ist.« Er setzte sich auf einen lehmbespritzten Stuhl und sah zu, wie sie die obere Anschlußstelle mit dem Modellierholz schraffierte, den Henkel andrückte und den Ton mit den Fingern verstrich. »Sieht nicht übel aus, was du da machst.«

Hedi stellte den Krug zum Trocknen in ein Regal und säuberte ihre Hände in einem Eimer Wasser. »Willst du einen Kaffee?«

»Nimm drei Löffel Pulver mehr.«

»Warum?«

»Ich erzähl's dir drin.«

Hedi zog ihre schmutzige Schürze aus und hängte sie an die Tür. Sie verließen die Werkstatt und gingen zum Haus hinüber. »Schönes Dach«, sagte Klaus.

»Matthias Mehret hat gesagt, daß ich die Rechnung an dich schicken darf.«

Er zuckte die Schultern. »Ich nehme an, nach meinem Elfmeter hatte es das Gewitter nicht mehr ganz so schwer, oder?«

»Ach? Tätige Reue als Motiv? Und das soll ich dir abnehmen?«

»Was denn sonst?« fragte Klaus amüsiert.

Hedi holte den Haustürschlüssel aus ihrer Jeans und schloß auf. »Wie wär's mit einem schlechten Gewissen?«

»Mhm, ja. Das auch.«

Sie gingen in die Küche. Hedi nahm die Kaffeemühle aus dem Schrank und füllte Bohnen ein. »Als du am Montag in Hassbach warst, hätte sich deine Tochter über einen Besuch gefreut.«

»Ich hatte leider keine Zeit.«

»Warum bist du hier?«

»Du wirst nicht glücklich darüber sein.«

Hedi stellte ihm eine Tasse hin und holte Milch aus dem Kühlschrank. »Verschon mich bitte mit weiteren Theorien über Viviennes Vermögensverhältnisse!«

»Weißt du, wohin sie heute früh gefahren ist?«

»Nach Darmstadt. Wie jeden Freitag.«

»Was denkst du, was sie dort tut?«

»Soll das ein Polizeiverhör werden?«

»Manchen Leuten ist die Wahrheit so kostbar, daß sie nur sehr sparsam Gebrauch von ihr machen.«

»Du läßt nichts aus, um sie in den Dreck zu ziehen, stimmt's?«

»Sie lief mit ihren Klecksbildern unterm Arm vor dem Luisen-Center auf und ab und verehrte sie den erstbesten Passanten, die nicht schnell genug Reißaus nehmen konnten.«

»Spinnst du? Sie verkauft ihre Bilder über eine Kunstgalerie!«

»Dann habe ich vorhin wohl weiße Mäuse gesehen.«

»Hast du ihr etwa nachspioniert?«

»Ich wollte endlich die Wahrheit wissen.«

Hedi mußte sich setzen. »Warum sollte Vivienne ihre Bilder verschenken?«

»Ich weiß nicht, *warum* sie es tut. Fest steht, *daß* sie es tut. Aber das ist nicht alles. Bevor sie in die Fußgängerzone ging, suchte sie eine öffentliche Toilette auf und verkleidete sich.«

»Wie bitte?«

»Sie tauschte ihren gelben Seidenfummel gegen ein mausgraues Bankfräuleinkostüm, stülpte sich eine schwarze Perücke über und setzte eine Brille auf.«

»Du nimmst mich auf den Arm!«

»Als sie ihre Ölschinken los war, holte sie eine Mappe aus dem Auto.«

»Was denn für eine Mappe?«

»Sie verschwand damit in den Büroetagen diverser Kaufhäuser. Leider gelang es mir nicht herauszufinden, was sie dort wollte. In den Bilderabteilungen hing jedenfalls nichts, das im entferntesten aussah wie das Zeug, das Vivienne fabriziert.« Er stand auf. »Bevor sie zurückkommt, sollten wir uns ein wenig in ihrem Zimmer umsehen.«

Hedi hielt ihn fest. »Das gehört sich nicht!«

»Leute zu belügen und zu betrügen, gehört sich auch nicht.«

»Sie muß aber Bilder verkauft haben! Woher hätte sie sonst das Geld nehmen sollen, das sie mir ab und zu gab?«

»Wieviel war das?«

»Kleinere Beträge, mal dreihundert, mal fünfhundert Mark.«

»Interessant.« Klaus verließ die Küche und ging die Treppe hoch.

Hedi lief hinter ihm her. »Das kannst du nicht machen!«

»Wo ist ihr Zimmer?«

»Klaus, bitte!«

Er öffnete die erste Tür. Sein Blick fiel auf die Whirlpoolwanne und das Edelstahlklosett. »Habt ihr im Lotto gewonnen?«

»Du hast kein Recht...«

Er strich ihr eine Haarsträhne aus der Stirn. »Meinst du denn nicht, daß es an der Zeit wäre, die Wahrheit zu erfahren?«

»Vielleicht hat es mit ihren Meditationsübungen zu tun.«

Klaus sah sie fragend an.

»Sie hat sich gleich nach dem Einzug das Dachstübchen dafür reserviert.«

»Und was ist da drin?«

»Ich habe versprochen, nicht hineinzugehen.«

Er grinste. »Ich nicht.«

»Es ist unfair!«

»Die einzige, die hier unfair ist, ist deine Künstlerfreundin.«

Das Dachstübchen war verschlossen. Klaus brauchte keine fünf Minuten, um den Schlüssel unter einem Stapel Seidenblusen in Viviennes Kleiderschrank zu finden. »Künstler sind auch nicht kreativer als andere Leute, wenn's darum geht, etwas zu verstecken«, sagte er amüsiert.

»Ich weiß wirklich nicht, ob das richtig ist, was wir hier machen.«

»Gib's doch zu: Du bist genauso neugierig wie ich.« Klaus nahm den Schlüssel und ging die Treppe zum Dachboden hinauf. Hedi folgte ihm schweigend.

In Viviennes Meditierraum war es dunkel. Es roch nach Firnis und Farbe. Klaus schaltete das Licht an. Mitten im Raum stand eine Staffelei mit einem Gemälde darauf. »Das ist ja das Bild aus unserem Wohnzimmer!« Er nahm die vergilbte Fotografie zur Hand, die am unteren Rand klemmte und zweifellos als Vorlage gedient hatte. »Offenbachs Altstadt von anno Tobak.«

Auf einem Tisch neben der Tür lag eine Künstlermappe. Hedi fand darin eine glutäugige Zigeunerin, mehrere röhrende Hirsche und zehnmal die Altstadt von Frankfurt. Klaus deutete auf die Signatur. »*Cha* wie *Chantal*.« Er lachte. »Unsere große Künstlerin produziert heimlich Kitschbilder. Ich glaub's nicht!«

Hedi legte die Bilder zurück. Klaus öffnete einen Schrank. »Sieh an: lauter Bankfräuleinkostüme. Und eine nette Zweitperücke.« Er warf alles ins Zimmer.

»Bitte, hör auf«, bat Hedi.

»Ich fange gerade erst an!« Er zog eine Kiste aus dem Schrank und leerte sie auf dem Boden aus. Außer Papieren und Krimskrams fielen auch mehrere Bücher heraus. Er nahm eins und blätterte darin. »Deine Freundin hat sich offenbar zielstrebig auf ihren Umzug hierher vorbereitet.«

»Warum?« fragte Hedi tonlos. Sie konnte immer noch nicht glauben, was sie sah.

Klaus hielt ihr das Buch hin. Auf dem Umschlag war eine Wassermühle abgebildet. »*Alte Mühlen. Ein Lesebuch mit schönen Bildern*«, zitierte er den Titel. »Die wichtigsten Sätze hat sie sogar rot angestrichen. Kleine Kostprobe gefällig? *Der*

Kreislauf der Natur, der die Mühle treibt – dem Menschen wird's ein Lauf im Kreise. Mühle: Kosmos des Daseins in seiner Seinsverfallenheit. Schmonzes. Und was ist das? *Eberhard Puntsch. Das neue Zitatenhandbuch. Eine besondere Auswahl aus drei Jahrtausenden.*« Er blätterte und fing an zu lachen. »*Größtes Glück auf Erden ist es, eine Nacht zwischen einer schönen Frau und einem schönen Himmel zu teilen.* Ich wußte gar nicht, daß deine Freundin auch auf Frauen steht.«

»Bitte, Klaus, das...«

»*Einen Schuß Wüste braucht der Mensch – um des Glücks der Oase willen. Nur eins beglückt zu jeder Frist: Schaffen, wofür man geschaffen ist.* Lieber Gott!« Er legte das Buch beiseite und widmete seine Aufmerksamkeit wieder dem Inhalt der Kiste. »Ich hab's geahnt.«

»Was denn?«

Er hielt ihr einen Stapel Papier unter die Nase. »Briefpapier von Antoinette von Eschenberg.«

»Ja, und?«

»Kapierst du es immer noch nicht? Vivienne ist Antoinette von Eschenberg!«

»Nein.«

Klaus ging zu dem Schreibtisch, der unter einem der mit Tüchern verhangenen Fenster stand, und zeigte auf das Telefon und Faxgerät. »Wozu braucht sie das hier?«

»Zum Meditieren. Hat sie jedenfalls gesagt.«

»Gestatte, daß ich lache.« Er spulte die Kassette des Anrufbeantworters zurück. »*Guten Tag! Sie sprechen mit dem Anschluß von Antoinette von Eschenberg. Leider bin ich im Moment nicht da. Aber Sie können mir nach dem Signalton gern eine Nachricht hinterlassen.*« – »Reicht das?«

Hedi schwieg. Klaus nahm ein zerknülltes Blatt aus dem Papierkorb und strich es glatt. »Vielleicht überzeugt dich das hier: Ein Top-Angebot der guten Frau von Eschenberg an ein Frankfurter Kaufhaus: Zehnmal Chantal in Öl zum Schnäppchenpreis.« Er grinste. »In dem Angebot an Anette hat sie bloß Chantal gegen Vivienne ausgetauscht und die Preise ordentlich gepfeffert.«

»Ich finde das nicht komisch.«

»Jetzt wissen wir wenigstens, was sie heute morgen in Darmstadt wollte. Bleibt die Frage, warum sie dieses Schmierentheater überhaupt inszeniert hat.« Er ging zu einem Regal mit Aktenordnern. Davor stand ein Pappkarton mit Briefen. Klaus nahm einen heraus und öffnete ihn, schüttelte den Kopf und riß weitere Umschläge auf.

»Klaus, bitte! Laß uns gehen und nachher in Ruhe mit ihr darüber reden.«

Er zog einen der Ordner aus dem Regal und las darin. »Sag mal: Hast du ihr etwa das Geld von Juliette gegeben?«

Hedi kämpfte gegen den Kloß in ihrem Hals. Klaus zeigte auf den Karton mit den Briefen. »Weißt du, was das ist? Rechnungen, höfliche und unhöfliche Zahlungserinnerungen, Mahn- und Vollstreckungsbescheide, vermutlich über alles, was ihr hier irgendwann habt machen lassen. Es kann nicht mehr allzulange dauern, bis der Gerichtsvollzieher auftaucht.«

Hedi nahm einen der Briefe, die Klaus geöffnet hatte. »Architekturbüro Scheringer und Co.? Das verstehe ich nicht. Vivienne hat doch alles bezahlt!«

»Von Juliettes Erbe, das du ihr freundlicherweise überlassen hast, oder?«

Sie nickte. Klaus hielt ihr den aufgeschlagenen Aktenordner hin. »Hier steht's schwarz auf weiß: Sie hat damit ihre Frankfurter Gläubiger abgefunden.«

»Was fällt euch ein!«

Vivienne stand in der Tür. Ihr Gesicht war weiß. Hedi ging einen Schritt auf sie zu. »Entschuldige, ich ...«

»Wenn sich jemand zu entschuldigen hat, dann Vivienne!« fuhr Klaus dazwischen. »Los! Sag meiner Frau, daß du sie die ganze Zeit an der Nase herumgeführt hast!«

»Hedi, ich...«

»Überleg dir gut, was du jetzt sagst. Ich habe dich heute morgen bei deinen Darmstädter Geschäften beobachtet.«

»Warum hast du mir denn nicht die Wahrheit gesagt?« fragte Hedi mit brüchiger Stimme.

Vivienne zuckte mit den Schultern und begann zu weinen.

»Weil du einem notorischen Pleitegeier wohl kaum die Hälfte deines Hauses überschrieben hättest«, sagte Klaus.

»Bitte, Hedi, laß mich erklären...«

»Auf *die* Erklärung bin ich gespannt!« sagte Klaus.

Hedi stürzte wortlos aus dem Zimmer.

»War das dein Ziel, ja?« schrie Vivienne.

»Laß mich vorbei.«

»Du bist der widerlichste Mensch, den ich kenne!«

»Aus deinem Mund ist das ein Kompliment.« Er schob sie beiseite und lief nach unten.

Hedi war weder im Wohnzimmer noch in der Küche. Er wollte gerade zur Werkstatt hinübergehen, als Dominique nach Hause kam. Sie warf ihre Schultasche in den Flur und fiel ihm um den Hals. »Hallo, Paps!«

»Hallo. Hast du eine Ahnung, wo deine Mutter ist?«

Dominique ließ ihn los. »Dicke Luft?«

Klaus zuckte mit den Schultern.

»Hast du schon auf dem Balkenboden nachgesehen?«

»Wo?«

Sie zeigte auf eine schmale Holztür. »Den Gang entlang und hinten rechts die Treppe hoch. Paß auf deinen Kopf auf.«

Hedi lehnte an dem Fensterchen zum Mühlbach. Als Klaus die Treppe heraufkam, fuhr sie erschrocken herum. »Was tust du hier?«

Er blieb vor ihr stehen. »Was tust *du* hier, hm?«

Sie sah nach draußen. Das zerbrochene Mühlrad lag am Bachufer im Schilf. Klaus berührte ihr Gesicht. »Die Wahrheit tut manchmal weh. Aber...«

»Wenn du darauf hoffst, daß ich Vivienne jetzt einfach auf die Straße setze, hast du dich geirrt.«

»Ach, Hedi. Das einzige, was ich will, ist...«

»Mama! Telefon!« rief Dominique von unten.

»Verdammt! Ich bin nicht da!«

Dominique steckte den Kopf durch die Luke in der Decke. »Ich hab' gesagt, du kommst gleich.«

Hedi lief an Klaus vorbei die Treppe hinunter in den Flur. Der Hörer lag neben dem Apparat. »Ja?«

»Grüß Gott! Ich bin seit genau zehn Minuten wieder im Lande, und du hast zwei Alternativen: entweder besuchst du mich in München, oder ich mache auf der Stelle einen Ausflug in den Odenwald«, sagte Wolfgang Bernsdorf.

»Mhm. Ich überleg's mir.«

»Kannst du nicht reden?«

»Mhm.«

»Ich rufe heute abend noch mal an. In Ordnung?«

»Ja, das geht.«

»Wer war das?« fragte Klaus, als sie den Hörer auflegte.

»Ein Bekannter.«

»Hat er einen Namen?«

»Wolfgang Bernsdorf«, sagte Dominique. Hedi warf ihr einen ärgerlichen Blick zu.

Klaus verzog das Gesicht. »Schau an: Der Ferrariknilch weilt noch unter den Lebenden.«

»Könntest du in normalem Ton mit mir reden?«

»Was wollte er?«

»Vorbeikommen.«

»Warum?«

»Das geht dich nichts an.«

»Also, Mama, ich finde...«

»Du hältst dich da raus!«

Dominique verschwand schmollend im Wohnzimmer. Die Tür ließ sie offen.

»Du kannst mir nicht erzählen, daß der werte Herr Galerist ohne Grund mal so eben von München in die tiefste hessische Provinz reist.«

Hedi rückte das Telefon zurecht. »Irgendeinen Grund wird er schon haben.«

»Welchen?«

»Ich frage dich auch nicht, wen du abends mit Wein und Pralinen versorgst.«

»Wie bitte?«

»Und welche Dame mittags dein Telefon hütet.«

»Gott, Hedi. Das war die Putzfrau.«

»Ach? Wie viele Putzfrauen beschäftigst du denn?«

»Nur Favitta Brancatelli.«

Hedi lachte höhnisch. »Die dicke Italienerin von nebenan hörte sich reichlich sexy an!«

»Du hast meine Frage nicht beantwortet.«

»Du meine auch nicht.«

»Ich denke doch.«

»Was treibt der Rest deines Putzgeschwaders, während die gute Favitta abspült und bügelt?«

Er faßte sie am Arm. »Hedi, bitte!«

»Oder trinkst du den Sekt mit Daniela-Dagmar nachts auf Streife?«

»Fängst du an durchzudrehen?«

»Für dich gibt es nur einen Grund, hier aufzukreuzen: Du willst Vivienne in die Pfanne hauen.«

»Du kannst die Wahrheit nicht vertragen. Das ist alles.«

»So? Und was ist die Wahrheit, Herr Winterfeldt?«

»Du hättest mal in den Spiegel schauen sollen, als du mit deinem Ferrarikutscher telefoniert hast.«

»Mit ihm kann ich mich wenigstens wie mit einem vernünftigen Menschen unterhalten!«

Er ließ sie los. »Entschuldige, daß ich dich belästigt habe. Es wird nicht wieder vorkommen.«

»Spielst du jetzt die beleidigte Leberwurst?«

Er ging, ohne sich noch einmal umzudrehen.

»Das war echt voll uncool, Mama!« sagte Dominique von der Wohnzimmertür her.

»Ich wüßte nicht, daß ich nach deiner Meinung gefragt hätte«, sagte Hedi gereizt.

»Favitta putzt wirklich bei uns.«

»Und was ist mit dieser verflixten Dagmar?«

»Die kenn' ich nicht.«

»Aha!«

»Wenn du so weitermachst, kriegst du Paps nie zurück.«

»Wer sagt denn, daß ich das überhaupt will, verdammt noch mal!« Hedi lief die Treppe hinauf und verschwand in ihrem Zimmer.

Es dämmerte schon, als es an der Tür klopfte. »Hedi? Ich bin's.«

»Komm rein.«

Hedi sah aus dem Fenster. Vivienne schloß die Tür und ging auf sie zu. »Ich wollte dich wirklich nicht...«

»Ich werde die Mühle verkaufen.«

»Aber Hedi! Das schöne Haus!«

Sie fuhr herum. »Ich habe keinen Pfennig mehr, das schöne Haus zu unterhalten!«

Vivienne blieb erschrocken stehen. Ihre Augen füllten sich mit Tränen. »Es tut mir schrecklich leid. Ich hätte nicht hier einziehen dürfen.«

»Das fällt dir reichlich spät ein.«

»Ich...«

»Wen wolltest du mit deiner bescheuerten Maskerade beeindrucken?«

»Bitte... Das verstehst du nicht.«

»Ich verstehe das sehr wohl! Du hast mein Geld verplempert und mich nach Strich und Faden ausgenutzt! Was hättest du gemacht, wenn ich nicht geerbt hätte?«

Vivienne schluchzte. »Weißt du, wie demütigend es für eine Künstlerin ist, von einer Galerie zur nächsten zu laufen und überall nur auf Gleichgültigkeit und Ablehnung zu stoßen? Meine Bilder sind Teile meiner Seele!«

»Die Antoinette von Eschenberg stückchenweise an den Teufel verhökerte, was? Klaus hat recht: Ich war eine gottverdammte Närrin.«

»Er hat nicht recht. Du lebst doch gern hier.«

»Ach ja? Spätestens im Januar ist das Heizöl alle, wenn der Brenner überhaupt so lange hält. Die Wände sind feucht, die Tapeten schimmlig, Fenster und Türen verzogen. Aus den Leitungen kommt Rost statt Wasser.«

»Das hat dich bislang nicht gestört.«

»Bislang bin ich davon ausgegangen, daß du irgendwann zu unserem Lebensunterhalt beiträgst.«

»Du liebst die Mühle. Du würdest es nicht übers Herz bringen, sie zu verkaufen.«

»Der Sinn für Sentimentalitäten ist mir vergangen.«

Vivienne wischte sich die Tränen ab. »Und wenn du mich aus dem Grundbuch löschst?«

»Dafür hättest du mir die nette Briefesammlung da oben hinlegen müssen, bevor sämtliche Einspruchsfristen abgelaufen waren.«

»Aber das Haus ist unbelastet, und die Zinsen sind...«

»Willst du damit andeuten, daß wir eine Hypothek aufnehmen sollen? Geniale Idee. Weißt du, was eine Gemeindeschwester netto verdient? Ganz davon abgesehen, daß wir Anettes Anwalt auch noch am Hals haben.«

»Ich könnte versuchen, mit ihr zu reden. Vielleicht gibt sie uns einen kleinen Aufschub.«

»Da kennst du meine Schwägerin aber schlecht.«

Vivienne schluckte. »Und was wird aus deiner Töpferwerkstatt und Uwe Stöckers Gärtnerei?«

Hedi zuckte mit den Schultern. Ihr Kinn begann zu zittern. »Wenn du mich nicht überredet hättest, hier einzuziehen, hätten Klaus und ich uns von Juliettes Geld ein Reihenhaus gekauft, und die Frage hätte sich nie gestellt. Und jetzt laß mich bitte in Ruhe.« Sie wandte sich zum Fenster und starrte in den dunklen Hof.

33

»Hallo, Dagmar«, sagte Klaus lächelnd, als er am Samstagmittag kurz nach Dienstbeginn in den Vernehmungsraum kam.

»Hallo, Klaus.«

Er legte eine Laufmappe auf den Schreibtisch und meldete sich am Computer an. »Michael hat uns heute erst zur zweiten Streife eingeteilt. Ich denke, ich nutze die Zeit, um ein paar lästige Schreibarbeiten zu erledigen. Was schaust du so?«

»Du hast getrunken.«

»Herrgott noch mal! Ich werde doch wohl ein Pils zum Essen trinken dürfen!«

Dagmar holte zwei Tassen Kaffee, stellte sie auf den Schreibtisch und schloß die Tür. »Warst du im Odenwald?«

»Manchmal habe ich das Gefühl, ihr Frauen versteht euch selbst nicht.«

Dagmar lächelte. »Vielleicht sollte ich mal mit ihr reden.«

»Untersteh dich.«

Sie schob ihm den Kaffee hin. »Von Frau zu Frau, hm?«

»Verdammt! Nein!«

»Es war bloß ein Vorschlag, Klaus.«

»Ich bin kein Alkoholiker, nur weil ich ab und zu ein Bier trinke!«

Sie kramte in ihrem Aktenkoffer und hielt ihm eine Rolle Pfefferminzdrops hin. »Du riechst aber wie einer.«

»Ach? Und warum fällt das niemandem außer dir auf?«

»Erstens habe ich jahrelange Übung, und zweitens bin ich nicht besonders taktvoll.«

Klaus pulte ein Pfefferminzbonbon aus der Packung. »Es war nur eine Flasche. Ehrenwort.«

»Du mußt dich vor mir nicht rechtfertigen.«

»Tu' ich nicht.«

»Hast du heute schon die Zeitung gelesen?«

Er schüttelte den Kopf. Dagmar schlug die *Offenbach-Post* auf und hielt sie ihm hin. *WIRD VIERTES REVIER ZUM POSTEN DEGRADIERT?* lautete eine Schlagzeile in den Stadtnachrichten. »Echt klasse, daß wir unsere berufliche Zukunft aus der Presse erfahren.«

»Die Gerüchte kursieren ja schon länger.«

Dagmar faltete die Zeitung zusammen. »Es scheint dich nicht sonderlich zu interessieren, ob wir weiter zusammen Streife fahren.«

Er sah sie lächelnd an. »Warum? Wir lassen uns einfach zum Zweiten Revier versetzen. Am besten in Reinholds Schicht, hm?«

»Ich finde es ganz schön traurig, daß man uns nicht wenigstens vorher fragt.«

Klaus winkte sie zum Computer. »Ich zeig' dir was.« Er rief die Seite *Leitbild* auf und blätterte, bis weiße und schwarze Köpfe auf dem Bildschirm erschienen. Sie waren politisch korrekt zu gleichen Teilen männlich und weiblich und schauten sich gegenseitig mit freundlichem Interesse an. »*Wir machen Entscheidungen transparent. Wichtige Informationen geben wir gezielt weiter.* Lustig, oder?«

Michael kam herein. »Einer von euch müßte eine Anzeige aufnehmen. Ein gewisser Dr. Türmann.«

Klaus verdrehte die Augen. »Mister ex officio. Der hat mir zu meinem Glück noch gefehlt.«

»Was ist mit ihm?« fragte Dagmar.

»Er versteht es, auf konkrete Fragen ausführlich nicht zu antworten.«

Michael grinste. »Und legt größten Wert auf die Betreuung durch einen fachlich qualifizierten Beamten.«

»Was ist mit Hans-Jürgen?«

Michael zuckte mit den Schultern. »Er hat gerade was anderes zu tun.«

»Ich kümmere mich darum«, sagte Dagmar.

Michael verschwand. Klaus stand auf.

»Wo willst du hin?« fragte Dagmar.

»Den kann ich dir nicht zumuten.«

»Wir leben im Zeitalter der Emanzipation. Dein Kaffee wird kalt.«

Zwei Minuten später war Dagmar wieder da. Sie setzte sich an ihren Schreibtisch und begann, Umläufe zu lesen.

»Du willst mir doch nicht erzählen, daß du mit dem Kerl schon fertig bist«, sagte Klaus.

Dagmar lächelte. »Hans-Jürgen war nicht zu halten. Als dem fachlich Versierteren habe ich ihm den Vortritt gelassen.«

»Willst du mich auf den Arm nehmen?«

Sie trank ihren Kaffee aus. »Michael ist ein netter Mensch, aber es kann nicht richtig sein, den Müll immer nur denjenigen zuzuschustern, die es versäumen, sich rechtzeitig zu verdrücken.«

Klaus grinste. »Auf die Hessische Polizei kommen harte Zeiten zu, wenn du erst mit Köfferchen und im pinkfarbenen Kostüm die Teppichbodenetagen heimsuchst.«

»Ich hasse pinkfarbene Kostüme.«

»Grün steht dir auch besser.«

»Bevor ich mir diese Maskerade antue, wird die Erde viereckig.«

»Sag deinem Sven, er soll dir zu Weihnachten ein Set Meißel schenken.«

Hans-Jürgen kam herein. Sein Gesicht war rot vor Zorn. »Wenn du mich noch mal so verscheißerst, kannst du was erleben, Kollegin!«

Dagmar lächelte. »Ich habe dich nicht darum gebeten, die Sache zu übernehmen, oder?«

»Mordsfeger! Blond wie Gift, hä?«

»Der Doktor hat für sein Alter ein schnuckeliges Figürchen, hm? Und blond ist er immerhin noch zur Hälfte.«

Hans-Jürgen knallte die Tür zu. Klaus verschluckte sich vor Lachen an seinem Kaffee.

Als er abends nach Hause kam, saß Vivienne auf der Treppe im dritten Stock. »Ich muß mit dir reden.«

»Ich aber nicht mit dir.«

Sie stand auf und strich ihren engen, knielangen Rock glatt. »Es geht um Hedi, nicht um mich.«

Klaus ging an ihr vorbei und schloß die Wohnungstür auf. »Du hättest dich besser nicht auf die Treppe gesetzt. Dein Hintern ist fleckig.«

»Weißt du eigentlich, wie lange ich hier schon warte? Seit Stunden!«

»Meine Frau hätte dir sagen können, daß ich heute Spätdienst habe.«

»Hedi hat keine Ahnung, daß ich hier bin.« Sie folgte ihm unaufgefordert in den Flur.

»Ich kann mir beim besten Willen nicht vorstellen, was es zwischen uns zu bereden gibt.«

»Ich sage es dir drin.« Vivienne ging ins Wohnzimmer und setzte sich aufs Sofa, genau unter die beiden Chantal-Gemälde.

Klaus blieb stehen. »Also?«

»Hedi will die Mühle verkaufen.«

»Ein weiser Entschluß.«

»Das finde ich nicht. Es ist ein schönes Haus.«

»Wenn einem nicht gerade das Dach um die Ohren fliegt oder Türen, Fenster und Tapeten zerbröseln.«

»Ich war heute morgen in Kronberg und habe versucht, mit deiner Schwägerin eine Vereinbarung über die Rückzahlung meiner Schulden zu treffen, aber mit ihr war nicht zu reden.«

»Und was geht mich das an?«

Vivienne lächelte verlegen. »Na ja, immerhin bist du an dem Schlamassel auch nicht ganz unschuldig.«

»Ach? Wer hat denn gelogen? Du oder ich? Und was du mit Hedis Geld gemacht hast, dafür sollte man dich wegen Betruges anzeigen!«

»Gott, ich weiß.«

Klaus sah sie erstaunt an. »Du bist ja geradezu entwaffnend ehrlich heute. Vom Lügensaulus zum Wahrheitspaulus, oder was?«

»Herrje! Glaubst du etwa, es macht mir Spaß, vor dir zu Kreuze zu kriechen? Ich tue es für Hedi.«

»Ich bin gerührt.«

»Ich werde meine Schulden zurückzahlen.«

»Im Jahr 2334?«

Sie stand auf. »Es ist besser, wenn ich gehe.«

»Sag mir endlich, warum du hier bist.«

»Die Schulden sind in Wahrheit gar nicht der Grund, warum Hedi die Mühle verkaufen will.«

»Sondern?«

»Sie hält es ohne dich nicht länger aus.«

Klaus grinste. »Ich fand ihre Idee, mich zu verlassen, auch nicht besonders toll.«

»Sie liebt das Haus, ihre Arbeit, die Töpferwerkstatt, den

Garten, das ganze Leben da draußen. Außerdem fühlt sie sich für Uwe verantwortlich. Und deine Tochter ist ebenfalls alles andere als unglücklich.«

Klaus musterte sie mit einem verächtlichen Blick. »Ist es nicht paradox, daß ausgerechnet du dich für den Erhalt des Klammbielschen Familiensitzes stark machst, wo du alles darangesetzt hast, das Erbe deiner Eltern bis auf den letzten Pfennig zu verschleudern?«

Vivienne schluckte. »Du glaubst, daß alles wieder so sein wird wie früher, wenn sie die Mühle verkauft, aber da täuschst du dich. Vielleicht verzichtet Hedi dir zuliebe auf das Haus. Daß du damit glücklich wirst, wage ich zu bezweifeln.«

»Was verlangst du von mir? Soll ich in den Odenwald fahren und meine Frau anflehen, die Bruchbude zu behalten, weil ich so gern getrennt von ihr lebe?«

»Du könntest zu ihr ziehen und bei der Renovierung helfen.«

»Wenn du mir nicht mehr anzubieten hast, hättest du dir den Weg sparen können. Ganz davon abgesehen, daß ihr sowieso keine Wahl habt. Es ist nur noch eine Frage der Zeit, bis das Ding zwangsversteigert wird.«

»Du könntest es verhindern.«

»Willst du jetzt etwa *mich* anpumpen?« fragte Klaus verärgert.

»Nein. Das einzige, worum ich dich bitte, ist, mit deiner Schwägerin zu sprechen und ihr klarzumachen, daß ich für meine Verbindlichkeiten aufkommen werde und daß sie Hedi in Ruhe lassen soll.«

»Es gibt noch ein paar mehr Gläubiger, die sich kaum mit netten Worten begnügen werden, oder?«

»Du könntest die Mühle kaufen.«

»Ich glaube, ich habe mich verhört.«

»Ich meine es ernst. Noch ist keine Hypothek eingetragen.«

»Du hast sie ja wohl nicht alle.«

Viviennes Lippen zitterten. »Entschuldige. Ich muß gehen.«

Er hielt sie an der Schulter fest. »Du brauchst Geld, und dir ist kein Mittel zu schäbig, um es zu bekommen. *Deshalb* bist du hier, stimmt's?«

Sie schlug die Hände vors Gesicht. »Warum mache ich immer alles falsch?« Weinend lief sie aus dem Zimmer.

An der Wohnungstür holte Klaus sie ein. »Ich hab's nicht so gemeint, ja?«

»Bitte... Wenn ich es ungeschehen machen könnte, ich würde alles tun. *Alles!*«

Er zeigte ins Wohnzimmer. »Setz dich. Willst du was trinken?«

»Was hättest du mir denn anzubieten?«

»Kaffee ohne Milch und Zucker. Oder Bier.«

Sie lächelte zaghaft. »Bier, wenn's recht ist.«

Klaus holte zwei Flaschen Pils aus dem Kühlschrank. Als er ins Wohnzimmer kam, saß Vivienne auf dem Sofa und putzte sich die Nase. »Ich brauche kein Glas« sagte sie, als er Anstalten machte, zum Schrank zu gehen.

Er stellte ihr die geöffnete Flasche hin. »Um so besser. Dann muß ich es nachher nicht wegräumen.«

Vivienne trank einen großen Schluck. »Die Wette ist der Grund, warum du mich nicht magst, oder?«

Klaus sah sie verblüfft an. »Welche Wette?«

Sie wurde rot. »Äh... Ich dachte, Hedi hätte dir davon erzählt?«

»Nein.«

»Na ja, ist ja auch ewig her.«

»Jetzt hast du mich neugierig gemacht.«

»Eigentlich war es nur ein harmloser Schülerstreich. Ich konnte ja nicht ahnen, daß sie die dumme Sache so ernst nahm.« Klaus lehnte sich im Sessel zurück und sah sie abwartend an. Vivienne zupfte am Etikett der Bierflasche. »Hedi kam damals als Wiederholerin in meine Klasse, und sie war völlig anders als die Mädchen, die ich bis dahin kannte. Sie trug altmodische Rüschenkleider und geflochtene Zöpfe, und daß wir uns darüber lustig machten, störte sie überhaupt nicht. Sie war unbekümmert, ziemlich frech und ließ sich von nichts und niemandem beeindrucken. Das war ich nicht gewohnt. Das Malheur passierte, als wir uns in denselben Jungen verliebten.«

»Ingo«, sagte Klaus.

Vivienne nickte. »Er war ein häßlicher Kerl, aber er hatte was. Zum ersten Mal zeigte Hedi Verletzlichkeit, und ich heuchelte Verständnis und Freundschaft. Ich wollte Ingo für mich, aber noch viel mehr wollte ich hinter ihr Geheimnis kommen. Wir wunderten uns alle, daß sie nie jemanden zu sich nach Hause einlud. Sie setzte sogar alles daran zu verhindern, daß jemand auf die Idee kam, sie zu besuchen. Ich wettete mit Ingo, daß ich den Grund innerhalb einer Woche herausfinden würde. Statt in die Schule zu gehen, besuchte ich heimlich ihre Mutter. Ingo wollte mir nicht glauben, was ich ihm erzählte, und ging selbst hin. Einen Tag später wußten alle, daß die aufsässige Hedi in Wahrheit Hedwig Ernestine hieß, mit ihrer durchgedrehten Mutter in einer Abfallhalde hauste und dereinst einen leibhaftigen Prinzen heiraten und unermeßlich reich sein würde. Wir fanden das witzig und nannten sie *kleine Müllprinzessin*. Wochenlang hat sie den Spott gleichmütig ertragen. Dann riß sie sich vor der ganzen Klasse die Kleider vom Leib und rannte davon. Am nächsten Morgen hatte sie eine Kurzhaarfrisur und war fröhlich wie immer.«

»Kein Wort hat sie mir davon gesagt.«

Vivienne sah ihn ernst an. »Ich will ehrlich sein: Als ich damals bei euch anrief, hatte ich die Hoffnung, über Hedi an deine Schwägerin heranzukommen. Ich brauchte dringend Geld, und dein Bruder hatte mir gesagt, daß seine Frau Kunstsammlerin ist.«

»Warum erzählst du mir das?«

»Weil ich will, daß du mir wenigstens glaubst, daß ich nie geplant habe, Hedi um ihr Erbe zu betrügen. Als ich ihr zuredete, in die alte Mühle zu ziehen, stand mir das Wasser bis zum Hals, und ich war froh, irgendwo unterzukommen. Ich bildete mir ein, der Rest würde sich von selbst regeln.«

»Ziemlich blauäugig, oder? Zumal du ja weiterhin keine Gelegenheit ausgelassen hast, das Geld mit beiden Händen zum Fenster hinauszuwerfen.«

Vivienne trank ihr Bier aus. »Ich weiß, es ist keine Entschuldigung, aber ich mußte mir nie Gedanken über finanzielle Dinge machen. Geld war für mich von Kindesbeinen an etwas, das einfach da war, das ich mir nehmen konnte, wie, wann und wofür es mir beliebte. Auch nach dem Tod meiner Eltern änderte sich daran nichts.«

»Bis die letzten Wertpapiere versilbert waren.«

»Den Ernst der Lage begriff ich nicht mal dann, als der Gerichtsvollzieher vor der Tür stand.«

»Und was sollte die Maskerade mit dieser Antoinette von Eschenberg?«

Vivienne zuckte mit den Schultern. »Es gibt nichts Schlimmeres für einen Künstler, als mit den eigenen Arbeiten Klinken zu putzen. Außerdem hoffte ich auf ein bißchen Renommee, wenn ich durch eine Pariser Agentin vertreten werde.«

Klaus deutete auf die beiden Gemälde über der Couch. »Und als es mit der Kunst nicht klappte, hast du Kitsch gemacht.«

»Es war die einzige Möglichkeit, ein bißchen Geld zu verdienen. Außer malen kann ich ja nichts.«

Er räusperte sich. »Was ist eigentlich mit diesem Ferrarikutscher aus München?«

»Was soll denn mit ihm sein?« fragte Vivienne lächelnd.

»Hedi machte beim letzten Mal nicht den Eindruck, als lege sie noch großen Wert auf meinen Einzug.«

»Ich durfte nicht mal einen neuen Küchenschrank kaufen, weil sie meinte, es bliebe kein Platz mehr für eure Möbel. Sie bringt keine drei Sätze über die Lippen, ohne dich zu erwähnen. Und was Wolfgang angeht: Sie ging mit ihm essen, weil sie hoffte, daß er ein paar Bilder von mir kauft. Am nächsten Tag besuchte er sie in der Mühle, dann kamen ein paar Urlaubskarten aus Amerika. Na ja, ich glaube schon, daß er was von ihr will, aber ich bin sicher, für Hedi ist es bis jetzt nicht mehr als ein harmloser Flirt.«

»Was heißt, bitte, *bis jetzt?*«

»Das heißt, daß es bei dir liegt, wie sich die Sache weiterentwickelt.«

»Sag mir, was ich tun kann.«

»Mit deiner Schwägerin und deinem Bruder reden.«

»Gut. Was noch?«

»Meinen Anteil an der Mühle übernehmen.«

»Ich glaube nicht, daß sich die Gläubiger auf dieses Spielchen einlassen. Ihr werdet wohl beide zu gleichen Teilen haften, zumindest, was die Renovierungskosten angeht. Und so viel Geld habe ich nicht, daß ich die Mühle kaufen und obendrein eure Schulden bezahlen könnte.«

»Das verlange ich gar nicht. Ich will dir nur klarmachen, daß Hedi die alte Mühle liebt und nicht etwa dort wohnt, um dich zu ärgern.«

»Wir beide würden uns spätestens am zweiten Tag, den wir zusammen unter einem Dach verbringen müßten, gegenseitig den Schädel einschlagen«, sagte Klaus grinsend.

»Ich werde mir eine Arbeit suchen und so schnell wie möglich zurück in die Stadt ziehen.«

»Exzellent. Und mich willst du fürs Landleben begeistern?«

»Nach allem, was Hedi über dich erzählt hat, könnte ich mir vorstellen, daß es dir da draußen gar nicht schlecht gefiele, vorausgesetzt, du redest dir nicht länger ein, daß du mit einem Umzug in eurem kleinen Machtkampf der Verlierer sein würdest.«

»Mhm.«

»Hedis größter Wunsch ist ein Offenbacher Möbelwagen auf dem Hof.«

»Und warum sagt sie mir das nicht selbst?«

»Weil sie genauso stur ist wie du.«

Klaus nahm die leere Flasche. »Willst du noch eins?«

»Danke. Ich muß noch fahren, Herr Polizist.« Sie stand auf und gab ihm die Hand.

Er zeigte auf die Bilder über der Couch. »Dein Kitsch gefällt mir besser als deine Kunst. Nebenbei bemerkt: Es war wider Erwarten recht nett, sich mit dir zu unterhalten.«

Vivienne nahm es als Kompliment. Und wahrscheinlich war es das auch.

34

Als Hedi am Samstag morgen aufwachte, regnete es. Ihr Kopf schmerzte, ihre Augen waren geschwollen vom Weinen. Geschlafen hatte sie höchstens drei Stunden. Sie zog ihren Bademantel an, strich sich das Haar aus dem Gesicht und ging nach unten. Der Eßtisch war für zwei Personen gedeckt. In einem Korb lagen aufgebackene Brötchen, über die Frühstückseier waren Juliettes gehäkelte Eierwärmer gestülpt, und den Kaffee hatte jemand in eine Thermoskanne gefüllt. Hedi goß sich eine Tasse ein, trank einen Schluck und ging wieder nach oben. Dominique schlief tief und fest, Viviennes Bett war zerwühlt und leer. Sie sah aus dem Fenster. Der gelbe Käfer war weg. Wo mochte sie um diese Uhrzeit hingefahren sein? Sie war auf dem Weg zurück ins Eßzimmer, als das Telefon läutete.

»Guten Morgen«, sagte Wolfgang Bernsdorf lachend. »Ausgepennt?«

»Also bitte! Es ist gerade mal halb acht.«

»Dafür bist du gestern abend ja schon vor deinen Hühnern in die Federn gekrochen. Zumindest hat das Vivienne gesagt. Für himmelhoch jauchzende Wiedersehensfreude spricht das nicht gerade.«

»Entschuldige.«

»Das kannst du nur wiedergutmachen, indem du auf der

Stelle in dein Auto steigst und herkommst. Und bring bitte Viviennes Decollagen mit.«

»Wen?«

»Na, ihre geheimnisvollen Meisterwerke! Oder sind sie etwa verkauft?«

»Äh... nein.«

»Um so besser. Dr. Siebmann hat sich nämlich für morgen als Überraschungsgast auf meiner Vernissage angekündigt, und da wäre es nett, wenn...«

»Ich denke, du bist gestern erst zurückgekommen. Wie kannst du da morgen eine Vernissage haben?«

»Der Termin stand schon seit längerem fest. Ein paar neue Künstler, ein bißchen Publicity für die Galerie. So was erledigen meine Angestellten nebenbei. Kommst du?«

»Dir geht's also nur um die Bilder.«

»In diesem Fall stünde bereits ein Kurier vor deiner Tür. Also, was ist?«

»Hast du vergessen, daß ich berufstätig bin?«

»Vivienne hat mir verraten, daß du freihast.«

»Mhm.« Wenn dieser Siebmann tatsächlich Viviennes Bilder kaufte, wären sie auf einen Schlag fast alle Schulden los. Sie könnte die Mühle behalten und Uwe seine Gärtnerei. So ein Angebot konnte sie nicht ablehnen! Rein rationale Gründe waren das, und sonst nichts. »Gut. Ich komme. Aber vorher muß ich noch ein paar Dinge regeln. Vor dem Abend brauchst du also nicht mit mir zu rechnen.«

»Ich freue mich.«

»Ich mich auch.«

Er gab ihr seine Adresse, eine Wegbeschreibung und zwei Telefonnummern, und sie verabschiedeten sich. Hedi hielt den Hörer noch in der Hand, als er längst aufgelegt hatte, und starrte die vergilbte Flurtapete an. Verdammt, sie freute sich wirklich!

Beim Frühstück gingen ihr tausend Gedanken durch den Kopf. Was sollte sie Vivienne sagen? Und was Dominique? Jemand mußte sich um die Tiere kümmern und die Blumen gießen. Mit ihrem Dienstwagen konnte sie unmöglich nach München fahren, ganz davon abgesehen, daß Viviennes Bilder in das kleine Auto nicht hineinpaßten. Sollte sie für eine Nacht packen oder bis Dienstag bleiben? Vielleicht konnte sie bei Brigitte übernachten? Hatte sich Dr. Bechstein wohl scheiden lassen? Wie sah Wolfgangs Wohnung aus – oder hatte er sogar ein Haus? Er hatte nichts gesagt. Sie dachte daran, wie er sie am Mühlteich angesehen hatte. *Sag mir, daß du nichts für mich empfindest, und ich verschwinde auf der Stelle.* Und was war mit Klaus? So unbegründet, wie sie ihn glauben machte, war seine Eifersucht schließlich nicht. Es wurde Zeit, eine Entscheidung zu treffen. Sie stand auf und räumte das Geschirr zusammen. Ihre Hände waren feucht vor Aufregung.

Nach dem Duschen versuchte sie, Brigitte zu erreichen, aber sie war nicht da. Ein Blick nach draußen zeigte, daß es aufgehört hatte zu regnen. Hedi zog ihre Jacke an und ging in die Gärtnerei hinüber. Vielleicht konnte ihr Uwe übers Wochenende den VW-Bus ausleihen. Die Obstbäume bogen sich unter der Last roter und gelber Früchte; ein kühler Herbstwind blähte Hedis Jacke. Es roch nach reifen Äpfeln und nassem Laub.

Uwe hatte erdige Finger vom Umtopfen und lächelte, als Hedi ihren Wunsch vortrug. »Selbstverständlich können Sie den Bus haben, Frau Winterfeldt. Ich muß ihn nur ein bißchen auskehren.«

»Laß mal, das mache ich schon. Aber es wäre nett, wenn du mir hilfst, ein paar Bilder zu verladen.«

»Was haben Sie denn Schönes vor?«

Hedi sah ihn verschwörerisch an. »Ich sage es dir nur, wenn

du mir versprichst, niemandem ein Sterbenswörtchen zu verraten.«

Er nickte, und sie berichtete ihm von Wolfgangs Angebot und Viviennes Weigerung, die Bilder unter ihrem Namen zu verkaufen.

»Steht es so schlimm?« fragte er ernst.

»Was meinst du?«

»Ich nehme an, es wäre Ihnen egal, was Ihre Freundin mit ihren Werken anstellt, wenn Sie nicht dringend Geld benötigten, oder?«

»Der Umbau der Scheune ist leider etwas teurer geworden als geplant. Aber mach dir mal keine Sorgen, ich regele das. Allerdings sollten wir die Dinger ins Auto schaffen, bevor Vivienne zurückkommt.«

Uwe wusch seine Hände unter einem Wasserschlauch. »Ich habe einen kleinen finanziellen Spielraum. Wir könnten einen Pachtvertrag aufsetzen.«

Hedi schüttelte den Kopf. Sie wußte von Elisabeth, daß er mit jedem Pfennig rechnen mußte. »Darüber reden wir, wie besprochen, im kommenden Frühjahr.«

Christoph-Sebastians Werke standen dort, wo Hedi sie im Sommer hingestellt hatte. Die Tonreliefs waren zu futuristischen Landschaften getrocknet, in denen sich die Handabdrücke des Jungen, die Katzenpfoten- und Hühnerspuren wie ein bewußt gesetzter Antagonismus ausnahmen. Sogar die beiden Federn waren noch da. Sie verstauten die Bilder im Bus, und Hedi breitete eine Decke darüber. Uwe zeigte zum Atelier. »Wenn Ihre Freundin nichts merken soll, sollten Sie für Ersatz sorgen.«

Hedi lachte. »Du hast recht.«

Sie gingen zurück und trugen drei leere Leinwände an die Stelle, an der vorher die Bilder gestanden hatten. Hedi deckte sie mit den Laken zu und betrachtete zufrieden ihr Werk.

Ein blauer Peugeot fuhr über die Mühlbachbrücke und hielt auf die Gewächshäuser zu. »Kundschaft«, sagte Uwe. »Ich muß zurück.«

»Danke!« rief Hedi ihm nach.

»Ich drücke Ihnen die Daumen«, rief er zurück.

Als sie ins Haus kam, saß Dominique im Eßzimmer und löffelte ihr Frühstücksei. »Ich fahre heute nachmittag für drei Tage nach München«, sagte Hedi.

Dominique sah sie mit einem frostigen Blick an. »Ach ja?«

»Ich will eine ehemalige Arbeitskollegin besuchen.«

»Und Wolfgang Bernsdorf.«

Hedi fühlte sich ertappt. »Was geht dich das an?«

»Ich find's echt mies, wie du Paps hintergehst.«

»Ich werde ja wohl einen Bekannten besuchen dürfen, ohne meine Familie vorher schriftlich um Erlaubnis zu bitten!«

»So wie der dich neulich angeschmachtet hat, ist er wohl ein bißchen mehr als nur ein Bekannter.«

»Du solltest dich lieber um deine eigenen Angelegenheiten kümmern.«

Dominique drückte die Eierschalen im Becher zusammen. »*Meine* Angelegenheiten sind geregelt.«

»Was du mit Uwe gemacht hast, war nicht besonders nett.«

»Ich hab' ihm wenigstens sofort klipp und klar gesagt, daß es aus ist. Wenn du mich suchst, ich bin auf meinem Zimmer.« Keine Minute später dröhnten Preßlufthämmer durchs Haus.

Hedi ging in die Werkstatt und packte ihre schönste Keramikdose ein. Sie war blau engobiert und mit einem feinen Goldrand versehen. In Hassbach füllte Herr Kluge sie lächelnd mit Schokoladenpralinés. »Da wird sich Elli aber freuen.«

Elisabeth war in Eile. »Bitte entschuldige, aber ich plaudere gerade mit meiner Tochter. Am besten kommst du mit hoch.«

»Wenn ich störe, schaue ich später vorbei«, sagte Hedi.

»Ach was!« rief sie von der Treppe. »Ich melde mich sowieso gleich ab.«

Als Hedi auf den Dachboden kam, saß Elisabeth vor ihrem Computer und schrieb. »Was machst du da?«

Elisabeth sah sie lächelnd an. »Sagte ich doch: mit meiner Tochter Elke plaudern. Ich bin gerade online in ihrem Londoner Büro.«

Hedi betrachtete das Foto, das neben dem Computer lag und eine schlanke, gutaussehende Frau zeigte. Sie trug einen eleganten weißen Hosenanzug und lachte in die Kamera. »Ist sie das?«

Elisabeth nickte. »Ich lege mir immer ihre Bilder hin, wenn ich ins Netz gehe.« Sie zog eine Schublade ihres Schreibtischs auf und holte ein zweites Foto heraus. Die Frau darauf war etwa Mitte Dreißig und sah aus wie Elisabeths jüngere Schwester. »Jutta, meine Älteste.«

»Die nach Amerika ausgewandert ist?«

»Sie lebt mit ihrer Familie auf einer Farm in Utah. Wir haben beschlossen, uns demnächst Webcams zuzulegen.«

Hedi sah sie verständnislos an.

»Das sind Kameras, die mit dem Computer verbunden werden. Wir können uns dann bei unseren Schwätzchen in die Augen sehen. Seit es das Internet gibt, ist Hassbach der Nabel der Welt.« Sie wandte sich wieder dem Bildschirm zu. »Einen Moment noch, ja?«

»Laß dich nicht stören.« Hedi stellte ihre Tasche auf den Boden und schaute sich ein bißchen um. In einem Regal unter einem der Dachfenster stand der GRIMM, dreiunddreißig schmucklose blaue Bände. Hedi nahm die Nummer 27 heraus und schlug unter *Wassermühle* nach. *Durch wasserkraft getriebene mühle; von den Römern überkommen, verdrängte sie die handmühle (ahd. quirn). Es gehet gleich, wie jhenem narren, der eine wassermullen auff einen hohen berg bawet (Luther). Das gemüt eines weisen standhaften menschen ist wie das wassermühlenrad, ob es schon um und um vom wasser wird getrieben, so änderts sich doch nicht (Lehmann).*

Lächelnd stellte sie das Buch zurück. In den Regalen daneben standen Lexika und Literaturklassiker neben zeitgenössischen Romanen, Gedichtbände neben historischen Kochbüchern und einer zweibändigen Geschichte der Gartenkunst, und dazwischen ein unscheinbarer Sammelband. *Griseldis. Die Bettelprinzeß. Scheinehe.* Es war wie ein Zwang, darin zu blättern. Jedes Wort ein Blick in die Vergangenheit. *Ängstlich sah sie sich um. Und da erblickte sie plötzlich in einem hohen Spiegel ihr eigenes Bild.*

»Sie wurde als Fourths-Malheur und Kotz-Mahler verspottet und war doch die erfolgreichste deutsche Autorin aller Zeiten«, sagte Elisabeth.

Hedi klappte das Buch zu und schob es zurück ins Regal. »Es gab nichts, was ich als Kind mehr gehaßt habe als die Courths-Mahler und ihre verdammten Kitschromane!«

»Warum denn das?«

»Ich verdanke ihr nicht nur meinen Vornamen, sondern auch eine Mutter, die ernsthaft glaubte, daß mich dereinst ein Graf oder Baron auf sein Schloß führen und ehelichen würde. Leider vergaß sie darüber so profane Dinge wie Kochen und Saubermachen. Die *Bettelprinzeß* hat sie ganz besonders geliebt. Weil die Mutter der kleinen Liselotte darin so eine tragische Figur ist.« Hedi verkrampfte ihre Hände ineinander und sah an Elisabeth vorbei aus dem Fenster. »Da es leider keine Kutschen mehr gab, von denen sich die ebenso tragische und aufopferungsvolle Marianne Klammbiel überfahren lassen konnte, hängte sie sich an einem Dachbalken auf. Allerdings nicht, ohne mir vorher Bescheid zu sagen. Weil sie das mindestens einmal pro Woche tat, habe ich ihr nicht geglaubt.«

Elisabeth berührte Hedis Schulter. »Laß uns nach unten gehen und einen Kaffee trinken, ja?«

Hedi nahm ihre Tasche und folgte Elisabeth schweigend ins Wohnzimmer. Elisabeth setzte Kaffee auf und stellte Tassen und ein Schälchen Kekse auf den Tisch. Hedi holte die Keramikdose aus ihrer Tasche. »Ich habe dir eine Kleinigkeit aus meiner Werkstatt mitgebracht.«

»Die ist aber hübsch. Und der Inhalt genauso erlesen wie die Verpackung.« Sie nahm ein Praliné heraus. »Juliette erzählte mir, daß du deine Mutter damals gefunden hast. Es muß furchtbar gewesen sein.«

Hedi knetete ihre Finger. »Sie hatte ihr Brautkleid an, und um ihren Hals hing ein rosa Band mit einem Zettel. *Warum hast du mich allein gelassen?* Dabei habe ich jeden Tag nach ihr geschaut. Klaus war damals bei der Polizei in Hanau und ließ sich extra nach Fulda zurückversetzen, damit wir uns um sie kümmern konnten. Als sie starb, war ich im siebten Monat schwanger. Nächtelang sah ich sie an diesem Balken hängen und dann auf den Boden fallen.«

»Juliette hat sich die größten Vorwürfe gemacht.«

»Sie konnte ja wohl am allerwenigsten dafür.«

»Sie sagte, daß es anders ausgegangen wäre, wenn sie deine Mutter als Kind weniger verwöhnt und ihr nicht alle Unannehmlichkeiten erspart hätte.«

Hedi umschloß ihre leere Tasse mit den Händen. »Als ich zwölf war, ließ sich mein Vater scheiden. Kurz darauf heiratete er wieder, und zwei Jahre nach Dominiques Geburt starb er. Mehr weiß ich nicht von ihm. Außer sich vor Wut zerstörte meine Mutter alles, was an ihn erinnerte und dankte Gott, daß ich nicht seinen Namen trug. Ansonsten kannte ich sie bloß lesend, träumend, zeternd oder weinend. Insofern änderte sich nicht viel, als mein Vater ging. Bis auf die Tatsache, daß sich unsere Wohnung endgültig in eine Abfallhalde verwandelte. Je mehr Müll ich wegräumte, desto mehr schaffte sie herbei. Der einzige Platz, der noch frei zugänglich war, war mein Bett. Meine größte Angst war es, jemand aus meiner Klasse könnte zu mir nach Hause kommen.« Hedi überlegte, ob sie Elisabeth von der Wette erzählen sollte. Sie entschied sich dagegen. »Ich versuchte immer wieder, mit ihr darüber zu reden, aber es war sinnlos. Statt dessen verbot sie mir, weiterhin zu Weihnachten in die Eichmühle zu fahren. *Wenn du wahre Gefühle so sehr verabscheust, wirst du Juliettes kitschigen Christbaum wohl kaum vermissen, oder?* Ich hätte sie dafür umbringen können.«

Elisabeth holte den Kaffee und goß Hedi ein. »Was hat dein Mann zu all dem gesagt?«

»Als ich ihn kennenlernte, schwindelte ich ihm vor, meine Mutter sei tot. Er fand die Wahrheit schnell heraus. Er ging zu ihr, trank in Seelenruhe einen Kaffee und bestellte einen Müllcontainer. *Mach dir mal keine Gedanken, Schatz. So was sehe ich im Dienst öfter. Das kriegen wir schon hin.*«

Elisabeth lächelte. »Warum will er eigentlich nicht in die alte Mühle ziehen?«

Hedi zuckte mit den Schultern. »Er hat sich in den Kopf gesetzt, ein Haus in Offenbach zu kaufen.«

»Aber das ist doch kein Grund.«

»Wenn Klaus es darauf anlegt, ist er stur wie ein Maulesel.«

»Du bist sicher, daß es keine anderen Ursachen gibt?«

»Er behauptet, unser Sohn Sascha würde niemals mit in den Odenwald gehen.«

»Wie alt ist er?«

»Siebzehn.«

»Kann es sein, daß dein Mann sich einfach von dir überfahren fühlt?«

»Wir haben das schon so oft diskutiert, daß ich langsam keine Lust mehr habe, darüber nachzudenken.«

Elisabeth betrachtete ihre Kaffeetasse. »Darf ich offen sein?«

»Sicher.«

»Hassbach ist klein, und es fällt auf, wenn mehr als einmal ein Ferrari hier durchfährt.«

Hedi wurde rot. »Es ist nicht, wie du denkst... also, ich habe nicht... Ach, Mist! Ich bin gekommen, um dich zu fragen, ob du vielleicht bis Dienstag in der Mühle ein bißchen nach dem Rechten sehen könntest, weil ich heute nachmittag zu ihm nach München fahre.«

»Liebst du ihn?«

»Wenn ich das wüßte. Aber vielleicht bin ich nächste Woche schlauer.«

»Manchmal ist es schwer herauszufinden, was das Richtige ist, und noch schwerer, es zu tun.«

Hedi lehnte sich zurück. »Es gibt Tage, da ist Klaus mir so fremd, daß ich kaum glauben kann, daß wir beinahe neunzehn Jahre verheiratet sind. Und dann wieder denke ich daran, was wir alles zusammen erlebt haben, wie sehr wir uns liebten, wieviel ich ihm verdanke. Außer Juliette war er der einzige Mensch in meinem Leben, bei dem ich mich aufgehoben fühlte. Nach dem Tod meiner Mutter wurde er nach Offenbach versetzt. Meine Hoffnung, mit dem Umzug in eine andere Stadt endlich die Vergangenheit hinter mir zu lassen, erfüllte sich leider nicht. Immer noch hatte ich Alpträume, und mit Dominiques Geburt fiel ich in ein tiefes Loch; ich lag tagelang im Bett und heulte. Kein einziges Mal hat Klaus mir deswegen Vorwürfe gemacht. Er kümmerte sich, sooft es ging, um die Kinder, lud Nachbarn ein, schleppte mich auf irgendwelche Konzerte und weiß Gott wohin. Als alles nichts half, erfand er das *Lustige Offenbacher Steineraten.«* Hedi lächelte bei der Erinnerung. »Wir gingen spazieren, und plötzlich blieb er vor einem Haus stehen, dessen Fassade steinerne Bäume und Pfauen schmückten. Er wettete, daß er schneller herausfinden würde als ich, was es damit auf sich hat.«

»Und wer hat gewonnen?« fragte Elisabeth amüsiert.

»Keiner. Das Rätsel *Pfauenhaus* blieb ungelöst, aber nach einem Jahr kannten wir so ziemlich alle Straßen, Plätze und Denkmäler der Stadt. Dabei herrschte zwischen uns weiß Gott nicht immer eitel Sonnenschein. Wir stritten uns laut und heftig, aber die Versöhnungen waren jedesmal herrlich. Klaus hatte die verrücktesten Ideen. Einmal holte er mich morgens mit einem Tandem im Krankenhaus ab. Beim anschließenden Nacktbaden in einem lauschigen Weiher wurden wir von einer wandernden Schulklasse gestört.«

Elisabeth lachte.

»Irgendwann war es mit all dem zu Ende. Ich weiß nicht, wann, und ich weiß nicht, warum. Wir lebten einfach jahrelang so vor uns hin. In der ersten Zeit hier draußen habe ich ihn trotzdem wahnsinnig vermißt.«

Elisabeth goß ihr Kaffee nach. »Eine Ehe ist wie ein altes Haus. Ab und zu muß mal ein bißchen frische Farbe drauf.«

»Ist die Moderfäule erst im Gebälk, hilft nur noch Totalsanierung oder Abriß. Ich wünschte mir, ich könnte einmal sein wie Vivienne. Sie würde nach München fahren, drei Tage Spaß haben und ohne einen Funken Reue zurückkommen.«

»Was ist daran erstrebenswert, aus Lust und Laune das Vertrauen eines Menschen zu mißbrauchen?«

Hedi schwieg. Elisabeth rührte in ihrem Kaffee. »Wir führen so viele gefällige Worte im Mund, um uns zu beweisen, wie fortschrittlich und modern wir sind, daß es kaum jemandem auffällt, wie oberflächlich, ja wie verletzend sie oft sind. Spaß wollen wir haben, *Fun and action* um jeden Preis, am liebsten rund um die Uhr. Und wenn der andere, aus welchen Gründen auch immer, nicht mehr mithalten kann, wen kümmert das schon? Dann wird er eben aussortiert und die Beziehungskiste kompromißlos in den Müll geworfen. Wie ein abgenutztes Spielzeug, sobald etwas Besseres auf den Markt kommt, ex und hopp wie der leergelöffelte Joghurtbecher nach der Frühstückspause. Lebensabschnittspartner nennt man so was heutzutage. Ich kann mir kein verächtlicheres Wort vorstellen, um die Verbindung zwischen zwei Menschen zu beschreiben.«

»Aber...«

»Bitte versteh mich nicht falsch: Es gibt durchaus triftige Gründe, eine Partnerschaft oder Ehe zu beenden, und das sollte man dann auch tun. Aber Trennung aus purem Egoismus? Nur, weil der Partner nicht haargenau meinen Wunschvorstellungen entspricht? Untreue aus Neugier oder Spaß? Wie kann ich echte Gefühle für jemand anderen empfinden, wenn ich mein eigenes Wohlergehen über alles stelle? Mit welcher Berechtigung könnte ich echte Gefühle von anderen verlangen? Das ganze Gerede von partnerschaftlicher Freizügigkeit und Toleranz ist nichts als Selbstbetrug.«

Elli legte den Löffel beiseite und trank einen Schluck. »Meine Tochter Elke führte eine moderne, offene Ehe und litt wie ein Hund. Nach drei Jahren ließ sie sich scheiden. Es war ihr zweiter Versuch. Der erste dauerte vierzehn Monate und scheiterte am Kinderwunsch ihres Mannes. Jetzt ist sie zweiunddreißig, beruflich ganz oben und nachts verflixt einsam. Und kurz vor der Magersucht. Aber glaubst du, das interessiert jemanden? Wenn sie nicht reibungslos funktioniert, wird sie gefeuert. Es gibt genügend Jüngere, die vor der Tür Schlange stehen. Die strahlenden und abgeklärten Powerfrauen, die uns die Medien tagtäglich vorführen, sind genauso eine Mär wie Hedwig Courths-Mahlers *Bettelprinzeß*.« Sie lächelte. »Obwohl sie selbst auch eine war.«

»Wer war was?« fragte Hedi verständnislos.

»Nach heutigen Kriterien wäre die Courths-Mahler das Superweib schlechthin: Mit vierzehn bis sechzehn Stunden täglicher Schreibtischarbeit hat sie sich aus kleinsten Verhältnissen nach oben geschrieben und über Jahrzehnte hinweg zielstrebig und aktiv an ihrer Karriere gearbeitet. Nebenbei war sie verheiratet und Mutter von zwei Töchtern. Und ihr Mann Fritz Courths das krasse Gegenteil ihrer strahlenden Helden: Er gab seine Arbeit auf, wurde Hausmann und lebte von ihrem Geld. Aber trotz ihrer großen Erfolge verlor sie nie den Blick für die Realität. Selbstkritisch bezeichnete sie ihre Romane als *ganz leichte Unterhaltungslektüre für schlichte Menschen* und *harmlose Märchen für große Kinder*. Darin war sie entschieden ehrlicher als die meisten ihrer modernen Nachfolgerinnen.« Elisabeth zwinkerte Hedi zu. »Deine Mutter hätte sich besser Goethe zum Vorbild genommen.«

»Wie bitte?«

»Die gute Frau Rat pflegte in Versen ihr Leid über ihren Sprößling zu klagen, der derart unordentlich gewesen sein soll, daß seine Gemächer nicht selten einer Müllkippe glichen. In seinen piekfeinen Gewändern fanden sich gar Sand und Steine, und es gab nicht wenige, die argwöhnten, daß sie von der Liebe Glück und Leid mit der hübschen Lili Schönemann aus Offenbach stammten.«

Hedi mußte lachen. »Wer hätte das gedacht!«

»Und was seine Dichtung betrifft: Der junge Werther und seine angebetete Lotte schmachteten und weinten nicht weniger herzzerreißend als Bettelprinzeßchen Liselotte und ihr Junker Hans, wenn auch, zugegebenermaßen, literarisch anspruchsvoller. Nach der Veröffentlichung von Goethes Briefroman überrollte eine Selbstmordwelle unglücklich Verliebter das Land; man parfümierte sich mit Eau de Werther und kreierte eine Werther-Mode: blauer Frack, gelbe Weste, gelbe Hosen, Stulpenstiefel, Filzhut. Es gibt weniges, das nicht irgendwann irgendwie schon mal dagewesen wäre.«

»Willst du mir damit sagen, daß ich besser nicht nach München fahren sollte?«

Elisabeth sah sie ernst an. »Der Entschluß, zu Ludwig aufs Land zu ziehen, war für mich genauso richtig, wie er für die meisten anderen Frauen wohl grundfalsch gewesen wäre. Entscheiden kannst nur du selbst.«

Hedi nahm sich einen Keks. »Wenn ich so sicher wäre wie du, wäre das kein Problem.«

Elisabeth setzte an, etwas zu sagen. Statt dessen stand sie auf und brachte die leere Kaffeekanne hinaus. »Ich war nicht sicher«, sagte sie, als sie zurückkam. Sie betrachtete ihre Hände; sie waren abgearbeitet und rissig. »Ich habe Ludwig betrogen. Und Juliette war die einzige, die davon wußte.«

Hedi starrte sie an. »Aber... warum? Sagtest du nicht, daß er deine große Liebe war?«

»Wir hatten es nicht immer leicht miteinander, und vieles habe ich erst verstanden, als es fast zu spät war. Zum Beispiel, wie sehr er darunter litt, daß er mir kein sorgenfreies, angenehmes Leben bieten konnte. Als es mit der Landwirtschaft bergab ging, suchte er lange nach einer Arbeit. Dann erzählte er mir, er habe eine Anstellung als Gärtner bei der Stadt Darmstadt bekommen. Er ging früh aus dem Haus, war nachmittags zeitig zurück, und am Gehalt gab es nichts auszusetzen. Es ging gut, bis Jutta ihn eines Morgens vor ihrer Schule die Mülltonnen leeren sah. Für mich brach eine Welt zusammen.

Ich hatte ihm bedingungslos vertraut, und er hatte mich über Jahre hinweg angelogen! Ich versuchte mit ihm zu reden, ich schrie, ich tobte, ich weinte, aber er schwieg einfach nur. Daß es für ihn eine Frage der Selbstachtung war, kam mir nicht in den Sinn. Nach Uwes Geburt ging es mir gesundheitlich ziemlich schlecht, und der Arzt schickte mich für einen Monat zur Kur. Am vorletzten Tag passierte es. Er war Assistenzarzt und hieß Roland. Ich redete mir ein, daß es meiner Ehe guttun würde. Tatsächlich plagten mich hinterher schlimme Gewissensbisse, ich litt unter Schlafstörungen und konnte Ludwig monatelang nicht in die Augen sehen. Juliette hielt mich davon ab, ihm die Wahrheit zu sagen. Sie hatte recht damit.«

Hedi sah ihre Kaffeetasse an. »Ich weiß nicht, was ich sagen soll.«

»Wenn du *nicht* fährst, wirst du dich vermutlich den Rest deines Lebens fragen, ob es richtig oder falsch war.«

»Vermutlich, ja.« Hedi stand auf.

»Ich wäre dir dankbar, wenn du mein Geständnis für dich behalten würdest«, sagte Elisabeth.

»Versprochen. Dominique und Vivienne werden sich um einiges kümmern müssen. Aber es wäre nett...«

»Fahr du mal in Ruhe nach München. Ich sorge schon dafür, daß deine Hühner nicht verhungern.«

Hedi nahm ihre Hände und drückte sie. »Danke, Elli. Für alles.«

Sie lächelte. »Ruf mich an sobald du zurück bist.«

Als Hedi heimkam, war Vivienne immer noch nicht da. Von Dominique lag ein Zettel auf dem Eßtisch. *Bin bei Tobi. Viel Vergnügen in München. PS: Hoffentlich geht's dir wenigstens ultraschlecht dabei!!*

Hedi zerknüllte den Zettel und warf ihn in den Müll. Von

ihrer Tochter mußte sie sich nun wirklich keine Vorschriften machen lassen! Sie schrieb Vivienne ein paar Zeilen. Von den Bildern erwähnte sie nichts. Nach kurzem Zögern notierte sie neben ihrer Unterschrift Wolfgangs Privatnummer und setzte in Klammern dazu: *Nur für Notfälle!* Sie legte das Papier auf Viviennes Nachtschränkchen, packte ihre Reisetasche und bat Uwe um einen Strauß Chrysanthemen. Dann fütterte sie Hühner, Kaninchen und Katzen, fuhr zurück nach Hassbach und legte die Blumen auf Juliettes Grab. Eine Stunde später stand sie im Stau.

»Ich dachte schon, daß du es dir doch noch anders überlegt hast«, sagte Wolfgang lächelnd, als er ihr öffnete. Er wohnte im ersten Stock eines aufwendig restaurierten Altbaus in der Nähe des Viktualienmarkts im Herzen von München. Wie bei seinem letzten Besuch in der alten Mühle trug er ein Baumwollhemd und Jeans. Sein Haar war verwuschelt; eine Locke hing ihm in die Stirn.

Hedi widerstand dem Verlangen, sie ihm aus dem Gesicht zu streichen. »Tut mir leid, aber mein Porsche fährt nicht schneller als hundertzehn, und selbst dazu kam er selten. München kenne ich mittlerweile auch ganz gut. Deine Wegbeschreibung war nicht besonders benutzerfreundlich.«

Lachend bat er sie hinein. Der Flur war hoch, breit und mit Marmor gefliest. »Wo hast du geparkt?«

»Genau gegenüber, wenn's recht ist.«

Er half ihr aus der Jacke. »Ich frage wegen der Bilder. Ich müßte sie noch schnell in die Galerie bringen und die Begleittexte vorbereiten.«

Hedi drückte ihm die Autoschlüssel in die Hand. »Fahr damit, wohin du willst. Ich habe für heute die Nase voll.«

»Zuerst werde ich dein Gepäck holen. Oder hast du vor, in deinen Jeans zu schlafen?«

»Ich dachte, ich rufe Brigitte an.«

»Wer ist Brigitte?«

»Eine ehemalige Arbeitskollegin aus Offenbach. Sie zog Anfang des Jahres nach München, und ich versprach ihr, mich zu melden, wenn ich in der Stadt bin. Vielleicht kann ich bei ihr übernachten.«

Wolfgang sah sie mißbilligend an. »Willst du mich beleidigen?«

»Aber nein! Ich dachte nur...«

»Ich habe zwei Gästezimmer. Du darfst dir eins aussuchen.«

Sie berührte ihn am Arm. »Entschuldige bitte.«

Er nahm ihre Hand und küßte sie. »Du kannst schon mal ins Wohnzimmer gehen. Dritte Tür rechts. Bin gleich wieder da.«

Den Raum hinter der dritten Tür rechts Wohnzimmer zu nennen war entschieden untertrieben. Er hatte die Ausmaße eines Bankettsaals und war, gemessen an seiner Größe, spartanisch eingerichtet. An einer der Längswände stand ein rotes Ledersofa, davor ein Glastisch und zwei Plüsch-Gebilde, die offenbar als Sessel dienten. Auf einer neongelben Metallkonstruktion etwa drei Meter entfernt zur Raummitte hin fanden Fernseher, Telefon und Hi-Fi-Anlage Platz; in den Ecken standen Lautsprecherboxen, die so groß waren wie Juliettes Garderobenschrank. Außerdem gab es eine gutbestückte Hausbar und einen klobigen Holztisch mit zwölf hochlehnigen Stühlen drum herum. Die deckenhohen Sprossenfenster waren weiß gestrichen und ohne jeden Schmuck. Über dem Sofa hingen zwei düstere Bilder. Das linke erinnerte Hedi an Viviennes *Untergang*. Es gab keine Pflanzen, keine Bücher, keine Teppiche und keinerlei Krimskrams. Das einzige, was den Raum ein wenig gemütlich machte, war der gewachste Dielenboden und ein antiker Kachelkamin neben der Tür.

Hedi lächelte, als sie die mit filigranen Ornamenten versehenen Steinplatten sah, die rechts und links davon plaziert waren. Ihre Porzellantonschale entdeckte sie auf einem runden Glastischchen vor einem der Fenster. Zwei rotwangige Äpfel lagen darin. Als Hedi sie anfaßte, bemerkte sie, daß sie aus Holz waren.

»Ich habe dir versprochen, daß sie einen Ehrenplatz bekommt.«

Hedi fuhr erschrocken herum. Wolfgang stellte ihre Reisetasche neben das Sofa. »Du schaust aus, als hätte ich dich bei etwas Verbotenem ertappt.«

Sie zeigte auf die Steinplatten. »Hübsch.«

Er grinste. »Soll ich dir erklären, was das ist?«

»Das weiß ich schon.«

»Ach ja?«

»Stelen. Kommt aus dem Griechischen und bedeutet Säulen. In der antiken Kunst wurden sie als Grabmal oder Weihegeschenk verwendet. In Äthiopien hat man welche ausgegraben, die zweifellos einen Phallus darstellen. So wie die beiden da.«

»Ts! Was du für Worte in den Mund nimmst.«

»Könntest du mir das Bad und das Gästezimmer zeigen? Ich würde mich gerne ein bißchen frisch machen.«

»Ja, sicher.«

Das Gästezimmer war wesentlich konventioneller eingerichtet als das Wohnzimmer; vor den Fenstern hingen bunte Gardinen, und das meerblau gestrichene Doppelbett stand auf einem gelben Fransenteppich. In einem Regal stapelten sich Bücher; auf der Kommode darunter thronten zwei dickbäuchige Porzellanfiguren. Wolfgang stellte Hedis Tasche vor den Schrank und zeigte ihr das Bad. Es hatte die Größe von Juliettes Wohnzimmer und war vom Boden bis zur Decke weiß gekachelt. Die Armaturen waren aus Messing, die

Duschkabine aus Glas, die runde Wanne in den Boden eingelassen und die Wand hinter dem Waschbecken ein riesiger Spiegel.

Hedi wusch sich Gesicht und Hände, bürstete ihr Haar und zog ein frisches T-Shirt an. Als sie ins Wohnzimmer zurückkam, reichte Wolfgang ihr lächelnd ein volles Champagnerglas. »Auf deinen ersten Besuch in München, dem hoffentlich noch viele folgen werden.«

Sie stießen an; Wolfgang zeigte auf das Sofa. »Setz dich doch.«

Die Lederpolster waren hart, aber nicht unbequem. Hedi stellte ihr Glas auf den blitzblanken Tisch. »Kinder hattest du noch nie in deiner Wohnung, oder?«

Wolfgang ließ sich auf eine der Plüsch-Konstruktionen fallen. »Nein. Warum auch?«

»Ich dachte immer, ihr Künstler habt einen Hang zum Chaos.«

»Ich bin kein Künstler, ich verdiene mein Geld mit ihnen. Davon abgesehen, müssen sich Kreativität und Ordnungsliebe nicht unbedingt ausschließen.«

»Wie viele Putzfrauen beschäftigst du?«

»Eine. Und eine Wirtschafterin. Warum?«

Sie zuckte mit den Schultern.

»Sag bloß, es gefällt dir nicht bei mir!« sagte er gespielt beleidigt.

»Die viele Luft zwischen den Möbeln ist gewöhnungsbedürftig.«

Er lachte. »Deine Ehrlichkeit ist erfrischend. Ich bin gespannt, was du zu meinem kleinen Mitbringsel sagst.« Er stand auf und kam mit einem verschnürten Päckchen zurück.

Hedi sah ihn verwundert an. »Was ist da drin?«

»Das rote Kostüm, das du zu unserem ersten Rendezvous

getragen hast, war zwar recht hübsch, aber ich hatte nicht den Eindruck, daß du dich besonders wohl darin fühlst.«

»Mhm.« Hedi drehte das Päckchen unschlüssig in den Händen und nestelte die Bänder auseinander. Wenn er Kleider nach denselben Kriterien auswählte wie Möbel, dann gute Nacht. Am Ende erwartete er noch, daß sie den Inhalt morgen zur Ausstellungseröffnung anzog. Sie schlug das Papier beiseite und nahm sich vor, auf jeden Fall eine fröhliche Miene zu machen.

Es war tatsächlich etwas zum Anziehen: ein weit geschnittenes, schwarzes Doppelkleid mit einem geschlitzten, weich fließenden Chasuble in Floral-Dessin. »Am besten probierst du es gleich mal an«, sagte Wolfgang.

Hedi nickte. Sie ging mit dem Päckchen ins Bad, zog Jeans und T-Shirt aus und streifte das Kleid über. Es reichte ihr fast bis zu den Knöcheln und paßte wie angegossen. Der Stoff fühlte sich seidig an, der Schnitt war herrlich bequem. Sie hatte seit ihrem zwölften Lebensjahr kein Kleid mehr getragen, aber dieses mochte sie auf Anhieb. Es war nicht zu elegant und nicht zu flippig, sondern schlicht und einfach schön. Sie konnte sich gar nicht genug im Spiegel betrachten. Woher hatte er gewußt, daß ihr so etwas stand? Sogar ihre Leinenschuhe paßten dazu.

»Wunderbar«, sagte Wolfgang, als sie ins Wohnzimmer zurückkam. Er nahm sie in seine Arme und küßte sie auf die Stirn.

Hedi machte sich lachend frei. »Vor sechsundzwanzig Jahren schwor ich bei meinem Leben, nie wieder ein Kleid anzuziehen. Selbst bei meiner Hochzeit machte ich keine Ausnahme. Wenn ich also gleich tot umfalle, bist du schuld.«

»Ich weiß die Ehre zu schätzen«, sagte er lächelnd. »Sag mir, warum du einen so unsinnigen Schwur abgelegt hast.«

Sie winkte ab. »Dumme Kindereien.«

»Ich hoffe, es gefällt dir.«

»O ja! Danke.«

Er sah auf seine Uhr. »Wenn es dir nichts ausmacht, würde ich gern schnell die Bilder in die Galerie bringen. Ich muß nur kurz telefonieren, damit Sanja morgen rechtzeitig kommt, um die Ausstellungstexte zu ergänzen.«

»Ich habe nichts dagegen.«

»Verrätst du mir die Titel?«

Hedi spürte, wie ihr das Blut in den Kopf schoß. Liebe Güte! Daran hatte sie überhaupt nicht gedacht. Sie ging in den Flur und tat so, als suche sie ihre Jacke ab. »Verflixt! Wo habe ich bloß den Zettel hingetan?«

Wolfgang grinste. »Sind sie etwa so kompliziert, daß du sie dir vom Odenwald bis hierher nicht merken konntest?«

»Ich glaube, der Wisch liegt noch im Auto.«

»Sag mir, wo. Ich werd' ihn schon finden.«

»Oder in meiner Reisetasche? Warte bitte einen Moment, ja?« Sie lief ins Gästezimmer, schloß die Tür und lehnte sich dagegen. Himmel noch mal! Es konnte doch nicht so schwer sein, auf die Schnelle drei Titel zu erfinden! *Blumenwiese bei Sonnenuntergang,* erinnerte sie sich an den ursprünglichen Namen eines der Bilder. Oder war es *Blumenwiese bei Sonnenaufgang* gewesen? Egal. Das eine klang genauso banal wie das andere. Außerdem war von der Wiese nichts mehr zu erkennen. Etwas Ausgefallenes mußte her! Wolfgang liebte ausgefallene Sachen und dieser Siebmann vermutlich auch. *Katzenpfotige Tonabdrücke? Stilleben mit Kratzspur-Salami?* Oder einfach *Katzenkunst?* Gott, war das phantasielos. Vielleicht in Englisch? *Cat-Art.* Da wußte aber jeder, was gemeint war. Nervös lief Hedi im Zimmer auf und ab. Verfremden müßte man das Ganze! Möglichst so, daß man den ursprünglichen Sinn nicht mehr erkannte. Die anspruchsvollen Kunstkenner hätten was zum Rätseln, und Viviennes Bilder umgäbe der Hauch des

Mystischen. *Kättaat*. Das war's! Und das Bild, das der Hofhahn attackiert hatte? *Hahn-Füße*. Aber was hieß *Hahn* auf englisch? Die einzige Vokabel, die Hedi ad hoc einfiel, war *Chicken McNuggets*. Hühnchenfüße. *Chickenfeet – Schickfiet!*

Blieb noch das Werk mit Christoph-Sebastians Handabdrücken. Vielleicht eine kleine Hommage an den Schöpfer? Hedi kramte in ihrer Reisetasche, riß ein Blatt aus ihrem Notizkalender und schrieb den Namen ihres Neffen auf. Sie malte darin herum, sortierte neu und riß ein zweites Blatt aus dem Kalender.

»Ich mußte die ganze Tasche durchwühlen, aber ich hab's gefunden«, sagte sie lächelnd, als sie ins Wohnzimmer zurückkam.

Wolfgang nahm ihr den Zettel aus der Hand. »*Kättaat, Schickfiet, St. Tophian-Chirbasse*. Saint Tophian – ist das ein Ort?«

»Keine Ahnung.«

»Die Titel sind genauso geheimnisvoll wie die Bilder. Das wird Dr. Siebmann gefallen. Wenn du mir jetzt noch sagst, welcher Titel zu welcher Arbeit gehört?«

Hedi erklärte es ihm.

»Hast du eine Ahnung, wie Vivienne auf die ungewöhnlichen Motive und Namen gekommen ist?«

»Sie erwähnte, daß jeder Titel unmittelbar dem jeweiligen Sujet entsprungen sei. Ich denke, alles Weitere wäre Kaffeesatzleserei, und die überlassen wir besser anderen.«

»Schlimmstenfalls rufe ich sie morgen früh an.«

Hedi wurde blaß. »Hast du vergessen, was du mir versprochen hast?«

Er grinste. »Soll das etwa heißen, sie weiß immer noch nichts von der ganzen Sache?«

»Nimm's mir nicht übel, aber solange dieser Siebmann nicht gekauft hat, werde ich sie auf keinen Fall...«

»Für Bedenken ist es jetzt aber zu spät. Morgen werden die Bilder öffentlich gezeigt, und das war genau das, was Viviennes anonymer Käufer partout nicht wollte, oder? Ich nehme also nicht an, daß er übermorgen noch sonderlich großes Interesse zeigen wird. Ich frage mich ohnehin, warum er sie nicht längst abgeholt hat.«

»Ach, so ist das!«

»Was ist wie?« fragte er amüsiert.

»Du lockst mich mit den Bildern hierher, hängst sie einen Tag in deine Galerie und rechnest dir aus, daß du sie anschließend für einen Apfel und ein Ei kaufen kannst!«

»Du hältst nicht allzuviel von mir, stimmt's?«

Hedi schwieg betroffen. Wie kam sie dazu, ihm Vorwürfe zu machen? Schließlich spielte sie mit gezinkten Karten, und nicht er. Sie war keinen Deut besser als Vivienne! »Wolfgang, ich ...«

»Die Arbeiten sind gut, und ich bin sicher, Dr. Siebmann wird sie kaufen. Und zwar zu dem Preis, den ich dir genannt habe. Zufrieden, kleine Giftnudel?«

»Es tut mir leid. Ich ...«

»Schon vergessen.«

»Bitte ... Ich muß dir was sagen.«

Er hob ihr Kinn an und küßte sie. »Spar's dir auf für nachher. In spätestens einer Stunde bin ich zurück.« Er ging in den Flur und zog seine Jacke an. Hedi hörte die Haustür ins Schloß fallen und weinte.

Als Wolfgang eine Stunde später wiederkam, war es im Wohnzimmer dunkel. Unter der Tür des Gästezimmers schimmerte Licht. Er klopfte, aber niemand antwortete. Leise öffnete er die Tür. Das Chasuble-Kleid hing auf einem Bügel am Schrank. Vor der Kommode lagen schwarze Leinenschuhe. Die Champagnerflasche stand leer auf dem Teppich, das

Glas halbvoll auf dem Nachtschrank. Hedi trug ein gelbes Shirthemd und lag quer über dem Bett, neben dem Kopf ein aufgeschlagenes Buch. Wolfgang strich ihr übers Haar. Sie murmelte irgend etwas, wurde aber nicht wach. Vorsichtig nahm er das Buch weg. Es war ein Band seiner alten Goetheausgabe, zerfleddert und abgegriffen. Als er sah, was sie gelesen hatte, mußte er lächeln. Er klappte das Buch zu und legte es auf den Nachttisch. Dann holte er eine Wolldecke aus dem Schrank, deckte Hedi behutsam damit zu und löschte das Licht.

35

Michael Stamm sortierte lachend einen Stapel Papier. »Es ist unglaublich.«

»Was?« fragte Dagmar. Sie sah müde aus.

Michael nahm das oberste Blatt. Es war eine Kopie eines Anhörbogens für Unfallbeteiligte; der erste Satz war mit grünem Textmarker angestrichen. »*Mein Auto fuhr einfach geradeaus, was in einer Kurve allgemein zum Verlassen der Straße führt.* Phänomenal, oder?«

»Mhm.«

»Oder das hier: *Der Mopedfahrer, der am Tatort alles miterlebte, hatte meiner Freundin aufrichtig erklärt, daß er seiner Zeugungspflicht unverzüglich nachkommen wird. Und jetzt weigert er sich auf einmal!*«

Hans-Jürgen schob grinsend die ihm zugeteilten Vorgänge in sein Fach zurück. »Vermutlich leidet der Ärmste unter Impotenz.«

»Sehr witzig!« sagte Dagmar.

»Wo steckt eigentlich unser Kollege Winterfeldt?« fragte Hans-Jürgen.

Michael zog ein weiteres Blatt aus dem Papierberg. »Kommt später. Irgendwas ist mit seinem Sohn. *Schon bevor ich ihn anfuhr, war ich davon überzeugt, daß dieser Mann nie die andere Straßenseite erreichen würde. Ich sah ein trauriges*

Gesicht langsam vorüberschweben, dann schlug der alte Herr auf dem Dach meines Wagens auf. Wenn das nicht literarische Qualitäten hat!«

»Was machst du mit dem ganzen Kram?« fragte Dagmar.

Michael grinste. »Das, was ein anständiger Beamter mit allen DIN-A4-Formaten tut: kopieren, lochen, abheften. Und wenn ich in Pension gehe, schreibe ich ein Buch und werde berühmt.«

Dagmar nahm eine Akte aus ihrem Fach. »Wovon träumst du noch?«

»*Ein Fußgänger kam plötzlich vom Bürgersteig und verschwand wortlos unter meinem Wagen.*«

Hans-Jürgen lachte. Dagmar verzog das Gesicht.

»Nicht dein Tag heute, was?«

Das Telefon klingelte. Michael nahm ab. »Viertes Polizeirevier, Stamm, guten Morgen, was kann ich für Sie...? Ja, hier ist die Polizei in Offenbach. Nein, das... Doch, dafür ist die Polizei zuständig, aber Sie haben... Nein, nicht Offen*burg*! Offen*bach*! Am Main, ja! Nein, wir haben kein Telefonbuch von Offenburg. Wenn Sie vielleicht die Auskunft... Was? Die falsche Nummer? Versuchen Sie's trotzdem noch mal... Ich kann Sie nicht verbinden! Sie müssen bitte... Nein. Bach wie Fluß, nicht Burg wie Schloß. Genau. Also... Herrje! Ich hab's Ihnen doch gerade...«

Dagmar ging kopfschüttelnd hinaus. Hans-Jürgen folgte ihr. »Manchmal ist unser Chef wahrlich nicht zu beneiden.«

»Mhm.«

»Schönes Wetter heute. Was hältst du von einer kleinen Streife?«

Stampe und ein jüngerer Kollege kamen ihnen entgegen. »Na, Hans-Jürgen? So früh schon beim Süßholzraspeln?« fragte Stampe grinsend.

»Ich führe eine ernsthafte Unterhaltung!« sagte Hans-Jürgen.

Die beiden verschwanden lachend in der Wache.

»Ich muß noch was schreiben«, sagte Dagmar.

»Wartest du etwa mit dem Rausfahren, bis dein Lieblingskollege kommt?«

»Was soll der Quatsch?«

»Es fällt auf, daß du deine Sympathien ziemlich ungleich verteilst, meine liebe Dagmar.«

»Ich bin nicht *deine liebe Dagmar!*«

»Ich weiß. Der Platz ist schon vergeben.«

»Du hast sie ja wohl nicht alle!« Dagmar ging ins Vernehmungszimmer und warf die Tür zu. Das Telefon klingelte. Sie nahm ab.

»Michael hier. Wir haben einen Melder in der Kaiserstraße.«

»Ich komme.«

Hans-Jürgen grinste, als sie zu ihm in den Wagen stieg. »Das nennt man wohl Schicksal.«

»Fahr lieber los!«

»Gemach, gemach. Ein Melder sonntags um diese Uhrzeit? Das kann nur 'ne Fehlzündung sein. Wahrscheinlich hat wieder irgendeine Putze Mist gebaut. Oder dem Filialleiter fiel ein, daß er vor der Beichte noch mal schnell in die Bank muß. Alles schon dagewesen. Falls nicht, sind die Herren Bankräuber sowieso weg, bis wir kommen. Und für den Rest ist die Kripo zuständig.«

Dagmar warf ihm einen wütenden Blick zu. »Ich glaube nicht, daß ich dir erklären muß, warum ich Klaus als Streifenpartner vorziehe, oder?«

»War mal wieder nichts«, sagte Hans-Jürgen zu Michael, als sie zurückkamen. Er hängte den Schlüssel ans Bord.

»Wundert dich das?« Dagmar füllte das Fahrtenbuch aus und hielt es ihm hin. »Da, unterschreib!«

Hans-Jürgen grinste. »Auch du wirst noch ruhiger werden, Verehrteste. Ich hoffe nur, daß der liebe Klaus nicht vorher an einem Herzinfarkt dahinscheidet.«

»Dummschwätzer!«

»Könntet ihr euren Disput woanders austragen?« Michael gab Hans-Jürgen eine Mappe. »Nimm das bitte mit nach hinten.«

»Schon wieder Umläufe? Wer soll den ganzen Mist lesen, Chef?«

»Gib her.« Dagmar nahm ihm die Mappe ab und verließ die Wache.

»Bißchen übereifrig, die junge Dame«, sagte Hans-Jürgen. »Aber appetitlich anzusehen.« Er griff sich die *Offenbach-Post* und verschwand auf der Toilette.

Klaus saß am Computer im Vernehmungszimmer und füllte ein Formular aus. Dagmar warf die Laufmappe auf den Schreibtisch. Klaus sah auf. »Na? Habt ihr euren Bankräuber gefaßt?«

»Ich schwör's dir: Irgendwann dreh' ich dem Kerl den Hals um!«

»Dazu müßtest du ihn erst mal kriegen, oder?«

»Ich meine Hans-Jürgen.«

Klaus grinste. »Du wirst dir von unserem Mikado-Mann doch nicht den Tag verderben lassen?«

»Eine Schnecke ist ein Schnellboot gegen den!«

»Nicht jeder bekommt zum Geburtstag eine Rennbahn geschenkt.«

»Der hat null Bock auf gar nichts!« Sie verzog das Gesicht. *»Auch du wirst noch ruhiger werden, Verehrteste!* Wie ich dieses gönnerhafte Geschwafel hasse!«

»Na ja, so ganz unrecht hat er nicht, oder?«

»Nimm du ihn noch in Schutz!«

»Ich denke...«

»Weißt du, was er über dich gesagt hat?«

Klaus drückte die Taste für Schnelldruck. »Nein. Es interessiert mich auch nicht.«

»Warum kann er mich nicht wie einen normalen Menschen behandeln?«

»Du hättest erleben sollen, wie er um deine Vorgängerin herumscharwenzelt hat. Ich müßte allerdings lügen, wenn ich behaupten würde, es hätte ihr nicht gefallen.«

»Ich bin aber nicht meine Vorgängerin!«

»Wär' auch schwerlich möglich. Es sei denn, du glaubst an Seelenwanderung.«

»Du nimmst mich genausowenig ernst wie er!«

»Daß du mich letzten Montag beim Schießen in den Sack gesteckt hast, war ein herber Schlag.«

Dagmar blätterte Fernschreiben durch. Klaus nahm das Formular aus dem Drucker und meldete sich am Computer ab. »Was ist los mit dir, hm?«

»Du bist jahrelang mit Uli Streife gefahren. Niemand hat sich darüber aufgeregt. Und nur, weil ich eine Frau bin...«

»Ach was. Hans-Jürgen lästert, solange ich ihn kenne. Mich hat er mal Ulis Vorzimmerfräulein genannt. Uli ist ein guter Polizist, und ich habe viel von ihm gelernt. Aber seine Anzeigen waren eine Katastrophe. Berichte schreiben konnte er auch nicht. Nun ja... Was liest du da Schönes?«

»Umläufe.«

»Gibt's was Neues, das ich wissen müßte?«

»Der nächste Landesaktionstag ist am fünfzehnten November.«

»So? Womit sollen wir den Leuten denn diesmal auf den Wecker gehen?«

»Machen Sie sich und Ihr Auto winterfit.«

»Apropos Auto: Was hältst du von einer kleinen Präventivstreife?«

Dagmar klappte die Laufmappe zu und zeichnete ab. »Ich muß noch was schreiben.«

»Bei dem schönen Wetter willst du dich hinter einem staubigen Computer verkriechen? Das ist nicht dein Ernst.«

»Ich bin hier, um zu arbeiten, und nicht, um in der Sonne spazierenzufahren!«

Klaus ging hinaus. Dagmar setzte sich auf seinen Platz vor den Computer. Sie stützte den Kopf in ihre Hände und starrte den dunklen Bildschirm an.

»So wird das aber nichts.« Klaus stellte eine Tasse Kaffee vor ihr ab und setzte sich auf die Schreibtischkante. »Trink einen Schluck, und sag mir, was los ist.«

»Hans-Jürgen geht mir auf die Nerven!«

»Und was noch?«

»Nichts.«

»So siehst du aber nicht aus.«

»Und wie sehe ich aus?«

»Blaß um die Nase. Ich sage Michael, daß wir ein bißchen rausfahren, ja?«

»Nein, ich...« Sie sah die Tasse an. »Meine Mutter hat gestern abend angerufen.«

Klaus lächelte. »Meine auch.«

»Sie will nach Deutschland zurück. Ich soll ihr Geld für das Ticket schicken.«

»Und?«

»Ich denk' ja nicht dran!«

Klaus schwieg.

»Na los! Sag schon, daß ich kaltherzig bin, berechnend und egoistisch und...«

»Sagt das dein Sven?«

»Ich könnte sie keine Minute ertragen.«

»Woher hat sie überhaupt deine Telefonnummer?«

Dagmar umfaßte die Kaffeetasse mit beiden Händen. »Ich nehme an, sie hat sich von einem Touristen vögeln lassen, der seine Brötchen bei der Telekom verdient.«

»Wie alt warst du, als dein Vater starb?«

Sie trank einen Schluck Kaffee. »Er war so freundlich, bis zu meinem achtzehnten Geburtstag zu warten.«

»Was ist mit deiner übrigen Familie?«

»Es existiert keine übrige Familie.«

»Vielleicht solltest du doch versuchen, mit ihr ...«

»Nein!«

»Es gibt nichts, das nicht irgendwie sachlich zu regeln wäre, hm?«

»Was es zu sagen gab, wurde gesagt. Schluß! Aus!«

»Das nützt dir herzlich wenig, wenn du ständig an sie denkst.«

Dagmar fuhr sich übers Gesicht. »Sie war betrunken, Klaus. Ich kann das nicht ... Nicht noch mal, verstehst du? Lieber Gott, ich will doch nur, daß sie mich in Ruhe läßt.«

Er berührte ihre Hand. »Telefone sind eine prima Einrichtung. Wenn mich meine Erzeugerin zuviel nervt, lege ich einfach auf. Alpträume habe ich deswegen keine.«

Dagmar trank ihren Kaffee aus. Sie versuchte ein Lächeln. »Schönes Wetter heute. Wir sollten ein bißchen Streife fahren.«

»Das meine ich auch.« Er nahm ihre Tasse und stand auf. »Ich warte im Hof auf dich.«

Sie waren noch keine Viertelstunde unterwegs, als Michael sie anfunkte.

»Hier Orpheus 18/5«, meldete sich Dagmar. »Was gibt's?«

»Laut telefonischer Mitteilung eines Herrn Obermeier liegt auf dem Parkplatz am Nassen Dreieck ein Stein im Weg.«

»Orpheus 18/5 hat verstanden.«

Klaus wendete den Streifenwagen und fuhr in Richtung Waldstraße. »Hat dieser Mensch am Sonntagmorgen nichts Besseres zu tun, als sich über einen Stein aufzuregen?«

Der Stein war ein massiver Felsblock und stand hochaufgerichtet mitten auf dem Parkplatz. Aus seinem Inneren waren fein säuberlich ein Fenster und drei Treppenstufen herausgehauen. Ein kleiner Junge saß auf der obersten und ließ die Beine baumeln. Um den Brocken herum hatten sich ein Dutzend Leute versammelt.

»Eine Unverschämtheit ist das!« sagte ein älterer Herr mit Brille und Stirnglatze, als Klaus und Dagmar aus dem Streifenwagen stiegen. »Das ist ein Parkplatz und kein Steinbruch!«

»Also, ich bin mer sicher: Gestern awend stand des Ding noch net do«, sagte eine etwa vierzigjährige Frau in Lederjacke und Jogginghosen.

Eine dünne, nervöse Mittdreißigerin warf dem kleinen Jungen einen ärgerlichen Blick zu. »Ich habe dir gesagt, du sollst da runterkommen, Pascal!«

»Ja, Mama«, sagte Pascal und blieb sitzen.

»Echt cool, das Teil«, sagte ein Jugendlicher mit gelb gefärbten Haaren und einer Coladose in der Hand. »Der muß glatt mit 'nem Kran angereist sein.«

»Herr Obermeier?« wandte sich Klaus an den älteren Mann.

Er nickte. »Als ich vorhin mit dem Hund raus bin, dachte ich, mich trifft der Schlag!«

Klaus ging um den Block herum. »Tja, ich denke, im Moment kann ich Ihnen da auch nicht weiterhelfen.«

Die Frau mit den Jogginghosen zeigte zur Straße. »Ich wohn do drüwwe, unn ich sach Ihne, gestern awend...«

»Wo kommen wir denn hin, wenn jeder einfach seinen Mist

ablädt, wo es ihm gerade einfällt!« schimpfte Herr Obermeier.

»Vielleicht liegt beim Straßenverkehrsamt ja ein Antrag auf Genehmigung vor«, sagte Klaus. »Aber das läßt sich erst morgen prüfen.«

Ein weißer Polo bog auf den Parkplatz ein. Am Steuer saß eine junge Frau mit langen, braunen Haaren. Sie parkte neben dem Streifenwagen und stieg aus. Ihr Haar reichte fast bis zur Taille und ihr Minirock knapp über den Po. Herr Obermeier bekam Stielaugen. »Da wird sich Gabriele aber freuen, daß sogar die Polizei seine Kunst bewundert«, sagte sie mit einem schelmischen Lächeln zu Klaus.

»Haben *Sie* etwa dieses Monstrum hier abgestellt?« fragte die Mutter von Pascal.

Sie schüttelte amüsiert den Kopf. »Nein. Ich kann Ihnen nur sagen, daß es sich um eine Arbeit von Gabriele Renzullo mit dem Titel *Provokation Räume* handelt.«

»Cool, eh.« Der gelbhaarige Jugendliche zerdrückte die leere Dose und ließ sie fallen. »Echt kraß.«

Klaus sah ihn streng an. »Da drüben steht ein Abfalleimer! Wissen Sie, wo oder wie ich diese Frau Renzullo erreichen kann?« wandte er sich an die Polofahrerin.

Sie warf ihr Haar über die Schultern und lachte. »Meinen Sie etwa den Bildhauer, *Herrn* Gabriele Renzullo, Herr Polizist?«

Klaus grinste. »Na gut. Könnten Sie mir zufällig verraten, wo ich *Herrn* Gabriele Renzullo finde? He!« rief er dem Gelbhaarigen nach. »Du hast was vergessen!« Murrend kam der Junge zurück und hob die Dose auf.

»Tut mir leid. Nein«, sagte die Polofahrerin. Sie zupfte an ihrem Rock. »Ist denn das so wichtig?«

Dagmar zückte ihren Notizblock. »Ihre Personalien, bitte.«

»Warum? Habe ich etwas verbrochen?«

»Ihren Namen!«

Die junge Frau sah Klaus an. »Und wozu soll das gut sein?«

»Reine Routine«, sagte er lächelnd.

Sie zwinkerte ihm zu. »Meine Telefonnummer auch?«

»Klar! Man weiß ja nie, in welche Richtungen sich unsere Ermittlungen so entwickeln.«

»*Provokation Räume*. Das Ziel ist jedenfalls erreicht«, sagte Klaus, als sie weiterfuhren.

Dagmar verzog das Gesicht. »Seit wann schwärmst du für moderne Kunst?«

»Das war eine Tatsachenfeststellung. Wir könnten zurückfahren und versuchen herauszufinden, wo der gute Herr Renzullo wohnt.«

»Und zwischendurch die Telefonnummer der langbeinigen Brünetten testen, was?«

»Du hättest ruhig ein bißchen freundlicher zu ihr sein können.«

»Es war widerlich, wie sie dich angemacht hat!«

Klaus grinste. »Ich fand sie nett.«

»Was seid ihr Männer doch armselig! Ein bißchen Hinternwackeln und Wimpernklimpern, und der Verstand setzt aus.«

»Ist dir das Telefonat mit Mallorca so sehr aufs Gemüt geschlagen?«

Dagmar preßte die Lippen zusammen und starrte nach draußen. Klaus sah, daß sie den Tränen nahe war. Er fuhr aus der Stadt und bog in einen von Buchen gesäumten Waldweg ein. Auf einer grasbewachsenen Weggabelung hielt er an und stellte den Motor ab. Sie hörten die Vögel singen. Nirgends war ein Mensch zu sehen.

Dagmar setzte ein Lächeln auf. »Fahren wir heute Karnikkelstreife?«

Klaus sah sie ernst an. »Ich wollte die ganze Zeit schon mal mit dir darüber reden.«

»Worüber?«

»Mir fällt auf, daß du manchmal... nun ja, etwas merkwürdig reagierst.«

»Ich weiß nicht, was du meinst.«

»Als du an meinem Geburtstag bei mir warst, die Sache im Bad...«

»Das tut mir wirklich leid. Ich wollte dich nicht beleidigen.«

Er sah auf seine Hände. »Du hast gesagt, daß dein Vater Trinker war, und du haßt deine Mutter, weil sie dich mit ihm allein gelassen hat... War da vielleicht irgend etwas?«

»Willst du etwa andeuten, du denkst, mein Vater hätte sich an mir vergangen?«

»Ehrlich gesagt, ich weiß nicht, was ich denken soll.«

»Wenn's dich beruhigt: Hat er nicht. Zumindest nicht sexuell.«

»Sondern?«

Sie schaute nach draußen. Ein Eichhörnchen huschte über den Weg. »Er war ein liebevoller und geduldiger Vater, ein herzensguter Mensch, und er steckte voller verrückter Ideen. Als wir nicht genug Geld hatten, um in Urlaub zu fahren, kaufte er ein Zelt und machte mit mir eine zweiwöchige Fahrradtour durch die Wälder in der Umgebung von Kassel. Meine Schulfreundinnen haben mich glühend um ihn beneidet. Sie wußten ja auch nicht, wie er war, wenn es Abend wurde.«

Klaus sah sie schweigend an.

»Er versuchte jahrelang, seine Sucht vor mir zu verbergen. Tagsüber trank er heimlich, zum Abendessen stand die Flasche offen auf dem Tisch. Als ich älter wurde, habe ich das

Zeug oft einfach ins Klo gekippt. Und ihm neues gekauft, wenn er mich weinend darum bat. Ich brauchte lange, um zu begreifen, daß er nur dann mein wunderbarer Daddy sein konnte, wenn er sein Quantum intus hatte. In den kurzen Zeiten, in denen er versuchte, davon wegzukommen, war er fahrig und gereizt. Abends wurde er wehleidig, erzählte mir von Mutter, wie sehr er sie noch immer liebte und daß er nicht verstand, warum sie gegangen war. Nachts wurde ich davon wach, daß er irgendwelche Frauen heimbrachte, die meistens genauso betrunken waren wie er. Ich haßte ihre schrillen Stimmen und ihre angemalten Gesichter, den Gestank ihrer Kleider nach Zigaretten und Fusel; ich haßte, was er mit ihnen in seinem Schlafzimmer tat, und ich haßte, was sie mit ihm taten. Keine blieb länger als ein paar Tage. Ich gab mir die Schuld. Ich konnte ihn nicht trösten, also mußte er zu diesen Flittchen gehen.«

»Und deine Mutter hat sich in all den Jahren nicht ein einziges Mal nach dir erkundigt?« fragte Klaus leise.

Sie schüttelte den Kopf. »Er hatte ein Bild von ihr in seiner Brieftasche. Wir haben es uns oft zusammen angesehen. *Sie war ein Engel,* sagte er. In meiner Phantasie trug sie ein duftendes, weißes Kleid. Ich bildete mir ein, ich müsse nur artig sein und fest genug beten, damit der liebe Gott sie zu uns zurückschickt. Mit dreizehn begann ich sie zu hassen.«

Eine Streife vom Zweiten Revier meldete die Aufnahme eines Verkehrsunfalls. Dagmar starrte auf das Funkgerät. »Ich hab's mit Reden versucht, ich hab' ihn angefleht, drohte ihm zu gehen. Ich wälzte Fachbücher, suchte Suchtberatungsstellen auf, meldete ihn zum Entzug an. Es half alles nichts. Zerebelläre Koordinationsstörungen, Kleinhirnrindenatrophie, akute Pankreatitis, alimentäres Fettleber-Zirrhose-Syndrom, Delirium tremens... O ja, theoretisch wußte ich Bescheid.« Sie begann zu weinen. »Weißt du, wie elend Alkoholiker zugrunde gehen? Wie erbärmlich sie verrecken? Er krümmte sich auf dem Boden und schrie vor Schmerz. Er bekotzte unsere Teppiche und Möbel. Und mich. Wußte nicht mehr, wer und wo er war. *Hör nur, wie hübsch sie singt, Kind. Deine Mutter ist da.* Und dann redete er mit ihr. Das war das Schlimmste.« Sie fuhr sich mit dem Ärmel ihrer Uniformjacke übers Gesicht.

Klaus gab ihr ein Taschentuch. »Ich ... Es tut mir so leid.«

Sie schneuzte sich. »Schon gut.«

»Weiß Sven davon?«

»Nein.« Sie steckte das Taschentuch ein. »Sein Vater ist Schulleiter an einem Hamburger Gymnasium. Seine Mutter war Lehrerin und gab für ihn und seine Schwester ihren Beruf auf. Sven liebt seine Eltern und kann nicht verstehen, daß ich für meine Mutter bloß Verachtung empfinde. Er will, daß ich mich mit ihr versöhne.«

»Du solltest ihm die Wahrheit sagen.«

»Wir sollten zurückfahren. Bevor uns Hans-Jürgen vermißt.«

Er sah sie unsicher an. »Bist du ...«

»Ich bin o.k.«

Klaus startete den Wagen und wendete. Am Ende des Wegs kam ihnen ein junges Pärchen mit Hund entgegen.

»Was war eigentlich heute morgen los?« fragte Dagmar.

»Was meinst du?«

»Michael sagte, daß irgendwas mit deinem Sohn sei.«

Klaus bog in die Waldstraße ein und fuhr in Richtung Innenstadt. »Wenn Sascha Frühstück macht, dauert's meistens länger. Wir haben geredet. Er will ausziehen.«

»Oh. Tut mir leid.«

»Ich sagte ihm, daß ich dieselbe Absicht habe.« Dagmar sah ihn überrascht an. Er grinste. »Ich befolge nur deinen Rat: Odenwald statt Scheidungsanwalt.«

Sie lächelte. »Und wie kommst du zu dieser plötzlichen Einsicht?«

»Weisheit? Dummheit? Wer weiß das schon, hm?«

»Was hat sie gesagt?«

»Ja, glaubst du, das mache ich telefonisch? Morgen früh überreiche ich ihr einen Strauß roter Rosen und bitte in aller Form um Zuzugsgenehmigung.«

»Rote Rosen? Wenn das mal gutgeht! Im Ernst: Ich freu' mich für dich, Klaus.«

»Wenn du darauf hoffst, daß du jetzt endlich mit Hans-Jürgen Streife fahren kannst, muß ich dich leider enttäuschen. Dienstlich bleibe ich Offenbach vorerst erhalten. Zumindest so lange, bis sie uns von Amts wegen auflösen.«

»Ich habe gehört, daß es eine Unterschriftenaktion geben soll.«

Klaus lachte. »Dafür oder dagegen?« Er bog in den Hof des Vierten Reviers ein; Dagmar meldete sich am Funk ab.

»Hast du zufällig deine Sportklamotten dabei?« fragte er, als sie zur Wache gingen.

»Sag bloß, du willst mit mir joggen!«

»War doch ganz nett im Wald, oder?«

»Ich kann es kaum erwarten, dich um den Weiher rennen zu sehen.«

Er hielt ihr die Tür auf. »Für dich tu' ich alles, Kollegin.«

»Na? Hast du deine Knochen wieder sortiert?« fragte Dagmar, als sie Viertel vor sieben zum Nachtdienst kam.

Klaus verzog das Gesicht. »Ich verstehe wirklich nicht, wie jemand behaupten kann, Sport sei gesund. Ich fühle mich wie achtzig.«

»Das gibt sich.«

»Wenigstens habe ich danach gut geschlafen.« Er sah sie aufmerksam an. »Du nicht, stimmt's?«

Sie zuckte mit den Schultern. »Hat Michael schon gesagt, wann wir die Kontrolle machen?«

»Welche Kontrolle?«

»Also! Du wirst doch nicht Herrn Kissels Vorgabe vergessen haben? Pro Schicht eine Standkontrolle diesen Monat.«

»Ach je. Und das ist heute?«

»Du solltest ab und zu die Umläufe lesen.«

»Wofür habe ich denn dich, hm?«

Sie knuffte ihn in die Seite. »Fauler Kerl.«

»Ich habe gehört, daß du mit Hans-Jürgen zusammen das Verfolgungsfahrzeug besetzen willst.«

»Woher kennst du meine geheimsten Wünsche?«

Er grinste. »Ich werde mich bei unserem Chef für dich verwenden. Wo soll das Schauspiel stattfinden?«

»Waldstraße stadtauswärts, glaube ich.«

»Ich wüßte da einen netten Parkplatz. Gar nicht zu verfehlen. Steht ein großer Stein drauf.«

Dagmar gähnte. »Ich hoffe, es kommen keine Polofahrerinnen vorbei.«

»Willst du einen Kaffee?«

»Ja. Vielleicht hilft's.«

Um halb neun trafen mehrere Kollegen von der Bereitschaftspolizei ein, und Michael hielt im Sozialraum eine kurze Einsatzbesprechung ab. Klaus und Dagmar wurden als Kontrollposten eingeteilt.

»Ich hole die Funkgeräte«, sagte Klaus.

»Und ich die Westen.«

Er winkte ab. »Laß mal. Wird nicht nötig sein.«

»Nix da!« Dagmar ging in den Spindraum hinauf und kam mit zwei Schutzwesten wieder. Stampe suchte nach einer Anhaltekelle, Hans-Jürgen schimpfte, daß jemand seine Taschenlampe entwendet habe. Die Kollegen von der Bereitschaftspolizei standen unschlüssig im Flur.

Eine halbe Stunde später hatten alle ihre Posten eingenommen. Stampe winkte die Pkws heran, Dagmar und Klaus kontrollierten. Es dauerte nicht lange, bis der erste Betrunkene in die Kontrolle fuhr. Er war neununddreißig, hieß Ulrich Neumann und war von Beruf Lkw-Fahrer. Er behauptete, zwei Bier getrunken zu haben; das Alcotestgerät zeigte 1,1 Promille an. Als Klaus ihm eröffnete, daß er zur Blutentnahme auf die Dienststelle müsse, wurde er aggressiv.

»Wollen Sie mein Leben ruinieren?«

»Sie sollten wissen, daß man mit Alkohol im Blut nicht Auto fährt«, sagte Dagmar.

»Ich brauche meinen Führerschein! Mein Chef feuert mich, wenn ich nicht mehr fahren kann!«

»Das hätten Sie sich vorher überlegen sollen, oder?« sagte Klaus.

Der Mann begann zu weinen. »Bitte... Können Sie denn nicht eine kleine Ausnahme machen? Wir haben gebaut, und meine Frau bekommt ihr zweites Kind.«

Klaus schüttelte den Kopf. »Es tut mir leid. Nein.«

»Ich bitte Sie... meine Existenz steht auf dem Spiel! Und... also, vielleicht könnte ich Ihnen ja irgendwie entgegenkommen?«

»Sie wissen, was Sie da gerade versuchen, ja?« sagte Klaus ruhig. »Machen Sie die Sache bitte nicht noch schlimmer, als sie ohnehin schon ist.«

Dagmar war froh, als der Mann endlich weggebracht wurde.

Außer zwei Fahrzeugmängel-Anzeigen gab es keine weiteren Vorkommnisse. Nach einer Stunde beendete Michael die Maßnahme.

»Ich habe keine Lust reinzufahren«, sagte Klaus, als er mit Dagmar zum Streifenwagen ging.

Dagmar unterdrückte ein Gähnen. Sie nahm ihre Mütze ab

und legte sie auf den Rücksitz. »Dann drehen wir halt noch eine Runde.«

Klaus fuhr in Richtung Innenstadt. »Du hast nicht allzuviel geschlafen seit gestern, hm?«

Sie rieb sich das Gesicht. »Ich bin glockenhellwach.«

»Ich habe nichts dagegen, wenn du ein bißchen Augenpflege betreibst.«

»Also bitte! Ich bin im Dienst!«

»Ich sag' dir Bescheid, wenn's interessant wird. Versprochen.«

»Mhm.«

Klaus kurbelte das Seitenfenster herunter. Er freute sich auf das Gesicht von Hedi morgen früh. Gleich nach Dienstende würde er an der Tankstelle in der Strahlenberger Straße ein paar Blumen besorgen und zu ihr fahren. Liebe Zeit! Da mußte erst Vivienne kommen, damit er merkte, wie kindisch und verbohrt er gewesen war. Mit dem Haus mußten sie allerdings dringend was machen. Er würde Hedi vorschlagen, ein Gutachten einzuholen. Im derzeitigen Zustand konnte die Mühle nicht allzuviel wert sein. Selbst wenn er für Hedis Schulden aufkam, müßte sein Geld eigentlich reichen, um die nötigsten Reparaturen durchzuführen. Das Schwierigste würde sein, ihr beizubringen, daß Sascha zu Sabine ziehen wollte. Aber es wäre Unsinn, wegen der paar Monate bis zu seinem achtzehnten Geburtstag auf einem Umzug in die Mühle zu bestehen. Er sah, wie Dagmar sich bemühte, wach zu bleiben, und mußte lächeln. Es war lange her, daß er sich so glücklich gefühlt hatte. Am liebsten wäre er einfach auf die Autobahn abgebogen und in den Odenwald gefahren. Statt dessen bestreifte er die Innenstadt. Es waren erstaunlich wenige Leute unterwegs; auch am Funk blieb es ruhig. In der Kaiserstraße hielt er an einer roten Ampel. Vor ihm bog ein grüner Passat Kombi ein. Die rechte Rückleuchte war defekt.

Die Ampel wurde grün. Klaus stupste Dagmar an. Sie fuhr hoch.

»Den halten wir mal an.«

Sie rieb sich verschlafen die Augen. »Was?«

Er lächelte. »Kleine Routinekontrolle. Der gute Mensch vor uns fährt einäugig.« Er schaltete das Blaulicht ein und gab Signal zum Halten. Der Pkw hielt am Straßenrand. Klaus stieg aus.

Dagmar griff nach ihrer Mütze. Das Licht blendete sie, ihr Kopf tat weh.

Klaus ging zur Fahrerseite des Kombi und öffnete die Tür. Der Fahrer war etwa Mitte Dreißig. Er hatte schwarzes Haar und einen Oberlippenbart.

»Guten Abend. Allgemeine Fahrzeugkontrolle. Stellen Sie bitte den Motor ab und steigen Sie aus.«

Der Fahrer nickte. Er machte eine Bewegung, als wolle er den Zündschlüssel abziehen. Plötzlich hielt er einen Revolver in der Hand. Klaus kam nicht dazu, nach seiner Waffe zu greifen. Er spürte einen furchtbaren Schlag und dann nichts mehr.

36

Hedi wurde wach, als ihr jemand übers Haar strich. Sie öffnete die Augen.

»Guten Morgen, du Schlafmütze«, sagte Wolfgang.

»Gott. Wo bin ich?«

»In meinem Gästezimmer, wenn's recht ist. Ich habe Frühstück gemacht.«

»Wie spät ist es?«

»Kurz nach acht.« Er zeigte lächelnd auf das Buch auf dem Nachttisch. »Haben dich die Leiden des jungen W. so mitgenommen, daß du mit einer ganzen Flasche Champagner nachspülen mußtest?«

Hedi rieb sich die Stirn. »Es tut mir leid. Ich ...«

»Du hast einen ganzen Tag Zeit, es wiedergutzumachen.«

»Kann ich schnell duschen?«

»Ja. Wenn's nicht gerade drei Stunden dauert? Ich müßte um Viertel nach neun noch mal kurz weg.«

Er ging hinaus. Hedi nahm frische Wäsche aus ihrer Tasche und verschwand im Bad. Zehn Minuten später betrat sie das Wohnzimmer. Wolfgang saß auf dem Sofa und las Zeitung. Er schlug sie zu und stand auf. »Das ist ja nicht zu fassen!«

»Was denn?«

»Unter dreißig Minuten hat es noch keine deiner Geschlechtsgenossinnen aus meinem Bad heraus geschafft.«

»Ach? Führst du Statistik?«

Er strich über ihr nasses Haar. »So eilig habe ich es wiederum nicht, daß du sogar aufs Fönen verzichten mußt.«

»Bei dem Fusselkopp wäre das sowieso vergebliche Liebesmüh.«

Er wickelte eine Haarsträhne um seinen Finger. »Ich könnte Bianca anrufen.«

»Wer ist Bianca?«

»Eine gute Bekannte. Kümmert sich bevorzugt um die haarigen Häupter der Münchner High Society. Ein kleiner Anruf, und sie greift auch sonntags mit Begeisterung zu Kamm und Schere.«

»Danke. Meine Erfahrung mit Starcoiffeuren ist nicht die beste.«

Er lachte. »Wollen wir wetten, daß du hinterher vor Begeisterung einen Luftsprung machst?«

»Ich denke nicht daran hinzugehen.«

»Wenn du mit deiner Frisur zufrieden bist, ist ja alles in Ordnung.«

»Welche Frisur?«

Wolfgang ging zum Telefon und drückte eine Taste. »Guten Morgen, meine Liebe! Ich habe einen kleinen Anschlag auf dich vor. Ja, sicher ist es wichtig! Sonst hätte ich dich wohl kaum angerufen, oder? Nein, eine ganz enge Freundin. Na, hör mal! Das werde ich dir doch nicht am Telefon erzählen. Um eins? Prima, ich schick' sie dir vorbei. Und streng dich an, ja? Ich schau' die Tage mal wieder rein. Ciao.«

»Ich habe gesagt, daß ich nicht will!« sagte Hedi böse.

»Aber du hast es nicht gemeint. Und jetzt sollten wir frühstücken.«

Die Küche lag am Ende des Flurs und war genauso nüchtern und ungemütlich eingerichtet wie das Wohnzimmer. Einbaumöbel, Arbeitsplatte und Spüle glänzten metallen, der Boden war mit grauem Marmor gefliest. Nirgends war ein Krümel zu entdecken, geschweige denn schmutziges Geschirr, Topflappen, Gewürzstreuer oder eins der hundert anderen Dinge, die in Juliettes Küche in der alten Mühle herumstanden. Über der Tür hing eine achteckige Uhr mit roten Ziffern, und in der Mitte des Raums standen ein runder Tisch und zwei Rohrstühle.

Der Tisch war schwarz und sorgfältig gedeckt: Gelbe Teller und Tassen, die dazu passende Kaffeekanne auf einem Gitterstövchen; Milch-, Butter- und Zuckerbehälter, ebenfalls in Gelb, und eine Glaskaraffe mit Orangensaft. In einem Weidenkorb lagen frische Brötchen, in einem zweiten gekochte Eier. Es gab Obst und Joghurt, Wurst, Käse und verschiedene Sorten Konfitüre.

»Wen erwartest du denn noch?« fragte Hedi.

Wolfgang zog ihr einen Stuhl zurück. »Ich dachte mir, Champagner und Goethe machen hungrig. Außerdem gibt's in der Galerie heute nachmittag nur Kanapees.«

Hedi setzte sich. »Ich muß unbedingt Brigitte anrufen.«

»Warum tust du's nicht? Vielleicht hat sie ja Lust, zur Vernissage zu kommen?«

»Brigitte und moderne Kunst? Na ja... Aber ich frage sie. Ansonsten würde ich sie morgen gern besuchen.«

Wolfgang lächelte. »Du brauchst dir deine Aktivitäten nicht von mir genehmigen lassen.«

»Ich dachte nur, weil...«

»Wenn ich jemanden einlade, sind Übernachtung und Verpflegung selbstverständlich inklusive. Und zwar ohne jede Gegenleistung. Mehr wollte ich damit nicht sagen.«

Hedi nahm sich ein Brötchen. »Ach so.«

»Höre ich etwa Enttäuschung anklingen?« fragte er amüsiert.

Sie wurde rot. »Äh, nein. Ich...«

»Die Entscheidung liegt allein bei dir.«

»Mhm«, sagte Hedi und widmete sich angestrengt ihrem Brötchen.

Als sie nach dem Frühstück das Geschirr zusammenräumen wollte, nahm Wolfgang es ihr aus der Hand. »Du bist hier, um dich zu entspannen, und nicht, um meinen Haushalt zu führen. Außerdem kommt Anna nachher vorbei. Meine Hauswirtschafterin«, fügte er hinzu, als er ihren fragenden Blick sah. Er schaute zur Uhr. »Entschuldige, aber ich muß los.«

»Wo mußt du denn hin?«

»In die Galerie. Letzte Vorbereitungen treffen.«

»Dein Beruf ist dir sehr wichtig, oder?«

»Dir deiner etwa nicht?«

»Doch. Wie kommt man eigentlich dazu, Galerist zu werden?«

»Wie kommt man dazu, Krankenschwester zu werden?«

»Weil man anderen Menschen helfen will.«

»Und ein bißchen sich selbst, stimmt's?«

Hedi sah verlegen zu Boden. »Sag mal, dieser Dr. Siebmann... Was ist das für einer?«

»Wenn er nicht gerade in der Weltgeschichte herumreist, sammelt er ungewöhnliche Kunstwerke, bevorzugt solche von hoffnungsvollen, relativ unbekannten Künstlern.«

»Weil er auf Wertsteigerung spekuliert?«

»Höchstens sekundär. Er genießt in der internationalen Kunstszene einen hervorragenden Ruf als Kritiker und Mäzen, und diesem Ruf ist es zuträglich, wenn er Talente entdeckt und fördert.«

»Und du meinst, Viviennes De... De...«

»Ihre Decollagen werden ihm gefallen. Aber jetzt muß ich wirklich los.«

Als er gegangen war, rief Hedi Brigitte an. Sie sagte, daß sie sich freue, aber ihre Stimme klang nicht danach. Hedi erzählte, wem sie ihre Reise nach München verdankte, und am anderen Ende der Leitung wurde es still.

»Brigitte? Bist du noch da?«

»Du machst einen Witz, oder?«

»Nein. Warum?«

»Du bist tatsächlich bei Wolfgang Bernsdorf zu Besuch? Bei *dem* Wolfgang Bernsdorf?«

»Was denn? Gibt es etwa mehrere?« fragte Hedi amüsiert.

»Liest du keine Zeitung? Bernsdorf ist ein bekannter Ausstellungsmacher und Trendsetter und seine Galerie Treffpunkt der Crème de la Crème von München!«

»Er fragte, ob du Lust hast, heute nachmittag zu seiner Vernissage zu kommen. Ich habe gesagt, du interessierst dich nicht für moderne Kunst.«

»Wie bitte? Er hat *mich* eingeladen? Hedi! Weißt du überhaupt, was das heißt, von Wolfgang Bernsdorf eingeladen zu werden?«

»Ja. Übernachtung und Verpflegung inklusive.«

»Und er hat wirklich gesagt, daß ich kommen darf?«

»Herrgott, ja. Eröffnung ist um drei. Ich nehme nicht an, daß ich dir den Weg beschreiben muß, oder?«

»Nein. Liebe Zeit, bin ich aufgeregt!«

Kopfschüttelnd beendete Hedi das Gespräch. Gesellschaftsklatsch hatte sie noch nie interessiert, und es war ihr unbegreiflich, wie Brigitte wegen einer simplen Einladung derart aus dem Häuschen geraten konnte. Sie stellte das Telefon zurück und sah aus dem Fenster. Das Wetter machte Lust auf einen Spaziergang.

Als sie zwei Stunden später wiederkam, unterhielt sich Wolfgang im Flur mit einer älteren Frau.

»Das trifft sich gut«, sagte er lächelnd. »Anna, darf ich dir Hedi vorstellen?«

Hedi gab der Frau die Hand. »Es freut mich, Sie kennenzulernen.«

Anna nickte. Ihre Augen waren so grün wie die von Elisabeth, ihr Gesicht strahlte Wärme und Herzlichkeit aus. »Ich hoffe, Sie bringen dem Luftikus hier endlich ein paar Manieren bei.«

»Also Anna! Bezahle ich dich etwa dafür, daß du meine Gäste verprellst?« Er sah Hedi an. »Ich kann machen, was ich will. Sie behandelt mich wie ein Kindergartenkind.«

Anna lachte. »Außer daß du ein bißchen gewachsen bist, hat sich ja auch nicht viel geändert, oder?«

Er drohte ihr grinsend mit dem Zeigefinger. »Noch ein Wort, und du bist fristlos entlassen.«

»Na, dann gehe ich mal lieber. Brauchst du mich morgen?«

Wolfgang schüttelte den Kopf. Anna zog ihre Jacke an und verabschiedete sich.

»Die Gute hat mich schon als Baby in den Schlaf gesungen«, sagte er, als sie ins Wohnzimmer gingen. »Ich habe mit ihr mehr Zeit verbracht als mit meiner Mutter. Hast du dir München angeschaut?«

Hedi setzte sich. »Ja. Die Sonne hat mich rausgelockt.«

Wolfgang ging zur Bar. »Willst du was trinken?«

»Aber nichts Alkoholisches, bitte.«

Er goß sich einen Whisky ein. »Saft? Wasser? Kaffee? Tee?«

»Wasser.«

»Hast du deine Freundin erreicht?«

»Sie hat mich über die besondere Ehre aufgeklärt, die es bedeutet, von dir eingeladen zu werden.«

Er grinste. »Es hat dich nicht beeindruckt, stimmt's?«

»Beim Anblick der oberen Zehntausend bekomme ich Minderwertigkeitskomplexe.«

Er ging zu ihr hinüber und stellte ein Glas Wasser auf den

Tisch. »Ich kann dich beruhigen. In meine Galerie passen höchstens hundert von den Zehntausend rein. Ich habe dir für Viertel vor eins ein Taxi bestellt. Wenn du bei Bianca fertig bist, kannst du dich in Ruhe hier umziehen. Ich lasse dich abholen.«

»Sei mir nicht böse, aber ich möchte das nicht.«

Er nippte an seinem Whisky. »Was möchtest du nicht?«

»Daß du ... Nun, ich denke, meine Frisur gefällt mir, wie sie ist.«

»Zu spät. Wie ich Bianca kenne, hat sie die Rechnung bereits geschrieben.«

»Wolfgang, bitte! Es kommt überhaupt nicht in Frage, daß du das bezahlst.«

»Laß mir doch den Spaß. Es trifft ja keinen Armen.«

»Ich lasse mich nicht aushalten!«

»Entschuldige. Ich wollte dir eine Freude machen. Wenn du darauf bestehst, sage ich Bianca selbstverständlich ab.«

Hedi sah die Enttäuschung in seinem Gesicht. »Na gut. Ich geh' hin. Aber wenn ich hinterher aussehe wie ein Besen, nehme ich dich in Regreß.«

Er lachte. »Ich habe einen guten Anwalt.«

Das Telefon klingelte. Wolfgang trank seinen Whisky aus und nahm ab.

»Es tut mir leid, ich muß noch mal weg«, sagte er, als er das Gespräch beendet hatte. »Es gibt ein kleines Problem mit dem Text. Wir sehen uns um drei in der Galerie, ja?« Er beugte sich zu ihr hinunter und küßte sie.

Hedi wurde heiß. »Macht nichts. Ich habe noch ein paar Seiten im Werther zu lesen.«

Wolfgang lächelte. »Den Champagner heben wir uns aber für heute abend auf.«

Um zehn nach drei war Hedi an der Galerie. Das viergeschossige Gebäude war schmucklos und grau. Vor den Fenstern in den oberen Stockwerken hingen Gardinen. Das Schaufenster neben dem Eingang war mit Silberfolie ausgeschlagen und mit einem einzigen Bild dekoriert, sofern man bei einer durch und durch blauen Leinwand überhaupt von einem Bild sprechen konnte. *Bleu,* stand darunter, *440 – 495 nm.* Wäre das Schild über dem Eingang nicht gewesen, hätte Hedi Zweifel gehabt, an der richtigen Adresse zu sein. *W. Bernsdorf. Kunstgalerie.* Einen Treffpunkt der Münchener Schickeria hatte sie sich anders vorgestellt.

Bevor sie hineinging, betrachtete sie sich prüfend im Glas der Schaufensterscheibe. Das Chasuble-Kleid sah wirklich toll aus. Sie fuhr mit der Hand durch ihr Haar und lächelte. Bianca war mindestens fünfzig, hatte grüne Locken und lila Lippen und trug eine Garderobe, gegen die Viviennes Klamotten Konfirmandenkleidchen waren. Hedi hatte sich ans andere Ende der Welt und Wolfgang stante pede in die Hölle gewünscht. *Keine Angst, Kindchen! Vergewaltigt wird bei mir niemand.* Am liebsten hätte Hedi auf der Stelle kehrtgemacht. Statt dessen hörte sie sich schweigend Biancas Vorschläge an und sah bedauernd zu, wie sich eine beachtliche Menge ihrer seit Weihnachten nachgewachsenen Haare auf dem Boden wiederfand. Zum Schluß verteilte Bianca summend eine violett schimmernde Masse auf Hedis Kopf. Das Ergebnis hatte Hedi die Sprache verschlagen.

Das ehemals stumpfe Braun mit den störenden Silbersträhnen darin war einem warmen Goldton gewichen, und statt Coiffeur Pierres herausgewachsener Zottelmähne trug sie jetzt einen flotten Ponybob mit Zickzackscheitel. *Na? Habe ich zuviel versprochen? Und jetzt kümmere ich mich noch ein bißchen um dein Gesicht, Kindchen. Und zwar so, daß du's garantiert kaum merkst.*

Hedi nickte ihrem Spiegelbild zu und wandte sich ab. Drei abgetretene Steinstufen führten zum Eingang. Die holzvertäfelte Tür knarrte beim Öffnen. Durch einen langen Flur gelangte sie in einen mit Bambus bepflanzten Lichthof und von dort in eine kleine Halle, die durch geschickt angeordnete Oberlichter in ein weiches, gleichmäßiges Licht getaucht wurde. Die Besucher drängten sich bis zum Eingang. Hedi hörte Wolfgang sprechen, aber sie sah ihn nicht. Auch Brigitte konnte sie nirgends entdecken. An den Wänden hingen Bilder, aber keines von Vivienne. Wolfgang beendete seine Eröffnungsrede. Die Besucher klatschten, verteilten sich in schwatzenden Grüppchen im Raum und begannen, die ausgestellten Bilder zu begutachten. Jetzt sah Hedi auch Viviennes Arbeiten. Sie hingen nebeneinander auf einer Stellwand in der Mitte des Raums und zogen schon allein ihrer Größe und Plazierung wegen die Blicke auf sich. Wolfgang trug einen cremefarbenen Anzug, eine blaue Fliege zu einem hellen Hemd und hatte sein Haar mit Gel aus der Stirn gekämmt. Er hielt ein Sektglas in der Hand und unterhielt sich angeregt mit einem bezopften Mittvierziger.

Zwei junge Mädchen in blauen Miniröcken gingen herum und reichten Kanapees. Hedi dachte an die Silvesterfeier bei Bernd und Anette. Und an Klaus. Wahrscheinlich lag er nach dem Frühdienst im Bett und schlief.

»Hallo, Hedi.«

Sie drehte sich um und erschrak. Brigitte sah furchtbar aus: Unter ihren Augen lagen Schatten, ihr Gesicht war aufgedunsen und wirkte trotz der Schminke blaß. Sie trug ein rotes, knielanges Kleid, das ihr genausowenig stand wie die blauschwarz gefärbten, dauergewellten Locken. »Mensch, siehst du klasse aus!« sagte sie mit bewunderndem Blick.

»Du auch«, log Hedi.

»Laß mal«, winkte sie lächelnd ab. »Ich habe zu Hause einen Spiegel.«

Hedi musterte sie aufmerksam. »Sag, kann es sein...«

Sie nickte. »Fünfter Monat.«

»Na also! Hat sich dein Doktor also doch zu dir bekannt? Das freut mich aber!«

Brigitte schüttelte den Kopf. »Er wollte unbedingt, daß ich abtreibe. Vor zwei Monaten haben wir uns getrennt.«

»Er ist ein Schwein.«

»Meine Schuld. Ich dachte, ein Kind würde ihn endlich dazu bewegen, sich für mich zu entscheiden. Das Gegenteil war der Fall.« Sie zuckte die Schultern. »Na ja, wenigstens weiß ich jetzt, woran ich bin.«

»Soll das heißen, du hast es darauf angelegt?«

Sie lachte. »Sicher. Ich bin gespannt, was seine Gattin sagt, wenn ich ihm ein paar Babybilder und die Rechnung nach Hause schicke.«

»Und das hältst du für eine gute Idee?«

»Ein bißchen Rache steht einer verlassenen Geliebten ja wohl zu, oder? Immerhin darf sie ihn dafür auch für den Rest ihres Lebens behalten.«

Hedi schluckte. Wie sehr mußte er sie verletzt haben, daß sie so etwas sagte!

»Ich hoffe, ich darf kurz stören?« Ohne daß sie es gemerkt hatten, war Wolfgang herübergekommen. Er küßte Hedi auf die Wange und gab Brigitte die Hand. »Brigitte, stimmt's?«

Brigitte bekam einen flammendroten Kopf. »Ja. Ich freue mich sehr, Sie kennenzulernen, Herr Bernsdorf.«

»Wenn ich schon so dreist bin, Sie beim Vornamen zu nennen, könnten wir dabei bleiben, oder? Ich heiße Wolfgang.«

»Gern, Herr... Wolfgang.«

Er wandte sich an Hedi und betrachtete lächelnd ihre Frisur. »Na? Habe ich zuviel versprochen?«

»Dasselbe hat mich deine Bianca auch gefragt.«

»Du hast bis heute abend Zeit, dir zu überlegen, wie du die verlorene Wette einlösen willst.«

»Wolfgang? Kommst du mal?« Eine aufdringlich geschminkte junge Blondine in einem silbernen Minikleid winkte ihm zu.

Er zuckte mit den Schultern. »Tut mir leid. Die Pflicht ruft.«

Brigitte sah ihm mit leuchtenden Augen nach. »Sieht er nicht klasse aus?«

»In Jeans gefällt er mir besser.«

»Du bist ein Glückspilz, Hedi!«

»Jetzt mach mal halblang, ja?«

»Ich bitte dich! Daß der Bernsdorf in dich verschossen ist, sieht doch ein Blinder mit Krückstock!« Sie verdrehte schwärmerisch die Augen. »Gott! Einer der begehrtesten Junggesellen von ganz München verguckt sich in dich, und du willst halblang machen?«

»Ich bin bloß für drei Tage zu Besuch.«

»Verrätst du mir, wie sein Schlafzimmer aussieht?«

»Das Gästezimmer ist nicht übel.«

»Gästezimmer? Du willst mir doch nicht erzählen, daß er nicht versucht hat... Immerhin ist er als Don Juan bekannt. Stand zumindest in der Zeitung.«

»In der Klatschpresse vermutlich.«

Eine der blauberockten Bedienungen hielt ihnen ein Tablett mit Sektgläsern hin. Hedi nahm sich eins. Brigitte winkte ab. »Gib zu, daß du in ihn verliebt bist.«

Hedi betrachtete angestrengt den perlenden Sekt. »Bin ich nicht.«

Brigitte lachte, und für einen Moment war sie wieder die alte. »Komm! Erzähl mir nichts.«

»Wir sind verschieden wie Feuer und Wasser.«
»Na und?«
»Außerdem ist mir seine Wohnung zu futuristisch.«
»Sag schon! Wie ist er so?«
»Nett.«

Brigitte verzog das Gesicht. »Ich hatte erwartet, daß du mir ein paar Dinge erzählst, die nicht in der *Bunten Woche* stehen.«

»Gestern abend sprachen wir über Phallussymbole.«

Brigitte sah sie entgeistert an. »Sagtest du *Phallus*?«

»Er hat eine Vorliebe für antike ... na ja.«

»Kann es sein, daß er ein bißchen pervers veranlagt ist?«

»Das fragst du ihn am besten selbst, hm?«

Brigitte faßte sie am Arm. »Ich an deiner Stelle würde die Chance nutzen! An Bernsdorfs Seite gehörst du von heute auf morgen zur Hautevolee von München! Du mußt nicht mehr arbeiten und ...«

»Ich arbeite aber gern. Außerdem habe ich einen Mann und zwei Kinder.«

»Wenn in deiner Ehe alles in Ordnung wäre, würdest du kaum hier herumlaufen und wie ein Backfisch fremde Männer anhimmeln, oder?«

»Also bitte! Ich himmele nicht. Und schon gar nicht wie ein Backfisch.«

Brigitte wurde noch blasser, als sie ohnehin schon war, und preßte ihre Hände auf den Bauch. »O Gott! Ich glaube, es geht wieder los.«

»Was denn?« fragte Hedi erschrocken.

»Ich muß aufs Klo.« Sie lief hinaus; Hedi folgte ihr.

Die Damentoiletten lagen im Flur hinter dem Lichthof, und Brigitte schaffte es in letzter Sekunde. Als sie wieder herauskam, war sie schweißgebadet. »Für jede Kotzattacke gehört ihm ein Faß Gülle vor die Haustür gekippt! Es tut mir leid, aber ich muß gehen.«

»Soll ich dir ein Taxi holen?«

»Ich bin mit dem Auto da.«

»Ich fahre dich, ja?«

»Ach was! Das bin ich gewohnt.«

Hedi umarmte sie zum Abschied. »Ich wünsch' dir alles Gute. Ruf mal an, wenn das Baby da ist.« Brigitte nickte, aber Hedi wußte, daß sie es nicht tun würde.

Als sie in die Ausstellungshalle zurückkehrte, war Wolfgang immer noch mit der Blondine beschäftigt. Sie legte ihren Arm um ihn, und ihre Blicke waren eindeutig. Wolfgang spielte das Spielchen lächelnd mit. Hedi fragte sich, warum sie nicht eifersüchtig war. Bei Klaus hatte es genügt, daß er mit einer jungen Kollegin Streife fuhr, um einen Streit vom Zaun zu brechen. Sie nahm sich ein Kaviarkanapee, ging durch den Raum und blieb kauend vor Viviennes Bildern stehen. Eine hagere Frau in einem grünen Kostüm und ein dicker, schwitzender Mann stellten sich neben sie. Die Frau blätterte in einer metallic-blauen Mappe. »Wunderbar! Endlich einmal wieder kraftvolle, außergewöhnliche Bilder!«

»Mhm«, sagte der Mann.

»Diese ungeheure gestische Vehemenz! Faszinierend.« Sie studierte die weißen Schildchen, die rechts neben den Bildern angebracht waren, und trat zwei Schritte zurück. »Die Titel scheinen die figurativ-abstrakten, bedrückenden Farbkompositionen widerzuspiegeln. Dabei finde ich *Kättaat* insgesamt am besten gelungen. *Schickfiet* hingegen scheint mir etwas flüchtig komponiert zu sein.«

Hedi verschluckte sich am Kaviar. Die Frau warf ihr einen indignierten Blick zu. Hedi murmelte eine Entschuldigung und lief in den Lichthof hinaus. Sie preßte die Hände vor den Mund, um nicht lauthals loszulachen. *Flüchtig komponiert!*

Und sie hatte den Künstler zum Mittagessen verspeist. »Hedi Winterfeldt, du bist ein Banause!« sagte sie vergnügt und ging in die Galerie zurück.

Die blauen Mappen lagen auf einem Glastischchen rechts neben dem Eingang. Hedi nahm sich eine. Genauso erlesen wie die Umhüllung war der Inhalt: aufwendig gestaltete Schmuckblätter, die Erläuterungen zu den in der Vernissage präsentierten Bildern und kurze biographische Angaben zu den jeweiligen Künstlern enthielten. Jedes Blatt war im Kopf mit einem blauen Schriftzug versehen. *W. Bernsdorf – Galerie für Moderne Kunst, München.*

Viviennes Bilder wurden auf der ersten Seite als *Special Event* vorgestellt. *Die Künstlerin verzichtet darauf, ihre außergewöhnlichen Decollagen zu kommentieren. Ihre Arbeiten beziehen ihre Faszination aus einer ihnen innewohnenden Dualität, dem souveränen, fast spielerischen Umgang mit unterschiedlichen Materialien und der körperlich fühlbaren Intention, den eigenen Wahnsinn in einer Welt zu verstehen, die zunehmend vom Chaos regiert wird. Mit unglaublicher Expressivität und Farbensinnlichkeit erkundet Vivienne Belrot den Zusammenhang von Konzept und Form, von Bedeutung und Material, der dem durchschnittlichen In-Eile-Menschen unserer sensationshungrigen Welt längst abhanden gekommen zu sein scheint.*

Hedi schlug die Mappe zu und ging zu Wolfgang hinüber. Die Blondine musterte sie abschätzend. Wolfgang lächelte.

»Na? Bist du fertig mit der Besichtigung?«

»Ja. Hast du vielleicht irgendwas zu schreiben hier?«

»Was hast du denn Schönes vor?«

»Willst du mich der Dame nicht vorstellen?« fragte die Blonde pikiert.

»Entschuldige. Hedi Winterfeldt – Suzanne von Gehlen.«

Suzanne gab Hedi die Hand. »Sie sind zu Besuch hier?«

»Ja.« Hedi deutete auf die Mappe. »Wenn's nicht zu viele Umstände macht: Einen passenden Umschlag brauche ich auch. Und eine Wegbeschreibung zum nächsten Briefkasten.«

»Nur, wenn du mir verrätst, was du vorhast«, sagte Wolfgang amüsiert.

»Meine Schwägerin ist ganz wild auf Ausstellungskataloge. Und ich bin ihr was schuldig.«

»Na, wenn das so ist.« Er winkte eine der Bedienungen zu sich und trug ihr auf, umgehend das Gewünschte zu besorgen. Hedi bedankte sich.

Suzanne bedachte sie mit einem eisigen Blick. »Wenn Sie uns bitte entschuldigen? Ich habe mit Herrn Bernsdorf etwas zu besprechen.«

»Warum so förmlich, meine Liebe? Zwischen uns gibt es doch nichts zu besprechen, was Hedi nicht hören dürfte.« Suzanne drehte sich wortlos um und ging. Aus einem unerfindlichen Grund tat sie Hedi leid.

»Johannes von Gehlen ist einer meiner wichtigsten Geschäftspartner«, sagte Wolfgang. »Und seine Tochter ein verzogenes Gör.«

»Wie lange hat sie in deinem Bad gebraucht?«

»Äh ... Das ist schon ein Weilchen her.«

Es war das erste Mal, daß Hedi ihn verlegen sah. »In der *Bunten Woche* steht, daß du ein unverbesserlicher Don Juan bist.«

»Ich dachte, du bevorzugst niveauvollere Lektüre.«

»Du überschätzt mich.«

Er nahm ihre Hand und küßte sie. »Für dich könnte ich auf meine alten Tage glatt treu und redlich werden. Und meine Ferien mit Begeisterung in einer Odenwälder Wassermühle verbringen.«

»Nur die Ferien?« fragte sie schmunzelnd.

Er sah sie ernst an. »Ich hoffe, du verstehst, daß ich hier

nicht einfach von heute auf morgen alle Zelte abbrechen kann.«

Sie verstand es, und sie hatte nie ernsthaft darüber nachgedacht, es von ihm zu verlangen. Aber warum verlangte sie es dann von Klaus? Warum war sie ihm gegenüber stur und sah die Dinge bei Wolfgang so gelassen?

»Ich weiß, wie sehr du an der Mühle hängst, und ich möchte auf keinen Fall, daß du sie verkaufst. Wir könnten einen Verwalter einsetzen.«

»Oder ein Museum daraus machen.«

Er lächelte. »Alles, was du willst.«

Eine rothaarige Frau kam auf sie zu. Sie trug ein enges, langes Kleid und hatte schwarz lackierte Fingernägel. »Ciao, Wolfgang! Leider habe ich es nicht früher geschafft.«

Wolfgang küßte sie auf beide Wangen. »Ciao, Helena. Schön, dich zu sehen. Darf ich dir Hedi Winterfeldt vorstellen?«

Nach der gegenseitigen Begrüßung berichtete Helena ausführlich von einer *Top-Location*, bei der Wolfgang schmerzlich vermißt wurde. Hedi hörte nur mit halbem Ohr zu. Als sie die Bedienung mit den Schreibsachen kommen sah, zog sie sich zurück. Sie ging in den Lichthof hinaus und setzte sich auf einen blauen Betonquader, der unter einem hohen Bambus stand. Der Umschlag war bereits frankiert; Briefpapier und Kugelschreiber trugen die gleiche Aufschrift wie die Blätter in der Ausstellungsmappe. *Viel Vergnügen beim Lesen!* schrieb Hedi quer über den Briefbogen, steckte ihn zusammen mit der Mappe in das Kuvert und adressierte das Ganze an Anette. Sie war fast eine Viertelstunde unterwegs, bis sie den Briefkasten fand, aber das war es ihr wert.

Als sie in die Galerie zurückkam, war Helena verschwunden. Wolfgang stand vor Viviennes Bildern und unterhielt sich mit einem grauhaarigen, ernst aussehenden Mann. Ob das Dr.

Siebmann war? Hedi beobachtete die beiden aus den Augenwinkeln. Ihr Herz klopfte. Würde er die Bilder kaufen? Oder merkte er am Ende, was gespielt wurde? Was würde geschehen, wenn er es merkte? Wolfgang gab dem Mann die Hand und begleitete ihn hinaus.

»Hast du deine Korrespondenz erledigt?« fragte er, als er wiederkam.

Hedi nickte. »Der Mann, mit dem du gerade gesprochen hast ... war das Dr. Siebmann?«

»Nein, Hellmuth von Hensenhausen-Glauburg. Er besitzt Kunstgalerien in Berlin und Wien. Dr. Siebmann steht da drüben.«

Hedi starrte ungläubig auf den dürren, kleinen Mittfünfziger, der ein Bild mit gelbgrünen Kugeln betrachtete. Mit seinem gescheitelten Haar und dem altmodischen, grauen Anzug hätte sie ihn eher hinter einem Schreibtisch beim Finanzamt vermutet als in einer Ausstellung über Moderne Kunst.

Wolfgang lächelte. »Der Vertrag ist so gut wie unter Dach und Fach.«

»Du meinst ...«

»Er nimmt alle drei, ja. Und ich habe bereits weitere Anfragen vorliegen. Ich nehme an, deine Freundin wird sich in Zukunft vor Aufträgen nicht retten können. Wir sollten sie nachher anrufen.«

Hedi schluckte. »Wenn du nichts dagegen hast, würde ich es ihr gern persönlich sagen.«

Eine Frau mit einer weißen Federboa kam in die Halle und schaute sich suchend um. »Eine gute Kundin von mir«, sagte Wolfgang. »Du entschuldigst mich für einen Moment?«

Offiziell war die Ausstellung um neunzehn Uhr beendet, aber mit Geplauder, Sekt und Kanapees blieben zwei Damengrüppchen und die Frau mit der Federboa bis halb zehn. Hedi tat vom Stehen der Rücken weh, und ihr Magen knurrte vernehmlich. Wolfgang warf ihr ab und zu einen entschuldigenden Blick zu.

»Der Kunde ist halt König«, sagte er, als endlich die letzte Besucherin gegangen war.

Hedi hielt sich den Rücken. »Ich könnte eine Kleinigkeit essen.«

Wolfgang schloß die Galerie ab. »Eigentlich wollte ich vorher mit dir einen Aperitif in meiner Lieblingsbar im Gärtnerplatzviertel nehmen. So was hast du bestimmt noch nicht gesehen. Der ganze Raum ist wie ein Gemälde gestaltet, aufeinanderprallende Farbflächen und dazwischen der Tresen in Schokoladenbraun. Das Design stammt übrigens von Patricia London Ante Paris.«

»Mhm«, sagte Hedi.

Er lachte. »Entschuldige. Dein Bedarf an Kunst ist vermutlich für heute gedeckt, oder?«

»Wenn ich jetzt was Alkoholisches trinke, falle ich tot um.«

»Ich hoffe, bis zu mir nach Hause schaffst du es noch?« Als er sah, daß sie fröstelnd die Arme verschränkte, zog er sein Jackett aus und legte es ihr um die Schultern. Während der Fahrt rief er Anna an. Was er hörte, schien ihn zu freuen.

»Hast du sie beauftragt, den Pizzaservice zu bestellen?« fragte Hedi, als sie ins Haus gingen. »Oder essen wir die Reste vom Frühstück?«

Wolfgang schloß die Wohnung auf. »Weder noch.« Er nahm Hedi die Jacke ab und hängte sie auf einen Bügel an die Garderobe. »Noch ein Minütchen Geduld, ja?« Mit verschwörerischer Miene verschwand er im Wohnzimmer. Kurz darauf erschien er in der Tür und bat Hedi herein.

Der Raum war in Kerzenlicht getaucht, aus den Lautsprechern kam leise Musik, und der große Tisch neben der

Bar war festlich gedeckt. »Ich dachte, wir gestalten den Französischen Abend diesmal etwas gemütlicher«, sagte er lächelnd.

Hedi setzte sich. »Aber bitte ohne Château de Maimbray, wenn's geht.«

Er hielt ihr eine entkorkte Weinflasche hin. »Ich denke, zu Gigot à la Provençale paßt ein Côtes de Castillon auch besser, oder?«

»Zu deiner Kenntnis: Ich hatte eine Fünf in Französisch.«

Er lachte. »Provenzalische Lammkeule. Als Beilage geschmortes Gemüse. Vorher grüne Bohnen in Zitronensauce, hinterher Annas Spezialität: Ziegenkäse in Olivenöl. Zufrieden?«

»Ich bin kurz vor dem Verhungern.«

»Ich auch.« Er ging zur Tür; als Hedi aufstehen wollte, schüttelte er den Kopf. »Du bleibst gefälligst sitzen und läßt dich einmal in deinem Leben ohne schlechtes Gewissen bedienen!«

Er brachte abgedeckte Schüsseln und eine Fleischplatte herein. Der feine Duft nach Thymian, Lavendel und Rosmarin ließ Hedi das Wasser im Mund zusammenlaufen. Die Bohnen waren mit gedünsteten Lauchzwiebelringen und Petersilienblättchen garniert und butterzart. Sie hatte kaum den zweiten Bissen zum Mund geführt, als Wolfgangs Handy klingelte.

»Himmel noch mal! Für heute reicht's.« Er zog das Telefon aus der Tasche und schaltete es aus. Kurz darauf klingelte der Festanschluß. Wolfgang tat, als höre er es nicht.

Hedi sah ihn an. »Und wenn's was Wichtiges ist?«

»Es gibt nichts Wichtigeres, als jetzt mit dir in Ruhe zu essen.«

»Vielleicht ist es ja für mich?«

Er stand auf. »Wehe, wenn nicht.«

Es war Suzanne, und Wolfgangs Gesichtsausdruck verfinsterte sich. »Warum rufst du nicht deinen Vater an? Ja, gut. Dann bestelle ich dir eben ein Taxi. Was soll das heißen, du weißt nicht genau, wo du bist? Herrgott! Erwartest du, daß ich stundenlang in der Pampa herumkurve? Nein! Es paßt mir nicht! Und das weißt du ganz genau! Hör auf zu flennen. Ich komme.« Er legte auf.

»Was ist denn?« fragte Hedi.

»Die liebe Suzanne hat in einem Acker geparkt und wartet auf Erlösung«, sagte er sarkastisch. »Es würde mich nicht wundern, wenn sie das Theater bloß inszeniert hat, um mir den Abend zu verderben.«

»Sei nicht ungerecht.«

»Ungerecht? Du kennst Suzanne nicht!« Er ging in den Flur und zog seine Jacke an.

Hedi folgte ihm. »Ich verspreche dir, daß ich diesmal noch wach bin, wenn du wiederkommst.«

Er strich ihr übers Haar. »Iß was, ja?«

»Ich glaube nicht, daß ich dem Duft länger als drei Sekunden widerstehen kann.«

Wolfgang sah sie nachdenklich an. »Eigentlich wollte ich es dir erst nach dem Essen geben. Ach, was soll's.« Er verschwand in dem Zimmer neben dem Bad und kam mit einer in Seidenpapier eingeschlagenen kleinen Schachtel wieder. »Ich würde mich freuen, wenn dir der Inhalt genauso gut gefiele wie mir. Ob du es mir nachher zeigen willst, überlasse ich dir.«

»Was soll ich dir denn zeigen?«

Er drückte ihr die Schachtel in die Hand. Sie war federleicht. »Sieh selbst nach. Ich hoffe, ich bin in spätestens einer Stunde zurück. Bis dann.«

»Bis dann.« Hedi ging ins Wohnzimmer zurück. Ihre Neugier war größer als ihr Hunger. Sie riß das Seidenpapier auf und nahm den Deckel von dem Karton. Die Erinnerung war so mächtig, daß sie sich setzen mußte. *Sie hatte es in der Annabella gelesen. Ein Highlife-Top-Tip. Champagnerprickeln, aphrodisische Häppchen und ein rotseidenes Nichts. Sie hatte die Kinder zu den Nachbarn gebracht, stimulierende Schnittchen produziert, Kerzen im Wohnzimmer verteilt, Musik aufgelegt und erbärmlich gefroren. Und Klaus kam heim und lachte! Wer hat dich denn auf diese verquere Idee gebracht, hm? Ich denke, Männer stehen auf so was! Aber wenn ich dir nicht gefalle... Er nahm sie in seine Arme und küßte ihre Tränen weg. Du Dummerchen. Weißt du denn nicht, wie sehr ich mich nach dir sehne? Deine Mutter, die Geburt von Dominique... Ich dachte, du brauchst noch ein bißchen Zeit. Sie spürte seine Hände auf ihrer Haut. Bitte zieh das aus, ja?*

Hedi legte das Dessous zurück und schloß die Schachtel. Ein einziges Wort hätte genügt. Statt dessen lebten sie monatelang unzufrieden nebeneinander her, jeder in dem Glauben, es dem anderen schuldig zu sein. Sie sah zur Uhr. Gleich halb elf. Wahrscheinlich fuhr er gerade Streife. Ob er ab und zu an sie dachte? Tränen schossen ihr in die Augen, und plötzlich wußte sie, was sie wollte.

Wolfgang kam gegen Mitternacht zurück. »Hast du sie heil nach Hause gebracht?« fragte Hedi.

Er zog seine Jacke aus und hängte sie an die Garderobe. »Ich fress' einen Besen, wenn das keine Absicht war! Warum hast du dein Kleid nicht mehr an?«

»Ich habe das Essen warm gestellt.«

»Ehrlich gesagt: Mir ist der Appetit vergangen.«

»Wolfgang, ich muß mit dir reden.«

Er folgte ihr ins Wohnzimmer. Die Deckenbeleuchtung brannte, die Kerzen waren gelöscht, Schüsseln und Fleischplatte abgeräumt. Hedi faßte seine Hände. »Bitte glaube mir. Ich mag dich sehr gern, aber...«

»Du willst zu deinem Mann zurück.«

»Ich war nie wirklich von ihm fort.«

»Tja. Da kann ich wohl nichts machen, oder?«

»Es tut mir so leid, daß ich dir weh tun muß.«

Er lächelte. »New game, new luck. Schließlich habe ich einen Ruf zu verteidigen.«

Hedi ließ ihn los. »Ich hätte nicht herkommen dürfen.«

Er streichelte ihre Wange. »Irgendwie habe ich es die ganze Zeit über gewußt. Ich wollte es nur nicht wahrhaben. Vielleicht könnten wir trotzdem Freunde bleiben.«

Hedi nickte.

»Es gibt nicht allzu viele Menschen, bei denen ich sicher bin, daß sie mich um meiner selbst willen mögen.«

»Wolfgang, ich...« Sie schlug die Hände vors Gesicht und weinte.

Er sah sie bestürzt an. »Hedi! Was ist denn?«

»Ich bin's nicht wert. Wirklich nicht. Ich habe dich belogen. Vom ersten Tag an.« Sie ließ die Hände sinken. »Ich wollte es dir gestern abend schon sagen, aber dann mußtest du weg, und...«

»*Was* wolltest du mir sagen?«

»Egal, was du anschließend von mir denkst, ich schwöre dir: Das zwischen uns hat nichts damit zu tun! Aber als du zum ersten Mal in die Mühle kamst, fand dich einfach nur arrogant, und als du sagtest, daß du das Besondere liebst, da kam mir dieser Gedanke, und ich hatte überhaupt kein schlechtes Gewissen dabei. Ich konnte doch nicht ahnen... Vivienne hat die Bilder in deiner Galerie nicht gemalt. Zumindest nicht ganz.«

Sein Gesicht zeigte keine Regung. »Verstehe. Ihr habt euch einen Spaß daraus gemacht, es dem blasierten Schnösel aus München so richtig zu geben.«

»Vivienne hatte keine Ahnung. Es war allein meine Idee.«

Sein Blick tat weh. »Warum, Hedi?«

Sie sah zu Boden. »Ich wußte mir keinen anderen Rat mehr. Wir haben Schulden. Wir werden die Mühle nicht halten können.«

»Wenn Vivienne die Bilder nicht gemalt hat – wer dann?«

In ihrem ganzen Leben hatte sich Hedi noch nie so geschämt. »Mein sechsjähriger Neffe. Und die Katzen und der Hofhahn.«

»Wie bitte?«

»Das ist eine längere Geschichte.«

Er setzte sich. »Ich habe die ganze Nacht Zeit.«

Hedi schluckte und fing stockend an zu erzählen: Von ihrer Liebe zu Juliette und der alten Mühle, vom Wiedersehen mit Vivienne, ihrer Begeisterung für die Malerei und ihrem verzweifelten Bemühen, Käufer für ihre Bilder zu finden; von Anettes demütigendem Auftritt und der erfundenen Kunstagentin; von Juliettes verlorenem Erbe, den drückenden Schulden, von Elisabeth, Uwe und der Gärtnerei und schließlich von Christoph-Sebastians Streich und Viviennes Entsetzen darüber. Sie schloß mit der Schilderung, wie sie gestern abend auf die Schnelle versucht hatte, passende Titel für die Bilder zu finden.

»Interessant«, sagte Wolfgang.

Hedi versuchte, seinen Gesichtsausdruck zu deuten. Es gelang ihr nicht. »Wenn du willst, spreche ich gleich morgen mit Dr. Siebmann.«

»Nicht nötig.«

»Bitte, Wolfgang, ich ...«

»Du glaubst also, deine Idee war besonders originell, ja?«

»Nein. Ich ...«

Er stand auf und ging hinaus. Hedi sah ihm traurig nach. Sie begann, das Geschirr zusammenzuräumen.

»Ich habe noch nicht gegessen«, sagte er, als er zurückkam.

»Entschuldige, ich dachte...«

Er gab ihr einen Zeitungsausschnitt. »Lies das, bitte.«

Hedi warf einen Blick darauf. »Das ist ein Scherz, oder?«

Er schüttelte den Kopf. »Die Schreinemakers hat schon 1996 darüber berichtet.«

Hedi starrte das Blatt an. »*Cat-Art. Wir müssen der Katze die Ernsthaftigkeit geben, die ihr zusteht: Burton Silver stellt malende Katzen vor.* Ich glaub's nicht!«

Wolfgang lächelte. »Sie kippen Katzenurin in die Farbtöpfe, damit die Viecher ordentlich rangehen. Liebhaber zahlen bis zu dreißigtausend Dollar pro Bild. Und jetzt sollten wir endlich essen.«

»Aber...«

»Auch wenn deine Haustiere und dein Neffe ein bißchen mitgeholfen haben: Urheberin der Decollagen ist und bleibt Vivienne. Könnten wir die Diskussion damit beenden? Ich habe Hunger.«

»Mir ist es sehr wichtig, daß du nicht denkst, ich wollte dich ausnutzen.«

»In diesem Fall hättest du dich umgezogen und mich im Schlafzimmer empfangen, oder? Sonst noch was?«

»Äh... Was, bitte, sind Decollagen?«

Er grinste. »Der Begriff geht auf Heinz Reinhold Köhler zurück, der 1919 geboren wurde, und bezeichnet ein Kunstwerk, das durch die destruktive Veränderung von vorgefundenen Materialien, etwa die Zerstörung einer Oberfläche durch Zerschneiden oder ähnliches, entsteht.«

Hedi stellte die Teller zurück und zündete die Kerzen an. »Ich werd's Christoph-Sebastian bei Gelegenheit erklären.«

Wolfgang lachte. Er holte die Platte mit dem Fleisch und die Schüsseln aus der Küche. »Ich hoffe, es ist noch genießbar.« Das Telefon klingelte. »Heute ist der Wurm drin, oder?« Er meldete sich. »Ja, sicher. Einen Moment, bitte. Für dich. Deine Freundin Vivienne.«

Hedi nahm den Hörer. »Herrje, Vivienne! Ich habe dir ausdrücklich... Wie? Was soll das heißen? Verletzt? Wie verletzt? Vivienne, bitte! Sag mir auf der Stelle, was... Vivienne? Verdammt, ich hab' keine Verbindung mehr!«

Wolfgang zeigte auf einen roten Knopf. »Wahrscheinlich bist du aus Versehen drangekommen. Was ist denn los? Du bist ja ganz blaß.«

»Ich verstehe das nicht. Er hat doch Nachtdienst heute!«

»Wovon sprichst du?«

»Darf ich kurz zu Hause anrufen?«

»Sicher.«

Sie ließ es mehrmals durchläuten, aber niemand nahm ab. »Das gibt's nicht! Warum ist Sascha nicht da?«

»Dein Sohn?«

»Er hat morgen Schule. Er *muß* daheim sein!«

»Vielleicht hat er einen gesegneten Schlaf und hört nichts.«

Mit zitternden Händen wählte Hedi die Nummer des Vierten Reviers. Michael Stamm meldete sich. Als er ihr sagte, was geschehen war, wurde ihr kalt. »Das kann ja nicht... Das ist nicht wahr.«

»Was ist passiert?« fragte Wolfgang, aber Hedi starrte ihn nur wortlos an.

37

Klaus spürte, wie ihm jemand das Hemd aufknöpfte. Seine rechte Hand tat weh. Er öffnete die Augen. Dagmar kniete neben ihm auf der Straße; ihr Gesicht war kalkweiß. »O Gott, Klaus! Wo hat er dich erwischt?«

Er versuchte, sich aufzurichten, aber der Schmerz in seiner linken Seite zwang ihn auf den Boden zurück. »Ist er weg? Du mußt die Fahndung durchgeben!«

Dagmar riß die Klettverschlüsse der Schutzweste auf. »Hab' ich schon gemacht! Ich seh' keine Verletzung!«

Eine ältere Frau kam über die Straße auf sie zu. »Was ist passiert? Soll ich Hilfe holen?«

Dagmar schüttelte den Kopf. Sie half Klaus, sich aufzusetzen.

Martinshörner heulten; zwei Streifenwagen bogen um die Ecke. Einer hielt direkt neben ihnen. Reinhold und Petra vom Zweiten Revier sprangen heraus; aus dem anderen stiegen Stampe und Hans-Jürgen. Fragen prasselten auf sie ein; sie beantworteten sie, so gut es ging. Ein dritter Streifenwagen kam und der Notarztwagen. Von überall liefen Leute herbei. Zwei Sanitäter kümmerten sich um Klaus. Dagmar hörte über Funk, daß der grüne Passat in der Speyerstraße gefunden wurde. Die beiden hinteren Reifen seien platt, der Fahrer vermutlich zu Fuß in Richtung Main geflüchtet. Reinhold und Petra liefen zu ihrem Streifenwagen und rasten davon.

»Sind Sie in Ordnung?« fragte einer der Sanitäter.

Dagmar nickte. »Bitte... Was ist mit meinem Kollegen?«

»Wir bringen ihn zur Untersuchung ins Stadtkrankenhaus. So, wie's aussieht, hat er ziemliches Glück gehabt.« Er nickte ihr aufmunternd zu und stieg in den Notarztwagen; mit zusammengepreßten Lippen sah Dagmar zu, wie er davonfuhr.

Stampe legte mitfühlend seinen Arm um sie. »Du kannst mit Hans-Jürgen zurückfahren. Ich bringe euren Streifenwagen nachher mit, ja?«

Sie schüttelte den Kopf. »Ich fahre ins Krankenhaus.«

»Und du bist sicher...«

»Ja.«

»Na gut, du Dickkopf. Aber sag Michael Bescheid. Um den Rest kümmere ich mich. Übrigens: Das war eine tolle Leistung.«

Dagmar sah ihn verständnislos an. Er grinste. »Ohne die Plattfüße wäre der Kerl wohl samt Auto über alle Berge. Brauchst du vielleicht ein bißchen Ersatzmunition?«

Sie zwang sich zu lächeln. »Laß gut sein. Es reicht noch für den Rest der Nacht.« Sie stieg in den Streifenwagen. Der Schlüssel steckte; Haltesignal und Blaulicht waren noch an. Sie stellte beides ab und den Fahrersitz zwei Rasten vor. Keine Stunde war es her, daß Klaus auf demselben Platz gesessen und sich über ihre Müdigkeit lustig gemacht hatte. *Kleine Routinekontrolle.* Es war wie ein böser Traum. Nie zuvor hatte sie sich so elend gefühlt.

Als sie in die Städtischen Kliniken kam, wurde Klaus noch untersucht. Sie gab dem Arzt Bescheid, daß sie vor der Ambulanz auf ihn wartete, und ließ sich auf einem der knallgelben Plastikstühle nieder. Gegenüber waren die Aufzüge. Dagmar starrte die Stockwerkanzeigen an, bis ihre Augen brannten. Irgendwo hörte sie eine Frau jammern. Eine junge Krankenschwester lief an ihr vorbei. Ihr Gesicht sah müde aus. Mit einem knappen Nicken verschwand sie im Treppenhaus.

»Ich fühle mich, als hätte mir ein Gaul in die Rippen getreten!«

Dagmar fuhr herum. »Klaus! Wie geht es dir?«

»Das habe ich gerade gesagt, oder?« Grinsend hielt er ihr seinen rechten Arm hin; der Hemdärmel war zerschnitten und nach oben geschlagen, die Hand bis zum Unterarm eingegipst. »Mein Ju-Jutsu-Lehrer hätte gesagt: Noch dämlicher kann man gar nicht hinfallen, Winterfeldt!« Er wurde ernst. »Nun mach nicht so ein Gesicht. Ich lebe noch.«

Sie stand auf. »Wir müssen zurück zur Dienststelle.«

Er blieb vor ihr stehen. »Und wie geht's dir, hm?«

»Gut.«

»Du sollst mich nicht immer anlügen.«

Dagmar drehte sich wortlos um und ging zum Ausgang. Klaus folgte ihr kopfschüttelnd. »Was ist los?« fragte er, als sie vom Krankenhausgelände fuhren.

»Es war meine Schuld. Ich war müde und habe nicht aufgepaßt.«

»Halt bitte an.« Sie reagierte nicht. »Verdammt! Halt an!«

Erschrocken fuhr sie an den Straßenrand. »Klaus, ich...«

»Jetzt hörst du mir mal gut zu, ja? Wir haben eine Kontrolle gemacht, und wir waren ein bißchen leichtsinnig dabei. Das geht hundertmal gut, und heute ging es schief. Also, wenn überhaupt, sind wir beide dafür verantwortlich. Wir werden daraus lernen. Und damit ist das Thema für mich erledigt. Kapiert?«

»Aber ich hätte...«

»Könntest du endlich damit aufhören, päpstlicher zu sein als der Papst?«

»Wenn du mit jemand anderem gefahren wärst...«

»Wenn du diesen Schwachsinn auf der Dienststelle losläßt, fahre ich demnächst tatsächlich mit jemand anderem, verlaß dich drauf!«

Ihre Hände krampften sich um das Lenkrad. »Auch wenn du versuchst, mir die Schuldgefühle auszureden, ich weiß genau, daß ich...«

»Himmel noch mal! Glaubst du, du bist die einzige, die Bockmist baut? Ich hab' mal ein Schlafzimmer durchsucht und den Einbrecher im Bettkasten übersehen. Uli hat mich in den Senkel gestellt, und damit war's gut. Weitere Beispiele gefällig?«

Sie lächelte zaghaft. »Nein.«

Eine Streife vom Ersten Revier meldete die Festnahme einer verdächtigen Person im Lilipark. Klaus grinste. »Na bitte. Jetzt fahren wir zur Dienststelle und schauen uns die Figur bei Licht an, was?«

Dagmar nickte. Er legte seine Hand auf ihren Arm. »Jeder von uns macht Fehler. Dafür sind wir ja auch Menschen und keine Maschinen. Du hast mir das Leben gerettet, du Dummkopf.«

Sie sah ihn verständnislos an.

»Ohne die Schutzweste wär's ein Volltreffer geworden. Der Arzt meinte, als Gegenleistung hättest du mindestens ein Fünfgängemenü bei mir gut. Zusätzlich zu dem, was ich dir ohnehin noch schulde.«

»Ach, Klaus. Ich...«

»Du und Uli, ihr seid die besten Kollegen, mit denen ich je Dienst gemacht habe. Und jetzt fahr bitte. Ich bin nämlich neugierig, ob die den richtigen Vogel eingefangen haben. Außerdem müssen wir drei Zeilen dazu schreiben.« Er betrachtete lächelnd seine rechte Hand. »Das heißt, du schreibst. Ich diktiere.«

Hedi hielt das Telefon noch in der Hand, als das Gespräch längst beendet war. Wolfgang nahm es ihr ab. »Bitte, sag mir jetzt, was los ist, ja?«

»Klaus... Sie hatten eine Schießerei. Ich muß sofort heim.«

»Ist er schwer verletzt?«

»Sein Chef sagt nein. Aber was wollte er mitten in der Nacht im Odenwald?« Sie preßte die Hände gegen ihre Schläfen. »Vivienne sagte ihm, daß ich in München bin, und er fuhr ohne ein Wort weg.«

»Wann war er denn bei ihr?«

»Vor zehn Minuten.«

»Vermutlich ist er nach Offenbach zurück. Und dort kann er frühestens in einer Dreiviertelstunde ankommen, oder?«

»Aber Sascha müßte doch dasein!« Hedi stand auf. »Entschuldige, aber...«

»Ich bringe dich hin.«

»Nein.«

Er blies die Kerzen aus. »Glaubst du wirklich, daß ich dich in deinem Zustand allein fahren lasse? Noch dazu in dieser klapprigen Rostlaube?«

»Wolfgang, du...«

»Pack deine Sachen. Ich sage Anna Bescheid, daß sie sich um das Essen kümmert. Wär' ja schade drum.«

»Es tut mir alles so leid.«

»Warum? Ich muß sowieso mit Vivienne sprechen. Und ein nettes Gästezimmer werdet ihr ja wohl für mich haben? Notfalls nehme ich das mit der Glocke davor.«

»Aber mein Auto...«

»Ich sorge schon dafür, daß dein Porsche in die Heimat kommt.«

Sie hatte Tränen in den Augen. »Warum tust du das?«

»Weil ich es partout nicht ausstehen kann, wenn du weinst.«

Hedi küßte ihn auf die Wange. »Danke.«

Er grinste. »Wir trinken bei Gelegenheit ein Gläschen Rotwein darauf.«

Sie lächelte verlegen. »Lieber nicht.«

Zwanzig Minuten später waren sie auf der Autobahn. Die Fahrt verlief schweigsam. Hedi rief viertelstündlich in Offenbach an; es war vergebens.

»Vielleicht steht er mit einer Panne irgendwo im Wald«, sagte Wolfgang. »Ich schlage vor, ich lasse dich an eurer Wohnung raus und fahre von dort die Strecke bis zur Mühle ab. Irgendwo werden wir ihn schon aufgabeln.«

Kurz vor vier Uhr morgens erreichten sie Offenbach. Wolfgang hielt direkt vor der Hofeinfahrt. Die Fassade war immer noch eingerüstet. Die Plastikplanen bewegten sich leise im Wind. Wolfgang deutete auf sein Handy. »Wenn er da ist, ruf mich an.« Er nahm ihre Hand. »Alles Gute, Hedi.«

Der Kloß in ihrem Hals schmerzte. »Danke. Dir auch.«

Die Wohnung war aufgeräumt, dunkel und leer. Klaus' verschmutzte Uniform hing über der Badewanne. Sein Bett war unberührt. In der Küche fand Hedi einen Zettel. *Sabine hat angerufen. Ich soll ihr was helfen. Ich bleib' dann gleich da. Gruß Sascha.*

Sie setzte sich an den Eßzimmertisch und starrte die Tapete an. Wenn Klaus nach Offenbach gefahren wäre, hätte er längst zurück sein müssen! Wäre sie doch nur in der Mühle geblieben! Die einzige Erklärung war, daß er eine Panne hatte. Oder einen Unfall? Oder... Der Gedanke tat weh, aber es war eine Möglichkeit. Hedi holte das Telefonbuch und schlug unter Frankfurt nach. Streibel, hatte er gesagt. Dagmar. Sie ging die Namensspalten durch. *Streibel, D.*: Das mußte sie sein. Ihr Herz klopfte, als sie die Nummer wählte. Es dauerte eine Weile, bis abgenommen wurde.

»Berger«, meldete sich eine verschlafene Männerstimme.

Hedi wurde heiß. »Entschuldigen Sie bitte, ich... Eigentlich wollte ich Frau Dagmar Streibel sprechen.«

»Liebe Güte! Haben Sie mal auf die Uhr gesehen?«

»Wer ist das denn, Sven?« fragte jemand im Hintergrund.

»Da will sich jemand mit dir unterhalten. Wie war gleich der Name?«

»Winterfeldt«, sagte Hedi. »Aber ich glaube...«

»Eine Frau Winterfeldt«, sagte Sven.

»Was? Gib her!« Einen Augenblick später hörte Hedi Dagmars Stimme. »Ist etwas mit Klaus?«

»Ich hoffte, Sie könnten mir sagen, wo er ist«, sagte Hedi verlegen.

»Ja, aber... Er ging vor Mitternacht nach Hause. Ein Kollege wollte ihn fahren. Er hat's abgelehnt.« Sie machte eine kleine Pause. »Sie wissen, was passiert ist?«

»Ja.«

»Wo sind Sie denn jetzt?«

»In unserer Wohnung in Offenbach.«

»Ist sein Auto da?«

»Vor dem Haus steht es nicht.«

»Dann sollten Sie mal im Odenwald anrufen. Zuzutrauen wär's ihm.«

»Er war um halb eins dort, aber ich war nicht zu Hause.«

»Er hat sich gestern den ganzen Tag über darauf gefreut, Ihnen zu sagen, daß er zu Ihnen ziehen will.«

Hedi kämpfte mit den Tränen. »Bitte entschuldigen Sie vielmals, daß ich Sie um diese Uhrzeit geweckt habe.«

»Und er hat nirgends eine Nachricht hinterlassen?«

»Nein. Ich...«

»Ihr Sohn weiß auch nichts?«

»Sascha ist nicht da.«

»Vielleicht ist Klaus ja zu ihm und seiner Freundin in die Wohnung gefahren.«

»Mhm.« Hedi schämte sich, ihr einzugestehen, daß sie nicht einmal wußte, daß Saschas Freundin überhaupt eine Wohnung hatte.

»Leider habe ich keine Ahnung, wo das ist«, sagte Dagmar, als hätte sie Hedis Gedanken erraten. »Ich kann Ihnen nur sagen, daß sie Sabine heißt.«

»Wahrscheinlich ist er dort, ja. Bitte entschuldigen Sie die späte Störung.«

»Falls er sich bei mir melden sollte – wo kann ich Sie erreichen? In Offenbach?«

»Oder über meine Freundin im Odenwald.« Hedi gab ihr die Nummer. »Danke für Ihre Hilfe.«

»Keine Ursache. Rufen Sie mich an, wenn er wieder da ist. Egal, um welche Uhrzeit. Bitte.«

Hedi versprach es. Sie suchte in Saschas Zimmer nach der Adresse oder der Telefonnummer von Sabine, aber sie fand nichts. Nervös ging sie ins Wohnzimmer, öffnete das Fenster und schaute hinaus. Irgendwo hörte sie ein Auto. Vielleicht war es Klaus? Herrje! Sie konnte nicht stundenlang untätig hier herumsitzen und warten! Sie schloß das Fenster und rief Wolfgang an. Er war kurz vor der Autobahnabfahrt nach Hassbach und hatte nichts Neues zu melden. Hedi sagte ihm, daß sie die nähere Umgebung nach Klaus' Wagen absuchen wollte und daß sie sich bei ihm meldete, sobald sie zurück war.

Die Straße war menschenleer, als sie nach unten kam. Es war kühl, und sie fröstelte. Sie fand den Opel zwei Häuserblocks weiter. Er stand zwischen einem Baum und einem VW-Pritschenwagen in einer engen Parklücke. Die Scheiben waren von innen beschlagen. Hedi bekam Angst. Mit zitternden Händen öffnete sie die Fahrertür; Alkoholdunst schlug ihr entgegen.

Klaus saß vornübergebeugt, den Kopf auf dem Lenkrad, das Gesicht abgewandt. Seine linke Hand hing leblos herab. Im Fußraum lag eine leere Flasche, auf dem Beifahrersitz ein Strauß Nelken. »Klaus!« Er rührte sich nicht. Sie nahm seine Hand; sie war eiskalt. Verzweifelt rüttelte sie ihn an der Schulter. »Bitte, Klaus. Sag was!«

Stöhnend richtete er sich auf. Sein Gesicht war fahl, das Haar hing ihm in die Stirn. Es dauerte einen Moment, bis er sie erkannte. »Oh, Hedi? Schön, daß du mich besuchst.«

»Was tust du denn hier? Ich habe dich überall gesucht. Sogar deine Kollegin habe ich aus dem Bett geworfen!«

Er lächelte. »Dagmar? Sie hat mir das Leben gerettet, weißt du. Ich hätte die dumme Weste nämlich gar nicht angezogen. Hat dem Kerl doch glatt die Reifen platt geschossen. Im Lilipark ham sie ihn erwischt. Obwohl... das ist dir wurscht, stimmt's?«

»Was redest du für einen Blödsinn!«

»Kein Blödsinn. Warum bist du nicht in München?«

Sie faßte ihn am Arm. »Bitte, Klaus... Steig aus und komm mit.«

Er lehnte sich zurück. Hedi sah, daß seine rechte Hand und der Unterarm eingegipst waren. Mit der linken deutete er zum Beifahrersitz. »Die wollt' ich dir vorhin bringen. Warst aber nicht da. Irgendwie hab' ich Pech mit dem Grünzeug, hm?«

Sie strich ihm das Haar aus der Stirn. »Das ist doch kein Grund, sich so zu betrinken, oder?«

Er lachte. »Warum? Weißt du, Sascha zieht nämlich auch aus. Hat er mir gestern gesagt.«

»Bitte, laß uns drin darüber reden.«

»Mhm.«

Hedi half ihm beim Aussteigen, schloß das Auto ab und steckte den Schlüssel ein. Klaus hielt sich die linke Seite. Sie sah ihn besorgt an. »Hast du starke Schmerzen?«

»Geht schon.«

Er hatte Mühe, das Gleichgewicht zu halten. Vorsichtig hakte sie ihn unter. Der Weg bis zum Haus kam ihr endlos vor, und sie atmete auf, als sie durch die Einfahrt gingen. Sie suchte in ihrer Jackentasche nach dem Hausschlüssel; Klaus lehnte sich gegen die Tür. Mit der linken Hand streichelte er Hedis Haar. »Neue Frisur?«

»Ja.«

»Steht dir gut.«

Endlich fand sie den Schlüssel. Sie schloß auf.

»Du siehst wunderschön aus.«

»Und du gehörst dringend ins Bett.« Sie stieß die Tür auf und drückte auf den Lichtschalter. Es blieb dunkel. »Mist!«

Er berührte ihr Gesicht. »Bist du glücklich mit ihm?«

»Klaus, bitte! Hier ist nicht der richtige Ort zum Diskutieren.«

»Sag's mir.«

Sie griff ihm unter die Achseln. »Wir reden, wenn du wieder nüchtern bist.«

»Es tut mir leid. Ich wollte nicht...«

»Bitte, komm jetzt.«

Er stützte sich auf sie, und langsam gingen sie nach oben. Im zweiten Stock klammerte er sich mit der gesunden Hand an das Treppengeländer. »Ich glaube, mir wird schwindlig.«

Hedi wischte sich den Schweiß von der Stirn. »Du wirst doch nicht vor Rosa Eckligs Wohnungstür schlappmachen? Komm. Noch ein kleines bißchen, und wir haben's geschafft, ja?«

Klaus nickte wortlos. Hedi zitterte vor Anstrengung, als sie ihn ins Schlafzimmer gebracht hatte. Mit einem unterdrückten Stöhnen ließ er sich aufs Bett fallen. Sie knipste das Licht an. Als sie seine verletzte Hand sah, erschrak sie. Der Gipsverband war eingedrückt, die Finger geschwollen und blau.

»Um Himmels willen, Klaus! Was hast du gemacht?«

Er sah sie ausdruckslos an. »Hat ein bißchen gestört beim Schalten.«

Hedi lief aus dem Zimmer und kam mit dem Verbandskasten, einem Stück Pappe, Messer und Schere zurück. Klaus rappelte sich hoch. »Ich wollte dir sagen, daß ich in die Mühle ziehe. Wenn du überhaupt noch Wert drauf legst.«

Sie setzte sich neben ihn und nahm vorsichtig seinen verletzten Arm. »Das ist jetzt nicht wichtig.«

»Doch. Ich . . .«

»Der Gips muß ab! Halt still, bitte. Haben sie dir etwas gegen die Schmerzen gegeben?«

Er schüttelte den Kopf. Hedi schnitt den Gipsverband auf. »Was denkst du denn, warum dir der Arzt das Ding angelegt hat? Bestimmt nicht, damit du anschließend eine Rallye in den Odenwald fährst!«

»Ich wollte . . .«

»Wie kannst du nur so unvernünftig sein!« Sie schnitt die Pappe zurecht und legte damit einen Schienenverband an. »So, das tut's fürs erste. Jetzt schläfst du erst mal, und heute nachmittag fahren wir ins Krankenhaus.«

»Ich hab' mit Sascha gesprochen.«

Sie packte das Verbandszeug zusammen. »Klaus, bitte. Du kannst ja kaum noch die Augen offenhalten.«

»Ich liebe dich.«

Sie lächelte. »Wenn du ausgeschlafen hast, koche ich uns einen Kaffee, und wir reden über alles. Einverstanden?«

Als sie aufstehen wollte, hielt er sie fest. »Ich mach's wieder gut. Gib mir eine Chance. Bitte, Hedi.« Sie schaute ihn an und konnte nichts sagen. Noch nie hatte sie ihn weinen sehen. Seine Hand auf ihrem Arm verkrampfte sich. »Verlaß mich nicht.«

Sie nahm seine Hand und küßte sie; sie streichelte sein

Haar und sein Gesicht. Und dann nahm sie ihn in ihre Arme, wie er es früher oft mit ihr getan hatte. Als er eingeschlafen war, rief sie Vivienne und Wolfgang an. Und Dagmar Streibel. Danach ging sie nach unten, holte die Nelken und stellte sie ins Wasser.

38

Über Nacht war es kalt geworden. Pulverschnee bedeckte die Mühle und den Hof. Hedi fröstelte, als sie nach draußen ging, um die Hühner und Kaninchen zu füttern. Sie hörte ein Motorengeräusch; kurz darauf sah sie Klaus' Opel langsam den Hang herunterfahren. Sie stellte den leeren Futtereimer beiseite und wartete im Hof.

»Diese elende Piste ist das reinste Himmelfahrtskommando!« schimpfte Klaus, als er ausstieg.

Hedi zuckte mit den Schultern. »Deine Winterreifen waren schon im vergangenen Jahr nicht mehr die besten, oder?«

Er nahm sie in die Arme und küßte sie. Sie deutete auf die grüne Spitze, die aus dem Kofferraum lugte. »Was hast du denn Schönes mitgebracht?«

»Einen Weihnachtsbaum.«

»Bis Heiligabend sind es noch fast zwei Wochen!«

»Letztes Jahr hast du dich beschwert, weil ich zu spät dran war.«

Hedi öffnete den Kofferraum und holte das Bäumchen heraus. Es war schief.

»Gefällt er dir etwa nicht?« fragte Klaus empört.

»Willst du die Wahrheit wissen?«

»Ich bitte darum!«

Sie küßte ihn auf die Nasenspitze. »Deine Weihnachtsbäume sind nicht nur die häßlichsten von Offenbach, es sind die häßlichsten von ganz Südhessen.«

»Das war das letzte Mal, daß ich mich damit abgeplagt habe.«

Hedi deutete über die Obstwiese. »Siehst du das Fichtenwäldchen da hinten? Das gehört ganz zufällig zu unserer Mühle. Nächstes Jahr darfst du den Christbaum selbst fällen.«

»Ich habe dir noch etwas mitgebracht.«

»Ein bißchen Grünzeug?«

»Dein Weihnachtsgeschenk.«

»Dein Eifer macht mir angst.«

»Na ja, ich geb's zu: Elli war so nett.«

»Und warum hebst du dir die Überraschung nicht bis Heiligabend auf?«

»Ich glaube nicht, daß er es so lange da drin aushält.«

»Wie bitte?« Neugierig öffnete Hedi die Beifahrertür. Auf dem Sitz stand ein Pappkarton mit Löchern darin. »Ist das etwa...?«

Klaus sah zum Hühnergehege. »So ein Haushalt ohne Mann ist doch auf die Dauer nichts, oder?«

Hedi nahm lachend den Karton. Gemeinsam ließen sie den jungen Hahn frei. Er plusterte sein Gefieder und krähte aufgeregt.

»Sieh mal, wie stolz er sich seinen Damen vorstellt!«

»Typisch männliches Imponiergehabe«, sagte Hedi.

»Ach was, der tut nur so. Im Grunde seines Herzens ist er ein ganz Lieber. Hat Elli mir verraten.«

Hedi grinste. »Du weißt, was mit ihm passiert, wenn er sich nicht benimmt, ja?«

»Untersteh dich, mein Weihnachtsgeschenk zu ermorden!«

»Warum?«

Als er nach ihr griff, lief sie über den Hof davon. »Du kriegst mich nicht!«

»Das werden wir ja sehen!« Noch vor der Haustür holte er sie ein. »Nur, daß du's weißt: Ich schaff's beim Joggen glatt zweimal um den Maunzenweiher.«

Sie nahm seine Hand. »Hattet ihr viel zu tun heute nacht?«

»Statt Streife zu fahren, haben wir über unsere berufliche Zukunft diskutiert.«

Hedi schloß die Haustür auf. »Ist denn die Entscheidung schon gefallen?«

Klaus folgte ihr in den Flur und zog Schuhe und Jacke aus. »Ich denke, sie warten ab, bis Kissel pensioniert ist.«

»Was wirst du tun?«

Er zuckte die Schultern. »Sie haben mir eine Stelle in der A-Schicht auf dem Ersten Revier angeboten.«

»Und Dagmar?«

»Geht wahrscheinlich zum Zweiten. Oder zur Kripo.«

»Das tut mir leid.«

Klaus rieb seine Hände. »Ich werde heute nachmittag noch mal mit Peter sprechen. Er sagte, daß im Februar vielleicht was in Darmstadt zu machen ist.«

Hedi sah ihn lächelnd an. »Willst du frühstücken oder schlafen?«

»Was für eine Frage! Frühstücken natürlich.«

»Vorher möchte ich dir etwas zeigen.«

Sie führte ihn ins Wohnzimmer. Statt Viviennes *Untergang* hing ein Gemälde von der alten Mühle über dem Kamin. Der Wein und die Rosen an der Fassade sahen aus wie echt. »Schön, nicht? Kam gestern mit Expreß. Vivienne hat es mir zum Abschied gemalt. Und als Erinnerung. Henning Schultheiß sagt, die Pflanzen müssen weg, und die Beete am Haus auch, weil alles aufgegraben wird. Sie reißen sogar das Dach wieder ab. Wie gut, daß Juliette das nicht mehr erleben muß.«

Klaus streichelte ihr Gesicht. »Ich bin sicher, nach der Restaurierung wird deine Mühle schöner aussehen als je zuvor.«

»Wenn's nur erst soweit wäre.«

»*Du* warst es, die unbedingt bis zum neuen Jahr warten wollte.«

»Ich möchte eben gern mit meiner Familie das Weihnachtsfest hier feiern.«

Klaus räusperte sich. »Sascha kommt an Heiligabend nicht.«

»Das ist nicht sein Ernst!«

»Unsere Kinder werden langsam erwachsen, hm? Er hat versprochen, uns am ersten Feiertag mit Sabine zusammen zu besuchen. Sie wollen über Nacht bleiben.«

Hedi ging in die Küche. Klaus setzte sich an den Tisch im Eßzimmer.

»Übrigens, der Termin am Samstag geht in Ordnung«, sagte er, als sie mit der Kaffeekanne hereinkam. »Wird auch Zeit, daß ich endlich mein Versprechen einlöse.«

Hedi goß ihm Kaffee ein. »Die Dienstpläne von zwei Polizisten, einer Gemeindeschwester und einem Flugbegleiter unter einen Hut zu bekommen ist halt schwierig. Wohin entführst du uns denn?«

»Ich habe Dagmar die Entscheidung überlassen. Wahrscheinlich ein schniekes Restaurant in Frankfurt. Sie sagt, Sven freut sich schon darauf, endlich den Störenfried kennenzulernen, der ihn nachts aus seinen Träumen reißt.«

Hedi setzte sich. »Ich wüßte eine gemütliche Apfelweinkneipe, in der wir einen Abschlußtrunk nehmen könnten. Gehört einem netten Mathestudenten.«

Klaus machte ein beleidigtes Gesicht. »Was hast du mit einem netten Mathestudenten zu schaffen?«

»Ich habe Lust, ein paar von Viviennes Bildern wiederzusehen und ein bißchen Glücksfee zu spielen.«

»Wie bitte?«

»Ich erklär's dir nach dem Frühstück.«

Er griff nach der Zuckerdose. »Ich habe leider noch eine Hiobsbotschaft.«

Hedi schnitt ein Brötchen auf und strich Butter darauf. »Macht unser Vermieter etwa Probleme wegen der vorzeitigen Kündigung?«

»Nein. Am zweiten Feiertag kommt Mutter zu Besuch.«

Sie lächelte. »Dafür habe ich gleich zwei gute Nachrichten für dich.«

Klaus trank einen Schluck Kaffee. »Da bin ich aber gespannt.«

»Elisabeth hat mit den Eigentümern vom Meierhof gesprochen. Wir können dort wohnen, bis die Mühle renoviert ist. Und gestern abend rief Wolfgang an. Viviennes Arbeiten haben auf dem Internationalen Kunstmarkt *Art Cologne* Höchstpreise erzielt. Er sagt, der wirtschaftliche Aufschwung macht sich zunehmend auch in den Geldbeuteln der Sammler und Investoren bemerkbar.«

»Freut mich zu hören.«

Hedi verteilte Honig auf ihrem Brötchen. »Er hat Vivienne ganz schön an der Kandare. In ihrem Vertrag steht, daß fünfzig Prozent ihrer Nettoeinnahmen direkt an uns überwiesen werden, bis alle Schulden bezahlt sind. Bei den Preisen, die Sammler mittlerweile für ihre Bilder bezahlen, wird das vermutlich nicht allzulange dauern. Ich glaube, er hat sich in sie verliebt.«

»Stört's dich etwa?«

»Ach was. Ich freue mich für die beiden. Obwohl ich mir schwerlich vorstellen kann, daß er es auf Dauer erträgt, wenn sie ihre Accessoires in seiner porentief reinen Wohnlandschaft verteilt.«

»Wahrscheinlich sieht er es nicht mal. Frisch Verliebte sind ja bekanntlich blind. Was wird eigentlich aus dem Atelier da draußen, das die Welt nicht braucht?«

»Elli hat vorgeschlagen, einen Hofladen daraus zu machen. Vielleicht findet sich jemand, der Interesse hat. Oder ich biete es Uwe als Verkaufsraum für seine Gärtnerei an. Oder stelle meine Keramiken darin aus.« Sie zwinkerte ihm zu. »Wie wär's mit einer gemütlichen kleinen Mühlenschenke?«

Klaus köpfte sein Ei. »Auf den Trubel kann ich gern verzichten.«

»Aber du brauchst dann nicht mehr ständig in den *Alten Krug* zu rennen. Schau nicht so böse. Es war ein Scherz.«

»Das ist es nicht.«

»Was dann, hm?«

»Das Ei ist hart!«

Sie sahen sich an und lachten.

Statt eines Epilogs

Bonbons aus meiner Briefpost

Liebe Autorin, lieber Autor,
sehr geehrter Herr Hahn!

Ihr Manuskript ist wohlbehalten bei uns eingetroffen und wird von uns geprüft werden. Ihr Manuskript wurde unter der Nummer 108 registriert.
 Ein Formbrief. Ja, leider.
 Ihr Teilmanuskript wurde von unserem Münchner Haus nach Bern weitergeleitet.
 Mit unserer Entscheidung ist kein Werturteil verbunden.
 Leider sehen wir in unserem Plan für die nächsten eineinhalb Jahre keinen Platz dafür.
 Wir danken Ihnen, daß Sie bei Ihrem Projekt an unser Verlagshaus gedacht haben.
 Das Prüfmaterial geht deshalb mit getrennter Post an Sie zurück.
 Spätestens bis Ende des Jahres hören Sie wieder von uns.
 Die Gründe sind vielfältig.
 Sehen Sie auch, daß Sie unter mehr als achthundert eingesandten Manuskripten besondere Beachtung gefunden haben.
 Es ist schon lange her, daß ich bei der Lektüre eines Manuskriptes so geschmunzelt habe.

Bitte nehmen Sie diese Absage nicht als Entmutigung.

Ich darf Ihnen versichern, daß Sie damit schon sehr weit gelangt sind.

Wir haben Ihr Manuskript auch anderen Bereichen unseres Hauses vorgestellt.

Ich habe es mehreren Kollegen zum Lesen gegeben.

Wir bitten Sie um Ihr weiter andauerndes Interesse für unsere Verlagsarbeit.

Bei der Vielzahl an Angeboten, die wir täglich erhalten, ist uns dies schon aus Zeitgründen nicht möglich.

Ich hoffe, Ihrem Manuskript einmal in gedruckter Form wiederzubegegnen.

Darum möchten wir Sie dazu ermuntern, weiter an Ihrem schriftstellerischen Talent zu arbeiten.

Das geht, je nach Arbeitsanfall, manchmal langsamer, manchmal sehr schnell.

Damit kein erhöhtes Porto für Sie oder für uns anfällt, ist diese Mitteilung noch nicht einmal persönlich unterschrieben.

Wir wünschen Ihnen an anderer Stelle mehr Erfolg.

Mit bestem Dank, daß Sie sich so vertrauensvoll an unseren Verlag gewandt haben, verbleibe ich mit freundlichen Grüßen

Lektorat Unterhaltung.

PS:

Mein bester Dank geht an Sony Music und Mundstuhl-Comedy für die Erlaubnis, *Dragan und Alder* zitieren zu dürfen *(»3ern BMW«);* des weiteren an die Tageszeitung *Offenbach-Post,* an »Prof. Dr. med.« Mirko Ferenczy für *Liebe, Ex und Zärtlichkeit,* an namentlich unbekannte Formulierungskünstler von Polizeiprotokollen und Assekuranzkorrespondenz, and last not least: an die 18köpfige Projektgruppe, die in acht Monaten und einhundertzweiundzwanzig Workshops das *Leitbild der Hessischen Polizei* erarbeitete.

Mit meinem Dankeschön verbinde ich die Bitte um Vergebung, daß ich mir hier und dort eine Formulierung oder einen Satz stibitzt habe, um ihn meinen Figuren in den Mund zu legen. Wo immer es möglich war, sind die Zitate im Roman belegt, ansonsten stammen sie aus den vorgenannten oder aus den im Quellennachweis aufgeführten Werken.

Wie es im Leben so ist, sind die authentischen Dinge ja oft die schönsten; gerne hätte ich auch in meiner fiktiven Frauenzeitschrift *Annabella* den einen oder anderen Satz aus real existierenden Publikationen verwendet, aber *leider müssen wir Ihnen mitteilen, daß wir Ihnen unser Einverständnis für die Veröffentlichung von Zitaten aus der... nicht geben können.* Schade, aber ich denke, meine eigenhändig ausgebrüteten *Lifestyle-* und *Modetips* sind trotzdem hart an der Realität. Und was den nichtexistenten Roman der nichtexistenten Autorin *Verena Kind* betrifft, so verhehle ich nicht, daß ich mich ausgiebig durch diverse *Moderne Frauenromane* geschmökert habe, was zugegebenermaßen nicht immer ein Vergnügen war.

Ach ja: Lila Kartoffeln, rotgelb gestreifte Tomaten und Dillbüschel, die nach Lakritze schmecken, gibt es wirklich, genauso wie die malenden Katzen und den Fensterfelsen von Gabriele Renzullo, der (zumindest zur Zeit noch) auf besagtem Parkplatz steht. Dafür ist das *Vierte Polizeirevier* in Offenbach erstunken und erlogen, genauso wie die *Chirurgie III* im Stadtkrankenhaus, Klaus' Stammkneipe *Bei Vincenzo* und Viviennes Schickimicki-Treff *Bei Georgies*. Dasselbe gilt für das Odenwälder Dörfchen *Hassbach* samt Backhaus und Kluges Kramladen. Die *alte Mühle* könnte jedoch durchaus irgendwo im Odenwald stehen, aber wer weiß das schon?

Die Literaturzeitschrift *Die Wörtertruhe* wird der geneigte Leser in der deutschen Verlagslandschaft genauso vergeblich suchen wie den Roman *Silberlöffel*. Der Titel stammt von einem meiner Gedichte. Und was die Sprachgewandtheit von Vivienne Belrot angeht, muß ich gestehen, daß sie nur halb so klug hätte reden können, wenn Männer wie Edgar Degas, Otto Flake, Johann Wolfgang von Goethe, Samuel Goldwyn, Franz Grillparzer, Andrew Halliday, Paul von Heyse, Martin Kessel, Laotse, William Somerset Maugham, Friedrich Nietzsche, Novalis, Pablo Picasso, Wilhelm Raabe, J.-J. Rousseau, Antoine de Saint-Exupéry, Arthur Schnitzler, Arnold Schönberg, Voltaire und andere nie gelebt hätten.

So ein paar grundgelehrte Zitate zieren den ganzen Menschen! (Heinrich Heine, *Buch Le Grand*)

Die Autorin, im Sommer 2000

Quellennachweis

Autoren

COURTHS-MAHLER, Hedwig: *Griseldis, Die Bettelprinzeß, Scheinehe. Drei Romane.* Bergisch Gladbach, 1999

GOETHE, Johann Wolfgang von: *Leiden des jungen Werthers.* Goethes Werke. Fünfte Auflage, Dritter Band. Reprint der Originalausgabe von 1902, Augsburg, 1997

Gartenbau, Landwirtschaft

HAMM, Wilhelm, Dr. (Hg.): *Das Ganze der Landwirthschaft. Ein Bilderbuch zur Belehrung und Unterhaltung.* Reprint der Originalausgabe von 1872, Augsburg, 1996

GÄRTNEREI KRÄUTERZAUBER, Katalog 2000, Horstedt

SEYMOUR, John: *Vergessene Künste. Bilder vom alten Handwerk.* Ravensburg, 1984

Kunst und Künstler

ALLEN, J./HOLDEN, J.: *Malen als Hobby. Einführung in künstlerische Techniken.* Wiesbaden, 1981

BETZ, Gerd: *Wie erkenne ich Expressionistische Kunst.* Augsburg, 1995

CHRISTY, Geraldine/PEARCH, Sara: *Keramik, Töpfern, Brennen und Glasieren.* München, 1991

LELAND, Nita: *Praktische Farbenlehre für die Hobbymalerei*. Augsburg, 1991

STUCKEY, Charles F.: *Claude Monet, 1840–1926*. Köln, 1994

Lifestyle, Zeitgeist

ANDREWS, Ted: *Die Aura sehen und lesen*. 4. Aufl., Freiburg i.B., 1994

MANUFACTUM, Waltrop, Katalog Nr. 12, S. 222

MÖNNINGHOFF, Wolfgang, u. a.: *Hol' dir die Sonne auf den Tisch*. Steinhagen, 1990

Sprache, Literatur

ABEL, Jürgen: *Cyber Sl@ng. Die Sprache des Internet*. München, 1999

DUDERSTADT, Jochen: *Zwangslektüre. Die 25 meistgelesenen Schulklassiker. Inhalt, Deutung, Parodie*. Frankfurt a. M., 1990

EHMANN, Hermann: *affengeil*. 4. Aufl., München, 1996

EHMANN, Hermann: *oberaffengeil*. München, 1996

LUTZ, Bernd (Hg.): *Metzler Autoren Lexikon*. 2. Aufl., Stuttgart, Weimar, 1997

PUNTSCH, Eberhard: *Das neue Zitatenhandbuch*. Augsburg, 1999

Stadt, Dorf, Bauten

DOLLHOPF, Helmut/LIEDEL, Herbert: *Alte Mühlen. Ein Lesebuch mit schönen Bildern*. Würzburg, s. d.

KLÖCKNER, Karl: *Alte Fachwerkbauten*. München, 1999

KUR, Friedrich: *Der Grosse Modernisierungs Ratgeber*. München, 1992

LANG, Thorsten/BRAUN, Lothar: *Offenbach*. Gudensberg-Gleichen, 1997

Offenbach. Hanau, 1981 (Dr. Hans PETERS Verlag)
SAHM, Winfried B./USLULAR-THIELE, Christina: *Offenbach. Was für eine Stadt*. Hanau, 1997

Soweit im Roman aus der *Offenbach-Post* zitiert wurde, handelt es sich um tatsächlich in dieser Zeitung erschienene Artikel.

Der Versuch, den Himmel auf Erden zu verwirklichen, produziert stets die Hölle.

Sir Raimund Popper

Als junge Witwe kehrt Charlotte in ihr idyllisches Heimatdorf zurück. Ihr Mann Peter kam bei einem Autounfall ums Leben, direkt nachdem sie ihn um die Scheidung gebeten hatte. War es wirklich ein Unfall – oder Selbstmord? Charlotte, die sich für den Tod ihres Mannes verantwortlich fühlt, ist nicht wiederzuerkennen. Ihre Schwester Hilary will sie auf andere Gedanken bringen und beschließt, sie mit einem ebenso charmanten wie attraktiven Nachbarn zu verkuppeln. Ein aussichtsloses Unternehmen – so scheint es zunächst. Wird sich Charlotte jemals wieder verlieben können?

Erica James

Wie ein frischer Wind
Roman

Funkelnd und anrührend, mit feinem Humor und romantischem Flair – ein rundum gelungenes Buch für lange Sommerabende.

Econ | ULLSTEIN | List

»Man wünscht sich immer das, was man nicht hat. Und wenn man's dann hat, ist es längst nicht so reizvoll, wie man es sich vorgestellt hat.«

Der neue Roman von Barbara Noack ist ein unverwechselbares, herzhaftes Lesevergnügen. Eine Geschäftsfrau, alleinstehende Mutter zweier erwachsener Kinder, schüttelt ihren Beruf ab, um zu »leben«. Der Befreiungsakt wird zum großen Abenteuer, das bestanden sein will ... Ein ernstes Thema, lebensecht und humorvoll gemeistert.

»Erfolgsgeheimnis: Noacks stark ausgeprägter Sinn für Alltagskomik, ihr unverwüstlicher Humor, durchzogen von einer leisen Melancholie, und ihre Begabung, jeder noch so miesen Situation auch einen positiven Aspekt abzugewinnen.«
Journal für die Frau

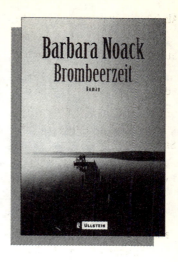

Barbara Noack

Brombeerzeit
Roman

Econ Ullstein List

Natalie Baxter ist noch sehr jung, als sie ihren Vater, ihre Tante und ihre geliebte Schwester verliert. Seitdem ist ihr Leben nicht mehr dasselbe. Auf der Flucht vor den eigenen Gefühlen reist sie als Reitlehrerin rastlos von Farm zu Farm. Bis sie auf ein heruntergekommenes Gestüt in Pennsylvania gelangt. Durch die Begegnung mit dem sonderbaren Besitzer des Gestüts, Pierce, und ihre Liebe zu dem ungewöhnlichen Hengst Twister gelingt es ihr, den Aufbruch in ein neues Leben zu wagen.

Barbara Dimmick

Die Pferdezauberin
Roman

»*Eine nachdenkliche, behutsam und mit viel Freiraum für die Empfindungen des Lesers erzählte Geschichte ...*«
Süddeutsche Zeitung

Econ | **Ullstein** | List